国 家 社 会 科 学 基 金 资 助

丝绸与琥珀的相遇

Spotkanie jedwabiu z bursztynem

Chińsko - polska wymiana literacka

中波文学关系研究

李怡楠 著

人民文学出版社

图书在版编目(CIP)数据

丝绸与琥珀的相遇:中波文学关系研究 / 李怡楠著. --北京:
人民文学出版社,2024
ISBN 978-7-02-018425-5

Ⅰ.①丝… Ⅱ.①李… Ⅲ.①文学-文化交流-文化史-研究-
中国、波兰 Ⅳ.①I209②I513.09

中国国家版本馆 CIP 数据核字(2024)第 002855 号

责任编辑　刘　彦
装帧设计　陶　雷
责任印制　苏文强

出版发行　人民文学出版社
社　　址　北京市朝内大街 166 号
邮政编码　100705

印　　刷　侨友印刷(河北)有限公司
经　　销　全国新华书店等

字　　数　330 千字
开　　本　880 毫米×1230 毫米　1/32
印　　张　13.125　插页 2
版　　次　2024 年 5 月北京第 1 版
印　　次　2024 年 5 月第 1 次印刷

书　　号　978-7-02-018425-5
定　　价　69.00 元

目　录

谨以此书献给恩师易丽君

当丝绸与琥珀相遇，神奇之花悄然绽放（代序）

——读李怡楠《丝绸与琥珀的相遇——中波文学关系研究》

中秋时节，一个明媚的午后，李怡楠专著《丝绸与琥珀的相遇——中波文学关系研究》书稿摆放在了我的书桌上。望着厚厚的一沓书稿，无数遥远却难忘的记忆在瞬间苏醒。

时光倒流，再度回到青春岁月，回到大学校园。那时，作为准文学青年，特别喜欢听配乐诗朗诵。正是八十年代，收音机里常常会安排如此美妙的节目。诗歌，配上音乐，于我，总有着一种特殊的魅力。这是音乐激发出来的魅力。仿佛有一副透明的翅膀，将诗歌连同心灵一道，带向了深远的天空。我曾在一篇文字里专门记录下一个特别时刻：

> 一天，下课后，回到宿舍，习惯性地打开了收音机。忽然，在音乐声中，一行行美妙的诗句飘进了我的耳朵：
>
> 如果你看见一只轻舟，
> 被狂暴的波浪紧紧地追赶——
> 不要用烦忧折磨你的心儿，
> 不要让泪水遮蔽你的两眼！
>
> 船儿早已经在雾中消失了，
> 希望也随着它向远方漂流；

假如末日终究要来到，

在哭泣中有什么可以寻求？

不，我愿同暴风比一比力量，

把最后的瞬息交给战斗，

我不愿挣扎着踏上沉寂的海岸，

悲哀地计算身上的伤口。

（孙玮 译）

难以用语言形容我当时的感动。那是一个昂扬的时代，一个散发着理想主义气息的时代。在那样的时代，一切带有英雄主义和浪漫主义色彩的东西都会给我们以震撼和感动。我还特意将这首诗的最后四句记在了笔记本上。

就这样，波兰以及波兰诗人密茨凯维奇以一种诗意和浪漫的方式点亮了我的青春时光。那一刻其实也已将一粒种子撒在了我的心田。回头想想，我在之后的岁月里对波兰的想象，同波兰的缘分，对波兰文学持久的兴致和关注，都与这一粒种子有着深刻的关联。

在我看来，《丝绸与琥珀的相遇——中波文学关系研究》既是一部学术著作，也是一部文学著作。浓郁的学术气息和鲜明的文学气息交融于一体，让这部专著弥散出一种独特别致的阅读吸引力。作者李怡楠采取了这样一种写作策略：用比较文学、接受美学和影响研究等方法，将文学关系置于文化关系中考察，融入历史、地理、政治、社会等背景知识，依靠大量有据可查的文献、史料、统计和细节作为支撑，尽可能清晰地梳理出一条中波文学交流的脉络。这样的写作策略实际上暗含着对一位理想作者的呼唤和要求。这位理想作者必须具备一些基本素质和条件：扎实的语言功底和深厚的文化修养,对中国和波兰两国文化、历史、政治和国情的深刻理解,对两国文学的深入研究和全面了解,对相关理论的准确掌握和熟练运用,此外,还有对文学和学术的持久热情,以及不惧艰难的毅力和耐力。没有这些基本素质和条件,这一学术工程恐怕难以顺畅地完成。

李怡楠显然就是一位潜在的理想作者。几年前,波兰女作家奥尔加·托卡尔丘克获得2018年度诺贝尔文学奖,《世界文学》计划做一个具有权威性质的托卡尔丘克专辑。经过慎重考虑,我们找到身为北京外国语大学波兰语系主任的李怡楠,邀请她参与该专辑的选题事务,主要负责推荐篇目和译者,并承担托卡尔丘克诺奖演说的翻译。这让我有机会充分了解到了她的专业水准、严谨姿态和文学热忱。做专辑时,正好遭遇疫情,我们无法见面,只能通过邮件和微信,反复讨论,不断修改,及时调整。有时,一天会互通几十封邮件和微信。在三校时,怡楠还在打磨某些句子和词语。就这样,在紧迫的时间里,我们做出了一个相对丰富、专业、值得信赖的托卡尔丘克专辑;就这样,出自怡楠译笔的托卡尔丘克诺奖演说《温柔的讲述者》同读者朋友们见面了。这篇直接译自波兰文的演说随后成为人们理解和研究托卡尔丘克的重要文献。我还在好几个国际场合,领略过怡楠担任现场翻译时的风采。怡楠专注的表情,从容的神态,恰当的节奏,灵动而又准确的语言转换,都给我留下了深刻的印象。有时,我甚至会想,与其说李怡楠写出了这部专著,不如说这部专著一直在等着李怡楠。

阅读,或者严格来说,再读《丝绸与琥珀的相遇——中波文学关系研究》,我的脑海中首先不断地闪过两个关键词:丰富和生动。确实,整部专著呈现出了令人惊喜的丰富和生动。这种丰富和生动既能填补我们的知识,更能打动我们的心灵。在丰富和生动中,我们走近两国历史,走近一个个有血有肉的开拓者和先行者。

波兰历史辉煌和衰落并存,充满了曲折和起伏。曾经的强盛之国后来竟然多次被瓜分,甚至被灭亡。波兰反差强烈的历史,既是波兰文学的基本土壤,也是中波文学关系的重要背景。十六世纪,正处兴盛期的波兰积极响应西欧的文艺复兴,关注文艺发展,重视对外文化交流。这也为开启中波文化交流提供了某种可能。正是在此情形下,波兰传教士卜弥格踏上了中国土地。专著简要却又全面地介绍了卜弥格的探索经历和丰富成果。"在罗马完成使命返回中国的途中,卜弥格积劳成疾在广西逝世。"这些陈述看似朴素,简单,不动声色,却是作者大量文献阅读和消化后的提炼。一个不畏艰难、不辞劳苦的开拓者形象就此留在了我们的记忆里。

中国崎岖坎坷的历史同波兰历史何其相似,因此,波兰历史和波兰文学对于中国具有实实在在的借鉴价值。鲁迅等文人志士在二十世纪初将目光投向波兰,大力译介波兰文学,其良苦用心正在于此。专著用了不少篇幅,详尽介绍了鲁迅等人译介波兰文学的外在环境和内在动因,既有精确考证和具体描述,也有生动引用和重点评析。我们仿佛能听到各种声音,看到各种画面,读到各种细节。一个个"异域盗火"的先行者在不知不觉中融入了他们所译介的作品和人物中,汇聚而成一个强大的中波文学关系气场。而大先生的话语分明将中波文学关系推向了第一个高潮:"起自微声,以至洪响,自榆度榆,自櫛至櫺,渐乃如千万角声,合于一角;正如密克威支所为诗,有今昔国人之声,寄于是焉。"

除了丰富和生动,阅读这部专著时,我还明显感觉到了清晰和精确。中波两条线索,置于两国具体的语境中,平行推进,由历史、政治、社会和文化背景作铺垫,自然而然进入到文学关系,顺理成章,有条不紊,具有共时、比较和对应之效果,也显现出作者努力达到贯通和交融境地的意向。专著中随处可见的细节、描述、发现、引用、概括和数据,共同支撑起一幅中波文学关系清晰而精确的画卷。这样的画卷意味着漫长的积累、不懈的劳作和巨大的心血。我敬仰的先贤冯至先生在撰写《杜甫传》时说过："作者写这部传记，力求每句话都有它的根据，不违背历史。"这也正是李怡楠的写作原则。而要做到"每句话都有它的根据"，需要付出多少时间和精力，需要克服多少艰难险阻，需要拥有多么强大的内在动力啊！

关于这部书稿，可圈可点之处还有许多，在此我就不一一赘述。我更愿把评说的空间留给读者。每个读者肯定都会读出自己的心得和感受。

因长期供职于《世界文学》，我一直密切关注波兰文学翻译和研究动向，十分敬佩易丽君、林洪亮、张振辉等前辈为中波文学关系发展所做出的显著贡献。如今，在这一领域，赵刚、茅银辉、李怡楠等后生力量又凭借热爱和才能，取得了引人注目的成就。波兰文学翻译和研究事业后继有人，中波文学关系发展前景可期，这实在是件让人欣悦的大事和好事。

在祝贺李怡楠完成这部书稿的同时，我还特别想说，某种程度上，对于李怡楠，这部专著仅仅意味着学术生涯的开端。漫长的道路还在前方等待着。相信有志于学术研究和文学翻译的李怡楠一定会心怀敬畏和谦逊，坚持不懈地走下去。只要热爱并坚持，必有更大的进步，更多的成果。

当丝绸和琥珀相遇，一朵朵神奇之花悄然绽放。我有理由期待并祝福！

高兴

2023 年 10 月 19 日于北京

绪论　文学交流——中波友好乐章中的最强音

2016 年时逢波兰文豪亨利克·显克维奇（Henryk Sienkiewicz，1846—1916）诞辰 170 周年和逝世 100 周年，波兰议会通过决议将 2016 年定为"显克维奇年"。当年还是显氏作品入华 110 周年，北京外国语大学波兰研究中心策划了"遇见显克维奇——纪念亨利克·显克维奇逝世 100 周年及其作品在中国被译介 110 周年专题展"。同年 3 月，刚刚卸任的波兰前总统布罗尼斯瓦夫·科莫罗夫斯基（Bronisław Komorowski，1952—　　）在访华期间专程来到北京外国语大学参加这个专题展的开幕式。而说起来该展也是送给他的一份特殊礼物，因为波兰研究中心就是 2011 年时任波兰总统的科莫罗夫斯基在正式访华期间亲自揭牌的。著名波兰文学翻译家、北京外国语大学教授易丽君和她的学生、现任北京外国语大学副校长赵刚、北京外国语大学波兰语专业负责人李怡楠陪同他观看展览。科莫罗夫斯基观展后欣然提笔在留言簿上写道："在北京遇见显克维奇，使我心怀感激。这是波兰人感动与骄傲的源头。"

近年来，文学在中波两国不同层次的交往中愈加频繁亮相，彰显了文学交流有力促进中波关系发展的独特作用。在全球化时代，文学成为维护文化多样性、保护文化遗产、弘扬民族传统、彰显民族精神的重要载体，文学交流愈发成为世界各国交流互鉴并传播本民族文化的着力点。对于北京外国语大学师生而言，这是一次高级别的重要外事活动，而在中波两国交往的历史长河中，这是又一朵美丽的友谊浪花。在此次开幕式上,代表当代波兰文学译介力量的中国老、中、青三代波兰文学翻译者"同框",显示了中波文学交流的悠久传承和光明未来。2016 年 6 月,国家社会科学基金青年项目"中波文学关系研究"立项,给了中国青年学者第一次系统梳理、全面总结和立体分析中波文学交流的重大机遇。笔者希望这本书能够通过多维度的文学接受研究,客观描绘出中波文学交流的全景图。

一、波兰历史长河中的波兰文学

> 一片土地,历尽坎坷终获统一,
> 一片土地,那里的人们对自己的道路探索不息。
> 一片土地,被一个家族的众多王公长期割裂。
> 一片土地,既服从于个人自由,又虑及所有人的利益。
> 一片土地,在几乎六代人的时间里被彻底撕裂。
> 在世界版图上被撕裂!
> 子孙的命运也被撕裂!
> 一片土地,经历撕裂,
> 重新在波兰人心中获得统一,
> 一片绝无仅有的土地。[1]

这是波兰人卡罗尔·约瑟夫·沃伊蒂瓦(Karol Józef Wojtyła,1920—2005),也就是后来的天主教教皇保罗二世在长诗《斯坦尼斯瓦夫》(Stanisław)中高度概括的波兰民族十个世纪拼搏奋斗的历史。10 世纪中叶,以格涅兹诺(Gniezno)为中心的波兰部落逐

---

① 亚当·扎莫伊斯基:《波兰史》,郭大成译。北京:中国友谊出版公司,2019,波兰共和国外交部部长亚采克·卡普托维奇(Jacek Kaputowicz)所作序言第 1—2 页。

渐统一了其他部落。皮亚斯特家族的梅什科一世（Mieszko I，约935—992）建立了早期封建国家，开始了皮亚斯特王朝的统治。966年，他接受基督教洗礼，从此波兰进入了基督教世界。彼时在中国，后周诸将于960年发动陈桥兵变，拥立宋州归德军节度使赵匡胤为帝，宋朝建立，开创了中国历史上商品经济、文化教育、科学创新高度繁荣的时代。此后近千年间，中国和波兰这两个山海相隔的国家并未产生过多交集，波兰历史、文化和文学尚不为中国人知悉。进入现代社会后，两国交往逐渐频繁，特别是近年来在两国文化机构的有力推动下，波兰文化在中国获得了一定的知名度和关注度。但若要回答有关中波文学关系研究的对象、范围、目标和意义等问题，仍有必要对波兰文学及其生成的历史、地理、政治、文化环境做一番梳理。

波兰地处中欧平原，波兰人是西斯拉夫人的一支，他们在原始部族的农耕和游牧中度过了漫长的原始公社社会时期。波兰立国之前，人民信奉多神教，那时候这片土地上流传的文学是民间创作的口头故事和诗歌。那些故事主要是神话、传说、童话和趣闻，而诗歌创作与波兰古代社会的生活、风俗习惯紧密相连。梅什科一世皈依天主教后，波兰进入欧洲文化圈，由此开启了五百余年的中世纪时代。这也是波兰的封建时期，经历过博莱斯瓦夫一世（Bolesław I Chrobry，967—1025）东征西讨、统一国家、扩大疆域、成为欧洲强国并在1025年加冕为波兰第一任国王的辉煌，也陷入过歪嘴的博莱斯瓦夫三世（Bolesław III Krzywousty，1086—1138）1138年留下分而治之的遗嘱造成长达两个世纪封建割据、国家分裂的悲惨局面。1226年，波兰王国国王之子、马佐维亚公国首领康拉德公爵（Konrad I Mazowiecki，1187—1247）为对抗古普鲁士人，将条顿骑士团引入波兰，结果导致了波兰和条顿骑士团之间近二百年的战争。这段历史成为后世波兰文学经常书写的主题。

随着基督教传入，拉丁文成了波兰的正式语言，10—13世纪波兰有文字记载的文献,大多用拉丁文书写。当时天主教僧侣为了反对所谓"异教"精神,向民众灌输天主教教义,抄印大批用拉丁文写就的经文和关于基督与使徒的故事,出现了《传道录》(*Kazanie*)、《圣徒言行录》(*Utwory hagiograficzne*)和宗教赞美诗以及宗教戏剧——神秘剧。12—13世纪,波兰先后出现了两部用拉丁语书写的编年史,作者分别是加尔·无名氏(Gall Anonim,1066—1145)和文岑特·卡德乌贝克(Wincenty Kadłubek,1150—1223)。同期波兰语在拉丁语字母表基础上根据本国语音特点加以扩展,形成了波兰语言文字,在中世纪前期出现了第一部用波兰文写就的文学作品《圣母颂》(*Bogurodzica*)。14—15世纪,波兰出现了最早的政论文学,如恰尔科夫人扬柯(Janko z Czarnokowa,1320—1378)的《编年史》(*Kronika Janka z Czarnokowa*),主要记载卡齐米日三世(Kazimierz III Wielki,1310—1370)和他的后继者路德维克(Ludwik Węgierski,1326—1382)统治时期的宫廷生活。扬·奥斯特罗鲁格(Jan Ostroróg,1436—1501)的《治国纪要》(*Memoriał w sprawie uporządkowania Rzeczypospolitej*)开波兰政论之先河,他主张加强王权,削弱贵族和教会势力,还强调波兰语在国家政治生活中的重要地位。

中世纪时期,波兰古代口头诗歌与宗教节日联系在一起,形成了歌谣,包括礼仪歌、哀歌、幽默滑稽歌、田园牧歌等。古代歌谣对波兰诗歌,特别是对浪漫主义时代的诗歌创作具有极大影响。这一时期的世俗诗歌、宗教诗歌均有发展,虽然波兰语作品多数是口头文学,拉丁文作品不论在数量上还是艺术价值上都占有更重要的地位,但拉丁语、波兰语双语并立的文学格局得以确立。

1364年,国王卡齐米日三世统治时期,在克拉科夫(Kraków)创建了波兰最古老的大学克拉科夫大学,也是欧洲最著名、最有影响力的大学之一,全世界最古老的大学之一。1385年,波兰和立陶宛签订合约,立陶宛大公雅盖沃(Władysław II Jagiełło,?—

1434）迎娶波兰女王雅德维嘉（Jadwiga Andegaweńska,？—1399），皈依基督教,接任波兰国王,波兰和立陶宛成立联合王国,由此开启了波兰历史上雅盖隆王朝统治的辉煌的"黄金时代"。1390 年前后,雅德维嘉王后出资,由雅盖沃国王对克拉科夫大学进行复建和扩建,此后逐步发展成为今天举世闻名的雅盖隆大学。这里孕育了很多波兰文学巨擘,例如诺贝尔文学奖得主维斯瓦娃·希姆博尔斯卡（Wisława Szymborska, 1923—2012）、科幻文学大师斯坦尼斯瓦夫·莱姆（Stanisław Lem, 1921—2006）、著名剧作家斯坦尼斯瓦夫·维斯皮安斯基（Stanisław Wyspiański, 1869—1907）等。

15—16 世纪的波兰,政治清明,经济发达,物阜民安,文化也走进了文艺复兴时期的"黄金时代"。人文主义者大力发展波兰民族文学和波兰书面语,出现了萨诺克的格热戈什（Grzegorz z Sanoka, 1406—1477）和卡利马赫（Kallimach, 1437—1496）等人文主义活动家和克罗斯诺的帕维乌（Paweł z Krosna, 1474—1517）、维希利查的扬（Jan z Wiślicy, 1485—1520）、克莱门斯·雅尼茨基（Klemens Janicki, 1516—1543）等文艺复兴初期的拉丁语诗人。文艺复兴成熟时期的杰出代表是扬·科哈诺夫斯基（Jan Kochanowski, 1530—1584）,他毕生都在用拉丁语和波兰语两种语言创作,而代表他最高成就的作品都是用波兰语写就的。科哈诺夫斯基第一次把十四行诗、三韵句诗、六韵句诗和无韵诗引进波兰文学,代表作除了《歌集》（*Pieśni*）和《挽歌》（*Treny*）,还有波兰文学史上第一部悲剧《拒绝希腊使者》（*Odpraw posłów greckich*）。

17 世纪是波兰贵族共和国由盛而衰的转折时期。波兰贵族民主走向极端化,导致国内政治腐败,兵连祸结,国势衰危,社会矛盾尖锐。1620 年,在楚措拉战役中,波兰-立陶宛联邦大败于奥斯曼帝国。1648 年,乌克兰贵族博赫丹·赫米尔尼茨基（Bohdan Khmelnytsky, 1595—1657）发动了规模空前的哥萨克暴动,后又请求俄国出兵,引发了波俄战争（1654—1677）。1655 年,瑞典利用波兰陷入连绵不断的战争而国力虚弱的时机,勾结勃兰登侯国,大举入侵波兰和立陶宛,史称第二次北方战争。波瑞战争持续了五年,至 1660 年结束。在这场"大洪水时代"的灾难中,波兰-立陶宛联邦丧失了大约三分之一的人口,直接导致了国家破败与国土沦丧。

这一时期,波兰人文主义衰落,反宗教改革得势,占主导地位的天主教耶稣会宣扬"波兰人是上帝的选民""波兰是基督教世界抗御异教的中流砥柱和新的罗马"等观念,这同当时在波兰贵族中流行的萨尔马特主义相结合,构成了 17 世纪波兰的意识形态——民族使命主义。萨尔马特主义赞美波兰贵族的历史功绩,推崇波兰的民族文化,提倡回归过去,复兴衰落的骑士精神,维护本民族的传统,保卫贵族"黄金般的"自由,重振共和国昔日雄风。在生活和习俗方面,萨尔马特主义则表现为追求豪华阔绰、铺张扬厉。这些波兰文化元素在之后几个世纪的波兰文学中均有所反映。

18 世纪的欧洲群雄并起,波兰贵族共和国却走上了穷途末路。1772 年 8 月,俄罗斯、普鲁士、奥地利三国在彼得堡签订瓜分波兰的条约,波兰失去了大约三分之一的领土和人口。1789 年,波兰爱国者受法国大革命影响希望收复失地,进行了一系列改革,并于 1791 年 5 月 3 日通过《五三宪法》,这些举动遭到了邻国尤其是俄罗斯的敌视。1792 年,俄国和普鲁士进军波兰,并于 1793 年再次签订了瓜分波兰的条约。1794 年 3 月 24 日,波兰民族英雄科希丘什科(Tadeusz Kościuszko,1746—1817)领导波兰人民在塔德乌什·克拉科夫举行民族起义,惨遭俄、普、奥三国镇压,最终导致这三国将波兰领土瓜分殆尽。

18 世纪下半叶,波兰文学进入启蒙运动时期。这一时期的文学风格并不统一,占主导地位的流派是古典主义。18 世纪 80 年代,感伤主义渗透进波兰文学,出现了许多表达个人内心世界的抒情诗和情诗。启蒙文学重要代表人物是被誉为"诗人之王"的伊格纳齐·克拉西茨基（Ignacy Krasicki，1735—1801），他"抨击贵族的因循守旧和奢侈浪费，揭露萨尔马特主义的宗教狂热和等级偏见。"①他善用讽刺、戏谑进行道德说教，创作了第一部波兰现代小说《尼古拉·陀希维亚德琴斯基历险记》（*Mikołaja Doświadczyńskiego przypadki*）。

"19世纪上半叶蓬勃兴起的波兰浪漫主义运动虽受到法国大革命和欧洲浪漫主义运动的影响，却深深植根于波兰土壤，是波兰民族民主革命的产物。"②1819年，沙俄在其所占领的华沙公国实行严格的书报审查制度，许多杂志被迫停刊，大量书籍被禁，这一举措引起了波兰青年人的强烈不满。彼时，《华沙日记》（Pamiętnik Warszawski）等波兰报刊将发端于西欧的浪漫主义思潮传播到了波兰，为处于精神苦闷之中的进步文学家带来了一束饱含希望的微光。1818年，波兰早期浪漫主义作家卡齐米日·布罗津斯基（Kazimierz Brodziński，1791—1835）在《论古典主义、浪漫主义以及波兰诗歌的精神》（*O klasycznoności i romantyczności tudzieżo duchu poezji polskiej*）一文中批评了启蒙作家的古典主义作品，引起批评家扬·希尼亚德茨基（Jan Śniadecki，1756—1830）的激烈反应，他在《论古典和浪漫主义著作》（*O pismach klasycznych i romantycznych*）中指责浪漫主义者宣扬落后、无知和迷信，从而在波兰引发了一场古典主义与浪漫主义之争。

1822年，亚当·密茨凯维奇（Adam Mickiewicz，1798—1855）第一部诗集《歌谣与传奇》（*Ballady i romanse*）出版，标志着波兰浪漫主义文学的开始。诗人用炽热的感情压倒冷静理性，想象力冲破束缚自由驰骋，开创了波兰文学史最重要、最辉煌的浪漫主义时

---

① 易丽君:《波兰文学》。北京:外语教学与研究出版社,1999,第61页。
② 易丽君:《波兰文学》。北京:外语教学与研究出版社,1999,第71页。

代。亚当·密茨凯维奇、尤利乌什·斯沃瓦茨基(Juliusz Słowacki, 1809—1849)和齐格蒙特·克拉辛斯基(Zygmunt Krasiński, 1812—1859)并称波兰浪漫主义三杰,以他们为代表的浪漫主义文学家将创作厚植于波兰的民族解放事业之中,与向往自由、反抗压迫、争取独立的爱国主义情怀紧密相连,创造出了独具波兰文化特色、反映波兰民族性格的伟大文学。

19世纪60年代末,华沙的一批青年知识分子接受了孔德的实证主义哲学和社会学以及斯宾塞的功利主义、达尔文的进化论,他们寻求社会与个人的和谐发展,要求男女平权,提倡普及教育,崇尚知识和科技进步,强调文学作品的倾向性。及至19世纪80年代,作家们渐渐看到资本主义的剥削和压迫,开始以现实主义、批判主义手法反映阶级矛盾,揭露资产阶级的黑暗面。这一时期的代表作家艾丽查·奥若什科娃(Eliza Orzeszkowa, 1841—1910)、亨利克·显克维奇、博莱斯瓦夫·普鲁斯(Bolesław Prus, 1847—1912)等创作的历史小说,在揭露民族矛盾和宣扬爱国主义方面发挥了巨大作用。

19世纪80年代末和90年代初,波兰掀起了被称为"青年波兰"的现代主义文学运动。"青年波兰"的作家们认为,世界正经历着一场浩大的价值危机和哲学体系危机,西方文明对人类进步已无能为力,世界正走向一场不可避免的灾难。年轻的波兰艺术家们不相信旧世界的秩序,他们提出了"为艺术而艺术"的口号,在诗歌创作上借鉴浪漫主义精神,同时与象征主义、印象主义、唯美主义等表现手法相结合,形成了一个被称为"新浪漫主义"的流派,卡齐米日·普热尔瓦·泰特迈耶尔(Kazimierz Przerwa Tetmajer, 1865—1940)、扬·卡斯普罗维奇(Jan Kasprowicz, 1860—1926)是其中代表人物。这一时期的小说创作继承批判现实主义的传统,同时吸收自然主义、象征主义和印象主义的表现手法,代表作家有斯特凡·热罗姆斯基(Stefan Żeromski, 1864—1925)和弗瓦迪斯瓦夫·莱蒙特（Władysław Reymont，1867—1925）。

1918年第一次世界大战结束，波兰历经123年家国破碎之后重获独立，史称波兰第二共和国。在1939年第二次世界大战爆发前的二十余年中，波兰先后出现了"斯卡曼德尔"诗社、"战车"诗社、"扎加雷"诗社和表现主义、未来派、先锋派诗歌团体，雅罗斯瓦夫·伊瓦什凯维奇（Jarosław Iwaszkiewicz，1894—1980）、尤利安·杜维姆（Julian Tuwim，1894—1953）、莱奥波尔德·斯塔夫（Leopold Staff，1878—1957）、切斯瓦夫·米沃什（Czesław Miłosz，1911—2004）等后来享誉世界文坛的文学家都在这个时期进行创作。以维托尔德·贡布罗维奇（Witold Gombrowicz，1904—1969）、布鲁诺·舒尔茨（Bruno Schulz，1892—1942）为代表的波兰荒诞派文学也在这一时期大放异彩。

二战结束后，波兰的小说创作"可以说是最直接、最集中地反映日益严重的社会冲突的一面镜子"[①]。塔德乌什·博罗夫斯基（Tadeusz Borowski，1922—1951）、伊瓦什凯维奇、耶日·安德热耶夫斯基（Jerzy Andrzejewski，1909—1983）、耶日·普特拉门特（Jerzy Putrament，1910—1986）、扬·约瑟夫·什切潘斯基（Jan Józef Szczepański，1919—2003）和塔德乌什·孔维茨基（Tadeusz Konwicki，1926—2015）等人的作品不仅在波兰广受赞扬，也在同时期的遥远中国获得了回响。波兰战后的诗歌创作，当推20世纪60年代末70年代初出现的新浪潮派，而80年代的波兰诗坛三杰塔德乌什·鲁热维奇（Tadeusz Różewicz，1921—2014）、兹比格涅夫·赫贝特（Zbigniew Herbert，1924—1998）和维斯瓦娃·希姆博尔斯卡则将波兰当代诗歌创作推向了一个新的高度。

2019年，当代波兰文坛最杰出的作家之一奥尔加·托卡尔丘克（Olga Tokarczuk，1962—   ）摘得诺贝尔文学奖，成为波兰第五

---

① 易丽君：《波兰文学》。北京：外语教学与研究出版社，1999，第171页。

位获此殊荣的作家。托卡尔丘克和显克维奇、莱蒙特、米沃什、希姆博尔斯卡为代表的数代波兰作家,曾经或正在维斯瓦河畔这片孕育了伟大文学成就的热土上辛勤耕耘,共同造就了波兰文学的百花园,而这里的一朵朵文学之花,成为中波文学关系中不容忽视的重要组成部分。

二、中波友好交往中的文学关系

中国和波兰分处亚欧大陆,山川阻隔,风俗迥异。在鸿雁传书、"萧萧班马鸣"的古代,中波两国鲜有交往,最早的联系可以追溯到 13 世纪。那时,南宋、金、西夏等政权并存,最后由元朝统一了全中国。而波兰则经历了蒙古帝国西征的旷世大战。彼时波兰称蒙古人为鞑靼人,波兰作为阻挡鞑靼人向西进军的主战场,与蒙古帝国进行了长久的激烈交战。在莱格尼察战役中,蒙古人用火药武装军队,使波兰尝到了来自东方的威力。这段史实后来被波兰编年史家扬·德乌戈什(Jan Długosz,1415—1480)①在 15 世纪通过文学书写记录了下来。及至 17 世纪,波兰传教士卜弥格(Michał Boym,1612—1659)来到中国,将有关中国的地理、医学等知识带回波兰并编撰《中国植物志》(*Flora sinensis*)、《中医要览》(*Specimen medicinae Sinicae*),成为波兰人了解中国的文献来源。18—19 世纪,中波人民通过传教士编撰的有关两国历史、地理、民族、文化的书籍进一步扩大了相互了解,晚清民初"西学东渐"运动的思想家和政治家们通过《四洲志》《海国图志》《瀛寰志略》等作品向国人传播有关世界也包括波兰的知识。可以说在 17—19

---

① 扬·德乌戈什是 15 世纪波兰外交官、历史学家及编年史家。他同时也是神职人员、地理学家。出版过多本历史著作,以 1455—1480 年间编写的《波兰通史》(*Annales seu cronici incliti regni Poloniae*)最为知名,记载了波兰从创始至 1480 年间的历史。

世纪,文献资料是中波两国人民相互了解对方的主要途径,并且这种交流主要发生在小部分拥有较高知识水平的精英群体中。

近代以来,中波两国皆遭受外族蹂躏,山河破碎,人民涂炭。先有波兰于1772、1793和1795年三次被俄、普、奥瓜分,经历了长达123年国破家亡的苦难。后有华夏之邦于1848年鸦片战争之后遭列强环伺,丧权辱国,风雨飘零,神州陆沉。这一时期,两国先知著书立说开启民智,奔走呼号振奋民心,文学成为两个民族弘扬爱国精神、鼓舞民族斗志的不约而同的选择。以鲁迅为引领的一代"新文化运动"进步知识分子,遍览世界诸国文学,特别青睐"弱小民族"文学,其中又尤其喜爱"波兰故事"。他们将亚当·密茨凯维奇、亨利克·显克维奇等波兰浪漫主义、现实主义作家呼吁自由、以古喻今、警醒世人的优秀作品翻译成中文,成为中国知识分子激励国人觉醒的文化武器。

彼时的波兰作家则在文学创作中表达对际遇相似的中国的惺惺相惜之意。波兰爱国画家、剧作家斯坦尼斯瓦夫·维斯皮安斯基在1901年写的剧本《婚礼》(Wesele)中有这么一句对话:"克拉科夫的农民问记者:'政治上有什么消息?中国人还能撑下去吗?'"这是由于当时义和团的命运引起了波兰人的很大关注,镇压义和团起义的八国联军里,有三个国家正是瓜分波兰的侵略者。屡遭磨难的波兰从未放弃过汲取他国文明精华以推动本民族内在文化发展的努力。从1901年翻译《灰阑记》开始,波兰人在战争、动乱和失去自由独立的境遇之中坚持不懈地译介中国古典文学精品,通过了解东方古国的悠久历史、灿烂文化和客观现状,为自身在绝境中的抗争之路提供某种镜鉴。

第二次世界大战结束后,饱经战争之殇的中国和波兰不约而同地走上了社会主义发展道路。1949年10月7日,中华人民共和国与波兰共和国正式建立外交关系,波兰成为新中国成立后最早与之建交的国家之一。1951年,两国签订《中华人民共和国与波兰共和国文化合作协定》,是新中国成立后签订的第一个双边文化合作协定。在两国政府的高度重视下,中波文化交流蓬勃兴旺。双方通过互派留学生培养语言人才,建设出日后文学交流的中坚力量。"铁幕"下的社会主义阵营之中,中波两国处于相似的意识形态话语体系,担负了相似的社会文化建设任务。在波兰,中国新文化运动以来现代文学的领军人物"鲁郭茅巴老曹",成功践行延安文艺座谈会讲话精神的赵树理以及推崇苏联社会主义现实主义美学的丁玲、周立波等解放区作家大放异彩,他们的代表作纷纷被译介、出版。在中国,20世纪初开启的译介波兰文学中"争自由、求解放"主题作品的"鲁迅模式"得以继承和发扬。书写反抗精神的密茨凯维奇,颂扬反法西斯精神的里昂·克鲁奇科夫斯基(Leon Kruczkowski,1900—1962)以及显克维奇、博莱斯瓦夫·普鲁斯、艾丽查·奥若什科娃、弗瓦迪斯瓦夫·莱蒙特等现实主义作家的优秀作品在中国广受欢迎。虽然20世纪60年代后期到70年代末,中波文学交流陷入低潮,但两国热爱文学、对对方文化始终保持浓厚兴趣的语言学家、汉学家、翻译家们并未完全放弃文学互译的追求。《三国演义》选译本、《西游记》翻译"三部曲"、《绿化树》、《芙蓉镇》等中国伤痕文学代表作在波兰出版,体现了波兰汉学家们对译介中国文学锲而不舍的努力。而波兰文学翻译家易丽君在此期间翻译完成的密茨凯维奇著名诗剧《先人祭》(*Dziady*),更成了1978年之后中国出版的第一部外国文学译著,被赞誉为"一只报春的燕子"。

1978年,中国正式开始实行改革开放。1989年,经历了东欧剧变的波兰走上了政治、经济文化全面转型的道路。两国关系转暖,文化交流迅速恢复。及至21世纪初,两国愈发关注民间外交、软实力建设,中波文化交流呈现多层次、全方位发展良好态势。这一时期,中波文学的相互翻译、相互推广、相互影响均达到了前所未有的新高度。波兰不仅翻译出版了张爱玲、莫言、苏童、贾平凹等大量中国现、当代作家的重要作品,还修订、改译、重译了许多中国古典文学精品,译本数量和质量都实现大幅提升,波兰汉学家对中国古代典籍和经典文学研究的广度深度也得以拓展加强。中国不仅继续翻译波兰浪漫主义、实证主义、"青年波兰"等时期几乎所有波兰重要作家的重要作品,还着力发掘波兰荒诞派文学大师维托尔德·贡布罗维奇、波兰后现代文学代表奥尔加·托卡尔丘克等作家的艺术魅力。

2012年4月26日,在波兰华沙举行了首届"中国与中东欧国家领导人会晤",正式开启了中国—中东欧国家合作进程。2013年,习近平主席提出"一带一路"倡议,并将实现"民心相通"置于落实"一带一路"倡议的五大重点发展领域之一。2016年,习近平主席对波兰进行历史性的国事访问,两国关系提升为全面战略伙伴关系,为新时代中波关系指明了发展方向。"一带一路"倡议及中国—中东欧国家合作为中波合作搭建广阔平台,两国关系发展在新时代面临重要机遇,需要双方政治互信不断深化,各领域合作全面拓展,人文交往更加有声有色。中波文学交流在全球化时代"人类命运共同体"的理念体系之中,在中波双边关系同向而行、文化互学互鉴内在要求双重作用下,迎来全面发展的新时代。

同样在2012年,中波文学关系史上亦发生了一件大事——中国当代著名作家莫言获得了诺贝尔文学奖,引发包括波兰在内的世界各国文坛对中国文学的关注热潮。2019年当代波兰文坛最杰出作家之一托卡尔丘克摘得诺贝尔文学奖桂冠,带来了中波文学互译事业大繁荣。同时,人类社会对自我本体与宇宙关系的思考引发两国人民对科幻文学的关注和"后现代化"文学接受的转向,而技术的发展和时代的进步更催生了各种文学传播的新形式。

总体而言,中波文学关系史是两国跨越遥远的地理距离走向亲近与紧密团结进程中不可忽视的组成部分,也是双边关系的历史全景中生动而富有表现力的一个侧面。通过译介、研究一个国家的文学，能够了解这个国家的历史文化，读懂这个国家的民族心理，准确把握双方交往的着力点，进而实现国与国、民与民之间的相互理解，共谋和平发展、合作共赢的人类事业。

三、影响研究和接受美学视域下的中波文学关系

波兰是文学大国，先后诞生了五位诺贝尔文学奖得主。波兰文学作为中东欧文学的重要组成部分，具有巨大的文学价值和独特的民族个性，得到世界文学界的高度认可。中国文学有数千年悠久历史，从四书五经到诸子百家思想典籍，从唐诗、宋词、元曲到明清小说和四大名著，发展到近现代和当代文学，以其多样的形式、丰富的内容成为世界文学宝库中光彩夺目的瑰宝。

中波两国相隔万里，但传统友谊源远流长。中波文学交流在两国文化交往的框架下历经数百年发展，取得了丰硕成果。对中波文学交流的研究在我国和波兰尚属新兴领域。我国在 20 世纪 70 年代后半期开始有学者研究鲁迅对波兰文学的接受，鲁迅创作与波兰文学之间的相互影响一直是国内学者研究的一个重点领域。最早对波兰文学在中国的译介进行梳理的是广东外语外贸大学的王友贵教授，他于 2007 年撰写论文《波兰文学汉译调查：1949~1999》，较为系统地介绍了 20 世纪波兰文学在中国的译介及其发展特点。著名波兰文学翻译家易丽君教授于 2010 年用波兰语撰文《波兰文学在中国的接受》(*Recepcja literatury polskiej w Chinach*)①，在总结波兰文学汉译成果的基础上对译作进行大胆评价，引发波兰学术界强烈兴趣。赵刚、乌兰、李怡楠等波兰语学者对显克维奇、雷沙德·卡普钦斯基(Ryszard kapuściński, 1932—2007)、舒尔茨、密茨

---

① 此文发表于波兰西里西亚大学出版的学术论文集《波兰文学在世界》第三卷(*Literatura polska w świecie. Tom III*)。

凯维奇等波兰作家在中国的接受进行过研究和分析。贵州师范大学硕士研究生孟竹以《显克微支作品在中国的译介（1906—1949）》为题完成了一篇学位论文，在梳理和分析译介情况的同时，探寻周作人、王鲁彦、施蛰存三人在特定历史时期翻译显克维奇作品的原因，从而挖掘翻译文学与政治之间的联系。2017年，李怡楠用波兰语撰写的专著《波兰文学在中国》（*Literatura polska w Chinach*）在波兰出版，引发波兰学界强烈关注，获得了2019年波兰科哈诺夫斯基文学奖（Nagroda im. Jana Kochanowskiego）提名。该书以波兰文学在中国的接受历史和现状为研究对象，介绍波兰文学作品汉译的整体情况，并依托中国文学批评界对波兰文学作品的接受情况，分析中国人接受波兰文学的特点。李怡楠还在2009—2020年期间，用中、波文发表了十数篇波兰文学接受领域的论文。

反观波兰，鲜有汉学家对中国文学在波兰的接受进行过系统梳理。2013年，爱娃·帕希尼克（Ewa Paśnik）在波兰著名汉学杂志《亚太研究》（Azja-Pacyfik）上发表论文《历史和翻译理论角度下的中国文学翻译》（*Tłumaczenia chińskiego piśmiennictwa na język polski w ujęciu historycznym i w świetle teorii przekładu*），约略介绍了当代波兰翻译中国文学作品的部分情况，但更多着墨于翻译评价和翻译策略分析。2017年，上海外国语大学的波兰籍学生娜塔莉亚·乌杰拉（Natalia Udziela）撰写硕士论文《中国文学在波兰的译介（1948—2015）》，介绍了现当代波兰对中国文学翻译的概况。中国学者对中国文学在波兰译介的情况亦有所研究。1989年，易丽君在论文《波兰汉学的源流》中从研究翻译活动主体的角度出发，集中介绍了20世纪活跃在波兰汉学界的汉学家们的成就。2018年，陈立峰发表了题为《中国现当代文学在波兰的译介与传播》的论文，对波兰译介中国现当代文学作品的策略、成就及其原因进行了一次全面梳理。另外，中国对中波文学关系的研究，常常被纳入中国—中东欧文学关系的范畴之中。中国比较文学专家丁超、宋炳辉完成的鸿篇巨制《中外文学交流史：中国—中东欧卷》对中波文学之间的互译互鉴做了大量述评，是研究中波文学关系的重要参考。

《中外文学交流史》总主编钱林森说过："中外文学关系研究，就学科本质属性而言，属实证范畴，从比较文学研究传统内部分类和研究范式来看，归于'影响研究'，所以重'事实'和'材料'的梳理。"①提出影响研究的法国学派代表人物梵·第根（Paul Van Tieghem，1871—1948）在《比较文学论》中强调"精细和准确考据"的研究方法，将文学关系研究的视点集中在作品之上。对中波文学关系的研究，也应基于对两国文学译介发展的史料进行整理与建设。值得注意的是，在古代文化发展的漫长过程中，文史哲之间一直存在着相互交织和融通，并无严格区分。② 中国的四书五经、古代思想典籍即为中国文学的一部分，也是其思想根基。波兰早期（从古代到二战结束）汉学家对中国政治、经济、社会乃至地理、历史的研究，是波兰人理解中国文学文化的基础，因此这些文献均应纳入研究范畴。当然，无论角度和外延如何变化，中波文学关系的研究最终应当回到文学主题。因此从两国以较大规模、较为成熟的模式译介对方文学之后（在波兰是二战结束后，在中国是新文化运动以来），研究对象逐渐集中到文学作品上来。本书所采用的史料从古代（17世纪）到当前，除了传统的图书馆检索和网络资源搜集，研究者还关注动态、鲜活资料的收集整理，比如对资深翻译家、波兰汉学家、中国波兰语学者的访谈。史料数据库主要按译介资源、文学批评资源分类，每类再根据具体内容和特点的不同分若干子项。

---

① 钱林森、周宁：《中外文学交流史：中国—中东欧卷》，丁超、宋炳辉著。济南：山东教育出版社，2015，《总序》第4页。
② 丁超：《中罗文学关系史探》。北京：人民文学出版社，2008，第1页。

16

中波文学关系研究，目的不仅是为中国读者更好地了解波兰文学、波兰文化、波兰国情提供可资借鉴的翔实文献资料，还着眼于找到两国文学及文化交流的特点和基本规律，为我国公共外交策略，特别是对波交流合作提供坚实、有效的文化史料，为中波两国如何开展文学交往、加强文学交流献计献策。为实现上述目标，有必要引入接受美学理论，以跨文化和跨学科的视野对中波文化相互认知、中波文学相互接受的历程进行双向梳理和现代阐释。

20 世纪 60 年代末 70 年代初，以德国学者汉斯·罗伯特·姚斯（Hans Robert Jauss, 1921—1997）和沃尔夫冈·伊瑟尔（Wolfgang Iser, 1926—2007）为代表的康斯坦茨学派提出了接受美学理论，倡导改变文学批评范式，用译介和接受美学替代生产和创作美学，把读者放在研究的中心，并将研究方向从文本研究转向读者研究。姚斯所创的"期待视野"理论，认为读者在阅读文学作品时本身带有并希望实现他的一系列历史性、社会性、文化性假设，根据这个观点，作品的审美含义和思想价值与读者的思维方式和知识储备有着紧密联系。接受者在阅读作品并将其具像化之前，他在自己的意识中已经有了一定的"思想包袱"，经验上有了因审美和生活经历而形成的某种期待，所以在不同的读者身上会出现不同的接受方式。这一理论对于解释中波两国的文学接受选择具有重要意义。

从接受美学的角度来看，中波文学关系研究包括以下几个方面：认知，也就是从阅读文学文本来获取有关某国国家历史、现实的知识；品味，即文学作品对于读者在精神愉悦方面的艺术吸引力；文化价值阐释，涉及风俗习惯、社会学、历史学、政治学、宗教学和哲学等方面；交流传播，即读者与作者，与书中人物、自然、社会和人性本质的交流。研究应着眼于对发送者（作者）与接受者进行双向互动关系的研究，将接受者置于研究的中心地位，强调以信息接受方的主体为立足点，考评中波文学在两个民族的相互接受，同时从文学创作发生的角度阐发外来资源的创造性转化,探寻这些资源在文学和文化创生中所发挥的作用。

中波文学关系是一个双向交流的复杂过程。本书研究以文学译介史自身的发展演进为经,以名家名作、译家译作评析为纬,力求纵横相连;以译作在民族文学与文化场域内的流转为面,通过纵横两轴、线面结合,展示特定时期文学接受史的全貌。研究包括三个基本要素:作家(包括翻译家和原作家)、作品(包括译作)和事件(不局限于文学翻译,还包括译作在译入国的传播、接受和影响等)。全书书写以翻译事件为发展线索,按时间顺序进行编排,对文学翻译的发展、演进做历时性把握,分作家、作品对译作在民族文学与文化场域内的影响和接受情况进行说明,并在时代语境中进行文化阐释。

译介学、形象学和传播学构成研究的三个层面:

翻译作为促成不同民族文学间发生影响的媒介方式之一被看作一种跨文化的创造性实践,可谓国际文学关系中最具体、最普遍的体现。通过阐释中波文学互译的发展规律进而分析其政治、历史和文化背景,解释某种接受选择的成因。译介学层面研究中波文学译本,分为纵横两个方向:纵向研究关注文学翻译行为的历史发展脉络和不同历史时期翻译成果的特点,寻找文学翻译与社会历史发展间相互关系的规律;横向研究则试图通过回答"哪些作品被翻译""谁来翻译"等问题,来概括中波文学互译的基本样貌,进而探究接受者主体(包括读者和译者)对他国文学的兴趣分布。

"异国形象"在一定程度上折射出异国文化在本国的传播、影响和阐释、接受情况。中波文学在特定的国际关系中转型、发生和发展,构建起该国在异国文化场域中的形象。形象学层面通过对作家及其作品的文学批评文本的研读和分析,考察中波文学作品在他国被接受的情况。可以看出,同一位作家在不同时代存在不同解读,同一时代对不同类型的作家和不同题材、体裁的作品亦存在迥异的关注度。在此基础上,研究者力图概括出文学译本在文学接受者心中构建的他国文学、文化、国家和民族形象。

文学传播是实现文学价值的社会中介,研究文学作品如何在他国文化场域中获得有效接受,译本选择、译者培养、推广平台的使用等,是研究的现实意义之所在。传播学层面分析中波文学交流史的特点,从而归纳出两国文学关系的基本规律。在对中波文学对外传播渠道的研究和分析的基础上比较两国文学推广策略的异同,为中国进行对外文学文化推广提出建设性意见。

第一章　中波两国最初的相互认知

从地理上看,中波两国相距遥远,但传统友谊源远流长。中波两国文化及文学交流的缘起是在东西方互动的宏大历史背景下发生的。在 20 世纪之前,中国、波兰两个民族间的相互认知,毫无疑问是双方在近现代文化及文学层面开展交流的知识基础。

早在 13 世纪,波兰的旅行家就开始对古老的华夏大地进行探索。蒙古帝国西征至当时波兰的首都克拉科夫城下,客观上促进了中波文明交融。从 17 世纪开始,利玛窦(Matteo Ricci, 1552—1610)、艾儒略(Giulio Aleni, 1582—1649)、卜弥格等西方传教士、使者、旅行者纷纷来到中国。他们传教布道,向中国介绍西方包括波兰的知识。同时,他们绘图立说,其游记、传记和文学作品将有关中国的知识带回欧洲,许多相关著作在波兰翻译出版,为波兰人绘制了一幅有关中国风貌的速写,开启了波兰初具"汉学研究"色彩的早期探索。17—18 世纪波兰刮起"中国风",波兰人了解中国文化的热情进一步得到激发。波兰人翻译中国古代道家思想典籍,打开了解古老华夏文明的大门。晚清时期"西学东渐",中国政治家、外交家、思想家著书立说,向国人积极介绍波兰等"弱小国家",波兰的历史命运成为中国近代社会革新的镜鉴。及至 19 世纪末 20 世纪初,陈季同的小说走入波兰读者视野,汪笑侬创作的中国戏剧书写波兰故事,完成了中国与波兰在文学层面上的"第一次亲密接触"。

第一节　波兰对东方文化的向往

波兰人对东方的探索可以追溯至 13 世纪中叶,波兰的第一位旅行家本尼迪克特(Benedykt Polak,约 1200—1251)是弗罗茨瓦夫的方济各会修士,随罗马教皇派遣的使团到达蒙古帝国的第一个都城——哈拉和林,他将自己的见闻带回波兰,并传至欧洲。

1241 年,蒙古西征军铁骑直入中欧的波兰、匈牙利等国,饮马多瑙河与亚得里亚海,震惊了整个欧罗巴大陆。后来因大汗窝阔台去世,蒙古军退兵,逃过一劫的西欧松了一口气。1245 年春,罗马教皇英诺森四世(Innocent IV,1195—1254)在里昂(今法国里昂)召开宗教大会,议题包括应对所谓的“鞑靼问题”。会上决定派遣方济各会大主教、意大利人柏郎嘉宾(Giovanni da Pian del Carpine,1180—1252)携带教皇书信出使立国于俄罗斯南方草原的蒙古金帐汗国。

柏郎嘉宾一行二人于 1245 年 4 月 16 日复活节从里昂出发,经捷克到达波兰的弗罗茨瓦夫(Wrocław),本尼迪克特于此加入使团。三人随后前往俄罗斯,后其中一人半途折返。柏朗嘉宾和本尼迪克特到达伏尔加河畔蒙古军西征总指挥拔都的营地,向拔都传递罗马教皇给蒙古大汗的信件。是时拔都正在同蒙古大汗窝阔台家族发生激烈矛盾,为避免火上加油,拒绝接受信件,并将二人送往哈拉和林。二人最终于 1246 年(南宋淳祐六年、元定宗元年)7 月 22 日到达哈拉和林行宫,参加了 8 月 24 日蒙古大汗贵由的登基仪式。他们在贵由帐营居住了近四个月,于 11 月 13 日动身返回欧洲,1247 年秋抵达里昂,向罗马教皇呈献了贵由的回信。

本尼迪克特返回波兰后,向 C. 德·布里迪亚(C. de Bridia)修士用波兰语口述了旅行经历,被译成拉丁文后命名为《鞑靼史》(*Historia Tartarorum*)。之后不久,本尼迪克特本人撰写了一篇

《小兄弟会赴鞑靼旅行记》(*De Itinere Fratrum Minorum ad Tartaros*),记录自己的亚洲之行。这篇约 3000 字的报告,是欧洲第一篇介绍远东国家文化、语言的作品,其中包含许多翻译成了拉丁语的蒙古语单词,在学术上具有开创性意义。

对于东方这片与当时欧洲所认知的世界完全不同的神秘大陆,本尼迪克特的描述浸染着童话色彩。他将蒙古帝国大汗成吉思汗形容为《圣经》中巨人族的首领歌革,而其孙子拔都则是玛各。这部作品完整引用了蒙古帝国第三任大汗贵由写给教皇的信,并记录了很多与波兰相关的信息,如莱格尼察战役的进程,以及西里西亚大公"虔诚者"亨利克二世的命运。

鉴于意大利人马可·波罗 1275 年来华,要比本尼迪克特晚三十年,所以可以说本尼迪克特当之无愧是波兰也是欧洲的第一位东方旅行家,其报告不仅是波兰人也是欧洲人对中国的第一次"现场考察"实录,历史性地开启了波兰人甚至欧洲人探索东方文化的道路。

一、传教士、使者、旅行者的游记、传记和文学作品等

15 世纪后期,随着地理大发现及西班牙、葡萄牙的对外扩张,欧洲传教士开始前往世界各地传教,中国成为天主教传教的重点地区。1583 年(明万历十一年),耶稣会士罗明坚(Michele Ruggieri,1543—1607)、利玛窦等以"番僧"身份到达肇庆,是为耶稣会在中国内地传教的肇始。此后,耶稣会陆续派遣传教士赴华传教。这个阶段来华传教的西方教士有数百人之多,他们不仅传教,还传播西方的科学技术,并以撰写书信、日记、游记的方式,再现他们跋山涉水去往中国的艰辛旅程,记录在华所见所闻,描绘中国社会文化图景,实际上是把中国的文明成就和社会风貌介绍给西方,促进了中西文化交流。

1611 年,波兰神父西蒙·维索茨基(Szymon Wysocki,1546—

1622）将利玛窦、陆若汉（João Rodrigues，1561—1633）所著的《异教国和新世界：日本与中国两年间新闻纪要》（*Nowiny abo dzieie dwvletnie z Iaponu y z Chiny, krain poganskich, Nowego Świata*）译成波兰语，由扬·夏尔芬贝尔格印刷社在克拉科夫出版。该书汇编了利玛窦神父和陆若汉神父在 1606 和 1607 年间，寄给耶稣会总会长克劳迪奥·阿奎维瓦（Claudius Aquaviva，1543—1615）神父的书信，记述了旅华见闻。1628 年，另一部记述传教士在华经历的作品——安东尼奥·德·安德拉德（António de Andrade，1580—1643）所著的《亚洲，西藏的广阔领土》（*Tybet wielkie panstwo w Azyey*），由弗雷德里克·谢姆贝克（Fryderyk Szembek，1575—1644）翻译成波兰语，并在克拉科夫出版。这本书是对藏族宗教传统和信仰的简短描述，由一位耶稣会修士在西藏写成并寄送给耶稣会会长，随后在罗马出版。

　　19 世纪，陆续有多部翻译成波兰语的赴华传教士或使者的传记、游记在波兰出版，为当时的波兰人打开进一步了解中国的窗户。1801 年，罗曼·马尔凯维奇（Roman Markiewicz）翻译了乔治·莱奥纳德·斯坦顿（George Leonard Staunton，1737—1801）所著《英国使者马戛尔尼公爵 1792—1794 年中国之行》（*Podróż lorda Makartney posła W. Brytanii do Chin w roku 1792, 1793 i 1794*）。这本书收录有关中国国家、政府和民族的信息，尾附关于孔子生平和思想的一章内容。类似这种较早期的外交使团出访中国的游记，还有亚德拉·卡罗琳娜·玛勒特丝卡（Adela Karolina Malletska）翻译的劳伦斯·奥利凡特（Laurence Oliphant，1829—1888）所著的《额尔金伯爵使团 1857—1859 年出使中日》（*Poselstwo lorda Elgin do Chin i Japonii w latach 1857, 58, 59*）。

　　1829 年，华沙出现了一本《耶稣会士卜弥格神父生平介绍》（*Wiadomość o księdzu Michale Boym S. J.*），该书作（译）者信息今已无从考证，极可能是在波兰出现的第一本介绍这位被誉为"波兰的马可·波罗"的传教士卜弥格的著作。1852年,约瑟夫·帕里茨基(Józef Pawlicki)撰写的《1840年9月11日在中国殉教的遣使会会士董文学生平》(*Wiadomość o życiu i śmierci Jana Gabryela Perboara, kapłana Zgromadzenia XX Lazarystów, umęczonego w Chinach d. 11 września 1840 r.*)在华沙出版。此书通过董文学(S. Joannes Gabriel Perboyre, 1802—1840)神父写给教友、家人的书信,记述了他离开法国前往中国,再从澳门到福建、河南的旅行,以及在中国工作生活的经历,一定程度上展现了19世纪上半叶中国的社会风貌。

这一时期的游记文学,多源于对东方的兴趣,中国被置于东方文明的话语体系中讨论。游记作者多为传教士、使者或旅行者,他们记录自己前往东方各国的见闻,尤其较多着墨于中国。例如,1827年在利沃夫(Lwów)出版的两卷本游记《耶日·特姆科夫斯基1820—1821年经蒙古到中国的旅行》(*Podróż do Chin przez Mongoliją w latach 1820 i 1821 / przez Jerzego Tymkowskiego odbyta*),记录了著名的俄国学者特姆科夫斯基(Egor Fedorovič Timkovskij, 1790—1875)赴华旅行经历。作者以时间为序,记录游历各国的所见所闻,包括途中所遇重大事件。文中详细记述了从恰克图前往北京的一路风景,对地理面貌也有着详尽描述,并如实介绍了蒙古人的信仰、习俗、家庭和居所。此外,作者还详细介绍了在北京期间的见闻,包括在17世纪被满洲人带到北京的俄罗斯人的生活状况,以及罗马天主教徒的情况。特姆科夫斯基在北京城及其周边细细探访,并逐一记录。与同时代的一些有关中国的游记相比,特姆科夫斯基对当时中国各方面情况的介绍较为客观,如其在自序中所言:

> 也许我的描述只是在某些方面提供了关于蒙古草原的更广泛的信息,但可以说明中国的现状,为地理学家和自然科学家进一步研究中国提供启示……阅读之前一些旅行者

的游记我们会发现,旅行的紧迫性使得人们无法深入研究所有的细节,常常会在对地理、语言的描述上出现一些错误。有些旅行者只是忙于传教,另一些人则总想用他们怪诞、夸张的故事哗众取宠。仅从这一角度出发,我的游记就值得被大家看到。①

此类作品还包括1853年沃伊切赫·希曼诺夫斯基(Wojciech Szymanowski)翻译的欧内斯特·亨利·加尼尔(Ernest Henri Garnier)所著的《南亚游记:印度斯坦、印度支那、信德省、拉合尔、喀布尔和阿富汗》(*Podróże po Azyi południowej*: *Indostan*, *Indo-chiny*, *Sind*, *Lahora*, *Kabul i Afganistan*),记述了马可·波罗等首批踏足亚洲的欧洲旅行者和传教士的事迹,介绍了英国第一代外交家乔治·马戛尔尼伯爵出使中国的经历,精选了包括中国在内的世界各地的最有趣的旅程和发现,兼具娱乐性质和科普价值。

1858年,法国传教士古伯察(Évariste Régis Huc, 1813—1860)撰写的《传教士胡克和加倍特的东方游记》(*Podróże księży misyonarzy Huc i Gabet w Mongolii*, *w Tybecie i w Chinach*)被翻译成波兰语,并在华沙出版。作者古伯察是拉撒路会(遣使会)修士,1813年出生于法国图卢兹,在当地神学院长大,之后在这里任教。1839年2月被任命为传教士,从勒阿弗尔出发前往澳门。经过六个月的海上旅程后,他抵达中国,并在三个月后到达北京。在那里,他与中国人交往,并慢慢与中国人熟悉起来,甚至被当作是中国人。古伯察在书中记述了自己和另一位遣使会传教士加倍特在中国的传教经历,详细介绍了中国的社会风貌,目的是让当时的欧洲了解中国,并且消除对这个国家错误的甚至可笑的认知。他在序言中

---

① Egor Fedorovič Timkovskij, *Podróż do Chin przez Mongoliją w latach 1820 i 1821 / przez Jerzego Tymkowskiego odbyta*, tłum. Tomasz Wilhelm Kochański, Druk Piotra Pillera, Lwów, 1827, s. IX. 本文所引文献的中文译文均由本文作者由波兰语直接译出。

自陈：

> 那些仅仅在半欧洲化的殖民沿海城市短暂停留的旅行者，无法准确描述中国的状况。只有那些深入了解中国文化并将自己变成中国人的人才能做到。我致力于这一工作已经十四年了，已经把中国当作了自己的第二故乡，因此可以给出更多的细节和准确信息。当时我以为自己不会再回到欧洲，因此游历了多个省份，环境对我很有利，我得以充分了解中国社会上层阶级的生活。[①]

1874年，约瑟夫·亚历山大·冯·赫布纳（Joseph Alexander von Hübner，1811—1892）所著的《徒步环游地球1871（第三卷：中国篇）》（*Przechadzka naokoło Ziemi odbyta w roku 1871. T. 3, Chiny*）被翻译成波兰文，并在华沙出版。该书记录了主人公在上海、北京、天津、香港的经历。

另外，在这个时期，波兰人对中国的认知还来源于一些西方作家创作的虚构文学作品。1869年，约安娜·贝莱约夫斯卡（Joanna Belejowska，1820—1904）翻译的《"付出越多，听到越多"——约安娜·贝莱约夫斯卡：美国人的中国冒险》（*Im więcej komu dano, tem z większego rachunku słuchanym będzie / przez Joannę Belejowską. Przygody Amerykanina w Chinach*），讲述了一个美国人艾凡登在中国千里寻女的故事。艾凡登是广州一家美国"工厂"的经理，会讲一口流利的汉语。他有一个哑巴女儿玛丽亚，没有获得和他一起前往中国的许可。为了不让女儿独自一人留在家乡，艾凡登偷偷把玛丽亚带到了广州。为掩盖身份，艾凡登给玛丽亚女扮男装，假装是他的儿子。直到有一次，艾凡登因参加朋友举办的舞会迟迟未归，玛丽亚感到不安离家寻找，却在途中被拐走，并被卖给了一

---

① Évariste Régis Huc, *Podróże księży misjonarzy Huc i Gabet w Mongolii, w Tybecie i w Chinach*, Dziedzictwo bł. Jana Sarkandra, Cieszyn, 1898, s. 11-12.

个"来自北京的审查人员"。发现女儿丢失的艾凡登,一度焦急、绝望,最终决定前往北京寻女。在贵人的帮助下,艾凡登见到了清朝皇帝,并向他揭露了宫廷中高级官员们的反叛阴谋。由于艾凡登救了皇帝的性命,皇帝帮助艾凡登找到了女儿。书中不乏诸多对中国和中国习俗的描写,包括广州的地理位置和城市功能,达官贵人的深宅大院和中国的传统园林,还涉及诗会、戏剧表演、饮食文化、丧葬习俗、科举考试、交通方式等方方面面,生动再现北京城的街道布局和皇家园林——圆明园的景致。

二、初具"汉学研究"色彩的早期探索

上节提及的"波兰的马可·波罗"卜弥格,是波兰耶稣会传教士、南明永历皇帝的使臣、东方学家,对中波乃至中西方文化交流产生了重要影响。卜弥格生于波兰历史上的重要城市利沃夫(现位于乌克兰西部),来自匈牙利贵族博伊姆家族。其祖父曾任匈牙利贵族斯特凡·巴托里(Stefan Batory, 1553—1586)的秘书,随其从匈牙利来到波兰,后来巴托里当选波兰国王和立陶宛大公,卜弥格的祖父也获得了波兰贵族的头衔,并皈依了天主教。其父一生行医,曾是国王瓦萨三世(Zygmunt III Waza, 1566—1632)的御医。卜弥格14岁时生重病几乎性命不保,那时他便发誓若恢复健康就加入耶稣会,并献身远东传教事业。19岁时,他在克拉科夫加入了耶稣会。之后十年间,他在桑多梅日(Sandomierz)、卡利什(Kalisz)、雅罗斯瓦夫(Jarosław)等地的大学学习神学和哲学。

为了能够去东方传教,卜弥格多次向罗马天主教会提出申请,最终获准前往中国。在那个时代,前往中国是一项艰巨的任务,必须首先前往里斯本这个欧洲通往世界的门户。卜弥格于1643年3月离开里斯本,绕过非洲、阿拉伯半岛和印度,穿越印度尼西亚的海峡,到达了澳门。最初他在澳门一所耶稣会办的学校任教,同时学习中文,然后到海南岛传教。再后来,卜弥格到过湖南、河南、

陕西等地,对西安"大秦景教流行中国碑"的碑文进行了深入研究。最终他进入南明永历朝廷,受封官职,并被南明朝廷派往欧洲向罗马教廷求援抵御清朝军队。在罗马完成使命返回中国的途中,卜弥格积劳成疾在广西逝世。

在以中国使节的身份返回欧洲的时候,卜弥格随身带着自己绘制的18页《中国地图集》(Mappa Chinarum),还有介绍关于中国基本知识的9章文字,实际上正是这些文字把这本地图集变成了一本中国知识手册。当时欧洲人所知的有关中国的信息很是混乱。马可·波罗对中国的记录充满传奇色彩,缺乏实证资料。葡萄牙人在亚洲沿着海岸航行,但不了解亚洲大陆的内部情况。卜弥格的《中国地图集》第一次明确标出了中国的位置所在和国土大小;第一次明确指出马可·波罗笔下的"Kitaj"和葡萄牙人所到达的中国是同一个国家,"Kitaj"的首都"Kambalu"就是"汗八里",即北京;第一次在地图上标出了一些中国城市的准确位置以及长城和戈壁沙漠。这本地图集配有许多插图,展现了中国的动植物和建筑,以及中国人的生活场景。这些资料都极大地丰富了同时代欧洲人对远东的了解。

卜弥格在华期间,对中国历史、政治、语言、文化、地理、物产、风俗、医学等进行深入系统研究,撰写一系列著作,让波兰乃至西方世界进一步了解了中国和东方世界,为传播中国科学文化做出重要贡献,对后世汉学家们影响深远。在海南岛的时候,卜弥格就开始研究中国的动植物和中医。1656年在维也纳出版了他的《中国植物志》,这是欧洲第一部研究中国植物的专著。他在书中首次描述了那些不为欧洲人所知但在中国十分常见的植物,并强调了它们的药用特性。卜弥格还撰写了《中医要览》一书,向欧洲读者介绍中医,特别是针灸和中医诊脉方法。

卜弥格是波兰全面研究中国国情的拓荒者,18世纪的很多波兰人继承了他的中国学研究事业,继续致力于研究中国的地理和社会风貌。1787 年,伊格纳齐·玛努杰维奇(Ignacy Manugiewicz,1750—?)从俄文转译约翰·哥瑟夫·冯·斯特里特(Johann Gotthelf von Stritter,1740—1801)所著的《北京城的历史地理介绍:比其他版本更有趣》(*Historyczno-geograficzne opisanie miasta Pekinu ciekawsze od innych edycyi*),详细描述了北京的城市规划及故宫、钟鼓楼、雍和宫、国子监和天文台,翔实介绍了城中皇室、贵族的生活,以及清朝都城的行政机构。此外,作者在细述北京在中国历朝历代中的地位时,特别花费笔墨分别描写了雍和宫内的藏传佛教僧侣的生活和西方传教士在京城活动的情况,国子监、贡院的文人生活也得以生动呈现。这种外国人对中国的哲学、宗教、历史、政治、经济、艺术、语言等各门社会科学和部分自然科学的研究,其研究范围之广,内容之翔实,甚至已经有了现代"中国学"研究的色彩。

及至 19 世纪下半叶,波兰人进一步拓展了对中国历史更为系统的研究。亚历山大·维雷哈·达洛夫斯基(Aleksander Weryha Darowski,1815—1874)翻译了英国传教士威瑞(Wery L.)的《古代中国编年史书概要》(*Relacja o starej chińskiej kronice Czin-Czi-Na*),于 1877 年在利沃夫出版。切斯瓦夫·皮爱尼昂日克(Czesław Pieniążek,1844—1917)和阿道夫·斯帕默(Adolf Spamer,1883—1953)合编的《古代历史图鉴》(第一卷:从远古时期到希腊萌芽)(*Illustrowana historya starożytna. T. 1, Od czas 1 najdawniejszych aż do zawiązków historii greckiej*)讲述了中国公元前 23—前 6 年的历史。

在社会政治研究方面,波兰人约瑟夫·科尼格(Józef Kenig,1821—1900)于 1896 年出版的《中日问题及两场演讲》(*Sprawa chińsko-japońska i dwa odczyty*)记叙了中日甲午战争始末。作者注意到西方国家对待这场战争的态度不一。因为害怕失去自己在中国和太平洋地区的影响,英国最为关切战争结果,但其他欧洲列强则无视战争对自身利益的可能影响。作者的态度同后者相似,认为战争结果不会对欧洲主权和安全产生重大影响,即使日本人取得胜利,也只会伤害中国及其邻国。作者还写道,中国单凭一己之力无法赢得战争,必须争取欧洲列强支持。不过他也认为,即使中国赢得这场战争,也迟早会被日本或欧洲列强打败。从上述观点不难看出,科尼格对于当时中国的国际地位有深刻认识,对中国的未来持不乐观态度。与之相反,弗瓦迪斯瓦夫·米哈乌·邓比茨基(Władysław Michał Dębicki, 1853—1911)对中国的未来保持良好愿景。他于1898年在华沙出版《中国的未来:由易被忽视的前提得出的危险结论》(Przyszłość Chin: groźne wnioski z przesłanek lekceważonych)一书,从中国与当时世界各国的力量对比入手,分析中国所处的国际环境以及面临的机遇和挑战,认为中国的封建帝制具有其独特性,相较于西方帝国此起彼落,中国的封建统治稳固长久,深植于中国社会的保守主义思想为中国文化存续做出重要贡献。邓比茨基给出了颇具前瞻性的预测,即中国在未来将成为国际舞台上的重要角色,并会引发全世界广泛关注。

相较而言,《关于茶及俄国人在中国的茶叶制备》(O herbacie i przygotowaniu jej przez Rossjan w Chinach: z dodaniem cennika herbaty fuczańskiej własnego przygotowania w Chinach, Domu Handlowego Braci K. i S. Popowych)就是一本充满趣味的书了。这本书介绍了茶叶的种植史、种植、采集、炒制茶叶的方法,茶叶的化学成分,保存和烹制茶叶的方法,以及茶砖的制作等,还附带介绍了中国的货币。作者康斯坦丁·阿布拉莫维奇·波波夫(Konstantin Abramovič Popov, 1814—1872)并非汉学家,但这本介绍茶文化的书,成为波兰人了解中国文化的有益资料,也是我们今天研究茶文化在波兰传播的重要文献。

三、翻译中国古代典籍的发端

西方各国翻译中国古代典籍的活动,发端于明末清初的传教士。最早来华的意大利传教士罗明坚、利玛窦先后将"四书"——

《大学》《中庸》《论语》《孟子》译为拉丁文本,之后法国传教士金尼阁(Nicolas Trigault,1577—1628)、意大利传教士卫匡国(Martino Martini,1614—1661)、比利时传教士柏应理(Philippe Couplet,1623—1693)等翻译了"五经"等文化典籍。

波兰对中国思想文化典籍的译介,晚于上述西欧各国。1784年,格热戈什·扎哈列维奇(Grzegorz Zachariewicz)出版的《古代道德家摘编》(*Krótki Zbiór Starożytnych Moralistów*)中的第二卷《孔子的道德思想》(*T. II - Myśli Moralne Konfucyusza*)和第三卷《其他中国哲学家的道德思想》(*T. III - Myśli Moralne Różnych Filozofów Chińskich*)是波兰学者研究中国古代哲学思想成果的第一次较为集中的体现。书中大部分文稿由法语译出,主要介绍中国哲学思想的基本特点、孔子生平及其道德思想,并附有孔子思想语录的329条译释。扎哈列维奇从伏羲的画卦讲起,认为传说中伏羲创造的八卦符号概括了天地万物之间的关系,其后的帝王、圣贤思想则由孔子进行总结完善。作者认为,孔子的教义侧重于道德、个人应尽的职责,赋予统治者天命,告诫人们爱护亲友,是最接近基督教教义的思想。作者还介绍了儒家经典"五经"、新儒家学派,以及被作者称为"巫学"的道家学派。书中讲到佛教传入中国的开端,以及有关佛祖释迦牟尼的传说。此书对中国的儒、道、释三教均有所涉及,可以说在很大程度上展现了中国古代哲学思想的基本样貌。

四、中国文学译介的萌芽

19世纪90年代,波兰开始翻译真正意义上的中国文学作品。首次进入波兰读者视野的是分别于1891年和1892年出版的陈季同的《黄衫客传奇》(*Romans żółtego człowieka. Osnuty na tle chińskich obyczajów*)和《中国故事》(*Nowelle z życia Chińczyków*)。对于这两本小说的译者,现在已无据可考。在泛黄的版权页上,我

们只能看到"从法语译出"的信息。出版社为《中国故事》撰写的前言,约略为我们勾勒出了波兰译介中国文学作品的最初动机:

> 我们对中国和中国人所知甚少,仅能从为数不多的游记中略知一二。然而这些旅行经历均来自于沿海地区,这是因为外国人被禁止进入中国内陆。最近多以法国的胜利告终的几次战争,稍然揭起了这幅神秘面纱的下摆。直到最近,借由刚刚离任的中国驻法公使陈季同将军的一系列小说和图片,我们才有机会去探索那里(中国——译者注)的传统、民俗、个人生活和文学。这部短篇故事集的波兰语译本,不仅使人怡情悦性,还将在某种程度上为波兰读者提供一个更深入了解中国内部社会体系的良机。①

被誉为"东学西渐第一人"的陈季同,集外交官、翻译家、西文作家等多种身份于一身,在近代东西文化交流,尤其是对外传播中国传统文化领域,扮演了举足轻重的角色。以唐传奇《霍小玉传》为蓝本创作的法文长篇小说《黄衫客传奇》,是第一部中国人用西方语言创作的长篇小说,1890年11月由巴黎 Charpentier 出版社出版,讲述李益与小玉的爱情悲剧,受到法国人民普遍欢迎,为陈季同在法国文学界赢得了声誉。波兰人于1891年将该书译为波兰语,比1900年意大利译本问世早了近十年。《中国故事》则是蒲松龄《聊斋志异》的法文选译本,是陈季同最重要的一部文学翻译作品。陈季同从《聊斋志异》491篇短篇小说中选译了26篇,分别为《王桂庵》《白秋练》《陆判》《乔女》《仇大娘》《香玉》《青梅》《侠女》《画皮》《恒娘》《罗刹海市》《黄英》《云萝公主》《婴宁》《张鸿渐》《晚霞》《巩仙》《崔猛》《聂小倩》《莲花公主》《宦娘》《金生色》《珠儿》《续黄粱》《阿宝》《辛十四娘》。选译篇目虽不算多,却

---

① Czeng Ki-Tong, *Nowelle z życia Chińczyków*, T. H. Nasierowski, Warszawa, 1892, s. V-VI.

都是脍炙人口的名篇。绝大部分所选篇目是爱情故事,更能有效激发包括波兰人在内的西方读者的阅读兴趣。清末外交官为西方读者建构了一个弥漫着浓郁东方情调的"文化中国",这种未受工业文明污染的文化乌托邦形象,激发了西方人对古老中国的文学想象。

陈季同法语作品的波兰语译本的诞生,恰如其分地体现出波兰人的某种译介选择。波兰人常常被中国(或华裔)作家用外语书写的文学作品吸引,这些故事中所展示的中国历史、社会、文化和中国人的日常生活场景,满足了波兰读者对于东方遥远国度的想象。从严格意义上讲,中国作家或华裔作家用外语书写的作品不在本书研究之列,但《黄衫客传奇》被译为波兰语并为波兰读者所熟知,对于19、20世纪之交的波兰人了解中国具有重要意义,不容忽视。

此外值得关注的还有 1867 年出版的《非基督教世界文学史概述》(*Rys dziejów piśmiennictwa świata niechrześcijańskiego*)一书,主要介绍中国、印度、波斯、巴比伦、亚述、埃及、西伯利亚、罗马、土耳其等国家和地区,以及凯尔特人、日耳曼人、斯拉夫民族、阿拉伯各民族和犹太人的文学发展史。作者约瑟夫·舒伊斯基(Józef Szujski,1835—1883)自陈,写作此书源于"对东方和古典世界的宗教、诗歌、思想、艺术长久以来的执着热爱"①。他在第一章"以中国为首的非白人世界"中,集中笔墨介绍中国哲学、思想、文化、文学成就,涉及《道德经》《易经》《诗经》《春秋》②,李白、杜甫诗作等历代诗歌,《赵氏孤儿》等戏剧,并介绍了中国思想家孔子、老子,史学家司马谈、司马迁,文学家苏轼、司马光、朱熹等。舒伊斯基选取的中国文学文化名人和作品极具代表性,以点带面地向波兰人呈现

① Józef Szujski, *Rys dziejów piśmiennictwa świata niechrześcijańskiego*, Druk. „Czasu" W. Kirchmayera, Kraków, 1867, s. XI.

② 原文为《史经》(*Księga historyczna*)。

出中国文学的初步样貌。从这个意义上说,这本著作可以被视为波兰人第一次对中国文学成就较为系统的介绍和研究。

五、与"中国风"相得益彰

图 1.1:17—19 世纪波兰出版的与中国相关的图书数量

从前文和上图不难看出,17、18 世纪,每百年波兰都只有 3 部有关中国的图书出版。在当时波兰人的认知视野中,中国还处于非常边缘化的地带。这种情况至 19 世纪发生了明显变化,在这百年中共有 30 部关于中国的书籍在波兰出版,其原因同 17—18 世纪在波兰刮起的"中国风"不无关系。

从本尼迪克特和马可·波罗踏上中国的土地,到西方传教士赴华传教,有关东方的信息和知识被陆续带回欧洲,使得西方对中国文化的兴趣日益浓厚。来自东方特别是中国的文化产品,以其迷人的异国情调和精美的制作工艺,强烈吸引着欧洲人的目光。许多欧洲贵族开始收集中国艺术品,其宫室常常成为陈列这些藏品的博物馆。在波兰,"中国风"更是得到了国王扬·索别斯基三世(Jan III Sobieski,1629—1696)的发扬光大。

索别斯基三世热爱地理和旅行,对了解世界各国文化充满热情。他在自己的宫廷里接见那些打算前往中国的传教士,发给他们外交护照,希望他们将东方风尚从中国带回波兰。索别斯基三世还在政治上将中国当作有可能帮助他同沙俄抗衡的强大帝国。在康熙十分信任的老师、传教士南怀仁(Ferdinand Verbiest,

1623—1688)的帮助下,索别斯基三世同中国皇帝建立了联系。1685 年,南怀仁寄给维也纳耶稣会士尼古拉斯·阿瓦齐尼(Nicolas Avanzini)的信函中,附有一封康熙写给波兰国王的信,祝贺他取得了维也纳大捷,其中还有一首康熙向索别斯基三世致意的诗。就在这一年,索别斯基三世把自己的肖像送到北京,康熙则回赠以珍贵的瓷器。后来因为南怀仁去世,索别斯基同康熙的联系中断,他在政治上的"中国战略"也没有实现。尽管如此,当时波兰与中国之间的高层交往极大地拉近了两国关系,直接推动"中国风"在波兰的传播。

此后的多位波兰国王,继续在波兰推动"中国风"劲刮。国王奥古斯特二世(August II Mocny,1670—1733)对"中国风"十分痴迷,拿 600 名龙骑兵从普鲁士国王腓特烈威廉一世那里换回 151个中国花瓶。在其大力推动下,1710 年波兰设厂生产瓷器,这是整个欧洲第一次生产瓷器。他在自己的夏宫维拉诺夫宫里布置了一间中国漆艺厅,墙壁和家具上绘有中国龙、鹦鹉和五彩的鸟,以及形态各异的中国人物,还能看到一些同中国文学主题相关的原汁原味的汉字。这间位于华沙近郊的宫殿至今仍然游人如织。

而在波兰被誉为中国文化最伟大的推广人的是国王斯坦尼斯瓦夫二世(Stanisław August Poniatowski,1732—1798)。他的很多宅邸都充满中国元素,包括维斯杜拉河堤城堡、皇家城堡、乌贾兹多夫斯基城堡、维希尼奥维茨基宫等。其中最具代表性的是位于华沙的瓦津基王家公园,那里的宫室陈设富有中式风格,绘画装饰展示中国人的生活,园林建筑包含中国的小桥流水、凉亭画廊等。斯坦尼斯瓦夫二世是当时欧洲著名的文化赞助人,他在瓦津基王家公园举行的"星期四午餐"吸引了很多欧洲各国的文人墨客,其中不乏"中国风"的爱好者。那时的波兰文学家们也受到东方文化影响,包括波兰启蒙文学的最杰出代表人物、国王最喜爱的作家伊格纳齐·克拉西茨基,他把中国主题用在其诗歌创作中。在克拉西茨基用波兰语写作的波兰历史上第一部小说《尼古拉斯·智慧先生历险记》(*Mikołaja Doświadczyńskiego przypadki*)中,作者把儒家思想中的一些元素融入他所塑造的来自尼普岛的大师的教义中。他的《讽刺诗》(*Satyry*)第一部分里,有一首题为"时髦妻子"(*Żona Modna*)的小诗,描绘一位痴迷各种异域文化却又浅尝辄止的肤浅妇人。"时髦妻子"最喜欢的美食就是中国姜糖,她看到一个中国寺庙形状的亭子便赞叹不已。从这些细节描写我们不难看出,来自东方的中国文化对波兰文学家产生了不可小觑的影响。

对东方艺术的兴趣激起了波兰人对中国社会及其结构、关系和传统的好奇心,中国的政治制度和哲学也引起欧洲社会学家和哲学家的兴趣。

总体看来,从 17 到 19 世纪,波兰对中国的认知经历了从萌芽到初步发展的过程。赴华传教士、使者、旅行者的传记和游记,是人们获取有关中国知识的主要来源。17 世纪来华的卜弥格开启了波兰人对中国带有"中国学研究"色彩的探索进程,虽然这一时期他们对中国文化思想典籍、文学作品的译介尚处于起步阶段。这同在波兰广受欢迎的"中国风"不无关系。该时期较为活跃的讲述"中国故事"的作者、译者多为传教士和使者、旅行者,如利玛窦、陆若汉、古伯察等。书籍传播手段很有限,主要以私人出资印刷方式流传。

在这近三百年间,波兰有数十本有关中国国家、社会、思想、文化、文学的书籍出版。透过这些作品,我们可以看到一个古老、神秘、庞大的帝国,拥有灿烂的文化和辉煌的成就,同时面临种种危机和挑战。在波兰人眼中,中国的封建统治保证了国家的长期发展。古伯察在《传教士胡克和加倍特的东方游记》里写道:"16 世纪,从当时因宗教冲突和政治动荡而四分五裂的欧洲来到繁荣富足的中国之时,天主教传教士看到了令他们无比好奇的现象。按照中国人的观点,皇帝和官员对国家而言如同家庭中的父亲和母亲,穷人和富人都应当严格遵守规则。这里的居民是受过良好教育的人民,他们拥有人口众多的大城市、可通航的宽广河流,以及完整的运河系统。"①《中国的未来:由易被忽视的前提得出的危险结论》一书的作者邓比茨基也指出,中华民族坚韧不拔、勤劳勇敢的民族特质,使得这个古老帝国在历史的风云变幻之中始终屹立不倒。同时,波兰学者也发现了当时西方人对中国的认识存在偏差:欧洲人缺乏对中国的正确认识并对中国及其文化存在误解,大量出版文献对中国的描述过于简略且多为博人眼球而作。因此,欧洲人描述中国和中国人时总逃不出刻板的印象,并会使用夸张手法显示其"怪异"之处。这些问题在后世对中国的介绍和研究中或可得以修正。

第二节　中国对波兰的最初认知

在波兰南部古城克拉科夫的老城广场上,每到整点都会响起一阵悠扬的号角声。令人意外的是,这舒缓悠长的旋律最后总是戛然而止。其实,在这背后有一个凄美的故事:传说自克拉科夫的圣玛丽亚大教堂建成以来,教堂的钟楼上一直有号手定点吹响号角,为全城报时。1241年鞑靼人进犯波兰,一路打到克拉科夫城下。一天清晨,天刚蒙蒙亮,城里居民还在熟睡之中,年轻的号手在钟楼上发现了兵临城下的敌军。他连忙吹响号角,向大家报警。被号声惊醒的人们意识到危险,纷纷拿起武器抵御外敌。意图偷袭的鞑靼人最终发现了钟楼上吹号报信的号手,用乱箭射死了他,号声也随之停止。后来,人们为纪念这位英勇牺牲的号手,每到整点都在钟楼上播放那段悠扬却戛然而止的号声。

---

① Évariste Régis Huc, *Podróże księży misyonarzy Huc i Gabet w Mongolii, w Tybecie i w Chinach*, Dziedzictwo bł. Jana Sarkandra, Cieszyn, 1898, s. 10–11.

这个传说发生的历史背景正是 13 世纪的蒙古人西征。四十余年的战争,客观上建立起了东西方之间的经济和文化联系。中国的发明如火药、造纸术、印刷术、罗盘等传到西亚及欧洲等国,同时西方的天文、医学、历算等传入中国,在客观上促成了亚洲和欧洲之间一次大范围的民族碰撞和交融。在波兰,西征的蒙古人被称为侵略者鞑靼人,他们曾三次入侵波兰,把当时一些领先于欧洲的技术带到了波兰。波兰编年史家扬·德乌戈什曾如此描写:"在他们(蒙古人)的队伍里有一面巨大的旗帜……旗杆顶端有一个面貌丑陋、长着可怕胡子的人的头颅。这时鞑靼人向后方撤退了一波里(约 134 米),举着这面旗帜的军官开始使出浑身力气摇动,突然旗杆顶端的头颅爆炸了,浓烟、灰尘和刺鼻的气味滚滚而来。这种致命的气体在波兰军队中扩散,士兵闻到后纷纷倒下,大多数人变得奄奄一息,无力再战斗下去了……"[1]

交流总是双向的,从另一方的角度出发,当时蒙古人也会看到波兰的社会风貌,很可能也以某些形式把有关波兰的知识带回了东方。只是在中国现在可考的史料中,我们还没有找到有关那个时代的此类记录,只能猜想战争带来了文化的交融。《中外文学交流史:中国—中东欧卷》的作者丁超指出,蒙古人西征在客观上突破了东西文明的闭塞隔绝状态,具有促进文明沟通的积极意义。从这一角度而言,我们也可以把蒙古人西征看作是中国人了解波兰的开始。

一、传教士带来的知识

丁超认为,1602 年意大利耶稣会传教士利玛窦在北京绘制的《坤舆万国全图》第一次将中东欧地名带入中国人视野。利玛窦

---

[1]　Józef Włodarski, Zhao Gang, *Kontakty Polski z Chinami od XIII do końca XVIII wieku-próba nowego spojrzenia*, „Gdańskie Studia Azji Wschodniej", 2014 (5), s. 17 (14–32).

在华传教期间与李之藻合作刊刻世界地图《坤舆万国全图》，于明万历三十年在北京付印。该图以当时西方世界地图为蓝本，调整欧洲居于地图中央的通行格局，将亚洲东部置于中央，开创了中国绘制世界地图的先例。地图上的欧洲地名全部用汉字进行标注，还在第三部分通过解释说明介绍世界各地风土人情、自然资源、宗教信仰等。根据丁超的研究，该书附列地名中的"波罗泥亚（Polonia）"即为今天的波兰。这很有可能是中国人第一次正式知道波兰这个国家。

继利玛窦之后，向中国介绍波兰的另一位重要人物当属意大利人艾儒略。艾儒略受耶稣会派遣，于 1613 年抵达北京，此后在中国多地传教。他对中国的历史、文化、哲学和语言颇有研究，被称为"来自西方的孔子"。1623 年，艾儒略完成《职方外纪》一书，当年秋付梓。这是"传教士用西方宗教地理学观点写成的中文版的第一部世界地理"①。全书共五卷，第二卷集中讲述欧罗巴洲，其中有一节专门介绍波兰的情况，是"中国史籍中对波兰最早最清晰的介绍"②。

1646 年，传教士卜弥格将一套开普勒编的《鲁道夫星表》（*Rodol-Phiena Tables*）转送到北京，并盛赞此书"在计算日全食、偏食和天体运动方面是独一无二的、最好的"③。该行星表是开普勒晚年根据他的行星运动定律和第谷的观测资料，按照哥白尼的体系编制成的，可以说是首次在中国传播哥白尼的学说。后来耶稣会传教士穆尼阁（Jan Mikołaj Smogulecki，1610—1656）曾在南京传

① 艾儒略原著、谢方校释：《职方外纪校释》。北京：中华书局，1996，《前言》第 1 页。

② 丁超、宋炳辉：《中外文学交流史：中国—中东欧卷》。济南：山东教育出版社，2014，第 60 页。

③ 江晓原：《论耶稣会士没有阻挠哥白尼学说在华传播——西方天文学早期在华传播之再评价》，中青年专家网页。

播哥白尼学说。他于1646年来华,1647—1651年在福建和南京传教。穆尼阁精通数学和天文,向中国人传授欧洲的相关科学成就,包括当时中国人所不知的有关对数的知识。他与中国学者薛凤祚共同译编出版了有关欧洲数学、天文学和占星术的著作《天步真原》,介绍了哥白尼的天文学理论。

二、晚清时期随“西学东渐”入华的有关波兰的知识

晚清时期,来华西人、出洋华人、出版书籍和新式教育等发挥媒介作用,香港、通商口岸及日本等发挥窗口作用,西方的数学、哲学、天文、物理、化学、医学、生物学、地理、政治学、社会学、经济学、法学、应用科技、史学、文学、艺术等领域的知识大量传入中国,对中国的学术、思想、政治、社会、经济都产生了重大影响。这一时期,倡导“师夷长技以制夷”、引领“西学东渐”的林则徐、魏源、徐继畬等政治家、思想家,通过《四洲志》《海国图志》《瀛寰志略》等著作,向国人系统介绍有关世界的新知识,促进了中国对西方的了解,加快了中国社会的近代化进程。这些著作有一个共同的特点,就是介绍了一批国人之前鲜有了解的中小国家和民族的情况,其中就包括有关波兰的知识。

1839年(道光十九年),清晚期杰出政治家、思想家和诗人林则徐以钦差大臣身份赴广州禁烟,期间积极了解西方国家的历史和现状,派人购买英国人休·慕瑞(Hugh Murray,1779—1846)撰写的《世界地理大全》(*Cyclopedia of Grography*),并组织幕僚将此书译成中文。后由林则徐亲自润色,编辑成《四洲志》出版。译作简述世界四大洲三十多国的地理、历史、政情,是当时中国第一部较系统的世界地理志,在近代史上具有开风气之先的重要作用。全书共分35章,其中13章讲述欧洲各国。与中东欧其他国家相比,波兰单列为一章,相关内容最为全面丰富,现将全文摘录如下:

> 波兰国即古时之麻底阿,其人则斯可腊奂种类也。语音

庞杂,风俗强悍。当意大里盛时,征讨各国,惟波兰未失寸土。自耶稣纪岁九百九十年(宋太宗淳化元年),有摩尼斯老士,始立国称王,建都于洼肖。迫千有四百年(明建文二年),协稔女王嗣位,与里都阿那酋长查遮尔伦婚配,合为一国,仍曰波兰。其后国中土豪聚党数十万,擅权自恣,国王稍不如意,动辄废立。擅田土、赋税,政自下出,王不能制。千七百七十余年(乾隆三十余年),普鲁社、俄罗斯、欧塞特里阿三国遣人说波兰王,愿助兵诛除顽梗,约割地酬劳,议未决。千七百九十有二年(乾隆五十七年),三王合兵来攻,于是被俄罗斯国夺去敏塞、几付、波罗里、窝尔希尼、俄罗俺、威尔那、哥尔兰、威的塞、目希里付十部落,普鲁社夺去东普鲁社、西普鲁社、波新三部落,欧塞特里国夺去雅尔西阿一部落。波兰仅存洼肖与格那耦两部落,而格腊(那)耦近又不服统辖。波兰惟洼肖一区,然膏腴阜产,亦足供给各小部落。设有总领,如遇会议,各以兵自随,稍不合辄争斗,王亦置若罔闻,惟视其强弱而右之。法旧严峻,近改宽大,人咸欣悦,而各部落亦较前驯帖(波兰国,东界俄罗斯,南界欧塞特里,西、北界寒牙里。幅员四万八千六百五十五方里,户三百七十万口,小部落四十有七。土人奉加特力教、由教、额力教。产布、呢、麦、木、谷)。

格那耦(东、南具界牙里西阿,西界普鲁社,北界洼肖)在洼肖之南,地土肥厚。幅员五百方里,户二万四千八百口。土人尊奉加特力教。近自专制一方,不归波兰所辖。①

上述第二十二章"波兰国"从波兰建国讲起,介绍了波兰的历史风云变幻和王朝更迭,特别是三次被瓜分的始末和波兰地理版图的变化。通过研读上述文本,我们不难发现,作者对波兰地名、人名的翻译和今天的版本有着较大差别。例如"洼肖"应为华沙,

---

① 林则徐著、张曼评注:《四洲志》。北京:华夏出版社,2002,第95—96页。

"格那耦"则为克拉科夫,"查遮尔伦"应为立陶宛大公雅盖沃。在编译过程中,作者对波兰历史事件发生的年代未作考证,产生了一些谬误。《四洲志》记载"自耶稣纪岁九百九十年(宋太宗淳化元年),有摩尼斯老士,始立国称王,建都于洼肖",而目前史学界公认的波兰建国的年代应为966年,建都格涅兹诺,而不是华沙。此外,书中所写"千七百九十有二年(乾隆五十七年),三王合兵来攻"指的应是俄罗斯、普鲁士、奥地利三国第一次瓜分波兰,应发生于1772年,而非书中所写的1792年。但是瑕不掩瑜,《四洲志》中对波兰整体历史脉络、地理状况、民族宗教等方面的描述都是正确的,为中国人了解有关波兰的知识做出了奠基性的贡献。

1841年,林则徐将《四洲志》书稿和其他一些资料郑重交予魏源,并鼓励其编撰《海国图志》。魏源是清代著名启蒙思想家、政治家、文学家,主张"师夷长技以制夷",开启了中国了解世界、向西方学习的新潮流,被誉为近代中国"睁眼看世界"的首批知识分子的代表人物。魏源接受林则徐的嘱托,以不足九万字的《四洲志》为基础,将当时能搜集到的其他文献书刊资料和自撰的很多篇论文进行扩编,于1842年(道光二十二年)初次刻制《海国图志》共五十卷。1847年(道光二十七年)又增补刊刻为六十卷。随后,辑录徐继畬在1848年(道光二十八年)所成的《瀛环志略》及其他资料,补成一百卷,于1852年(咸丰二年)刊行于世。《海国图志》详细叙述世界各地和各国历史政治、风土人情,是当时介绍西方国家科学技术和历史地理最翔实的专著,书名中"海国"的含义是海外之国。在岳麓书社2011年版的四卷本《海国图志》中,我们可以看到波兰作为中欧国家的地名出现,即"波罗尼"。此外在书中不同部分,波兰的译名有所不同,先后有"缚罗塔""波罗尼""波罗""破兰地""波罗尼亚"和"波兰"等。

魏源在参考《四洲志》的同时,征引历代史志、中外古今各家著述,以及各种奏折和一些亲自了解的材料,使得《海国图志》的内容更加丰富翔实。书中有关波兰的内容共有两篇,分别为"波兰国"和"波兰国沿革"。

> 《万国地理全图集》曰:波兰国内之地,一曰牙里西,林丛广坦,兼有沙。国出五谷、畜牲。林多狼、熊,献皮受赏。其土多出盐。百姓并拜天主圣像,信僧诱感。民惟务农,不织布帛。其省会邻山城,内有文学院。一曰罗多麦,与牙里西为一国。其五爵代东帝治国政。百姓纳田赋税饷,待其五爵议定而后征收。其甲口城与其郊,广表方圆千五百里,居民九万三千丁,不服他国。城内多庙寺,繁尼僧,通商邻地。

> 波兰国,昔日自主治民。因五爵相争,峨罗斯与奥地利亚、陂鲁斯两国,分夺其大半。道光十二年,效死叛乱,然交战十余合,不足抵御,自后仍归峨罗斯统辖。产五谷,蜜及木料。居民大半五爵之奴也。其都城曰挖稍城,居民十五万丁,其中三万犹太国人,好攘夺。其东方称曰(日)力刀地,与波兰国相仿。会城曰味里那,其内有文学院。窝希尼与破多里等部,昔归波兰国,遍处平敞。①

根据书中的注释,"牙里西"为波兰东南部历史地区加里西亚(Galicja),包括今波兰东南部及乌克兰西部,"罗多麦"为加利西亚-洛多米里亚王国,又称"奥属加利西亚"或俗称"奥属波兰","挖稍城"即华沙,"利刀"为立陶宛,"味里那"为维尔纽斯(Wilno),"窝希尼"为沃尔希尼亚(Volhynia)。这里提到的"五爵相争"指的是波兰在1138至1320年近两百年的封建割据时期。书中记述波兰遭三次瓜分的历史时,提到了"效死叛乱,然交战十余合,不足抵御,自后仍归峨罗斯统辖",应指1830至1831年发生的沙皇俄国统治下的波兰人民争取民族独立的起义,文中所书"道

---

① 魏源:《海国图志》。长沙:岳麓书社,2011,第1347—1348页。

光十二年"为 1832 年,应是魏源在确切年代上犯的一个小错误。即便如此,《海国图志》仍为国人带来了有关波兰的更多知识,为后来中国与波兰的交往奠定了基础。

1848 年(道光二十八年),《瀛寰志略》初刻于福建抚署。此书由《纽约时报》誉为"东方伽利略"的徐继畬搜集材料、采访西方官员、参阅《海国图志》、补充疏漏,历时数年编撰完成。全书分为 10 卷,分装 6 册,总分图 44 幅。书中先为总说,后为分叙,图文并茂,互为印证,详细记述世界各洲疆域、种族、人口、沿革、建置、物产、生活、风俗、宗教、盛衰,并比较列国,成为当时中国人了解西方世界的一扇重要窗口。《瀛寰志略》没有单独介绍波兰的章节,有关知识附录于"欧罗巴峨罗斯国"一章:

> 波兰部(一作破兰,又作波罗尼亚,又作惹鹿惹也),在海东诸部之西南。先是有查遮尔伦国者,与波兰邻。其王赘于波兰女王,遂与波兰合。后为峨罗斯所取,称为西峨。其人白皙,又称白峨。迨后波兰衰乱,峨罗斯与奥地利亚、普鲁士瓜分其国,峨得三分之二。道光十二年,波兰遣臣据地起兵,与峨军战,溃败而逃。其地卒归于峨,合前所得白峨地,统称波兰部。白峨地广阔平坦,草茂土肥,宜耕宜牧。其民修洁,屋宇整峻……波兰地荡平如砥,林茂草芳,谷果俱丰,兼产材木、煤炭、蜂蜜。[1]

这里提及波兰和立陶宛联合的历史,述及波兰得天独厚的自然地理和丰富物产。波兰的"马索维亚"(马佐夫舍,波兰语为 Mazowsze)、"加拉哥维亚"(克拉科夫)、"加利斯"(卡利什)、"鲁伯林"(卢布林,波兰语为 Lublin)、"波罗咯"(普沃茨克,波兰语为 Płock)、"波达拉给亚"(波德拉谢,波兰语为 Podlasie)等地名也出

---

① 徐继畬著、宋大川校注:《瀛寰志略校注》。北京:文物出版社,2007,第 127—128 页。

现在后文中。

上文讲到的是波兰十一月起义发生地俄属波兰,而在有关"欧罗巴奥地利亚国"和"欧罗巴普鲁士国"的章节中,也有奥属波兰和普属波兰的有关介绍:

> 奥地利之波兰地,曰加里细亚(一作牙里西)。地平坦,有沙碛,多林薄,熊狼所宅,猎者杀之,献其皮,官为给价。其土卤,可以煎盐。民惟务农,不解纺绩,衣食皆粗粝。会城曰稜卑尔各(一作邻山),内有书院。布哥维纳,本土耳其地,奥割得之,因与加里细亚毗连,故附波兰部。[1]

> 波森(一作波新),在巴郎的不尔厄之东,本波兰地,普与峩奥两国,瓜分得之。地出五谷,别无产。会城曰波森,街市宽广,居民二万五千。当普人初据其地,民怀故国,多怨思。普洽以惠政,民乃胥悦。其俗尚崇天主教。[2]

这里提到的"波森"就是今天波兰西部城市波兹南(Poznań)。1795 年波兰第三次被瓜分,原有领土分别被俄罗斯、奥地利和普鲁士吞并,所以在对这三国的介绍中都有涉及波兰的内容。以上三段文字,分别从俄、奥、普三国地域视角,记录了波兰亡国时期的基本信息。

中国—中东欧人文交流史专家丁超教授研究发现,1840 年鸦片战争之后,中外之间建立的常驻使领制度开启了中国的近代外交。清政府对外派驻的使臣对出使各国的政治、军事、工商、贸易、社会、科学、文化等方面的情况进行了系统考察和深入研究,他们的日记、游记、咨报等资料为我们了解当时中波之间的接触和认知

---

[1] 徐继畲著、宋大川校注:《瀛寰志略校注》。北京:文物出版社,2007,第 150 页。

[2] 徐继畲著、宋大川校注:《瀛寰志略校注》。北京:文物出版社,2007,第 155 页。

提供了史料。例如黎庶昌①的《西洋杂志》、薛福成②的《出使英法义比四国日记》均对波兰及华沙等地名有所记录。③

除上述开启国人对世界的探索之路的几部著作之外,晚清时期中国近代报业萌芽,《申报》《万国公报》等报刊成为国人了解世界的信息来源,有关波兰等国家的信息也借此陆续进入中国人视野。

从明代来华的传教士到晚清时期的学者、外交家,他们纷纷将有关波兰地理、历史、民族、宗教等方面的知识带到了中国,为中国人绘制出了一幅线条粗略但特征鲜明的波兰图景。随着时间推移、历史发展和人们认知水平提高,这幅图景的轮廓和特征不断变化。艾儒略所著《职外方纪》中有关波兰的描写如下:

> 亚勒玛尼亚东北曰波罗尼亚,极丰厚,地多平衍,皆蜜林,国人采之不尽,多遗弃树中者。又产盐及兽皮,盐透亮如晶,味极厚。其人美秀而文,和爱朴实,礼宾笃备,绝无盗贼,人生平未知有盗。国王亦不传子,听大臣择立贤君,其王世守国法,不得变动分毫。亦有立其子者,但须前王在位时预拟,非预拟不得立。即推立本国之臣或他国之君,亦然。
>
> 国中分为四区,区居三月,一年而遍。其地甚冷,冬月海冻,行旅常于冰上历几昼夜,望星而行。
>
> 有属国波多里亚④,地甚易发生,种一岁有三岁之获,草菜三日内便长五六尺。
>
> 海滨出琥珀,是海底脂膏从石隙流出,初如油,天热浮海

---

① 黎庶昌(1837—1898),字莼斋,自署黔男子,贵州省遵义县东乡禹门人。晚清时外交家和散文家。

② 薛福成(1838—1894),字叔耘,号庸盦,江苏无锡宾雁里人。近代散文家、外交家,洋务运动的主要领导者之一,资本主义工商业的发起者。

③ 丁超、宋炳辉:《中外文学交流史:中国—中东欧卷》。济南:山东教育出版社,2014,第105—108页。

④ Podolia,音译,位于今乌克兰中西部和西南部,与赫梅利尼茨基州和文尼察州大致相当。

面,见风始凝。天寒,出隙便凝,每为大风冲至海滨。[1]

上述内容显示,艾儒略对波兰有着非常积极正面的描写。在艾儒略笔下,波兰地理位置优越,自然资源丰富。作者对波兰以贵族民主为基础的自由选王制度持肯定态度,称赞波兰政治清明,民风淳朴,文化发达。他专门提到的物产琥珀如今闻名于世,成为波兰继哥白尼、居里夫人和肖邦之后的又一张重要的文化名片。

及至清朝末年,中国学者开始将部分目光转向波兰悲剧色彩的历史境遇。《四洲志》写到波兰第一次被俄、普、奥三国瓜分,《海国图志》注意到波兰12—14世纪的封建割据对后世的影响,还提到了反抗沙俄的十一月革命,而《瀛寰志略》讲述了波兰一立陶宛联合的历史。波兰的这种历史遭遇较早受到中国政治家、外交家和学者关注,引发清末维新派政治家们以波兰历史命运为镜鉴,努力探寻中国社会的变革之路。

三、波兰历史命运对中国近代社会革新的镜鉴

1840年鸦片战争爆发,中国封建社会发生重大转折。随着帝国主义的侵略和外国资本的进入,中国开始了近百年的半殖民地半封建时代。晚清社会一批政治家面对民族危亡,思想受到冲击,民族意识觉醒,开始怀疑清朝闭关锁国的政策,试图通过认识外部世界、学习西方先进的思想文明和科学技术变法图强,重振国运。19世纪末,以晚清朝臣康有为、梁启超为代表的维新派人士,通过光绪皇帝倡导、实施维新运动。在这场提倡科学文化,改革政治、教育制度,发展农、工、商业的资产阶级改良运动中,康有为借鉴波兰历史命运的经验教训,向光绪皇帝上书《波兰分灭记》,对说服清朝统治者下决心改革时弊、维新变法起到了不容忽视的作用。

康有为(1858—1927),原名祖诒,字广厦,号长素,人称康南

---

① 艾儒略原著、谢方校释:《职方外纪校释》。北京:中华书局,1996,第95页。

海,是中国晚清时期重要政治家、思想家、教育家,资产阶级改良主义代表人物。他出生于封建官僚家庭,1879 年(光绪五年)开始接触西方文化,后从中学转向西学,提应敌之策和强国大计,倡导"变法图强",宣传维新思想。在变法维新的思想准备阶段,他大量借鉴波兰的历史遭遇写下的《波兰分灭记》,"是百日维新后期,康有为为了击退顽固派的猖狂反扑,使光绪皇帝痛下决心,'持之以坚',将新法推行下去而进呈的一部非常重要的著作"①。根据《中国近代思想家文库·康有为卷》中《波兰分灭记》的按语所记,这部著作是康有为于 1898 年 8 月进呈于光绪皇帝的,光绪阅后深受触动,还给了康有为大笔的赏赐。这本书共分七卷,以编年体叙事写法,介绍了 18 世纪波兰在波乃多斯国王②执政期间,被守旧贵族阻挠,无法变法图强,被俄、普、奥三国瓜分,终被灭国的史实。作者以此为镜鉴,恳请光绪帝改革新政,救国图强。

康有为在序言中开宗明义地提出强国自立的重要性:"《传》谓:国不竞亦陵,何国之为。呜呼!观于波兰之分灭,而知国不可不自立也。"康有为记述了波兰国王一开始依靠俄国支持成功登上王位,然后受俄国力量胁迫的史实。他讲到,一开始波兰的中小贵族提倡变法,"而其君与贵族大臣疑之,几兴大狱"。后来虽然波兰国王和大贵族转变观念,试图通过革新救国,但为时晚矣。康有为将中国东北当时因俄国修铁路而被控制的事实与之相比较,感叹"我之不为波兰者几希!"强调阻挠变法的人"非助俄自分之乎?"所以他"每考波事而流涕太息也。谨编其略,以待鉴观焉"③。

《波兰分灭记》纲目分别为:第一、波兰分灭之由,第二、波兰

---

① 孔祥吉:《从〈波兰分灭记〉看康有为戊戌变法时期的政治主张》,载《人文杂志》1982 年 05 期,第 84 页。

② 应为波兰国王斯塔斯尼斯瓦夫二世。

③ 康有为著,姜义华、张荣华编校:《日本变政考:外二卷》。北京:中国人民大学出版社,2011,《波兰分灭记》第 343 页。

旧国,第三、俄女皇卡他利那专擅波兰,第四、俄使恣捕波兰义士,第五、波兰志士谋复国权与俄战,第六、俄人专擅彼王废立,第七、俄土争波兰义士起爱国党,第八、普奥俄分波兰之原,第九、俄胁波兰废其变法为第二次分割,第十、波兰第三次分割而灭亡。康有为用近四万字,详细记述波兰从18世纪开始国势衰微、渐被灭国的过程,从基本国情、内政外交、战事版图、王朝沿革等方面介绍波兰的客观情况;通过介绍叶卡捷琳娜二世对波兰的控制分析波俄关系,展示波兰志士的反抗;探讨波兰失政失国的内在原因,详述波兰三次被瓜分的过程以及波兰仁人志士的反抗。在康有为看来:"波兰之灭,非因国地褊小、府库空匮、士鲜忠义,实由平日君臣泄沓,不知变法。"他继而提出:"圣人不能为时当变而不变者,过时则追悔无及矣!"波兰国王决意变法,可谓贤明,但内制于大臣,外胁于强邻,仍以失败告终。中国皇帝则应汲取波兰亡国之教训,坚定变法信心。康有为讲述的"波兰故事"引起了光绪皇帝"唏嘘感动",一定程度上坚定了光绪变法维新的信心。《波兰分灭记》应该称得上是一部直接影响中国近代史进程的作品。

其实在康有为面呈光绪帝《波兰分灭记》之前,梁启超早在光绪二十二年七月廿一日(1896年8月29日)的《时务》第三册上就发表了《波兰灭亡记》,描述了波兰被俄国奴役后的惨状。根据邹振环的研究,《波兰灭亡记》是晚清学界第一篇研究波兰亡国史的著作。此后梁启超于1901年撰写《灭国新法论》,连载于1901年7—8月的《清议报》第85、86、89册上,将波兰亡国史作为"灭国新法"中"以煽党争灭之"的一大典型。① 戊戌维新期间,梁启超、康有为通过《波兰灭亡记》和《波兰分灭记》探讨波兰亡国原因,提醒

①　邹振环:《晚清波兰亡国史书写的演变系谱》,载《南京政治学院学报》2016年第4期第32卷,第84页。

国人变法维新,警告国人不变法就难免遭遇波兰被瓜分的命运。可以说,两位维新派思想家都是将"波兰亡国史"作为变法维新的重要思想资源,用于实现其政治动员和政治行动的目标。从此以降,波兰作为一个遭遇外国侵略和亡国命运的国家,成为中国救亡图存、变法维新的镜鉴,进入中国"亡国史鉴"话语思潮之中。1904 年,张之洞在为自强学堂所作的《学堂歌》中就写道:"波兰灭,印度亡,犹太遗民散四方。埃及国,古老邦,衰微文字多雕丧。越与缅,出产旺,权利全被他人攘。看诸国,并于强,只因不学无增长。中国弱,恃旧邦,陈腐每被人讥谤。"①

　　20 世纪初,中国翻译日本学者涩江保的《波兰衰亡战史》,将波兰亡国史编译工作推向了一个高潮。根据目前的研究所知,《波兰衰亡战史》先后至少出现过三种中译本,分别是 1901 年译书汇编社译出的第一册本,1902 年江西官报社推出的陈澹然译述《波兰遗史》本和 1904 年东大陆图书译印局印刷、上海镜今书局发行的薛公侠译述的《波兰衰亡史》本。涩江保(1857—1930),本名成善,小字三吉,通称道陆,执笔著译号署"羽化""羽化生""羽化仙人""羽化仙子""乾坤独步""涩江易轩"等。他出身于江户的书香门第,其父是日本近代史上赫赫有名的涩江抽斋(?—1858)。涩江保一生著述等身,其中著译各国战史尤为引人注目,包括《独佛战史》《拿破仑战史》《英佛联合征清战史》《露土战史》《米国南北战史》《普奥战史》《波兰衰亡战史》《印度蚕食战史》《伊太利独立战史》《米国独立战史》《希腊独立战史》《英国革命史》《佛国革命史》《普鲁士国厚礼斗益大王七年战史》《历山大王一统战史》《希腊波斯战史》等二十四册,这套读物在当时日本的

---

① 赵德馨主编:《张之洞全集》(六、公牍·咨札)。武汉:武汉出版社,2008,第450 页。

出版界被誉为战史读物的"杰作"。①《波兰衰亡战史》原书完成于1895年,分为两册。1901年,译书汇编社编辑出版了第一册,分三编十二章,介绍波兰灭亡的原因。在涩江保看来,原因有三:一是"国王公选之弊",指波兰自由选王制度助长大贵族势力,造成波兰"朋党之争";二是"外国干涉之祸",主要指俄国干涉波兰瑟姆议会;三是"人民不得与政治",指波兰贵族民主的局限性。

1902年,江西官报社出版了陈澹然的译本,题为"波兰遗史"。译本分两编。第一编篇首为"波兰总论",然后分"波兰立国""戎王治国""俄瑞谋波"三章,第二编主要分析波兰灭亡的原因,分为"俄王之虐""义士恢复""法救同盟""三国分波"四章。陈澹然在翻译过程中保留了公元纪年,同时间注中国纪年,在译述过程中还参考了涩江保的其他著述。1904年,薛公侠(1876—1944)的译本由东大陆图书译印局印刷、上海镜今书局发行。这一译本题为"波兰衰亡史",将《波兰衰亡战史》分成了"发端""波兰分割之近因上""波兰分割之近因下""波兰第一回分割""波兰第二回分割""波兰第三回分割"六章,附录"波兰灭亡后之状况"。该书前有当时的革命青年柳亚子(署名"中国少年之少年柳人权")写的序言。柳亚子用波兰惨痛的历史命运警示国人,指出:"痛莫痛于丧心,哀莫哀于亡国。虽然亡国亦有别矣,子遗之民不知覆宗绝祀之惨,奴隶牛马之辱,而靦然安之,淡然忘之,浸假以至于指鹿为马,认贼作子,以他人之国为我国,以他人之君为我君……自台澎倾覆以来,神州陆沉,胡虏横行二百年矣。漫漫长夜,中原之王气全消,粥粥群雌,大王之雄风安在。我可怜之同胞,乃并种族华夷之界而沦胥于黑龙江祸水之中,遑问驱除光复之事业哉!"他鼓励国人学习波兰"爱国党之团结,哥修士孤之运动""扬旗击鼓,问罪

① 邹振环:《晚清波兰亡国史书写的演变系谱》,载《南京政治学院学报》2016年第4期第32卷,第87页。

于圣彼得堡"的斗争精神,学习波兰人反对沙俄统治的英勇气概,指出国人只要"能如波兰不忘祖国之精神,则彼异种称王者,即断不能久践我土而久食我毛,矧势力范围之初定者耶"①。

《波兰衰亡战史》在中国不仅三次被翻译出版,还继而成为众多进步报刊的文章主题。根据丁超的研究,仅在 20 世纪初的头五年里,就有多篇报刊文章以"波兰王国史鉴"为主题,包括 1901 年《杭州白话报》第 1、2、3 期发表的《波兰国的故事》,1902 年《经济丛编》第 15、16 册的《波兰灭亡始末记》,1903 年第 27 册《外交报》的《波兰亡国之由》,以及 1904 年《俄事警闻》第 44、49、50、52、54、56 号刊发的《讲俄国和普奥两国瓜分波兰的事》。② 甚至 20 世纪初各类学校的考题中也出现了警惕俄国觊觎、防止列强瓜分中国、警惕重蹈波兰覆辙的呼声。根据邹振环的研究,1901 年上海求志书院辛丑春季课题为"论俄并波兰始末考";1902 年京师大学堂开办速成科,招考仕学师范两馆学生,以"波兰"为考题,其中九月第一场的论题:"问波兰内政之腐败,未必过于土耳其,然波兰分而土耳其存者,有其故欤!"浙江提督学政张燮钧在 1902 年11 月份举办的"宁属各学生员经史时务策论"中,有"问波兰与俄仇深于燕齐,突厥罪浮于桀纣,故俄之分波也,借口复仇,其征突也。托言吊伐,此固志在吞灭而故为辞,然亦其义有可附丽否,试平心论之"的题目。"波兰亡国惨状"和"革命志士哥修士孤"的激昂慷慨的陈词,也常常出现在各类学生的作文中。③

无论是陈澹然、薛公侠等清末学者翻译涩江保的《波兰衰亡战史》,还是近现代政治家和民主人士柳亚子写下具有檄文性质

---

① 涩江保:《波兰衰亡史》,薛公侠译。上海:镜今书局,1904,第 1 页。

② 丁超、宋炳辉:《中外文学交流史:中国—中东欧卷》。济南:山东教育出版社,2014,第 182 页。

③ 邹振环:《晚清波兰亡国史书写的演变系谱》,载《南京政治学院学报》2016 年第 4 期第 32 卷,第 90 页。

的序言,均因这本书盛赞波兰仁人志士在救亡图存、反抗侵略的过程中表现出来的民族精神。波兰自 1795 年最后一次被俄、普、奥三国瓜分,至 1918 年重获独立,作为一个国家在世界版图上消失了 123 年。然而这百余年间,波兰语言、文化并未消亡,波兰文学、艺术在这一时期取得了极高成就,这在很大程度上取决于波兰从未磨灭过的民族精神。三种译本的译者和柳亚子深刻意识到这点,书写波兰人抵御外敌、争取民族独立的事迹,目的在于激发国人效仿波兰,励精图治,反抗侵略,谋求解放。正如邹振环所言:"在强烈的民族主义精神的感召下,'波兰'再次作为民族衰亡和振兴民族的政治符号进入史书的书写谱系,这一符号还被有意识地提升为一种唤起民众族群意识、抗击满清腐朽政治统治的民族主义的思想资源。"①

四、中国对波兰在文学层面的"第一次亲密接触"

在 20 世纪初叶的亡国史鉴思潮中占据重要地位的波兰主题,于 1904 年冲破政治藩篱,首次以戏剧的形式进入文学领域,实现了中波之间文学意义上的"第一次亲密接触",其成果就是汪笑侬的新京剧《瓜种兰因》。

汪笑侬是当时誉满京城的京剧名家,汪派的创始人,京剧改良的先驱。他学识渊博,擅长诗词,对剧本的文学性十分重视。他创作、改编的戏曲剧本大多取材历史故事,借古喻今,隐刺时政,《瓜种兰因》正是这样的一部作品。全剧共分十六本,1904 年 8 月 5 日在上海春仙茶园首演头本,后陆续演出其余各本。剧本第一本连载于陈独秀所编的《安徽俗话报》第 11—13 期。庆典、祝寿、下棋、警变、挑衅、奉诏、遇险、卖国、通敌、廷哄、求和、见景、开场十三

---

① 邹振环:《晚清波兰亡国史书写的演变系谱》,载《南京政治学院学报》2016 年第 4 期第 32 卷,第 91 页。

场戏描写了波兰与土耳其开战,最后兵败求和的故事,揭示了不爱国的可耻下场,是京剧舞台上最早演出反映外国故事的戏。汪笑侬创作《瓜种兰因》,剧本来源就是薛公侠版的《波兰衰亡史》,讲的是波兰被瓜分的故事,隐喻的其实是中国的时运,通过剖析波兰被灭国的原因来警醒国人。

与前述几部反映波兰亡国史鉴主题的作品不同,《瓜种兰因》重新定义了各国在波兰亡国中扮演的角色,土耳其被当作了瓜分波兰的元凶,而此前的相关作品更多地将波兰被瓜分归咎为俄国势力的干预、贵族民主的局限和统治阶层对改革的犹豫。《瓜种兰因》与其他波兰亡国书写的区别在于,此前梁启超等人的文本更强调波兰亡国主要源于俄国的介入以及“人民不得与政治”,土耳其更多是以反抗沙俄的同盟形象出现。汪笑侬则清醒地认识到,当时在中国东北进行的日俄战争,已经预示着中国会面临几个帝国夹击的局面。日本在这里扮演的角色就类似于《瓜种兰因》中的土耳其。或许可以由此推测,汪笑侬故意通过模糊或虚构史实来警醒中国的观众。

汪笑侬为《瓜种兰因》创作了一些相关诗作,包括自题《瓜种兰因》新戏、自和《瓜种兰因》原作五首,发表在1904年的《大陆》杂志上。这些诗作一定程度上成为这部京剧的题注,表达了剧作者的创作主旨。在汪笑侬心中,中国的境遇与波兰十分类似,“拒虎前门原不易,岂知后户引狼来”,而波兰战败终至亡国的教训十分惨痛:“多少人才难救国,却因众志未成城。一家犹自分门户,无怪强邻界限争。”汪笑侬感怀于波兰人“不肯移根生净土,念家山破最心伤”,寄希望于国人救亡图存,重振国运。

从传教士入华带来有关波兰的地理、历史、民族、宗教等方面的知识,到晚清学者编译有关世界的图书使国人认识波兰,再到变法革新的仁人志士以史为鉴,通过波兰亡国史镜鉴中国救亡图存之路,中国对波兰认知的范围不断扩大,层次不断丰富,水平不断提高。直到《瓜种兰因》横空出世,波兰主题进入中国戏剧家的视野并被其付诸创作实践,波兰和中国终于在文学层面实现了"第一次亲密接触"。也自此始,中国对波兰文学的翻译、研究与接受之门正式开启。

第二章　中波文学交流初步发展

20 世纪上半叶，世界局势风起云涌，国际格局沧海桑田，中国和波兰裹挟其中，国运跌宕起伏。1911 年，中国爆发辛亥革命，长达数千年的封建帝制被推翻。1915 年 9 月，陈独秀在上海创办《青年杂志》，后改名《新青年》，新文化运动由此发端。中国进步知识分子、广大青年学生积极接受西方民主和科学思想，在中国社会掀起一股生机勃勃的思想解放大潮流。1918 年第一次世界大战结束，中国在 1919 年召开的巴黎和会上遭遇外交失败，引发国内轰轰烈烈的五四运动。几乎与此同时，波兰历经 123 年被瓜分的苦难，于一战结束之时重获独立，谋得复国。因不满巴黎和会对波苏边境的划分，波苏爆发战争，至 1920 年停战，1921 年波兰建立第二共和国。第二次世界大战令中国和波兰两个国家惨遭蹂躏，生灵涂炭，中国在二战结束后又经历了三年解放战争。

可以说，这一时期的中国和波兰，都经历了战火荼毒、政治动荡及社会思潮的不断变革，境遇颇为相似。为便于比较研究，在文学交流层面，我们将波兰的 1900—1945 年和中国的 1900—1949 年统一定义为"20 世纪前半期"。

尽管这一时期两国历史发展轨迹有一定的相似性，但中波文学在对方国家的译介推广方面呈现略有不同、各具特色的样貌。总体而言，波兰真正意义上的对中国文学的译介起步相对较晚，对中国的关注仍相当大程度上集中在政治、历史和社会研究领域，而此时中国的知识分子在鲁迅的引领下，已经走上了有意识、成规模译介波兰文学的道路。

第一节　波兰汉学长足发展

20 世纪前半期,随着波兰传教士、旅行家和各领域学者继续传播有关中国的知识,波兰作家对中国文学产生兴趣,他们中的有些人开始翻译中国文学作品。同期,波兰精通中文的汉学家首次登上历史舞台,华沙大学汉学专业亦得以设立。由此,波兰对中国的认识和研究稳步发展,对中国古代思想典籍的研究取得新的成就,陆续译介中国古代诗歌、小说和戏剧,使中国文学第一次真正进入波兰读者视野。

一、波兰对中国的进一步认识和研究

这一时期,波兰获取中国知识的渠道随时代发展产生了一些变化。在波兰汉学研究的成果中,记述传教士、使者、旅行者游历东方及中国的作品所占比重明显下降,对中国国情研究的著述激增,达到总量的 43%。究其原因,或与 20 世纪上半叶战乱频仍的社会大环境有着重要关系。1900—1945 年,在波兰出版的有关中国的书籍数量几乎为 17—19 世纪这三百年出版总量的两倍。纵览这些出版物,可以发现其中对中国的历史、地理、政治、社会等方面的研究成果尤为突出。

(一)有关传教士主题的作品

这一时期问世的有关传教士主题的作品大多缺乏明确的出版信息,其中《1820 年在中国殉教的圣佑遣使会刘格来神父》(*Błogosławiony Franciszek-Regis Klet kapłan Zgromadzenia XX. Misyonarzy św. Wincentego a Paulo umęczony za wiarę św. w Chinach w r. 1820.*)、《波兰圣遣使会传教士在温州(中国南部)》(*Polska Misja Księży Misjonarzy św. Wincentego a Paulo w Wenchow, Chiny Południowe*)

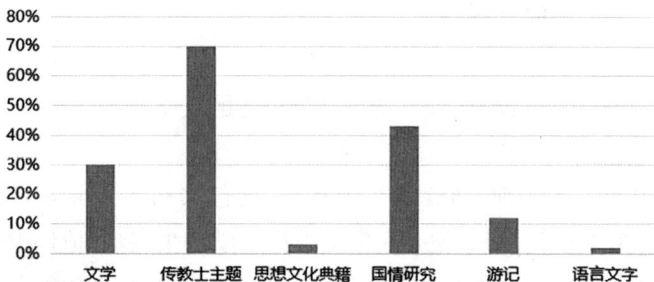

图 2.1:1900—1945 年波兰汉学研究的兴趣分布

和《波兰传教团在中国:顺德宗座监牧 1929—1934 五年间活动》
(*Polska misja w Chinach*:*prefektura apostolska Szuntefu*:*pięcioletnia
działalność 1929-1934*)的译(作)者均已无据可考。还有一点值得
注意,这时期来华的传教士同中国自然科学和医学的联系引起了
研究者的关注,博莱斯瓦夫·纳美斯沃夫斯基(Bolesław
Namysłowski,1882—1929)所著的《卜弥格和他的〈中国植物志〉》
(*Michał Boym i jego Flora simensis*)、瓦茨瓦夫·舒聂维奇(Wacław
Szuniewicz,1892—1963)所著的《服务于传教的医学:在波兰传教
士前往中国传教途中》(*Medycyna na usługach misyj*:*na marginesie
wyjazdu polskich Misjonarzy do Chin*)和《中国顺德府的传教和行医
活动》(*Działalność misyjno-lekarska w Shuntehfu*,*Chiny*)即为例证。

（二）游记

游记文学依旧延续 19 世纪的发展轨迹。这一时期面世的游记
主要记录旅行者游历中国西南、东南各省的见闻。其中较为有趣的
作品是弗瓦迪斯瓦夫·考特维奇(Władysław Kotwicz,1872—1944)
所著的《扬·波托茨基伯爵和他的中国之旅》(*Jan hr. Potocki i jego
podróż do Chin*)。此书于 1935 年在维尔纽斯出版,适逢扬·波托
茨基(Jan Potocki,1761—1815)逝世 120 周年。波托茨基是波兰
贵族、陆军上尉,也是历史学家、民族学家、语言学家、启蒙运动时

期的著名作家,同时还是位旅行者、冒险家。从 1778 年起,他多次前往东方和欧洲旅行,到访过意大利、西西里岛、马耳他、荷兰、德国、法国、英国、俄罗斯、土耳其、达尔马提亚、巴尔干、高加索、西班牙、突尼斯、摩洛哥、埃及、蒙古等国家和地区。他生动叙述了许多旅途见闻,在旅行期间还开展了广泛的历史、语言学和人种学研究。

后来,他在沙皇亚历山大一世的宫廷谋得一个职位,继而被任命为俄国尤里·戈洛夫金伯爵(Count Yuri Golovkin,1762—1846)派往中国的使团里的科学组负责人。这个赴华使团由 240 人组成,其中包括 40 名龙骑兵、20 名哥萨克人、一个军乐团以及一队负责开展语言、民俗和自然考察的科学家。1805 年 10 月,他们抵达同中国接壤的恰克图,并为得到中国政府的入境许可,在那里等待了两个月。当年 12 月 20 日,使团继续前进,并于 1806 年 1 月 2 日到达乌兰巴托。由于俄罗斯使节拒绝向中国皇帝驻当地代表致礼,使团不得不返回,并于 2 月 19 日返抵恰克图。这本书就是对这次旅行的评述,回答了有关波托茨基中国之旅的许多问题,填补了波兰相关历史文献中这一部分的空白。

考特维奇通过研究发现,波托茨基撰写并发表有许多关于自己游历各国的作品,其中包括反复被引用的《俄罗斯驻华大使纪闻》(Relation de l'ambassade russe en Chine),但似乎无法找到该作的正式出版信息。直到 1928 年的夏天,莫德尔斯基(T. E. Modelski,1881—1967)教授才找到了题为《我的中国回忆录》(Mémoire sur l'expédition en Chine)的手稿。虽然在此处的标题略有不同,但这就是《俄罗斯驻华大使纪闻》一书的手稿。这份史料为后人研究中国提供了很多重要依据。

另一部值得关注的作品是 1925 年尤利乌斯·蒂特马尔(Julius Dittmar)所著的《现代中国:旅行印象》(Nowoczesne Chiny: wrażenia z podróży)。该书收录了作者在 1910 年深秋,即辛亥革命爆发前夕,在中国的游历经历。作者详细记录了走访中国东北(满洲)、北京、上海、香港、广州等地的所见所闻。在他和同伴的眼中,中国既有壮美的山河建筑、有趣的人文历史,也处处可见保守封闭和落后腐败的景象。与波托茨基的游记不同,这部作品以讲故事的方式娓娓道来,文字更加生动细致,引人入胜,颇具文学作品的意韵。

（三）汉学研究著作

20 世纪前半期,波兰的汉学研究取得长足发展。同 19 世纪相比,出版作品的数量明显增加,近 30 部(篇)。所涉及的内容也更加广泛,主要包括历史、地理、社会等三个方面。

1. 历史研究

这一时期问世的有关历史研究的作品,其中有两部世界史专著用一定篇幅对中国历史做出介绍,分别是 1913 年亚当·谢隆格夫斯基(Adam Szelągowski,1873—1961)编写出版的《世界文明史(第一卷:埃及,巴比伦和亚述,西里亚和巴勒斯坦,小亚细亚,伊朗和图兰,印度,中国和太平洋)》(*Dzieje powszechne i cywilizacyi. T. 1, Egipt, Babilon i Assyrya, Syrya i Palestyna, Azya Mniejsza, Iran i Turan, Indye, Chiny i Pacyfik*)、1935 年约瑟夫·布罗姆斯基(Józef Bromski,1872—1937)和扬·切卡诺夫斯基(Jan Czekanowski,1882—1965)合编的《人类史前史和东方国家史》(*Pradzieje ludzkości i historja państw Wschodu*)。

《人类史前史和东方国家史》对中国历史的书写,从疆域的变化、人口的迁徙、民族的融合、宗教的传播等方面,展示中国两千余年的社会变迁,对于当时波兰人了解中国历史具有重要指导意义。该书的"种族和人民"部分把中国置于亚洲版块,整体性介绍亚洲大陆的文化扩张、语言关系、文化疆域、人口迁徙等问题。同时单列"中国历史"一章,由汉学家扬·雅沃尔斯基(Jan Jaworski,1903—1945)撰写。这一章从周朝讲起,介绍中国的 24 个朝代,一直写到袁世凯复辟称帝。这部分内容以欧洲大量研究中国历史和民族特性的文献为基础,首先重点关注中国古典思想流派对中国社会、政治、经济发展的影响,如孔子及其治国理念、墨子和他的兼爱思想、法家对封建国家组织架构的影响等。其次,雅沃尔斯基特别花费笔墨介绍各民族间爆发的多次战争,说明多种文明间的相互联系,包括汉武帝时期与匈奴的战争,隋朝时期与高丽的战争,唐太宗时期与突厥的战争,明朝时期和瓦剌人的战争、同日本在朝鲜进行的战争,康熙帝时期和准噶尔部的战争,乾隆帝时期远征西藏和尼泊尔,至鸦片战争爆发中国进入半封建半殖民地社会。雅沃尔斯基在对中国历朝历代数次战争的记述中反映出中国两千余年发展过程中外交政策和民族政策的变化情况。在讲述中西文明交流时,作者从佛教传入中国入手,介绍安息国太子、佛教学者安世高在中国传播佛教的情况,记述中国人和安息人的关系。作者还介绍了罗马皇帝马可·奥勒留(Marcus Aurelius, 121—180)派遣所谓的"使团"前往东方的史实以及明朝时期耶稣会士卜弥格在中国的传教活动。除了宗教方面的交流,作者还注意到古代中国与世界各国民族交流的情况,例如汉朝时期波斯人在中西关系中的角色,唐高宗时期回纥人在中国制定国家政策过程中发挥的作用等。

此外,1930 年前后瓦茨瓦夫·谢罗舍夫斯基(Wacław Sie-roszewski, 1858—1945)撰写的《中国古今》(*Chiny dawniej i dziś*),是一部评述中国历史的专著。该书用简洁的方式介绍了整个中国历史,从史前文明讲起,提出了有关中国祖先血统的假设,认为他们最早来自位于亚洲西南部的古老城邦埃兰[①]。作者讲述了秦始皇统一中国的过程及其国家治理方式,以此分析中国几千年的封

---

① 又译以拦、厄蓝或伊勒姆,是亚洲西南部古老的君主制城邦国家,位于今天伊朗的西南部,波斯湾北部,底格里斯河东部,现为伊朗的胡齐斯坦及伊拉姆省。

建帝制。作者认为,中国幅员辽阔,民族众多,能够在此等条件下保持国家机构和组织高效运转堪称典范。提及近代史时,作者简略介绍了鸦片战争、太平天国运动、清王朝覆灭以及 1927 年之前现代中国的萌芽。难能可贵的是,作者对中国的未来发展抱持积极期待,希望中国能够走出 20 世纪 20 年代的政治危机,迎来现代国家发展的胜利。

2. 地理研究

在地理研究方面,有 1906 年出版的尤利乌什·斯塔尔凯尔(Juliusz Starkel, 1840—1918)撰写的《中国风貌》(Obrazki z Chin),1919 年博格丹·雷赫特尔(Bogdan Richter, 1891—1980)编著的《中国古代地理》(O najstarszych geografjach chińskich),1932 年玛丽亚·罗曼诺夫斯卡(Maria Romanowska)编著的描写中国地貌、河流的《中国风景:雕塑与水》(Krajobraz Chin: rzeźba i wody),1933 年本尼迪克特·福林斯基(Benedykt Fuliński, 1881—1942)的《中国动物志》(Fauna Chin)等作品。

最早出版的《中国风貌》,着重介绍中国地理、气候、动植物,并记述远古传说和当时的家庭生活,包括饮食、城乡、手工业、工业、矿产和矿业、宗教、茶叶、丝绸等,不仅成为 20 世纪初叶波兰人了解中国地理自然的重要知识来源,也体现出波兰的汉学研究向社会研究领域拓展的过渡性特征。总体而言,上述对中国历史、地理的研究成果呈现了如下特点:逐渐摆脱主要依靠传教士和旅行者的记录的范式,进入对中国历史、地理、文化、社会以及内政外交较为系统、深入、全面的介绍和研究。

3. 社会研究

20 世纪前半期波兰对中国社会研究的成果共约 20 部(篇),大致分为三类:第一类是介绍中国经济、文化和社会生活,如《中国人在自己的国家》(Chińczycy u siebie. T. 1)、《中国与中国人》(Chiny i Chińczycy)、《中国:经济和社会发展》(Chiny: rozwój

społeczny i ekonomiczny)、《穿过光明的大门》(*Przez jasne wrota*)、
《满洲:国家与人民——基于最佳信息来源》(*Mandżurya:opis kraju
i ludzi / na podstawie najlepszych źródeł*)、《中国:附中国苏维埃地区
的地图》(*Chiny:z załączeniem mapy rejonów radzieckich w Chinach*)、
《日本—满洲:政治经济研究》(*Japonja-Mandżuria:studjum polityczno-
ekonomiczne*)、《满洲幻影》(*Miraże mandżurskie*)等;第二类介绍中
国的内外战争,如《中国与义和团:中国人历史、文化和习俗,关于
所谓义和团的真相》(*Chiny i bokserzy:historya, kultura i obyczaje
Chińczyków, prawda o t. z. bokserach*)、《日俄战争片段:满洲战场之
旅和辽阳会战的相关描述》(*Z wojny rosyjsko-japońskiej:opis podróży
na plac boju w Mandżurji i przebiegu bitwy pod Laojanem*)、《慈禧:义
和团的女君主》(*Tseu-Hi:władczyni bokserów*)、《为解放而斗争的中
国》(*Chiny w walce o wyzwolenie*)、《红色中国》(*Czerwone Chiny*)、
《报告文学中的中国:锁链的碰撞》(*Chiny w reportażu:brzęk
kajdan*)、《中国战火再起……》(*W Chinach znowu wojna...*)等;第三
类为解读中国的文化传统和中国人的民族性格,如《关于中国与
中国人》(*O kraju chińskim i Chińczykach*)、《中国人的精神》(*Duch
narodu chińskiego*)、《龙的国度:中国人的性格和习俗》(*Kraj smoka:
charakter Chińczyka, jego zwyczaje i obyczaje*)等。

第一类对中国的经济社会研究起步较早。1900 年亨利希·
库诺夫(Heinrich Cunow, 1862—1936)在《中国:经济和社会发展》
中就探讨了中国的经济社会发展问题。作者论述了家庭在中国的
文化意义和社会意义,以及小农经济在中国经济发展中所扮演的
角色,试图解释中国经济发展缓慢的原因。他指出,虽然"中国经
济在两千年来未取得进步"这一观点是错误的,但中国的经济体
系的确缺乏变革,缺乏类似于促进欧洲国家经济发展的动力因素。
统治阶级对社会大多数人的利益反复压榨,这给国家权力机关推
进现代化进程带来内部斗争的风险。同时,他也认为,西方大国的

扩张性政策令中国无法独立发展经济。中国社会的不满情绪以及对异己者的厌恶情绪日益加深，这对引进科学技术产生负面影响。在当时的中国，新科技的引进总是让人联想到敌人——因为新技术通常由外国以武力手段带到中国。书中还指出，不能用欧洲的思维方式去评价中国的现代化进程。欧洲的经济发展是自然而然发生的，而相比之下中国则是被动的。作者认为，西方大国应对延缓中国改革进程负责，因为这些国家纯粹出于自己的私利而支持中国的权力机关和官僚主义，帮助镇压中国社会的反政府起义，进一步加深了中国人对外国人及外国技术的仇恨。

第二类对战争的记述有着历史研究的因素和时代背景的体现。半殖民地半封建社会的中国内忧外患，战争频仍，革命运动风起云涌。而这一时期，波兰亦经历了谋求国家独立和民族解放的艰辛历程。类似的历史境遇吸引波兰将目光投向中国清末民初的社会问题，通过记述中国的内外战争，特别是阶级矛盾来展示中国的社会风貌，如《为解放而斗争的中国》记述了中国1924—1927年的第一次国内革命战争。纪实性文学作品《日俄战争片段：满洲战场之旅和辽阳会战的相关描述》讲述一个波兰人随俄军参加日俄战争的过程，包括他从华沙前往满洲的经历，描述了满洲风光，展示了当地文化和民风民俗。

如果说17、18世纪在欧洲风行一时的"中国风"成为西方人向往中国文化的风向标，19世纪的西方世界给中国形象打上了诸多妖魔化的符号，那么从20世纪开始，西方对中国和中国人的思考则更为深入、客观和全面。第三类解读中国文化传统和中国人民族性格的研究即具有这一特点。

1900年出版的梅切斯瓦夫·布热津斯基（Mieczysław Brzeziński，1858—1911）所著的《关于中国与中国人》是一部对中国地理、农业、社会、政治进行全面研究的著作。此书开篇介绍中国地形、行政区划、自然资源的有关知识，通过对农业和自然资源产生影响的多样性气候来描述中国各地区特征。布热津斯基指出,尽管中国缺乏工业发展,但勤劳的中国人善于有效利用农田,中华民族得以繁衍生息。作者注意到了农业对中国的重要性,也在书中介绍了中国普遍耕种的各种农作物和谷物。可贵的是,布热津斯基详细描述了中国人的外表、性格特征、技能以及文化和教育。与许多专家一样,布热津斯基看到了当时中国存在的问题:发展停滞,不愿接受欧洲的科学技术,这直接导致中日战争失败以及各种丧权辱国事件的发生。谈及产生这种现象的原因,布热津斯基将其归于中国国内政治的落后。书中介绍了中国统治者的地位及其职权特征,以太平天国运动为例说明中国老百姓对清王朝统治的反对态度。作者指出,以慈禧太后为首的保守派打压以光绪皇帝和康有为为代表的维新派,造成了中国的发展停滞。清朝政府在入关后因为惧怕政变,降低军队地位,削弱军队实力,直到在与西方列强的战争遭受重创之后,才决定改革军队。作者还介绍了中国新的军事教育、征兵政策以及军备改良,最后乐观地指出,沉睡中的古老中国即将觉醒,一个发达、独立的中国的崭新时代即将到来。

帕维乌·亚力桑德罗维奇(Paweł Alexandrowicz)于 1939 年发表了专著《龙的国度:中国人的性格和习俗》,通过介绍中国的城市、街道、居所、饮食、服饰、交通、家庭关系、生活习俗等诸多方面,绘制出一幅中国人形象的生动图景。作者以西方人的视角观察中国,以西方国家的习惯和标准衡量中国。在介绍中国城市时作者写道:由于中国的自由放任和缺乏规划,中国城市的街道宛如真正的迷宫……尽管在高高院墙的遮挡之下,房屋的丑陋细节和街道生活的不雅场面不会暴露于众,但城市给人留下的总体印象是糟糕的。房屋紧凑的灰色斜顶仿佛同一个模子造出来的,很少有花园绿地坐落其间,也看不到那些为欧洲城市景观点缀增色的教堂塔楼、纪念碑、圆柱和美轮美奂的建筑物。仅有寥寥几座牌楼——

一种大型石基木结构彩绘门楼——多少改善了城市的乏味形象。不了解中国习俗的欧洲人,怎么也不会想到,这种门楼是用来表彰这个国家杰出公民的某种美德。① 作者将中国人的特点归纳为节俭、勤劳、天生敏感细致、没有时间观念、缺乏严谨性、喜欢绕圈子、缺乏责任感、容易紧张、仇外、缺乏社会意识、保守、不求享乐、充满活力、耐心、幽默、缺乏同情心、好斗、重视责任、尊重法纪、多疑、缺乏诚信等关键词。可以看出,作者对中国人形象的负面评价略多于正面评价。

约瑟夫·塔尔戈夫斯基(Józef Targowski,1883—1952)于1928年翻译出版了辜鸿铭的《中国人的精神》,当属20世纪上半叶波兰了解中国的一部最具代表性的作品。《中国人的精神》是辜鸿铭最有影响的英文代表作,1915年在北京出版,不久即被译成德、法、日等多种文字出版,一时轰动东西方,在德国甚至掀起了持续十几年的"辜鸿铭热"。1928年正值一战结束后,世界经济发展极不平衡,酝酿极不寻常的危机并最终导致一场大萧条(1929—1933)的前夜。在波兰,约瑟夫·毕苏斯基(Józef Piłsudski,1867—1935)于1926年5月通过政变成为军事独裁者,清洗异己,修改宪法,破坏议会制度。人们在这样的时代洪流之中,生发出对历史、政治和家国命运的种种反思。正如译者在序言中所写的:

> 国家命运仍然是政治家股掌中的玩物,他们只要大笔一挥,就可以不惜牺牲民族利益换取对外贸易顺差;国家政体和社会制度越民主,对其公民施加的奴役和压迫就越大。军火工厂轰鸣,生产出威力巨大、堪称完美的杀戮工具,负债累累的国家掠夺人民财产,人民生存条件不断恶化,配给制度破坏

---

① Paweł Alexandrowicz, *Kraj smoka*:*charakter Chińczyka*,*jego zwyczaje i obyczaje*,s. n.,Warszawa,1939,s. 5—6.

了个体的自然生产能力,破坏了个体和家庭的安宁和现世幸福。①

塔尔戈夫斯基认为,人类欲壑难填,"我们加快了生活节奏,却扼杀了良知",同和平渐行渐远。"手握精良武器"的西方在掠夺东方的同时,也看到了自己在追求世俗财富过程中迷失的灵魂、丢失的道德规范、久违的"一种对个人、社会和国家唯一且相同的准则"②。而"东方四大当代哲学家之一"的辜鸿铭不否认物质文明成就的技术价值,但"只是希望它们成为便利人类生活的工具,而不是成为人类生存的唯一目的"③,强调道德在人类生活的重要性,认为道德—哲学体系是所有宗教的基础。"欧美国家在很大程度上已经忘记了他们的宗教,因此丧失了道德规范,迷失了生活中正确和唯一的路标。而从古至今以儒学治理的中国则恰恰相反,人民生活在一个公平的环境之中。对于其他通过内部斗争来判断善恶的国家而言,中国是一个榜样。西方不应当像过去一样破坏中国的本土道德文化,而正相反,需要试图去了解、探索和深入理解,因为患病的欧美大陆可以在这里找到不止一种药物,而且这种药物来自于一个在道德哲学体系的基础上稳步发展了数千年的国家的经验。"④

这部作品在波兰出版是"辜鸿铭热"的余波,客观上有助于波兰加深对中国与中国文化的理解,但这种理解依然充满误读。辜鸿铭笔下遵奉"良民宗教"、社会有条不紊的中国与温文尔雅的中

①　Gu Hongming, *Duch narodu chińskiego*, tłum. Józef Targowski, Krakowska Spółka Wydawnicza, Kraków, 1928, s. V–VII.

②　Gu Hongming, *Duch narodu chińskiego*, tłum. Józef Targowski, Krakowska Spółka Wydawnicza, Kraków, 1928, s. V–VII.

③　Gu Hongming, *Duch narodu chińskiego*, tłum. Józef Targowski, Krakowska Spółka Wydawnicza, Kraków, 1928, s. VII.

④　Gu Hongming, *Duch narodu chińskiego*, tłum. Józef Targowski, Krakowska Spółka Wydawnicza, Kraków, 1928, s. VII.

国男人、端庄贤淑的中国女人，只是欧洲人心向往之的一个乌托邦。历史的发展证明，辜鸿铭所阐发的"中国人的精神"和他以中救西的"春秋大义"并没有产生"乱臣贼子惧"的实际效果，他对中国"良民宗教"的普世功用过于自信了。

二、波兰译介中国文学的发轫

1901 年，阿尔弗雷德·什切潘斯基（Alfred Szczepański，1840—1909）翻译的元曲平阳七大家之一李行道创作的杂剧《灰阑记》（*Kredowe koło*）在利沃夫出版，开启了 20 世纪波兰对中国文学的翻译之路。

《灰阑记》讲述包公智断孩子生母案的故事。剧中，富翁马均卿娶张海棠为妾，两人生有一子。马的正妻与奸夫赵令史合谋毒杀亲夫，反诬是海棠所为；为谋夺家产，又强抢海棠之子。海棠被屈打成招判了死罪。后来，包拯重审此案，命人用石灰画了一个圈，即"灰阑"，让真假两位母亲将孩子拉出灰阑，谁拉出来孩子归谁。海棠因不忍孩子受痛而放弃，因而包拯判明海棠为孩子的生母，为她的冤屈昭雪，并审出马妻与奸夫合谋杀人之罪后给予严惩。这部作品揭露了当时社会的黑暗、官场的腐败，通过塑造愤世嫉俗、关心人民疾苦、明断是非的包拯来宣扬和彰显正义。《灰阑记》的故事在欧洲有德语、法语、英语等多种译本。法国汉学家儒莲（Stanislas Julien，1797—1873）在 1832 年第一次出版了法语译本，1876 年方塞卡（Fonseca）将之转译为德语出版。1925 年，德国诗人和剧作家克拉邦德①改写的《灰阑记——五幕剧》在德国大获成功，并登上了美国纽约的戏剧舞台。同年，英国的詹姆斯·拉弗（James Laver，1899—1975）又根据德文改编本转译出版了英文版本。还有布莱希特（Eugen Bertholt Friedrich Brecht，1898—1956）

---

① 原名 Alfred Henschke（1890—1928），克拉邦德（Klabund）是他的笔名。

改编的《高加索灰阑记》，更是赋予了这部作品在西方新的艺术生命。事实上，李行道的《灰阑记》在中国的影响甚微，元代之后的《百家公案》《三侠五义》等包公戏或包公故事中均不见《灰阑记》的身影，反而在西欧通过其他语言的译本而风生水起，生机勃勃。

波兰语版本在法语和德语译本的基础之上，对原剧本做了一些删减和重新排列。译者在序言中介绍了中国元曲的特点："简单搭成的戏台子和少得可怜的道具，只有二胡、锣、鼓和竹板四种演奏乐器，这同演员极具表现力的面部和肢体表演形成了鲜明对比。"①有趣的是，译者在自己对中国戏剧艺术的理解之中，融入了自己对中国人"爱面子"的认知：

> 中国人天生就是演员，对戏剧形式和情感有着独到的见解……这（对戏剧的热爱——译者注）是由于中国人的心理体系和行为方式的特点造成的，这一显著特点就是所谓的"好面子"，也就是不管事实真相如何，都要维护自己的尊严和外在形象……如果某个人克服了困难，他会说自己是"成功谢幕"，如果他输了，他会说"我只是没有办法从舞台上脱身"……事实上这一切都只是形式、伪装，并不真实。这种表演性推动了剧院的产生以及人民对演出的迷恋，"好面子"这种风俗则在艺术结构、剧本和整个剧院布局方面留下深深的烙印。②

1939 年，波兰 20 世纪上半叶最重要的汉学家扬·韦普莱尔（Jan Wypler, 1890—1965）再次翻译了《灰阑记》，这次译者是直接从中文译出的。虽然具体出版信息已无据可考，但这亦体现了《灰阑记》对于波兰人认识中国文学、中国历史文化的重要价值。

---

① Li-King-Tao, *Kredowe koło*, tłum. Alfred Szczepański, Lwów, 1901, przedmowa s. 7.

② Li-King-Tao, *Kredowe koło*, tłum. Alfred Szczepański, Lwów, 1901, przedmowa s. 7-8.

后来,弗瓦迪斯瓦夫·多布罗沃尔斯基(Władysław Dobrowolski)改编了这个版本,于1950年登上弗罗茨瓦夫青年剧院的舞台,引起热烈反响。

1901年波兰语译本的作者什切潘斯基在译序中还提到:"《灰阑记》是中国社会混乱、法制腐败和社会关系扭曲的真实写照,可以说是中国版的《所罗门的判决》。"①这一观点在一定程度上揭示了《灰阑记》在西方世界不断被翻译、改编、上演的原因,即《灰阑记》与西方文化之间存在的内在契合性。郑振铎认为:"这故事与《旧约圣经》中,苏罗门王判断二妇争孩的故事十分相类。也许此剧的题材原是受有外来故事的影响的吧。"②这种现象与元杂剧生成的时代背景有关。蒙元时期,不仅女真、契丹、奚族、蒙古、汉等民族文化彼此接触、冲突、影响、渗透和融合,东土文化也与西域文化、中亚文化、西亚文化、南亚文化、北非文化、欧洲文化发生了交流和融合。在两妇争子的故事中体现出的母爱是普遍人性,涉及财产继承等家庭伦理的文化结构则更具有世界性,使得西方读者在认同、赏鉴、接受的过程中,产生了似曾相识、惺惺相惜的情愫。③

表2.1:1900—1945年中国文学波译的主要作品

年份	作者	标题	译者
1901	李行道	《灰阑记》	阿尔弗雷德·什切潘斯基
1922		《中国笛》	莱奥波尔德·斯塔夫
1931		《中国传说》	J.萨瓦尔
1936		《诗歌选:生命浩荡如梦》	扬·韦普莱尔
1938	李白	《李白诗选》	扬·韦普莱尔

① Li-King-Tao, *Kredowe koło*, tłum. Alfred Szczepański, Lwów, 1901, przedmowa s. 7-8.

② 郑振铎:《插图本中国文学史》。上海:上海世纪出版集团,2005,第732页。

③ 参见张同胜:《论李行道〈灰阑记〉的世界文学性》,载《江苏海洋大学学报(人文社会科学版)》2020年第18卷第1期,第96—106页。

年份	作者	标题	译者
1939	李行道	《灰阑记》	扬·韦普莱尔
	李白	《将进酒》	扬·韦普莱尔
		《中国诗歌:优雅女性的魅力》	扬·韦普莱尔
	李白	《远离世人:李白诗选》	扬·韦普莱尔
		《中国诗歌选》	扬·韦普莱尔
	杜甫	《杜甫诗歌选》	扬·韦普莱尔
	王安石	《王安石诗选》	扬·韦普莱尔
		《中国诗歌》	扬·韦普莱尔、W.舍夫切卡

从 1900 年到 1945 年,波兰出版了 10 余部中国文学作品的波兰语译本。除上文提到的《灰阑记》之外,以另一部叙事文学作品《中国传说》(*Legendy chińskie*)在 1931 年出版为标志,波兰人又一次对中国的小说作品生发热情。这本书虽然题为"中国传说",实际是集合了萨瓦尔(J. Sawar)作为译(作)者改写的《聊斋志异》中的 59 个故事,包括《入画》《阿宝》《瞳人语》《三仙》等。

在这一时期,波兰对中国文学译介的成就更多地体现在诗歌方面。1922 年,莱奥波尔德·斯塔夫从法语翻译了《中国笛》(*Fletnia chińska*),法语版题为"玉笛"(*Fletnia jadeitowa*),包括《诗经》《礼记》《道德经》《春秋》《易经》等,还单列一章介绍了孔子。书中收录了唐、宋、元、明、清等各个朝代的中国诗歌,既包括李白、杜甫、王勃、骆宾王、韦应物等著名诗人的名作,也有大量不知名诗人的作品。这部诗集的出版从一个侧面反映了波兰文学家对于中国诗歌的浓厚兴趣。在翻译的时候,斯塔夫没有遵循中国诗歌本身的韵律,而是更加注重展现诗歌所营造出来的意境,用带有诗性、抒情性的文字呈现给读者一种精雕细琢的、有如精美的中国画一般的阅读感受。

同期韦普莱尔对中国文学译介的最重要的贡献也集中在诗歌领域,有关翻译作品包括《诗歌选:生命浩荡如梦》(*Pływamy przez życie jak we śnie. Antologia wierszy*，1936）、《李白诗选》（*Li-Tai-Po*，*Wybór wierszy* 1938）、《远离世人：李白诗选》（*Li-Tai-Po*，…*od ludzi daleko*，*wybrane wiersze poety Li Tai Po*，1939）、《将进酒》（*Pieśni o winie*，1939）、《中国诗歌：优雅女性的魅力》（*Urok wdzięku kobiecego. Wiersze chińskie*，1939）、《王安石诗选》（*Wang An-Szy*，*Wybór wierszy*，1939）、《杜甫诗歌选》（*Tu Szao-Ling*，*Wiersze chińskie*，1939）①以及同 W. 舍夫切卡（W. Szewczyka）合作完成的《中国诗歌》（*Poezja chińska*）。遗憾的是，这些著作的大部分书稿都在战争中损毁或遗失，只有在杂志《喷泉》（Fontanna）（1939 年第 2 期）上发表的几首中国诗歌被保留了下来，分别是李白的《月下独酌》《江夏别宋之悌》、杜甫的《对雪》和张籍的《节妇吟》。

也是在这一时期，波兰开始对中国文学史进行研究。1901 年，尤利安·阿道夫·希文奇茨基（Julian Adolf Święcicki，1850—1932）编撰的《中国和日本文学史》（*Historya literatury chińskiej i japońskiej*）在华沙出版，这是《文学通史论集》（*Historya literatury powszechnej w monografijach*）中的第二卷。作为波兰读者了解中国文学生长土壤的背景知识，此书首先介绍了中国的语言文字、文明起源、国家治理、社会教育等多方面内容。作者还详细论述了中国文学的思想体系，即诸子百家乃至程朱理学。对文学本体的介绍则分为抒情诗、"戏剧诗"和小说三个部分，这里的"戏剧诗"指的是中国戏曲中的戏文。在诗歌领域，希文奇茨基非常推崇屈原。他在这部文学史中以德译本和法译本为参考，试译了《离骚》《九歌·湘夫人》《天问》中的片段。此外，希文奇茨基对唐诗、宋词以及明清时期的诗歌亦有论及。谈到中国小说，作者介绍了中国古典四大名著中的《三国演义》《西游记》和明清小说《今古奇闻》《龙图公案》《聊斋志异》等。1936 年，博格丹·雷赫特尔编撰《中

---

① 波兰语题目 Tu Szao-ling 使用的是杜甫的号"少陵"。

国文学与日本文学》(*Literatura chińska. Literatura japońska*)，其中介绍了中国的语言文字和文学史。作者将中国文学史分为前古典时期、古典时期和后古典时期。前古典时期主要指诸子百家等哲学流派兴起的时期；古典时期主要介绍道家及其晚期发展、晚期儒家、列子、诸子百家的繁荣，以及这一时期诗歌的发展；在后古典时期，作者收入了对哲学典籍、史书、诗歌、孔孟思想、戏剧、小说等文学成就的介绍。

上述两部文学研究的学术专著，称得上是波兰首批系统研究中国文学史的著述。虽然多将中国文学和日本文学置于同层面进行探讨，不过总体而言对中国文学的介绍较为全面和深入。除此之外，韦普莱尔在20世纪30年代也发表了几篇介绍中国诗歌的文章，包括《李白生平和诗歌创作》(*Li Tai Po – życie i twórczość poety*)、《静夜思：如何阅读和翻译中国诗歌》(*Cichej nocy myśli : jak czytać i tłumaczyć wiersze chińskie*)等，是文学研究的有益补充。

三、对中国古代典籍的持续关注

与汉学研究和文学译介所取得的成就相比，这一时期波兰对中国思想文化典籍的关注相对较少，主要成就为著名汉学家韦普莱尔翻译完成的论述儒家修身齐家治国平天下思想的《大学》和反映道家思想的代表作《庄子思想选编》(*Czuang-dze, Myśli wybrane*)，于1937年在波兰出版。译本数量虽然不多，但《庄子思想选编》收录了《庄子·内篇》中的《逍遥游》《齐物论》《养生主》《人间世》《应帝王》和《庄子·外篇》中的《天地》《秋水》《至乐》《知北游》以及《杂篇》等篇目，是波兰第一次较大规模地选译《南华真经》的内容，使波兰读者能够较为全面地了解庄子思想，堪称这一时期波兰汉学研究的一项重大突破。这部译作由波兰重要学术期刊《熔炉》(Tygodnik Kuźnica)出版。韦普莱尔的译本参考了雷赫特尔的《中国文学与日本文学》中从庄子原文翻译过来的四个样本,即"庄子·列御寇""道""至乐篇"和"庄周梦蝶"。根据雷赫特尔的经验:"译者最关心的是如何尽可能忠实地呈现原文。但由于雅利安人和中国人在表达思想的方式上存在着极大的分化(尤其是在翻译中国诗歌的时候),这带来了巨大的困难。"①对于那个年代的译者而言,翻译深奥的书面汉语,特别是华美优雅的古典汉语,是一项艰巨的挑战。韦普莱尔的译文可谓古朴、典雅,达到了该时期译介中国典籍的较高水平。

这本书的重要学术价值在于,韦普莱尔用较多篇幅详细介绍了庄子的生平、世界观以及创作情况。译者首先介绍庄子生活的历史年代及其创作土壤——百家争鸣的哲学思想和政治主张。韦普莱尔认为,庄子是一位极富原创性的思想家,对各学派观点掌握透彻,以难得的洞察力探究世界的本质。庄子明确界定认知的局限性,批评怀疑论。为理解庄子的"道"的概念,韦普莱尔将其与文艺复兴时期哲学家的一些主张进行类比,例如库萨的尼古拉(库萨努斯)(Mikołaj z Kues,Cusanus,1401—1464)和乔尔丹诺·布鲁诺(Giordano Bruno,1548—1600)的"对立统一"。当"自我"与"非我"不再产生矛盾,"道"则存之。"每一种多重性都以和谐的秩序结合成统一体,就像多种声音汇成单一的和谐曲调一样。"欧洲思想家们讨论的"复杂化",也是在不可分割的统一体中包含了多种现象,类似于"道"。另外,斯宾诺莎(Spinoza,1632—1677)的"能动的自然"和"被动的自然"中,也有一些"道"的元素。在译者看来:"庄子是同赫拉克利特、库萨的尼古拉、乔尔丹诺·布鲁诺、斯宾诺莎、歌德、叔本华、尼采和克拉格斯一样深刻的思想家。不过,他并没有直接提出一套详尽的哲学体系,而是希望通过

———————————

① Bogdan Richter,*Literatura chińska. Literatura japońska*,Nakładem Księgarni Trzaski,Everta i Michalskiego,Warszawa,1936,s. 1.

神秘的狂喜为读者带来'道'的体验。"①

　　言及庄子的创作特色，韦普莱尔对庄子蕴含在故事、寓言和对话之下的深刻思想和独到见解给予了高度评价。译者注意到，庄子的抽象思维通过生活中的多样化角色充分展现，其作品充满了丰富的形象、象征、寓言和幻想，将其思想投射在不同的平面上。韦普莱尔赞叹这种原创性语言饱含典雅的表达方式，于简洁的风格之中充满反思。

四、中国文化、思想、文学的重要研究者

　　20 世纪前半期，波兰关注中国国情、思想、文化及文学的学者众多，既有瓦茨瓦夫·舒聂维奇等著名传教士，也有各领域学者和知名旅行家，如人类学家、统计学家、民族志学者、旅行家和语言学家扬·切卡诺夫斯基，历史学家亚当·谢隆格夫斯基，华沙大学神学院教授约瑟夫·布罗姆斯基，波兹南大学植物学家博莱斯瓦夫·纳美斯沃夫斯基，著名社会活动家、教育家梅切斯瓦夫·布热津斯基等。此外，许多波兰作家也涉足相关翻译、研究工作，如作家玛丽亚·昆采维乔瓦（Maria kuncewiczowa，1895—1989），作家、翻译家尤利安·阿道夫·希文奇茨基，诗人莱奥波尔德·斯塔夫等。

　　（一）莱奥波尔德·斯塔夫

　　莱奥波尔德·斯塔夫不仅是波兰诗人、翻译家和散文家，也是20 世纪最伟大的文学家之一，欧洲现代主义的代表人物之一。1897—1901 年在利沃夫大学学习法律、哲学以及罗曼语言文学，分别获得过华沙大学和雅盖隆大学的名誉博士学位，曾任波兰文学学院（Polska Akademia Literatury）副院长。

　　斯塔夫是最早将日常生活写入诗歌的诗人，被认为是现代古

---

① Jan Wypler, *Czuang-dze*: *myśli wybrane*, Tygodnik „Kuźnica", Katowice, 1937, wstęp, s. 15.

典主义的代表人物和"青年波兰"时期诗歌界的领军人物,在两次世界大战期间成为斯卡曼德尔派①的精神领袖。他在世期间即被誉为"波兰诗歌的丰碑",1950年曾获诺贝尔文学奖提名。在其长达六十年的诗歌创作生涯中,尽管内心世界有过诸多变迁,但始终将诗歌当作拯救良知和保留善良天性的路径。斯塔夫认为,不论面临战争还是古典价值衰退,诗人都应恪守节制与和谐精神,为公平正义和复兴之希望而发声。从其注重诗歌完美无瑕的形式以及对秩序与和平的崇拜,可以看出斯塔夫与波兰诗歌中的阿波罗精神②有着紧密关系。他在创作中主要关心的是"一个具体的人",认为人本身具有无限价值。

斯塔夫除诗作外还发表有多部哲学著作,并且是一位著名的翻译家,曾在1948年获得波兰笔会(Pen Club)颁发的翻译奖。他翻译过拉丁文学以及意大利、法国、德国和东方文学,其中就包括译自法语本《玉笛》的名为《中国笛》的中国诗歌集。他对中国诗歌的翻译大大扩展了波兰人对中国文学的理解。

（二）扬·韦普莱尔

扬·韦普莱尔是波兰著名语言学家、翻译家,1890年5月14日出生于波兰科赫沃维采(Kochłowice)一个工人家庭,1911—1917年先后于波兰弗罗茨瓦夫大学和德国基尔大学学习。他精通德语,在德国期

---

① 斯卡曼德尔派是1916年左右在波兰形成的一个诗歌团体,主张自由的写诗风格,认为形式只会限制诗歌发展。斯卡曼德尔派诗歌关注日常生活,认为诗人是词语的工匠,注重当下,善用口语、新词甚至市井俗语。斯卡曼德尔派诗人经常引用传统文化元素,在诗歌中表达对群众力量以及现代性的迷恋。其诗歌特点是积极幽默、通俗流畅,并且结合抒情、讽刺等不同表达方式。斯卡曼德尔派提倡"到群众中去",经常在公共场所(例如咖啡馆)朗诵诗歌。主要代表人物有:尤利安·杜维姆、亚罗斯瓦夫·伊瓦什凯维奇、安东尼·斯沃尼姆斯基(Antoni Słonimski)、扬·莱洪(Jan Lechoń)、卡齐米日·维任斯基(Kazimierz Wierzyński)等。

② 阿波罗精神:出自尼采研究中的日神阿波罗。斯塔夫青年时期曾在大学中学习了解过尼采哲学,诗歌创作受其影响。

间刻苦学习德国哲学,研究德国社会、浪漫主义文学史和斯拉夫学。彼时在波兰诗人中兴起了一股用德语写作诗歌的潮流,如扬·卡斯普罗维奇、斯坦尼斯瓦夫·普热贝舍夫斯基(Stanisław Przybyszewski, 1868—1927)和阿图尔·玛丽亚·斯温纳尔斯基(Artur Marya Swinarski, 1900—1965)。在他们的影响下,韦普莱尔也开始尝试用德语写诗。大学毕业后,韦普莱尔辗转于波兰各地中学任教。

韦普莱尔对中文的兴趣源出偶然。与他同时代的另一位主要研究语言学的波兰汉语言学家多曼·维鲁赫(Doman Wieluch, 1887—1976)编写了波兰第一本汉波词典《汉语快速阅读词典》(*Słownik chińsko-polski do czytania tekstów chińskich bez przygotowania*),于 1936 年在波兰西南部城市卡托维兹(Katowice)出版。韦普莱尔是维鲁赫的学生,他在 1939 年以这部字典的汉字编排方法为题发表了论文《如何轻松学习汉语》(*Jak można łatwo nauczyć się po chińsku*)。在研读这本字典的过程中,韦普莱尔对汉学产生兴趣,并开始翻译中文作品。他在论文中自陈:"我从未觉得自己的精神世界如此振奋,(通过这本词典——译者注)我看到了中国诗歌的深邃精妙之美,也体会到中国伟大思想家久远的智慧、深沉的精神宁静以及堪与宇宙比肩的灵魂韵律。"①

韦普莱尔最主要的研究领域是汉学,同时对梵文和佛教也颇有见地。除上文详述过的《庄子思想选编》,他在中国诗歌翻译领域亦建树颇丰,译有李白、白居易、王安石等数十位中国诗人的诗作。韦普莱尔认为,自己作为一名语言学家而非诗人,翻译诗歌应建立在了解诗歌含义并从字面上进行翻译的基础之上。他还邀请波兰西里西亚地区著名诗人合作进行文学润色,保证了他在翻译过程中兼顾忠实原文和保留诗歌本身风韵。

波兰文学家兹基斯瓦夫·奥布祖德(Zdzisław Obrzud)在

---

① Czesław Mnich, *Jan Wypler*, http://wypler.exec.pl/.

《扬·韦普莱尔不为人知且美好的人生》(*Piękny i zapoznany żywot Jana Wyplera*)一文中评称：

> 扬·韦普莱尔翻译的中国诗歌不仅译文精美，而且通过对中国诗歌的精彩评论展示汉语的精髓以及印欧语译者在翻译过程中所面临的困难，着重强调中国诗歌短小精悍却极具启发性的特点，这对于读者来说具有重要意义。他一共介绍了六位重要的中国诗人，其中最具代表性的是中国诗歌黄金时代——唐朝三位最伟大的诗人中的李白和杜甫。尤其是流浪诗人李白，沉溺于美酒，醉心于美景，他的诗歌是诗人与世界在灵魂上的融合。①

在叙事文学翻译方面，韦普莱尔在 1939 年翻译了中国古典戏剧《灰阑记》，并于 1950 年在克拉科夫"青年观众"剧院首映。这个版本并不是对《灰阑记》的改译，也不是意译，而是一种基于原作的全新剧本，内容厚度同原文相比要小得多。

韦普莱尔一生孜孜不倦，低调勤勉。从许多纪念他的文章中可以看到，其居所装饰简朴，四壁都是书架并摆满书籍。他不计名利，将毕生精力投入翻译、研究中国文学的事业之中。韦普莱尔逝世之时，他的多年好友、忠实的合作者亚历山大·韦德拉（Aleksander Widera，1917—2002）代表波兰文学家协会致悼词时说：

> 我清楚记得韦普莱尔教授翻译《庄子思想选编》时的经历。教授花了很长时间去研究神秘的"道"的内涵，这个词大体上是指正确的行事方式，但同时还有更广泛的含义，如果想要对此有更为深入的理解则需掌握更丰富的哲学知识。经过多年研究，韦普莱尔教授不仅在汉语的海洋中自由遨游，而且对中国的思想、哲学以及古代法律和伦理道德都十分了解。

---

① Czesław Mnich, *Jan Wypler*, http://wypler.exec.pl/.

在耗尽韦普莱尔大部分精力的汉学研究的间隙时间,他还不断地将自己喜欢的波兰文学翻译成西方邻国的语言。[1]

(三)多曼·维鲁赫

上文提及的韦普莱尔的老师多曼·维鲁赫,出生于当地药剂师家庭,在完成化学专业学习后前往丹麦,成为波兰驻丹麦大使馆的副领事。在那里他对中文产生兴趣,并在哥本哈根皇家图书馆学习中文。回到波兰后,在两次世界大战期间,他作为一名化学工程师在卡托维兹的采矿冶金联合体工作。二战爆发后,他再次前往丹麦,并在那里生活至 1976 年去世。

担任工程师期间,他并没有忽视语言学习,1936 年其研究成果《汉语快速阅读词典》在卡托维兹出版。维鲁赫创造性地将 5 万个汉字归纳为 296 个子元素,称其为字符,这些字符是组成所有汉字的各个部分,用英文名称标识这些在汉字中不断复现的字符后,就可以按字母顺序对汉字进行排列,从而实现在字典中轻松检索汉字的目的。这部字典出版后被分送给了波兰国内外的 82 位知名人士,包括亚历山大·布鲁克纳(Aleksander Brückner,1856—1939)[2]、约瑟夫·恰佩克(Josef Čapek,1887—1945)[3]、文岑特·鲁托斯瓦

① Czesław Mnich, *Jan Wypler*, http://wypler.exec.pl/.
② 亚历山大·布鲁克纳,波兰文学家、语言学家、文学史家,是首个编写完整的波兰语和文化史专著的学者,也是现存最古老的波兰语散文文本《圣十字布道》(*Kazania świętokrzyskie*)的发现者,其著作包括《波兰文学史》(*Geschichte der polnischen Literatur*)、《波兰语言史》(*Dzieje języka polskiego*)、《斯拉夫语词源学原理》(*Zasady etymologii słowiańskiej*)、《波兰语词源词典》(*Słownik etymologiczny języka polskiego*)等。
③ 约瑟夫·恰佩克,捷克画家、作家、诗人。出生于医生家庭,曾做过纺织工人、铁匠学徒和编辑,和弟弟卡雷尔·恰佩克(Karel Čapek,1890—1938)合创了许多戏剧和短篇小说,二战中因创作大量反法西斯作品而被关入集中营,死于二战胜利前夕。恰佩克的著作包括《昆虫的生活》(*Ze života hmyzu*)、《集中营诗集》(*Básně z koncentračního tabora*)、《创始者亚当》(*Adam Stvořitel*)等,其中,插图故事《小狗小猫历险记》(*Povídání o Pejskovi a Kočičce*)被认为是捷克儿童文学的经典之作。

夫斯基(Wincenty Lutosławski,1863—1954)①、尤利安·杜维姆②、扬·帕兰朵夫斯基(Jan Parandowski,1895—1978)③和斯坦尼斯瓦夫·斯哈耶尔(Stanisław Schayer,1899—1941)④。斯哈耶尔曾在1937年第1期《波兰东方学报》(Polski Biuletyn Orientalistyczny)上发表对这部字典的负面评论。1975年维鲁赫的《文学汉字的图形转录》(*The graphic transcription of literary Chinese characters*)一书在阿姆斯特丹出版,世界著名汉学家高本汉(Bernhard Karlgren,1889—1978)为该书写了一篇评价很高的序言。

维鲁赫的汉字学习方法被成功推广至丹麦和澳大利亚等许多

① 文岑特·鲁托斯瓦夫斯基,波兰哲学家、政治家、社会和民族活动家,民族联盟成员,曾在雅盖隆大学任教,是一些教育组织的创始人,设想建立一个神秘的教育乌托邦。他在思想观念上坚持禁欲主义,试图将柏拉图的唯心主义与波兰浪漫弥赛亚主义相结合,从而形成独特的波兰民族哲学体系。其主要贡献包括发明风格测量法和按照时间顺序整理柏拉图对话录,他也是在波兰推动瑜伽的先驱。著作包括《论柏拉图的逻辑》(*O logice Platona*)、《悲观主义的根源》(*Źródła pesymizmu*)等。

② 尤利安·杜维姆,波兰犹太诗人、作家、剧作家、翻译家,斯卡曼德尔诗社的创始人之一,与《文学新闻周刊》(Tygodnik „Wiadomości Literackie")长期保持密切合作,一生有四十余个笔名。1913年,杜维姆发表了首部诗集《请求》(*Prośba*),其他著作还包括《舞蹈的苏格拉底》(*Sokrates tańczący*)、《黑色弥撒》(*Czarna msza*)、《以羽毛笔和钢笔》(*Piórem i piórkiem*)等,其写作风格以独特的幽默感、敏锐的思维和创新的语言著称,诗作多用双关语,风格别致。

③ 扬·帕兰朵夫斯基,波兰作家、散文家、翻译家,曾两次获得诺贝尔文学奖提名。主要研究哲学、古典语言学、考古学、艺术史和波兰文学,曾担任波兰笔会主席,在写作上以基于古典文化和神话的文学著称,语言优美,风格简洁。其著作包括《神话》(*Mitologia*)、《烈焰天堂》(*Niebo w płomieniach*)、《文字炼金术》(*Alchemia słowa*)等。

④ 斯坦尼斯瓦夫·斯哈耶尔,波兰语言学家、哲学家、印度学家,华沙大学东方研究所创始人和首任所长,波兰艺术科学院和华沙科学学会成员。斯哈耶尔是波兰印度学的创始人之一,主要研究东方哲学的特殊性和其对西方哲学思想的影响,他誊写了第一本非翻译的波兰语版本《印度文学史》,创立了《波兰东方研究公报》(*Polish Bulletin of Oriental Studies*),其著作包括《印度逻辑研究》(*Studien zur indischen Logik*)、《东方宗教》(*Religie Wschodu*,合著)、《关于印度哲学》(*O filozofowaniu Hindusów*)等。

国家。维鲁赫也从事汉语翻译工作,还出版过有关煤炭化学的书籍。

(四)汉学研究机构

20世纪上半叶,以韦普莱尔为代表的汉学家潜心翻译与研究中国文学、典籍之时,汉学研究机构开始出现,这是汉学研究主体的一个重要变化。1919年,博格丹·雷赫特尔在华沙大学建立了一个远东室,教授汉语和日语,次年更名为远东文化室。1922—1924年,雷赫特尔先后在莱比锡大学和利沃夫大学获得汉学博士学位和高级博士学位①。是时远东文化室不属于任何系,也没有系统招收学生,只是雷赫特尔陆续开设了一些讲座。

1933年,波兰第一个汉学专业在华沙大学远东教研室(隶属于当时的人文学院)创建,扬·雅沃尔斯基主持教研室工作,至此汉学成为华沙大学的一门独立学科。从某种意义上说,雅沃尔斯基是使波兰汉语教学和汉学研究走上正轨的第一人。② 雅沃尔斯基于华沙大学哲学系毕业后,赴巴黎攻读汉学和日本学,1931年在华沙大学获汉学高级博士学位。1934—1936年,雅沃尔斯基在波兰驻哈尔滨领事馆工作,在那里学会了现代汉语。回国任教后,他担任华沙大学汉学教研室主任。第二次世界大战期间,他在华沙参加地下反法西斯斗争,同时进行地下汉语教学,直至在参加华沙起义时牺牲,年仅42岁。虽然雅沃尔斯基从事汉学教学时间仅有四年多,却被公认为波兰汉学教学的奠基人。雅沃尔斯基的主要研究方向为中国佛教和民间文学,写下了一系列介绍、研究佛教的文章,刊登在北京出版的《华裔学志》(*Monumenta Serica*)上,亦

---

① 高级博士(doktor habilitowany),波兰最高学术学位。获得者需在获得博士学位后为特定科学或艺术领域的发展作出重大贡献,开展重要的科学或艺术活动,并提交学位申请。高级博士有权在大学独立任教,提选申请博士学位候选人,进行论文评审工作。

② 易丽君:《波兰汉学的源流》,载《国际论坛》1989年第3期,第5页。

使得战前的华沙大学东方学院成为具有世界最高水平的佛学研究中心之一。①

其实早在华沙大学汉学专业创建以前,波兰就成立了一个专门致力于普及东方人种、语言和文化相关知识的专业学术学会——波兰东方学会(Polskie Towarzystwo Orientalistyczne)。1922年5月28日,在扬·卡齐米日大学的两位教授安杰伊·加弗隆斯基(Andrzej Gawroński,1885—1927)、齐格蒙特·斯摩格热夫斯基(Zygmunt Smogorzewski,1884—1931)倡议下,波兰东方学会于利沃夫正式成立。学会首任主席为弗瓦迪斯瓦夫·考特维奇教授,战后陆续由塔德乌什·科瓦尔斯基(Tadeusz Kowalski,1889—1948)、安娜尼亚什·扎雍奇科夫斯基(Ananiasz Zajączkowski,1903—1970)、塔德乌什·莱维茨基(Tadeusz Lewicki,1906—1992)、扬·雷赫曼(Jan Reychman,1901—1975)、斯塔尼斯瓦夫·卡乌任斯基(Stanisław Kałużyński,1925—2007)、马莱克·梅耶尔(Marek Mejor,1950—)等教授接任。

波兰东方学会一直是波兰唯一一个将本国所有东方学研究者以自愿原则凝聚在一起的组织,致力于推动东方研究领域的科研、出版和科普工作。1931年,学会在华沙举办第一届波兰东方学会议,这是波兰东方学会发展史上的重要事件。会议讨论波兰东方学研究相关组织问题,并成为全国性的思想与学术交流论坛。此后,学会每年都在华沙举办一次学术会议和一次波兰东方学者大会(后改为三年一届),推广有关东方的知识。截至2015年,东方学者大会已经举行了35届,一直引领波兰东方学科研热点,所涉领域包括东方文学作品翻译、波兰与东方的关系、东方研究、波兰东方学研究成果总结、东方文化在波兰的接受、波兰东方学者及其对世界东方学研究的贡献、东方语言翻译等问题。

---

① 参见易丽君:《波兰汉学的源流》,载《国际论坛》1989年第3期,第5—6页。

东方学会从 1925 年开始负责《东方年鉴》(Rocznik Orienta-listyczny)出版工作,至 1953 年共出版 16 本。1925—1988 年出版"东方图书馆"系列丛书,此外还出版有"波兰东方译介经典"等多部东方主题作品。

五、汉学研究和文学译介成果为波兰人塑造的中国形象

纵观 20 世纪前半期(1901—1945)波兰对中国国家、社会、文化的研究和对文学本体的译介情况,我们可以发现这一时期波兰对中国的兴趣整体上显著提升。具体从相关成果的分布情况看,传教士、使者、旅行家带回的游记、日记型作品在整个研究成果中的比例明显下降,历史学、地理学、社会学等领域的专家学者对于中国的学术研究大幅增加,翻译家、汉学家对中国文学的译介活动也取得明显突破。这些积极现象的产生,一方面源于宏观层面的国际格局剧烈变化和文化思潮风起云涌。20 世纪上半叶的西方世界,政治风云激荡,社会思潮迭起,崇尚真理与迷信自我并行。西方世界仍以欧洲为主体,这里以世界中心自居,充满了自豪感和优越感。同时,西方列强之间的政治、经济和殖民对抗激化民族矛盾,民族主义、现代主义、颓废主义、象征主义、表现主义、新浪漫主义、灾难主义、印象主义等文化思潮流派在欧洲并立而生。这个时期的波兰,历经 123 年终于在 1918 年复国,随即遭受战火荼毒至1921 年成立议会制共和国,1926 年毕苏斯基发动军事政变上台后实行独裁统治,1939 年二战在波兰爆发并导致波兰再次沦亡,直至 1944 年成立波兰共和国,但国家版图整体西移 200 余公里,面积比战前缩小约 7.6 万平方公里,损失约 20% 的领土。这个时期的波兰人民迫切希望获得真正意义上的国家独立,其精英目光所及超越欧洲,遍及全球,试图从处于类似境遇的中国等国家和地区借鉴经验,找到国家发展之正确道路。

另一方面是在微观层面,源于华沙大学设立了汉学专业,开始

培养从事中国研究和文学翻译的专门人才,出现了以韦普莱尔等为代表的汉学家并在中国文学译介方面成就卓著;斯塔夫等文学家、翻译家积极投身中国文学翻译事业;1922 年成立的波兰东方学会在汉学研究、出版和传播领域,积极发挥着重要的推动作用。此等背景下,20 世纪前半期波兰人眼中的中国形象渐趋复杂,需要我们从波兰的中国学研究和文学译介这两个层面入手深入分析,以期得出较为客观全面的答案。

（一）历史悠久、地大物博、风光秀美的广袤国家

在中国学研究层面来看,主要是两部历史学专著向波兰读者介绍了中国从史前文明到袁世凯复辟近五千年的历史脉络、两千余年封建王朝更迭和近代中国遭受的内忧外患。此外,两部地理学著作向波兰人介绍了中国广阔国土上的河流山川。在波兰人的游记中,不难看到他们对中国自然景观的赞叹:

> "山峰!"她尖叫出声,"你们快看,多么鬼斧神工!"
>
> 所有人都挤到窗前,望向东北方。铁路沿线的麦田变成了森林、树丛和草地,形成一座皇家野生公园,就像摩尔夫人所描述的那样。越过秋日里色彩斑斓的灌木丛和牧场上升起的团团轻柔雾霭,我们极目远眺。这是离开日本之后,我们第一次得以目睹真正美丽的风光。
>
> 山脉自我们面前绵延开来,浸没在绛色的夕照之下。森林中随处可见的裸露岩石上铺开了地毯,更显出千姿百态的褶皱、高低深浅、边缘裂缝。不时能看到一座座宝塔,而当远处出现一道笔直巨大的巍峨城墙时,我也屈服于这种魅力,感受到了摩尔夫人所说的神圣氛围。①

---

① Julius Dittmar, *Nowoczesne Chiny*: *wrażenia z podróży*, tłum. A. R., Instytut Wydawniczy „Zdrój", Warszawa, 1925, s. 38.

（二）政治混乱、民生凋敝、愚昧落后的"东方病龙"

与此同时,我们无法忽视波兰人笔下中国的政治混乱、经济衰退、民生凋敝、外患频仍等负面形象。在《现代中国:旅行印象》中,有很多关于中国大城市的描述。旅行者眼中的中国,很大程度上影响了波兰读者对于中国的想象。例如,在旅行团乘坐火车从丹东前往北京时,摩尔夫人看到日益发展的铁路建设,感叹中国的进步,她的俄国同伴却嗤之以鼻:"这绝不是中国进步的证据,因为这条铁路实际上是欧洲人而非中国人修建的,是欧洲人强塞给中国人的。"[①]他还提到:"要是这儿的一切都按照他们的法子来,那我们现在就不得不像 1859 年的美国大使伍德那样旅行了——为了避免意外发生,他被装在封闭的盒子里送到北京,只在盒子顶上开了几个透气孔,在车站完成会见后又用同样的方式被送回来。"[②]这群外国游客在中国的每一步都展现出一种印象:中国正站在革命的门口,中国人遭受清朝官僚的腐败统治和外国列强的疯狂剥削已经到了令人难以忍受的地步。作者与同伴之间的对话从外国人的视角见证了中国从农业社会向工业社会过渡的早期阶段:

> 美国人非常喜欢汉口,因为在这个城市,中国人证明他们也可以习惯于我们的进步和发明。他们在那里建起了大型的钢铁工厂,铸造铁轨和大炮。每天烟囱丛林里都升起烟雾云飘浮在城市上空,夜里巨大熔炉的红色火光映红了天穹。扬子江上数千艘船只巡游,而一旦计划中从北京向北、西、东三个方向延展的铁路线完工,汉口大约就会一跃成为这个国家的经济中心,中国的芝加哥。[③]

---

① Julius Dittmar, *Nowoczesne Chiny: wrażenia z podróży*, tłum. A. R. , Instytut Wydawniczy „Zdrój", Warszawa, 1925, s. 32-33.

② Julius Dittmar, *Nowoczesne Chiny: wrażenia z podróży*, tłum. A. R. , Instytut Wydawniczy „Zdrój", Warszawa, 1925, s. 33.

③ Julius Dittmar, *Nowoczesne Chiny: wrażenia z podróży*, tłum. A. R. , Instytut Wydawniczy „Zdrój", Warszawa, 1925, s. 71.

波兰人还注意到,正是中国腐朽的封建统治及闭关锁国的政策导致了经济上的衰退和外国列强的觊觎。然而除了《中国古今》的作者对中国的未来发展抱有正面期待,少有其他波兰学者对于中国的发展提出积极建议。

此外,波兰人在肯定中国人勤奋节俭美德的同时,批评了中国人的愚昧落后。《现代中国:旅行印象》中一位游客讲述了这样一则见闻:

> 那时计划延长外滩,为此需要清理掉岸边的一座座民房。但是,在拆迁开始之前,需要向传说中以龙的形态存在的黄浦江神道歉,因为要打扰它们的平静并对江岸进行改造。为此,清朝官员下令在水上建造河神祭坛,向它们献上祭品,恳求它们不要因为搬迁到新街而愤怒,致使整个建筑工地卷入水中。这一恳求被大声诵读,所有人都跪着听完,之后写着这一恳求的纸张被焚烧,灰烬撒入河里。①

旅行者用略带夸张的语气,描述中国人的迷信行为,带着显而易见的西方人的优越感审视中国人。他们对中国人形象的描写和对中国人"好面子"的戏谑,体现了这种西方中心主义。"旅馆前站着一个垂着辫子的中国人,一脸苦相。他的头被卡在一个四方形的木板上,木板的大小相当于一块大墙板,看起来好像他戴着一个木项圈。但这可不是恶作剧,而是正如俄罗斯人向我们解释的那样,是法官对犯罪的惩罚。"②讲述者解释,中国人把"丢面子"视为世界上最难以承受的事,有时候为了能够避免这种耻辱,中国人会弄出种种荒唐闹剧。例如一位位高权重的人因为违反法律被

---

① Julius Dittmar, *Nowoczesne Chiny: wrażenia z podróży*, tłum. A. R., Instytut Wydawniczy „Zdrój", Warszawa, 1925, s. 79–80.

② Julius Dittmar, *Nowoczesne Chiny: wrażenia z podróży*, tłum. A. R., Instytut Wydawniczy „Zdrój", Warszawa, 1925, s. 73.

判处鞭刑，但如果他在法官面前接受处罚，就会永远失去"面子"，所以在中国的衙门口：

> 都聚集着一群穷人。只要你花上些钱，说点好话，他们就会代你接受鞭打。那些为自己找到了替身的被告跪在法官面前，听到对自己罪行的判决后十分平静，因为在这种情况下他的"面子"并不会失去。一旦法官下令按倒犯人开打，行刑者就会抓住替身开始对他执行鞭打。挨打的这个人不需要在意自己的"面子"，因为他接受鞭刑是在以一种法律允许的方式谋生。法官看着这出闹剧，眼睛都不眨一下。①

在这样的描述中，中国人对于"面子"的维护显得荒唐可笑、毫无理由，这种理解忽视了中国人将其视为一个人自尊与尊严的体现，忽视了对中国人社会心理的深入认识，反映出波兰人对中国人形象认知的局限性。

（三）古老悠远、底蕴深厚、人才辈出的文明源头

20世纪上半叶，中国和波兰均处于两次世界大战的动荡之中，两国间难有过多交流。彼时兴起于中国的新文化运动以及随之而来的新文学成就，并未进入波兰读者视野。这一时期，波兰对中国文学的关注集中于古典文学成就。从翻译《灰阑记》《聊斋志异》到介绍庄子思想、古代诗歌，波兰读者看到的是一个充满哲学智慧的古老中国，那里有着和波兰一样的阶级压迫，那里的人民追求公平正义、向往美好情感，那里的文人同欧洲知识分子群体一样具有高洁风骨、深邃思想和忧国忧民的情怀。

与整个欧洲世界对道家思想的关注类似，波兰人一直对老庄典籍兴趣浓厚，韦普莱尔的《庄子思想选编》满足了波兰读者对此的好奇。《逍遥游》中对绝对自由的人生观的追求、《齐物论》中有

---

① Julius Dittmar, *Nowoczesne Chiny: wrażenia z podróży*, tłum. A. R., Instytut Wydawniczy „Zdrój", Warszawa, 1925, s. 74-75.

关宇宙观和认识论方面的深刻思考、《养生主》中论述的养生之道和生活旨趣、《人间世》所讨论的处世哲学以及《应帝王》包含的无为而治的为政思想，无一不展示了中国古代先贤看待天地万物、生老病死、治国处世的智慧。

在中国文学译介作品中，弃恶扬善的主题无处不在，波兰人不难看到古代中国存在的种种社会矛盾和人民对公平正义的追求。透过《离骚》中屈原的苦闷，读者能看到以楚君为首的楚国贵族集团的腐朽昏聩；在《灰阑记》中奸夫赵令史的身上，读者能看到当时社会的黑暗和官场的腐败；《聊斋志异》中更是有不少故事抨击封建科举制度对人才的压迫。对于如何解决上述种种问题，波兰读者常常可以从文学作品的主人公身上寻找到答案。例如关心人民疾苦、嫉恶如仇、匡扶正义的包拯善于用机智化解难题，展示了中国人民的智慧。

在波兰读者眼中，中国人民不仅明辨是非，还向往朴素美好的人类情感。《中国传说》中相当多的聊斋故事以爱情为主题，男女主人公大多不惧封建礼教，勇敢追求自由爱情。比如《聂小倩》中的同名主人公，本是被夜叉驱使的靠色相害人的妖精，但在遇到品行端正、洁身自好的秀才宁采臣后，在他的感召下改过自新，恢复了善良纯朴的本性，二人在侠客帮助下躲过夜叉的谋害，有情人终成眷属。

被翻译成波兰语的聊斋故事中，往往还包含了中国人信奉的道德准则和社会规范。例如《种梨》劝诫人们不要吝啬，《邑人》告诫人们作恶必遭报应，《河间生》提倡正直做人，《牛成章》劝导妇女从一而终，《汤工》指出与人为善、内心虔诚便有机会再生，《妖术》则宣扬正直勇敢、不向邪恶屈服的精神。可以说，这些故事所倡导的主题与人类最普遍的道德准则相符，因此能够在波兰读者中引发共鸣。

这一时期被翻译成波兰语的中国诗歌，塑造出屈原、李白、杜甫等诗人怀才不遇、忧国忧民的中国文人的形象。《离骚》中的屈原,期望辅佐楚怀王变法图新,却因君主昏庸、小人当道遭到排挤,仍然不肯随波逐流,坚守正义。全诗通过屈原为崇高理想而奋斗终生的描写,强烈抒发诗人遭谗害后愤懑矛盾的心情,表达出为国献身、与国家休戚与共的深挚爱国情怀。又如李白的《月下独酌》,抒发诗人官场失意、政治理想无法实现的苦闷心情。杜甫的《对雪》则写于"安史之乱"期间,之前宰相房琯率领唐军与安禄山叛军大战失败,诗人逃离长安途中被叛军羁押,只能愁望着漫天飞舞的飘雪,抒发对国家和亲人的命运深切关怀而又无从着力的忧闷。如前文所述,20世纪初的波兰处于强邻环伺、国破家亡的历史境遇之中,彼时波兰知识分子在探索复国道路中艰难前行,中国古代诗歌中所表达的愁苦、寂寞、郁郁不得志的心情让波兰译者和读者很容易找到惺惺相惜之感,李白等人在失意中展现出的旷达乐观、放浪形骸、狂荡不羁的豪放个性又似乎为波兰人提供了一种对待漫漫前路的崭新视角和前行动力。

第二节　波兰文学"鲁迅模式"的汉译之路

中国人有意识、成规模地译介波兰文学源于20世纪初以鲁迅为代表的中国进步知识分子对西方文学特别是俄国、东欧文学的关注。他们利用留洋海外获取的知识和外语技能,以"绍介他国文学以启迪国人心智"为策略,以《新青年》《小说月报》等进步刊物为阵地,满怀热情地将显克维奇、密茨凯维奇等波兰人心目中的爱国主义作家、民族先知的优秀作品介绍给国人,开启了一段波兰文学"鲁迅模式"的汉译之路。

一、鲁迅等人对波兰文学的"异域盗火"

关于中国人真正开始翻译波兰文学作品的时间,学术界一直众说纷纭。王友贵在《波兰文学汉译调查：1949～1999》中提出：

> 我国最早对波兰文学的翻译介绍大约在 1907 年，最先介绍波兰文学的是鲁迅，他在《摩罗诗力说》里论述了波兰三大诗人密茨凯维奇、斯沃瓦茨基和克拉辛斯基；最先翻译波兰文学的是周作人，他译的显克维支（今译显克维奇）的短篇小说《乐人扬珂》和《灯台守》收入鲁迅和他合译的《域外小说集》第 1 集（1909），周作人译的《天使》收入《域外小说集》第 2 集。[①]

丁超在《中外文学交流史：中国—中东欧卷》中则指出，东欧文学最早在中国的译介，当开始于 20 世纪初叶，是以波兰（从国别而言）戏剧（从文学样式而言）为开端的。这就是波兰剧作家廖·抗夫（Leopold Kampf, 1881—?）的话剧《夜未央》（Am Vorabend）。它不仅是最早的外国戏剧中译，也是中外文学关系史上有目的开展的外国文学中译的开端。[②]

《夜未央》由李石曾于 1908 年从法文版翻译成中文。然而笔者通过文献整理发现，中国人翻译波兰文学的开端要早于上述两个日期。波兰首位诺贝尔文学奖获得者显克维奇的小说《灯台卒》（Latarnik），在 1906 年就被吴梼由日文版翻译成文言文发表在《绣像小说》杂志的第 68 和 69 期上，这是真正意义上中国人译介波兰文学的发端。

丁超教授所言的《夜未央》，由波兰籍剧作家廖·抗夫在柏林用德语创作完成。廖·抗夫出生的年代，波兰正处于被俄、普、奥三国瓜分统治之下。他很早就参加了波兰社会党的革命活动，为

---

① 王友贵：《波兰文学汉译调查：1949～1999》，载《广东外语外贸大学学报》2007年 11 月第 18 卷第 6 期，第 5 页。

② 丁超、宋炳辉：《中外文学交流史：中国—中东欧卷》。济南：山东教育出版社，2014，第 184 页。

避迫害移居德国,创作《夜未央》时仅 32 岁。这部作品完成后,最初在德国汉堡的剧院首演,获得汉堡戏剧界好评,但很快遭警察禁演。后来这部作品在美国纽约的德国剧场排演,被法国著名作家罗贝尔·德·于米耶尔(Robert d'Humières,1868—1915)翻译成法语,于 1907 年在巴黎上演并大获成功。《夜未央》是一部三幕剧,以 1905 年间俄国的一个大城市为故事发生的背景,主人公桦西里在秘密印刷所工作期间爱上了联络员安娥,桦西里被情感与义务的矛盾、现实压迫与行动乏力的焦虑所困扰,离开印刷所,寄希望于寻找一种新的使命。面对印刷所被破坏,新的镇压升级,革命者筹划刺杀巡抚,桦西里承担了刺杀任务,并最终在安娥的配合下牺牲个人,完成使命。故事表现了从事秘密活动的革命者反抗沙皇专制的英雄行为。

20 世纪初的俄国,社会动荡不安,战争和革命冲击着庞大的沙皇帝国,革命者的激愤和对自由的渴望深深触动了当时正在法国留学的李石曾。李石曾是中华民国时期著名教育家,早年曾发起和组织赴法勤工俭学运动,为中法文化交流做出了很大贡献。他出生于晚清的一个显宦之家,其父李鸿藻在清同治年间曾任军机大臣,是以保守著称的清流派代表人物之一。李石曾 6 岁即熟读诗书,15 岁师从京城名儒齐禊亭习汉学,积累了深厚的国学根底。1902 年李石曾随驻法公使孙宝琦赴法留学,先后在蒙达顿农校、巴斯德学院和巴黎大学学习。1906 年,他和张静江、吴稚晖等人在巴黎组织了"世界社",宣扬无政府主义,同年经张静江介绍加入同盟会巴黎分会。留法期间,李石曾与法国文化界、戏剧界交往颇密,他看到了戏剧的宣传教育和启蒙感化作用,于是决定将法语版《夜未央》译成中文介绍给中国读者。李石曾在 1932 年该剧译本重印时解释了他的翻译动机:"我在法国留学的时候,对于介绍新剧新乐颇有兴趣,亦有种种希望与计划。译这《夜未央》就是那时的一种试验。……彼时适值昂端剧院与美术剧院,先后有

《鸣不平》《夜未央》两剧,于人群心理皆极有意义,遂译为新剧丛刊之第一第二两种。"①李石曾在《重印〈夜未央〉剧本序文》中回忆说,他的法国朋友的母亲孙安夫人是巴黎艺术剧院的演员,在该剧饰演安娥的姑母,"由夫人介绍我认识原著者廖抗夫先生及美术剧院主人狄美先生,承其予以种种便利,或代作序文,或借给照片,遂成此剧本"②。廖·抗夫为中译本撰写序言之后,李石曾将其译为中文。

> 吾甚喜吾之《夜未央》新剧,已译为支那文,俾支那同胞,亦足以窥吾之微旨。夫现今时世之黑暗,沉沉更漏,夜正未央,岂独俄罗斯为然? 吾辈所肩之义,正皆在未易对付之时代。然总而言之,地球上必无无代价之自由。欲得之者,惟纳重价而已。自由之代价,言之可惨,不过为无量之腥血也。此之腥血,又为最贤者之腥血。我支那同胞,亦曾留连慷慨,雪涕念之否乎? 吾属此草,虽仅为极短时代一历史,然俄罗斯同胞数十年之勇斗精神皆在文字外矣。支那同志,其哀之乎? 抑更有狐兔之悲耶?③

辛亥革命前夕,革命党人屡遭暗杀。远在欧洲的波兰,受俄国革命影响,在圣彼得堡工人起义四天后,最重要的城市之一罗兹(Łódź)爆发罢工,引发当地其他群体支持,最终在5月演变为社会各群体爱国大游行。不难推断,无论是原作者廖·抗夫,还是译者李石曾,都把戏剧《夜未央》当成激发民众反抗黑暗专制的激情和战斗精神的武器,而这篇满溢斗争热忱的序言,就是为民族国家献身、救亡图存的战斗檄文。

---

① 韩一宇:《〈夜未央〉在中国的翻译与流播》,载《新文学史料》2012年第2期,第135页。

② 韩一宇:《〈夜未央〉在中国的翻译与流播》,载《新文学史料》2012年第2期,第135页。

③ 阿英:《晚清文学丛钞》(小说戏曲研究卷)。北京:中华书局,1960,第306页。

就在 1906 年和 1908 年这两个重要的年份之间,中国对波兰文学首次较大规模的介绍出现在 1907 年鲁迅发表的著作《摩罗诗力说》中。从这个意义上来说,鲁迅可谓在中国推广波兰文学的先驱。鲁迅原名周树人,是中国著名的文学家、思想家、革命家、教育家、民主战士,新文化运动的重要参与者,中国现代文学的奠基人之一。1902 年,鲁迅赴日本公费留学,先于日本仙台医科专门学校学习,后弃医从文,从事文艺译著工作。旅日学习生活的几年间,鲁迅以各种方式学习了日语、德语、俄语,这为他日后介绍、翻译各国文学奠定了基础。《摩罗诗力说》1907 年发表于东京,是一篇用文言文写成的文论,表达了鲁迅早期的文艺思想和美学观点。"摩罗"一词是梵语音译,"摩罗诗派"其实就是浪漫派,指 19 世纪初盛行于西欧和东欧,以拜伦和雪莱为代表的资产阶级上升期的积极或革命的浪漫主义流派。鲁迅在文中介绍评论拜伦、雪莱、普希金、莱蒙托夫、密茨凯维奇、斯沃瓦茨基、克拉辛斯基和裴多菲 8 位浪漫派诗人,认为他们是"摩罗诗人""复仇诗人""爱国诗人""异族压迫之下的时代的诗人","无不刚健不挠,抱诚守真,不取媚于群,以随顺旧俗"。[①]这篇论文已成为我国研究欧洲浪漫主义诗人的重要文献。

鲁迅在文中第一次向中国读者介绍了波兰浪漫主义三杰——亚当·密茨凯维奇、尤利乌什·斯沃瓦茨基和齐格蒙特·克拉辛斯基,是 20 世纪上半叶中国文学史上关于波兰浪漫主义文学最早、最完整的介绍。他借用密茨凯维奇著名史诗《塔杜施先生》(*Pan Tadeusz*)中华伊斯奇的号角之声来评介波兰浪漫主义文学:

> 起自微声,以至洪响,自榆度榆,自槲至槲,渐乃如千万角声,合于一角;正如密克威支所为诗,有今昔国人之声,寄于是焉。诸凡诗中之声,清澈弘厉,万感悉至,直至波阑一角之天,悉满歌声,虽至今日,而影响于波阑人之心者,力犹无限。令人

---

① 鲁迅:《坟》。北京:人民文学出版社,1980,第 85—86 页。

忆诗中所云,听者当华伊斯奇吹角久已,而尚疑其方吹未已也。密克威支者,盖即生于彼歌声反响之中,至于无尽者夫。①

《塔杜施先生》以拿破仑 1812 年进攻俄国前夕为背景,描写了波兰人民族意识高涨的情感,在波兰乡村田园底色上绘制出一幅展现波兰人民家国命运的图景。鲁迅发现了波兰浪漫主义文学的革命性,认为该作品中波兰贵族在狩猎之时吹响的号角恰似密茨凯维奇的诗作,以"清澈弘历"的声音号召波兰人民为国家独立和民族解放而战。

表 2.2:1900—1949 年中国译介波兰文学的主要成就②

年份	作者	作品	译者
1906	亨利克·显克维奇	《灯台卒》	吴梼
1908	廖·抗夫	《夜未央》	李石曾
1909	亨利克·显克维奇	《天使》	周作人
	亨利克·显克维奇	《乐人扬珂》	周作人
	亨利克·显克维奇	《灯台守》	周作人
	亨利克·显克维奇	《酋长》	周作人
1914	亨利克·显克维奇	《炭画》	周作人
1920	斯特凡·热罗姆斯基	《诱惑》	周作人
	斯特凡·热罗姆斯基	《黄昏》	周作人
1921	玛丽亚·科诺普尼茨卡	《我的姑母》	周作人
	玛丽亚·科诺普尼茨卡	《今王》	沈雁冰
	亚当·阿斯尼克	《无限》	沈雁冰
	弗瓦迪斯瓦夫·莱蒙特	《审判》	仲特、耿式之
	维克多·戈穆里茨基	《燕子与蝴蝶》	周作人
	维克多·戈穆里茨基	《农夫》	王剑三
	博莱斯瓦夫·普鲁斯	《影》	周作人

---

① 鲁迅:《坟》。北京:人民文学出版社,1980,第85—86页。

② 20世纪上半叶,部分波兰短篇小说译作被重复收入文集、选集或刊载在《新青年》《奔流》《小说月报》等杂志上。本表仅统计同一译本首次出版或被收录的信息。

年份	作者	作品	译者
1921	亨利克·显克维奇	《二草原》	周作人
	亨利克·显克维奇	《愿你有福了》	周作人
	亚当·席曼斯基	《犹太人》	周建人
	J.霍莱温斯基	《近代波兰文学概观》	周作人
1922	善辛齐尔①	《树林里的圣诞夜》	耿式之
	博莱斯瓦夫·普鲁斯	《古埃及的传说》	耿式之
	博莱斯瓦夫·普鲁斯	《世界之霉》	周作人
	亨利克·显克维奇	《你往何处去》	徐炳昶、乔曾劬
	亨利克·显克维奇	《波尼克拉的琴师》	周作人
	瓦茨瓦夫·谢罗舍夫斯基	《秋天》	李开先
1924	亨利克·显克维奇	《泉边》	王鲁彦
1925	亨利克·显克维奇	《宙斯的审判》	王鲁彦
1928	亨利克·显克维奇	《蒙地加罗》	叶灵凤
	亨利克·显克维奇	《显克微支小说集》	王鲁彦
	亨利克·显克维奇	《地中海滨》	张友松
	博莱斯瓦夫·普鲁斯	《古尔达》	王鲁彦
1929	瓦茨瓦夫·谢罗舍夫斯基	《苦海》	王鲁彦
	艾丽查·奥若什科娃	《马尔达》	钟宪民
	亚当·密茨凯维奇	《三个布德力斯》	孙用
	亚当·密茨凯维奇	《一个斯拉夫王》	孙用
	亚当·密茨凯维奇	《青春的赞颂》	石心
1930	博莱斯瓦夫·普鲁斯	《新年》	王鲁彦
1931	瓦茨瓦夫·谢罗舍夫斯基	《中国的苦力》	许念曾、徐位
1932	亨利克·显克维奇	《第三个女人》	汤真
1936	亚当·希曼斯基 等	《波兰短篇小说集》②	施蛰存

---

① 据笔者考证,《森林里的圣诞夜》(*Wigilia w lesie*) 的作者应为莱奥波尔德·斯塔夫。

② 内收《两个祈祷者》(*Dwie modlitwy*, Adam Szymański)、《辞行》(*Pour prendre congé*, Zofia Nałkowska)、《巧克切人》(*Czukcze*, Wacław Sieroszewski)、《死刑判决》(*Mogiły*, Juliusz Bandrowki)、《你记得吗?》(*Czy pamiętasz?*, Eliza Orzeszkowa)、《灯塔守》(*Latarnik*, Henryk Sienkiewicz)、《强的性》(*Siła seksualności*, Stefan Żeromski)、《审判》(*Sąd*, Władysław Reymont) 8 篇。

年份	作者	作品	译者
1943	亨利克·显克维奇	《老仆人》	王鲁彦
1945	亨利克·显克维奇	《战胜者巴尔代克》	施蛰存
1948	亨利克·显克维奇	《你往何处去》	费明君
	弗瓦迪斯瓦夫·莱蒙特	《农民》	费明君

　　鲁迅是在日本留学期间培养了对波兰文学的兴趣。明治维新之后，众多西方文学作品传入日本，其中包括波兰文学作品。鲁迅同其弟周作人一同接触到丹麦著名文学评论家和文学史家格奥尔格·勃兰兑斯（Gerog Brandes，1842—1927）的《波兰印象记》（Polen），这本书对周氏兄弟的文学创作产生了很大影响。在这本书中，勃兰兑斯将密茨凯维奇的诗作置于歌德、莎士比亚和荷马的作品之上。1905 年，显克维奇获得诺贝尔文学奖，成为波兰第一个获得该奖的文学家，这在很大程度上提高了显克维奇在日本的受欢迎程度，也率先进入了周氏兄弟的视野。1909 年鲁迅和周作人合译的外国短篇小说选集《域外小说集》在日本出版，共两册。其中包括周作人翻译的显克维奇的作品《乐人扬珂》（Janko Muzykant）、《天使》（Jamioł）、《酋长》（Sachem）和《灯台守》①以及鲁迅按照中国古典诗歌风格翻译的《灯台守》中引用的密茨凯维奇的诗歌。所有这些波兰文学作品都由周氏兄弟从英文或日文翻译成文言文。鲁迅为《域外小说集》作序："词致朴讷，不足方近世名人译本。特收录至审慎，迻译亦期弗失文情。异域文术新宗，自此始入华土。使有士卓特，不为常俗所囿，必将犁然有当于心，按邦国时期，籀读其心声，以相度神思之所在。则此虽大涛之微沤与，而性解思惟，实寓于此。中国译界，亦由是无迟莫之感矣。"②曹科和

---

① 即前文提到的《灯台卒》。

② 鲁迅先生纪念委员会编：《鲁迅全集》（第 11 卷）。北京：人民文学出版社，1973，第 185 页。

赵九阳在《从改写理论重看〈域外小说集〉》一文中分析了周氏兄弟的创作动机："鲁迅在一九三二年一月十六日致增田涉的信中说：'《域外小说集》发行于 1907 年或 1908 年，我与周作人还在日本东京。当时中国流行林琴南用古文翻译的外国小说，文章确实很好，但误译很多。我们对此感到不满，想加以纠正，才干起来的。'"①

与清末民初盛行的"意译""译述"之风不同，鲁迅和周作人在翻译过程中提倡直译。他们逐字翻译作品中的人名和地名，还编写作家小传，在括号内加注解释典故。这样的翻译方法和之前的翻译方式有很大区别，因此《域外小说集》的《序言》和《凡例》被视为中国"新一代翻译者的艺术宣言"。遗憾的是，当时很少有读者知道这本书，这些书只卖出了约 40 本。尽管如此，《域外小说集》对波兰文学译介的开创性贡献毋庸置疑。钱玄同曾这样评价周氏兄弟和《域外小说集》："周氏兄弟那时正译《域外小说集》，志在灌输俄罗斯、波兰等国之崇高的人道主义，以药我国人卑劣、阴险、自私等等龌龊心理。"②可以说，周氏兄弟选择作品时的倾向性和标准为波兰文学汉译创造了一个基本范式。

1909 年夏天回国后，周氏兄弟继续翻译推广波兰文学作品。周作人从日文翻译了显克维奇的《炭画》(*Szkice węglem*)，鲁迅对译本进行了编辑，1914 年由北新书局出版。周作人曾这样评价《炭画》的艺术价值："显克微支作短篇，种类不一，叙事言情，无不佳妙，写民间疾苦诸篇尤胜。事多惨苦，而文特奇诡，能出以轻妙诙谐之笔，弥足增其悲痛，视戈戈耳笑中之泪殆有过之，《炭画》即其代表。"③

---

① 曹科、赵九阳：《从改写理论重看〈域外小说集〉》，载《青年文学家》2009 年第 13 期，第 6 页。

② 沈永宝编：《钱玄同五四时期言论集》。上海：东方出版中心，1998，《我对于周豫才君之追忆与略评》第 382 页。

③ 显克微支：《炭画》，周作人译。北京：北新书局，1926，《关于〈炭画〉》，第 115—116 页。

1917 年周作人开始在北京大学授课，在鲁迅帮助下继续翻译外国文学作品，其中便包括波兰文学作品。1921 年他翻译了玛丽亚·科诺普尼茨卡（Maria Konopnicka, 1842—1910）的作品《我的姑母》（*Moja cioteczka*），发表在《小说月报》（第 12 期，1—9 卷）上。此外，周作人在 1910—1930 年间还翻译了显克维奇的《二草原》（*Dwie łąki*）、普鲁斯的《影》（*Cienie*）、维克多·戈穆里茨基（Wiktor Gomulicki, 1848—1919）的《燕子与蝴蝶》（*Czego nie rozumieją jaskółki i motyl*）等作品。另外，鲁迅的三弟周建人也从事翻译活动，并将亚当·席曼斯基（Adam Szymański, 1852—1916）的《犹太人》（*Srul z Lubartowa*）从英语译成中文，1921 年发表于《小说月报》（第 12 期，1—9 卷）上。

进步社会政治文学杂志《新青年》是新文化运动主要阵地，其主要目标之一就是翻译推广外国文学。周作人 1920 年翻译的斯特凡·热罗姆斯基的《黄昏》（*Zmierzch*）、《诱惑》（*Pokusa*），以及 1921 年翻译的显克维奇的《愿你有福了》（*Bądź błogosławiony*）都发表在《新青年》上。鲁迅还在自己任主编的各种杂志上介绍波兰文学，1929 年《奔流》杂志刊登鲁迅最喜欢的《青春的赞颂》（*Oda do młodości*，后译《青春颂》）的第一个译本，这个译本是由石心从法语翻译过来的。

1922 年，周氏兄弟出版《现代小说译丛》，书中收录了 8 篇波兰作家的作品，包括显克维奇的《波尼克拉的琴师》（*Organista z Ponikły*）、《二草原》、《愿你有福了》，普鲁斯的《世界之霉》（*Pleśń świata*）、《影》，戈穆里茨基的《燕子与蝴蝶》，科诺普尼茨卡的《我的姑母》和席曼斯基的《犹太人》等。这部小说集成为了对周氏兄弟的波兰文学译介活动的总结。

在周氏兄弟所译外国文学作品中，波兰文学作品占有很高比例，反映出了他们对波兰文学的喜爱。与其他文学家主要关注被称为主流文学的西欧文学不同，鲁迅关注被他称为"弱小民族"的东欧国家的民族文学。1935年5月他曾在给胡风的信中向他推荐翻译两部长篇著作,其中一部就是显克维奇的《火与剑》(Ogniem i mieczem)。① 在中国文学史上,是鲁迅第一次将波兰、匈牙利等东欧国家称为"弱小民族"国家,将他们看作"被侮辱与被损害"的民族。周氏兄弟对弱小民族文学的兴趣,植根于他们所代表的那个时代的反抗、革命、爱国、追求自由的民族情绪。正如周作人在《现代小说译丛》序言中指出的:"我们当时希望波兰及东欧诸小国的复兴,实在不下于章先生的期望印度。直到现在,这种影响大约还很深,终于使我们有了一国传奇的异域趣味,因此历来所译的便大半是偏僻的国度的作品。"②

周氏兄弟的译介选择,可以借用捷克学者菲利克斯·沃迪奇卡(Felix Vodička,1909—1974)的文学接受理论来理解。沃迪奇卡认为,研究文学作品的接受必须结合文学史研究,也就是要研究文学作品与特定历史事件之间的联系。同一文学作品在不同的历史时期亦有不同理解方式。所以沃迪奇卡的文学接受研究范围,包括了文学作品在特定历史时期的形态以及文学作品的作用范围。她的这种理解方式不仅研究文学作品被受众接受的方式,还要在历史背景的大环境下分析产生这种接受方式的原因。周氏兄弟所译的波兰文学作品,大多诞生于19世纪下半叶,也就是波兰被俄、普、奥三国瓜分时期。那时波兰国虽破亡,山河犹在,波兰文学家们以笔为矛,希图通过文学作品鼓舞民心,推动争自由、求解放的反抗压迫的运动。而鲁迅所生活的时代,中国正面对着列强环伺、国政凋敝、民不聊生的悲惨境遇,以鲁迅为代表的进步知识分子不断寻找着救国之路,此时,充满了

---

① 李坚怀:《同声相应,同气相求——论鲁迅对波兰文学的接受》,载《东方丛刊》2008年第4期,第161页。

② 周作人、鲁迅、周建人译:《现代小说译丛第一集》,北京:新星出版社,2006,序言第2页。

反抗主题的波兰文学尤其易于引起他们的关注,并在他们的接受视野中占据一席之地。

根据让-保罗·萨特的文学接受理论,阅读经验和期待视野决定着读者和译者对文学作品的选择,而期待视野是读者在个人和社会经验的基础上形成的。萨特说:

> 每一篇文学文本在写作时,作者就意识到潜在的读者;每一篇文本都包含着写作对象的形象:也就是说每一部作品把伊赛尔称之为"暗中存在的读者"译成电码溶入作品之中,然后在每一个姿态中暗示它预期的那一种"收报人"。"消费"在文学中就如同在任何其他生产中一样,是生产过程本身的一部分。①

分析周氏兄弟的译介行为可见,鲁迅的期待视野不仅建立在个人对东欧文学的兴趣基础之上,还建立在中国的历史背景之上,他试图唤醒波兰文学在中国的潜在受众。他们翻译的几乎所有波兰文学作品都充满了爱国主义精神,特别是密茨凯维奇、显克维奇和普鲁斯的作品。波兰文学的许多特征与鲁迅提出的"新文化运动"的主要命题及其审美假设是一致的。

鲁迅对波兰文学汉译的贡献还在于他鼓励、带动了一批进步文学家译介波兰文学,间接培养了一个翻译、介绍和研究波兰文学的译者队伍。茅盾担任《小说月报》主编期间,以大量篇幅翻译介绍弱小民族文学、俄国文学及日本文学,大力推动包括波兰文学在内的东欧文学作品的译介。据笔者粗略统计,1921—1931 年共有115 部东欧文学作品被翻译成中文并发表在《小说月报》上,其中约三分之一是波兰文学。1921 年的《小说月报》第 12 卷第 10 号推出了"被损害民族的文学"专号,刊有科诺普尼茨卡的《我的姑

---

① 特里·伊格尔顿:《文学原理引论》,黄源深、陈士龙译。北京:文化艺术出版社,1987,第 101 页。

母》、《今王》（*A jak poszedł król na wojnę*），亚当·阿斯尼克（Adam Asnyk，1838—1897）的《无限》（*Bez granic*）。之前的 1 至 9 号刊登了莱蒙特的《审判》（*Sąd*）、戈穆里茨基的《燕子与蝴蝶》、普鲁斯的《影》、显克维奇的《二草原》和席曼斯基的《犹太人》。1921 年的第 12 卷第 10 号上，周作人还翻译了 J. 霍莱温斯基（J. Cholewiński）的《近代波兰文学概观》（*Zarys współczesnej literatury polskiej*）。此外，茅盾在 1921 年第 12 卷第 2 号上撰文《波兰近代文学泰斗显克微支》，介绍显克维奇的生平和创作。茅盾在为《〈小说月报〉索引（1921—1931）》作序时写道："这十一年中，《小说月报》广泛地介绍了世界各国的文学，首先是介绍了俄国文学和世界弱小民族的文学。"[①]

对俄国文学和弱小民族文学的重视，是茅盾主编时期的《小说月报》的突出特点。与茅盾同时参与波兰文学译介的进步文学家及其作品还有：王鲁彦译《显克微支小说集》和瓦茨瓦夫·谢罗舍夫斯基的《苦海》（*Dno nędzy*），叶灵凤译显克维奇的《蒙地加罗》（*Monte Carlo*），施蛰存译《波兰短篇小说集》和显克维奇的《战胜者巴尔代克》（*Bartek zwycięzca*），耿式之译普鲁斯的《古埃及的传说》（*Z legend dawnego Egiptu*）。

这一时期，有几部重要的波兰长篇小说被翻译并出版，分别是徐炳昶和乔曾劬译显克维奇的《你往何处去》（*Quo Vadis*）、费明君译莱蒙特的《农民》（*Chłopi*）和钟宪民译奥若什科娃的《马尔达》（*Marta*）。《你往何处去》是显克维奇创作晚期的重要作品，但由于当时读者对基督教了解不足，因此没有引起很大关注。周作人对该译本的意义，特别是该译本采取的直译方法评价颇高："波兰显克微支的名作《你往何处去》已由徐炳昶、乔曾劬二君译成中国

---

① 书目文献出版社编：《〈小说月报〉索引（1921—1931）》。北京：书目文献出版社，1984，第 1 页。

语了,这是一件很可喜的事。……徐、乔二君的译本据序里所说是
以直译为主的;我们平常也主张直译,但是世间怀疑的还很多,现
在能有这样的好成绩,可以证明直译的适用,实在是很可尊重
的。"①周作人充分肯定徐炳昶为小说专门撰写的序言,称其"深切
著明",同时指出了译本不足之处,认为这个译本的"人名音译都
从法国读法,似乎不尽适当。……依了译本文体的精神,也应用全
译的人名才觉相称"②。不过总体而言,周作人对《你往何处去》
的翻译活动还是持肯定态度的。

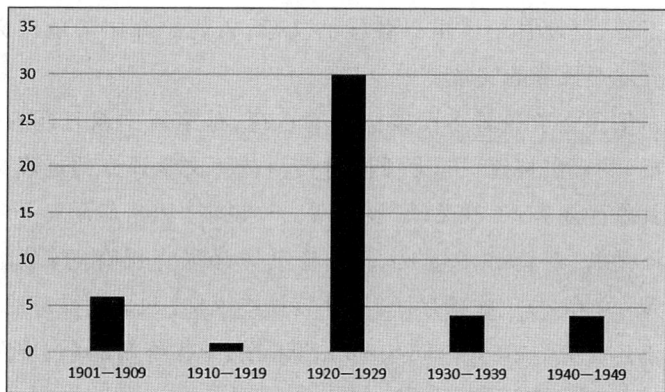

图 2.2:20 世纪前半期中国出版的波兰文学译本数量一览

通过 20 世纪前半期中国出版的波兰文学译本数量一览图可
以看出,始于 1909 年鲁迅的带动,波兰文学汉译活动达到 20 世纪
第一个小高潮,这也是中国人第一次有意识地译介波兰文学作品。
1920—1929 年间译本数量超过了 30 部,占 20 世纪前半期译本总

---

① 周作人:《自己的园地》。北京:人民文学出版社,1998,《你往何处去》第 62—
　　64 页。

② 周作人:《自己的园地》。北京:人民文学出版社,1998,《你往何处去》第 64
　　页。

量六成以上,究其原因主要是新文化运动进步知识分子对东欧文学的高度关注。

二、文学译本的基本样貌

20世纪初,中国译者和出版社对波兰作家作品的译介选择受意识形态因素影响很大,并且在很大程度上反映出译者的喜好。中国进步文学家关注波兰文学并将其划分到弱小民族文化范畴,是因为当时中国和波兰等国所处历史社会环境有相似之处。新文化运动中的文学家普遍在寻找能够成为本民族典范的主人公形象,为中华民族救亡图存提供精神力量和实践经验。以鲁迅为代表的第一批文学家们,其意识形态深受特定思潮影响。这些文学家和翻译家着重强调爱国主义和争取独立自由的斗争,但较少重视这些作品的艺术成就和审美价值。

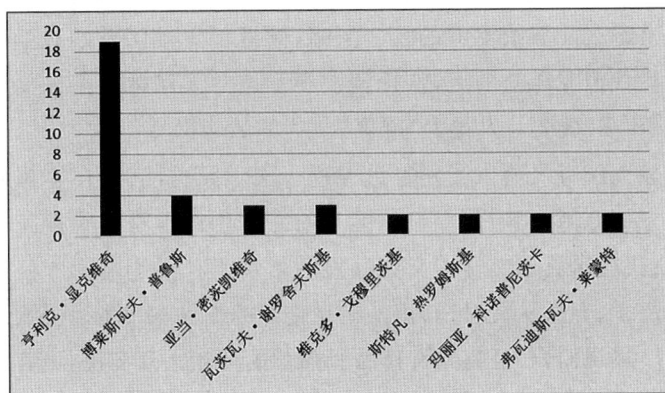

图2.3:20世纪前半期被译介较多的波兰作家及译本数量

上图显示,20世纪上半期最受中国翻译者关注的三位波兰作家分别是显克维奇、普鲁斯和谢罗舍夫斯基,其中显克维奇受关注度遥遥领先。显克维奇是波兰19世纪批判现实主义作家,素有

"波兰语言大师"之称,作品中的民族主义和爱国主义思想强烈。他出身贵族家庭,中学毕业后进入华沙高等学校语文系学习,后因不满沙俄政府对学校的钳制愤然离校。1872 年起担任《波兰报》(Gazeta Polska)记者,陆续发表数十篇杂文和一些短篇小说,连载中篇小说《哈尼亚》(Hania,又译"韩妮雅""哈尼娅")。后以记者身份访问美国,写下通讯集《旅美书简》(Listy z podróży do Ameryki)。19 世纪 80 至 90 年代,先后创作了《炭笔素描》《为了面包》(Za chlebem)、《胜利者巴尔特克》、《酋长》等多部中短篇小说。在 1883—1900 年期间,创作长篇历史小说三部曲《火与剑》、《洪流》(Potop)和《伏沃迪约夫斯基骑士》(Pan Wołodyjowski)以及历史小说《十字军骑士》(Krzyżacy)和最终为他赢得诺贝尔文学奖荣誉的《你往何处去》。作家晚年还创作了《在光荣的战场上》(Na polu chwały)、《中非历险记》(W pustyni i puszczy)等作品。显克维奇史诗般的作品"达到了艺术上绝对完美的地步","深刻揭露了波兰十九世纪在异族统治下的社会黑暗,倾诉了灾难深重的波兰民族世世代代遭受压迫的痛苦,热情歌颂了波兰人民数世纪来反压迫的斗争"[1],被波兰人誉为"凝聚人心"的战斗檄文。

　　显克维奇之所以受到鲁迅等进步文学家关注,存在客观和主观两方面原因。客观上,显克维奇的文学创作本身具有极高艺术价值,获得诺贝尔文学奖又为其显著增加了社会影响力。鲁迅在日本留学、弃医从文时期,正是显克维奇的作品在日本大受欢迎的时期。主观而言,显克维奇作品所描写的劳动大众的疾苦、背井离乡者的忧闷、底层人民的凄惨,在中国进步作家的期待视野中精准投射,高度契合鲁迅等文学家希望通过文学唤醒民众麻木的斗争意识、号召人民救亡图存的文化理想。

---

[1]　张振辉编选:《显克维奇精选集》。济南:山东文艺出版社,1997,编选者序第 1 页。

这种文化理想在中国文学家通过翻译活动与其他波兰作家的"精神互动"中同样得以展现。作为华沙实证主义流派的重要代表人物,波兰著名作家普鲁斯创作初期写了一批针砭时弊的小品和杂文,继而创作具有社会意义的中短篇小说,主要揭露时势艰难,贫富不均,有钱人伪善、贪婪和损人利己的行径,对挣扎在苦难生活中的城乡劳动者寄予深切同情。后来,作为现实主义者的普鲁斯开始写作长篇小说,提出自己既反对理想主义和浪漫主义,又反对自然主义的文学纲领。他认为文学之目的是维护个人和社会精神的生存和发展,表达民族思想感情和意志。被誉为"波兰民族的良心"的热罗姆斯基常以民族解放斗争为主题,创作展现人民所遭受的压迫和伤害以及为正义而战的英雄主义作品。在20世纪波兰众多有影响力的文学家中,被公认为是继伟大爱国诗人密茨凯维奇之后引领一代人的精神领袖。波兰第二位获得诺贝尔文学奖的现实主义作家莱蒙特,通过紧扣"青年波兰"时期的两个重要主题——艺术家同普通人之间的冲突以及女性努力摆脱束缚、追求自由和自我实现,描绘社会现实,反映阶级斗争。波兰女诗人科诺普尼茨卡创作了许多爱国诗歌,描绘祖国的锦绣河山,也描写贫苦农民在资本主义社会中的悲惨生活和被压迫者对美好的正义社会的向往之情。其小说创作多以城市生活为题材,反映下层人民悲惨命运,揭露资产阶级的虚伪和对劳动人民的迫害。此外,波兰实证主义时期的重要代表作家戈穆里茨基、著名诗人和爱国主义战士阿斯尼克等人也都通过文学创作表达对家国命运的深切关怀,这些都同中国在新文化运动背景下进行的外国文学翻译活动的主要意旨形成了某种呼应。

　　通过分析这一时期中国译介波兰文学的种类,我们可以看到大部分译作都是中、短篇小说,短篇小说尤其多,而长篇小说中只有《你往何处去》一部。这很大程度上是因为当时世界文学界认为《你往何处去》是显克维奇获诺贝尔文学奖的主要原因,故而激起了翻译界的兴趣。总的来说，中、短篇小说情节相对简单，多讲述普通百姓的日常生活和人生经历，在内容上符合当时中国译者、读者的意识形态需要。从技术层面看，中、短篇小说便于译者在较短时间内完成翻译，符合新文化运动参与者希望借鉴外国文学为我所用的迫切初衷。而显克维奇历史小说这样的长篇作品，无论是翻译还是阅读，都需要译者和读者较为全面地掌握波兰的历史社会知识，但这在闭关锁国百余年、尚处于半殖民地半封建社会的中国显然并不现实。

在众多波兰文学译本中，《灯台卒》和《炭笔素描》是较受关注的两部作品。《灯台卒》（又译"灯台守""灯塔守望"等）这部中篇小说是中国的波兰文学翻译史上的开山之作，也是显克维奇在中国文学界最受欢迎的作品之一。1906年由吴梼翻译出版之后，被多位译者重译，并被多次选入各种文集，甚至有两个文集直接以该题目命名。中国读者普遍认为《灯台卒》是显克维奇最具代表性的中篇小说，并非常欣赏其艺术价值。

《炭笔素描》作为显克维奇的另一部中篇小说，同样受到译者们的特别重视。显克维奇的中篇小说涉及众多主题，专注于讲述历史和描述情感，尤其能够以笑中带泪的方式展现普通百姓的不幸，而《炭笔素描》就是这类作品的代表。中国人对这篇小说的翻译活动从某种程度上说就像它的标题一样，描绘出这些翻译家们对波兰文学的首批翻译尝试。第一位翻译《炭笔素描》的作家周作人（当时译为《炭画》）翻译的是这部小说的英文版，于1908年完成，译文经鲁迅编辑。虽然周氏兄弟坚持译文忠实于原文，但因为这部小说被翻译成文言文，文本的可理解性并不令人满意。直到1914年，在鲁迅的努力下，此译本才由上海的文明书局出版。至十二年后的1926年，这本书由北新书局在北京重新出版。《炭笔素描》是显克维奇唯一一部在当时的中国单独出版的中篇小说。20世纪50年代，施蛰存、周启明将这部中篇小说翻译成白话文,收入《亨利克·显克维奇短篇小说集》中。后来这篇小说又陆续被其他译者重新翻译。

三、中国新文化运动翻译家群像

自 1906 年吴梼翻译《灯台卒》始,鲁迅、周作人、茅盾、施蛰存等中国新文化运动的代表人物和文学家陆续将俄罗斯文学和包括波兰在内的东欧文学介绍到中国。彼时中国尚未与波兰有密切交往,还没有培养出精通波兰语的翻译人才,上述进步知识分子成为中国从事波兰文学翻译的主要力量。他们翻译的所有波兰文学作品均由英语、法语、俄语、日语甚至世界语转译而来,译作语言风格差异巨大,从文言文到文言白话夹杂再到白话文不一而足。但他们继承发扬新文化运动传统,又都是优秀的作家和文学家,对母语有着出色的掌握,在翻译过程中展现出文学大家所具有的文字创造力,使得波兰文学被成功地引入中国。作为翻译波兰文学的先驱,他们为中国人认识波兰和波兰文学作出了重大贡献。

(一)周氏兄弟

鲁迅原名周树人,1881 年 9 月 25 日出生于浙江省绍兴市。时值清朝末期,中国正处于半殖民地半封建社会。童年时期的鲁迅生活在中国传统的封建大家族中,因母亲来自农村,年幼的周树人与农民保持了接触和联系,这让他对社会底层人民的苦难生活有着深切体认。1898—1901 年,鲁迅在江苏南京一所现代学校学习,开始对外国文学产生兴趣。1902 年赴日本学习医学,让他有机会进一步了解西方文明。之所以选择学医,很大程度上是因为其父因病亡故使他对中医效用产生怀疑,希图通过西方医学拯救同胞。但仅仅在一年之后,周树人就从医学院退学,转而投身文学以及文化事业。这是因为他深刻意识到,中国人所需要的不仅仅是医治肉体,更重要的是获得精神启蒙。他认为要拯救中国,必须首先唤醒人们的民族意识。可以说,在日本的留学经历进一步塑造了鲁迅的世界观和人生观,也加深了他对欧洲文学的浓厚兴趣,特别是对拜伦、普希金和密茨凯维奇等人的兴趣。

　　1911年,辛亥革命爆发,清王朝被推翻,中华民国成立,以儒家思想为主导的旧社会秩序瓦解,西方新思潮开始涌入。一众曾在西方接受过教育的知识精英们发起了新文化运动,提出了改革文化、文学、教育等革命性主张,力图通过打破旧的社会模式来救亡图存。周树人是这一运动的主要发起者之一,并首倡推广白话文,曾作为北平政府教育部"读音统一会"的代表参与汉语拼音创立工作。1918年4月,他发表了第一部作品《狂人日记》,首次使用笔名"鲁迅"。这篇颇具恐怖色彩的短篇小说的主人公坚信,自己的家人想要吃掉自己。这是鲁迅对当时中国"吃人"的社会本质的隐喻。这部作品一经发表即成为新文化运动的旗帜和中国现代小说创作的基石。之后鲁迅聚焦社会最底层,描摹他们的日常生活。这种选材理念首先反映在其小说创作中,而同样重要且成就巨大的是他的杂文创作。鲁迅写有700余篇杂文,批判社会问题,并以此为刀笔同反动思想斗争,形成了冷峻辛辣的文风和鲜明的革命性思想。至1936年10月19日病逝,终其一生,鲁迅在文学创作、文学批评、思想研究、文学史研究、翻译、美术理论引进、基础科学介绍和古籍校勘与研究等众多领域均作出重大贡献,被誉为"中国现代文学之父"。

　　鲁迅的弟弟周作人于1885年1月16日出生,幼时接受传统私塾教育,后入江南水师学堂学习。1906—1911年间在日留学,回国后于1917年起担任北京大学教授。周作人是中国现代著名散文家、文学理论家、评论家、诗人、翻译家、思想家,中国民俗学开拓人,新文化运动的杰出代表。他同样参加了新文化运动,担任新文化运动主要阵地——《新青年》杂志的编辑。作为作家、散文家,周作人是将白话文引入文学创作的领军人物。虽然周作人与同时代中国学者一样深受西方文化影响,特别是文艺复兴人文主义思潮,但在 20 世纪 30 至 40 年代他脱离自身早期的文学追求与风格,创作了一系列以闲适生活为主题的小品文。作为欧洲文学翻译家,他对显克维奇的作品给予过很大关注。

周氏兄弟最早的译介作品是《域外小说集》两册,分别于 1909 年 3 月和 7 月出版,共收有小说 16 篇(鲁迅据德文转译 3 篇,其余为周作人据英文翻译或转译),其中就包括显克维奇的短篇小说《灯台守》。之后两人都翻译了多篇显克维奇等波兰作家的文学作品,发表在多种文学杂志和文学选集中。他们均高度评价显克维奇的创作理念,认为其作品充满抗争意识,反映波兰人的苦难命运及其对自由和独立的渴望。周作人尤为喜爱显克维奇,总共翻译的 15 部波兰长短篇小说中有一半以上都是显克维奇的作品。除此之外,周作人还撰写了一系列有关波兰文学的评论文章,分析波兰文学特点,认为波兰民族是一个英武勇敢、忠诚可靠、情感充沛的民族。

周氏兄弟的文学翻译理念主要在于,译文必须尽可能忠实于原文,流畅性和文风的重要性居于次席。鲁迅主张在“信”“达”不可得兼的情况下,“宁信而不顺”。他曾比喻说,外国文学作品好像“原是洋鬼子,当然谁也看不惯,为比较的顺眼起见,只能改换他的衣裳,却不该削低他的鼻子,剜掉他的眼睛。我是不主张削鼻剜眼的,所以有些地方,仍然宁可译得不顺口”①。周氏兄弟的译本十分忠实于原文,常因文字佶屈聱牙和美感不足而遭人诟病。尽管如此,周氏兄弟对波兰文学译介所做出的开创性贡献无可磨灭。

(二)茅盾

原名沈德鸿,与周氏兄弟同为浙江人,但年轻十余岁。1896

---

① 鲁迅:《且介亭杂文二集》。北京:人民文学出版社,1973,《“题未定”草(一至三)》第 112 页。

年 7 月 4 日出生在一个思想观念颇为新潮的家庭,从小接受新式教育。1913 年考入北京大学预科第一类,毕业后入商务印书馆编译所工作。他不仅是中国现代作家、文学评论家、文化活动家,还是社会活动家,是新文化运动的先驱、中国革命文艺的奠基人之一。1920 年接手编辑《小说月报》,1921 年参与发起组织"文学研究会"。1921 年 7 月中国共产党成立后即由上海共产主义小组成员转为正式党员。1927 年 9 月于上海首次以"茅盾"为笔名发表小说《幻灭》,代表作有小说《子夜》《春蚕》和文学评论《夜读偶记》等。新中国成立后,出任第一任文化部长,主编《人民文学》杂志。1981 年 3 月 14 日,茅盾自知病将不起,将稿费 25 万元人民币捐出设立茅盾文学奖,以鼓励当代优秀长篇小说创作。该奖至今仍是中国具有最高荣誉的文学奖项之一。

茅盾最早是以译者身份步入文坛的,也是中国文学翻译工作重要的开拓者和奠基人。他 1916 年入商务印书馆编译所工作,参与编写儿童读物《童话》一刊,从此开始翻译许多优秀儿童文学作品,陆续发表在《东方杂志》《新青年》《小说月报》等进步刊物上。1921 年《小说月报》"被损害民族的文学"专号上的《今王》和《无限》就是他翻译的。茅盾有意选取反映弱小民族国家争取自由、民主、民族解放斗争胜利的作品进行翻译,一生翻译了大量俄罗斯和东欧文学作品。茅盾的翻译主张是"直译"的同时有意识地照顾汉语自身固有特性,认为汉语确实存在语言组织上欠严密的不足,有必要引入印欧语系句法形态,但由于中西文法结构截然不同,不可能完全"字对字直译"。为此他总结了很多改变机械翻译的方法,希望翻译者用适合于原作的文学语言把原作的内容和形式忠实传达出来,让汉语文学译本焕发固有文化内力。茅盾是最早提出"句调神韵"说的论者,对文学译本的语言运用提出了更高的标准,要求语汇、语句和语段在构成文学作品的形貌的同时,也形成作品特有的神韵。

（三）施蛰存

施蛰存原名施德普，1905 年 12 月 3 日出生于浙江杭州。著名文学家、翻译家、教育家，最重要的文学成就当属外国文学翻译，是鲁迅文学翻译工作的继承者。仅 1950—1958 年间，施蛰存翻译的外国文学作品总计就超过了 200 万字。作为中国现代文学的奠基人之一，他将现代主义介绍到中国，所选取的翻译作品也倾向于现代主义作品。其译作流畅清新的风格、饶有趣味的叙事、细腻真实的情节，使得读者能够身临其境地感知书中人物的命运，理解作者创作的苦心。他的译作同时也推动了中国与这些国家之间的文化交流，加深了人们之间的相互理解与信任。他与茅盾一样偏爱来自东欧"弱小国家"的作品。他曾说：

> 最先使我对于欧洲诸小国的文学发生兴趣的是周瘦鹃的《欧美短篇小说丛刊》，其次是周作人的《现代小说译丛》。这几种书志中所译载的欧洲诸小国的小说，大都篇幅极短，而又强烈地表现着人生各方面的悲哀情绪。这些小说所给我的感动，比任何一个大国度的小说所给我的更大。①

施蛰存并不懂波兰语，但英语和法语十分精湛，这保证了他从英语或法语翻译过去的作品的质量。在其译作中，除了复杂的人物名称，很少出现宗教用语或方言习语，几乎所有文字都遵从中国读者的阅读习惯。例如显克维奇作品中有很多复杂长句，施蛰存翻译时通常将其拆分为较短的简单句。他对自然和生活保持敏感，对外国文化习俗有独到理解，这使得他能够出色地翻译大段景物描写。此外，为帮助中国读者更好地理解外国风俗与宗教等内容，他在翻译过程中会添加大量简明、具体的注释。

与同时代其他翻译家相似，亦是翻译活动时代背景使然，施蛰

---

① 施蛰存：《北山散文集（二）》。上海：华东师范大学出版社，2001，第 1223 页。

存在其翻译作品的序言中常使用一些具有意识形态特征的表述方式,如"阶级斗争""民族情感""无产阶级立场"等,有时还会在注释中批评原文与当时中国的意识形态不一致的政治观点。

四、波兰文学译作中的波兰民族形象

20 世纪上半叶,鲁迅等人翻译和介绍的一众波兰作家主要属于浪漫主义(密茨凯维奇、斯沃瓦茨基、克拉辛斯基)、实证主义(显克维奇、科诺普尼茨卡、戈穆里茨基、谢罗舍夫斯基、阿斯尼克)和"青年波兰"(莱蒙特、热罗姆斯基、席曼斯基)三大思潮流派。这些在这一时期进入中国读者视野的波兰文学作品,共同塑造了特征鲜明的波兰民族形象。

(一)"被侮辱与被损害"的民族

鲁迅在《摩罗诗力说》里介绍斯沃瓦茨基时即说到,斯沃瓦茨基"所作诗歌,多惨苦之音""哀情涌于毫素,读之令人忆希腊尼阿字事,亡国之痛,隐然在焉。且又不止此苦难之诗而已,凶惨之作,恒与俱起"。[①] 在这些波兰作家的笔下,波兰人民的生活凄惨而绝望,地主、新兴资产阶级同农民、城市平民之间的矛盾十分尖锐。显克维奇通过《天使》中的小主人公——无依无靠的孤儿玛蕾霞的悲苦命运展现了一幅波兰贫穷、落后的农村图景。另一个可怜的儿童形象是《乐人扬珂》的主人公——一个热爱音乐的牧童,总是躲在墙角聆听旅店中传出的美妙乐声。他很渴望拥有一把自己的小提琴,终于有一天按捺不住趁没人时候溜进富人的房间想要好好欣赏一下小提琴,却不幸被当成小偷,挨了一顿毒打之后伤重不治,离开了人世。热罗姆斯基的《黄昏》则描绘了 19 世纪末的俄占区里底层人民的悲惨生活。主人公瓦莱克·吉巴瓦曾是一名马夫,因偷盗马粮换烟酒而被庄园主辞退。从此之后一直没能找

---

① 鲁迅:《坟》。北京:人民文学出版社,1980,第87—88 页。

到长期稳定的工作,家人也因此忍饥挨饿。故事结束时恰逢黄昏降临,没人能预知吉巴瓦一家未来的命运,恰如国运似已近黄昏的波兰不知前路在何方。而科诺普尼茨卡的《今王》则通过一首短小精悍的诗歌,隐喻社会的不平等现象、不同社会阶层之间生活境遇的巨大差距以及迥异的命运。人们在热烈欢送国王出征,而农民则在一片寂静中走上战场,只有田里的庄稼和溪水为他送行。在残酷的战场上,国王得到周全保护,无须面对枪林弹雨;农民和最普通的士兵却要奋力征战,甚至牺牲生命为国王赢得战争的胜利。战争结束后,国王风光无限地回到城堡,受到人们的祝贺和赞誉;农民牺牲在战场上,一生籍籍无名。在波兰作家的笔下,波兰底层人民不得不经受苦难命运的折磨,承受各种不公平的待遇,难以找到生活的前路。这也是波兰作家对国家际遇的一种隐喻。

(二)深爱祖国、怀恋故土的民族

被俄、普、奥瓜分的波兰,在世界版图上消失了123年。波兰文学家笔下的祖国,正处在此等山河破碎、国运凋零的时代。异国治下,很多波兰人因政治或经济原因背井离乡,但烙刻在波兰人骨血里的爱国精神和对祖国的深深眷恋,使他们时刻充满了对祖国的深情。这种情怀在显克维奇的《灯台卒》里即有生动体现。这部小说的主人公是旅居海外的波兰移民斯卡文斯基。他的一生跌宕起伏,四处漂泊。曾参加过十一月起义①,为波兰独立而战。随后辗转西班牙、法国、匈牙利、美国等地,继续为波兰独立奋斗。后在沿海小城阿斯平沃尔获得了一份看守灯塔的工作,负责每天在

---

① 十一月起义,指1830—1831年爆发的反对俄罗斯帝国的波兰民族起义。1819—1821年,俄国统治者逐步废除新闻自由权和集会自由权,对波兰独立组织的迫害加深,违背维也纳会议的条约,取缔共济会。1830年,法国和比利时革命爆发,亲俄英国政府倒台,波兰趁此机会发动起义,占领华沙并成立临时政府,要求波兰独立,但起义者未能得到任何外部援助和支持,最终在十一个月内被俄军镇压,起义彻底失败,波兰王国的自治权受到严重限制,宪法被取代,波兰军队被并入俄国军队,议会和地方政府被废除。

夜幕降临时点亮灯塔，为过往船只指引航向。他选择灯塔看守这份工作，是想要过上安定平静的生活，却没有一天不在思念自己的祖国。有一天，他在波兰领事馆寄给他的生活必需品中发现了一包书，其中就有密茨凯维奇的《塔杜施先生》。读罢他心潮澎湃，沉浸在对祖国的热爱和思念之中，忘记了自己作为灯台看守的职责。第二天，他得知因为自己的失职造成船只相撞，他也因此被辞退，重新踏上了颠沛流离的旅途。这部小说表现的是一个旅居海外的波兰人对祖国的思念，其实反映了19世纪许许多多波兰人和波兰家庭的命运遭际。他们因为政治或经济的原因背井离乡，分散在世界各地，看似在寻找幸福，却在任何地方都找不到。显克维奇通过一部短篇小说完美地传达了主人公精神上的犹豫、情感上的触动和内心世界的变化。斯卡文斯基代表的，不仅是怀恋故土的波兰移民，更是深爱着祖国的波兰民族。

（三）充满反抗精神的民族

鲁迅在《摩罗诗力说》中花费较大篇幅介绍波兰三位最重要的浪漫主义诗人，即因为他们"念祖国之忧患""谋复国仇"。在介绍密茨凯维奇时，鲁迅提到他的作品《格罗苏娜》（*Grażyna*），认为："此篇之意，盖在假有妇人，第以祖国之故，则虽背夫子之命，斥去援兵，欺其军士，濒国于险，且召战争，皆不为过，苟以是至高之目的，则一切事，无不可为者也。"[①]对另一篇诗作《华连洛德》（*Wallenrod*）评称：

> 其诗取材古代，有英雄以败亡之余，谋复国仇，因伪降敌陈，渐为其长，得一举而复之。……所言报复之事，盖皆隐藏，出于不意，其旨在凡窘于天人之民，得用诸术，拯其父国，为圣法也。故格罗苏那虽背其夫而拒敌，义为非谬；华连洛德亦然。苟拒异族之军，虽用诈伪，不云非法，华连洛德伪附于敌，

---

① 鲁迅：《坟》。北京：人民文学出版社，1980，第86页。

乃歼日耳曼军，故土自由，而自亦忏悔而死。其意盖以为一人苟有所图，得当以报，则虽降敌，不为罪愆。①

无论是格罗苏娜，还是华连洛德，他们都是反抗与斗争精神的化身。格罗苏娜为了阻止丈夫投敌叛国，女扮男装率兵抗击骑士团最后战死沙场，女中豪杰的精神堪比中国的花木兰。而华连洛德为保家卫国牺牲了个人的爱情、家庭、荣誉甚至生命，成为密茨凯维奇号召人们为祖国的自由而战的号角。

在鲁迅看来，波兰人不仅具有反抗精神，还非常具有斗争智慧。

斯洛伐支奇为诗，亦时责奸人自行诈于国，而以诈术陷敌，则甚美之，如《阑勃罗》《珂尔强》皆是。《阑勃罗》为希腊人事，其人背教为盗，俾得自由以仇突厥，性至凶酷，为世所无，惟裴伦东方诗中能见之耳。珂尔强者，波阑人谋刺俄帝尼可拉一世者也。凡是二诗，其主旨所在，皆特报复而已矣。

上二士者，以绝望故，遂于凡可祸敌，靡不许可，如格罗苏那之行诈，如华连洛德之伪降，如阿勒曼若之种疫，如珂尔强之谋刺，皆是也。②

《珂尔强》(Kordjan)是斯沃瓦茨基的诗剧，今译"科尔迪安"，讲的是一个多愁善感又狂热的波兰青年独自行刺到华沙加冕的沙皇的故事。珂尔强与格罗苏娜、华连洛德一样，他们都为了争取斗争的胜利不惜使用阴谋诡计。正如易丽君所说，"要进行斗争，一个人必须又是狐狸又是狮子"③。波兰浪漫主义文学家塑造的英雄形象，武艺超群，胆识过人，智勇双全，寄托了他们对救国英雄的期待。

---

① 鲁迅：《坟》。北京：人民文学出版社，1980，第86页。
② 鲁迅：《坟》。北京：人民文学出版社，1980，第89页。
③ 易丽君：《波兰文学》。北京：外语教学与研究出版社，1999，第77页。

此外,波兰作家在讲述斗争与反抗故事的同时,毫不回避革命者面对未知前途时的彷徨和迷茫。例如显克维奇的《战胜者巴尔代克》,讲述了一个战士的故事。巴尔泰克是一名贫穷的农民,同妻儿一起住在属于波兹南公国①的伯格南滨村。普法战争期间应召参军,同好友沃伊泰克一起帮助普鲁士攻打法国。战争开始后不久沃伊泰克就战死沙场,巴尔泰克虽遭受巨大打击但仍然奋勇征战,取得赫赫战功。一次俘获法国士兵后,他听到战俘中有人说波兰语,这使得他第一次对战争的正当性产生怀疑,他不知道自己参加这场战争到底是不是正义之举。他终日醉酒,不久后被遣返回家。巴尔泰克本以为自己会因为战斗事迹受人尊重,但现实却让他十分失望。在经历种种令他愤懑的事件之后,巴尔泰克带着妻儿离开了村庄。作者并未告诉读者主人公一家前路如何,暗指处于历史命运十字路口的波兰不知何去何从。

五、进步期刊对波兰文学的传播

波兰文学作品同 20 世纪上半叶在中国兴起的新文化运动诉求相符,得到新文化运动代表人物重视并在中国大量译介推广。当时的中国先进知识分子痛感国人文化水平低下,社会发展落后,内忧外患至有亡国灭种之危局,迫切希望改变这一悲惨现状。这种强烈愿望汇合成一场反对封建主义的思想解放运动,即新文化运动,客观上也为适合中国需要的新思潮,特别是马克思主义在中国的传播创造了有利条件。中国先进知识分子认为,应当在文学领域倡导用西方模式对中国文学进行现代化改革,在中国译介波兰文学有助于推动这场先进运动。是时中国出版事业刚起步,数量及其发行物均有限,对外国文学的译介主要是翻译单篇的文学

---

① 波兹南公国,普鲁士占领区的自治公国。1815 年的维也纳会议上,波兹南和比得哥什被并入普鲁士,波兹南公国成立。公国的统治者是普鲁士国王,设有众议院,行政由普鲁士任命的行政长官负责。

作品,发表在报纸、杂志上,或单册刊印。当时领军的《新青年》杂志、文学研究会以及最重要的文学杂志《小说月报》都大力推广波兰文学。

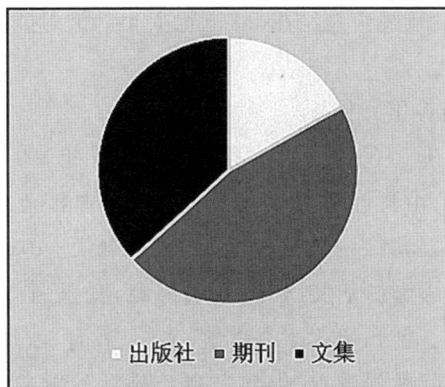

图 2.4:20 世纪前半期中国出版波兰文学译本的平台

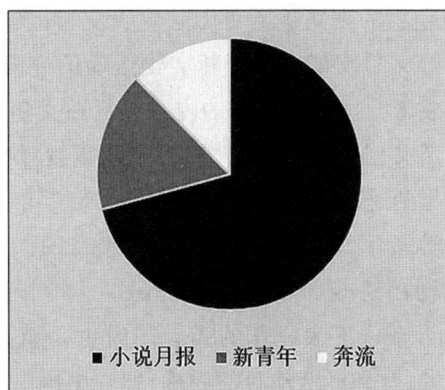

图 2.5:20 世纪前半期刊登波兰文学译作的主要期刊

从以上两图可以清晰看到,这一时期翻译的外国文学作品主要发表在进步期刊上,其次是被收录进文集,只有少量由出版社直接单独出版发行。大部分翻译波兰文学作品的译者同时也是文学批评家和评论家,其研究成果发表在报纸、杂志、学术期刊和学术论文集上。上述出版物成为在中国推广波兰文学的重要平台。通过研究这些出版物,可以描画出对波兰文学感兴趣的专业领域全景图,以出版发行视角总结出 20 世纪上半叶波兰文学在中国推广的特点和规律。

(一)《新青年》杂志

《新青年》是一份综合性文化月刊,1915 年 9 月 15 日由陈独秀在上海创办,由群益书社发行。初名为《青年杂志》,1916 年 9 月 1 日出版第二卷第一号时改名为《新青年》。1918 年 1 月第四卷第一号起改版为白话文,使用新式标点,刊登新体诗,在中国首倡白话文运动。创刊初期即在哲学、文学、教育、法律、伦理等领域向封建思想发起猛烈进攻,倡导民主与科学和新文学。在十月革命后成为五四运动的号角和先声,宣传马列主义和反帝反封建思想。

《新青年》杂志的创立是新文化运动的发端,该杂志所大力倡导的在中国进行文学改革代表着新文化运动的方向,也是新文化运动的重要组成部分。文学改革的内容包括在文学作品的形式和内容上推广白话文创作,这促使人们进一步重视译介欧洲文学作品。初期占主导的是欧洲现实主义作品,1918 年开始重视俄罗斯文学和东欧文学译介,其中就包括了显克维奇的《酋长》《愿你有福了》和普鲁斯的《诱惑》等波兰文学作品。

在《新青年》杂志发表译作的译者同时也是新文化运动和文学革命的倡导者,其翻译活动目的明确,即在中国引入新的文学理念,打破中国文化传统,改变停滞不前的局面,为中国文学提供新模式。他们选取翻译的外国文学作品同其文学志趣相符,重视俄罗斯、日本、印度和东欧文学,尽管翻译成果并不算多,但为中国现代外国文学翻译发展打下坚实基础。在他们成为在中国推广外国文学的先驱的同时,《新青年》杂志也成了中国翻译史上第一批杰出译者的摇篮。

《新青年》杂志上所发表的译作具有浓厚的意识形态色彩,意识形态因素甚至超过了艺术审美因素对翻译选择的影响。为在中国尽快建立现代文学体系,丰富题材形式和主题特色,译者们对民间诗歌也多有涉猎。仅从审美角度来看,《新青年》杂志上的译本未必都是最好的,但更为符合倡导争取解放和自由的斗争精神的需要,充分体现译者对弱小民族悲惨命运的同情,这些都促成了波兰文学作品在《新青年》的外国文学译作中占据重要位置。

"对于传播媒体的研究不仅止于了解媒体为什么和如何进行意义的建构,还要质疑媒体在社会控制中扮演何种角色,以及在人类解放及社会变迁中应扮演何种角色。"①如果我们用这个标准去评价《新青年》杂志所发表的译作和译者们的翻译活动,很容易发现《新青年》杂志和这些译者在建立中国文化现代化标准中发挥着首要和关键性作用,引领了中国现代文学的主流方向,尤其是这些译作突显了反抗专制压迫的导向作用和对国家进步民主的热切渴望。以媒体传播方式分析,可以看到《新青年》杂志的编辑们在力图进一步扩大读者群体,这也让这本杂志对中国社会的影响力不断增强。

《新青年》杂志的读者主要是知识分子,尽管他们无法代表绝大多数普通民众,但他们却是当时中国最有活力、最具创造力、代表并引领了中华民族未来方向的群体。据不完全统计,1918年《新青年》杂志销量最高,累计 1.5 万至 1.6 万册且供不应求,不得不在 1919 年再次出版过刊。这也从一个侧面有力说明外国文学译本在中国知识分子中的受欢迎程度和译介外国文学的巨大价值,而这其中就包括很多波兰文学作品。总之,《新青年》杂志是

① 潘知常、林玮主编:《传媒批判理论》。北京:新华出版社,2002,第 27 页。

中国传播现代文化和思想的重要平台,成为现代中国文学和文学翻译的摇篮,在中国现代文学史和翻译史上均占据重要地位。

（二）文学研究会和《小说月报》

五四运动以后,越来越多的知识分子渴望通过文艺作品来抒发政治苦闷,表达人生理想,同时文学革命的发展要求艺术创作实现新突破,新型文学社团应运而生。其中文学研究会是成立最早的,并由于成员多、影响大、贡献显著,形成了鲜明的流派发展特色,成为新文学运动中最为重要的一个文学社团。文学研究会于1921年1月4日在北京正式成立,宗旨是"研究介绍世界文学,整理中国旧文学,创造新文学"。许多文学研究会的发起者、参加者成为对中国新文学运动有卓越贡献的人物。

同样得益于新文化运动,旧的文学阵营被摧毁,新的文学却未完全成型,中国现代文学发展需要新的文学典范,而文学翻译使之成为可能。文学研究会培养了一支中国最早的专业翻译团队,其创始人周作人、郑振铎、茅盾、耿济之、许地山等都曾开展波兰文学汉译工作。他们为改造旧文学、建立新文学、传播世界先进思潮、译介外国文学,不断提高自身翻译水平,成长为翻译大家。他们的译作有很多是在文学研究会引领下的《小说月报》上发表的。

《小说月报》创刊于1910年7月,由商务印书馆主办印行,早期曾主要刊行鸳鸯蝴蝶派小说。1920年11月茅盾开始担任该刊主编,他邀请文学研究会同仁供稿,全面革新内容,令1921年1月的第12卷第1号面貌一新,并逐步成为文学研究会的机关刊物,由此该刊成为中国第一个大型新文学刊物,也成为倡导"为人生"的现实主义文学的重要阵地。至1932年"一·二八"淞沪抗战期间停刊,共出22卷262期,包括增刊4期。

文学研究会的机关刊物还有《文学周报》,其主要成员成立了中国现代文坛第一个新诗社团"中国新诗社",并创办了第一个新诗专刊《诗》。由于文学研究会十分重视研究介绍外国文学,这些杂志成为在中国推广海外文学的重要平台。而文学研究会之所以重视研究介绍外国文学,除了为促进中国新文学发展,也是为介绍世界现代思想,所以注重选取翻译俄国(包括后来的苏联)、法国、北欧及东欧诸国、日本、印度等国的现实主义名著。《小说月报》出过"俄国文学研究""法国文学研究"等特号和"被损害的民族文学"专号,出过"泰戈尔号""拜伦号""安徒生号"等专辑。从第12卷起至终刊共译介39个国家300余位作家及其作品800余篇,1921年10月第12卷第10号推出的"被损害的民族文学"就有15部波兰文学译本。

第三章　中波文学交流走向成熟

20世纪中叶,中波两国的命运都发生了重大转折。1945年6月,民族团结临时政府在波兰成立,波兰战场上的第二次世界大战宣告结束。1947年,波兰举行议会选举,成立波兰人民共和国,直至1989年改为波兰共和国。1949年,中华人民共和国成立后,与波兰一样走上社会主义道路,两国在政治思想、社会文化及文学艺术的价值取向方面具有相当的一致性。因此,我们把波兰在1946—1989年间、中国在1949—1978年间的文学翻译活动统一划归为"20世纪后半期"。这一时期,中波两国译介、研究对方文学的活动有体系、成规模,文学关系研究更加聚焦于狭义文学的范畴。

1949年,波兰作为社会主义阵营中的一员率先与中国建交,成为最早与新中国建交的国家之一。1951年,两国签订《中华人民共和国与波兰人民共和国文化合作协定》。这是新中国成立后签订的第一个双边文化合作协定,从此开启了中波两国文学交流的一个黄金时代。

第一节　中国文学在波兰的广泛接受

20世纪50年代初,中国文化部长沈雁冰、波兰高教部副部长波科拉率团互访,为双边文化交流奠定了政治基础。直至1989年波兰发生政治体制改革和社会转型之前,在两国政府的高度重视下,中波文化交流繁荣兴旺。共有约90部(篇)中国文学作品被译为波兰语在波兰出版,其中既有古典文学作品,也有现代文学作品。

这四十余年波兰的政治发展、社会环境及文化氛围历经波折,文学译介活动随之同频共振,起伏变化。本节论述以时间线为主脉络,以十年为期,将 1946—1989 年波兰的中国文学译介史分为四个阶段,归纳出三次特征各异的译介浪潮,展现中国文学在波兰的译介活动由盛转衰继而复苏的整体趋势。

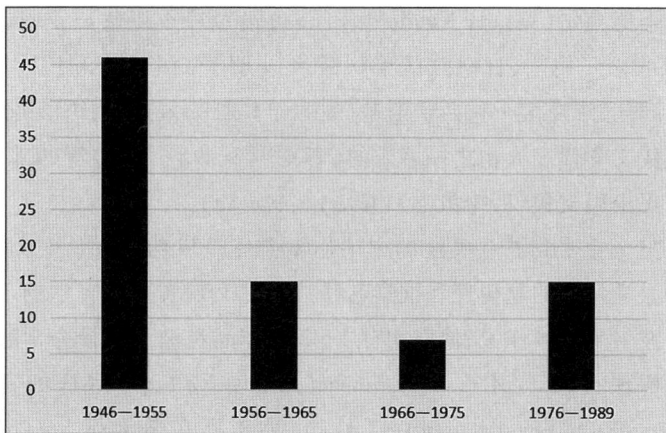

图 3.1:20 世纪后半期波兰出版的中国文学译本数量对比

一、中国进步文学大放异彩

在第一阶段(1946—1955),新文化运动代表人物的作品成为波兰译介中国文学的主要选择。1948 年,著名汉学家夏白龙(Witold Jabłoński,1901—1957)翻译出版老舍的《赵子曰》(*Niezrównany pan Czao Tsyjüe*),是该阶段最早被译介的中国文学作品,也是首部用欧洲文字翻译的老舍长篇著作。[①] 译者在翻译作品题目时加了副

① 陈立峰:《中国现当代文学在波兰的译介与传播》,载《中国比较文学》2018 年第 2 期(总 111 期),第 121 页。

标题"非比寻常的先生",用以强调赵子曰的特点,并给每个章节添加"天台旅馆""同窗开会"等标题,目的是帮助波兰读者更清晰地理解小说的情节发展。1953 年,奥尔杰德·沃伊塔谢维奇(Olgierd Wojtasiewicz,1916—1995)、博莱斯瓦夫·米加(Bolesław Miga)合作翻译完成小说集《骆驼祥子和其他小说》(*Ryksza i inne opowiadania*),其中除《骆驼祥子》,还收录有《火车》《上任》《黑白李》《月牙儿》等老舍的短篇小说作品。1951 年,奥尔杰德·沃伊塔谢维奇、万达·金德莱尔(Wanda Kindler)合译《鲁迅短篇小说选》(*Opowiadanie*),收录了《狂人日记》《风筝》《故乡》《明天》《祝福》和《药》等作品。同年,维克多·科西钦斯基(Wiktor Kościński)从德语版转译中国现代文学代表人物之一茅盾的《春蚕》《秋收》《冬蚀》等四部小说并结集出版文集《四个故事》(*Cztery opowieści*)。

另一个受到波兰关注的中国作家群体是成功践行延安文艺座谈会讲话精神的赵树理和推崇苏联社会主义现实主义美学的丁玲、周立波等解放区作家,他们均有 1—2 部作品在波兰被译介出版,包括赵树理的《李有才板话》(*Piosenki Li-Ju-tsaja*)、《李家庄的变迁》(*Przemiany w Liciaczuangu*),丁玲的《太阳照在桑干河上》(*Słońce nad rzeką Sanghan*),周立波的《暴风骤雨》(*Huragan*),草明的《原动力》(*Źródło siły*),贺敬之和丁毅的《白毛女》(*Dziewczyna o białych włosach*),马锋和西戎的《吕梁英雄传》(*W górach lulliangu*)等。1954 年,万达·金德莱尔等翻译完成小说集《一夜:1911—1953 年中国中篇小说》(*Pewnej nocy. Nowele chińskie z lat 1911–1953*),收录鲁迅、茅盾、叶圣陶、巴金、郭沫若、赵树理等名家作品。

在这一时期,另一位中国现代文学经典作家郭沫若和他的话剧《屈原》受到很大关注。1951 年,扬·韦普莱尔和亚历山大·韦德拉率先翻译了《屈原戏剧选段》[*Kuo Mo-Żo, Czü-Jüan (fragm. dramatu)*],发表在当年的《弗罗茨瓦夫季刊》(*Zeszyty Wrocławskie*)第 2 期上。1952 年,韦德拉撰写的论文《郭沫若的新艺术》(*Nowa sz-*

tuka Kuo-Mo-Żo)发表在杂志《戏剧》(Teatr)第 1 期上,着重介绍了五幕剧《屈原》。在译介郭沫若戏剧方面,奥尔杰德·沃伊塔谢维奇亦多有建树。1952 年,他完整翻译了五幕话剧《屈原》,由读者出版社出版。此外他还同哈利娜·斯密斯涅维奇-安德热耶夫斯卡(Halina Smisniewicz-Andrzejewska)、弗沃吉米日·莱韦克(Włodzimierz Lewik,1905—1962)于 1955 年合作编写完成《郭沫若选集》(*Pisma Wybrane*)。该选集分为小说和诗歌两部分,分别收录小说《十字架》《涂家埠》《鸡之归去来》《牧羊哀话》和诗歌《雨后》《和平鸽子歌》《朋友们怆聚在囚牢里》《战声》等。汉学家夏白龙也在《东方观察》(Przegląd Orientalistyczny)1955 年第 2 期发表了一组郭沫若的诗歌作品。同年,韦普莱尔翻译了《雨后集》(*Po deszczu. W poszukiwaniu prawdy*),在波兰上西里西亚地区性报纸《西部日记》(Dziennik Zachodni)第 85 期上发表。

　　另外,1955 年波兰国防部出版社出版了一部《扳机上的诗:中国革命诗歌》(*Wiersza na Kolbach:poezja chińskiej rewolucji*),但诗集译、作者均已无从考证。仅据书名推测,该诗歌集政治色彩较为浓厚。

表 3.1:1946—1955 年中国现代文学波译的主要作品

分类	年份	作者	作品	译者
现代戏剧	1951	郭沫若	《屈原戏剧选段》	扬·韦普莱尔、亚历山大·韦德拉
	1952	郭沫若	《屈原》	奥尔杰德·沃伊塔谢维奇
		贺敬之、丁毅	《白毛女》	夏白龙
现代小说	1948	老舍	《赵子曰》	夏白龙
	1950	丁玲	《太阳照在桑干河上》	塔德乌什·热罗姆斯基
		赵树理	《李有才板话》	扬·斯泰夫赤克
		赵树理	《李家庄的变迁》	塔德乌什·热罗姆斯基

分类	年份	作者	作品	译者
现代小说	1951	草明	《原动力》	万达·扬科夫斯卡
		茅盾	《四个故事》	维克多·科西钦斯基
		鲁迅	《故乡》	玛丽亚·维特温斯卡
		鲁迅	《鲁迅短篇小说集》	奥尔杰德·沃伊塔谢维奇、万达·金德莱尔
	1953	周立波	《暴风骤雨》	艾莱诺拉·罗曼诺维奇
		鲁迅	《药》	奥尔杰德·沃伊塔谢维奇
		老舍	《骆驼祥子和其他小说》	奥尔杰德·沃伊塔谢维奇、博莱斯瓦夫·米加
	1954	鲁迅、茅盾、叶圣陶、巴金、郭沫若、赵树理	《一夜：1911—1953年中国中篇小说》	万达·金德莱尔 等
		马锋、西戎	《吕梁英雄传》	斯塔尼斯瓦夫·塔兹比尔
现代诗歌	1955	郭沫若	《郭沫若选集》	奥尔杰德·沃伊塔谢维奇、哈利娜·斯密斯涅维奇－安德热耶夫斯卡、弗沃吉米日·莱韦克
		郭沫若	《诗集》	夏白龙
		郭沫若	《雨后集》	扬·韦普莱尔
			《扳机上的诗：中国革命诗歌》	

  这十年，波兰汉学界继续对中国古代文学作品进行译介，总体而言译介数量不多，但囊括先秦散文和诗歌、唐诗、宋词和古典小说等，体现出波兰汉学家较为广泛的翻译志趣。1949 年，值韦普

莱尔从事文学翻译工作三十年之际,他翻译出版了《福安:宋代诗歌选》(*Błogi spokój. Wybór wierszy z czasów dynastii Sung*)。这部诗集全部由中文直译为波兰语,选取宋代诗歌总集《宋诗钞补》收录的 85 位诗人中 24 位诗人的诗作,包括苏轼、王安石、朱熹和徐梦莘等。① 其中也有许多作品至今仍名不见经传。译作时印仅 99 册,书中插入汉字作为装饰,附有供研究者使用的释义手册。1955 年,夏白龙在《东方观察》第 3 期上发表了他翻译的李白的《将进酒》(*Pieśni o winie*)。对于先秦诗歌,阿莱克斯·邓布尼茨基(Aleksy Dębnicki,1916—1991)和沃伊塔谢维奇合作完成了《屈原》(*Cü Juan*)一书,其中包括《楚辞》和《诗经》中的部分作品。先秦散文有夏白龙、沃伊塔谢维奇、赫米耶莱夫斯基合译的《南华真经》(*Nan-hua-czên-king:Prawdziwa Księga Południowego Kwiatu*)和邓布尼茨基翻译的《孟子选读》(*Fragmenty z dzieła Meng-tsy*)。这一时期亦不乏对中国古代小说的翻译,如艾莱诺拉·罗曼诺维奇(Eleonora Romanowicz,1907—1989)译《水浒传》(*Opowieści znad brzegów rzek*),玛丽亚·古尔斯卡(Maria Górska,1837—1926)译《李氏五兄弟:中国民间童话和谚语》(*Pięciu braci Li:chińskie bajki ludowe i przysłowia*)。

1946—1955 年,波兰共有约 30 篇(部)中国文学作品的波兰语译本面世,其中古代文学占四分之一,现代文学占四分之三。仅从数量看,这一时期波兰对中国"五四"以来的现代文学的兴趣远高于对古代文学的兴趣。究其原因,政治影响显著。在第二次世界大战结束后,波兰人民共和国实行苏联模式的社会主义制度,政治、经济、社会及文化等方方面面都受到共产主义意识形态影响,社会主义、现实主义被广泛引入电影、戏剧、文学、绘画、建筑和其

---

① 这些诗人分别是:韩琦、欧阳修、林逋、王安石、苏轼、张耒、文同、沈与求、张九成、徐积、范浚、朱熹、范成大、陈傅良、赵师秀、翁卷、刘克庄、戴复古、岳珂、严羽、林景熙、僧惠洪、郑思肖、徐梦莘。

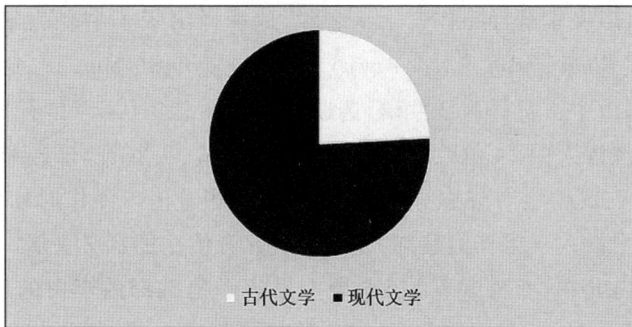

图 3.2:1946—1955 年波兰对中国古、现代文学的兴趣分布

他文化领域,文艺作品以展现波兰人民建立新国家的热情、强调阶级斗争、赞美社会主义国家及其经济实力为主旨。在此等社会话语环境主导下,无论是反映中国共产党领导下全民族抗日的《吕梁英雄传》和以抗日战争为大背景、描述农民与地主间阶级斗争的《李家庄的变迁》,还是再现新民主主义革命时期中国农村阶级斗争的《暴风骤雨》和描写 1946 年华北解放区土地改革运动及农村尖锐复杂的阶级斗争的《太阳照在桑干河上》,又或是描写解放区工业建设的工人题材小说《原动力》等,都不难在波兰的政治领导机关和接受群体中找到共鸣。

　　波兰主动大规模地译介解放区文学作品,契合了中波意识形态上的一致性。20 世纪 50 年代初,在当时的冷战格局中,两国同处社会主义建设初期,历史境遇和现实处境形成某种相似又相异的参照,双方都自觉不自觉地将对本民族的自我想象投射到对方身上,以他者为镜获得对自身的一种观照,彼此形成某种特殊的镜像关系。对翻译文本的选择有着某种强烈而直接的政治诉求。①赵树理、丁玲、周立波等人的作品中反映出的农村阶级斗争和草明

---

① 　陈立峰:《中国现当代文学在波兰的译介与传播》,载《中国比较文学》2018 年第 2 期(总 111 期),第 122—123 页。

笔下的工人运动,为波兰建设社会主义民主国家、探索工业发展和实施农村改革提供了某种借鉴。

对中国新文学运动代表作家作品的译介,也是因为"鲁郭茅巴老曹"代表着当时中国主流的政治文化选择,正如时任中共中央宣传部副部长,文化部副部长、党组书记,中国作家协会副主席周扬在《从〈龙须沟〉学习什么?》一文中所说的:"老舍先生所擅长的写实手法和独具的幽默才能,与他对新社会的高度政治热情结合起来,使他在艺术创作上迈进了新的境地。"[①]在 1946—1955 年间,波兰对鲁迅、郭沫若、茅盾、巴金和老舍五位作家的作品均有译介,曹禺的作品也紧随其后被翻译成波兰语出版。这种译介选择说明当时波兰对中国现代文学的认识同中国自我评价标准是一致的。鲁迅所关注的"病态社会"里知识分子和农民的精神"病苦",茅盾反映中国在一个历史时期内广阔、复杂的社会面貌和这个时代的本质特征,老舍通过城市贫民日常平凡的生活场景反映普遍社会冲突、挖掘民族精神、思考民族命运,巴金的真善思想和生命意识等,也是当时波兰政治文化选择所青睐的地方。

随着华沙大学汉学系蓬勃发展,波兰中青年汉学家除了翻译中国文学作品,还潜心开展研究工作。进入 20 世纪下半期,波兰对中国文学史的梳理取得长足进展。1950 年,夏白龙的专著《中国目录学背景与文学种类》(*Geneza chińskiej bibliografii a rodzaje literackie*)在华沙出版,该书对中国从古代到现代的文学做了系统性介绍。1956 年,夏白龙撰写完成专著《中国文学史选读》(*Z dziejów literatury chińskiej*):"展示了中国文学是如何在 3500 年的历史中萌芽并蓬勃发展的;中国文学以何种方式展示了社会变迁,又如何满足了在中国这样一个经济条件、社会制度、历史经历和自然环境都与波兰截然不同的国家和人口数量不断增加的社会中日益

---

① 周扬:《从〈龙须沟〉学习什么?》,载《人民日报》1953 年 3 月 4 日刊。

发展的文化需求。"①为了讲清楚中国文学源头,作者介绍了中国的
社会和政治现象,同时描述与波兰语迥异的汉语的语言特点。这部
文学史在撰写过程中还选取了一些中国诗歌和小说译文,在一定程
度上佐证了不同文学分期的艺术特点。夏白龙将中国文学史分为
古代和现代两大部分,对古代文学的着墨明显多于对现代文学的书
写。他从先秦思想典籍入手,依次介绍中国在先秦、两汉、五代十国、
唐、宋、元、明、清时期取得的文学成就。而对于中国现代文学,作者以
介绍单部作品的方式进行解读。从这部专著撰写的年代即可看出,夏
白龙无法从文学史观的角度去评价中国现代文学所取得的成就。

二、古、现代文学平分秋色

表 3.2:1956—1965 年中国文学波译的主要作品

分类	年份	作者	作品	译者
古代	1956		《中国文学选》	雅努什·赫米耶莱夫斯基、阿莱克斯·邓布尼茨基、夏白龙、奥尔杰德·沃伊塔谢维奇
现代		鲁迅	《风筝》	M.麦坦诺夫斯基
		鲁迅	《聪明人和傻子和奴才》	M.德莱尼奇
		茅盾	《子夜》	奥尔杰德·沃伊塔谢维奇
		郭沫若	《新华颂》	扬·韦普莱尔
		毛泽东	《七律·长征》	扬·韦普莱尔
古代	1957		《乞丐王之女》	扬·韦普莱尔
		李白	《李白:将进酒》	扬·韦普莱尔
		杜甫	《杜甫:赠卫八处士》	扬·韦普莱尔
古代	1958	抱瓮老人	《今古奇观》	扬·韦普莱尔
		屈原	《楚辞》	雅努什·赫米耶莱夫斯基、夏白龙、奥尔杰德·沃伊塔谢维奇

---

① Witold Jabłoński, *Z dziejów literatury chińskiej*, Wiedza Powszechna, Warszawa, 1956,Przedmowa, s. 7.

分类	年份	作者	作品	译者
现代	1959	毛泽东	《毛泽东诗词十六首》	A.布朗
		叶圣陶、王鲁彦、朱自清	《荷塘月色和其他小说》	艾莉茨娅·姆罗切克、弗沃吉米日·沃夫楚克
古代	1960	安遇时	《包龙图神断公案》	塔德乌什·日比科夫斯基
		冯梦龙、凌濛初	《懒龙的快乐奇遇》	A.弗莱贝索娃、B.科佩尔卢弗娜、Z.斯洛琴斯卡
古代	1961	蒲松龄	《聊斋志异》	波热娜·科瓦尔斯卡
现代		巴金	《家》	特蕾莎·莱霍夫斯卡
			《梅——中国短篇小说集》	弗沃吉米日·沃夫楚克
		鲁迅	《娜拉走后怎样》	E.古勒斯卡·季科夫斯卡、J.谢格拉博夫斯基
		徐怀中	《我们播种爱情》	施乐文
			《中国革命诗歌》	夏白龙
古代	1964		《梅开二度》	玛丽亚·库莱克、弗朗茨·库恩
现代		老舍	《离婚》	塔德乌什·日比科夫斯基
现代	1965	老舍	《大悲寺外》	特蕾莎·莱霍夫斯卡

1956年,苏共二十大影响波及中东欧国家,波兰爆发了"波兹南事件",对政治、经济、社会和文化生活均带来巨大影响。文化领域"解冻",之前异常严格的书报审查制度开始松动,一些西方作家和维托尔德·贡布罗维奇、特奥多尔·帕尔尼茨基(Teodor Parnicki,1908—1988)等波兰作家的作品得以付梓,社会上也出现了批评和反思斯大林时期社会主义现实主义创作的"清算文学"作品。文艺创作试图重回较为自由化的道路,波兰电影学派兴起,强调艺术应展示那些常常面对戏剧性人生选择的普通人的命运,而非关注集体意识。在文学领域,作家们不再回避个人与集体的冲突,反对墨守陈规和社会的虚伪,从形而上的角度看待人类的个

体独特性。

社会文化环境的变化直接影响了波兰对中国文学的译介选择。1956 年,M. 德莱尼奇(M. Derenicz)翻译了鲁迅的《聪明人和傻子和奴才》(*Mądry, głupi, i niewolnik*),发表在 20 世纪波兰著名插画讽刺杂志《刺痛》(Szpilki)上。同年,M. 麦坦诺夫斯基(M. Metanomski)翻译了鲁迅的回忆性散文《风筝》(*Latawiec*),发表在青年杂志《火花》(Iskry)上。这两篇作品都聚焦小人物,以他们的人生际遇和所思所想发出时代召唤。类似主题和风格的作品还有艾莉茨娅·姆罗切克(Alicja Mroczek)、弗沃吉米日·沃夫楚克(Włodzimierz Wowczuk, 1926—2011)合译的《荷塘月色和其他小说》(*Lotosowe jezioro w blaskach księżyca i inne opowiadania*)。朱自清通过描写荷塘月色的美景,含蓄委婉地抒发不满现实、渴望自由、想超脱现实而又不能的复杂情感,这种旧中国正直知识分子在苦难中徘徊前进的心境与 1956 年后波兰"解冻"文学意旨十分契合。1964、1965 年塔德乌什·日比科夫斯基(Tadeusz Żbikowski, 1930—1989)和特蕾莎·莱霍夫斯卡(Teresa Lechowska, 1936—2018)先后翻译老舍的《离婚》(*Rozwód*)、《大悲寺外》(*W cieniu świątyni wielkiego miłosierdzia*),反映庸常人生中的琐碎烦恼,亦为此类主题的作品。

这种译介选择同样体现在这一时期波兰对明清小说的翻译上。1958 年,扬·韦普莱尔翻译出版《今古奇观》(*Małżonek nikczemny i inne opowiadania chińskie*),收录《蒋兴哥重会珍珠衫》《三孝廉让产立高名》等小说。紧接着,20 世纪 60 年代前两年共有 5 部译作发表,分别是 1960 年日比科夫斯基译《包龙图神断公案》(*Sprawiedliwe wyroki sędziego Pao-Kunga, XVI w.*),1960 年 A. 弗莱贝索娃(A. Frybesowa, 1923—2012)、B. 科佩尔卢弗娜(B. Kopelówna, 1897—1961)、Z. 斯洛琴斯卡(Z. Sroczyńska)译《懒龙的快乐奇遇》(*Wesołe przygody leniwego smoka*),1961 年沃夫楚

克译《梅——中国短篇小说集》(*Mei-Kwiat Śliwy*),1961 年波热娜·科瓦尔斯卡(Bożena Kowalska)译《聊斋志异》(*Mnisi-czarnoksiężnicy,czyli Niesamowite historie o dziwnych ludziach*),1964年玛丽亚·库莱克(Maria Kureck)、弗朗茨·库恩(Franz Kuhn,1884—1961)译《梅开二度》(*Cud wtórego kwitnięcia śliw*)。《懒龙的快乐奇遇》是作者选译的冯梦龙和凌濛初"三言二拍"里的作品,包括《卖油郎独占花魁》《月明和尚度柳翠》等 9 篇故事。无论是揭露封建统治黑暗、抨击科举制度腐朽、反抗封建礼教束缚的《聊斋志异》,还是颂扬秉公执法、清正廉明的贤官形象的《包龙图神断公案》,这些作品都有一个共同特点,那就是通过描写市民阶层的生活面貌和思想感情,描绘当时社会的人们在道德、行为、性格、心灵之间的矛盾斗争和冲突,表达对正义、公平的追求。从内容上看,这些源于民间故事的作品,展现了遥远东方国度的社会面貌和风土人情,对波兰读者而言充满异域风情。就思想而言,作品中所表达的老百姓对封建集权的不满、对贪官污吏的憎恶、对公平正义的追求、对爱情友情的歌颂,都比较容易在 20 世纪 50—60 年代的波兰社会中找到共鸣。

政治上的"解冻"给文学、艺术带来的相对自由的创作环境并未持续太久。1957 年,由弗瓦迪斯瓦夫·哥穆尔卡(Władysław Gomułka,1905—1982)领导的波兰统一工人党①改变了较为宽松的文化政策方向。1963 年,党中央委员会十三次全会明确提出要实现文化创作的政治功能,随之而来的是执行更为严格的书报审

① 波兰统一工人党(Polska Zjednoczona Partia Robotnicza,缩写为 PZPR),波兰社会主义政党,波兰人民共和国的执政党,于 1948 年由波兰工人党和波兰社会党合并组成,首位主席为博莱斯瓦夫·贝鲁特(Bolesław Bierut,1892—1956)。执政期间实行一党制,贯彻马克思列宁主义思想,以建立共产主义的波兰社会为主要目标,按照马克思列宁主义的指导带领全波兰走向社会主义。20 世纪 80 年代以来,统一工人党逐步丧失了支持和影响力,在 1989 年的大选中惨败给团结工会,于次年解散。

查制度,禁止出版持不同政见作家的作品。这种限制到 1968 年华沙"三月事件"①时达到顶峰。在如此背景下,《子夜》(*Przed świtem*)等一批描写中国社会矛盾和斗争、符合波兰社会主义建设需要的主流意识形态作品在波兰出版市场陆续问世。1956 年,韦普莱尔翻译了郭沫若的《新华颂》(*Pochwała nowych Chin*)和毛泽东的《七律·长征》(*Długi marsz*)发表在《西部日记》第 236 期上。1959 年 A. 布朗(A. Braun)翻译了《毛泽东诗词十六首》(*Szesnaście wierszy*),由国家出版社在华沙出版。1961 年,夏白龙翻译出版《中国革命诗歌》(*Poezja chińskiej rewolucji*)。

　　这一时期波兰汉学家对中国古典文学作品的兴趣也依旧醒目。1957 年,韦普莱尔翻译了李白、杜甫的诗歌,分别发表在杂志《转变》(*Przemiany*)25、27 期上。同年韦普莱尔还翻译了中国古代故事集《乞丐王之女》(*Córka króla żebraków*)和《李白:将进酒》(*Li-Tai-Po, Gdy nadchodzi wino*)、《杜甫:赠卫八处士》(*Tu Fu, Do przyjaciela Wei Pa, Literata*),在一年后出版抱瓮老人的《今古奇观》,反映出波兰汉学家依然对中国古代传说故事和唐代诗歌有所关注。1958 年,雅努什·赫米耶莱夫斯基(Janusz Chmielewski)、夏白龙和奥尔杰德·沃伊塔谢维奇合作从中文直译了《楚辞》(*Pieśni z Cz'u*),赫米耶莱夫斯基作注,夏白龙和赫米耶莱夫斯基分别撰写序言和绪论。

　　同期波兰汉学家对中国古代典籍的研究也取得了斐然成绩。

---

① 1968 年 1 月,华沙民族剧院重新上演波兰伟大爱国诗人密茨凯维奇的诗剧《先人祭》。诗剧反映了波兰人民对沙皇残暴统治的反抗,表达了波兰人民争取民族独立的愿望。《先人祭》的上演轰动了华沙,观众对剧中的反俄台词反应热烈,遭到苏联干涉,波兰当局遂下令禁演。3 月初,波兰作家协会华沙分会对禁演令提出抗议。3 月 8 日,华沙大学学生集会游行,抗议示威运动随后扩展到克拉科夫、卢布林、波兹南、托伦(Toruń)等城市。政府派民兵和武装工人驱散了集会的学生,并逮捕了一批学生,支持学生的一些教授和副教授也被开除公职,是为"三月事件"。

1954年,波兰举行纪念屈原学术研讨会,会后夏白龙主编出版了《屈原:纪念屈原研讨会论文集》(*K'ü Jüan:zbiór referatów wygłoszonych na sesji ku czci poety*)。1958年,夏白龙出版了专著《中国的智慧》(*Mądrość Państwa Środka*),系统介绍儒家、道家及诸子百家思想,收录很多中国古代谚语、格言和奇闻异事。这本书是对中国古代哲学思想和民间文学的全面展示,受到读者欢迎,于1960年和1967年两次再版。

总体看这十年,波兰对中国文学的译介取得重要进展,这是同当时华沙大学汉学系的几位中青年汉学家的努力推动密不可分的。1956年赫米耶莱夫斯基、阿莱克斯·邓布尼茨基、夏白龙、沃伊塔谢维奇合力完成了《中国文学选》(*Antologia literatury chińskiej*),收录有青铜铭文、《诗经》、《楚辞》、《春秋》、《左传》、《史记》等先秦诗歌与散文、汉赋、唐诗、宋词、元曲、明清小说和现代文学等中国各历史时期的文学作品。这是波兰首次以文学史分期为序,大规模选译中国文学作品。夏白龙为此书撰写序言,阐释中国文学对中国乃至亚洲社会发展的重要意义。夏白龙认为,三千年历史长河中流传下来的文学传统对今天的中国人来说毫不过时,并且依然能够在新一代作家的身上得到体现。它们以一种进步的、充满活力的又尊重传统的形式进入中国当代文学之中。中国文学在数千年间流传过程中对日本、朝鲜、越南等周边国家的文学创作产生影响,是世界三分之一人口的文学源头。谈及这本译文集的意义,夏白龙写道:"出版《中国文学选》的缘由不言而喻。这些年来,中波关系向好发展,使得一系列直接或间接翻译的中国文学作品进入读者视野,一定程度上满足了我们对中国人的生存状态和斗争经历最迫切的关注,但这些并不足以展示中国三千年文学发展历程哪怕非常微小的一个侧面。"[1]

---

① Janusz Chmielewski, Aleksy Dębnicki, Witold Jabłoński, Olgierd Wojtasiewicz, *Antologia literatury chińskiej*, Wydawnictwo PWN, Warszawa, 1956, s. 5.

1958 年底,中苏关系恶化,波兰等东欧社会主义国家同中国的关系在很大程度上有所疏远。20 世纪 60 年代中期以后,中波文化交流一度中断,波兰翻译中国文学的热情大大降低,1966—1975 年这十年间的译介成就乏善可陈。现代文学方面,除了日比科夫斯基在 1973 年第 3 期的《东方观察》上发表了鲁迅的《头发的故事》(*Opowieść o włosach*),仅有波兰华裔女作家胡佩方(Irena Sławińska,1932—2014)和她的丈夫、汉学家施乐文(Roman Sławiński,1931—2014)合作翻译的艾芜的《南行记》(*Zajazd nie-widomych*)。这是一本小说集,收录了 1954 年版《艾芜短篇小说集》中的 8 篇作品。在篇目选取上,译者主要考虑能够最为全面地展示"文革"前中国普通百姓的命运起伏。为取得更好的阅读效果,译者对译本内容做了稍许缩减,并将其中一篇《南行记》定为译本的题目。

古代文学翻译方面成果也较少。1967 年,金思德(Mieczysław Jerzy Künstler,1933—2007)选译《尚书》(*Księga dokumentów*)的一部分,发表在《东方观察》第 2 期。相较更重要的一部译作是娜塔莉亚·比利(Natalia Billi)于 1972 年翻译出版的《三国演义》(*Dzieje Trzech Królestw*)。这实际上是一个选译本。考虑到原作篇幅较长,译者选取了其中最具特色和代表性的章节。为保证情节完整性,被省略章节以内容概述方式缀于文中。此外,日比科夫斯基于 1960 年出版了专著《孔子》(*Konfucjusz*),是这一时期波兰研究中国古典哲学思想的一个重要成果。

三、古代文学再占主流

1976 年,中国逐步开始实行改革开放政策,中波两国关系转暖,文化交流有序恢复。1976 年至 1989 年,波兰历经转型之路。这十余年间,中国文学译介在波兰重获生机,几乎恢复到了二战结束之初的水平。

表 3.3:1976—1989 年中国文学波译的主要作品

年份	作者	作品	译者
1976	孔子	《论语》	克里斯蒂娜·切热夫斯卡-马达耶维奇、金思德、兹基斯瓦夫·特乌姆斯基
	王充	《论衡》	夏白龙
	吴承恩	《大闹天宫》	塔德乌什·日比科夫斯基
1977	孔子	《孝经》	塔德乌什·日比科夫斯基
		《中国格言》	金思德
1978		《中国传说与史前故事》	塔德乌什·日比科夫斯基
1982		《中国笛》	莱奥波尔德·斯塔夫
1983	司马迁	《史记》第 21 章	金思德
		《禅理故事》	耶日·雅赞布斯基
1984	老子	《道德经》	米哈乌·弗斯托维奇
		《易经(一)》	
	吴承恩	《西游记》	塔德乌什·日比科夫斯基
1985	老舍	《茶馆》	耶日·阿布科维奇、约安娜·东布罗夫斯卡
		《易经(二)》	
		《中国神话》	金思德
1987	章程	《真假美猴王:根据吴承恩小说西游记改编》	维克多·布卡托
	老子	《道德经》	塔德乌什·日比科夫斯基
1988	溥仪	《我的前半生》第一卷	约兰塔·马赫
	张贤亮	《绿化树》	安娜·阿布科维奇、耶日·阿布科维奇
1989		《易经:中国甲骨文》	
	古华	《芙蓉镇》	博格丹·古拉尔赤克

从数量上看,这十余年的译介作品分布比较均衡,每年均有几部译作产出。从内容上看,代表中国诸子百家思想的古代典籍最受关注。首先,被誉为中国诸经之首的《易经》首次进入波兰读者视野。"亚戈拉"文化馆(Dom kultury „Agora")于 1984、1985 年先

后推出了《易经》译本的第一、二卷，随后1989年奥秘出版社出版了《易经：中国甲骨文》[*I Ching（Księga zmian）：Chińska księga-wyrocznia*]，这几个译本第一次向波兰读者展示了中国人对自然法则朴素深刻的理解以及有关和谐辩证的思想。1976年夏白龙节选翻译王充的《论衡》（*Lun-heng*）登载于《东方观察》期刊第2期上。选译《论衡》体现了波兰汉学界对中国古典儒家思想认知和理解的一种突破。他们在介绍以孔子为代表的儒家思想家们的政治主张、伦理思想、道德观念、教育原则、孝道孝治等思想的同时，注意到王充等人对儒术和神秘谶纬说的批判。可以说，夏白龙这一篇幅不大的《论衡》节选译文，是波兰儒学研究的一大进步。1977年塔德乌什·日比科夫斯基翻译儒家经典著作《孝经》（*Księga powinności synowskiej*）。金思德1976年与人合译《论语》（*Dialogi konfucjańskie*），1977年译《中国格言》（*Aforyzmy chińskie*），收录孔子、孟子、老子、列子、墨子和司马迁、王充的格言警句。此外，他还翻译了《史记》（*K'ing Pu. Zapisków historyka rozdział dwudziesty pierwszy czyli Biografii rozdział*）第21章发表在《东方观察》1983年第1—4期，同年出版专著《孔子的事业》（*Sprawa Kon-fucjusza*）。

中国神话传说继续吸引波兰读者的目光。1978年，日比科夫斯基编译《中国传说与史前故事》（*Legendy i pradzieje Kraju Środka*），收录了混沌、鬼母、盘古、烛龙、炎帝、伏羲、黄帝的传说，夸父追日、后羿射日、大禹治水的故事，神农氏家族等华夏人文始祖的故事，以及牛郎织女等一些民间传说故事。1985年，金思德编译出版了《中国神话》（*Mitologia chińska*）。此外，耶日·雅赞布斯基（Jerzy Jarzębski，1947—　）翻译的《禅理故事》（*Opowieści Czan*），收录了一些在中国口口相传、深具哲学性思考的民间故事。

这十余年间，波兰翻译出版的中国古代文学作品虽然数量不多，但具有很强的代表性。首先，日比科夫斯基和维克多·布卡托

（Wiktor Bukato,1949—   ）翻译完成了《西游记》"三部曲"。1976年,日比科夫斯基翻译了《西游记》前22章中的14章,去掉了描写僧人玄奘早期经历的章节,主要展现玄奘如何收服孙悟空、猪八戒、沙僧和小白龙的故事。译者将该译本命名为《大闹天宫》（*Małpi bunt*）。八年后,日比科夫斯基选译了另外78章中最具有代表性和对情节建构最重要的部分,向波兰读者展现玄奘师徒取经途中奇遇、终抵西天、取经回到大唐的故事。两书连缀起来,形成了较为完整的《西游记》故事。译者节译时略去了含有大量文学典故或隐喻意义的诗歌片段,但考虑到文字的可读性,为了让波兰读者充分领略吴承恩作品的文学艺术价值,更好地传达原作思想,译者给一些段落做了注释,并进行适当增补。另外,为保证阅读流畅性,译者还省略了一些在中国不再常用的俗语。日比科夫斯基自述,根据中国文学史记载,吴承恩约生于1505年,逝于16世纪80年代,因此可以认为这一版《西游记》是在吴承恩逝世400周年之际出版的。① 日比科夫斯基翻译的《大闹天宫》和《西游记》迄今依旧是波兰最完整的《西游记》译本,译者还为《大闹天宫》作序,为《西游记》写跋。1987年,维克多·布卡托翻译了章程改编的《真假美猴王:根据吴承恩小说西游记改编》（*Opowieść o Małpie prawdziwej i Małpie nieprawdziwej osnuta na motywach powieści Wu Cz' eng-ena Wędrówka na Zachód*）,形成了波兰《西游记》翻译的"三部曲",将这一鸿篇巨制更加完整地呈现给了波兰读者。

　　1982年,前述莱奥波尔德·斯塔夫翻译的诗集《中国笛》由波兰国家出版社再版。这一版本对1922年版进行了修订和补充,汉学家金思德参与修订工作并专门作跋。金思德指出:"1982年版的《中国笛》发表于第一版也是唯一一版《中国笛》问世后的六十

① Wu Cz' eng-en, *Wędrówka na zachód*, tłum. Tadeusz Żbikowski, Czytelnik, Warszawa, 1984, s. 216.

年,《中国笛》诞生于当年欧洲人对中国文化的痴迷,它和那些珍贵的饰品抑或欧洲生产的中国瓷器一样颇具魅力。"①再版修订时,金思德等人注意到了《中国笛》中所收录作品严格的韵律性,也发现了斯塔夫的译本同中文原版之间的差异,因此对译作做了更多释义工作。金思德称:"《中国笛》再版工作中的首要原则就是注重作品的完整性和统一性,因此修订仅限于对诗歌正文和文末的内容列表进行音标转录的统一化。作者用波兰语代替了原本的法语或者英语转录方式,这便于读者辨认其他中文出版物中的姓名。"②

在文学研究方面,除了史罗甫(Zbigniew Słupski,1934—2020)于1989年出版的《中国文学概览》(*Szkice o literaturze chińskiej*)对中国文学的整体样貌进行介绍以外,1979年出版的《儒林外史:文学分析》(*Ju-lin wai-shih. Próba analizy literackiej*)是波兰汉学家对单部作品进行深入学术研究的成功尝试。波兰现代文学家对《儒林外史》的评价很高,但很少有人进行相关的专业学术研究。原因之一在于《儒林外史》阅读难度大,书中语言晦涩难懂,初看简单的行文结构实则复杂,要求读者对中国历史文化有着较为深入的了解。作者金思德以介绍吴敬梓的生平与创作开篇,随后按照历史顺序介绍《儒林外史》在中国的研究情况和在西方的传播情况。本书最大的价值在于,作者更加关注作品本身而非作品的产生过程、社会背景等外在问题。作者尝试通过分析《儒林外史》的文学结构,有选择地从小说诗性层面进行探讨,包括章回划分动机、作品的四四拍节奏、叙述的连贯性和多层次特性、情节的内在矛盾、人物的性格特征以及反讽、闹剧、嘲讽等表现手段。金思德

① Leopold Staff,*Fletnia chińska*,Państwowy Instytut Wydawniczy,Warszawa,1982,s. 202.

② Leopold Staff,*Fletnia chińska*,Państwowy Instytut Wydawniczy,Warszawa,1982,s. 203-204.

对《儒林外史》对中国乃至世界文学的影响给予了高度评价,称其为"中国古代小说创作高潮的象征,对中国非诗体文学的发展意义重大。《儒林外史》打破了官方文学和大众文学、文言文和白话文、雅和俗的传统划分界限,成为中国各文学类型地位变化的开端。深度解读《儒林外史》对欧洲汉学家具有特殊意义。这部著作不仅清晰展现了中国文学、文化和艺术的主要特征,还展现了中国社会对待世界的态度和方法。因此,《儒林外史》可以被视为探寻中国文化世界难得的宝藏"①。

这段时期,波兰对中国当代文学的兴趣相较 20 世纪 50、60 年代有所减少,问世译作不多。末代皇帝溥仪的自传《我的前半生》(*Byłem ostatnim cesarzem Chin*)第一卷由约兰塔·马赫(Jolanta Mach)从英文版译出,1988 年由罗兹出版社出版。这部作品通过溥仪个人的历史书写,让波兰读者全方位了解 20 世纪上半期中国社会所发生的历史变迁。充满异国情调的宫廷生活,满足了波兰人一直以来对于神秘东方的好奇。从封建帝制到社会主义制度的变化,为转型前探索民族发展道路的波兰人提供了某种镜鉴。其他译作的原作者为中国现代作家,包括 1985 年耶日·阿布科维奇(Jerzy Abkowicz,1943—)和约安娜·东布罗夫斯卡(Joanna Dąbrowska)翻译出版的老舍的《茶馆》(*Herbaciarnia*)、1988 年安娜·阿布科维奇(Anna Abkowicz)和耶日·阿布科维奇合作翻译的张贤亮的《绿化树》(*Zielonodrzew*)、1989 年博格丹·古拉尔赤克(Bogdan Góralczyk,1954—)翻译的古华的《芙蓉镇》(*Miasteczko Hibiskus*)。

从表面上看,翻译好像仅仅取决于译者和研究者的阐释角度,实际上,无论是译介工作本身还是译介成果的接受,无不与其自身

---

① Zbigniew Słupski, *Ju-lin wai-shih. Próba analizy literackiej*, Wydawnictwo Uniwersytetu Warszawskiego, Warszawa, 1979, s. XX.

的社会历史语境和民族文化诉求密切相关。[1] 1980 年,波兰沿海地区工人抗议活动愈演愈烈,独立于政府的团结工会成立并迅速合法化和发展。同年,一直只能活跃于地下出版界的切斯瓦夫·米沃什获得诺贝尔文学奖,成为波兰最炙手可热的作家。这两件在波兰政治和社会文化生活领域的大事件,某种程度上集中展示了波兰社会文化语境的变化。《绿化树》和《芙蓉镇》都是中国新时期伤痕文学代表作,这些作品以清醒、真诚的态度关注、思考生活真实,直面惨痛历史,呈现了一幅幅十年浩劫时期的生活图景。否定"文化大革命"同波兰反映社会阴暗面、反思过去意识形态和宣传工作中存在的问题的"清算文学"形成某种呼应,所以曾经为 20 世纪 50 年代以来译介重点的"鲁郭茅巴老曹"等现代经典作家以及社会主义现实主义作家的作品不再受到青睐,而《芙蓉镇》《绿化树》跻身为数不多的 3 部译作之列。

四、文学接受活动的价值转向和审美转向

1945 年第二次世界大战结束后,波兰建立人民共和国,加入社会主义阵营,政治、经济、军事、文化等方方面面均受苏联显著影响。纵观波兰历史,长达 44 年的人民波兰时期,是相对单一性文化存续时间最长的一个时期。但这种单一性复杂而特殊,至今波兰国内对这一时期波兰文化的评价在道德层面上依然难有定论。加入社会主义阵营后,波兰文化自主性必然受到一定限制。马克思主义和社会现实主义对波兰文化产生深刻影响,在意识形态层面存在主义和新先锋文学受到质疑。这种文化导向是波兰积极接受中国现当代文学,特别是进步文学的直接动因。从右图可以看出,这一时期波兰的中国文学译介成果中,现当代文学的数量多于

---

[1]　陈立峰:《中国现当代文学在波兰的译介与传播》,载《中国比较文学》2018 年第 2 期(总第 111 期),第 123 页。

古代文学,而 20 世纪初新文化运动后才兴起的中国现当代文学创作的成果远少于中国古代文学的众多成就,这足以证明同期波兰社会意识形态对译介选择所产生的影响。

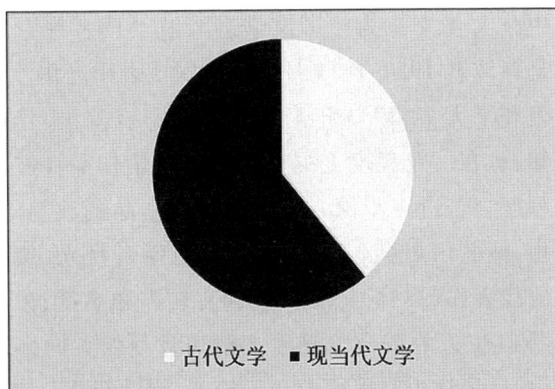

图 3.3:20 世纪后半期波兰出版中国文学译作的数量情况

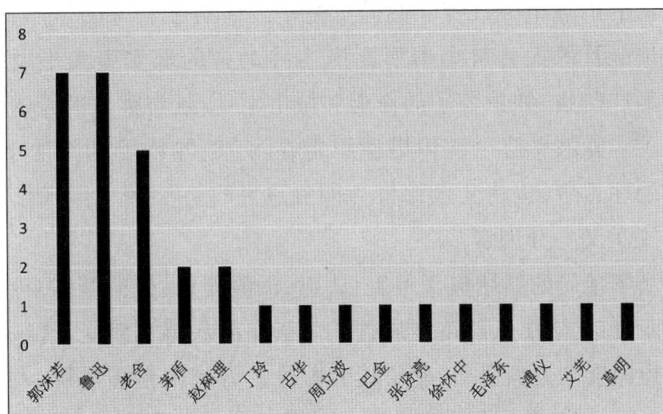

图 3.4:20 世纪后半期中国现代作家在波兰的译介情况

　　上图细列了 20 世纪下半叶波兰译介中国现代文学作品按作者划分的数量情况,从中我们可以清晰地看到,郭沫若、鲁迅和老

143

舍的作品最受欢迎。究其原因,首先是这些中国文学家的知名度最高。鲁迅作品在 20 世纪上半叶就通过文学翻译在英、法、俄等国引发了对中国现代文学的关注,继而欧洲文坛对鲁迅、茅盾等人的兴趣影响了波兰文坛的译介选择。与此同时,20 世纪 50 年代初频繁的中波文化交流为中国文学进入波兰读者视野提供了契机。尤其是郭沫若 1950 年 11 月率领中国代表团赴华沙参加第二届世界保卫和平大会,1953 年当选波兰科学院院士,让他为波兰各界所熟知,也在一定程度上提升了他的文学作品在波兰翻译界的受关注程度。若进一步深入分析郭沫若作品的波兰语译本,我们还会发现,他的历史剧《屈原》尤为吸引译者目光,这一方面是因为屈原的代表作《离骚》已在波兰拥有较高知名度,另一方面是因为《屈原》以豪迈的革命浪漫主义精神赞颂伟大的爱国主义诗人屈原,讴歌反抗压迫和侵略的斗争精神,鞭挞苟合与媾和的投降主义,以古喻今,写史明志,与广受读者喜爱的波兰著名小说家显克维奇的历史小说有着异曲同工之妙。而对于老舍的作品,波兰国家出版社的大百科全书如此描述:"老舍的现实主义小说描写中国无产阶级、知识分子的命运和城市生活,具有强烈的爱国主义色彩。"①奥尔杰德·沃伊塔谢维奇在为《骆驼祥子和其他小说》撰写的序言中,也将老舍评价为同鲁迅并驾齐驱的中国现代现实主义文学又一开创者。

文学接受的属性包含审美、认识、价值诠释、交流等多个层面。具体而言,文学作品的审美属性主要指作品从感官感受、情绪情感和思想深度等方面吸引、感染读者并给读者带来精神愉悦、人格自由和心灵净化;认识属性是文学作品通过语言文字描写生动的艺术形象,反映社会生活各个方面,揭示自我人性的丰富本质,为读者提供认识社会生活与人类自身的真相;价值诠释属性从多方面满足读

---

① https://encyklopedia.pwn.pl/haslo/Lao-She;3930545.html

者进行文化价值阐释、品味或品评的兴趣;交流属性指文学作为一种审美的社会化话语作品,增进人们的彼此了解、沟通与交流。20世纪后半期波兰对中国文学的接受活动中,审美、认识和价值诠释属性得以凸显,呈现出与之前的情况较为不同的显著特征。

（一）社会文化价值层面

文化价值是社会产物。对文学作品的社会文化价值诠释离不开文学接受主体所处的历史文化环境。前文提及,波兰在 1946—1989 年的四十余年中,国内外政治环境几经变化,导致文艺界对于外国文学作品的社会文化价值判定具有鲜明的时代和政治色彩变化。但总体而言,人民波兰时期的中国文学接受在价值评判上仍然有着较为统一的社会主义意识形态色彩,这尤其容易在诸多文学译本的序、跋中找到例证。

沃伊塔谢维奇在为《鲁迅短篇小说集》作序时,专门引用了毛泽东 1940 年在《解放》杂志上发表《新民主主义论》时对鲁迅的评价:"鲁迅的骨头是最硬的,他没有丝毫的奴颜和媚骨,这是殖民地半殖民地人民最宝贵的性格。鲁迅是在文化战线上的民族英雄。"①评价老舍时,沃伊塔谢维奇写道:"自幼经历的苦难,造就了老舍对统治阶层和阶级压迫的痛恨。"②两篇序言都旗帜鲜明地指出了中国现代作家所书写的反抗阶级压迫、追求民族独立和人民解放的意旨,强烈的政治色彩跃然纸上。

《李家庄的变迁》的波兰语译者塔德乌什·热罗姆斯基(Tadeusz Żeromski,1900—1977)注意到,抗日战争期间,以及二战后的一段时间内,中国文坛涌现出一支崭新的作家队伍,这些作家在文学上很有天赋。他们同推崇民主理念的老一代作家一道,共同塑造了中

① Lu Xun, *Opowiadanie*, tłum. Olgierd Wojtasiewicz, Wanda Kindler, Czytelnik, Warszawa, 1953, wstęp. s. 5.

② Lao Sze, *Ryksza i inne opowiadania*, tłum. Olgierd Wojtasiewicz, Bolesław Miga, Wydawnictwo Czytelnik, Warszawa, 1953, s. 6.

国文坛的新气象。热罗姆斯基将茅盾、郭沫若、丁玲等人称为"在苏联读者中已享有很高知名度的老一代作家",而将诗人何其芳和小说家周立波、华山、柳青、曹禺等人称为"新生代人民作家",认为他们共同创造了新中国的现代文学。波兰翻译家们对这些作家作品的社会文化价值解读也与二战后中波两国的政治导向十分契合:"年轻的中国现代文学反映了中国发生的一系列重大历史变化,在伟大的民主主义革命中,在中国人民争取自由、民族独立和真正的人民民主的胜利斗争中,在同国民党反动派及其幕后扶持者美国的战斗中,发挥了重要作用。在数百年的中国历史中,文学第一次真正属于人民,忠实地反映人民的诉求和渴望。"①

在波兰学界对中国现代进步文学的评价中,多次高度肯定中国共产党的历史进步性。热罗姆斯基在《李家庄的变迁》波兰语版序言中指出,中国共产党领导下的人民战争让中国社会实现了深刻的民主化转变:农村成立了属于广大人民的民主政治机构,人民能够将命运掌握在自己手里。"不知不觉中,原先的农村面貌逐步发生了改变;从前那些软弱的、'向命运低头'的中国农民逐步开始积极地参加政治生活。"②同样以土地改革、农村生活为题材的《暴风骤雨》亦引发关注,其波兰语版序言明确提出,中国共产党为了实行土地改革成立专门的工作队,他们迅速到各地开展工作,以完成这项重大而艰巨的任务。土地改革促进了农村生活水平的快速提高,也加速了农村贫民阶级意识的觉醒,为国家生产力的全面增长创造了条件。

如果说波兰对中国现代进步文学的接受在一定程度上受到了作品内容自身的影响,那么对中国古代文学的接受更能够证明当

---

① Czao Szu-li, *Przemiany w Liciaczuangu*, tłum. Tadeusz Żeromski, Wydawnictwo Książka i Wiedza, Warszawa, 1950, s. 17.

② Czao Szu-li, *Przemiany w Liciaczuangu*, tłum. Tadeusz Żeromski, Wydawnictwo Książka i Wiedza, Warszawa, 1950, s. 11.

时波兰学界的社会文化价值导向。塔德乌什·日比科夫斯基在作为《西游记》的译者解读这部长篇小说时,首先看到的是主人公孙悟空身上所展现的反抗精神。上文提到的《西游记》波兰语翻译"三部曲"中的第一部分《大闹天宫》,其波兰语题目即为"猴子的反抗"。日比科夫斯基认为,中国古代小说中的人物形象活跃在今天的中国社会。吴承恩小说中的主角——孙悟空就是反抗统治者的象征。他带领着一群猴子,勇敢地反抗玉皇大帝,在天宫开战。孙悟空是勇敢、智慧、具有叛逆精神的人民的化身,而玉皇大帝和天庭里的各路神仙则是腐朽、落后的封建统治阶级的象征。批评家特蕾莎·莱霍夫斯卡评价《三言二拍》的选译本《懒龙的快乐奇遇》时也提到文学的政治功能,认为:"这些小说中不乏对封建统治者的批评,以充满独特幽默和民间智慧的书写表达现实主题,亦不乏幻想和诗意。在战争年代,它们唤醒人们的爱国主义精神,鼓励大家勇敢地反抗侵略,在中国被列强瓜分、战乱频仍之时,为人们带来精神上的安慰。"[1]

（二）审美、认识价值层面

波兰具有深厚的文学创作底蕴和悠久的文艺批评传统。20世纪下半期波兰对中国文学的接受虽然具有鲜明的政治色彩,但对中国文学在审美价值和认识价值层面的解读并未因此而受到遮蔽。相反,随着波兰对中国文学翻译和研究工作的不断深入,这种解读和认知越发全面、深刻。

首先受到关注的是中国作家们的文学语言。虽然著名汉学家韦普莱尔称赞中国古代抒情诗歌具有神秘的美感,诗句富有逻辑,用词简练,表意丰富,认为"中国诗歌里饱含意蕴的文字符号如同一根根丝线,带着韵律交织在一起,形成了一幅图案精美的地毯,

---

① *Wesołe przygody leniwego smoka*, tłum. A. Frybesowa, B. Kopelówna, Z. Sroczyńska, Państwowy Instytut Wydawniczy, Warszawa, 1960, s. 5-6.

呈现在翻译者和研究者的眼前"①,但与此同时波兰学者更为肯定白话语言对于中国文学发展和文化普及的重大价值。沃伊塔谢维奇称老舍是"积极的文学革命斗士",认为他致力于改良中国文学,摒弃僵化晦涩的语言,改用通俗简易、朴实无华的语句,使文学作品不再是文人的专属,为中国文学语言发展做出了突出贡献。谈及赵树理的创作,沃伊塔谢维奇强调他的文学语言的鲜活性,认为真正属于人民群众的语言具有丰富多彩、贴近生活、语义明晰的特点。赵树理为了让作品更加真实且贴近人民群众的日常生活,在语言风格上下了不少功夫。

> 他在人物对话和描写中大量使用口头语,并借鉴白话文小说创作传统以及口口相传的民间故事,这一点在他的小说《李有才板话》中体现得最为明显。这部作品借用了古老民歌的歌词,丰富的民间习俗为其创作语言和作品形式提供了宝贵灵感。但赵树理并非旧传统的忠实拥趸;恰恰相反,他倡导变革,走出一条新路子。他认为恢复原先的旧形式就好像是让今天的男子再次续上清朝的长辫子、让女子重新裹回小脚一样。除此之外,赵树理在创作中避开了许多前辈曾经犯过的错误——为了让作品语言更加贴近"人民大众的语言",一些作家在创作中过度使用方言俚语。赵树理避免了此类表达方式的堆砌。②

这种在创作中借鉴民间文学的方法亦引起波兰学者关注。在为《包龙图神断公案》作序时,日比科夫斯基就提出,中国小说与民间文学联系紧密,再现了民间文学丰富的内涵和悠久的传统。

---

① *Błogi spokój. Wybór wierszy z czasów dynastii Sung*, tłum. Jan Wypler, Katowice, 1949, http://wypler.exec.pl/błogi_spokoj_galeria.html.

② Czao Szu-li, *Przemiany w Liciaczuangu*, tłum. Tadeusz Żeromski, Wydawnictwo Książka i Wiedza, Warszawa, 1950, s. 15.

"包公断案是民间文学的一个典范，与所谓的'正统文学'平行发展。得益于人民群众的口口相传和戏曲呈现，民间文学得以发展、流行，成为中国传统文化的重要组成部分。与'正统文学'、儒家典籍相比，这些作品更忠实地描绘了中国古代社会。"①在《三国演义》波兰语版的序言中，日比科夫斯基再次强调，中国文学的语言起初是文言文，与口头语有较大区别。随着时间推移，中国的口头语发生了根本性改变。在中国古代社会，与文学有关的知识只流传于识字的特权阶层，也只有那些用文言文书写的作品被视为文学。而那些口口相传、不要求作者识文断字的民间文学创作则被忽视。然而正是民间故事成为后来中国小说创作的源泉。如今不仅有读写能力的人熟知这些作品，通过民间传说，众多没有读过原著的中国人对这些作品也耳熟能详。小说中的人物形象深深植根于中华民族的传统文化之中。

从人物形象的塑造来看，波兰学者挖掘出了中国文学与以往研究中不同的侧面：《西游记》《三国演义》等古典名著的主人公往往代表了中国传统文化和道德标准，《聊斋志异》《包龙图神断公案》等民间故事或传说则塑造了一系列具有道德教化意义的人物，而《南行记》《暴风骤雨》等现代小说多以人民为主体，书写他们的真实生活。日比科夫斯基在《西游记》波兰语版的序言中指出，孙悟空无所不知、无所不能，是理智和道德力量的化身，猪八戒则贪吃好色，行为举止天真愚笨，引人发笑。虽然小说开头孙猴子大闹天宫，但他被压五指山下并在其后套上紧箍，在唐僧紧箍咒的限制下变得温驯顺从，所以整篇小说象征着人们渴望一个没有烦恼、内在安宁的世界。这种鲜明的人物形象对比，与中国文化中对善恶的认识十分契合。日比科夫斯基还意识到，民间故事中的妇

---

① An Yushi, *Sprawiedliwe wyroki sędziego Pao-Kunga*, tłum. Tadeusz Żbikowski, Wydawnictwo Iskry, Warszawa, 1960, s. 9.

女形象由于被赋予了中国传统女性三从四德等道德约束,她们的命运被描绘得极为沉重。例如《包龙图神断公案》中的女性,一生足不出户,随时捍卫自己的名誉。她们把名誉看得比生命更高,一旦名誉受损便不惜牺牲自己的生命。

与古代文学中的人物形象相比,中国现代小说中的主人公则更加贴近生活。在波兰学者眼中,现代小说中的人物主要分为两类。第一类是淳朴善良的劳动人民,如赵树理笔下土生土长的中国农民。"赵树理从不力求塑造完美的主人公形象,也不会刻意在读者面前回避人物的缺点和不足……赵树理在作品中展现中国农民在战争中努力克服自身落后性、为抗战胜利做出贡献的进步过程……他重点介绍了农民领袖以及出身农村的社会活动家们。"[1]第二类则是遭受精神伤痛、谋求心灵救赎的民众和知识分子。《南行记》的译者胡佩方在序言中写道:"艾芜小说中的主人公形象大多为普通民众,其中不少是被社会抛弃的人群。他们受过迫害,也常常去欺负别人。然而造成这些伤害的罪魁祸首并非他们,而是当时的社会制度、封建迷信、贫穷苦难,这一切触发了他们的反抗情绪。"[2]《芙蓉镇》的译者博格丹·古拉尔赤克指出:"古华塑造了年轻貌美、足智多谋的姑娘胡玉音,疯狂的秦书田,'北方战士'谷燕山,黎满庚以及渴求权力、服从和崇拜的李国祥等一系列人物形象,呈现了或毫不妥协或投机主义或残酷无情的人性,解释了众多政治运动和无休止的相互揭发造成的畸形的人生态度和行为方式。"[3]

---

[1] Czao-Szu-Li, *Przemiany w Liciaczuangu*, tłum. Tadeusz Żeromski, Wydawnictwo Książka i Wiedza, Warszawa 1950, s. 13.

[2] Ai Wu, *Zajazd niewidomych*, tłum. Irena Sławińska, Jerzy Chociłowski, Ryszard Chmielewski, Wydawnictwo Książka i Wiedza, Warszawa, 1967, s. 6.

[3] Gu Hua, *Miasteczko Hibiskus*, tłum. Bogdan Góralczyk, Wydawnictwo Literackie, Kraków, 1989, s. 284.

从文学作品书写的内容和揭示的思想来看,波兰学者对中国文学作品的进步性和深刻性有明确认可。沃伊塔谢维奇评价老舍作品时称,老舍生于北京,生活在北京。"那时的北京,还激荡着学生示威活动惨遭血腥镇压的回声。"①他看到老舍笔下的故事多取材于北京城的市民生活:"将与普通人息息相关的主题引入文学,是老舍为中国的文学革命做出的伟业。"②同样以人民生活为创作基底的还有热罗姆斯基眼中的《李家庄的变迁》,只不过赵树理笔下的人民生活被放置于更为广阔的土地革命的历史大背景之中。赵树理将目光聚焦于中国农村,展现了农民反抗地主阶级压迫的斗争过程,以及社会主义新制度在农村地区所取得的伟大胜利。李家庄所发生的故事是成百上千中国北方村庄经历的缩影。"作为一名作家,赵树理最大的贡献是将自己的创作与广大中国人民紧密联系在了一起。这也正是毛泽东主席始终呼吁广大作家群体要做到的一点。"③类似题材的《暴风骤雨》也引起了波兰学者的这种共鸣:"周立波展现了从日本人统治下被解放的中国农村所发生的最突出、最具代表性的重大事件,与当时中国广大农村地区的情况大体相同,描绘了领导中国农民翻身做主人的共产主义信仰者的成长图景。"④

谈到中国文学的深刻性,《西游记》的译者日比科夫斯基有独到发现。他注意到了吴承恩通过文学书写所表达的对待宗教的态度。"在描写三位对车迟国国王影响颇大的道教神仙——虎力大

① Lao Sze, *Ryksza i inne opowiadania*, tłum. Olgierd Wojtasiewicz, Bolesław Miga, Wydawnictwo Czytelnik, Warszawa, 1953, s. 6.

② Lao Sze, *Ryksza i inne opowiadania*, tłum. Olgierd Wojtasiewicz, Bolesław Miga, Wydawnictwo Czytelnik, Warszawa, 1953, s. 6.

③ Czao-Szu-Li, *Przemiany w Liciaczuangu*, tłum. Tadeusz Żeromski, Wydawnictwo Książka i Wiedza, Warszawa 1950, s. 14.

④ Czou Li-po, *Huragan*, tl. Eleonora Romanowicz-Podoska, Wydawnictwo Czytelnik, Warszawa, 1953, s. 6.

仙、鹿力大仙和羊力大仙时,吴承恩赋予了其道教代表人物的消极特征。这三位大仙通过在天旱时降雨获得了国王赏识,国王纵容其驱逐迫害佛教徒。这些佛教徒在被迫服劳役或逃亡的过程中大量死亡。作者十分细致地表现了道教徒对其他宗教信仰者的残忍,虽然据说这三个宗教在中国是一脉相承的。"①然而日比科夫斯基发现,吴承恩看待佛教人物的目光也是消极的。

> 尽管长途跋涉西天取经是小说的故事主干,但这个征途只是整本书的背景罢了。值得注意的是,在前七回作者没有着眼于描写佛教和尚玄奘,而是把重点放在了他的保护者孙悟空身上。描写抵达西天取得经书的过程所占篇幅不到一个章回。正如他批评道教徒的残忍、缺乏宽容之心,在描写如来和他的弟子摩诃迦叶和阿难陀时,作者也批评了他们的贪婪之心。②

谈及《西游记》的艺术特色,日比科夫斯基将其与希腊的《荷马史诗》做比较。日比科夫斯基发现,虽然两部作品书写的征途的目的不同,但主人公在途中所遇到的难题、同妖怪的打斗、获得神灵的帮助都是相似的,引诱主人公的神话人物亦有相似的命运。这种带有明显的比较文学研究特点的分析在波兰的汉学研究中具有重要的开创性意义。

五、汉学家译者群体

在第二次世界大战之后,一众波兰汉学家承继葛兰言(Marcel Granet,1884—1940)和马伯乐(Henri Maspero,1883—1945)等中

---

① Wu Cz'eng-en, *Wędrówka na zachód*, tł. Tadeusz Żbikowski, Warszawa, Wydawnictwo Czytelnik, 1984, s. 220.

② Wu Cz'eng-en, *Wędrówka na zachód*, tł. Tadeusz Żbikowski, Warszawa, Wydawnictwo Czytelnik, 1984, s. 220.

国语言文化杰出学者创立的法国学派的传统,为中国文学译介、研究和推广做出卓越贡献,其中尤以夏白龙为旗手。

（一）夏白龙

夏白龙是二战后波兰最杰出的汉学家,在历经战火浩劫后的华沙大学主持汉学专业建设,发起并组织中国重要古典文献翻译工作,培养了以金思德为代表的一大批汉学学者,为波兰汉学事业发展做出重大贡献。他以卓越的公共和学术活动成就获得波兰国家三等奖章（Nagroda Państwowa III stopnia,1955）和波兰复兴骑士十字勋章（Krzyż Kawalerski Orderu Odrodzenia Polski,1951）、波兰复兴指挥官十字勋章（Krzyż Komandorski Orderu Odrodzenia Polski,1957）等荣誉。

夏白龙 1901 年 1 月 10 日出生在波兰沃姆扎（Łomża）附近一个地主家庭,1919 年开始在华沙大学学习哲学,1924 年完成学业后赴法。彼时的法国汉学研究正处于鼎盛时期,夏白龙在巴黎大学成为著名汉学家葛兰言和佛教学家扬·普日乌斯基（Jan Przyłuski）的学生,这对其学术发展至关重要。在葛兰言指导下,夏白龙于 1927 年完成了一篇以《礼记》为题的硕士论文,并通过答辩获得硕士学位,这是巴黎中国学院（Institut des hautes études chinoises）历史上颁发的第一张文凭。之后他继续在法兰西公学院（Collège de France）进行东方研究至 1930 年,并与同班的马伯乐、保罗·伯希和（Paul Pelliot,1878—1945）等东方学家一起毕业,同时获得了汉语和日语文凭。此外他还获得了索邦大学硕士学位。

夏白龙不仅是杰出的学者,也热衷于参与波兰国内外公共事务。早在 1920—1921 年间,他就作为志愿者参加了波苏战争,积极加入上西里西亚的波兰公投委员会。二战期间,他坚持开展秘密教学,使用自己编写的教材帮助学生完成硕士学业和相关研究工作。1935—1937 年、1939 年、1945 年和 1947 年,夏白龙和当时在华沙的学者共同开设汉学讲座,为战后华沙大学的恢复打下基础。1945—1947 年,他出任波兰驻华大使馆顾问,在南京工作,华沙大学汉学教学因此中断。1948 年,夏白龙返回波兰,担任华沙大学研究东方事务和语言的远东系主任,并继在二战期间去世的扬·雅沃尔斯基担任华沙大学汉学教研室主任。1950—1952 年,历任人文学院院长、哲学学院院长和东方学院院长。在其努力下,波兰东方学历史上第一次有几位毕业生去中国参加暑期语言课程,陆续又有三名在校生和三名毕业生前往北京大学学习。

鉴于夏白龙对华沙大学汉学工作的卓越贡献,该校东方学院阅览室以其名字命名。然而夏白龙的学术活动不限于此。他于 1933 年起担任雅盖隆大学中文讲师,一年后开始在华沙东方学研究中心(Instytut Wschodni w Warszawie)为东方研究课程(Szkoła Wschodoznawcza)授课。从 1935 年起,他积极参与波兰艺术与科学学院(Polska Akademia Umiejętności)东方学委员会(Komisja Orientalistyczna)的工作,是该委员会的创始会员。1956 年起担任波兰科学院(Polska Akademia Nauk)东方研究中心(Zakład Orientalistyki)远东研究室(Pracownia Dalekiego Wschodu)主任。同期,他是法国亚洲学会(Société Asiatique)、波兰东方学会(Polskie Towarzystwo Orientalistyczne)、美国东方学会(American Oriental Society)和华沙科学学会(Towarzystwo Naukowego Warszawskiego)会员。

1950—1957 年期间,夏白龙担任波兰东方研究部级委员会(Komisja Ministerialna Programowa dla Orientalistyki)主席,实际领导全波兰东方学研究发展,是杂志《东方观察》编委会成员、《东方年鉴》编辑,并在杂志上发表了许多文章。在其生命最后时期,发起并实施将中国文学和哲学经典吸收融入波兰科学和文化的计划,参与有关中国知识的普及工作,与波兰东方学会和通识协会(Towarzystwo Wiedzy Powszechnej)共同组织多次中国艺术展览。

夏白龙是一位博学多才的文化专家,也是视野开阔的人文主义者。他对波兰和欧洲学术界的长久贡献,体现出他同中国的紧密联系及其对中国文化的深刻了解。他不仅开展研究,而且正如他的中国朋友所写的那样,"就像爱他的祖国一样爱着中国"。

1930—1932年,夏白龙首访中国,代表国际联盟委员会(Komisja Ligi Narodów)担任中国教育制度改革的顾问,并在清华大学任法国语言和文学讲师。当时他同中国知识分子建立了密切关系,并在余生一直保持联系。在此期间,他主要以徒步方式进行了穿越中国中部和西部的探险之旅。之后在1937—1938年,他在燕京大学教授比较语言学,并积极与北京的一些学术期刊开展合作。中华人民共和国成立后,夏白龙于1953—1954年、1955年和1957年三次来华,1955年是代表波兰科学院访问苏联科学院东方研究所(Moskiewski Instytut Wschodoznawstwa Akademii Nauk)和中国科学院,参加由科学院组织的有关现代汉语标准化的会议。

夏白龙在法国学习期间对中国传统思想产生兴趣,并以研究儒家典籍"五经"特别是儒家的礼仪规范《礼记》而闻名。他对在礼仪中是否保留了行动的个性和自发性这个问题十分感兴趣,分析伦理和礼仪之间的关系。在《中国科学思想发展的条件》(*Warunki rozwoju chińskiej myśli naukowej*)一文中,他谈到了中国思想中的诡辩主义。

夏白龙认为语言是文化的重要部分,是进行汉学研究的一种手段。他在中国的学术杂志上发表了有关汉语研究的文章,与在巴黎学习时的朋友雅沃尔斯基一起制定了中国文字的波兰语转写规则,该规则在波兰的东方学研究中使用了数十年。夏白龙还将许多有价值的文学作品翻译成了波兰语和法语。在其任教资格论文《北京的小荷才露尖尖角——中国民间诗歌随笔》[*Les "siao-ha (i-eu) l-yu" de Pékin. Un essai sur la poésie populaire en Chine*]中,他从形式、主题和词汇学角度出发,研究了177首北京街头歌曲文本,其中有 160 首是未经中文或欧洲语言文本发表过的。这种研究需要大量的北京方言、民族学、习俗和地形学知识。

在对中国文学的翻译和研究方面,夏白龙翻译了老舍的《赵子曰》,是第一部从原文直接翻译成波兰语的中国小说。他研究屈原的诗歌,但并不局限于古典文学,也翻译当代作家和诗人的作品。他最重要的翻译成就体现在对《南华真经》的译介和评述中。此外,他倡导编撰《中国文学选》,在波兰也是开创性的,其价值在于通过精挑细选,以相对少的文本来展示中国文学的丰富遗产。专著《中国文学史选读》亦是如此,将中国文学作为与中国历史、社会和文化同等的一部分来全面系统介绍,还包括许多文字摘录,成为波兰的中国文学研究的重要成果。

(二)奥尔杰德·沃伊塔谢维奇

波兰另一位重要的汉学家奥尔杰德·沃伊塔谢维奇是杰出的语言学家和翻译家。沃伊塔谢维奇的一生都与华沙大学有着不解之缘。他略晚于夏白龙进入华沙大学,攻读法律和汉学。1946 年开始在华沙大学任教,20 世纪 60 年代创办高等外语学院,该学院后成为华沙大学应用语言学中心,沃伊塔谢维奇一直担任形式语言学教研室主任,该教研室前身为其在 1962 年创建的应用语言学系普通语言学教研室。1972—1978 年任华沙大学新语文学院院长,1978—1980 年任华沙大学校务委员会委员,1987 年退休。沃伊塔谢维奇还是华沙科学学会、波兰符号学协会(Polskie Towarzystwo Semiotyczne)、波兰作家协会(Związek Literatów Polskich)会员,是波兰翻译家协会(Stowarzyszenia Tłumaczy Polskich)创始人之一。曾供职于波兰通讯社(Polska Agencja Prasowa)英文通讯处,负责新闻稿的翻译工作。

沃伊塔谢维奇对波兰语言学发展做出过重大贡献,被誉为波兰翻译学研究之父。其代表著作是 1957 年出版的《翻译理论导论》(*Wstęp do teorii tłumaczenia*),是波兰首批关于翻译研究的学术出版物之一。其著作还包括在《逻辑研究》（*Studia Logica*）、《符号学研究》（*Studia Semiotyczne*）、《语言指南》（*Poradnik Językowy*）上发表的一系列文章。

沃伊塔谢维奇有关语言和翻译的理论超前于其所处时代。他将自己首先定位为语言学家，认为翻译的主要问题在于文化差异，这比世界翻译学界提出"文化转向"早了几十年。他比罗曼·雅各布森（Roman Jakobson, 1896—1982）早两年提出翻译中的对等问题，比尤金·A·奈达（Eugene A. Nida, 1914—2011）创立动态对等概念早七年提出基于唤起接收者相似效果原则的翻译理论。同时，他最早关注翻译在全球化中的地位问题，认为翻译工作为日益显现的未来人类文化共同体的诞生扫除了障碍。

在中国文学作品翻译实践方面，沃伊塔谢维奇主要聚焦于鲁迅、郭沫若、老舍、茅盾等中国现代作家的作品，同时对《庄子》《楚辞》《诗经》等古代经典的翻译也做出了突出贡献。此外，他还将波兰语报刊文本译为英文。两种不同的翻译活动，大大扩展了他看待翻译问题的视角。沃伊塔谢维奇认为，我们通过语言理解人们在时空中用来交流的信号系统，发言者通过某种信号同某种心理状态（神经系统状态）相对应，语言接收者以某种心理状态同某种信号相对应。依托这组概念，文本成为替代某种心理状态的信号，必须由接收者进行解译。因此，翻译是在某种语言中找到另一种语言陈述形式的对应表达。如果文本 b 在接收者中引起了与文本 a 相同的反应（联想集合），那么语言 B 中的文本 b 是语言 A 中的文本 a 的对应表达。

沃伊塔谢维奇还讨论过翻译的不可译性，认为造成不可译性的原因分为两类，一是语言之间的结构性差异，二是文化或语言之间的概念性差异。后者指目标语中没有能表达原语有效概念的相应概念。他认为第二类原因对译者来说更为棘手，例如有些方言"几乎不能完全被翻译出来"。若用目标语方言取代原语方言，会唤起使用特定方言的接受者的特定文化联想。但沃伊塔谢维奇同时认为,文化差异造成的翻译困难将逐步消失,这主要是因为大众传媒能使彼此在地理上相距遥远的文化相互传播。此外,外语中很多术语以外来词形式成为目标语中的有效词,同样有利于消除文化差异造成的翻译困难。

(三)雅努什·赫米耶莱夫斯基

雅努什·赫米耶莱夫斯基是波兰第三代汉学家,对波兰汉学发展起到承上启下、继往开来的作用。其汉学专业学习在华沙大学和法国完成,专长是古汉语语言文学和哲学。① 起初在罗兹大学开设比较语言学课程,1955 年起任华沙大学教授。

赫米耶莱夫斯基的重要贡献之一是同夏白龙和沃伊塔谢维奇合译庄子的《南华真经》,译本中大量的注释和考证都是由他完成的。这一译本被认为是欧洲最完整、最精确的一个译本。他对先秦散文的翻译成就还包括翻译《楚辞》中屈原的作品。此外,他还是《中国文学选》的主要译者之一,翻译了东汉唯物主义哲学家王充《论衡》中的一些篇章。在担任汉学教研室主任期间,推动了华沙大学汉学教学的现代化建设,提高了学生的现代汉语水平,培养了大量外事翻译人才。

(四)金思德

金思德是波兰汉学界又一位重要人物,他是夏白龙的学生,也是继夏白龙之后波兰东方学界的泰斗。

金思德 1933 年 3 月 26 日出生于斯武普察(Słupca)。1951 年开始在华沙大学学习,师从夏白龙教授,毕业前即被聘为汉学系助教。先后于 1956—1958 年在中国、1960 年和 1966—1967 年在巴黎进行早期的研究学习。1956 年成为波兰东方学会会员并担任了九年华沙分会主席,1958 年加入波兰语言学会(Polskie To-

---

① 　易丽君:《波兰汉学的源流》,载《国际论坛》1989 年第 3 期,第 8 页。

warzystwo Językoznawcze），1960 年起成为巴黎语言学会（Société de Linguistique de Paris）和欧洲汉学协会（European Association of Chinese Studies）会员。他是华沙科学学会重要成员并曾任学会一部主席，1972 年起成为波兰科学院东方学委员会成员、委员会主席团成员并曾任主席。

金思德的学术思想深受汉学研究法国学派代表人物戴密微（Paul Demiéville, 1894—1979）、谢和耐（Jacques Gernet, 1921—2018）、李嘉乐（Alexis Rygaloff）等影响，其研究涉猎广泛，从历史、宗教和哲学问题到艺术史等中华文明的各个方面，著有超过两百部（篇）作品，包括约三十部学术专著、科普书籍和译著，多是对中国文化的研究，包括《中国汉字》（*Pismo chińskie*, 1970）、《早期中华帝国》（*Pierwsze wieki cesarstwa chińskiego*, 1972）、《中国神话》（*Mitologia chińska*, 1985）、《孔子的事业》（*Sprawa Konfucjusza*, 1983）等学术著作。他编写的《中国艺术》（*Sztuka Chin*, 1991）和《中国文化史》（*Dzieje kultury chińskiej*, 1994）为波兰汉学经典读物。

在中国文学经典译介方面，他对翻译质量要求很高，并有效规避了不规范汉学译本中的术语混乱问题。他与克里斯蒂娜·切热夫斯卡-马达耶维奇（Krystyna Czyżewska-Madajewicz）、兹基斯瓦夫·特乌姆斯基（Zdzisław Tłumski）合译《论语》（*Dialogi konfucjańskie*, 1976），与杰诺维法·兹顿（G. Zduń）合译《佛教国家行记》（*Zapiski z krajów buddyjskich*, 1997），还翻译出版了《中国格言》（*Aforyzmy chińskie*, 1977）、《龙之子：史记选篇》（*Syn smoka: fragmenty zapisków historyka*, 2000）等作品。

此外，他还将汉学和东方学领域许多重要著作从德语、法语、英语和俄语翻译成波兰语，包括谢和耐的《古代中国：从起源到帝国建立》（*Chiny starożytne: od początków do ustanowienia cesarstwa*, 1966）、葛兰言的《中华文明》（*Cywilizacja chińska*, 1973）、F. 贝科夫

（F. Bykow）的《中国政治哲学思想起源》（*Powstanie chińskiej myśli politycznej i filozoficznej*,1978）、F. C. 布伦登（F. C. Blunden）和 M. 埃尔文（M. Elvin）的《中国》（*Chiny*,1997）以及英格丽·费舍尔-施赖伯（Ingrid Fischer-Schreiber,1956— ）的《东方智慧百科全书》（*Encyklopedia Mądrości Wschodu*,1997）。他热爱中国古典艺术,多年来译有马里奥·普罗丹（Mario Prodan）的《中国艺术》（*Sztuka chińska*,1975）、史克门（Laurence Sickman,1907—1988）和亚历山大·索珀（Alexander Soper,1904—1993）的《中国艺术与建筑》（*Sztuka i architektura w Chinach*,1984）、帕尔·米克洛斯（Pál Miklos,1927—2002）的《中国绘画》（*Malarstwo chińskie*,1987）,并编撰出版《中国美术词典》（*Mały słownik sztuki chińskiej*,1996）。

金思德在华沙大学任教期间,不仅在汉学系教授汉语语言学和中国文化史课程,还同时开设写作课、研究生研讨课和专题讲座。他授课富有激情,善于调动学生的学习积极性,并对学生思想、知识和纪律要求严格,培养了众多汉学硕士及数名博士,为波兰的汉学人才培养做出了不可磨灭的贡献。

除了上述四位波兰汉学家,与金思德同时期的史罗甫和塔德乌什·日比科夫斯基也为波兰汉学发展做出了重要贡献。

史罗甫 1934 年 6 月 3 日出生于捷克城市俄斯特拉发（Ostrawa）,2020 年 8 月 6 日在华沙去世。他是华沙大学汉学系教授,曾任波兰科学院东方委员会委员,主要研究领域为中国文学、文学研究、宗教学研究。他是波兰汉学家中唯一毕业于捷克查理大学的,继金思德之后担任汉学教研室主任。史罗甫是欧洲著名的老舍研究专家,所著《老舍评传》（*The Evolution of a Modern Chinese Writer. An Analysis of Lao She's Fiction with Biographical and Bibliographical Appendices.*）为欧洲首部系统研究和评论老舍生平及创作的专著。

塔德乌什·日比科夫斯基 1949 年就读于华沙大学英语专业,1950 年开始在华沙大学东方学院选修现代汉语,1955 年获汉学硕士学位,1956—1957 年于北京大学访学。早期系统研究中国、日本等地区宗教,1960 年出版关于孔子的著作,1964 年出版老舍部分作品译著。后期转向中国文学尤其是中国戏曲专题研究,著有《南宋早期南戏研究》(*Early Nan-hsi plays of the southern Sung period*),为西方汉学开辟了全新领域,被公认为是英语世界南戏研究的第一人。

六、文学译介活动塑造的中国形象

20 世纪下半期,波兰译介中国古代典籍和文学作品的选择与 20 世纪上半期基本一致:通过翻译古代典籍继续向波兰人介绍中国古典哲学思想的精华,对古代诗歌的翻译展示了抒情文学的魅力。在 20 世纪上半期已经被翻译过的包公断案、聊斋故事等脍炙人口的故事,强化了波兰读者对于中国落后的封建制度和追求正义的人民的认知。此外,《西游记》《三国演义》等古典文学名著的译本的出现,使得波兰读者对于古老中国历史文化的认知更加丰富和具体。

波兰读者对《西游记》这部作品的最大兴趣集中在具有反叛精神的孙悟空身上。就如出版社在序言中所说,真猴王孙悟空是玄奘最狡黠、最能干的徒弟,一路斩妖除魔护送玄奘西天取经。他超凡脱俗的精神和力量是普通凡人所不具备的,他是民间英雄的典范,叛逆和理性的化身。[①]《西游记》翻译的"三部曲"中有两部都是将孙悟空作为主人公,不难看出《西游记》所展示的反抗、叛逆、不畏权威、嫉恶如仇的精神为波兰读者所钟情。《三国演义》波兰语译本的问世,则向波兰读者呈现了中国古代一个近百年战争时期的历史风云。凶残狡诈的曹操、优柔寡断的刘备、勇武忠贞的关羽、充满战略智慧的诸葛亮,一众鲜明的人物形象使得波兰读者对中国人的认知更为丰富。

---

① https://www.biblionetka.pl/art.aspx? id＝46923

这一时期,占据波兰读者和评论家视野的中国文学作品主要还是现代进步小说和散文,这些作品成为波兰人了解当时中国社会生活的主要途径。在"鲁巴茅郭老曹"等进步作家笔下,波兰人看到的有关中国的图景主要如下:

第一,抵御外敌、反抗压迫的人民英勇斗争。老舍的《茶馆》描绘了戊戌变法、军阀混战和新中国成立前夕三个时代近半个世纪中国社会的风云变幻,主要为波兰读者展示了中华民国时期社会的黑暗腐败、光怪陆离以及社会中的芸芸众生。马烽、西戎的《吕梁英雄传》讴歌中国共产党领导全民族抵抗日本侵略者、不屈不挠的民族精神。

第二,翻天覆地、如火如荼的农村土地革命。茅盾的"农村三部曲"以其故乡桐乡、乌镇一带的农村为背景,讲述蚕丝业萧条引起农村破产,农民在饥饿中爆发抢粮风潮,最后在一年生计全无的绝望中终于自发起来进行武装斗争的故事,描写了旧中国农村变化和农民觉醒的全过程,深刻反映了中国农村阶级矛盾日益深化、农民迅速破产的悲惨命运以及他们一定会走上反抗道路的历史必然性。丁玲的《太阳照在桑干河上》描写土改运动从发动到取得初步胜利的过程,反映农村尖锐复杂的阶级斗争,揭示出各个不同阶级的不同精神状态。赵树理的《李有才板话》描写了抗战时期在改选村政权和减租减息斗争中,农民和地主之间的复杂尖锐斗争。此外,赵树理的《李家庄的变迁》、周立波的《暴风骤雨》也是以农民斗争为主题。

第三,热情洋溢、积极进取的社会主义建设。草明的《原动力》描写了"中国工人阶级的生活和斗争,他们对待工作的态度,以及对建设解放后的民主国家的热情"①。徐怀中的《我们播种爱

---

① Cao Ming, *Źródło siły*, tłum. Wanda Jankowska, Wydawnictwo Czytelnik, Warszawa, 1951, s. 5.

情》作为中国当代文学中第一部以西藏人民生活为题材的长篇小说,吸引波兰读者目光。这部作品描写了新西藏的建设者们对这片虽然贫瘠却前途远大的土地的挚爱之情,对虽然贫穷落后却善良勤劳的藏胞的热爱。对于包括波兰人在内的所有欧洲人来说,西藏都是一个充满神秘色彩、令人向往的地方,这里发生的历史性变迁和作者所塑造的极富时代精神的人物形象,尤其受到波兰读者喜爱。

第四,苦难深重的底层人民的悲惨境遇。鲁迅的短篇小说《故乡》通过"我"回故乡的所见所闻,反映辛亥革命前后农村破产、农民生活困苦的现实,以及劳苦大众所受到的精神上的束缚、人性的扭曲、人与人之间的冷漠和隔膜。老舍的《骆驼祥子》描述20世纪20年代军阀混战时期人力车夫祥子所代表的旧社会劳苦大众的悲惨命运。他的另一部中篇小说《月牙儿》讲述了旧社会母女二人先后被迫堕落为娼的故事,展示了一个女性对强加于她的不公命运从惊恐、困惑、抗拒到最终屈服的全过程。贺敬之、丁毅创作的《白毛女》通过杨白劳和喜儿父女两代人的悲惨遭遇,深刻揭示了地主和农民之间的尖锐矛盾,愤怒控诉了地主阶级的罪恶,热烈歌颂共产党和新社会,形象说明"旧社会把人逼成'鬼',新社会把'鬼'变成人"的主题。

第五,知识分子的苦闷、反思和觉醒。鲁迅在其著名散文《风筝》中,由北京冬季天空中的风筝联想到故乡早春二月时节的放风筝,在淡淡的乡愁之中联想儿时往事:作为兄长的他对所谓没出息的酷爱风筝的弟弟的惩罚。作者从中体会到中国老百姓对封建道德奴役、家长式的专制制度的不觉醒,因而倍感改造"国民性"任务之艰巨。郭沫若的诗歌《雨后》则表达了诗人面对20世纪20年代的中国现实的失望和痛苦,以及对光明未来的向往。老舍的小说《离婚》是作家抒发人生悲感的重要作品,展现了20世纪30年代社会转型期的知识分子特殊的心路历程和艰难选择。

反映"文革"对知识分子伤害的《绿化树》聚焦于下放到农场的知识分子的苦难遭遇，通过忏悔、内疚、自责、自省等一系列人物内心活动描写，对饥饿、性饥渴和精神世界困顿等问题进行深入思考，赞扬了朴素的劳动人民。《芙蓉镇》则将笔触指向农民的生活，揭露极"左"思想和"文革"的危害，歌颂十一届三中全会路线的胜利。《芙蓉镇》的译者博格丹·古拉尔赤克指出，要想理解新中国迄今为止虽然短暂但风雨飘摇的四十年命运，《芙蓉镇》是十分关键的、不可缺少的"通行证"。古拉尔赤克在《芙蓉镇》译本的序言中，非常简洁地对中国 20 世纪 80 年代作家做出了整体性评价，提出了有关"文革"与中国现当代作家创作之间的联系的思考：

> 古华的作品与普通人的日常生活紧密相连，是中国乡土文学作家中最优秀的代表人物之一。王蒙是用词和风格大师，可以说是中国仍在世的作家中最杰出的一位。张贤亮成功勾勒了现代中国命运的全景图。王蒙、张贤亮、古华、张洁、刘心武、蒋子龙、陆文夫等是中国现代文坛最重要的作家，他们中除了较早成名的王蒙和陆文夫，其他人都是在"文革"中崭露头角的。他们擅长书写不同主题，例如作家张洁曾凭女性题材文学作品获得诸多奖项，陆文夫则和他的家乡苏州有着密不可分的联系，刘心武和北京也是如此，他们都善于书写自己家乡的城市生活。蒋子龙在写了几部典型的工厂生产小说后，开始写蛇神，将现代与古老传说和迷信结合在一起。所有这些作家都有一个共同的突出特点，那就是都经历过"文革"和"左倾"。这样的生活经历自然而然地投射在了他们的创作之中。①

---

① Gu Hua, *Miasteczko Hibiskus*, tłum. Bogdan Góralczyk, Kraków：Wydawnictwo Literackie,1989,s. 285.

七、中国文学的传播平台

第二次世界大战后,波兰尤其是华沙大学的汉学家们,不仅倾心于中国文学的译介与研究,还作为波兰东方学会的成员积极推动学术期刊建设。早至 1949 年,由波兰东方学会主办、华沙大学东方学院承办的《东方观察》正式发行。该刊语言为波兰语(附英语摘要和目录),始为年刊,1953 年改为季刊。主要集中刊载有关亚洲各国的文章、评论、文学译作和学界大事记,内容涵盖语言学和语言研究、文学研究、历史文化研究、宗教和宗教史研究、地区研究等多学科领域,是为波兰传播推广中国文学译介和研究成果的主要阵地和重要平台。

同时随着时代发展,与此前主要靠个人印刷社出版发行文学译介成果显著不同的是,人民波兰时期的专业出版社逐渐成为传播推广中国文学译本的主体。相关出版物具有浓厚的意识形态倾向和色彩,表现出对各国进步文学作品情有独钟的时代特征。

(一)读者出版社(Wydawnictwo Czytelnik)

读者出版社成立于 1944 年,是战后波兰最早成立的出版社,主要出版文学及人文题材作品。该社成立之初,遵从民主和进步原则,积极贯彻人民波兰的国家文化政策和教育政策,以提高波兰社会对政治问题的整体认知水平为目标,希望让广大普通民众获得更多政治、社会、经济、文学、艺术以及通识科普知识。出版物包括教材、大众文学、杂志期刊等,旨在不断扩大阅读范围。从 1950 年起,该社转为聚焦于文学作品,起初主要出版 19 世纪经典文学著作,很快成功聚集起一批当代知名作家并发表他们的新作。

出版社历任负责人同人民波兰当局关系紧密,出版活动受人民波兰意识形态和政策影响。其创始人耶日·博雷沙(Jerzy Borejysza,1905—1952)为波兰统一工人党党员,1945—1948 年负责管理读者出版社,促推该社成为人民波兰的文化中心。1946—

1947 年在任社长卡齐米日·鲁西内克(Kazimierz Rusinek,1905—1984)为波兰社会党①党员,曾任波兰劳动及社会保障部部长、波莫瑞和波兹南地区劳动委员会书记、化工业总工会管理局成员、文化与艺术部部长,是波兰统一工人党中央委员会候补委员。1947—1952 年在任社长亚当·拉帕茨基(Adam Rapacki,1909—1970)曾是波兰众议院议员、波兰统一工人党中央委员会政治局委员、高等教育及科学部部长、外交部部长、航运部部长,在二战后领导了波兰经济社会重建、加强基础设施建设、发展科学教育和文化事业等多方面工作。

20 世纪 50 年代后,读者出版社社长始由文学家担任,这也是出版社转向出版文学作品的体现。波兰著名小说家、诗人、散文家、翻译家雅罗斯瓦夫·伊瓦什凯维奇长期担任读者出版社社长(1952—1980),他四次获诺贝尔文学奖提名,曾任波兰文联主席。著名作家、诗人、评论家耶日·普特拉门特在 1980—1986 年担任社长,他是波兰统一工人党党员、波兰众议院议员、波兰文联总会执行委员、国家青年学术联合会成员,曾于 1947—1950 年任波兰驻法国大使。这两位文学大家对出版社译介选择产生过深远影响。

(二)国家出版社(Państwowy Instytut Wydawniczy)

国家出版社于 1946 年成立,初衷是建立一个秉持执政党意识形态的出版社。该社很快吸纳了一批小说家、诗人、散文家、专栏

---

① 波兰社会党(Polska partia socjalistyczna,缩写为 PPS),波兰社会主义政党,成立于 1892 年。成立之初发布的《巴黎纲领》(Program paryski)是该党的第一份思想文件,宣布波兰社会党是波兰工人阶级的政治组织,坚持民主社会主义,首要目标是为无产阶级夺取政权。波兰社会党曾以伊格纳齐·达申斯基(Ignacy Daszyński,1866—1936)为首组建了波兰第二共和国的第一届临时政府,在波兰人民共和国和波兰第三共和国时期也积极参与国家政治事务。与波兰工人党合并为波兰统一工人党后,波兰社会党基本处于流亡状态,1987年,同名政党成立,试图维持原党的传统。

作家和编辑,其出版物呈现出知识精英特色,所出版的文学作品范围广泛,包括古代和当代、波兰和世界各国著名文学家的作品。同时出版有大量历史学、非诗体文学等人文科学领域书籍。1989 年之前,国家出版社同读者出版社和文学出版社(Wydawnictwo Literackie)并列为波兰三大文学出版社。

（三）**知识书籍出版社**（Wydawnictwo „Książka i Wiedza"）

知识书籍出版社 1948 年在华沙成立,由波兰统一工人党活动家创立的书籍出版合作社和隶属于波兰社会党的知识出版社合并而成。在整个人民波兰时期,该社是马克思主义文学的主要出版商,出版有马克思、恩格斯、列宁的经典著作和斯大林等当代马克思主义理论家和领导人的作品,其中《全联盟共产党简史》(*Krótka historia WKP*)发行量尤其巨大。该社还出版马克思主义研究和社会主义思想馆藏系列作品。

（四）**火花出版社**（Wydawnictwo Iskry）

1952 年火花出版社成立,其前身是华沙知识书籍出版社青年部,起初名为"火花"国家青年出版社,在战后已存在数年。其社名承继自二战前出版的系列丛书"火花文库"(Biblioteka Iskier)和广泛发行的周刊《火花》。该社主要针对年轻人出版各类书籍,涵盖纯文学作品、报告文学、新闻报道、科普文学、旅游指南和教育书籍。

第二节　中国接受波兰文学"鲁迅模式"的延续

1949 年 10 月 7 日,波兰共和国与新成立的中华人民共和国正式建立外交关系,成为继苏联后首个与新中国建立外交关系的国家。20 世纪 50 年代,同属社会主义阵营的中国和波兰文化交往日益密切,这一良好局面一直持续到 20 世纪 60 年代初。此后虽然中波关系经历了一些波折,但中国译介波兰文学的热情一直持续到了 1964 年。在此期间,中波文学出现了几次现象级的交流,延续了中国接受波兰文学活动的"鲁迅模式"。

一、密茨凯维奇译介热潮

在第二次世界大战中,中国和波兰都遭受了巨大损失,两国人民也承受了深重苦难。战争结束后,无论是中国还是波兰,对革命战争叙事的兴趣水到渠成。中共中央宣传部原副部长、中国文联主席周扬在新中国成立前夕召开的中华全国第一次文代会上,鼓励作家创作革命战争题材的文学作品时说:

> 假如说在全国战争正在剧烈进行的时候,有资格记录这个伟大战争场面的作者,今天也许还在火线上战斗,他还顾不上写,那么,现在正是时候了,全中国人民迫切地希望看到描写这个战争的第一部、第二部以至许多部的伟大作品!它们将要不但写出指战员的勇敢,而且还要写出他们的智慧、他们的战术思想,要写出毛主席的军事思想如何在人民军队中贯彻,这将成为中国人民解放斗争历史的最有价值的艺术的记载。[①]

周扬的讲话反映了当时中国官方对创作革命战争题材文学作品的热切期待,这种期待同时也影响到了中国的译者和出版社对外国文学作品的选择,而战争题材长篇小说中的革命浪漫主义成为在中国尤为肯定的创作意旨。

因此,在这一时期,波兰浪漫主义诗人的杰出代表、政治家、革命家亚当·密茨凯维奇最受中国人关注。密茨凯维奇作为波兰最伟大的浪漫主义诗人之一,与尤利乌什·斯沃瓦茨基、齐格蒙特·克拉辛斯基并称为波兰浪漫主义三杰,并被公认为成就最高。密

---

① 周扬:《周扬文集》(第一卷)。北京:人民文学出版社,1984,第 529 页。

茨凯维奇不仅是伟大的民族诗人、政治活动家,更是18—19世纪波兰民族解放事业的精神领袖。

表 3.4:1950—1977 年中国翻译出版的密茨凯维奇作品

年份	作品	译者
1950	《塔杜须先生》	孙用
1954	《密茨凯维支诗选》	孙用
1955	《塔杜施先生》	孙用
	《致我的俄国朋友们》	景行、孙用
	《统帅之死》	孙玮
	《航海者》	孙玮
	《林中的幽会》	孙玮
	《晨与夜》	孙玮
1958	《歌谣选》	孙用
	《康拉德·华伦洛德》	景行
	《密茨凯维支诗选》	孙用、景行
1962	《论浪漫主义诗歌》	林洪亮
1976	《先人祭》	易丽君

密茨凯维奇 1798 年 12 月 24 日出生在立陶宛诺伏格罗德克(Nowogródek)一个清贫的波兰小贵族家庭。1815 年进入维尔纽斯大学学习,毕业后在科夫诺(Kowno)的一所乡镇学校任教。他是秘密爱国组织"爱学社"①的发起人之一,和当时一群志同道合的进步青年一起组织各种爱国文化活动。后遭沙皇当局逮捕,1823—1824 年被囚禁在维尔纽斯圣巴西勒修道院。1824 年起被

① 爱学社(Towarzystwo Filomatów)是维尔纽斯大学的一个秘密学生组织,活跃于1817—1821 年。该组织由 6 名互为好友的学生组建,约 20 名成员参与。爱学社的初衷是进行自我教育、互助学习和写作练习,学社成员聚会讨论学术话题、分享书籍或尝试写作,除此之外,爱学社成员也从事社会教育工作,希望以此提高社会道德水平,巩固民族认同感。1823—1824 年,俄政府对该社团进行调查,部分成员被关押或流放,爱学社就此终结。

判流放,先后在俄罗斯中部、敖德萨、莫斯科和圣彼得堡居留,并跻身俄国进步知识分子中的精英阶层。1829 年开始在欧洲旅行,先后游历德国、瑞士和意大利,与国际艺术界建立密切联系。在1830 年波兰爆发十一月起义后,他试图回国但未获成功。从 1832年起,密茨凯维奇住在巴黎,在洛桑和罗马停留期间试图为"民族之春"解放运动争取教皇庇护九世的支持。

虽然长期旅居异乡,但密茨凯维奇积极参与同祖国有关的公共活动。他与文学协会①等组织合作,1833 年开始担任《波兰巡礼者》(Pielgrzym Polski)②杂志的编辑和专栏作家。1840 年供职于法兰西公学院新设立的斯拉夫文学系,与儒勒·米什莱(Jules Michelet,1798—1874)和埃德加·基内(Edgar Quinet, 1803—1875)一起在学院里组成反对七月王朝的民主派。1848 年在罗马居留期间,密茨凯维奇组建了波兰志愿军团③,为伦巴第而战,所著《原则的构成》(Skład zasad)一文阐述了其目标和方案。后与一

---

① 文学协会,指巴黎历史文学协会(Towarzystwo Historyczno-Literackie w Paryżu),波兰移民于 1832 在法国巴黎成立的波兰政治文化协会,旨在收集早期波兰王国的有关资料,以唤起其他国家对波兰的同情。密茨凯维奇主要负责历史、文学的编纂工作。

② 《波兰巡礼者》是 1832—1833 年流亡巴黎的波兰知识分子编辑出版的一本进步杂志。1830 年波兰十一月起义失败后,波兰贵族、起义军、政府成员、政治家、作家、艺术家、知识分子以及后来加入的来自俄罗斯占领地区的难民流亡欧洲,法国(主要是巴黎)成为这些移民的中心。这股移民潮深具爱国政治意义,移民中的知名人士包括密茨凯维奇、斯沃瓦茨基、克拉辛斯基、弗雷德里克·肖邦等。在西欧的言论自由氛围下,波兰的文学、政治评论和浪漫诗歌等创作蓬勃发展,相关作品透露出的爱国和进步精神在整个 19 世纪令波兰深受熏陶。而从民俗音乐中汲取灵感来源的肖邦,其音乐创作对民族精神发展起到巨大作用。

③ 波兰志愿军团,又称密茨凯维奇军团(Legion Mickiewicza),密茨凯维奇于1848 年 3 月在罗马成立的军事部队,以民族和宗教平等、公民平等、农民权利和妇女平权为口号,提出了选举官员、平等分配土地的原则,号召泛斯拉夫民族合作,主要任务是参加意大利解放战争,支持西欧的革命运动,曾参与在伦巴第、热那亚和罗马等地的战斗。

群法国人和移民者一起创办了讨论激进社会计划的《人民论坛报》(La Tribune des Peuples)，因沙俄驻法使馆干预被迫停刊。1851年法国爆发路易·波拿巴政变之后，密茨凯维奇遭到警察严密监管。法国加入克里米亚战争后，诗人还进行了他的最后一次爱国主义行动——为组建波兰志愿军团对抗沙俄而努力，但就在他为此于1855年9月抵达君士坦丁堡后意外辞世。

密茨凯维奇留下了诗歌、史诗、诗剧、散文等丰富而宝贵的文学遗产，还有许多片段以及未完成的作品。他1822年发表的《诗歌集》(Poezje)第一卷被认为是波兰浪漫主义文学的开端。在这本诗集的前言和歌谣《浪漫性》(Romantyczność)中，他提出了一个新的文学纲领——取材于民间信仰和幻想，用炽热的情感和想象压倒"智者的冷静理性"，敏锐地感知自然和"不可见"的存在。在密茨凯维奇的同类诗歌中，体裁间的死板界限被打破，民间故事、民谣和对民族传统的热爱都被运用到了创作之中。1823年，《诗歌集》第二卷问世，其中包含了《先人祭》的第二和第四部分以及历史长诗《格拉席娜》①。1832年，《先人祭》第三部在诗人旅居德国德累斯顿期间创作完成，同之前发表的第二和第四部分一起构成了这部结构松散、风格多样的浪漫主义经典诗剧。

1834年，密茨凯维奇文学成就最高的长诗《塔杜施先生》在巴黎出版。这部作品又名《立陶宛的最后一次袭击》或《1811至1812年的乡绅历史》。诗人借鉴历史小说、诗体小说、史诗和叙事诗等文学传统，创造出一种在文学中独一无二的"民族诗歌"。其重要作品还包括写于1839—1840年间的《洛桑抒情诗》(Liryki lozańskie)，其中的一系列诗歌充满了与自然天人合一的神秘感，包含对时间、永恒和转瞬即逝的深入思考。

---

① 即《摩罗诗力说》中提到的《格拉苏娜》。

密茨凯维奇的作品对波兰文化的集体意识、文学和艺术等方面都产生了持久影响。两百年来，其作品一直是波兰文学教育和爱国主义教育中的重要内容。其诗歌影响了波兰文学的语言和想象力，甚至影响了波兰人的日常用语。19—20世纪的波兰文学作品充满了对密茨凯维奇作品的隐喻、引用或暗示。他的作品给斯沃瓦茨基、博莱斯瓦夫·普鲁斯、斯坦尼斯瓦夫·维斯皮安斯基和塔德乌什·热罗姆斯基等著名作家带来了灵感。当代诗人切斯瓦夫·米沃什和塔德乌什·鲁热维奇等人亦会引用他的作品。

在中国，密茨凯维奇的诗作《青春颂》颇受关注。《青春颂》将青春视为新世界和新现实到来的原因，这个新世界由年轻人创造，他们的目标比前人更高，并准备采取共同行动，为他人做出牺牲。继鲁迅在《摩罗诗力说》中高度赞扬密茨凯维奇的革命精神并翻译《青春颂》之后，1929年石心根据法语翻译了《青春的赞颂》，即密茨凯维奇的《青春颂》，发表在《奔流》刊物上。同年《奔流》还发表有孙用根据世界语翻译的两首诗《三个布德利斯》(*Trzech Budrysów*)和《一个斯拉夫王》(*Król słowiański*)。如前文所述，20世纪初中国尚处于半殖民地半封建社会，深受西方人压迫欺凌，《青春颂》呼吁重获独立和寻求自由的思想引发中国读者的浓厚兴趣和强烈共鸣。20世纪50年代，孙用再次将《青春颂》这首诗从英语翻译为中文发表。

孙用是中国著名编辑和翻译家，一生追随其师鲁迅的足迹，并实现了鲁迅的心愿和自己多年的追求，在翻译密茨凯维奇作品方面取得了巨大成就。1950年，孙用翻译的长篇史诗《塔杜须先生》由文化工作社出版，是该作品在中国的第一个译本，并于1955年由人民文学出版社再版。孙用以散文体译出的这部作品，是根据美国诺伊斯教授(George Rapall Noyes, 1873—1952)所译的英语散文版和波兰世界语学者安东尼·格拉鲍夫斯基(Antoni Grabowski,

1857—1921)①所译的韵文版为基础,文字优美流畅,具有很高的艺术水平。译作注释亦出自上述两个译本,略有删节,但对作者原注均以保留,体现了译者严谨的治学态度。② 孙用在为译本撰写的序言中介绍了密茨凯维奇生平和《塔杜施先生》,盛赞此作为"近代文学中独一无二的伟大的诗"。③

1955 年,时逢密茨凯维奇逝世 100 周年,联合国将其列为世界文化名人,中国文艺界也举办了一系列相关纪念活动。时任中国科学院院长、中国文联主席郭沫若,中国作协主席茅盾都发表演讲,高度赞扬密茨凯维奇为争取民族独立的斗争以及为欧洲浪漫主义文学发展所做出的贡献,《人民日报》《光明日报》《文艺报》《小说月报》等重要报纸和杂志也刊登了许多纪念密茨凯维奇的文章。《译文》5 月号专编特辑,发表密茨凯维奇诗选,其中有景行和孙用翻译的《致我的俄国朋友们》(*Do przyjaciół Moskali*),孙玮翻译的《统帅之死》(*Śmierć pułkownika*)、《航海者》(*Żegluga*)、《林中的幽会》(*Widzenie się w gaju*)、《晨与夜》(*Ranek i wieczór*)等。

1955 年 5 月 3—4 日,《光明日报》《人民日报》相继刊登孙用题为"波兰伟大诗人密茨凯维支的一生"的纪念文章,《文艺报》1955 年 9 月和 10 月号上刊登了孙用评述密茨凯维奇生平和创作的文章《波兰最伟大的诗人密茨凯维支》。孙用写道:

> 密茨凯维奇一生所经历的是监禁、放逐、流放,然而他决不屈服。贯穿他的生活和创作的只有一个理想:为祖国、为人

---

① 安东尼·格拉鲍夫斯基是一名波兰工程师,也是首批世界语诗人,被称为"世界语诗歌之父"。第一次世界大战期间,格拉鲍夫斯基和逃亡俄罗斯的家人分开,逃亡过程中由于生病孤独地回到了华沙,也是在这个时候,他把密茨凯维奇的史诗《塔杜施先生》翻译成了世界语。

② 译文来历及翻译经过参见密子吉维支:《塔杜须先生》,孙用译。上海:文化工作社,1950,《后记》第 427—428 页。

③ 密子吉维支:《塔杜须先生》,孙用译。上海:文化工作社,1950,第 9 页。

民而奋斗到底。他不但在生前遭受异国的迫害,连死后也受本国反动派的敌视。他们对于他的生活和作品都要加以歪曲和扭杀。一直到了民主的自由的新波兰成立以后,他的理想这才实现了。①

文末,孙用引用了波兰人民共和国主席贝鲁特在密茨凯维奇诞辰 150 周年纪念大会上的讲话,强调了密茨凯维奇紧密联系群众、厚植生活的创作理念:

> 密茨凯维奇现在是将来也是与人民很密切的,因为他的著作和生活永远深深地接触到社会的和人民的情感。他的诗作,尽管达到了艺术的最高度,却依然为人民大众所了解。他的语言不但美丽,而且简单,在他的作品中,许多从体验和感觉得来的东西,正是过去或现在千百万普通人的感觉和体验。②

著名诗人吕剑在《人民文学》上发表文章《纪念密茨凯维支》,高度评价密茨凯维奇作为浪漫主义诗人在文学上的巨大成就,将密茨凯维奇在世界革命舞台上作为争取民族独立解放斗士的地位提到了一个新高度,称其"是一位伟大的诗人,一位勇敢的革命活动家,一位伟大的人民的天才","他不是夜莺而是号角,他的诗,不是盆景而是武器","他期待全人类的自由,他反对暴政和奴役,反对侵略和压迫,他诉说一切被污辱与被损害的人们的命运。他对于人民的斗争,对于未来,充满了坚定的信心","在反对战争保卫和平的伟大斗争中,在被压迫民族争取自由摆脱奴役的斗争中,在争取社会主义胜利的和平劳动中,密茨凯维支是人们的真正的伟大的兄弟和朋友"。③

---

① 孙用:《波兰最伟大的诗人密茨凯维支》,载《文艺报》1955 年 9、10 月号。
② 孙用:《波兰最伟大的诗人密茨凯维支》,载《文艺报》1955 年 9、10 月号。
③ 吕剑:《纪念密茨凯维支》,载《人民文学》1955 年 5 月号第 67 期。

其实在 1954 年,孙用翻译的《密茨凯维支诗选》就由作家出版社出版,是中国第一次结集出版密茨凯维奇的诗歌,收录了 32 首诗,包括《克里米亚十四行诗》(*Sonety Krymskie*)和抒情诗、叙事诗各 6 篇。1958 年,人民文学出版社出版了孙用和景行合译的《密茨凯维支诗选》,收录了十余篇歌谣和数十篇杂诗,包括《克里米亚十四行诗》、《格拉席娜》、《康拉德·华伦洛德》(*Konrad Wallenrod*)、《彼得大帝的纪念碑》(*Pomnik Piotra Wielkiego*)等。诗集中的大部分诗歌从英译本译出,但其中《希维德什》(*Świteź*)、《青年和姑娘》(即《青春颂》)、《歌》(*Ballada*)、《犹疑》(*Niepewność*)等四首由当时年轻的波兰语学者林洪亮直接由波兰语译出。这是中国人第一次从波兰语直接将波兰文学作品译成中文。孙用为诗集作序,介绍了密茨凯维奇的生平和创作,又在《后记》中逐一介绍或评析所选诗歌。同年,孙用还出版了《歌谣选》,收录《希维德什》、《希维德什扬卡》(*Świtezianka*)、《鱼》(*Rybka*)、《父亲的归来》(*Powrót taty*)、《特瓦尔陀夫斯基太太》(*Pani Twardowska*)、《百合花》(*Lilije*)、《青年和姑娘》、《总督》(*Farys*)、《三个布德利斯》和《逃》(*Ucieczka*)等诗作。与上一部诗集一样,孙用在书末对每首诗的创作背景和主要意旨做了注释。

20 世纪 50 年代,中波关系发展良好,两国政府决定互派留学生赴对方国家学习。易丽君、林洪亮、张振辉等首批中国留学生赴波兰华沙大学文学系留学,并在 20 世纪 60 年代学成归国后从事波兰文学翻译工作。也就是从这个时期开始,中国的波兰文学翻译活动从之前全部为转译逐渐过渡为直译。1962 年,林洪亮翻译了密茨凯维奇的重要论文《论浪漫主义诗歌》(*O poezji romanty-cznej*),发表在《古典文艺理论译丛》第四辑上。此文在当时虽然没有得到中国读者过多关注,但为中国的波兰语专家译介波兰文学开辟了新的道路。

二、克鲁奇科夫斯基大受关注

里昂·克鲁奇科夫斯基是波兰著名小说家、政论家和剧作家，也是伟大的共产主义活动家。作家 1900 年 6 月 28 日生于克拉科夫，1962 年 8 月 1 日卒于华沙。1920—1924 年在波军服役。大学毕业后曾供职于技术学校和工厂。1939 年参加波兰卫国战争后被德军俘虏。战后回国加入波兰工人党①，在克拉科夫创办著名的文学月刊《作品》(Twórczości)。他积极参加波兰左翼文化运动，1945—1948 年任文化与艺术部副部长，1949—1956 年任波兰作家协会主席，1951—1956 年任波兰对外文化合作委员会主席，1952—1956 年间任波兰议会教育、科学和文化委员会主席，1952—1956 年任国民阵线委员会主席团成员，1957 年 2 月起任国务委员。

克鲁奇科夫斯基于 1932 年出版他的首部小说《科尔迪安和乡下佬》(Kordian i cham)，这是波兰第一部具有革命倾向的小说，对密茨凯维奇、显克维奇书写的民族神话提出挑战，触动了波兰文学传统中最敏感的神经，被波兰人视为波兰文学的永久遗产。他后来创作的长篇小说《孔雀毛》(Pawie pióra)和《绝境》(Sidła)，对波兰社会和历史进行了独到的分析。

战后，克鲁奇科夫斯基的创作重心转向戏剧。1948 年，华沙波兰剧院上演其关注当代问题的戏剧《报复》(Odwety)，受到普通观众和艺术批评家们的热烈欢迎。两年后，在克拉科夫老剧院的

---

① 波兰工人党(Polska Partia Robotnicza，缩写为 PPR)，波兰社会主义政党，成立于 1942 年，由数个地下共产主义团体合并而来，同年以"致工人、农民、知识分子"的宣言形式在全国公布了该党的思想纲领，包括团结一切反法西斯力量、建立广泛的民族阵线，次年提出了最低纲领《我们为何而战》，该党成立初期的领导层结构、纲领文件和思想都受到斯大林的直接指示，外交上与苏联结盟。该党总书记为波兰政治家弗瓦迪斯瓦夫·哥穆尔卡。与波兰社会党合并为波兰统一工人党前，该党已经是拥有 100 万党员的大党派。

舞台上,上演了克氏最著名的戏剧《德国人》(*Niemcy*),引起轰动。该剧后来在近 20 个波兰舞台上演出,被译为 8 种语言在柏林及其他德国城市、维也纳、巴黎、布鲁塞尔、布拉格、布拉迪斯拉发、罗马、索非亚、伦敦、赫尔辛基和东京等地演出。《德国人》创作于1949 年,通过讲述德国生物学教授苏伦布鲁赫一家的经历,分析了纳粹意识形态在德国人民中迅速传播的原因。不问政治的苏伦布鲁赫无法想象自己的研究成果竟被纳粹用来屠杀无辜的人民;女儿鲁特是音乐家、爱国者,却被秘密警察杀害;大儿子在战争中被打死,小儿子却成了残酷无情的纳粹军官。战争的伤痛和家庭的不幸教育了苏伦布鲁赫,战后他投身于和平运动。故事的结局给人以启迪,具有明显的教育意义。

克鲁奇科夫斯基 1954 年创作的戏剧《罗森堡夫妇》(*Juliusz i Ethel*),讲述朱利叶斯和艾瑟尔·罗森堡夫妇的间谍案。罗森堡夫妇是冷战期间美国的共产主义人士,被控在苏联进行间谍活动,1953 年在纽约被处以极刑。整个冷战期间,在美国因被判决从事间谍活动而处以死刑的只有罗森堡夫妇。克鲁奇科夫斯基将罗森堡夫妇描述为政治阴谋的无辜受害者,歌颂了夫妇二人不怕牺牲的伟大精神。1961 年,克鲁奇科夫斯基最后一部剧作《总督之死》(*Śmierć gubernatora*)发表,对资本主义世界的伦理进行了分析,并将社会主义阵营的人道主义原则与之比较。

表 3.5:1950—1977 年中国翻译出版的克鲁奇科夫斯基作品

年份	作品	译者
1954	《罗森堡夫妇——朱理叶斯与伊斯尔》	李健吾
1955	《罗森堡夫妇》	冯俊岳
	《德国人》	李家善
1959	《克鲁奇科夫斯基戏剧集》	傅佩珩 等

1953 年,克鲁奇科夫斯基获得了"加强国际和平"斯大林国际奖金,引发中国文学界对这位波兰著名进步文学家的关注。翻译家庄寿慈以笔名"吕洁"撰文介绍克鲁奇科夫斯基的生平和创作,强调克鲁奇科夫斯基一直推崇波兰文学中的进步倾向,战后更致力于"创立渗透和平和进步思想的进步文学"。① 1954—1955 年,《罗森堡夫妇》的中文译本由法语翻译成中文在中国面世,译者分别是李健吾和冯俊岳。此外,李家善还翻译了《德国人》。吕洁高度评价《德国人》在波兰文学中的地位,称其是"现代波兰文学中最卓越的一部戏剧作品","提出了我们这时代最重要的一个问题:为和平而斗争"。② 1959 年,人民文学出版社出版了傅佩珩翻译的《克鲁奇科夫斯基戏剧集》,收录了《报复》《德国人》和《罗森堡夫妇》。同年《世界文学》发文介绍这部戏剧集,概述三个剧本的大体内容和创作思想,指出该书在波兰文学界的影响:"他的创作是与当前的现实生活紧紧地结合着的。他的澎湃的热情和毅力使他在保卫和平的斗争中成了一个卓越的战士,他的全部创作活动和社会活动,对于促进波兰社会主义文学的迅速发展是起了重大作用的。"③

应当看到,克鲁奇科夫斯基在二战期间和 20 世纪 50 年代之所以声名远播,主要是因为其大部分戏剧都与革命和反法西斯思想有关,同胜利的社会氛围相符。这也正是他的作品在战后的中国译者中受欢迎的主要原因。

---

① 吕洁:《列·昂·克鲁奇科夫斯基》,载《世界知识》1954 年第 3 期,第 35 页。
② 吕洁:《列·昂·克鲁奇科夫斯基》,载《世界知识》1954 年第 3 期,第 35 页。
③ 秦顺新:《介绍〈克鲁奇科夫斯基戏剧集〉》,载《世界文学》1959 年第 8 期,第 157 页。

三、现实主义文学地位凸显

表 3.6：1950—1977 年中国翻译出版的其他波兰文学作品

作者	年份	作品	译者
亨利克·显克维奇	1955	《显克微支短篇小说集》	施蛰存、周启明
	1956	《韩妮雅》	黄希哲、吴人珊
博莱斯瓦夫·普鲁斯	1955	《普鲁斯短篇小说集》	海观、庄寿慈
	1957	《前哨》	庄寿慈
		《孤儿的命运》	陈中绳
	1960	《傀儡》	庄瑞源
	1962	《普鲁斯论文学》	林洪亮
艾丽查·奥若什科娃	1956	《乡下佬》	张道真
	1957	《奥若什科娃短篇小说集》	施友松
	1959	《马尔达》	金锡暇
	1960	《久尔济一家》	余生
	1962	《论叶什的小说（节录）》	林洪亮
马利安·布兰迪斯	1954	《故事的开始》	方土人
	1955	《朝鲜孩子在波兰》	李叶
	1957	《意大利见闻》	安斯
弗瓦迪斯瓦夫·莱蒙特	1959	《莱蒙特短篇小说集》	金锡暇、施子仁
		《农民·卷一·秋》	吴岩
	1962	《农民·卷二·冬》	吴岩
W.娄姆凯维奇	1953	《解放了的土地》	冬青
塔德乌什·孔维茨基	1954	《新线路》	黄贤俊
史·彭塔克 等	1954	《新波兰短篇小说集》	江文琦
万达·玛尔科夫斯卡、安娜·米勒斯卡	1955	《鹦鹉讲的故事》	吴朗西
古斯塔夫·莫尔森尼克	1956	《约翰娜煤井》	陈正心
卡齐米日·布兰迪斯 等	1956	《在新的道路上》	韩世钟 等
雅宁娜·齐雅诺夫斯卡	1956	《赛车场边的人家》	梁俊青
埃德蒙德·尼济乌尔斯基	1957	《小淘气》	李家善
雅罗茨瓦夫·伊瓦什凯维奇	1961	《肖邦》	廖辅叔 等

这一时期中国对波兰小说的译介依旧延续了对显克维奇的关注。1955年,施蛰存、周作人(以笔名"周启明"署名)合作翻译出版《显克微支短篇小说集》,收录《炭画》、《为了面包》、《奥尔索》(*Orso*)、《酋长》、《误会的笑话》(*Komedia z pomyłek*)、《灯塔看守人》①、《一个普茨南家庭教师的日记》(*Z pamiętnika poznańskiego nauczyciela*)、《胜利者巴尔代克》8篇作品。另附有苏联时期翻译家聂姆庆斯基(Немчинский Яков Осипович)的《亨利克·显克微支》译文,介绍显克维奇的生平与创作。此文重点介绍显克维奇的中短篇小说,对其长篇历史小说持批评态度,称"俄国伟大作家列夫·托尔斯泰把显克微支的三部曲比作一块没有煮熟的肉,吃起来嚼不动,只好丢到桌子底下去。这部作品之所以会引起这样致命的批评,就是因为小说中缺乏历史的真实性和客观性","没有反映真实的人民生活"。② 译者选译苏联学者带有意识形态倾向的介绍文章并作为小说集附录,很大程度上体现了译者对显克维奇作品的价值判断,也从一个侧面解释了译者对作品的选择方向。1956年,文化生活出版社出版了黄希哲、吴人珊翻译的显克维奇短篇小说《韩妮雅》(*Hania*)。这是一部以爱情为主题的作品。主人公亨利克与赛林姆是从小玩到大的伙伴,两人性格迥异,亨利克忧郁敏感,赛林姆外向冲动。亨利克家的老仆人去世后留下孤女韩妮雅,亨利克成了她的监护人,并爱上了她。与此同时,赛林姆也对韩妮雅心生爱意,最终引发了一场两个人为韩妮雅决斗的风波。波兰文学批评家塔德乌什·扎布斯基(Tadeusz Żabski, 1936—2017)评称,这部描写爱情的小说独具特色,既不像西欧的罗曼史,也不像波兰传统的爱情小说,所描写的那种不圆满的爱情更像托尔斯泰或屠格涅夫

---

① 即前文提到的《灯台卒》。

② 显克微支:《显克微支短篇小说集》,施蛰存、周启明译。北京:作家出版社,1955,第362页。

笔下的作品。①

在这个时期,已在 20 世纪前半期受中国关注的波兰实证主义文学代表人物、现实主义文学创始人之一博莱斯瓦夫·普鲁斯和波兰的第二位诺贝尔文学奖得主、现实主义小说家弗瓦迪斯瓦夫·莱蒙特的作品继续得到较高关注。1955 年,海观和庄寿慈合作翻译了《普鲁斯短篇小说集》,收录了《回浪》(*Powracająca fala*)、《米哈尔科》(*Michałko*)、《顶楼上的房客》(*Lokator poddasza*)和《一件背心》(*Kamizelka*)4 篇作品。译者为文集作序,介绍普鲁斯的创作和生平。1957 和 1960 年,庄寿慈、陈中绳和庄瑞源先后翻译完成普鲁斯的长篇小说《前哨》(*Placówka*)、中篇小说《孤儿的命运》(*Sieroca dola*)和《傀儡》(*Lalka*,又译"玩偶")。此外,林洪亮还翻译了普鲁斯的文论《普鲁斯论文学》,收入《古典文艺理论译丛》(第四册)。1959 年,莱蒙特的四卷本长篇小说《农民》的第一卷由吴岩翻译出版,第二卷 1962 年出版。1959 年,人民文学出版社出版了金锡暇、施子仁合作完成的《莱蒙特短篇小说集》,收录了《母狗》(*Suka*)、《死亡》(*Śmierć*)、《汤美克·巴郎》(*Tomek Baran*)、《正义》(*Sprawiedliwie*)和《某日》(*Pewnego dnia*)。出版社编辑专门为小说集撰写序言,对莱蒙特的小说创作给予中肯评价,称其"无疑是最有天才的现实主义艺术家之一"②。同时认为莱蒙特创作思想具有阶级局限性,其早期长篇小说《福地》(*Ziemia obiecana*)将无产阶级遭受的悲惨命运归咎于外国资本家的残酷无情,寄希望于本国资本家道德水平的提高,忽视了剥削是资本主义的本质属性。在长篇小说《农民》中,莱蒙特又竭力缓和农村的阶级矛盾,"不懂得社会发展的历史法则,不能认识到无产阶级的伟大作

---

① Tadeusz Żabski, *Sienkiewicz*, Wydawnictwo Dolnośląskie, Wrocław, 1998, s. 54-56.

② 莱蒙特:《莱蒙特短篇小说集》,金锡暇、施子仁译。北京:人民文学出版社,1959,《前记》第 3 页。

用,他的世界观就不免有资产阶级的局限性……也不可能展望到农民积极参加革命斗争的胜利远景"①。这样的评述,显然同当时中国主流文学评价标准相符,体现出中国对波兰文学的批判性接受。

这一时期,同为实证主义代表作家的艾丽查·奥若什科娃亦有4篇(部)作品被译成中文,分别是《孤雁泪》②、《乡下佬》(Cham)、《久尔济一家》(Dziurdziowie)和论文《论叶什的小说(节录)》(O powieściach T. T. Jeża)。奥若什科娃是波兰实证主义时期著名作家、政论家和社会活动家,其小说丰富地描绘了一个时代的社会生活以及当时盛行的思想观念、宗教信仰还有人们的精神挣扎和生活苦难。作家1841年出生于米尔科什奇兹纳(Milkowsz-czyzna)一个具有爱国传统的波兰贵族家庭。早年遵从父母意愿成婚,和丈夫共同在卢德维诺夫(Ludwinów)生活期间,她首度参与社会生活并就社会生活形态进行公开论战。奥若什科娃的婚姻生活并不顺遂,离婚后与父母共同居住,这段时间对她成长为一名真正的作家至关重要。她在父亲典藏丰富的图书馆潜心研究18、19世纪的文学、哲学、社会学、经济学著作并开始写作,与华沙实证主义思潮主要阵地《插画周刊》(Tygodnik Ilustrowany)和《每周概览》(Przegląd Tygodniowy)建立联系。生活经历、阅读积累和社会阅历促使奥若什科娃主动加入实证主义者行列,她不仅赞同实证主义的政治观点,也注重维护浪漫主义爱国传统,对文学及其发展演变的认识也与实证主义相吻合。

她在创作初期积极参加华沙的文学论战,写就一系列文学评论和政论文章,大力宣传华沙青年派实证主义纲领,对现实主义小说发表了很多精辟见解,创作了许多属于倾向性小说范畴的作品,《孤雁泪》即在此列。后期随着马克思主义思想在波兰传播,工人

---

① 莱蒙特:《莱蒙特短篇小说集》,金锡嘏、施子仁译。北京:人民文学出版社,1959,《前记》第2—3页。
② 即前文提到的《马尔达》。

运动兴起,奥若什科娃拓展了对现实的批判深度和广度,进入创作鼎盛期。她这一时期的作品《乡下佬》等具有伦理道德和宗教色彩,着重反映城乡之间的贫富鸿沟、地主和资本家相互勾结、农村无产者受尽剥削和压迫等内容。1905 年和 1909 年,奥若什科娃两次获得诺贝尔文学奖提名。

这一时期还有一些反映波兰社会主义建设的作品被翻译成中文,包括马利安·布兰迪斯(Marian Brandys,1912—1998)的中篇小说《故事的开始》(*Początek powieści*)、塔德乌什·孔维茨基的短篇小说《新线路》(*Przy budowie*)、古斯塔夫·莫尔森尼克(Gustav Morcinek,1891—1963)的《约翰娜煤井》(*Schacht Jananna*)、卡齐米日·布兰迪斯(Kazimierz Brandys,1916—2000)的《在新的道路上》(*Na nowej drodze*)等。此外,几部描写儿童生活、体现童趣的中篇小说也进入了中国读者的视野,如马利安·布兰迪斯的《朝鲜孩子在波兰》(*Dom odzyskanego dzieciństwa*)、万达·玛尔科夫斯卡(Wanda Markowska,1912—1999)和安娜·米勒斯卡(Anna Milska,1909—1987)的《鹦鹉讲的故事》(*Księga Papugi*)、埃德蒙德·尼济乌尔斯基(Edmund Niziurski,1925—2013)的《小淘气》(*Księga Urwisów*)等。这些作品中描写的儿童生活与社会主义事业紧密相关,如《朝鲜孩子在波兰》讲的就是一群对斯大林、贝鲁特、金日成有着深厚感情的朝鲜孤儿在波兰一家孤儿院生活的故事。

总体而言,这一时期的翻译作品延续或承继了"鲁迅模式",继续将波兰文学看作弱小民族文学,更多关注意识形态而不是作品本身的文学价值,"通常是由出版社决定翻译外国文学作品,出版社选择作品的理由不仅是因为它们代表典型的波兰文化,还因为它们的译本符合意识形态要求和当时波兰文学中的艺术标准"①。这也就

---

① Yi Lijun,*Recepcja literatury polskiej w Chinach*,w:*Literatura polska w świecie*,t. III,*Obecności*,Wydawnictwo Gnome,Katowice,2010,s. 159.

解释了为什么一些并非最优秀的波兰文学作品当时在中国被翻译出版。

四、波兰文学汉译新时期的"报春燕"

1965—1975 年是波兰文学汉译的空白期,中国的外国文学译介和出版活动停止。这种状况在 1976 年发生变化,具体体现正是波兰文学名著《先人祭》的翻译出版。

1968 年 1 月,华沙民族剧院重新上演密茨凯维奇揭露沙俄残酷镇压波兰爱国青年的诗剧《先人祭》,场场座无虚席,引发轰动。当演员朗诵着剧中谴责沙俄的慷慨激昂的台词时,台下观众不禁同声朗诵起来。台上台下相互呼应,群情激奋。《先人祭》的演出成为广大群众发泄反苏情绪的机会,旋即波兰当局在苏联方面的压力下禁演该剧。当时以华沙大学学生为首的青年人发起了保卫《先人祭》演出的示威游行,遭军警镇压,引发震动整个波兰并深受世界关注的政治事件。消息传到中国,人们不禁要问,一部百余年前出版的浪漫主义文学名作怎会有如此强大的生命力和号召力呢?周恩来总理事后在有关会议上问在场的外交官们,有谁读过这部《先人祭》?结果全场鸦雀无声,无人应答。于是周总理指出,像这样广为群众接受的优秀文学作品,应把它翻译成中文。之后不久,人民文学出版社主管外国文学出版的孙绳武先生,找到了北京外国语大学的易丽君教授,希望她能够将《先人祭》翻译成中文。易丽君曾经在一次国际研讨会上表示:

> 密茨凯维奇的《先人祭》在我年轻时就深深吸引了我,我被其中伟大的诗句和全新的戏剧形式所震撼,但最打动我的是主人公自发的爱国主义精神和浪漫主义火焰、为远大理想而献身的精神以及与强权作斗争的决心。很久之前我就想翻译这部作品,最终有了这样一个机会:1970 年周恩来总理对《先人祭》很感兴趣并提议翻译这部作品,我接受

了这个任务,在农村小棚屋的煤油灯旁翻译完成了《先人祭》第三部。①

现有《先人祭》共分三部,即第二、第四和第三部。易丽君的丈夫、波兰文学翻译家袁汉镕先生回忆,考虑到第三部是《先人祭》整部的核心和灵魂,是它的力量之所在,也是篇幅最大、内容最丰富、思想境界最高、最能体现诗人的爱国情怀的一部,在当时可用于翻译的时间有限的情况下,易丽君教授便先从《先人祭》第三部入手进行翻译。易丽君在"文革"期间克服种种困难,从波兰语直接翻译成中文的《先人祭》第三部是一部质量极高的译本,1976年以"韩逸"为译者笔名,由人民文学出版社出版了这部作品,也是历经十年浩劫后中国出版的首部外国文学译本。时任中国社会科学院文学研究所所长何其芳读到这部作品后发出感慨说:"这是一只报春的燕子,是一朵报春花! 是一部写得好、译得好、出得好的文学作品!"不久,北京人民广播电台在文艺欣赏节目中播出了由中国青年艺术剧院演播的《先人祭》录音。以翻译《先人祭》为标志,中国人对波兰文学的翻译步入了一个崭新时期。

五、既有波兰文学形象的扩展和深化

从1949年中华人民共和国成立到"文化大革命"结束前夕,波兰文学作品被翻译成中文出版的数量与20世纪前半期相当。20世纪前半期的译作主要是发表在文学期刊上或被收录于文集中的短篇作品和少量中篇作品,而20世纪后半期的译介则以出版社单独发行的中、长篇小说为主。这一方面得益于新中国成立后政府和文化部门为丰富人民文化生活、提升民族文化素质,大力推

---

① Yi Lijun,*Recepcja literatury polskiej w Chinach*,w:*Literatura polska w świecie*,t. III,*Obecności*,Wydawnictwo Gnome,Katowice,2010,s. 162.

动外国文学翻译活动。另一方面是新文化运动以来,中国一代代知识分子积极投身于社会文化建设,他们薪火相传形成了一支高水平的翻译队伍。

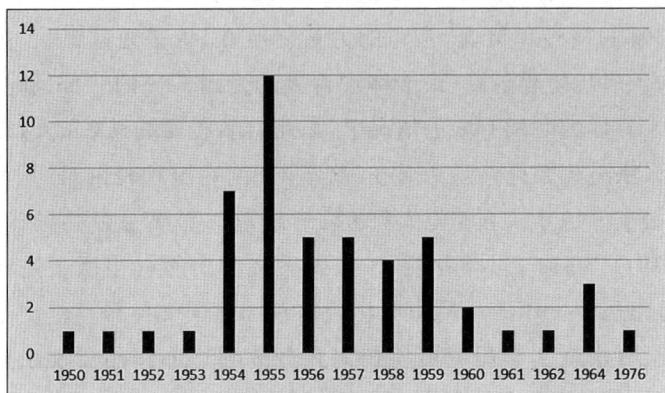

图 3.5:1950—1976 年中国出版的波兰文学译本数量对比

通过观察这一时期波兰文学汉译活动的发展轨迹,可以看到1955 年是波兰文学汉译的一个高峰,这主要是因为上文提到的纪念密茨凯维奇逝世 100 周年的相关活动。除了这一年,中国翻译出版波兰文学作品的数量在 1964 年之前基本上平均分布。之后"文革"期间中国的外国文学翻译活动几近中断,直到 1976 年《先人祭》第三部的译本出版,标志着中国的外国文学翻译活动重启,也开辟了波兰文学汉译的新时期。

1949—1976 年间中国的波兰文学汉译活动,不可避免地受到了战后种种文化思潮影响。首先,克鲁奇科夫斯基的戏剧彰显战后各国持续数十年的反法西斯主题。其次,与同时期波兰接受中国文学的选择类似,中国翻译家们翻译了一批讴歌社会主义建设、赞扬社会主义制度优越性的作品。例如马利安·布兰迪斯的《故事的开始》讲述了发生在 20 世纪 50 年代克拉科夫的新胡塔①建设,展现出了一幅人民波兰时期繁荣的社会图景;塔德乌什·孔维茨基的《新线路》讲述波兰铁路工人克服种种困难,完成铁路施工的先进事迹。这些作品在波兰文坛并不具有突出地位,其思想和诗学价值未得到波兰文学界普遍认可。其文学译本在中国的出现,是那个时代的特殊选择,有其必然性,也有其偶然性。

但优秀作品的价值并不会被遮蔽,这一时期最受关注、译介成就最高的依旧是波兰文学史上重要作家的代表作,包括小说、诗歌、诗剧等。这些作品历经时间考验,成为波兰文学遗产中的瑰宝,不断扩展、深化着20世纪前半期在中国读者视野中树立起来的波兰和波兰文学的形象。

（一）对国家独立、民族自由的渴望

著名波兰文学翻译家易丽君曾将密茨凯维奇称为"波兰浪漫主义文学运动的主帅,也是为民族解放事业奉献一生的斗士"②。20世纪后半期中国文艺界对密茨凯维奇作品的集中翻译以及对其生平和创作的评介将波兰文学争自由、求解放的精神内核深深地镌刻在了中国读者的脑海之中。孙用翻译的《塔杜施先生》被波兰人誉为民族史诗,以1811—1812年波兰军队随拿破仑大军进入立陶宛为故事发生的主要背景,通过描写两个波兰贵族家庭之间的爱恨情仇、纷争与和解,展示出波兰人在变幻莫测的政治风云

---

① 新胡塔(Nowa Huta),胡塔意为冶炼厂、钢铁厂。新胡塔是克拉科夫东北部的一个区,波兰最大的钢铁中心之一。新胡塔始建于1949年,占地约110.7平方千米。其建立是波兰人民共和国六年经济计划(1950—1955)的一部分,意在促进国家重建和快速实现工业化。整个区以中心广场为中心严格对称,除波兰最大的钢铁厂之一冶金联合企业工厂外,还设有教堂、图书馆等文化生活场所,在建筑风格方面也独具特色,既有克拉科夫式的建筑,也有新古典主义风格的建筑,但由于财政拮据,新胡塔存在一部分尚未完工的建筑群,这也形成了其独特的风格。

② 易丽君:《波兰文学》。北京:外语教学与研究出版社,1999,第74页。

中错综复杂的经历和心态。在密茨凯维奇的笔下,波兰贵族是爱国的勇士,他们恪守波兰文化传统,世代与外国侵略者英勇斗争。易丽君翻译的《先人祭》,则是波兰人反抗沙俄统治、追求民族自由和精神独立的战斗檄文。《先人祭》第二部展示的是立陶宛古老的召唤亡灵的民间祭祀仪式。那里的人们相信,有形世界和无形世界相互联系,是一个统一的整体。第四部主要袒露诗人心中的悲苦,倾诉对昔日情人的深深爱恋,表达对社会不堪现状的满腔悲愤,歌颂朴素、自觉的道德准则。第三部以密茨凯维奇同时代的现实为背景,故事发生在监狱牢房和沙皇官员的沙龙里,影射了沙皇对"爱学社"年轻人的监禁和审判。主人公、不幸的情人古斯塔夫转变为爱国者和反叛者康拉德,他在狱中的独白成为全诗的高潮。易丽君翻译的正是《先人祭》中的第三部,较诸第二、第四部有一个思想上的飞跃,将民族矛盾置于首位,燃烧着炽热的复仇和解放烈焰的诗剧展露的是崇高的爱国情感,集中地反映了沙俄当局的暴戾恣睢和诗人对民族叛徒的极端蔑视。此外,显克维奇的《韩妮雅》亦通过描写正直善良的主人和忠实的仆人之间融洽和谐的关系,反映昔日贵族风貌,展示波兰贵族的爱国之心和骑士精神。

(二)对女性觉醒、女性解放的呼唤

波兰实证主义文学的代表人物、波兰女权运动的积极推动者、女作家奥若什科娃的《孤雁泪》是她早期作品中最有影响的一部,体现了作家女性意识的觉醒。奥若什科娃用现实深刻的笔触,刻画女性走投无路的现状,提出了当时在波兰盛行的口号"女性要为自身生活做好准备"。小说主人公玛尔塔·希维茨卡出生在一个小贵族家庭,丈夫去世后失去经济来源,与四岁的女儿相依为命,过着一贫如洗的生活。那时在波兰社会中性别歧视随处可见,男性和外国人在劳动力市场更受欢迎。从小接受贵族教育的玛尔塔虽懂一点法语,会绘画和针线活,但尝试各种工作均遭失败。为了给生病的女儿买药吃,她不得不去偷窃,结果被警察追捕,最终惨死在马车的车轮之下。奥若什科娃笔下的波兰女性,为了生计不惜放弃尊严和理想,竭力谋求一份哪怕最低贱的差事,为了一分一文在粗陋的环境和轻蔑的目光中拼命工作。此外,部分女性在社会中还不得不扮演妖妇或附属品的角色。奥若什科娃在这部小说中不仅描写了旧时代女性的悲惨命运,表达了对她们的深切关怀和同情,更重要的是,她提出了一个尖锐的有关女性教育的问题。奥若什科娃批评当时波兰盛行的不切实际的教育方式,将女性的不幸遭际归咎于教育缺失。"作者在这里将妇女工作问题与教育问题紧密结合在一起,以如此强烈的震撼力触动波兰社会,告诉人们要去正视女性所受的劣质教育和由此而造成的妇女独立生活的艰难。"①

这部小说在 1873 年出版后,为奥若什科娃带来了巨大的国际声誉,让她从此成为波兰妇女解放运动的重要人物。对于自己的成功,奥若什科娃这样写道:

> 当《孤雁泪》问世时,在波兰女性中爆发了一场伟大的运动。我第一次收到陌生人的来信,信中不同社会背景、职业和年龄的女性感谢我创作了这部作品,她们向我征求意见,表达她们读罢此书受到的启发和被激发的热情。据说很多人读了这本书泪流满面,开始对自己的未来感到忧虑,纷纷开始了学习和工作。②

(三)反映百姓疾苦,揭示阶级矛盾

这一时期被大量译介的波兰作家大部分属于波兰实证主义时期和青年波兰时期的代表人物,如显克维奇、普鲁斯、奥若什科娃、

---

① 茅银辉:《艾丽查·奥热什科娃的女性观与创作中的女性问题研究》。北京:外语教学与研究出版社,2008,第 123 页。

② https://lubimyczytac.pl/ksiazka/23105/marta

莱蒙特等，他们的作品大多为现实主义、自然主义创作，通过描写农村问题、人生疾苦来反映城乡差距，揭示阶级矛盾。例如奥若什科娃的实证主义小说《乡下佬》，故事的主人公分别是市民弗兰卡和农民帕维乌，代表着各自所处的阶级。两个人物之间的联系多元而复杂。帕维乌正直善良，弗兰卡道德腐坏。人物冲突折射出城乡两个截然不同的世界之间的碰撞，农村积极向上的生活氛围与腐坏的城市生活形成了鲜明对比。作者不仅向读者展现了当时的社会现实，同时也惟妙惟肖地刻画出人物的心理活动。小说《久尔济一家》则在描写农民的愚昧、迷信和残忍的同时，给予他们深深的同情。小说的女主人公是一个保守偏见的普通农村姑娘，因为有一个做巫医的祖母而被人们认为会带来疾病和不幸。对她爱而不得的农村小伙子利用这一点伤害了她和她的爱人，最终受到了法庭的审判。奥若什科娃的这两部作品都反映了城乡之间巨大的贫富鸿沟，具有现实批判的深度和高度。

　　同为农村题材的自然主义小说《前哨》是普鲁斯的代表作，描画了处于巨大变革中的波兰农村图景。故事讲述了19世纪末的波兰农民约瑟夫·西里马克及其家人的命运。约瑟夫同妻子有两个儿子和一个养子，还有一个忠实的雇农。他是一个老实、勤劳的农民，只想着把自己分内的事情做好。但即便如此，他依旧没能抵挡得住时代变革的大潮。资本主义的发展、德国侵略者的占领让西里马克一家的生活发生了翻天覆地的变化。在这一时代背景下，人们都想着把自己在乡下的资产转手卖掉，然后搬到城里去。西里马克一家的土地成了德国侵略者眼中的香饽饽，西里马克却拒绝将自己的土地卖给德国侵略者，自此他的生活中接连发生了一连串不幸。作者将人看作自然的一部分，不完全认同达尔文"适者生存"的进化论，认为进化论并非社会发展的关键。尽管战争能够将弱者排除在外，但相比于此，合作显然是一种更为重要的方式。人们为了生存顽强抗争，社会道德和公序良俗显得尤为重要。

普鲁斯的另一部城市题材的长篇小说《玩偶》同样"深刻揭示了波兰19世纪70—80年代资本主义的发展和社会各阶层命运的变迁,描绘出一幅病态社会的全景画"①。主人公沃库尔斯基出身于破落贵族,为改变家庭现状发奋自学,终于考上了大学,但因为参加起义而被流放。归来之后,饥寒交迫的他不得已与新寡的杂货店老板娘结婚,在妻子死后继承了一笔遗产。俄土战争期间,他冒险去保加利亚做军需生意并发了大财,成了华沙举足轻重的人物。他资助穷人、爱护店员、挽救妓女、关心公益事业,深受贫苦人爱戴。不幸的是他在爱上道德堕落的贵族小姐伊莎贝拉的同时,又喜欢身处绝境的贵族妇女斯塔夫斯卡。他认为自己不配接受斯塔夫斯卡圣洁的爱情,而他所追求的伊莎贝拉只把他当作摇钱树和玩偶,甚至当着他的面与花花公子调情。痛苦不堪的主人公看透了贵族的无耻、虚伪,终于抛弃家产遁世而去。普鲁斯通过沃库尔斯基的悲剧揭示了波兰社会的病态,无情地批判腐朽没落的贵族阶级。

六、文学译介和传播活动"薪火相传"

20世纪后半期的波兰文学译本,绝大多数是由英语、俄语、德语、法语甚至世界语转译而来,中间译本的质量往往会对中文译本产生很大的影响。即便如此,这一时期还是产生了一批优秀的译作,这当归功于近40位译者抱持着对文学翻译事业的巨大热情,他们数十年如一日焚膏继晷,完成了许多经得起历史考验的佳作。

这一时期的翻译家,有一些是新文化运动时期就活跃在中国文坛的知识分子,他们在解放后继续孜孜不倦地工作,如施蛰存、周作人。其中尤其值得一提的是鲁迅的学生孙用(1902—1983)。

① 易丽君:《波兰文学》,北京:外语教学与研究出版社,1999,第103页。

孙用原名卜成中,浙江杭州人。自学英语和世界语,致力于翻译介绍各国进步文学,为中国的进步文化事业和国际文化交流做了许多工作,曾获匈牙利政府授予的劳动勋章和波兰密茨凯维奇纪念章。历任中国鲁迅研究室顾问、人民文学出版社编辑、中国作家协会会员、中国翻译家协会理事、中国世界语协会理事等职。为编注校印鲁迅著译和出版《鲁迅全集》做出重要贡献,是鲁迅研究专家。在最开始接触外国文学时,孙用还是一名杭州邮局的拣信员,业余从事文学翻译工作。1929 年 1 月,孙用翻译了莱蒙托夫的一组诗歌,试着投给杂志《奔流》,没想到很快收到了鲁迅先生的回信,译文也很快见诸《奔流》第一卷第九期。此后,鲁迅相继编校发表了孙用翻译的保加利亚、波兰、匈牙利作家的作品,其中就包括密茨凯维奇的《三个布德利斯》和《一个斯拉夫王》。从此,孙用便与鲁迅结下不解之缘,扶持文学新人孙用亦成为鲁迅关怀培养青年的范例,写就了中国文学史上的一段佳话。

此外,韩世钟、黄贤俊、庄寿慈等一些文学期刊、出版社的编辑也为波兰文学翻译做出了重要贡献。德国文学翻译家韩世钟1953 年毕业于南京大学外文系,擅长英语、德语,历任上海新文艺出版社、上海人民出版社、人民文学出版社上海分社、上海译文出版社编辑和出版社学术委员,是上海翻译家协会理事和中国外国文学学会理事。1990 年加入中国作家协会。2003 年获中国翻译家协会颁发的"资深翻译家"荣誉称号。黄贤俊也是德国文学翻译家,中国作家协会成员,历任文化部对外文化联络局译员、《光明日报》编辑,致力于保加利亚、罗马尼亚、波兰、德国文学作品翻译,先后从英文、德文翻译出版小说、诗歌、戏剧、传记约一百五十万字。庄寿慈在抗日战争期间即加入中华文艺界抗敌协会,后担任过苏联塔斯社驻南京、上海、北京分社编译,中国作协《译文》编辑部编辑。20 世纪 30 年代开始发表作品,1956 年加入中国作家协会,译著包括《普鲁斯短篇小说集》(合译)等。

另外还有一个译者群体本身就是作家,他们常常具有海外留学经历,回国后多在大学或研究所工作,并投身于外国文学翻译。例如著名作家、戏剧家、翻译家李健吾,1930 年毕业于清华大学文学院外文系,1931 年赴法国巴黎现代语言专修学校学习,1933 年回国后历任国立暨南大学文学院教授、上海孔德研究所研究员、上海市戏剧专科学校教授和北京大学文学研究所、中国科学院外国文学研究所研究员。曾任中国文联第四届委员,著有长篇小说《心病》等,译有莫里哀、托尔斯泰、高尔基、屠格涅夫、福楼拜、司汤达、巴尔扎克等名家作品,并有研究专著问世。

这一时期,中国产生了一股重要的波兰文学翻译的年轻力量,那就是新中国成立后第一批公派至波兰的波兰语言文学专业的留学生。他们于 20 世纪 50 年代从武汉大学等知名高校被选拔派往波兰华沙大学,经过一年语言预科学习和五年波兰文学专业研读,打下了坚实的波兰语基础,培养了深厚的波兰文学素养。学成回国后,他们先后在新闻机构、高等院校和研究所从事教学、科研工作,并利用业余时间潜心于波兰文学翻译。其中易丽君、林洪亮、张振辉成为新中国直接从波兰语翻译波兰文学作品的"三驾马车",开启了一个波兰文学汉译的崭新时代。

20 世纪上半期,波兰文学译本传播的主要阵地是《新青年》《小说月报》《译文》《奔流》等进步杂志,单独出版波兰文学作品的北新书局、商务印书馆分别只有 3—5 部译作问世,其他如亚东出版社、光华书局、北京书局、十日谈社、文学书店、文明书局、神州国光社等均只有 1 部译作出版。新中国成立后,传播波兰文学作品的平台发生了变化。1954—1959 年,克鲁奇科夫斯基戏剧在中国被译介和中国文艺界纪念密茨凯维奇逝世 100 周年这两个重要契机使得《戏剧》《世界知识》《人民文学》《人民日报》《文物资料参考》《北京大学学报》《世界文学》这些报刊分别发表过相关文章共计7篇。除此之外,传播推广波兰文学的重要平台是以人民文

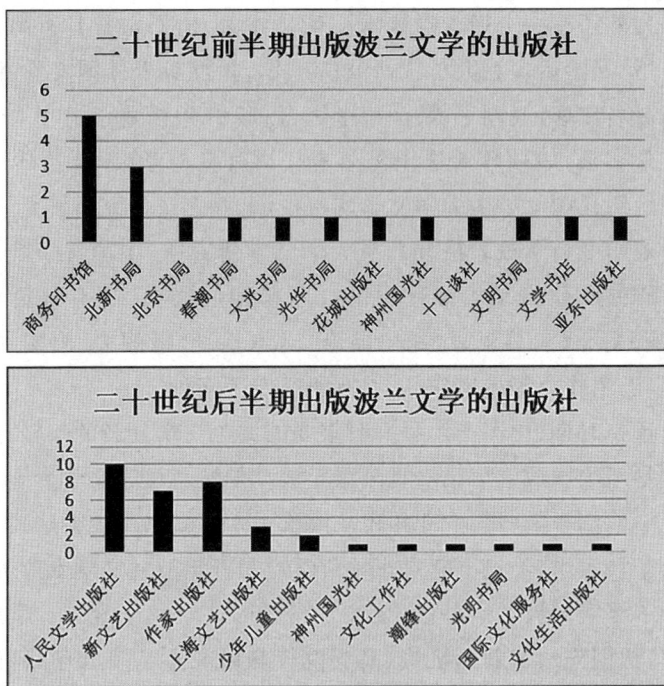

二十世纪前半期出版波兰文学的出版社

坐标值：6 5 4 3 2 1 0

商务印书馆、北新书局、北京书局、春潮书局、大光书局、光华书局、花城出版社、神州国光社、十日谈社、文明书局、文学书店、亚东出版社

二十世纪后半期出版波兰文学的出版社

坐标值：12 10 8 6 4 2 0

人民文学出版社、新文艺出版社、作家出版社、上海文艺出版社、少年儿童出版社、神州国光社、文化工作社、潮锋出版社、光明书局、国际文化服务社、文化生活出版社

图 3.6：20 世纪前半期和后半期出版波兰文学的出版社情况对比

学出版社为代表的一众出版社。据不完全统计，人民文学出版社不到三十年间出版了 10 部波兰文学译作。作家出版社和新文艺出版社紧随其后，分别有 7—8 部作品出版。此外，上海文艺出版社、少年儿童出版社、光明书局、国际文化服务社、文化生活出版社、潮锋出版社、神州国光社、文化工作社、文化生活出版社也参与到推广波兰文学的活动中来。

社会主义建设时期，为提高人民文化素质和艺术修养，繁荣社会主义文学艺术，满足人民的文化需求，国家相关部门提倡选编优秀外国文学作品，这成为中国出版界翻译出版事业的发展方向。1951 年 3 月，接受文化部领导的人民文学出版社在北京成立，系国家级专业文学出版机构。建立伊始即成立外国文学编辑部，

1959年又成立编译室。新文艺出版社和作家出版社分别成立于1952和1953年，出版波兰文学作品的活动主要集中在20世纪50年代。彼时中国文学创作和出版活动极为活跃，人民文学出版社出版了《塔杜施先生》《前哨》《歌谣选》《密茨凯维支诗选》《莱蒙特短篇小说集》《克鲁奇科夫斯基戏剧集》6部波兰文学作品及作品集，其他出版社亦有十数部作品出版。20世纪60年代，全国出版事业遭遇挫折，波兰文学译介亦走入低谷。20世纪70年代的前半期，出版工作受到严重干扰。至1976年人民文学出版社敏锐捕捉政治风向变化和时代需要，大胆邀请当时的青年译者易丽君翻译《先人祭》，成功将这部波兰文学名著引入中国出版，开启了波兰文学翻译在中国的一个新时期。

第四章　中波文学交流日益繁荣

历史的时钟进入 20 世纪 80 年代,中国对外国文学的关注逐渐复苏并持续升温,中波文化交流日趋热络。1987 年,时任中国文化部部长王蒙率代表团访问波兰,是 1953 年沈雁冰部长访波后时隔三十年中国文化部长再访波兰,开启了中波文化交流的新篇章。1989 年"波兰独立团结工会"在大选中获胜,波兰改国名为"波兰共和国"。1990 年"团结工会"主席莱赫·瓦文萨(Lech Wałęsa,1943—　)当选波兰总统,沃伊切赫·雅鲁泽尔斯基(Wojciech Jaruzelski,1923—2014)领导的"波兰统一工人党"退出政治舞台,波兰走上了政治、经济、社会全面转型的道路,也带来了文化界的新气象,波兰文学很长一段时间以来第一次从意识形态和政治任务中解放出来。

改革开放的中国在体制改革、经济发展的同时,大力推动文化建设,积极开展文化交流。全面转型的波兰,思想更加开放,社会更具活力,文化愈加包容。两国在文化发展的快车道上昂扬前行,共同开创了一个中波文学交流的"新时期"。

第一节　中国文学在波兰的接受推陈出新

20 世纪 90 年代的波兰社会发生了一系列变革,给波兰文艺界带来了诸多变化。波兰文艺界通常将 1989 年视作波兰战后历史中最重要的转折点。1989—2014 年,波兰文化部(不同时期名称不同:文化艺术部、文化部、文化与民族遗产部)组织领导在波兰文化领域制定、实施了一系列转型政策,设立多种文化推广机构,积极参与国际文化交流。在文学领域,废除了受苏联影响形成的严格的书报审查制度,人们开始重新审视波兰战后文学的价值,新一代年轻作家开启了波兰文学创作的新阶段。在这样一个承上启下的转折时期,波兰为应对政治体制改革带来的诸多变化以及经济发展转型对社会生活造成的种种影响,在国内重建文化生活秩序成为文化领域的主要任务,与此同时,对外文化及文学交往同波兰与世界各国关系发展并行不悖,以一种温和而有序的节奏稳步前进。

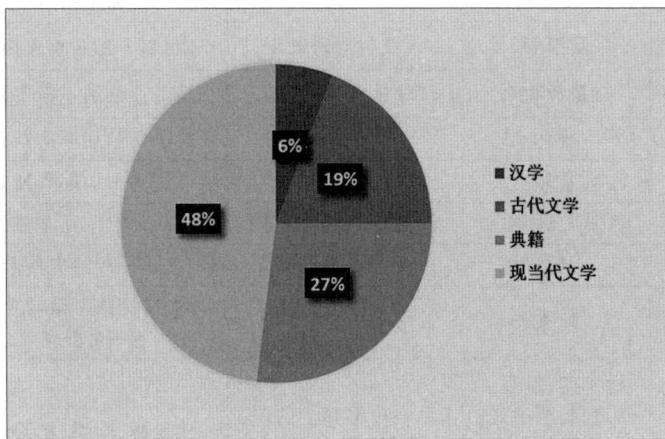

图 4.1:新时期波兰对中国文学译介和研究的兴趣分布

时代的进步、思想的解放和技术手段的更新推动文学翻译活动发展。1946—1989 年这四十余年间,波兰译介、研究中国文学的成果有百余部(篇),而 1990—2011 年的二十余年间成果数量就超过了上一阶段,这充分说明新时期中国文学在波兰的接受取得了卓越成就。这一时期波兰出版的有关中国文学的译介和研究成果反映出,波兰人对中国文学的兴趣主要集中在现、当代文学

（占比 48%），其次是古代典籍（占比 27%）和古代文学（占比 19%），同时亦有少数学术文章着墨于汉学主题。

一、中国现、当代文学在波兰的译介

表 4.1：1990—2011 年中国现当代文学波译的主要作品

年份	作者	作品	译者
1995		《中国当代小说集》（第一卷）	约安娜·马尔凯维奇、伊雷娜·卡乌任斯卡、史罗甫
		《中国当代小说集》（第二卷）	约安娜·马尔凯维奇、伊雷娜·卡乌任斯卡、史罗甫
1997	戴望舒	《戴望舒诗歌》	哈利娜·瓦西莱夫斯卡
1999	张贤亮	《烦恼就是智慧》	马格达莱纳·斯韦什
2000	北岛	《无题》	拉法乌·加耶夫斯基
	北岛	《关键词》	拉法乌·加耶夫斯基
2001	北岛	《峭壁上的窗户》	伊莎贝拉·瓦本兹卡
2002	卫慧	《上海宝贝》	汉娜·沙约夫斯卡
2005	阿来	《尘埃落定》	卡塔热娜·佩特茨卡-尤雷克
	贾平凹、莫言、苏童、扎西达娃、郑万隆、谌容、李锐、格央	《系在皮绳扣上的魂：当代中国故事集》	孔莉娅、李周、柏索珍
2006	郭小橹	《我心中的石头镇》	卡塔热娜·奇亚热斯卡
	莫言	《酒国》	卡塔热娜·库帕
	卫慧	《我的禅》	佐菲亚·赫雷诺夫斯卡-汉娜什
2007	春树	《北京娃娃》	马乌戈热塔·多布罗沃尔斯卡
	棉棉	《糖》	卡塔热娜·库帕
	莫言	《丰乳肥臀》	卡塔热娜·库帕

年份	作者	作品	译者
2008		《通向太阳的跑道——奥林匹克文集》	安娜·布热奇斯卡、帕维乌·克鲁普卡、赵刚
	张爱玲	《惘然记》	卡塔热娜·库帕
	张爱玲	《色，戒》	卡塔热娜·库帕
	王久辛	《三首长诗》	雅努什·克热沙克、马莱克·瓦夫什凯维奇
	苏童	《妻妾成群》	达努塔·赛卡尔斯卡、雅尼娜·希德沃夫斯卡
2009	张爱玲	《红玫瑰与白玫瑰》	卡塔热娜·库帕
	郭小橹	《恋人版中英词典》	马切伊·玛赞
	韩少功	《马桥词典》	李周
	王寅	《直呼其名吧，泪水》	沙宁
2010	郭小橹	《芬芳的三十七度二》	亚采克·玛尼茨基、维托尔德·诺娃科夫斯基
	苏童、刘恒、叶广芩、张洁、何士光	《梦也何曾到谢桥及其他》	扬·齐霍茨基 等
	棉棉	《熊猫》	卡塔热娜·库帕
	陈世旭、陈应松、王安忆、邓友梅	《波湖谣及其他》	扬·齐霍茨基 等
2011	张爱玲	《小团圆》	卡塔热娜·库帕

　　相较而言，20 世纪的最后十年，波兰对中国当代文学的关注偏低。诗歌翻译方面，只有哈利娜·瓦西莱夫斯卡（Halina Wasilewska）翻译了几首戴望舒的诗歌发表在 1997 年第 3 期的《文化时间》（Czas Kultury）上。小说方面，首推 1995 年华沙大学出版社出版的两卷本《中国当代小说集》（*Współczesne opowiadania chińskie*）。此系列文集从中文直接译出，由著名汉学家约安娜·马尔凯维奇（Joanna Markiewicz）、伊雷娜·卡乌任斯卡（Irena Kałużyńska）和史罗甫合作完成，收录了鲁迅的《狂人日记》《示众》、茅盾的《春蚕》、郁达夫的《迟桂花》、沈从文的《阿金》、丁玲

的《莎菲女士的日记》、钱锺书的《上帝的梦》《灵感》、汪曾祺的《受戒》、高晓声的《陈奂生上城》、王蒙的《冬雨》《鹰谷》、张贤亮的《邢老汉和狗的故事》、张洁的《假如它能够说话》《冰糖葫芦》《未了录》、刘心武的《公共汽车咏叹调》、张抗抗的《白罂粟》、赵振开(后以北岛为笔名)的《稿纸上的月亮》14 位中国小说家的作品,作品时间跨度涵盖了 1918—1944 年(第一卷)、1979—1985 年(第二卷)。史罗甫为小说集撰写了一篇学术性很强的序言,详尽介绍了中国现当代文学的主要内容和基本特点,有效帮助波兰读者了解中国现当代文学。这是波兰文学史上首次如此大规模译介中国 20 世纪的文学作品,在波兰引发强烈反响。

进入 21 世纪,波兰对中国当代文学的兴趣显著提高,相关翻译和研究结出丰硕成果。在当代诗人中,北岛最受关注。2000年,拉法乌·加耶夫斯基(Rafał Gajewski,1970—)翻译了他的《关键词》(*Słowo-klucz*)和《无题》(*Bez tytułu*),先后发表在《大众周刊》(Tygodnik Powszechny)第 48、49 期上。2001 年,汉学家伊莎贝拉·瓦本兹卡(Izabella Łabędzka)翻译了北岛的诗歌集《峭壁上的窗户》(*Okno na urwisku*),由密茨凯维奇大学出版社出版。译者指出,中国的朦胧诗人模仿西方现代主义及先锋派传统,同时汲取本国古典诗歌创作特点。他们借鉴 1919 年五四运动时期的诗歌作品,但与之相比更加大胆,形式上更加创新,在想象的空间中实现了真正的革命性突破。朦胧诗中的画面和符号以及它们排列组合的方式、结构都能让我们同时联想起西方现代主义和中国古代诗歌在数个世纪中呈现的图像。①

2008 年北京奥运会成为中波文学交流的一个契机。当年,在波兰奥林匹克委员会、中国驻波兰大使馆、中国作家协会的推动

①　Bei Dao, *Okno na urwisku*, tłum. Izabella Łabędzka, Wydawnictwo UAM, Poznań, 2001, s. 7.

下,波兰奥林匹克文化和教育委员会、奥林匹克教育中心基金会组织波中两国语言专家安娜·布热奇斯卡(Anna Brzezińska)、帕维乌·克鲁普卡(Paweł Krupka,1963—　)和赵刚翻译了一批两国诗人有关奥运、体育、竞技主题的诗歌,结集出版《通向太阳的跑道——奥林匹克文集》(*Bieżnie w słońce wiodą. Antologia olimpijska*)。中国作家协会副主席高洪波、《诗刊》主编叶延滨,以及中国作协成员林莽、梁平、荣荣、李木马、江一郎、耿国彪和诗人陈俊国、唐力、白连春、周所同等人的作品被收录其中。波兰方面在选取篇目时颇为用心,这些诗歌的作者中,波兰文学语言之父扬·科哈诺夫斯基、被誉为波兰民族先知的诗人亚当·密茨凯维奇是波兰诗歌历史上最具代表性的人物,斯蒂芬·弗鲁克夫斯基(Stefan Flukowski,1902—1972)和塔德乌什·鲁热维奇是 20 世纪波兰文学先锋派的杰出代表,博赫丹·德洛兹多夫斯基(Bohdan Drozdowski,1931—2013)创作了大量体育题材诗歌,卡齐米日·维任斯基曾因创作《奥林匹克桂冠》荣获与 1928 年阿姆斯特丹奥运会同时举行的艺术大赛的金牌,塔德乌什·库比亚克(Tadeusz Kubiak,1924—1979)、耶日·哈拉西莫维奇(Jerzy Harasymowicz,1933—1999)和马利安·格热希查克(Marian Grześczak,1934—2010)先后获得过波兰奥委会设立的奥运桂冠奖[1],哈利娜·科诺帕茨卡(Halina Konopacka,1900—1989)是波兰第一位奥运会女子冠军(1928 年阿姆斯特丹,铁饼)和卓有成就的体育活动家。此外,两国当代诗人和从事文化、体育交流的外交官纷纷为 2008 年奥运会专门创作诗歌,如耿国彪的组诗《同一个世界同一个梦想》、周所同的《2008 年 8 月 8 号》、丁海嘉的《七绝·企盼奥运》、程杰的《七律·盛世奥运》、帕维乌·克鲁普卡的《北京 2008》。

---

[1] 奥运桂冠奖(Wawrzyn Olimpijski)是波兰奥林匹克委员会于 1967 年设立的特殊奖项,旨在表彰波兰文学家在塑造体育的人文价值及其社会形象方面做出的贡献。

新时期波兰对中国当代小说的翻译成就更为瞩目,共有 20 余个译本面世,不仅均为首次被译介,且相当大一部分是由中文直译为波兰语的。其中中国女性作家受到高度关注,译本数量最多的前四位作家张爱玲、郭小橹、卫慧、棉棉均为女性。2008—2011年,卡塔热娜·库帕(Katarzyna Kulpa)从英语转译了张爱玲的《惘然记》(*Miłość jak pole bitwy*)、《色,戒》(*Ostrożnie, pożą danie*)、《红玫瑰与白玫瑰》(*Czerwona róża, biała róża*)和《小团圆》(*Gorzkie spotkanie*),由 W. A. B. 出版社出版。《惘然记》是一部小说集,收录有与文集同名的小说以及《色戒》《浮花浪蕊》《相见欢》《多少恨》《殷宝滟花楼会》《情场如战场》等作品。《红玫瑰与白玫瑰》也是一部作品集,收录了张爱玲八篇短篇小说,包括著名的《金锁记》和《倾城之恋》。2006—2010 年,郭小橹的《我心中的石头镇》(*Kamienna Wioska*)由卡塔热娜·奇亚热斯卡(Katarzyna Ciążyńska, 1959—)翻译,《恋人版中英词典》(*Mały słownik chińsko-angielski dla kochanków*)由马切伊·玛赞(Maciej Mazan)翻译,《芬芳的三十七度二》(*20 odsłon zachłannej młodości*)由亚采克·玛尼茨基(Jacek Manicki)、维托尔德·诺娃科夫斯基(Witold Nowakowski)翻译,先后出版。库帕还翻译了棉棉的《糖》(*Cukiereczki*)和《熊猫》(*Panda sex*)。2002、2006 年,卫慧的《上海宝贝》(*Szanghajska kochanka*)、《我的禅》(*Poślubić Buddę*)分别由汉娜·沙约夫斯卡(Hanna Szajowska)和佐菲亚·赫雷诺夫斯卡-汉娜什(Zofia Uhrynowska-Hanasz, 1934—)翻译出版。

中国女作家受到波兰出版市场青睐同波兰读者阅读兴趣的变化不无关系。20 世纪 90 年代,一批华裔女作家进入波兰读者视野,其中颇具代表性的闵安琪(Anchee Min, 1957—)的处女作《红杜鹃》(*Czerwona Azalia*)一经发表即被翻译成波兰语,于 1996年在波兰出版。这部描写 20 世纪 70 年代末至 80 年代中国女性经历的半自传体小说激发了波兰读者对现代中国女性的强烈兴趣,随后十数年间,闵安琪的《狂热者》(*Dziki Imbir*)以及有关慈禧太后的《兰贵人》(*Cesarzowa Orchidea*)等 8 部作品的波兰语译本相继在波兰出版,由此形成了一股波兰译介中文女性文学的热潮。同期波兰的女权运动、女性主义和女性文学的发展均进入了一个新的阶段,这为中国女作家在波兰的接受营造了良好的氛围。

将女性文学作为一种独立的社会现象来研究是一个自然的过程。作家的性别作为一种单独的变量,作品产生的社会文化语境及其与女性主义思想的关联,都值得我们进行研究。波兰女性主义的缘起可追溯至波兰被瓜分时期,那时波兰就举办过多次非正式的妇女大会。由于历史、文化、民族传统和政治环境的不同,波兰女性与西欧国家女性的诉求也不尽相同。多年来处于民族解放斗争之中的波兰妇女,其女权运动的口号主要是呼吁公民平权。除了争取选举权,她们还提出女性的受教育权、工作权和参与政治生活的权利。19 世纪 30 年代,波兰掀起了一股名为"激情女性运动"①的浪潮,是波兰第一次真正意义上的女性主义运动。从那时起,波兰文学正式与女性主义产生联系,以娜尔西佳·日米霍夫斯卡(Narcyza Żmichowska,1819—1876)②为首的女作家开始参与新

---

① 激情女性运动(Ruch Entuzjastek)是由激情女性组织(Entuzjastki)领导的波兰真正意义上的第一次女性主义运动。激情女性组织是波兰首个女性主义组织,主要活跃时间是 19 世纪 30 年代末至 40 年代末。该女性运动号召女性拥有平等的社会和政治权利,最重要的目的是为女性争取平等的教育权和经济独立。

② 娜尔西佳·日米霍夫斯卡是波兰小说家、诗人、女性主义先锋之一。她出生于波兰贫困地主家庭,曾师从著名女性教育家克莱门蒂娜·霍夫曼诺瓦(Klementyna Hoffmanowa)。日米霍夫斯卡认为妇女最需要的是知识,创立了女性主义团体"热情派",在杂志上发表文学作品,挑战父权制社会习俗,宣传其女性主义的理念。1842—1845 年间,日米霍夫斯卡开办了一所乡村学校,并在此期间写下了她最伟大的浪漫主义小说《异教徒》(*Poganka*)。1845 年,她创办女子寄宿学校。1847—1861 年撰写浪漫主义和实证主义风格交织的长篇小说《纪念册》(*Książka pamiątek*),她的其他作品还包括《双重人生》(*Dwoiste życie*)、《白玫瑰》(*Biała róża*)等。1876 年,日米霍夫斯卡因病去世。她的教育理念强调培养民族性和爱国性,其作品引发了社会对妇女教育的关注,是引领波兰女性主义发展的先锋旗帜。

闻、教育和政治活动,并将妇女解放视为同民族解放密不可分的任务。这一时期的女性作家们,如玛丽亚·科诺普尼茨卡和艾丽查·奥若什科娃等人,都参与到了女性权利斗争之中。两次世界大战之间的二十年,波兰文坛孕育出代际女权主义,集中批评父权制度下的"不公正世界"。女作家们打破刻板印象,在性、教育、婚姻、爱情等问题上发声。第二次世界大战的阴影遮蔽了女性主义思想和反映妇女生活的主题和情节,文学创作中的女性主义传统被遗忘了很多年,直到 20 世纪 60、70 年代,波兰文坛又出现了一批书写流行文化的女作家,她们在作品中重新塑造了一批"强势"的女性角色,描写她们的心理状态,展现她们的内在感受和经验。她们探讨女性问题,通过描写女性日常生活和身体体验来表现女性的感受、激情、"小确幸",通过书写她们的脆弱和力量来反映女性的"与众不同"和她们所遭遇的"不平等"。1989 年后,波兰作家发起了又一次"革命",女作家们讲述贴近生活的女性经历,发出女性主义的宣言。这一时期的女性文学,以女性主人公、女性叙事和刻画女性内心感受为主要特征。波兰女作家的创作题材和思想意旨更加丰富、多元。奥尔加·托卡尔丘克善于将女性视角带入作品之中,借用神话记述人类历史和女性命运,杰塔·鲁兹卡(Zyta Rudzka,1964—)、马乌戈热塔·萨拉莫诺维奇(Małgorzata Saramonowicz,1964—)等作家对心理分析情有独钟。还有一些女作家关注更普遍的问题,如汉娜·柯拉尔(Hanna Krall,1935—)着重于对历史和文化的伦理思考。然而无论个人兴趣、经历和文化灵感如何,女性的"我"在她们的所有作品中都体现得淋漓尽致。对女性身体的关注、对性别特征的研究和对两性冲突的分析一直是波兰女性作家着重书写的话题。这些话题往往与这一时期进入波兰的中国女性作家作品形成了某种呼应。

以张爱玲为例,她的小说很多都以中国 30、40 年代的历史风云变幻为背景,在描写新旧文化冲突的同时书写女性的身体、情感和心理经历。在波兰出版的张爱玲小说集《红玫瑰和白玫瑰》中的八个故事"构建了一个意境融彻的世界,展现了从清王朝覆灭至'文革'前,即20世纪上半叶中国的斑斓面貌"①。《小团圆》也展现了中国20世纪上半叶的图景:"一个在现代与传统之间、在英国与日本的影响之间、在民族主义与共产主义之间徘徊的国家。"②可以说,张爱玲虽然是女性作家,但书写的是家国大事,在她笔下的中国,是一个"悬置在过去和现代之间、受制于西方的影响、被共和革命改变的、被日本占领和内战席卷的中国"③。与此同时,张爱玲的作品呈现的"是一个充斥着传统礼节、包办婚姻和不容挑战的父权制社会,一个永逝不复回的世界。在那个世界里,妇女只能在两种社会角色之中二选其一,或成为一个红玫瑰所代表的袅娜风流的情人,或成为白玫瑰所象征的娴雅温顺的妻子"④。张爱玲对于家国历史的复现、对父权的反抗、对女性自由的呼唤、对两性冲突的思考,都与彼时波兰的女性主义书写相互关照,形成呼应。

20世纪80、90年代,波兰文坛一批崭露头角的年轻女作家在描写女性世界时以自身经历为创作素材,自传体、半自传体的女性小说在波兰经久不衰。中国女作家卫慧的半自传体小说《上海宝贝》也在波兰读者中引发了共鸣。书评人鲁伊扎·斯塔胡拉(Luiza Stachura)认为,《上海宝贝》是一部关于爱情、激情、背叛、性爱和享乐的小说,女主人公在与父母、男友等至亲至爱之人跌宕起伏的关系发展中寻找着生活目标的价值排序,整个作品是一部交织

---

① Krzysztof Cieślik, *Shanghaj przedwczoraj*, „Polityka" z dnia 04. 11. 2009.

② Krzysztof Cieślik, *Pożegnanie z przeszłością*, „Polityka", 2011 (51), s. 82.

③ *Cierpki posmak*, https://www.biblionetka.pl/art.aspx? id=899213.

④ Krzysztof Cieślik, *Shanghaj przedwczoraj*, „Polityka" z dnia 04. 11. 2009.

着成长和自我界定的罗曼史。① 同类型的作品还有棉棉的《糖》。此外,郭小橹对于中国现代女性都市生活的描写吸引了波兰读者的目光。《芬芳的三十七度二》向波兰读者展示了现代中国富有东方情调的大都市——北京的城市风貌,而《恋人版中英词典》所反映的东西方文化冲突亦引起波兰读者诸多思考。

2007 年 8 月,由张爱玲同名小说改编、享誉世界的华语电影导演李安执导的电影《色,戒》在全球上映并引发观影热潮,原作者张爱玲也受到欧洲包括波兰观众的关注。2008—2009 年,波兰图书市场即有小说《色,戒》的两个版本问世,一个由 W. A. B. 出版社单独出版,另一个版本被收入题为《红玫瑰与白玫瑰》的张爱玲小说集。小说改编为电影极大地提高了文艺传播效能,拓展了读者接受群体。② 甚至从某种程度而言,中国小说的电影改编是中国文学在海外包括波兰被接受的重要推动力。在波兰最受推崇的电影是改编自莫言的《红高粱家族》,由中国"第五代"导演代表人物张艺谋执导的《红高粱》,被波兰翻译界称为"中国文学波译史上的里程碑"。"它不仅使人们注意到以张艺谋为首的'第五代'导演的电影创作,而且还促成莫言及其他中国作家的文学作品被翻译成各国语言。"③类似的还有在波兰大受欢迎的张艺谋著名电影作品《大红灯笼高高挂》改编自苏童的小说《妻妾成群》,黄健中执导的《大鸿米店》改编自苏童的长篇小说《米》,李少红执导的《红粉》改编自苏童同名小说。这些文学作品都被翻译并收录

---

① Luiza Stachura, *Dość inteligentna ekwilibrystyka tematyczna. Albo szachrajstwo. „Szanghajska kochanka" Zhou Weihui*. https://owarinaiyume. wordpress. com/2012/03/06/dosc-inteligentna-ekwilibrystyka-tematyczna-albo-szachrajstwo-szanghajska-kochanka-zhou-weihui/.

② 王杰:《跨媒介实践与文学的形式探索——"十七年"小说的电影改编》,载《中国现代文学研究丛刊》2021 年第 3 期,第 36 页。

③ *Węzły duszy:chrestomatia współczesnych opowiadań chińskich*,tłum. Lidia Kasarełło,Wydawnictwo Akademickie Dialog,Warszawa,2005,s. 6.

至 21 世纪初波兰非常重要的一部作品集《系在皮绳扣上的魂：当代中国故事集》(*Węzły duszy：chrestomatia współczesnych opowiadań chińskich*)。这部作品集由波兰一批汉学家合作完成，包括华沙大学汉语系时任主任孔莉娅(Lidia Kasarełło, 1952—　)、现任主任李周(Małgorzata Religa)，还有女承父业的著名驻华外交家孔凡(Ksawery Burski, 1938—　)的女儿柏素珍(Zuzanna Burska)。这是波兰第一部完全由汉学家直译中国当代作家作品的合集，收录有苏童的《妻妾成群》《告诉他们，我乘白鹤去了》、莫言的《你的行为让我们恐惧》、贾平凹的《黑龙口》、郑万隆的《黄烟》、扎西达娃的《系在皮绳扣上的魂》、格央的《一个老尼的自述》、李锐的《假婚》和谌容的《减去十岁》。

　　波兰汉学家将贾平凹、莫言和苏童称为"中国文学殿堂中的精英"。他们注意到，改革开放以来，中国文艺界和知识分子中发生了一场非同寻常的"精神复兴"，中国的文艺事业走上了一条符合时代脉搏的发展道路。文学摆脱了对政治生活的严重依赖，更加追求创作上的自由。① 这本书中的寻根文学对历史或现实进行关照，魔幻现实主义文学将对日常生活的现实描述与来自梦境、神话和童话的幻想元素相结合，都能在同时期波兰的文学创作中找到呼应。20 世纪 80、90 年代的波兰文学凸显众多文学态度和艺术审美，它们有时是极端的、相互排斥的。作家尝试对神话进行重构，通过传记式的书写、存在主义文学元素、文字游戏、启蒙小说、"小故乡"文学②、教育小说、神话小说建立属于自己的身份认同模式。

---

① *Węzły duszy：chrestomatia współczesnych opowiadań chińskich*, tłum. Lidia Kasarełło, Wydawnictwo Akademickie Dialog, Warszawa, 2005, s. 7.

② "小故乡"主题文学这一术语于近年由波兰文学家及社会学家提出，即作品中反映与出生地或居住地历史、传统的联系。故事发生地往往是一片看似普通，却充满神秘色彩以及作者童年美好回忆而再也无法回去的地方。

《系在皮绳扣上的魂：当代中国故事集》同时开启了 21 世纪波兰大规模译介中国当代作家作品的序幕。2005—2009 年，阿来的《尘埃落定》（*Czerwone maki*）、莫言的《酒国》（*Kraina wódki*）和《丰乳肥臀》（*Obfite piersi, pełne biodra*）、春树的《北京娃娃》（*Chińska lalka*）、苏童的《妻妾成群》（*Zawieście czerwone latarnie*）、韩少功的《马桥词典》（*Słownik Maqiao*）、王寅的《直呼其名吧，泪水》（*Zawołaj po imieniu, łzy*）先后被翻译出版。贾平凹等人虽然没有单独作品被翻译出版，但他们的中短篇小说被收录进多部作品集中。

　　这种翻译活动让我们溯及 1953 年中波两国政府签署的《中华人民共和国与波兰人民共和国文化合作协定》，波兰成为新中国成立后第一个与我国签订文化合作协定的国家。这份文化合作协定明确写有"鼓励翻译对方的著名的文学艺术及科学出版物"。此后两国数次签署的文化合作协议及其执行计划，都将文学交流作为中波文化合作的一项重要内容。《中华人民共和国政府和波兰人民共和国政府文化和科学合作协定一九八九——一九九〇年执行计划》提到，"双方支持出版机构之间建立直接联系，互换可供翻译、出版的书籍和杂志。出版对方国家最有价值的文学、艺术和学术著作。双方支持对方的文学翻译工作者参加在对方国家举办的学术讨论会和专题讨论会等"[1]。《中华人民共和国政府和波兰共和国政府文化和科学合作协定 1998—2000 年执行计划》除了继续推动上述工作，还提出"双方支持两国的作家协会和其他创作家协会间根据其直接合作协议进行交往"[2]。

　　1999 年，由 10 家出版社和 4 家杂志社代表组成的中国出版界代表团一行 23 人访问波兰，参加华沙国际图书博览会。此后，

---

[1]　http://www.law-lib.com/law/law_view.asp? id=76859

[2]　http://www.law-lib.com/law/law_view.asp? id=77986

两国出版界频繁互动,促进了文学互译活动蓬勃开展。2002—2011 年,波兰文学家协会主席、著名诗人马莱克·瓦夫什凯维奇(Marek Wawrzkiewicz,1937—),华裔女作家、翻译家胡佩方,作家亚采克·卡依托赫(Jacek Kajtoch, 1933—2019),中国著名作家肖复兴、王久辛、黄亚洲等数十位中波两国作家和诗人实现了不定期互访。其中,2005 年 4 月 19 日至 27 日,应中国作家协会邀请,由波兰文学家协会主席瓦夫什凯维奇,诗人艾尔什别塔·穆塞(Elżbieta Musiał,1959—),波中友协主席、散文家安杰伊·佐尔(Andrzej Żor, 1940—),出版商亚当·马尔沙维克(Adam Marszałek,1952—)组成的波兰作家代表团访华期间,中波双方签署合作协议,决定进一步扩大两国作家之间的交往,并第一次互译出版对方国家的一本诗集。2010 年,中国人民大学出版社同马尔沙维克出版社建立联系。与此同时,两国作协交流结出硕果。波兰马尔沙维克出版社邀请波兰作家协会主席瓦夫什凯维奇领衔,与扬·齐霍茨基(Jan Cichocki)等共同翻译完成了两部小说集:《梦也何曾到谢桥及其他》(*Bezsenność na moście Xie i inne opowiadania*)和《波湖谣及其他》(*Pieśni jeziora Bochu i inne opowiadania*)。前者收录了刘恒的《贫嘴张大民的幸福生活》、叶广芩的《梦也何曾到谢桥》、张洁的《雨中》、何士光的《乡场上》、苏童的《两个厨子》,后者收录了邓友梅的《那五》、陈世旭的《波湖谣》、王安忆的《发廊情话》、陈应松的《松鸦为什么鸣叫》。

在大规模译介中国当代文学的同时,波兰对中国现代戏剧的研究取得了新突破。1995 年,华沙大学汉学家孔莉娅出版了学术专著《田汉:中国新戏剧的源头》(*Tian Han: u źródeł nowego teatru chińskiego*)。这是一部全面、系统、深入研究田汉创作活动的杰作。作者从探讨中国古典戏剧及其嬗变在现代文化形成过程中的作用入手,尝试对田汉戏剧创作进行现代性定义,对其戏剧活动进行系统评述,对其作品内容和形式进行深入分析,从而呈现田汉戏剧的立体形象。研究时间跨度为 1909—1930 年,即从中国戏剧现代化进程的开始,直至戏剧创作界出现了明显的意识形态分化。研究对象包括田汉于 1930 年前创作的话剧、收录于 1983 年的 16 卷本《田汉文集》中的 1、2 卷以及收录于《中国话剧运动五十年史料集》中田汉写的有关他在日本和中国南方的活动的信件、文章、论战、评述、文学评论、序言、后记和回忆录等。全书内容分为两部分,第一部分介绍中国现代戏剧的传统和开端,这是第二部分展开论述的基础。接下来在第二部分中,作者分析了田汉在 20 世纪 20 年代的创作活动及其创作理念,并通过剖析时代背景与创作者之间的关系来解释田汉戏剧图景生成的原因。书末附录包括话剧《南归》的译文和田汉其他一些较受欢迎的剧目的简短摘要。孔莉娅在书写过程中,在不违反当代戏剧研究的主要理论概念的前提下,有意识地将戏剧文本和戏剧表演这两个类别分开。作者意识到语言和表演在戏剧中的区别,认为戏剧不仅是具象化的表演,也是将文本(剧本)代码翻译成特定的戏剧代码的过程。因此,作者将田汉的戏剧理解为一种独立的艺术作品类型,同时也是一种具有社会意义和审美意义的文化单元。作者对戏剧文本的研究,亦为对一种适应舞台表演的文学作品的研究。

孔莉娅在书中反复强调田汉戏剧的现代性及其对中国现代文化生成所产生的影响。她认为,了解中国文学和艺术现代化进程的起源,除了纯粹的认知价值外,还有助于揭示 20 世纪下半叶发生在中国的许多现象的根源。田汉借鉴日本和中国早期戏剧运动的经验,创造并实现了现代戏剧的模型概念,其中的审美和语义刺激是为"内容戏剧"的需求而定制,而非古典的"形式戏剧"。他巧妙改造欧洲现实主义戏剧模式,以适应当时艺术家的艺术能力和中国年轻观众的社会意识与审美意识。

二、对中国古代典籍和古代文学的持续关注

波兰对中国古代典籍和古代文学的关注可谓一以贯之。从 18 世纪下半叶开始,波兰接受中国文学的各个历史时期都不乏古代典籍、文学译本的身影。新时期的波兰,对这一领域的翻译和研究不断推陈出新,既有对《易经》《道德经》《南华真经》等已有译本的修订、重译,又有《史记》《冲虚真经》(*Prawdziwa księga pustki. Przypowieści taoistyczne*)等新译本的出现。难能可贵的是,新一代青年汉学家在翻译策略、技巧方面进步显著,波兰译介中国古代文学、典籍的水平得以大幅提升。

(一)对古代典籍的翻译和研究

表 4.2:1990—2011 年中国古代典籍波译的主要作品

年份	作品	作(译)者	出版机构
1990	《易经》	塔德乌什·泽斯克、亚采克·克里格	艾略特出版社
		奥斯卡·索邦斯基	国家出版局
1992		奥斯卡·索邦斯基	奥斯卡出版社
1994		沃伊切赫·约希维亚克、马乌戈热塔·巴兰凯维奇、克日什托夫·奥斯塔斯	风筝出版社
1999		克日什托夫·马奇科、奥斯卡·索邦斯基	KOS 出版社
2003		塞巴斯蒂安·穆谢拉克	雷比斯出版社
2011		阿格娜·奥尼西莫夫	阿勒西亚出版社
1991	《庄子思想选编》	扬·韦普莱尔	海尔西斯出版社
1992	《南华真经》	李周	水瓶座出版社
2009		马丁	火花出版社
1994	《孙子兵法》		曙光出版社
2004		达留什·巴卡拉什	赫利恩出版社
2009		沙宁	阿歇特波兰出版公司

年份	作品	作(译)者	出版机构
1999	《关于贤主、智者和人性》	李周	学术对话出版社
2000	《龙之子：史记选篇》	金思德	读者出版社
2003	《无言而言：道家的64面》	尤金纽斯·奥巴尔斯基	阿罗汉工艺社
2006	《易经图典》	沙宁	学术对话出版社
2006	《冲虚真经》	马丁	巴别树出版社
2006	《道德经》	安娜·伊沃娜·沃西克	雅盖隆大学出版社
2008		米哈乌·弗斯托维奇、彼得·玛德伊	微·出版社

　　世纪之交的新时期，最受波兰关注的中国古代典籍当属先秦时期传统典籍《易经》。1990 年，塔德乌什·泽斯克（Tadeusz Zysk）和亚采克·克里格（Jacek Kryg）合作翻译的《易经》出版。同年奥斯卡·索邦斯基（Oskar Sobański）用波兰语改写的《易经》由国家出版局出版，并在 1992 年再次由奥斯卡出版社出版。索邦斯基还与克日什托夫·马奇科（Krzysztof Maćko）合译了一版《易经》，在 1999 年由 KOS 出版社出版。1994 年，沃伊切赫·约希维亚克（Wojciech Jóźwiak）、马乌戈热塔·巴兰凯维奇（Małgorzata Barankiewicz）、克日什托夫·奥斯塔斯（Krzysztof Ostas）合作翻译了德国汉学家卫礼贤（Richard Wilhelm，1873—1930）德语版的《易经》及相关述评。2011 年，阿格娜·奥尼西莫夫（Agna Onysymow）从德语版译出的《易经》由阿勒西亚出版社出版。此外，学术对话出版社于 2006 年出版了沙宁（Jarek Zawadzki）翻译的《易经图典》，原文是周春才所著漫画版《易经》，通俗易懂，易于波兰读者接受。

　　索邦斯基不仅翻译《易经》，还专门为译本作序，详细介绍这部古老典籍。索邦斯基研究《易经》的独到之处在于将《易经》中所包含的辩证哲学与西方的思想体系进行了对比分析。他认为，东西方看待世界的方式存在根本性差异。在很长一段时间内，因果论主导着西方的思想体系，被人们看作是一个不可动摇的绝对真理。人们遭遇的所有事情，都有其出现的缘由，也会带来一些影响，这一点从"大自然存在客观法则"中就可以看出来。直到新的物理学定律出现，对这一"客观性"提出了质疑。大自然的"客观性"只能在统计学意义上被称作真理，在具体实际中一定会存在一些特例。若非处在人造的实验室环境中，自然环境下的各类进程，很少能够与既定客观性法则保持完全一致，特殊情况比比皆是。而中国的思想体系则认为世界是不断变化着的，人们所看到的某件事物常常是巧合作用下的结果。西方人倾向于对事物进行仔细筛选、分类、考查和分析，中国人则倾向于把握事物整体而忽略微小细节。索邦斯基向波兰读者揭示了《易经》之于现代人生活的意义。他认为，《易经》是一本预言书，但并不能告诉读者诸如"我今年能嫁人吗？""我会中彩票吗？"等问题的确切答案。《易经》能够帮助读者解释一些如"在某一特定情况下我选择的道路是否正确？我的行为方式是否恰当？""在可以选择的几种方式之中，哪种对我更有利？""我所在的处境之后的发展是否对我有利？我还能选择什么样的处境？"之类的问题。这些问题不一定与我们自身直接相关，但涉及我们有切身体会或是在精神上参与的具体事件。《易经》能够注意到一些为我们所忽略的当下存在的事物，对其进行分析并得出结论；而这些当下的事物恰恰决定了未来事态的发展。

2006 年和 2008 年，波兰分别有一部《道德经》出版。2006 年版的译者为安娜·伊沃娜·沃西克（Anna Iwona Wójcik），她除了翻译《道德经》的内容，还翻译了王弼的《道德经》评注。出版社在序言中评价道家思想对中国文化和中国人的意义：儒家思想规范着中国人的公共生活，但老子所代表的道家思想则指导人们如何在此时此地、在所处世界中做真实的自己。《道德经》帮助人们在现行世界的政治、文化之中找到亲近自然、通向平静与安宁的道路。"如果我们没有读过《道德经》，不了解有关老子离开文明世界隐居山林的传说，我们就无法真正地了解中国和中国人……《道德经》对人们日常生活的指导价值具有普遍性，无论我们是否出生于亚洲大陆。"①

与此同时，庄子思想继续吸引波兰读者的目光。1991 年，海尔西斯出版社再版了著名汉学家韦普莱尔的《庄子思想选编》(1937 年版)。1992 年，华沙大学汉学家李周翻译完成了蔡志忠的《庄子说：自然的箫声》，波兰题名仍为"南华真经"。2003 年，尤金纽斯·奥巴尔斯基(Eugeniusz Obarski)翻译了有关庄子思想的文集《无言而言：道家的 64 面》(*Słowa bez słów：taoizm w 64. odsłonach*)。2009 年，波兰年轻一代汉学家马丁(Marcin Jacoby)再次翻译《南华真经》，选取了内篇、外篇、杂篇共 26 篇，包括《逍遥游》《齐物论》《骈拇》《马蹄》《天地》《徐无鬼》等。马丁在这本译著的序言中将《南华真经》称为"中国古典文学和哲学的明珠"②，而这篇序言本身就是一篇介绍中国古代典籍翻译理论与实践的重要学术论文。译者从庄子创作的年代讲起，介绍庄子的生平和创作及其作品在中国的影响和域外的翻译情况。马丁指出，"没有哪部儒家经典之外的著作能像《庄子》这样受到中国数代鸿儒的欣赏和深入研究，也没有任何一部著作像《庄子》这样对中国知识分子阶层的世界观产生深远影响"③。马丁认为，《庄子》曾被许多人认为是中国文学中最为优美、最为迷人的作品之一，这部作品

---

① https://wuj.pl/ksiazka/ksiega-dao-i-de-z-komentarzami-wang-bi

② Czuang-dze, *Prawdziwa księga południowego kwiatu*, tłum. Marcin Jacoby, Wydawnictwo Iskry, Warszawa, 2009, wstęp s. 5.

③ Czuang-dze, *Prawdziwa księga południowego kwiatu*, tłum. Marcin Jacoby, Wydawnictwo Iskry, Warszawa, 2009, wstęp s. 5.

影响了中国的哲学、世界观和美学的塑造,也是道家思想的根基。除此之外,由于和佛教之间的联系,《庄子》也使得佛教向中国的传入成为可能。《庄子》中的一些故事深深融入中国文化传统之中,比如大鹏鸟、河伯以及造车工人轮扁的故事、庄周梦蝶、庖丁解牛和"无用之树"的比喻。

其实马丁的最初打算是修订1953年由三位波兰汉学泰斗夏白龙、雅努什·赫米耶莱夫斯基和奥尔杰德·沃伊塔谢维奇合译的国家科学出版社出版的《南华真经》。马丁对此译本评价颇高,认为这一译本"对《庄子》进行了详尽介绍并附加了许多注解,使波兰汉学研究者和中国文化爱好者受益了近半个世纪"①。直到马丁修订完成《内篇》后,才与出版商共同决定进行重译,同时保留已广为波兰读者接受的原书名《南华真经》。新翻译的《南华真经·内篇》以夏白龙版为基础,尽可能沿用原版表达方式和翻译风格,同时保留部分注解并进行增删、修改。从第八章开始,新版翻译不再参考夏白龙的版本,但考虑到夏白龙对《庄子》的研究深入、见解精妙,故保留了部分注释。对于两个版本的区别,马丁认为,新版翻译更加具体,在兼顾细节的同时更贴近原文。夏白龙等人曾进行大量比较和研究工作,完成了一部在他们那个时代非常扎实的、学术性很强的译本。然而从20世纪50年代以来,波兰的汉学研究发展迅速,同时伴随着电脑和互联网的出现,现今的译者拥有更多设备来帮助翻译,这是当时的研究者无法想象的。"分析原著中的符号和短语的工作,搜索文本中的姓名和专有名词,如今简单到如同孩童的游戏。"②马丁还注意到,目前中国经典文学作品都储存在互联网文本数据库中,极其便于进行高效比较分析。

---

① Czuang-dze, *Prawdziwa księga południowego kwiatu*, tłum. Marcin Jacoby, Wydawnictwo Iskry, Warszawa, 2009, wstęp s. 12.

② Czuang-dze, *Prawdziwa księga południowego kwiatu*, tłum. Marcin Jacoby, Wydawnictwo Iskry, Warszawa, 2009, wstęp s. 13.

现如今,研究人员的博闻强识在某种程度上已经让位于技术,它有时候能让我们在极短时间内取得更佳效果。与此同时,如今更容易获取各种学术论文、词典和译本,有助于译者翻译出更准确、更符合原文的译本。

马丁认为,夏白龙等人的翻译策略偏重于译本的科普价值,重点在于介绍中国文化和道教常识,因此为便于理解,在处理译文和注解时进行了一定简化,而这会影响读者正确理解《庄子》中所包含的哲学概念。许多地方译文混乱且含糊不清,导致读者无法准确理解注释,或者根本不知道注释中的术语或整段话是什么意思。这种为使语义通顺连贯而简化文本的处理方式,导致译文过于偏离原著本义。因此,马丁在重译时尽力避免出现上述情况,并在注释中解释自己选择某种翻译策略的原因,从而向读者展示对原文文本解读的多重性。

马丁坦承,其翻译目标并非是要让译本读起来通顺上口,而是尽可能贴合原文,甚至对有些看起来位置错乱、意思不清、自相矛盾和不连贯的地方,也予以保留。另一方面,马丁尽力保留了中国古代文学重复和对仗的风格特点,在同一句话中多次使用相同句式和表达方式,几乎在每句话前都有"曰"一词。这样的翻译方式,目的是在波兰语译文中尽可能重现原著风格。马丁相信,波兰读者的阅读水平是可以培养的,因此要尽力在译文中弱化翻译的痕迹和存在感:

> 我决定在前言中不向读者介绍庄子的哲学理论,因为我相信庄子本人会用自己的语言解释清楚。我努力在译文中增强"庄子"的存在感,而非译者……新版翻译肯定会更加晦涩,因为我删去了一些便于理解的简化翻译。读过旧版译文的细心读者会惊讶地发现,新版翻译中不是丁屠夫解剖牛,而是丁厨师解剖牛;不是蚂蚱和鸽子在对话中嘲笑鹏鸟,而是蝉和斑鸠;不是慈悲而是人性;不是公正而是责任;不是可替换

为波兰语单词的"美德",而是一种神秘的、在波兰语中找不到对应词的"德"。除此以外,我还用汉语拼音代替以前常用的波兰语音译方式,读者将不得不面对许多阅读困难。我希望他们能克服这些问题,这样庄子就可以用自己的语言更清晰地同读者进行对话。①

马丁的翻译策略转向,是中国文学波译活动在新时期发生的一次重要变化。这既是波兰汉学学科发展的必然趋势,也得益于科学技术的高速进步。除了《南华真经》,马丁还完成了对列子《冲虚真经》的翻译。与《道德经》《南华真经》相比,历代中国文人对《冲虚真经》的研究相对较少。古往今来,中国古代典籍中有很多作品被人们屡次分析、作注,而《冲虚真经》却似乎被遗忘了。马丁试图探究其原因,他发现《冲虚真经》和《南华真经》有不少相同点,书中多个段落几乎完全一致,由此推断《冲虚真经》起初极可能是《南华真经》的一部分,但这版书籍在唐朝时期就失传了。译者选取了《冲虚真经》143 段中的 76 个段落进行翻译,形成了一个由哲学寓言组成的整体。在翻译策略上,马丁采取了兼顾忠实性和趣味性的原则。马丁自陈,《冲虚真经》是一部类型并不一致的作品,其中段落有许多不清晰、难以理解的地方。还有一些段落反映纯粹的道家哲学思想,复杂、难以理解,需要大量注释和说明。虽然能引起研究者的兴趣,但对普通读者的吸引力不大。而《冲虚真经》波兰语译本的首要目的,是向波兰读者介绍哲学寓言的寓意、文学价值和诙谐感,为此译者删去了一些与译本主旨不符的段落。另一方面,马丁继续坚持译文要忠实于原作的思想、内容和风格的初衷,重视并充分发挥由原文直译的优势,以 1996 年台北出版的《新译列子读本》中的《冲虚真经》为原本,参考权威注疏,对原文特别是白话文版本中大量不明

---

① Czuang-dze, *Prawdziwa księga południowego kwiatu*, tłum. Marcin Jacoby, Wydawnictwo Iskry, Warszawa, 2009, wstęp s. 15.

确、不一致的地方进行阐释,成功地展现了原作的丰富内涵和雅致语言。正如译者在序言中指出:"翻译的首要任务是将作品翻译成易于理解的现代波兰语,所以我将一些不够清晰的或具有双重含义的文字按照符合结构逻辑的方式进行解读,从而形成一个统一的整体。"①译者指出:"这是一部伟大的作品,充满才华与诙谐,富含语言之美和独特的古代中国气韵。"②

这一时期,波兰对古代典籍的研究开始部分转向研究古代哲学思想对中国的政治生活、社会文化的影响。中国古代哲学思想不再只是令波兰人感到好奇、赞叹的深邃智慧,更是中国人治国理政、为人处世的思想源泉。1999 年,李周完成了《关于贤主、智者和人性》(*O dobrym władcy, mędrcach i naturze ludzkiej*)一书,选编孟子和荀子语录,主要反映孔孟思想中对国家、家庭、君子之德、人之本性的论述。译者为保证可读性,在一定程度上放弃了艰深的哲学理论,用尽可能清晰、浅显的语言将孟子和荀子的思想呈现给波兰读者。李周认为,儒、释、道三派的重要性不分伯仲,它们在中国文化发展中共同发挥着重要作用。理解儒家思想是了解中国不可或缺的一部分,而且儒家思想不只影响中国,还波及整个东亚社会。译者在译本序言中向波兰读者介绍了荀子和孟子思想的异同:"孟子和荀子继承了孔子在思想和精神层面上留下的宝贵财富,延续并发展了孔子的思想成果。但两人发扬的方式和关注的侧重点各不相同。两位思想家的根本性差异在于他们对人的本性有着截然不同的看法,这也成为了两人思想学说的逻辑分歧点。"③

---

① Liezi, *Prawdziwa Księga Pustki. Przypowieści taoistyczne*, tłum. Marcin Jacoby, Drzewo Babel, Warszawa, 2006, s. 7.

② Liezi, *Prawdziwa Księga Pustki. Przypowieści taoistyczne*, tłum. Marcin Jacoby, Drzewo Babel, Warszawa, 2006, s. 6.

③ Mengzi, Xunzi, *O dobrym władcy, mędrcach i naturze ludzkiej*, tłum. Małgorzata Religa, Wydawnictwo Akademickie Dialog, Warszawa, 1999, s. 6.

回顾历史,审视当下,不难发现从数量上来看,波兰汉学界翻译、研究老庄的著述,要远多于对孔子及儒家思想的译介与研究。为什么波兰会出现这种现象呢? 波兰汉学家马丁曾在一次访谈中如此解释:

> 《老子》篇幅短小,语句优美,不需要过多的注释和解读。《庄子》的篇幅虽然长了很多,而且意思相对更为难懂,但它也是世界文学真正的瑰宝……如果没有更宽泛的背景知识,儒家著作对欧洲人来说,是难以理解的。这需要了解中国历史,知道谁是尧、谁是舜,需要有最基本的概念,比如"礼"和"义",而这两个概念在欧洲文化中完全不存在,根本读不到。这就是屏障,需要打破的屏障。我对于中华思想的兴趣,实际上是从了解道家思想肇始的,因为对我来说,它更容易理解。[①]

这一时期,《孙子兵法》开始进入波兰读者的视线。在欧洲,早至 1782 年,法国传教士钱德明(Jean Joseph Marie Amiot,1718—1793)就将这部中国乃至全世界最早的兵书译成了法语。波兰对《孙子兵法》的翻译则要晚得多,1994 年曙光出版社出版了《孙子兵法》的第一个波兰语版,但出版社并未给出这个版本的译者信息。1998 年,石施道(Krzysztof Gawlikowski,1940—2021)在《亚太研究》上发表了一些自己翻译的片段,并撰文介绍了《孙子兵法》的内涵及其在古代和当代的运用。石施道指出:

> 《孙子兵法》在某种意义上是中国最早的"原创作品",即由思想家本人就某一主题阐述自己的观点。此前两百余年形成的典籍编写范式是按照时间顺序记载事件和观点,或由大

---

① 马丁、李怡楠:《"漫步在古典中华与当代中国之间"——波兰汉学家、中波文化交流的使者马丁访谈录》,载《国际汉学》2018 年第 4 期,第 22 页。

师的学生、学生的学生对大师的思想进行汇编。而《孙子兵法》由孙武一人写成，各章节具有清晰的逻辑结构和明确的主题分类。①

石施道高度评价了《孙子兵法》对中国古代历史和现代社会的意义，认为孙子的战略思想是将军事施压、外交活动和情报工作结合起来，是"现代军事战略的先驱"。他看到，孙子将和平手段放在首位，主张消除潜在威胁，通过使对手处于不利局面来尽量减少战争流血。他赞赏孙子的心理战术，认为孙子是分析和推理科学方法的推动者。石施道还注意到，美国和中国的领导人都在政治、外交和军事等领域运用过孙子兵法中的战略思想，而在当今社会，孙子思想还被运用到商业竞争、人际关系等领域。

进入新世纪，波兰人研究《孙子兵法》也更注重其在现代社会经济管理、人际关系中的作用。21世纪第一个十年，有两版《孙子兵法》在波兰问世，分别为达留什·巴卡拉什（Dariusz Bakalarz）的译本（2004年，赫利恩出版社）和沙宁的版本（2009年，阿歇特波兰出版公司）。巴卡拉什的译本更受欢迎，分别于2008年和2013年两次再版。

新时期波兰的中国古代典籍译介有很多"第一次"。马丁第一次译《冲虚真经》，曙光出版社第一次出版波兰语版《孙子兵法》，而金思德翻译、2000年出版的《龙之子：史记选篇》（*Syn smoka：fragmenty zapisków historyka*）则是波兰第一个《史记》的选译本。汉学家石施道为此书撰写了书评，充分肯定金思德翻译工作的开创性："从《史记》这部不朽的作品中选取片段并非易事。金思德选取了秦始皇统一六国、汉王朝建立等中国历史上最重要、最具戏剧性、影响了中国几千年历史进程的重要事件。译本尽可能地还

① Krzysztof Gawlikowski, *Strategie na konflikt i negocjacje. O sztuce wojny mistrza Sun*, „Azja-Pacyfik", 1998（1），s. 208.

原了原作中展现的历史氛围和作家的写作风格,语言通顺流畅。"①与此同时,石施道客观指出了译本存在的一些问题,首先是对金思德解读"司马"这一姓氏来源的质疑:

> 在司马迁的传记中,译者将这个家族的姓氏翻译为"驭马者",但这只是字面意思。需要注意的是,"司马"指的是管理,而不是驾驶,因此用"驭马者"这个词是不准确的。作为周朝时期的官职名称,它应当被翻译为"掌管马匹和战车的人"。这个高级官吏是掌管军事、为国家战事做准备的。虽然这个官职在各个国家的职能不同,而且并不总是最高级官员,但它通常被翻译为军事部长。这种姓氏来自于世袭职位,它让我们了解到这位历史学家有着令人尊敬的贵族血统。不熟悉这些细节的波兰读者可能会得出这样的结论:姓"司马"的其实是个马车夫!②

石施道还指出,金思德对于秦始皇派人在泗水打捞周朝的鼎这一事件的描写过于简略,削弱了这个事件的意义,因为据称由中国第一个朝代夏朝的创始者大禹所铸的九鼎被历朝历代作为礼器使用。然而瑕不掩瑜,波兰首部《史记》的选译本对于波兰读者理解中国历史和文化的意义十分重大。

还有一个"第一次"则是雅盖隆大学的汉学家塔德乌什·查尔尼克(Tadeusz Czarnik)2001 年出版的《中国古代哲学》(*Starożytna filozofia chińska*),这是波兰第一本有关中国哲学的学术专著。作者以通俗易懂的方式,介绍了中国六个主要哲学流派之代表人物的生平和观点,同时引入了一些简短的译文,有些是首

① Krzysztof Gawlikowski, *Nowe publikacje o dawnych Chinach i ich myśli klasyczne wydane w Polsce*, „Azja-Pacyfik", 2001 (4), s. 274.

② Krzysztof Gawlikowski, *Strategie na konflikt i negocjacje. O sztuce wojny mistrza Sun*, „Azja-Pacyfik", 1998 (1), s. 274-275.

次被翻译成波兰语。这本书的主要读者是汉学、日本研究、东方研究等专业的学生,以及对中国思想感兴趣的人。书中每一章节后都附有补充文献,包括波兰语的译文和解释。

(二)对古代文学的翻译和研究

表 4.3:1990—2011 年中国古代诗歌波译的主要作品

年份	作者	作品	译者
1994	李白、赖内·马利亚·里尔克	《但丁森林里的诗歌》	伯纳德·安托赫维奇
1995		《诗经》	马热娜·施冷克-列娃
1996	杜甫	《杜甫诗歌:湖波之上》	帕维乌·马尔钦凯维奇
2000		《中国笛》	莱奥波尔德·斯塔夫
2001		《静夜思:唐诗选》	安杰伊·G.帕霍尔赤克
2003		《中国诗歌选》	阿莱克斯·邓布尼茨基
2004		《唐诗七十首》	沙宁
2005		《月下盛宴:中国诗歌集》	梅切斯瓦夫·科兹沃夫斯基
2006		《桃园行》	彼得·玛德伊
2009	陶渊明	《陶渊明诗选》	沙宁

新时期,波兰学者对古代诗歌的翻译颇有建树,对唐诗的译介成就尤高。1994 年,伯纳德·安托赫维奇(Bernard Antochewicz,1931—1997)从德语转译了一部分李白的诗歌,收录在诗歌集《但丁森林里的诗歌》(*Rota w dantejskim lesie*)里。1996 年,帕维乌·马尔钦凯维奇(Paweł Marcinkiewicz,1969—)翻译完成《杜甫诗歌:湖波之上》(*Nad wijącą się rzeką*)。2001 年,安杰伊·G.帕霍尔赤克(Andrzej G. Pacholczyk)从英语译本翻译了韦庄、李白、杜甫、白居易、王维等人的诗歌,结集出版《静夜思:唐诗选》(*Myśli spokojną nocą:wiersze chińskie z dynastii T'ang*)。2004 年,沙宁的《唐诗七十首》(*70 wierszy chińskich*)收录了张九龄的《感遇十二首》、李白的《春思》、杜甫的《望岳》、王维的《送别》、孟浩然的《秋

登兰山寄张五》、王昌龄的《望月》、丘为的《寻西山隐者不遇》、綦
毋潜的《春泛若耶溪》、常建的《宿王昌龄隐居》、岑参的《与高适薛
据登慈恩寺浮图》、元结的《贼退示官吏》、韦应物的《郡斋雨中与
诸文士燕集》、柳宗元的《晨诣超师院读禅经》、孟郊的《游子吟》、
陈子昂的《登幽州台歌》、李琦的《送陈章甫》、韩愈的《山石》、白
居易的《长恨歌》、王翰的《凉州词》、李商隐的《乐游原》、贾岛的
《寻隐者不遇》、王之涣的《登黄鹤楼》等 70 篇作品。沙宁还专门
为这本集子作了一篇诗序，以此介绍唐诗的特点：

> 中国诗歌，与西方诗歌截然不同，
> 鲜为人知，
> 当中国人从壶中饮酒时，
> 他在年幼时就已学富五车。
> 不是关于基督、柏拉图或希腊神话，
> 而是智慧和美德的种子，
> 或是完美生活的观察者，
> 从开始，他们就说，这是神的赐予。
> 孔子，就是这样一个人，
> 他因遵循严格的社会秩序而成为圣人，
> 无须创造任何新的东西，
> 无须惩罚任何一个有罪之人，
> 他把中国人捆绑在一个
> 与意念相通而与自然相悖的僵化结构中。
> 当人们受够了这样的生活，
> 便选择归隐森林，
> 隐士们也常常在此时悟出道理，
> 朝廷的重压只有他们自己承担。
> 道教常把这样的人称为
> 巫士和术士，

他们常在清晨到溪水中沐浴，

问候着太阳的第一缕晨光。

他们不再受到朝廷的重视，

这是诗人的灵感来源，

是村民命运的神谕，

知识的宝库，圣灵的影子。

但是在他们鄙视中举的秀才之前，

他们也早已明白自己将永远不会再有机会成为秀才。

但是不管是谁在坚持，

写诗在中国古代是很普遍的事情，

甚至在后宫之中，

皇帝时常迷醉于这些赞美的诗歌。

中国古诗重视友情胜于爱情，

每个简单的字词似乎都是由音节组成，

虽然其中蕴含着一些神秘的复杂性，

但我们的思想还是过于浅薄。

中国古诗通常由几个层次组成，

白种人无法将其全然理解，

而且也没有翻译可以做到，

将中国人想要表达的内容完全正确地展示。①

　　这一时期值得关注的还有汉学家、外交家阿莱克斯·邓布尼茨基翻译的《中国诗歌选》(*Dzwoneczki nefrytowe w księżycowej poświacie. Wybór wierszy chińskich*)，其中选译了7—9世纪10位中国诗人的55首诗歌。这个译本的重要价值在于邓布尼茨基撰写的一篇学术性很高的序言，其中系统介绍了中国诗歌的萌芽、发展和繁荣，及其对社会政治、文化生活的影响。邓布尼茨基在其中重

---

① *70 wierszy chińskich*，tłum. Jarek Zawadzki，My Book，Szczecin，2004，s. 6.

点介绍了《诗经》的特点和作用：

> 在中国，由专于历史、习俗、宫廷礼制的儒家掌管行政事务。国家考试制度逐渐确立，主要考察考生对儒家经典的了解，其中最受推崇的经典之一即为《诗经》。考试不仅要求参考者熟读四书五经，在往后几百年中还越来越注重其诗歌创作能力。官吏选拔也因此和教育、诗歌表意艺术结合了起来。吟诗作赋成为了一种时尚，一种聚会时的乐趣，以及一种锻炼才智的形式。[1]

邓布尼茨基还对中国和西方诗歌的异同进行了分析，他指出，中国诗歌和西方诗歌在题材选择上的差异不大。西方诗歌中的青春纯爱和婚前恋爱主题可以算作二者之间为数不多的区别之一，且仅出现在西方民风自由的早期阶段。求爱和自由婚恋风俗在中国社会的缺失可能是形成这一差异的原因。然而中国诗歌中经常会出现一种"另类"的爱情题材——士人对青楼妓女的爱情。其次，中国没有歌颂战争的诗歌。战争在中国诗人的笔下常常是血肉横飞的战场、士兵服役的艰辛以及千万家庭的悲苦，战争中的英勇、奉献、牺牲等元素从来不是中国诗歌所传递的精神内核。在邓布尼茨基看来，"平静、和谐是独属于中国诗歌的特点。儒家'中庸之道'所说的理性适度、道家避世和泛神论的思想、佛教心如止水的理念共同塑造出了这种特性"[2]。

2000 年，艺术出版社再次出版莱奥波尔德·斯塔夫翻译的诗歌集《中国笛》。此版装帧十分精美，封面和封底均由丝绸刺绣包裹，整本书呈圆形。艺术出版社在官方网站上撰文介绍了《中国

---

[1] *Dzwoneczki nefrytowe w księżycowej poświacie. Wybór wierszy chińskich*, tłum. Aleksy Dębnicki, Wydawnictwo Akademickie Dialog, Warszawa, 2003.

[2] *Dzwoneczki nefrytowe w księżycowej poświacie. Wybór wierszy chińskich*, tłum. Aleksy Dębnicki, Wydawnictwo Akademickie Dialog, Warszawa, 2003.

笛》精装版发行始末,还提到了波兰著名诗人米沃什对此书的喜爱。米沃什在看到这本书时曾对出版社人员表示,斯塔夫是他非常尊敬的诗人,斯塔夫所译的《中国笛》给予了他巨大的精神营养,鼓励他在艰难的外部条件下坚持自己的诗歌创作。

表 4.4:1990—2011 年中国古代小说波译的主要作品

年份	作者	作品	译者
1990		《龙之女:7—17 世纪的中国奇幻故事》	爱娃·维特茨卡
1991		《远东神话传说》	H·阿达姆柴夫斯基
1994	兰陵笑笑生	《金瓶梅》	胡佩方、耶日·霍奇沃夫斯基、雷沙德·赫梅莱夫斯基
2008	蒲松龄	《聊斋志异》	达努塔·日比科夫斯卡、波热娜·科瓦尔斯卡、斯坦尼斯瓦夫·帕维尔赤克、吴倩
		《聊斋故事选》	卡塔热娜·维茨科夫斯卡
	安遇时	《包龙图公案》	塔德乌什·日比科夫斯基

古代小说方面,1990 年,爱娃·维特茨卡(Ewa Witecka)翻译了中国 7—17 世纪的一系列奇幻故事并结集出版,题为《龙之女:7—17 世纪的中国奇幻故事》(*Córka smoka. Chińskie opowiadania fantastyczne* , *VII–XVII w. n. e.*)。"龙之女"是这本故事集中的一个故事,即李朝威(唐)的《柳毅传》。译者从《中国著名短篇小说》(*Famous Chinese Short Stories* ,纽约,1970)、《反叛者和巫师:7—9 世纪的唐代小说》(*Hulaka i czarodziej. Nowele epoki T'ang* , *VII–IV w.* ,莫斯科,1970)、《远东古代小说》(*Klasyczna proza Dalekiego Wschodu* ,莫斯科,1975)、《揭露神灵,中世纪的中国小说》(*Zdemaskowanie bóstwa* , *średniowieczne opowieści chińskie* ,莫斯科,1977)、《中国文学——古代、中世纪和现代》(*Literatura chińska. Starożytność* , *średniowiecze i czasy nowożytne* ,莫斯科,1959)、《狐妖:

聊斋传奇故事》(*Lisie czary: niezwykłe opowieści Liao Czaia*, 莫斯科, 1970、1973)等英文或俄语版的中国故事集中选取故事转译为波兰语。收录的故事除了《柳毅传》,还包括牛僧孺的《崔书生》、李复言的《薛伟》、裴铏的《聂隐娘》、袁郊的《红线》、陈玄祐的《离魂记》、瞿佑的《牡丹灯记》和蒲松龄的《小翠》等。维特茨卡在翻译这些故事的时候对原作者的道德评论及需要大量作注的短语做了一些删减。此外,为了降低读者阅读音译中文词语的难度,书中采取了科普文学中常用的意译办法。译者在序言中简要介绍了中国的传奇和志怪小说,认为传奇"能够满足大众猎奇心理","蕴含中华民族丰富的民间信仰"。译者评称,在清朝统治、文学创作审查极为严苛的中国,蒲松龄创作的志怪小说成为躲避清廷审查、影射时事要闻的最安全有效的形式。

另一个重要的古典小说译介成就是对《金瓶梅》的翻译。这个译本是由旅波华人作家胡佩方和耶日·霍奇沃夫斯基(Jerzy Chociłowski)、雷沙德·赫梅莱夫斯基(Ryszard Chmielewski)合作完成的,1994 年由华沙缪斯出版社出版。译者并未对全书所有章节进行翻译,而是精选了一些篇章,力图呈现原作者的创作意图。译者对书中古诗采用了意译的方式。

《聊斋志异》一直备受波兰读者青睐。这一时期出现了两个重要译本,一是达努塔·日比科夫斯卡(Danuta Żbikowska)、波热娜·科瓦尔斯卡、斯坦尼斯瓦夫·帕维尔赤克(Stanisław Pawel-czyk)、吴倩(Agnieszka Łobacz)合作从中文直接翻译的《聊斋志异》(*Mnisi-czarnoksiężnicy, czyli niesamowite historie o dziwnych ludziach*),译者选取了 17 篇最具代表性的作品,涵盖各种话题。另外一个是卡塔热娜·维茨科夫斯卡(Katarzyna Więckowska)从英语翻译了 21 篇聊斋故事,编成了《聊斋故事选》(*Wybór opowiadań Liao Zhai Zhi Yi*),由马尔沙维克出版社出版,中波双语对照。

此外,汉学家塔德乌什·日比科夫斯基再次翻译《包龙图公案》(*Sprawiedliwe wyroki sędziego Baogonga*),是 1960 年版的更新版。译者选取了 20 个具有代表性的故事,舍弃了一些主题类似的故事,那些包含过多文字游戏或者牵涉文化背景知识过多、不易被波兰读者理解的故事也未选入。

这一时期,波兰对中国古代文学的研究取得了新进展。2001年,史罗甫领衔撰写专著《中国早期文学》(*Wczesne piśmiennictwo chińskie*),介绍了中国从甲骨文时期到春秋战国时代的语言文学的发展特点。早在 20 世纪中叶,世界汉学界已确立了一种观点,认为中华文明和文化的发展具有独立性。史罗甫认为,承认中国历史数千年发展的独立性和持续性,就应该从历史发展的角度去认识中国文化,这种研究角度对中国文学同样适用。这可以说是史罗甫书写这本专著,向波兰读者介绍中国最早期文学作品的动机。作者主要着墨于先秦叙事散文,详细介绍它们的来源和特点。由于中国哲学相对而言为人所熟知,相关著述颇多,而神话故事与叙事散文的相关性不高,主要是汉代后期的作品比较出名,且需要用特定的方法评述,因此本书未将中国早期哲学作品和神话传说纳入研究范围。作者认为:"如果不在更广泛的文化背景下展开叙述,就很难说清楚叙事散文的产生过程。"[1]由于汉字的特殊性对中国文化的形成产生影响,所以作者在书中花费笔墨解释汉字的起源问题。作者独设一章,引用了拉法乌·加耶夫斯基关于商代文字的文章,介绍商代文字所具有的"叙事性"的特点。书中还有介绍甲骨文的章节以及关于青铜铭文、《书经》、《诗经》的简述,这一部分是由李周撰写的。史罗甫最着力书写的是对《左传》和《战国策》的介绍。总体而言,此书介绍了中国早期文学的整体样貌,包括汉字起源、中国古代文字的发展(甲骨文、青铜铭文)、中

---

[1] Zbigniew Słupski, *Wczesne piśmiennictwo chińskie*, Wydawnictwo Agade, Warszawa, 2001, s. 7.

国古代文学的历史轮廓(《尚书》《诗经》《春秋》《左传》《战国策》)等内容。史罗甫在序言中还提到计划出版补充卷,对上述作品进行选译。

2004 年,史罗甫带领青年汉学家伊雷娜·卡乌任斯卡和李周对《中国早期文学》进行修订和补充,完成了新的《中国早期文学选篇》(*Wczesne piśmiennictwo chińskie:wybór tekstów*)。史罗甫选编了《尚书》《左传》《国语》《战国策》中的片段,包括晋文公的故事、吴越争霸的历史等,并和两位青年学者共同翻译了上述选段,此外还选译了一些篇幅短小的故事以及兼具教化和讽刺作用的轶闻趣事。书中选段在此前均未被译为波兰语出版过。

三、三代汉学家共创中国文学的波兰语翻译事业

从 20 世纪 90 年代到 21 世纪前十年,在波兰翻译、研究中国文学的工作中发挥主要作用的是华沙大学的老、中、青三代汉学家。他们充分利用国内良好的文化氛围和中波两国活跃的交流态势,有效借助汉学学科发展和科学技术进步所带来的便利,积极开展译介、研究和推广中国文学文化的活动。其中首屈一指的代表人物当属"大器晚成"的汉学家石施道。

石施道是波兰著名的汉学家、政治学家。他醉心于跨文化研究,主要研究方向包括中国古代战略思想、中国古典思想、现代中国的社会与文化转型、儒家思想、佛教与西方文明的比较等。石施道毕业于华沙大学心理学系,同时攻读过汉学、哲学、社会学、人类学和语言学。1964—1966 年,石施道在北京大学留学,学习汉语和中国历史。1966 年获华沙大学硕士学位,1967 年开始攻读博士学位,1969—1971 年在华沙大学新成立的政治学教研室担任助教。1971 年,他撰写完成了关于 20 世纪 20 年代中国军阀战争的博士论文《中国近代军事:历史起源、功能和变迁》,获得博士学位。1972 年开始在波兰科学院历史研究所工作,1978 年起任新设

立的 19—20 世纪亚洲、北非历史研究室主任。1981 年 12 月前往西欧,任教于意大利最大的东方研究中心——那不勒斯东方大学。曾在法国索邦大学开设汉学博士生研讨课,参与英国著名汉学家李约瑟(Josephe Needham,1900—1995)领衔的 20 世纪世界上最大的汉学研究项目"中国的科学与文明"。

1995 年,石施道回到波兰,供职于波兰科学院政治研究所(Instytut Studiów Politycznych)直至 2014 年,同时在华沙大学社会学专业教授现代东亚和东南亚研究课程。1998 年开始在波兰最大、排名第一的私立大学华沙社会科学人文大学任教,积极推广中国和东亚文化。在其努力下,该校于 2003 年成立东亚文明研究中心,2013 年设立"亚洲研究"本科专业,讲授有关中国、东亚的知识并开展汉语教学。

石施道的研究领域广泛,主要涉及中国古代政治文化和社会思想,尤擅中国战略思想和军事文化研究。他也开展西方与东亚文化传统的比较研究,包括东西方对使用武力的看法、个人与社会的关系、宗教信仰、国家、公民社会、人权等,以及不同文明之间的对话,对东亚社会和政治传统及其对当代政治和文化发展的影响有深入见解。石施道为波兰汉学做出的突出贡献是他对中国传统思想的深入研究,尤其是关于《孙子兵法》、古代战略思想的研究。他认为孙子的理论是一种中国的组织行为学,即有关行为效率的研究。他在深入广泛研究中国古代哲学思想的基础上提出开创性观点,认为中国传统思想主要可以分为两个派别:以儒家为主的道德派和以道家、法家、兵家为主的实用派。他的这些观点为许多中国学者所接受,在中、波两国学术界获得了较高评价。

石施道一生著述颇丰,出版了十数本学术专著,发表近百篇学术论文、书评、评论,还汇集众多研究东亚问题的波兰学者之力,主编出版多部学术文集。主要代表作包括:《欧洲眼中的中国:19 世纪的军事改革》(*Chiny wobec Europy:Reformy wojskowe XIX w.*)、《中国古典战略及军事文学》(*Klasyczna chińska literatura strategiczna i wojskowa*)、《中国：20、21 世纪之交的社会和国家发展》(*Chiny：Rozwój społeczeństwa i państwa na przełomie XX i XXI wieku*)、《中国儒家思想下的国家模式》(*Konfucjański model państwa w Chinach*)等。

石施道胸怀波兰汉学发展使命，积极推动汉学学科建设，于1998 年创办波兰唯一一家聚焦当代东南亚国家社会、政治、经济问题的学术杂志《亚太研究》，并长期担任该刊主编。同年他在波兰科学院政治研究所创建亚太研究中心(Centrum Badań Azji i Pacyfiku)，并担任中心主任多年。此外，他还组织过很多国内国际学术会议，促进同行交流和汉学学科发展。

孔莉娅、李周两位女性汉学家先后担任华沙大学汉学系主任，她们是新时期波兰汉学学科的领军人物。孔莉娅毕业于华沙大学汉语系，1989 年获博士学位，2004—2009 年任华沙大学东方学院汉学系主任，2012 年起任华沙大学教授。2001—2019 年还同时在波兰最古老的大学雅盖隆大学汉语系任教。多次赴中国、德国、奥地利、瑞士等地访学，是多个波兰和世界学术组织成员。孔莉娅专事中国文化研究，尤其是中国文学、戏剧和艺术。善于从共时性和历时性角度研究当代中国文化，为波兰读者揭开中国文化宝藏的面纱，探讨外来文化对中国文化的影响以及不同文化的相互融合。她对中国现代戏剧研究颇有心得，比较话剧和戏剧之间在表演模式和舞台布置方面的差异，探究中国艺术领域关键性转变的发生机制以及该转变对中国社会意识产生的影响。孔莉娅还基于对文学、戏剧、媒体以及网络文本等文化语料的分析，深入研究当代中国人的文化认同感，探究植根于传统的现代认同感的形成过程，并辅以美学层面和哲学层面的思考。她定义现代中国文化中出现的新现象，例如"边缘文化"和"异教文化"的中心化、代际文化的出现等，研究 20 世纪初中国文化现代化过程中的规律性和中国文化中的关联性、互文性以及对话过程,聚焦中国文化在艺术领域出现的符号化过程,分析两者之间的相关性,从符号视角对中国当代文学、戏剧、绘画进行分析,解释中国文化文本的多义性。

李周博士同样毕业于华沙大学汉学系,曾于 1985—1986 年、1999—2000 年先后在南开大学和北京师范大学学习中文,现任华沙大学汉学系主任。她的主要研究方向是中国宗教、中国古代和当代文学以及中国古代哲学思想。李周是一位勤恳、严肃的文学翻译家,翻译完成了《南华真经》《马桥词典》和多部儒家经典。她对待文学翻译的态度十分严谨务实,强调中国文学作品的波兰语翻译应该重视对原文语法结构和词汇特点的准确理解,防止翻译中出现语义错误,在追求"信"的同时实现"达"和"雅"。李周在一次采访中曾表示,波兰语和汉语是两种截然不同的语言,翻译总会面对是否应将汉语表达异化,即"波兰语化"的问题。"在我看来,没有一种解决方案能够应对所有情况。好的译文应该让读者在阅读译本时感觉不到翻译的存在。"①李周十分肯定技术发展为翻译活动带来的便利,指出网络辞典、网络搜索等功能使得以前繁琐沉重的查字典过程变得更为快捷准确。李周认为,好的中国文学译者应对翻译抱有审慎态度和敬畏之心,不仅要精通中文,还要有扎实的母语基础,博闻广识,既要有文学天赋,也要熟知语言的时代性。

马丁是波兰青年一代中著名的汉学家、翻译家,中波人文交流的有力推动者。他 2001 年毕业于华沙大学应用语言学专业,2004年毕业于华沙大学汉学系,是孔莉娅的学生,2008 年在其指导下完成博士论文《中国 5—19 世纪文献对绘画临摹仿造现象的讨论思考》(*Zagadnienie malarskiego powtórzenia i falsyfikatu w chińskim*

---

① *Technologia i tłumaczenia – wywiad z dr Małgorzatą Religą*, https://www.chiny-tech.pl/2019/06/technologia-i-tlumaczenia-wywiad-z-dr-malgorzata-religa/.

piśmiennictwie o sztuce z okresu od V do XIX wieku），并获博士学位。
2002—2008 年，马丁就职于波兰华沙国家博物馆东方艺术收藏部，主要从事有关中国藏品的收集和研究。2008—2017 年供职于密茨凯维奇学院，该学院是波兰专事民族文化推广的官方机构，直属于波兰文化与民族遗产部（现称波兰文化、民族遗产和体育部）。任职期间主要负责亚洲事务，致力于在中国、韩国、日本和印度组织各种波兰文化活动。同时期，他在华沙大学东方学院汉学系担任讲师。2017 年 3 月，马丁转入华沙人文社科大学汉学系任教，同时担任国际合作处处长，现任人文学院院长。

马丁自小就对中国文化充满兴趣。八九岁的时候，他崇拜李小龙和中国功夫，此后开始阅读有关中国和中国哲学的书籍，并对道家思想产生浓厚兴趣。十四岁时开始习练武术，师从中国山东烟台的师爷，这是他人生中第一次真正意义上接触中国传统文化。马丁上大学时，波兰社会对中国的兴趣并不浓厚，学习汉语不会获得更多职业发展机会。尽管如此，马丁出于对中国功夫、中国文化的热爱，还是做出了学习汉语的决定。

马丁的第一个学术研究方向是中国古代艺术。在华沙国家博物馆工作期间，他通过馆藏中国艺术品开始了解中国古代绘画艺术，学习同中国艺术相关的知识，在华沙大学东方学系汉语专业学习时，撰写的硕士论文题目就是"中国古代绘画中的题款与题跋"。他注意到中国绘画传统中一些独一无二的现象，例如将绘画、书法和文学三者结合起来并一同呈现于艺术作品之中。后来他又陆续接触到了中国的文人文化。那时候，华沙国家博物馆的中国艺术品中有不少赝品，这引发了马丁的思考——中国文人在绘画和收藏过程中如何看待艺术品的真实性？围绕这个问题，马丁将在博物馆的工作经历、学习中国文人文化的心得、学习中国文学的体会三者有机结合起来，酝酿形成其博士论文《中国 5—19世纪文献对绘画临摹仿造现象的讨论思考》。对于中国绘画中的临摹和仿造现象,马丁提出了自己的独到见解:由于有了近乎临摹的仿造传统,我们今天才能欣赏到那些消弭于岁月之中的传世杰作。但复制品和赝品不同,赝品具有欺骗性。哪怕有些伪造者的绘画技艺精湛,但艺术看重的是创造力、创新性,而非再造能力。无论如何,仿制者不过是再造,而原作画家本人才创作出了独一无二的艺术品。作为研究中国古代艺术的专家,马丁看到了波兰民众认知中国古代艺术的特点及其不足:"总体而言,波兰民众对中国历史和中华文明的成就知之甚少。相对有名的要数中国手工艺品,尤其是出自清末和现代的瓷器、丝绸、漆器和珐琅彩。而中国最珍贵的书法和绘画艺术,只有一部分爱好者和专家对其有所耳闻。"①言及原因,马丁指出:

> 中国艺术的某些领域,尤其是书法和绘画艺术,对于欧洲受众来说,还是很难领会其精妙的。这些艺术品,完全出自另一种审美传统,想要理解它们,必须要有十足的理论准备。不认识汉字、不知道笔墨纸砚、不了解中国的文人文化、不懂得专业术语,比如"气韵"和"平淡"的话,欧洲人实在很难欣赏中国大家的艺术作品。②

为此,马丁写就了《中国绘画中的复制和仿制研究》(*Powtórzenie i falsyfikat w malarstwie chińskim*)和《华沙国家博物馆收藏的中国艺术品》(*Sztuka chińska w zbiorach Muzeum Narodowego w Warszawie*),向波兰读者推广中国古代艺术。

除了中国艺术,马丁还醉心于中国古典文学的翻译与研究。他直接从中文古文翻译出《南华真经》《冲虚真经》,又在塔德乌

---

① 马丁、李怡楠:《"漫步在古典中华与当代中国之间"——波兰汉学家、中波文化交流的使者马丁访谈录》,载《国际汉学》2008年第4期,第21页。

② 马丁、李怡楠:《"漫步在古典中华与当代中国之间"——波兰汉学家、中波文化交流的使者马丁访谈录》,载《国际汉学》2008年第4期,第22页。

什·日比科夫斯基等人直译本（1987 年）的基础上改译了《道德经》。他对先秦文学抱有极大热情：

> 读中国先秦文学，能发现原汁原味的古代中国。《战国策》让我们看到了中国战国时期的政治现状——谋略、变化莫测的政治局势、人的残忍和智慧，这部著作的内容实在是太丰富了。《吕氏春秋》实际上是很棒的有关人力资源管理的参考书，也是古代知识的宝库。《论语》里面的儒家思想，完全不像我们所知道的晚期"儒教"，而是很富有人情味的思想，一些方面完全符合基督教的"爱他人"的概念。中国古代文学很丰富，可以一辈子研究、学习。[1]

传统的波兰汉学家多潜心于中国的历史、文化领域，专事文学翻译和研究，新时期亦有石施道这样的专家，在研究古典哲学的同时关注中国历史发展和政治、经济与社会。马丁的汉学事业领域更为宽广，他既对中国传统文化有系统研究，又能把握时代脉搏，充当中波人文交流的急先锋。供职于密茨凯维奇学院的近十年间，马丁组织、策划、协调了数百场中波文化交流活动，被中国人称为"中波文化的使者"。2014 年，马丁在波兰著名的周刊《政治周刊》（Polityka）"中国人的历史"（*Historia Chińczyków*）专刊上发表了 4 篇科普型学术文章，系统介绍中国的文学、艺术和建筑，并梳理中波人文交流史。2016 年，马丁的专著《素颜中国》（*Chiny bez makijażu*）出版，以独到视角向波兰读者介绍当代中国的民族问题、政治认同感及快速发展所带来的种种社会矛盾。马丁认为，中国是一个疆域辽阔、地区差异巨大的国家，似乎在逐步恢复对 1911 年之前帝国的认同感，中国人对传统文化遗产的关注度变得越来越高。

从石施道到孔莉娅，从李周到马丁，世纪之交的汉学家们以老

---

① 马丁、李怡楠：《"漫步在古典中华与当代中国之间"——波兰汉学家、中波文化交流的使者马丁访谈录》，载《国际汉学》2008 年第 4 期，第 22 页。

带新,薪火相传。前辈老骥伏枥,后辈勇于创新,共同开创了波兰汉学的新局面。

四、中国文学译本中的中国和中国人

20世纪90年代,中国改革开放逐步深入,文学领域对极"左"路线话语权威的规避与消解以及多元价值取向逐渐得以体现。与此同时,脱离了苏东阵营、走上转型道路的波兰,对文学作品的译介选择和解读方式亦发生转向。这一时期在波兰问世的中国文学译本和研究专著,在中、波两国社会文化影响的双重作用下,向波兰读者展示了一副迥然异于从前的中国和中国人形象。

(一)深受古代哲学思想影响的当代社会

1989年波兰政治、经济体制开始全面转型后,社会思想文化发展愈发自由活跃。随着西方哲学发展进步,波兰对中国古代哲学思想的理解方式发生较大变化。此前研究者多关注诸子百家思想的深邃神秘,着力探究其内在玄妙,而在新时期波兰人更多聚焦儒、道、兵、法等思想对当代中国国家治理、社会秩序、人际关系的深刻影响。

李周在《关于贤主、智者和人性》一书的序言中分析儒家思想,提出孔子及其弟子的思想首先是关于人和人的社会生活。身处社会中的人需要遵循既定等级和秩序,而中国传统礼仪和习俗在增强家族和民族凝聚力的同时,保障了社会秩序的规范性。李周分析了孔子、孟子、荀子对于人性的不同看法:"孔子说,所有人本性相同,他们之间的差异是人生道路的不同所造成的。孟子认为人性本善,荀子却认为人性本恶。"①李周倾向于孟子的性善论,认为每个人在刚出生时都是向善的,他们都能够与他人共情、保持

---

① Małgorzata Religa, *O dobrym władcy, mędrcach i naturze ludzkiej*, Wydawnictwo Adakemickie Dialog, Warszawa, 1999, s. 10.

谦逊、明辨善恶,这些与生俱来的本领是人们习得善良、正义、孝顺、仁慈、忠诚等美德的源头。

在波兰,孔孟之道提倡的"君子"为人所称道。李周在序言中指出:

> 每个人都应当做一个"君子",至少要朝着成为"君子"的方向努力,竭尽所能达到这一十分严苛,甚至不可能实现的理想标准。"君子"在家中应当尽心竭力侍奉父母,在外则应当是国家的守护者,为国家和人民的利益而努力。"君子"应当是一个真诚且值得信赖的人,信守自己许下的诺言。"君子"具备"仁"的美德,"仁"是真正的善良,是人性的体现。"仁爱"意味着对待他人仁慈和宽容;意味着能够与他人共情,原谅他人的错误;意味着引导人们走上正确的道路,根据人们的社会角色帮助他们明确自己的责任义务以及行为规范。[1]

李周还充分肯定"礼"在规范社会秩序中的作用。"在不同的情境下,'礼'具有各不相同的丰富内涵,可以表示风俗习惯、典礼仪式、宗教仪式、礼节规范、行为标准、礼貌客套等。'礼'促使人们遵守等级制度,强调人们应当遵守在不同情境下相应的行为规范。"[2]

《冲虚真经》丰富了波兰人对于道家思想的理解。译者马丁认为,《冲虚真经》的主题围绕着道家思想的不同方面展开,涉及由社会地位和财富带来的幸福的虚无和幻象。死亡是自然地回归虚无,我们从虚无中诞生,人生只是一个从有到无的过渡阶段。真正的智者不在意财富和名声,面对命运的安排,不管是幸运或不

---

[1]　Małgorzata Religa, *O dobrym władcy, mędrcach i naturze ludzkiej*, Wydawnictwo Adakemickie Dialog, Warszawa, 1999, s. 7.

[2]　Małgorzata Religa, *O dobrym władcy, mędrcach i naturze ludzkiej*, Wydawnictwo Adakemickie Dialog, Warszawa, 1999, s. 7.

幸,都能保有平常心。天就是命,人们无法理解它,但必须学着去掌控,这样才能实现内在和谐。当有人能够理解自然和自然的节奏时,就能理解自己和周遭世界。马丁认为,虽然《冲虚真经》写于几百年前,其中的寓言仍具有令人震撼的当代意义。"我们也需要和命运的结果、和死亡去争斗,我们的人生也要克服困难的选择。如果《冲虚真经》在今日波兰能够对我们的人生之路起到一些帮助,那就可以证明它的超越时空性和人性的永恒性。"①

如何用现代的眼光看待中国古代哲学思想？石施道提出这样的观点:所有中国思想和文化中,可以分为两种互补的思想——儒家和兵家。前者从道德、规范的角度出发思考社会生活,后者则告诉人们如何有效地采取行动。道家思想在行动层面上亦与后者密切相关。儒家弟子学会了如何实现个体内心和谐与社会和谐之统一,兵家着眼于如何化解冲突,最大限度地减少对和谐的不可避免的干扰。"兵家在一定程度上以务实的态度补充了理想主义的儒家思想,以一种似乎'不道德'的利己主义来补充道德主义。尽管只有儒家思想受到正式承认,而兵家思想却被认为是'羞耻'和'狡诈',但是中国文化中的这两个方面密不可分。"②

（二）历史激荡、风云变幻的中华大地

新时期波兰译介的中国现当代小说,大致可以分为以张爱玲为代表的女性文学,陈世旭等为代表的伤痕文学,莫言、韩少功等为代表的寻根文学和苏童等为代表的新潮小说。40余位中国作家的作品,向波兰读者展示了中国20世纪以来百年的历史风云变幻,以及发生在广袤中华大地上的平凡人的生活。

出生于20世纪20年代的张爱玲创作高峰期主要是40—70

---

① Liezi, *Prawdziwa Księga Pustki. Przypowieści taoistyczne*, tłum. Marcin Jacoby, Drzewo Babel, Warszawa, 2006, s. 6.

② Krzysztof Gawlikowski, *Strategie na konflikt i negocjacje. O sztuce wojny mistrza Sun*, „Azja-Pacyfik", 1998 (1), s. 211.

年代,她善于展示 20 世纪上半叶的中国,在波兰读者眼中那是一个徘徊于古代与现代、西方与东方、现代与传统之间的国家。邓友梅的《那五》展现的也是解放前中国的世态百相。"八旗子弟"那五虽然文化水平高,但只会玩乐、缺少生存技能,一旦失去政治特权,他就立刻难以为生。这部作品从民间视角展示了中国封建政权灭亡的历史更替。类似的还有叶广芩的中篇小说《梦也何曾到谢桥》,通过描述一个晚清贵族家庭的情感故事,展示了清末民初的中国社会情状。

何士光的《乡场上》描绘的是 20 世纪 70 年代末 80 年代初的中国农村图景,展现农村经济体制改革前后农民言行举止及性格心理的变化,真实反映出农民的精神状态。作者揭露了"四人帮"浩劫后农村的种种弊症,而且有力地歌颂了社会的进步,弘扬农民的思想解放和精神觉醒。史罗甫在为《中国当代小说集》作序时也专门提到了中国的伤痕文学,直言波兰翻译家希望从某一历史角度出发,让波兰读者了解现代中国,尤其是 20 世纪 60、70 年代的中国,以便更好地理解当代中国社会。其实,这种对中国伤痕文学的关注,还是波兰对自身社会转型的感同身受和深刻共情。

波兰翻译家也意识到少数民族在中国历史发展进程中发挥了不可替代的作用,使得充满异域风情的青藏高原和那里发生的重大历史事件构成了新时期中国文学波译图景中的重要元素。小说《尘埃落定》的译者卡塔热娜·佩特茨卡-尤雷克(Katarzyna Petecka-Jurek)称赞这部作品布局宏大、叙事巧妙,通过极具魅力的人物群像和生动贴切的事件描写,向读者展现了西藏地区解放前的独特生存样态和西藏解放过程中的风云变幻。译者言称:"小说淋漓尽致地描绘了充斥着奢靡、淫欲、激情和血腥的西藏贵族生活。""《尘埃落定》一书对西藏的意义,就好比加西亚·马尔克斯的小说对哥伦比亚的影响,抑或是福克纳的小说之于南美的意义。"①与此类似的还有少数民族作家扎西达娃在《系在皮绳扣上的魂》中展示的蕴藏在藏族民间传说中的西藏,而郑万隆在《黄烟》中将藏族和鄂伦春族的神话与现实混合在一起,展示了一个既真实又魔幻的世界。

最引人入胜的是莫言笔下的中国:"莫言所展现的,是一个古老的、颇具浪漫主义色彩的中国,它深不可测,充满原始性;同时,莫言所展现的也是一个现代化的中国。它疯狂地追求财富、繁荣和现代化。作家凭借高超的技巧奇迹般地向人们展现了这两种极端的完美融合。"②卡塔热娜·库帕在翻译出版莫言的《酒国》时指称该作品是一部在鲁迅传统及《狂人日记》的影响下创作的长篇小说,由于"吃人"主题的再现从而与《狂人日记》取得了某种精神对应。小说借助"酒"这种饮品,描绘了中国的官场生态,对部分官员的腐败行为以及病态的酒文化给予深刻讽刺,并对人性中的冷酷进行拷问。

新潮小说的代表苏童也在作品中描写中国的历史变迁和时代演进。《妻妾成群》通过对旧式生活的精细刻画,通过描写一个"受过新时代教育"的女学生颂莲,自愿嫁入高墙深院秩序井然的封建家族陈府,最终又在"妻妾成群"的明争暗斗中走向精神崩溃的悲惨命运,艺术化地再现了中国封建礼教吞噬人性的恐怖景象。创作于20世纪90年代的短篇小说《告诉他们,我乘白鹤去了》表达了作者对生命的终极意义和生命如何消失的理解,并将其放入一个大的隐喻里:老人之所以被埋葬,并不是因为他的生命真的到了尽头,而是因为其他人在埋葬他,这些人可能是他的孙子孙女们。《两个厨子》的故事则反映了社会下层贫苦劳动者对生存的基础——食物最真实的态度,食物不仅仅是为了满足口腹之欲,更

---

① https://lubimyczytac.pl/ksiazka/40840/czerwone-maki
② Helena Zaworska, *Monstrualne życie*,„Nowe Książki",2007(8),s. 19.

是他们的"根"。

（三）勇于自我反思、极具生命张力的的中国人

汉学家孔莉娅在为《系在皮绳扣上的魂：当代中国故事集》一书作序时说过，20世纪90年代的中国文学，从主流的现实主义和政治、意识形态使命下解放出来，形式和内容走向了多元化。从20世纪80年代开始兴起的寻根文学努力挖掘传统意识、民族文化心理，而几乎同时期发展起来的先锋派文学反对传统文化，主张文学的独创性、反叛性和不可重复性。新时期被介绍到波兰的莫言、苏童、韩少功等中国作家，大致均秉持这两种艺术流派的创作理念。他们冷静思考，批判现实，笔下的主人公常常寄托了作家勇于扛起人生重担的理想色彩，又体现出对生活高昂的热情和对生命顽强的热爱。

张爱玲笔下的女性，常常饱含愁绪和相思，同时充满对幸福的向往和对满足自身欲望的大胆追求。她作品中的人物形象具有深刻的自然主义色彩。这里没有一个角色是完全积极、正面的，虽然她们都拒绝承认自己的缺点，但这些缺点被刻画得十分清晰。读者可以由此认识到支配人类心理和灵魂黑暗深处的本能。"张爱玲笔下的主人公，一生常常充满疑问与自我质疑，他们在依赖传统、渴望解放之间挣扎，这种分裂状态不仅预示了中国正在发生的经济和社会危机，更深刻地揭示了中国人所面临的个人价值体系的危机。"①

在波兰译者眼中，《糖》讲述了一个美丽的爱情故事。这是一部有关不成熟的反叛的小说，也是一部审视自身缺点的小说。小说中无声却十分重要的主人公是中国。在《糖》这部作品中，音乐起着重要的作用，因为一位主人公就从事音乐事业。交响乐的声音反映了主人公—红的生活变化。从摇滚音乐到朋克音乐的转

---

① https://www.biblionetka.pl/art.aspx? id＝899213

换,正是作者跨越自我边界的体现。译者认为,这首先是一本讲述冲破障碍的小说,这个障碍是一堵矗立在主人公内心世界的高墙,那些听着走私盗版光碟长大的一代,情感上早已伤痕累累、千疮百孔,让他们遵守传统道德标准非常困难。

春树的《北京娃娃》是一本反映残酷青春的小说,写的是北京女孩春树十四岁到十八岁之间的经历,实际上是一部作者审视自己过往生命痕迹的"成长史"。整本书充分反映作者对于社会、家庭、学校、爱情的愤怒,展现作者以奋不顾身的方式去燃烧自己的人生与青春的态度。

刘恒《贫嘴张大民的幸福生活》用轻松幽默的形式反映20世纪80年代北京大杂院里那些平民老百姓的普通生活,展现心地善良的城市平民张大民一家人追求平凡幸福生活的过程,赞扬了张大民知足常乐的生活态度、脚踏实地的生活状态和锲而不舍的乐观精神。而《发廊情话》是当代作家王安忆创作的短篇小说,作者通过发廊里散漫、细碎、近乎原生态的日常生活状态的描写,对世俗人生的人情世态进行了生动逼真的艺术描写。作家并未过多深究深藏其后的社会、伦理意蕴,而更加关注对市民生活的勾勒。

五、传播平台的主体性凸显

1988年,位于波兹南的密茨凯维奇大学现代语言文学学院东方学教研室设立汉学专业,这是波兰的大学中设立的第二个汉学专业。2000年,位于克拉科夫的雅盖隆大学语言文学学院东方研究所设立了波兰第三个汉学专业。这段时期,华沙大学、密茨凯维奇大学和雅盖隆大学的中国语言文化教学和研究蓬勃发展,这三所大学的出版社积极出版本校汉学家的译介成果,成为在波兰推广中国文学的一股重要力量。

同期在波兰传播中国文学的出版平台发生重要变化。以往出版中国文学翻译和学术研究成果的出版社多为综合性出版社,其出版方向多为外国文学作品，仅在一定时期对中国等亚洲国家文学作品有所关注。20世纪90年代波兰新成立的两家出版社——马尔沙维克出版社和学术对话出版社有一个共同点，即先后同中国出版界建立密切联系并积极合作，为在波兰推广中国文学做出重要贡献。另外，越来越多的波兰主流报刊更为关注中国文学，刊发了很多有关文章。

（一）马尔沙维克出版社

马尔沙维克出版社成立于1990年11月，并迅速成为波兰规模最大、最具影响力的出版社之一。该出版社是国际控股的马尔沙维克出版集团的重要支柱。马尔沙维克出版集团由时代马尔沙维克集团（Time Marszałek Group）、GRADO学术出版社（Wydawnictwo Naukowe GRADO）、马尔沙维克发展出版社（Marszałek Development & Press）、亚洲太平洋协会（Towarzystwo Azji i Pacyfiku）、切斯瓦夫·莫伊谢维奇国际合作支持基金（Fundacja Wspierania Współpracy Międzynarodowej im. Prof. Czesława Mojsiewicza）、东方研究中心（Centrum Badań Wschodnich）、黑尔维提卡出版社（Wydawnictwo Helvetica）、阿尔库斯出版社（Wydawnictwo Arcus）和巴尔迪加出版公司（Baltija Publishing）等多家出版社和机构组成。

在马尔沙维克出版集团支持下，马尔沙维克出版社年均出版书籍超过400本。成立三十余年来，已成为波兰最著名的人文社科出版社，长期出版各类学术著作、流行文学、诗歌和小说等，大力推广波兰学者的学术成就和作家的作品，所涉学科领域涵盖政治学、国际关系、跨文化教育、社会传播、社会学、历史、哲学、文学、语言学、金融和管理等。除了出版各类书籍，马尔沙维克出版社还出版有《东方研究》(Studia Orientalne) 等21种学术期刊和科普期刊。

马尔沙维克出版社的有关出版活动在波兰国内获得高度评价。其出版的波兰多位作家的作品在国际上享有盛名，其签约作家获得了众多奖项和荣誉,不仅提升了该出版社的国际声誉,也有助于对外推广波兰文化,塑造波兰在国际上的良好形象,相关成绩得到了波兰科学和高等教育部(现名波兰教育部)和国外相关机构的积极肯定。其出版书籍广受波兰读者、批评家和评论家好评,相关出版作品曾获东方观察奖(Nagroda Przeglądu Wschodniego)①、政治周刊历史奖(Nagrody Historyczne „Polityki”)②和弗瓦迪斯瓦夫·莱蒙特文学奖(Nagroda Literacka im. Władysława Reymonta)。

马尔沙维克出版社积极开展国际出版合作,与国外作家特别是亚洲作家保持密切联系,与多国驻波外交机构保持长期友好合作关系,专门设立有亚洲-太平洋图书馆项目,向波兰读者推出了一大批包括东亚地区国家在内的各国作家的优秀作品。目前已出版有中文、英语、法语、俄语、乌克兰语、意大利语、挪威语和马其顿语等多语种书籍,且出版数量每年稳步增长。

近年来,马尔沙维克出版社不断深化与亚洲伙伴的合作,尤其是在中国,已成为中国市场中最著名的波兰出版社,先后与安徽出版集团、中国外文局(中国国际出版集团)、中国人民大学出版社、中国大百科全书出版社、外语教学与研究出版社、外文出版社、新世界出版社、北京时代华文书局、中国社会科学出版社、华东师范大学出版社、中国图书进出口(集团)总公司、研究出版社、中国经济出版社和江西人民出版社等十数家中国出版社开展了诸多合作项目。2015 年,马尔沙维克出版社荣获中国政府颁发的“中华图书特殊贡献奖”。

---

① 东方观察奖:1994 年由波兰重要学术期刊《东方观察》设立,表彰年度最佳东欧主题的学术著作。该奖项在波兰国内有关东欧的学术研究界有重要含金量。

② 政治周刊历史奖:为表彰以波兰近代历史(1914 年后)为主题的出版物而设立,已有六十多年历史,奖项的主办方是波兰重要报刊《政治周刊》。

马尔沙维克出版社与亚太协会合作,每年5月在波兰历史名城托伦举办亚洲论坛,迄今已连续举办多届,参会人员包括各国外交官、政治家、科学家、学者和商界代表等,已成为目前中欧地区最重要的亚洲研究会议。该论坛自2010年起获得波兰外交部和高教部的名誉赞助,协办方包括库亚维-滨海省政府、托伦市、托伦商业支持中心和哥白尼大学等。

(二)学术对话出版社

学术对话出版社成立于1992年,自成立起即秉持差异化发展理念,一直致力于在波兰市场出版有关中国、日本等东方国家的语言、历史、文化和文学书籍。该出版社在其官方介绍中指出:"这些书籍主要展示那些不为我们重视但精妙绝伦的国家的文学作品,能够带领读者经历一次穿越近远东、中亚、印度和非洲的文学之旅。"①多年来,该社除了出版有关东方国家历史、文化的书籍,还推出了亚洲和非洲国家语言类教材和学术著作、讨论热点地区冲突与政治问题的专著、从古典到当代的各国文学译著。迄今,该出版社在相关领域已成为波兰出版界的领军者,发挥重要引领作用。

学术对话出版社之所以能够取得上述成功,一个重要原因就是该出版社同一众优秀的汉学家、翻译家建立了密切联系。该社签约作者包括波兰国内外杰出的汉学家和近远东地区事务专家,包括雅努什·达奈茨基(Janusz Danecki, 1946—)、博格丹·古拉尔赤克、马丁·约瑟夫·别拉夫斯基(Józef Bielawski, 1910—1997)、安娜·帕热梅斯(Anna Parzymies)、斯坦尼斯瓦夫·帕热梅斯(Stanisław Parzymies, 1938—?)、塔德乌什·马依达(Tadeusz Majda, 1946—2013)、博格丹·斯科瓦达奈克(Bogdan Składanek, 1931—?)、金思德、马莱克·梅耶尔和斯坦尼斯瓦夫·皮瓦舍维

---

① https://wydawnictwodialog.pl/o-nas,2,5.html

奇（Stanisław Piłaszewicz，1944—　）等。另有优秀评论家和文坛新秀为该出版社撰稿。

该社的签约译者都是经验丰富的汉学家，包括尤兰塔·考兹沃夫斯卡（Jolanta Kozłowska）、卡塔热娜·帕合尼亚克（Katarzyna Pachniak）、李周和倪可贤（Katarzyna Sarek）等。这些译者同中国有着密切联系，也成为出版社与中国出版界开展合作的桥梁。中国外语教学与研究出版社即在波兰汉学家李周的引荐下参访了学术对话出版社并与之建立合作。随后山东教育出版社还与之在合作出版《中外文学交流史：中国—中东欧卷》波兰语版等书籍方面结出了丰硕成果。

（三）W. A. B. 出版社

总部位于华沙的 W. A. B. 出版社成立于 1991 年，其社名来源于三位创始人——沃伊切赫·库赫（Wojciech Kuhn，1957—2019）、亚当·维德曼斯基（Adam Widmański，1964—　）和贝娅塔·斯塔辛斯卡（Beata Stasińska，1960—　）名字的首字母。2012年底，W. A. B. 出版社与布赫曼出版社、维尔加出版社合并，成立福克萨出版社。

W. A. B. 出版社最初以出版医学教材为主，很快转为文学出版社，出版了很多波兰乃至全世界各国现代作家的作品，特别是经典名著，对诺贝尔文学奖得主的作品情有独钟，出版有匈牙利作家凯尔泰斯·伊姆雷（Imre Kertész，1929—2016）、奥地利作家埃尔弗里德·耶利内克（Elfriede Jelinek，1946—　）、法国作家勒克莱齐奥（Jean-Marie Gustave Le Clézio，1940—　）、英国作家多丽丝·莱辛（Doris Lessing，1919—2013）的作品。在文学名著方面，该社出版了巴尔扎克、茨威格、瓦西里·格罗斯曼（Wasilij Grossman，1905—1964）、塞缪尔·贝克特（Samuel Beckett，1906—1989）、温弗里德·塞巴尔德（Winfried Sebald，1944—2001）和科莱特（Sidonie-Gabrielle Colette，1873—1954）等人的作品，还包括法国的米歇尔·维勒贝克（Michel Houellebecq，1956— ）、以色列的埃特加尔·凯雷特（Etgar Keret，1967— ）、俄罗斯的维克多·佩列文（Wiktor Pielewin，1962— ）、挪威的佩尔·帕特森（Per Petterson，1952— ）、匈牙利的乔治·斯皮罗（György Spiró，1946— ）、乌克兰的奥柯桑娜·扎布日科（Oksana Zabużko，1960— ）等作家的作品。

在1990—2011年波兰出版中国文学作品的出版社排名中，W. A. B. 出版社出人意料地超过了上文提到的学术对话出版社和马尔沙维克出版社，排名第一。这主要是因为该出版社在2006至2011年间连续出版了中国作家莫言、张爱玲和棉棉的小说，共计8部，取得良好市场反响。上述8部小说的译者均为卡塔热娜·库帕，她是一位高产的文学翻译，从英文转译了很多中国和日本的文学作品。

（四）重要报刊

随着中波两国交往日益密切，波兰对中国的兴趣不断提高。新时期以来，《选举报》（Gazeta Wyborcza）、《政治周刊》、《大众周刊》、《新闻周刊》（Newsweek Polska）等越来越多波兰主流报刊开始发表有关中国文学的评论文章。《亚太研究》和《新书》（Nowe Książki）等学术类期刊上发表了大量波兰汉学家、翻译家撰写的专业性更强的书评和学术论文，成为在波兰推广中国文学的重要阵地。

1.《亚太研究》

《亚太研究》于1998年正式创办，是波兰最早开展当代东亚问题研究的机构，也是一家多元化的跨学科期刊，对社会、政治、文化等领域问题均有涉及。其创始人之一弗瓦迪斯瓦夫·古拉尔斯基（Władysław Góralski，1919—2008）长期参与波兰国际问题研究所的工作，致力于亚洲政治事务与国际问题研究。另一位创始人斯瓦沃伊·申凯维奇（Sławoj Szynkiewicz，1938— ）是波兰科学院考古及民族研究所研究亚洲地区民族及民俗问题的知名专家，也是《亚太研究》第一期刊物（1998 年 1 月刊）的主编，奠定了该刊平实易懂的文字风格并延续至今。就职于波兰科学院政治研究所并任教于华沙经济大学的卡齐米日·斯塔日克（Kazimierz Starzyk）也是创始人之一，他主要从事东亚经济问题研究，研究领域包括中国思想、文化以及政治改革等相关问题。

《亚太研究》创刊时，波兰社会仍处于转型后的阵痛之中，国内鲜有学者从事亚洲事务相关研究。在此背景下，波兰科学院政治研究所于 1995 年开始每月定期举办东亚政治研究的全国性研讨会。与会者既有专家学者，也有已卸任的外交官。波兰于 1996 年成立了亚太协会（Towarzystwo Azji i Pacyfiku），1997 年成立了亚太理事会（Polska Rada Azji-Pacyfiku）。作为亚太协会下属机构，《亚太研究》于 1998 年应运而生，第一期刊物出版发行的全部费用由马尔沙维克出版社承担。2004 年之前，其核心团队设在波兰科学院政治研究所，使用"亚太协会"的官方名称。该注册名称过期之后，亚当·马尔沙维克在托伦注册了另一家同名协会并担任其主席。其核心团队在 2005 年迁至华沙社会科学人文大学，该校也因此成为《亚太研究》的合作出版方，负责刊物出版的大部分费用，其余开支则由马尔沙维克出版社负责。随着东亚区域问题研究在波兰学界受到更大关注，越来越多期刊开始涉足这一领域，华沙社会科学人文大学也加大了在亚洲问题研究方面的投入力度。波兰科学与高等教育部、外交部、中波轮船公司以及其他一些机构都曾对《亚太研究》提供过资金支持。

《亚太研究》学术性强，主要研究当代亚洲，兼顾对亚洲历史和文化传统的考察。该刊坚持以理论指导实际的原则，在对东亚问题的具体研究中融入对理论知识的分析阐释，自称一直秉持公正客观的中立态度分析评判东亚问题，致力于向读者呈现一个真实的东亚社会。该刊刊发内容有助于波兰学者及时了解国外最前沿的理论知识和研究成果,包括持相关批评意见的评论文章,不刻意避免学术交锋,这一点在学术界尤为可贵。

《亚太研究》的作者群体主要是各学科专家学者。除邀请从事亚洲研究的波兰学者、波兰外交部相关专家为专栏撰文外,也定期邀请亚洲学者以亚洲视角与读者分享个人经历和观点看法,重视培养青年学者,鼓励他们积极投稿。多数文章语言平实易懂,不过多使用专业性强的术语和词汇,可读性较强。因此,其读者群体并不局限于从事相关研究的专家学者,还包括较多普通民众。

在当今波兰社会,尽管包容多元理念越来越得到广泛认同,但排外情绪和西方中心主义问题仍较为尖锐。部分精英阶层对文明与文化的多样性缺乏广泛理解,不愿接受基督教文明以外存在的其他文明形态和同西方世界截然不同的价值体系。《亚太研究》一直注意避免出现以西方中心主义"俯视"亚洲文化的问题,积极响应 1998 年联合国发出的呼吁,即不同文化、文明的国家在交往过程中应遵循对话原则并互相尊重。该刊赞同欧盟提出的秉持对话理念并开展与地中海地区以及东亚国家的合作,希望通过介绍不同于西方世界的其他文明与文化,展现亚洲文明的多样性及其社会结构的复杂性,消弭波兰社会中的欧洲中心主义观点。随着东亚地区在全球范围内的战略意义和话语地位日渐提升,《亚太研究》对于纠正波兰社会中固化的西方中心主义以及对亚洲等地区的刻板印象,完善西方话语体系下的人文社科类概念及学科分类,推动波兰与东亚地区的合作提质增效,为解决全球性问题提供亚洲思路和亚洲视角等方面起到了举足轻重的作用。

作为波兰重点研究东亚、东南亚、南亚和太平洋地区当代事件、进程和现象的学术期刊,《亚太研究》以丰硕的学术成果成为分析当代波兰汉学研究的重要资料。1998—2022 年的二十五年间,《亚太研究》共发表关于中国的论文 232 篇。从数据统计看,论文发表数量呈现波动趋势,可以划分为三次汉学研究热潮。第一次出现在 2001 年,共发表 19 篇;第二次为 2004 年至 2008 年,共发表 53 篇;第三次为 2011 年至 2016 年,共发表 71 篇。

从二十余年来《亚太研究》论文发表的主题看,波兰汉学家对中国的研究领域涉及广泛,话题热度由大到小依次为政治、外交、经济、文化、历史、文学艺术、哲学宗教、社会和科技。在《亚太研究》中国主题论文的作者中,最为活跃的是波兰著名汉学家及《亚太研究》创始人石施道,其主要研究领域为中国古代社会的政治思想,尤其是《孙子兵法》及其他古典战略思想。另一位活跃的汉学家是博格丹·古拉尔赤克,曾任华沙大学欧洲研究中心主任,2010—2012 年担任《亚太研究》学术年鉴主编,其主要研究领域为中国政治、经济与社会。此外,吴倩和卡塔热娜·戈利克(Katarzy-na Golik)亦有较多作品发表。

2.《新书》

《新书》是波兰第一家专门刊载书籍出版资讯的杂志,前身为《书籍》(Ksiązka)和《新书刊》(Nowa Ksiązka)两本刊物。1901年,月刊《书籍》开始在华沙和利沃夫两地发行,以刊登波兰文学评论为主。一战期间该杂志短暂停更,20 世纪 20 年代正式停止运营。1934 年起,《新书刊》接过了《书籍》的接力棒,主要刊载文学评论、学术批评及目录学领域的文章。亚历山大·布鲁克纳、伊格纳齐·赫扎诺夫斯基(Ignacy Chrzanowski,1866—1940)、尤利乌什·克莱纳(Juliusz Kleiner,1886—1957)、曼弗雷德·克里德尔(Manfred Kridl,1882—1957)、斯坦尼斯瓦夫·埃斯特里赫(Stanisław Estreicher,1868—1939)、塔德乌什·辛科(Tadeusz Sinko,1877—1966)等许多人文社科领域杰出学者都曾参与杂志的刊发工作。

《书籍》和《新书刊》为《新书》的面世奠定了基础。二战后,《新书》在尤利乌什·维克多(Juliusz Wiktor)的牵头下于 1949 年正式创立，延续了上述两本杂志的使命和传统。维克多是一名图书编辑、目录学家、文学史学者，主要研究诗人策普利安·诺尔维德（Cyprian Norwid, 1821—1883）等人的创作及生平。《新书》早期内容以出版业资讯简报为主，在 1953—1981 年间以半月刊形式发行，此后内容不断扩充并成为月刊，由波兰图书协会（Instytut Książki）负责每月的发行工作，逐渐成为一本以文学评论和时事分析为主要内容的杂志，设有固定板块和专栏。

《新书》每期刊发评论文章 70 余篇，通常以"与作者对话"版块开篇，以时事评论或新闻概览结尾，向读者全面生动呈现波兰文学出版的图景。该刊还致力于培养波兰社会各年龄段人群的阅读习惯，希望人们能够将读书视作生活中不可或缺的一部分。《新书》的读者群体分布广泛，从中学生至大学教授，不同年龄段和文化水平的人都能在杂志上找到感兴趣的阅读内容。

《新书》强调文学批评在波兰文学中的重要作用，期望通过完善文学作品的评价体系，以文学作品的艺术性和审美体验作为衡量标准，弱化市场因素对评价产生的影响。编辑部着重发掘被主流文学界所忽视的事件、人物及社会背景等，邀请专栏作者另辟蹊径分析探讨相关问题，其刊发的书评在波兰独具特色。为杂志撰文的专栏作者来自多个领域，包括文学批评家、作家、各学科专家、时事评论员等。

《新书》杂志每年都会与华沙学术界合作，组织评选最佳科普类书籍的"金玫瑰奖"（Nagroda Złotej Róży）。一些在《新书》上发表的文章被汇编成书出版，例如斯坦尼斯瓦夫·谢尼奇（Stanisław Szenic, 1904—1987）的《曾几何时》（*Ongiś*）、斯坦尼斯瓦夫·泽林斯基（Stanisław Zieliński, 1917—1995）的《乘热气球旅行》（*Wycieczki balonem*）等。

作为波兰历史最为悠久的文学和学术评论期刊，《新书》对中国文学一直保持着较高的关注度。仅以 2011—2023 年《新书》的书评发表统计为例,《新书》共发表关于中国的书评 94 篇,2013 年至 2015 年为书评发表的高峰,每年平均发表书评 13 篇。

从十几年来《新书》文章发表的情况来看,波兰的汉学家、学者和作家对中国文学的关注主要集中在以下四个话题:政治社会、现当代小说、历史、纪实文学和报告文学。其中政治社会话题共发表书评 42 篇,小说书评共发表 28 篇,历史书评 12 篇,报告文学和纪实文学书评共发表 10 篇。此外,在早年间,书评还涉及文化、艺术、翻译和诗歌等诸多话题。

从作者发表情况来看,波兰汉学家古拉尔赤克、倪可贤、普热梅斯瓦夫·特热恰克(Przemysław Trzeciak)、亚当·肖斯特凯维奇(Adam Szostkiewicz)、约安娜·克朗兹(Joanna Krenz)最为活跃。古拉尔赤克在《新书》上发表的书评为读者展现了中国发展进程中政治、社会领域的变化。倪可贤发表的书评以评析中国当代小说为主,向读者展现了余华、阎连科、刘慈欣等中国作家的创作风采。

第二节　波兰文学在中国的接受枝繁叶茂

继 1978 年人民文学出版社推出"报春"的《先人祭》,20 世纪 80 年代起,波兰文学在中国的接受情况日益繁荣。以易丽君、林洪亮、张振辉为代表的波兰语言文学家倾尽毕生心血,辛勤耕耘波兰文学翻译与研究的百花园,结出累累硕果。在新时期,中国的翻译家们再版、重译或修订大量已出版的波兰文学译本,翻译在华知名作家的其他作品,除此之外,大量以前不为国人所熟知的其他重要波兰作家,特别是现当代作家的作品首次走入中国读者视野。与此同时,有关重要作家的评传、文学史著作纷纷面世,这些成果共同构建起波兰民族全面、立体、具有时代性的鲜活形象。

一、波兰文学汉译事业的继承与繁荣

改革开放以来,中国推动经济发展的同时积极学习外国先进技术和文化知识。中国共产党深刻认识文化自身主体地位和主动作用,深悉文化不能脱离政治,但不能从属于政治,领导文化建设日趋理性,更为科学和富有张力。国家政策积极支持文化建设,为当代中国文化发展提供了前提和保障,有力推动了外国文学译介事业的大发展。

（一）对已出版波兰文学译本的再版、重译或修订

新时期,许多此前已经被翻译过的著名作家的作品被再次翻译出版,包括显克维奇的《你往何处去》、莱蒙特的《农民》、普鲁斯的《玩偶》、密茨凯维奇的《塔杜施先生》、奥若什科娃的《玛尔塔》①等。这些译本中,一类是对已有译本的再版或修订,如庄瑞源版《傀儡》(上海译文出版社,1978)、施蛰存版《死亡》(《东欧短篇小说集》,1979)、吴岩版《农民(秋,冬)》(上海译文出版社,1981、1987)等。另一类是重译已翻译过的作品。在这些重译的译本中,一部分仍是转译的作品,如梅汝恺译《君往何方》②(湖南人民出版社,1986)、翁文达译《灯塔看守人》(上海译文出版社,1997)、董庆杰译《农民》(吉林大学出版社,1998)等。而其他大部分是处于翻译创作高峰期的易丽君、林洪亮、张振辉等几位波兰语言文学专家,直接从波兰语重译的作品,如《你往何处去》(林洪亮、张振辉)、《哈尼娅》(林洪亮)、《玩偶》(张振辉)、《彼得大帝的塑像》(易丽君)、《德国人》(张振辉)等。

---

① 《马尔塔》即《孤雁泪》,奥若什科娃的著名长篇小说 *Marta*,又译"马尔达"。

② 《君往何方》即《你往何处去》的另一译名。

表 4.5：1978—2011 年中国对已出版波兰
文学译本的再版、重译或修订情况一览①

年份	作者	作品	译者	出版社
1978	博莱斯瓦夫·普鲁斯	《傀儡》	庄瑞源	上海译文出版社
2005		《玩偶》	张振辉	上海译文出版社
1980	亨利克·显克维奇	《你往何处去》	侍桁	上海译文出版社
1983			林洪亮	上海文艺出版社
1995			林洪亮	漓江出版社
1997			董庆杰	吉林大学出版社
2000			张振辉	人民文学出版社
2001			苏克勤②	安徽少年儿童出版社
2001			林洪亮	南海出版公司
2001			侍桁	上海译文出版社
2003			侍桁	上海译文出版社
2003			王琦	中国致公出版社
2009			林洪亮	南海出版社
2011			张振辉	人民文学出版社
2011			苏克勤	安徽少年儿童出版社
1986		《君往何方》	梅汝恺	湖南人民出版社
2001			梅汝恺	南方出版社
1997		《灯塔看守人》	翁文达	上海译文出版社
1999		《灯塔看守》	林洪亮	解放军文艺出版社
2006		《哈尼娅》	林洪亮	人民文学出版社
1981	弗瓦迪斯瓦夫·莱蒙特	《农民·第一卷·秋》	吴岩	上海译文出版社
		《农民·第二卷·冬》		
		《农民·第三卷·春》		
		《农民·第四卷·夏》		
1997		《农民·春夏卷》	董庆杰	吉林大学出版社
1997		《农民·上下卷》	吴岩	上海译文出版社
2007		《农民们（上中下）》	李斯 等	时代文艺出版社

① 这一时期波兰文学汉译作品不仅由出版社单本发行，还被收录于许多文集之中。受本书篇幅和研究性质所限，各类文集中收录的译作未计入本表。表中数据或有遗漏，供参考。

② 这一版本为缩写版。

年份	作者	作品	译者	出版社
1986	艾丽查·奥若什科娃	《玛尔塔》	杨骅	上海译文出版社
1998	亚当·密茨凯维奇	《塔杜施先生》	易丽君、林洪亮	人民文学出版社

从上表中的数据不难看出，新时期重译的译本中，最受欢迎的作家仍然是显克维奇，他的长篇历史小说《你往何处去》有近 20 个版本面世。从某种意义而言，显克维奇之所以在中国获得如此高的知名度正是源于这部作品。《你往何处去》是显克维奇晚期创作中最重要的作品之一。该书首先于 1895—1896 年在《波兰报》上连载，后于 1896 年正式结集出版。显克维奇在 1895 年写给波兰著名女画家雅德维嘉·扬切夫斯卡（Jadwiga Janczewska，1856—1941）的信中曾写道：“《你往何处去》将比我写的任何一部作品都意义非凡！”然而即使显克维奇自己也未能预料到，这部小说取得了超乎想象的成功，最终为他赢得了诺贝尔文学奖。显克维奇曾多次到过罗马，在画家亨利克·谢米拉茨基（Henryk Sie-miradzki，1843—1902）①的陪同下周游全城。谢米拉茨基的画作经常描绘第一批基督徒受难的场景，这恰恰给显克维奇带来了创作灵感。他细致研究了古代史，下决心创作一部具有普遍价值的小说。显克维奇的写作主题是早期基督教徒对尼禄统治下日暮西山的异教的反抗。故事发生在 63—66 年尼禄统治末期、基督教被迫害时期的罗马。小说节奏紧凑的故事发展、引人入胜的故事情节和栩栩如生的情景再现，展示出波兰文学的独特魅力。作者举

---

① 亨利克·谢米拉茨基是一位居住在罗马的波兰画家，以其非凡的学术艺术而闻名。他以描绘古希腊罗马世界和欧洲许多国家美术馆所拥有的《新约圣经》中的场景而闻名。他的许多作品描绘了古代场景，通常是阳光普照的田园场景或早期基督徒的生活。

重若轻,巧妙地将历史与虚构串联起来,引导读者沿着罗马贵族青年维尼兹尤斯和来自野蛮部落、信奉基督教的少女莉吉亚的爱情线,一览宏大的宗教历史全貌。《你往何处去》为显克维奇赢得了国际声誉,百余年来被翻译成数十种语言。在中国,侍桁、林洪亮、梅汝恺、董庆杰、张振辉、苏克勤、王琦等均翻译过这部作品。其中林洪亮的版本最受欢迎,先后四次再版。

1983年,林洪亮直接从波兰语译出的《你往何处去》成为该作在中国第一部直接从波兰语翻译成中文的版本。对于这部作品的翻译,译者在一次采访中谈道:"翻译这部著作对我来说并不容易,因为这是我第一次翻译显克维奇的作品。最大的困难是波兰语和中文之间的巨大差异。不像欧洲国家的语言之间会有一些相似之处,波兰语和中文是具有两种完全不同语法结构和表达方式的语言,这对译者提出了巨大的挑战。最困难的是在确保译文忠实于原著的同时,又能吸引中国读者的阅读兴趣。"对于译者来说,翻译是再创造。《你往何处去》这部小说的故事发生在特定的历史背景下,当时是罗马帝国皇帝尼禄统治时期,已经开始了早期基督教运动。小说中描述了很多史实,还描写了罗马人的风俗习惯、生活方式和神话故事,很多主人公都是真实的历史人物,这就要求译者对古罗马的历史、社会、宗教等均有所涉猎。在开始翻译这本小说之前,林洪亮为加深对小说内容的认识和理解,阅读了大量有关古罗马和早期基督教的著作,熟悉了古代神话和《圣经》故事。他还借助有关古希腊、古罗马文化的词典以及拉丁文字典,避免翻译中出现有关历史知识的错误。林洪亮自陈,好的译本要求译者深入了解小说中所描述的时代以及作者所生活的社会环境、文化习俗,从而充分理解作者的想法、感受、审美观点和风格。同时,译者必须理智地感知小说人物的内心世界,只有这样才能正确传达作者的思想、感情和风格。在翻译《你往何处去》的过程中,他时常感佩显克维奇在描绘雄伟历史场景方面的才华,让阅读、翻译作品的他感受到了主人公的悲伤和喜悦,并在情感层面参与了维尼兹尤斯和莉吉亚两位主人公错综复杂的爱情故事。林洪亮说:"当维尼兹尤斯对莉吉亚被捕以及无法救她感到绝望时,我也感到非常难过,'泪水从眼中溢出'。当莉吉亚被缚在牛角上,出现在竞技场上时,'我的心也在滴血'。当乌尔苏斯杀死野牛并拯救了莉吉亚时,我和维尼兹尤斯一样快乐,'眼中充满了喜悦的眼泪'。因此,在翻译时,我试图选择最合适的词语和句子,使我的翻译先打动自己,再打动读者。"①

林洪亮在《你往何处去》的译本中向读者传达了作者的思想和情感,重塑了作品的主题,与此同时,他也将自己的思想和情感以及他在阅读作品时所经历的喜悦、痛苦和悲伤融入其中。该译本之后又再版了四次,是为译本质量高的明证,也树立了林洪亮在波兰文学汉译领域的地位。由于翻译《你往何处去》的杰出贡献,1984年林洪亮被波兰文化艺术部授予波兰文化功勋奖章。1997年,时任波兰共和国总统亚历山大·克瓦希涅夫斯基(Aleksander Kwaśniewski,1954—   )在对中国进行正式访问期间,也带着浓厚的兴趣在波兰驻华使馆举办的招待会上观赏了林洪亮翻译的译本,并请他为自己和妻子朗读了翻译的片段。

2000年,另一位波兰语言文学专家张振辉翻译的《你往何处去》由人民文学出版社出版,并于2011年再版。从第三种语言间接翻译《你往何处去》的译者当中,梅汝恺受到的认可度较高。为此他曾于1984年荣获波兰文化艺术金质奖章,时任波兰驻上海总领事亲自为其授奖,并在致辞中高度评价了梅汝恺"使中国人民在深刻了解显克微支创作方面所做出的贡献"。②

另一部重要的重译作品是密茨凯维奇的长篇史诗《塔杜施先

---

① 这是2012年7月在本文作者的请求下与译者林洪亮进行的一次采访。
② 高洞平、杨桂森:《谈梅汝恺的翻译活动和追求》,载《盐城师专学报(哲学社会科学版)》1992年第1期,第30页。

生》。20 世纪 50 年代,著名翻译家孙用依照英译散文本转译的《塔杜施先生》译笔精彩,对一些专有名称的翻译考究、恰当。即便如此,孙用曾不止一次表示按照散文译本转译《塔杜施先生》这样一部伟大的诗作,"实在是深深感到不安的",寄望于后来的译者能从波兰文诗体原作翻译完成中译本。20 世纪 80 年代,在人民文学出版社孙绳武先生的邀约和鼓励下,易丽君萌生了重译《塔杜施先生》的想法。彼时易丽君教授在北京外国语大学任教,遂找到了同事程继忠和留学波兰时的同学、时任社科院外国文学研究所研究员的林洪亮合作翻译。未料三人的译笔、风格和格调各不相同,第一次重译工作以失败告终。进入 20 世纪 90 年代,易丽君再次提笔翻译《塔杜施先生》,这次以她的独立翻译为主,以林洪亮此前的译稿为参考,最大限度保持原作整体风貌。在翻译过程中,译者尽量按原诗每行十三个音节来安排每行诗的字数;尽量采用原诗的 AA、BB 韵,尽管这同中国诗歌的用韵格律有所不同,中国读者未必会习惯,只有实在难以做到的,才按中国诗歌用韵的方式处理;译诗格式和行数尽量与原诗保持一致。在这一版的翻译工作中,易丽君的丈夫袁汉镕先生也起到了相当重要的作用。他一起参加了翻译方案的制定和疑难问题的讨论,对译稿进行校核和润色,在誊写手稿的过程中细加斟酌,力求用词准确优美,对提高文稿质量做出了不容忽视的贡献,是这本译著真正的幕后英雄。1998 年,此书出版后波兰驻华使馆专门举行庆祝会和译作推介会。翌年此书获得第四届全国优秀外国文学图书奖二等奖。2000 年,波兰驻华大使孔凡在代表波兰总统授予易丽君波兰共和国十字骑士勋章时,特别强调她在波兰语教学中取得的成就和她新近出版的两部译著长诗《塔杜施先生》和长篇小说《火与剑》的重要意义。新的《塔杜施先生》中译本出版,在波兰也引起了强烈反响,波兰有关人士和媒体对此表示出极大兴趣。易丽君历次访问波兰时,不止一次被要求朗诵该诗中译本的某些篇章。有些人还说,这是他们读过、听过的各国译作中,最符合密氏原诗音韵的译作。

（二）对在华知名作家其他作品的翻译

新时期，波兰文学史上如雷贯耳的亨利克·显克维奇、亚当·密茨凯维奇、弗瓦迪斯瓦夫·莱蒙特、艾丽查·奥若什科娃、斯特凡·热罗姆斯基等人继续吸引中国读者关注，中国译者翻译出他们越来越多的作品，包括此前未被译介到中国的作品在这个时期纷纷进入中国出版市场。

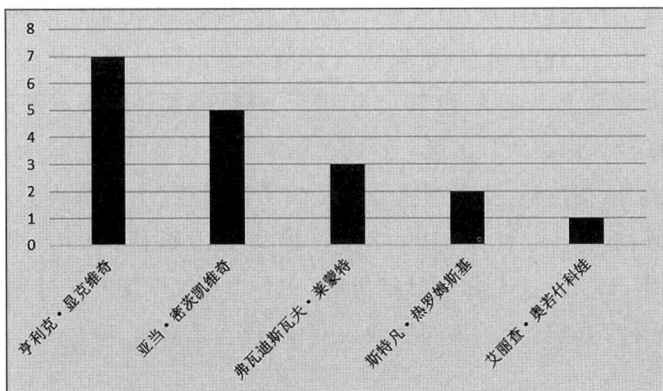

图 4.2：1978—2011 年中国对在华知名作家其他作品的翻译情况

无论从被译介作品的数量还是译本的数量来看，显克维奇都继续遥遥领先于其他波兰作家。1978 年，陈冠商翻译显克维奇的历史小说《十字军骑士》由上海译文出版社出版。1981 年，梅汝恺从英文版本翻译了显克维奇的《火与剑》，由湖南人民出版社出版。"文革"后的短短三年中，显克维奇的两个大部头长篇小说被翻译成中文出版，充分体现了中国译介波兰文学的蓬勃势头。美中不足的是，这两部历史小说均包含大量有关波兰历史、文化及贵族习俗等方面的背景知识，若译者对波兰了解有限，就很难完整准确反映原著内容和思想。易丽君曾这样评价梅汝恺和他的译作："三部曲第一个版本的译者英文水平不是很精湛，在解释原文方面犯了很多错误,特别是在理解作品中所描述的 17 世纪波兰风俗习惯方面。这样的译本具有误导性,而不能显示出代表了世界文学经典的波兰小说家的杰出才能。"①

1995 年初,花山文艺出版社推出了一个重点项目"世界长篇小说经典书系",《十字军骑士》位列其中。该社约请易丽君翻译该书。易丽君和她的同学张振辉合作,在短短一年的时间里便完成了这部巨著的翻译,从此开启了中国的波兰语专家大规模翻译波兰文学作品的序幕。1977—2011 年,中国有约 20 版《十字军骑士》面世。上述易丽君、张振辉合译版后来由译林出版社和凤凰出版社分别于 2002 年和 2011 年再版,林洪亮翻译的版本于 1999 年由陕西人民出版社出版。这两个版本都是从波兰语直译为汉语的。此外,梅汝恺、张志刚还各自完成了转译版《十字军骑士》,分别由湖南文艺出版社(1998)和吉林文史出版社(2001)出版。1996 年,解放军文艺出版社推出的《中外军事文学缩写·外国卷》也将《十字军骑士》的缩写版收入其中,译者是唐勇、项林。

表 4.6:1978—2011 年中国翻译出版的显克维奇历史小说三部曲

年份	作品	译者	出版社
1980	《火与剑(上)》	梅汝恺	湖南人民出版社
1981	《火与剑(上、下)》	梅汝恺	湖南人民出版社
1982	《洪流(上)》	梅汝恺	湖南人民出版社
1983	《洪流(中)》	梅汝恺	湖南人民出版社
1983	《洪流(下)》	梅汝恺	湖南人民出版社
1997	《火与剑(上、下)》	易丽君、袁汉镕	花山文艺出版社
2000	《边塞喋血记》②	梅汝恺、安娜	花山文艺出版社
2001	《火与剑(上、下)》	梅汝恺	南方出版社

---

① Yi Lijun, *Recepcja literatury polskiej w Chinach*, w: *Literatura polska w świecie*, t. III, *Obecności*, Wydawnictwo Gnome, Katowice, 2010, s. 163.

② 即《伏沃迪约夫斯基骑士》。

年份	作品	译者	出版社
2001	《洪流（上、中、下）》	易丽君、袁汉镕	花山文艺出版社
2003	《火与剑》	梅汝恺	南方出版社
2004	《火与剑（上、下）》	林洪亮	译林出版社
2011	《火与剑（上、下）》	易丽君、袁汉镕	人民文学出版社
	《伏沃迪约夫斯基骑士》	易丽君、袁汉镕	人民文学出版社
	《洪流（上、下）》	易丽君、袁汉镕	人民文学出版社

　　历史小说三部曲《火与剑》《洪流》和《伏沃迪约夫斯基骑士》在显克维奇的文学创作中占有非常重要的地位。新时期,中国对这三部作品的翻译取得重要突破。1997年,显克维奇历史小说三部曲的第一部《火与剑》由易丽君、袁汉镕伉俪翻译完成,花山文艺出版社出版。《火与剑》反映17世纪中叶哥萨克战争的历史,打斗场面、草原情怀、边关生活、骑士精神和爱国主义穿插其间,紧凑的故事情节和男女主人公动人心魄的爱情,令读者欲罢不能。作者使用了大量的拉丁语和用波兰文拼写的乌克兰语,书中典故涉及17世纪波兰风俗、官职、器物、兵器等,相关词语对于翻译来说是极大的挑战。而显克维奇是位语言大师,文辞优美典雅,遣词造句极为讲究,准确、严谨、巧妙、流畅、亦庄亦谐又富有17世纪的时代色彩。作品的这些特点给译者留下极大的创作空间,需要多加斟酌和查考,仔细琢磨,反复推敲,以期用最合适的中文辞藻和笔法来准确反映这部文学杰作的真实风格、历史风貌、隽永寓意。译者在翻译这部作品时,不仅运用毕生所学,准确解释书中所涉历史时间和民风民俗,还将某些中国古典小说的表现手法用到了翻译中来,使人读起来别有一种亲近感。译者自陈:"翻译《火与剑》是一段亦苦亦乐、苦中有乐的艰辛而愉快的文字旅程。"①袁汉镕

---

① 本文有关易丽君、袁汉镕自述,出自袁汉镕撰写的回忆录《琐事拾零》(未出版),经易丽君教授授权引用。

回忆,这一译本得到了资深翻译家孙绳武先生的高度评价:"文学翻译的最高境界是和谐,对短篇小说是这样,对长篇更是这样。一部近百万字的《火与剑》能翻译得如此明晰、严谨、流畅、和谐,我觉得这里充分表现了译者的优秀才能。如果考虑到中国迄今尚无一册像样的波汉辞典,那么,我宁愿把这部完美的新译本看成一个奇特的现象。"

在完成《火与剑》的翻译之后,易丽君夫妇很快投入到三部曲的第二部《洪流》的翻译工作之中。《洪流》写的是17世纪中叶波兰抗击瑞典军队入侵的故事。全文136万字,堪称鸿篇巨制。小说构思奇妙、严密,处处埋下伏线,故事情节曲折,文字生动典雅,亦庄亦谐,富有幽默感。译者在翻译这部作品时,把中国武侠小说的表现手法糅合其中,令译文有声有色,读来动人心弦。2001年小说出版后,得到了批评界的一致好评。南开大学文学专家王娜撰文说:

> 显克维奇具有"波兰语言大师"之称,因此翻译他的历史小说是一项艰苦的工作,译者既要了解波兰的历史文化,又要有良好的语言功底。但是我相信凡读过《洪流》新译本的读者都不会为此而失望。展卷阅读,随时都会为传奇生动、跌宕曲折的故事情节激动不已,为舍生取义、血染疆场的英雄行为而胸襟震撼,为清新壮丽、神奇幻化的景色异象流连陶醉;掩卷凝思,又会发现那些变幻莫测、胜负难料的战斗场面清晰可见,那些栩栩如生、性格鲜明的人物形象历历在目,那些素朴新颖、形象生动的隐喻记忆犹新。而这一切都要归功于作者精妙的文笔和译者深厚的功底。①

由于各种原因,三部曲的第三部《伏沃迪约夫斯基骑士》直到

---

① 王娜:《月色与霞光的韵律》,载《中华读书报》2001年11月28日。

2011 年才由易丽君夫妇合作翻译完成。这部小说以 1668—1673 年波兰—土耳其战争为历史背景,集中再现了前两部小说中的一个英雄人物——小个子骑士伏沃迪约夫斯基保卫共和国南部边城卡缅涅茨的艰苦卓绝的斗争。易丽君曾言称自己非常喜欢这部作品所表现出来的波兰人民的豪情壮志和英雄气概。在人民文学出版社出版了这部小说之后,显克维奇的历史小说三部曲终于被完整地呈现在了中国读者面前。虽然在这一时期,梅汝恺也翻译了《火与剑》《洪流》,还与安娜合作翻译了《边塞喋血记》(即《伏沃迪约夫斯基骑士》),但易丽君、袁汉镕夫妇是中国唯一完整地从波兰语直译三部曲的翻译家。

2011 年 12 月,波兰总统布罗尼斯瓦夫·科莫罗夫斯基访华前夕,人民文学出版社适时推出了八卷本《显克维奇选集》,收录了显克维奇最重要的中短篇和长篇小说译本,可以说在很大程度上集中反映了中国推广波兰文化和文学所取得的巨大成就,对中波关系走深走实、推动两国文化交流具有重要意义。波兰总统访华期间,在波兰驻华大使馆举行的大型招待会上,向多位为促进中波两国友好合作关系的发展做出重要贡献的中方人士颁发了波兰国家勋章,授予易丽君和袁汉镕波兰共和国十字军官勋章和波兰共和国十字骑士勋章。在此重要场合,易丽君夫妇将赶译出来的《伏沃迪约夫斯基骑士》赠送给总统夫妇,科莫罗夫斯基总统当即高兴地把赠书高高举起向众多宾客示意,表达了他们对该书的喜爱和重视。

20 世纪 80 年代以来,中国发生了巨大变化。"四人帮"垮台和"文化大革命"结束后,中国政府奉行改革开放政策,文学和艺术领域出现了各种审美趋势。批评家和读者不再仅对文学的意识形态价值和文学作品满足政治需求感兴趣,开始更多关注文学作品所蕴含的生活哲理、表达的人文情感和具有的艺术价值。在此期间,显克维奇的《第三个女人》(*Ta trzecia*)、《过大草原记》(*Przez*

stepy)、《战场上的婚礼》(*Na polu chwały*)等爱情小说被翻译出版。1982年,汤真翻译了显克维奇的两部中篇爱情小说《第三个女人》和《过大草原记》,由花城出版社结集出版。《第三个女人》的主人公是两位贫穷的画家——马古尔斯基和斯维亚茨基。马古尔斯基与一位家境优渥的小姐订了婚,却因行为古怪被抛弃。当他的一幅画作在巴黎的比赛中得了奖后,一切就都变了。获奖不仅为他带来了名气和财富,还令他情场得意。最终,画家同一位对他爱慕已久的漂亮女演员结了婚,过上了幸福的生活。小说歌颂爱情和艺术,同时辛辣讽刺资产阶级市侩的爱情观。《过大草原记》则通过一位波兰人和美国姑娘情意缠绵、荡气回肠的恋爱故事,生动反映了19世纪中叶为到加利福尼亚州淘金,大批移民长途跋涉,历尽千辛万苦横越大草原,顽强地同饥饿和疾病搏斗,用武力征服当地印第安人,开发美国西部的那段历史。

赵蔚青翻译的《战场上的婚礼》,在1987年由江西人民出版社出版。1998年,赵蔚青又同赵燕虹合作修订了这个译本,并由长春出版社出版了修订本,该译本题目改成了更吸引眼球的《战地情梦》。这部小说的故事发生在国王扬·索别斯基三世时期,维也纳之围①和维也纳之战发生的几个月前。显克维奇描写没落贵族和年轻贵族少女之间的爱情故事,向我们展示了波兰-立陶宛联邦时期贫穷小贵族的日常生活和风俗习惯。当时这些贵族为

---

① 维也纳之围:指1529年奥斯曼土耳其帝国对奥地利首都维也纳的围攻。16世纪初,奥斯曼帝国的扩张达到了顶峰。16世纪20年代,哈布斯堡王朝与匈牙利部分贵族为争夺权力爆发冲突,匈牙利贵族投奔奥斯曼帝国,后者为维护奥斯曼帝国对匈牙利的控制,向哈布斯堡王朝展开攻击。1529年9月27日,奥斯曼军队围攻维也纳,10月,奥斯曼军队在围墙上造成了"苏莱曼缺口",随后发动了大规模攻击,但仍旧未能攻破维也纳,这场攻城战最终以奥斯曼军队撤退、哈布斯堡胜利告终。维也纳之围是奥斯曼帝国第一次攻占维也纳的尝试,其失败也标志着哈布斯堡王朝和奥斯曼帝国长达150年的紧张军事关系的开始,并在1683年的维也纳之战中达到顶峰。

尽到自己的骑士义务和社会责任,要在外敌入侵并受到国家召唤时,拿起武器,保卫国家,捍卫信仰。虽然这是一部爱情主题的冒险小说,但作者所表现的波兰贵族的精神气质是复杂又全面的,不仅有积极的一面,也具有许多消极特征。

爱情是文学的永恒主题之一,爱情文学不仅表现人类情感,而且反映一个人的道德和思想。透过爱情,可以看到人类灵魂的美与丑、善与恶、诚实与欺骗,还可以更清晰地看到社会万象。爱情是世界文学史上众多著名作家作品的主题,在显克维奇的创作中也得到了充分描写。此前已经被翻译过的《奥尔索》和这一时期被翻译的《过大草原记》《第三个女人》,以及《哈尼娅》都是与爱情主题有关的。林洪亮在《第三个女人》的自序中这样评价显克维奇的爱情小说:"有的写得明快深沉,有的写得含蓄委婉,有的写得情意缠绵,有的写得痛彻肺腑。显克维奇在描写爱情的时候,既突出了个人的心理状态,又富有深刻的社会含义,并没有把感情和思想对立起来,或者单是描写人的感情变化,而缺乏一定的思想意义。"①

纵观显克维奇作品在中国的译介成就,不难看出显氏文学在中国受欢迎的程度。几乎所有显克维奇重要的中短篇小说和长篇小说都已被翻译成中文,几乎所有翻译波兰文学的中国重要译者都或多或少地翻译过显克维奇的作品。究其原因,一方面是因为中国译者从一开始翻译波兰文学时,就将目光投向了显克维奇,而且这种关注一直持续至今。另一方面,显克维奇作为一位伟大的讲述者,其小说向中国人展现了波兰民族的苦难历史,而有过相似历史境遇的中国人非常钦佩波兰人的爱国主义、英雄主义和赤胆忠心。即使在今天的聚焦文学的网络论坛上,我们也可以找到大

①　显克微奇:《第三个女人》,林洪亮译。桂林:漓江出版社,1987,译本前言第12页。

量有关显克维奇作品的评论或讨论。需要强调的是,一位作家在国外受欢迎的程度,既取决于其作品本身的文学价值和艺术吸引力,也受到外国译者翻译水平的影响。幸运的是显克维奇作品的中国译者,不仅是波兰语言专家,还对显克维奇的生平经历有深入研究,很好地把握了显氏伟大的思想理念和独特的创作风格,深挖作品主人公的内心世界。这些优秀译者的杰出贡献,是显克维奇在中国不断得到接受的重要原因。

新时期中国对密茨凯维奇作品的全面翻译也取得了较高成就。1985—1986 年易丽君在华沙大学任教期间翻译完成了《先人祭》第四部。1999 年,浙江文艺出版社计划出版一套 20 卷的《世界经典戏剧全集》,由林洪亮负责编选其中的东欧卷。林洪亮选取了东欧国家的 6 个剧本,第一部就是密茨凯维奇的《先人祭》。林洪亮选用了易丽君翻译的第三部和第四部,并修订了自己在"文革"期间翻译的第二部,从而让《先人祭》有了较为完整的中文译本。① 易丽君、林洪亮都对翻译密茨凯维奇的诗歌抱有极大热情。1982 年易丽君翻译了密茨凯维奇的《米尔查》(*Mirza*),被收入《外国诗歌经典 100 篇》,1983 年翻译了《彼得斯堡》(*Petersburg*)和《彼得大帝的塑像》,发表在《外国文学》上。② 2005 年,林洪亮翻译密茨凯维奇的《普希金与俄罗斯文学运动》(*Puszkin i ruch literacki w Rosji*),被收入《东欧国家经典散文集》。

对波兰其他知名作家作品的翻译也取得了开拓性成果,问世译作均是此前未被翻译又广受波兰文坛认可的名作。施友松翻译的奥若什科娃的《涅曼河畔》(*Nad Niemnem*)由人民文学出版社1979 年出版。杨德友翻译的莱蒙特的《幸福》(*Szczesliwi*)发表在《丑小鸭》1982 年第 8 期上。华俊豪、高蕴琦合译的热罗姆斯基的

---

① 林洪亮:《林洪亮译文自选集》。桂林:漓江出版社,2018,《我的译介生涯》第7 页。

② 此时易丽君署名使用的是笔名"韩逸"。

《忠实的河流》和《灰烬》(*Popióły*)由上海译文出版社分别于1983年和2000年出版。杨德友、张振辉合译的莱蒙特的《福地》由漓江出版社在1984年出版,后于1994、2001、2011年①三次再版。

《涅曼河畔》是波兰女作家奥若什科娃于1888年创作的有关社会风俗的实证主义流派小说,这部三卷本作品展现了19世纪下半叶波兰社会全景,故事的主要情节发生在白俄罗斯农村,讲述科尔钦庄园主一家的故事,真实生动地刻画了这一时期波兰边区农村生活场景。虽然波兰文学评论家认为《涅曼河畔》是一部史诗,但小说对一月起义的起义者的描写是理想化的,几乎没有提及起义者分成的"白"和"红"两个阵营的问题,也没有反思起义者所犯的错误和农民对起义的态度问题。

《忠实的河流》讲述了波兰一月起义期间,一位公爵同一名纯真少女之间的爱情故事。热罗姆斯基以大自然为背景,将故事设置在一个人烟稀少的荒远地方的废弃破败的贵族庄园里。这里远离城市和乡村,没有受到起义的影响,只是偶尔在庄园里会出现俄国军队或起义人士,但很少能够听闻有关重大事件的消息。然而这又是一个典型的波兰中世纪贵族庄园,19世纪下半叶波兰所有的重要问题和冲突都在这里回响:社会关系和阶级偏见、政治抱负和政治潮流、对奴隶制的看法和为争取自由而进行的战争、伟大与渺小、最壮烈的牺牲和最平凡的心愿的满足。居住在这里的人们的身上,戏剧性地集中展现着国家四分五裂的民族历史,鲜活得如同发生在身边的故事,可以说作者就是在为被侵略、瓜分的国土上生活的一代又一代人书写历史。

热罗姆斯基的另一部小说《灰烬》是18世纪末到19世纪初的波兰历史全景图,展现了拿破仑时代波兰民族意识和社会思想的复杂性。波兰贵族切得罗参加了爱国将领扬·亨利克·东布罗

---

① 2011年版由凤凰出版社出版,为"诺贝尔文学经典丛书"中的一册。

夫斯基（Jan Henryk Dąbrowski, 1755—1818）在 19 世纪初领导的
"波兰军团"①,加入了拿破仑战争。他们都希望能够由此赢得波
兰的独立,但却成为拿破仑入侵西班牙的帮凶。彼得年轻时参加
过抗俄起义,遭到失败后与农奴打成一片,过着贫苦的生活。这部
小说无意关注情节的冗杂,而以史诗性笔法来全面描述国家生活,
辅以几条情节线讲述虚构人物的故事。小说将这些情节与对历史
事件的宏大描述交叉铺排,让我们可以观察各种文化和道德现象,
以及代表不同社会阶层的人物群像。作品情节营造出万花筒式的
各种图景,有狩猎、乘坐雪橇为标志的庄园生活,父权制家庭关系
和农奴制村庄的残酷现实,共济会②的理想和仪式,"卢博米尔斯
基官"的狂欢和喧闹,优雅的沙龙舞会,还有华沙大公国军队兵营
的日常和西班牙战役。

　　莱蒙特的现实主义作品《福地》发表于 1899 年。作者在书中
以一种凄美的方式描绘了一个正在发展的年轻的资本主义大都市
里残酷又恶魔般的景象。故事发生在 19 世纪 80 年代的罗兹,讲
述三位企业家卡罗尔·博罗维耶茨基、马克斯·巴乌姆和莫雷
茨·韦尔特共同经营一家纺织工厂的故事。莱蒙特不仅描写三位
工厂主的命运,而且引发人们对重要社会问题的关注。作者触及
资本主义剥削可能带来的问题,在社会层面可以认为小说的真正

---

① 指 18 世纪末 19 世纪初,拿破仑时期与法国军队一起服役的数个波兰军事单
　　位,由东布罗夫斯基将军领导。1795 年波兰被第三次瓜分后,许多波兰人认为
　　革命的法国及其盟国会对波兰伸出援手,许多波兰士兵、军官和志愿者移民到
　　法国及法国统治下的意大利地区,因此这个军团也被称为"意大利的波兰军
　　团",是一支由法国指挥的流亡波兰军队。拿破仑战争期间,同法国军队一起效
　　力的波兰军团参与了大部分的拿破仑战役,从西印度群岛至意大利和埃及。
② 共济会又名美生会,是一个国际性的兄弟会组织,具有宗教色彩,其内部等级
　　制度具有浓厚的中世纪特色。共济会旨在提高人的精神境界,促进不同宗
　　教、民族和观点的人们之间的友好关系,追求跨越宗教政治分歧、寻求人的博
　　爱团结。共济会的思想对《美国宪法》、法国《人权宣言》和波兰《五三宪法》
　　都产生了影响。

主角是城市。

总体而言,上述作品的作者均为波兰现实主义文学的代表,他们通过小说展示波兰的苦难历史、人民的悲惨境遇和民族的奋起抗争,这类主题贯穿了整个 20 世纪波兰文学汉译史。

（三）首次进入中国读者视野的波兰作家及作品

1978 年中国改革开放以来,50 余位波兰文学家及其作品被译介到中国,中国的波兰文学译介活动实现了真正意义上的大繁荣。切斯瓦夫·米沃什、维斯瓦娃·希姆博尔斯卡两位获得了诺贝尔文学奖的诗人受到高度关注,著名散文家雅罗斯瓦夫·伊瓦什凯维奇和他的《草莓》(Poziomka)家喻户晓,荒诞派作家维托尔德·贡布罗维奇、文坛新秀奥尔加·托卡尔丘克的作品亦进入中国读者视野。

1. 雅罗斯瓦夫·伊瓦什凯维奇

伊瓦什凯维奇是波兰著名诗人、小说家、戏剧作家、散文家、翻译家。他随母亲在华沙度过童年后迁居乌克兰,1912 年在基辅中学通过高考并在那里的大学开始学习法律。1915 年,伊瓦什凯维奇在文学期刊《钢笔》(Pióro)上发表了处女诗作《莉莉丝》(Lilith)。1918 年春伊瓦什凯维奇短暂加入了波兰军团第三军,并在退役后回到克拉科夫。同年 10 月来到华沙,加入了斯卡曼德尔诗社。20 世纪 30 年代,伊瓦什凯维奇先后担任波兰驻哥本哈根、布鲁塞尔外交官,1939 年担任波兰作家协会副主席。二战波兰被占领期间积极投身地下文化活动。他的住所在当时不仅是地下艺术活动基地,经常举办音乐会、作家见面会及研讨会,而且成为许多受到逮捕威胁的波兰人和犹太人的庇护所,他也因此于 1988 年被授予国际义人奖章。1970—1971 年,伊瓦什凯维奇还在华沙大学开设过有关波兰文学的讲座。

伊瓦什凯维奇担任过多个文学杂志的主编,著作等身,获奖无数,享誉海内外。于 1952、1954 和 1970 年三次荣获国家艺术一级奖章。1971、1979 年分别获华沙大学、雅盖隆大荣誉博士学位。

1957、1963、1965、1966 年四次获得诺贝尔文学奖提名。

伊瓦什凯维奇是斯卡曼德尔派的主帅,他的诗作与"青年波兰"时期的诗歌传统较为接近,以非凡的强有力的语言反映世界的美好、艺术的狂热,表达对幸福不可获得性的清楚认知。诗集《酒神赋》(*Diomizje*)是第一次世界大战后波兰诗歌中表现主义的代表作。作为小说家,伊瓦什凯维奇的作品与波兰文学传统以及当代文学的流变紧密相连,体现的不仅是作家在思想和道义上的焦虑,还有坚定的信念。他的写作遵循"生与死""爱与恨"二元对立的原则并赋予它们哲学维度,作品主人公常以内心丰富、意识敏感为特点,立足于精心揣摩过的充满魅力的感性世界并以此作为所述事件的生动背景。悲剧感几乎总是伴随着伊瓦什凯维奇笔下的主人公,他们或陷入自然法则的残酷境地,如常见的早逝意象,或在历史进程中面临个人理智的失控。这种悲剧感在作者以战争期间的经历而创作的作品中表现更为明显,如《芦蒂尼亚河上的磨坊》(*Młyn nad Lutynią*),以及关于 20 世纪上半叶波兰知识分子命运的长篇史诗小说《名望与光荣》(*Sława i chwała*)。

1980 年,波兰文学界发生了两起重要事件,分别是伊瓦什凯维奇逝世和波兰旅美诗人米沃什获得诺贝尔文学奖。彼时《世界文学》编辑杨乐云约请易丽君翻译这两位大作家的作品,随后 1980 年第 4 期《世界文学》即发表了易丽君翻译的伊氏的《草莓》等三篇短篇作品,同年《外国文学》发表了易丽君翻译的伊氏的《一个游方诗匠的辞世歌》(*Pożegnanie ze światem*),1981 年第 1 期《世界文学》发表了易丽君翻译的《切·米沃什诗抄》。这样易丽君就成为第一个在中国译介这两位大作家、大诗人作品的人。

短短的《草莓》一经发表就引起人们极大兴趣,国内报刊纷纷转载。据袁汉镕回忆,有据可查的选集、精品集等就有数十种之多,各省市出版的高考读物或参考书也有收入。直到 21 世纪初,仍有其他译者转译的《草莓》发表。《草莓》是伊瓦什凯维奇发表于 1926 年的一篇散文,主题平实,文字质朴,风景描写优美,情感强烈,含义深刻。作者写作风格紧凑优雅,对现实生活和周遭世界的变化进行哲学思考,启发读者体味生活中每一刻的独特性和不可逆性。20 世纪 80、90 年代,易丽君又先后翻译了伊瓦什凯维奇的《夜宿山中》(*Nocleg w górach*)、《肖邦故园》(*Żelozowa Wola*)、《芦蒂尼亚河上的磨坊》、《菖蒲》(*Tatarak*) 等,分别发表或收录于《世界文学》《中国电视》《外国精品散文赏析》《世界反法西斯文学书系 35·波兰卷》《世界短篇小说精品文库—东欧卷》等期刊、选集中。

另一位波兰语言文学专家杨德友也对伊瓦什凯维奇情有独钟,他直接从波兰语翻译了《巴尔扎克先生的婚事》(*Wesele Pana Balzaca*)、《普希金之死——假面舞会》(*Maskarda*)、《诺昂之夏》(*Lato w Nohant*)、《厨房里的阳光》(*Słońce w kuchni*) 等,分别发表在《外国文学专刊》《名作欣赏》《当代外国文学》《世界文学》上。

1986 年,易丽君和裴远颖合译的《名望与光荣》由外国文学出版社出版。这部讲述家族传奇的小说,介绍了 1914—1947 年来自不同社会阶层的几个家庭的故事,引起了易丽君的极大兴趣。她认为这部作品是伊瓦什凯维奇的巅峰之作,也是二战后波兰最重要的小说,于是鼓励她留学波兰时的同学、曾任中国驻波兰共和国大使的裴远颖与她合译这部著作。这是一次成功的合作,译文用词典雅,反映了两位译者之间的默契。易丽君后来评价这部小说称:"《名望与光荣》与十九世纪的史诗体小说有所不同,它不是正面描写历史上的重大事件,而是从侧面来表现、评价这些事件。作家没有着力渲染斗争的主战场,书中看不到气势磅礴、波澜壮阔的大战役和巨幅的群像,而是通过贯穿全书的大斗争的余波、大激战的回响来展示出一幅幅真实生动的时代画卷。"①

---

① 易丽君:《雅·伊瓦什凯维奇及其代表作〈名望与光荣〉》,载《国际论坛》1987 年第 4 期,第 3 页。

2. 切斯瓦夫・米沃什

切斯瓦夫・米沃什是波兰最伟大的诗人之一,1980 年诺贝尔奖及诸多其他权威文学奖项获得者,在美国和波兰众多大学取得了荣誉博士称号。他的作品曾被翻译成几十种语言,享誉世界。

1911 年,米沃什出生于当时属于波兰版图的维尔诺(现维尔纽斯)。由于父亲工作的原因,孩童时期的米沃什曾在西伯利亚生活了一段时间。在维尔诺的泰凡・巴托雷大学法律专业就读期间,米沃什在《维尔纽斯母校报》(Alma Mater Vilnensis) 1930 年第 9 期上发表了《作曲》(Kompozycja) 和《旅行》(Podróż) 两首诗,从而初露锋芒。1931 年,他同朋友们创办文学刊物《火炬》(Żagary) 并结成文学团体"扎加雷诗社"①,号称"灾变诗派"。1933 年出版处女作《冰封的日子》(Poemat o czasie zastygłym),由此获得了由维尔纽斯作家协会颁发的爱学奖(Nagrodę im. Filomatów)。1934—1935 年,他作为波兰国家文化基金会奖学金获得者留学法国巴黎。

1936 年,米沃什出版诗集《三个冬天》(Trzy zimy),在"灾变派"中取得广泛反响,引起了欧洲文坛不小的轰动。1937 年他来到华沙,在波兰电台文学部工作。二战爆发后,他先到了罗马尼亚,后短暂去了维尔诺,最终潜回华沙加入左派抵抗组织,从事地下反法西斯活动,曾在大学图书馆做看门人并参与地下文化工作。华沙起义失败后,米沃什转赴克拉科夫,曾是月刊《作品》的编辑

---

① 扎加雷诗社,1931 年在维尔诺成立的波兰诗歌团体,"扎加雷",即干树枝、灌木。扎加雷诗社属于第二先锋派,也被称为维尔诺先锋派,该诗社出版同名杂志《扎加雷》。1934 年该杂志停刊后,诗社也随之解体。扎加雷诗社的作品具有强烈的时代特征,同时保持开放的态度,呈现出左翼激进主义、反法西斯主义和灾变主义的特点,认为文学应该参与社会活动。该诗社的主要代表人物包括切斯瓦夫・米沃什、泰奥多・布伊尼茨基(Teodor Bujnicki, 1907—1944)、亚历山大・雷姆凯维奇(Aleksander Rymkiewicz, 1913—1983) 和耶日・普特拉门特。

部成员。1945 年,他出版了二战爆发前和波兰被占领时期创作的诗歌集《拯救》(Ocalenie),被视为 20 世纪波兰最重要的诗集之一。1948 年发表《道德诗篇》(Traktat moralny)。

1945 年末,米沃什先后在美国、法国担任外交官。1950 年,他返抵华沙时护照被收缴,大费周章取回护照回到巴黎后,向法国当局申请政治庇护。当时他住在巴黎附近的迈松拉菲特,此前他就与那里的波兰语进步刊物《文化》(Kultura)保持着联系。1951 年起,他开始在法国的《文化》月刊上发表文学、新闻及翻译作品。1953 年出版著名散文集《被禁锢的头脑》(Zniewolony umysł)、诗集《白昼之光》(Światło dzienne)和小说《对权力的攫取》(Zdobycie władzy),1955 年出版小说《伊萨谷》(Dolina Issy),1957 年发表《诗论》(Traktat poetycki),1958 年出版《欧洲故园》(Rodzinna Europa)。

1960 年,米沃什应加州大学和印第安纳大学邀请赴美,后在伯克利定居,成为加利福尼亚大学伯克利分校斯拉夫语言文学系教授和美国人文艺术学院成员,在美国推广斯拉夫文学和波兰文学。1973 年出版英文诗集《诗选》(Selected Poems),次年出版《太阳从何方升起,在何处沉落》(Gdzie wschodzi słońce i kędy zapada),1977 年出版了唯一一篇自传《乌尔罗地》(Ziemia Ulro)以及同亚历山大·瓦特(Aleksander Chwat)的谈话录《我的时代》(Mój wiek)。

米沃什 1974 年因为在翻译领域的杰出成就获得了波兰笔会奖(Nagroda Polskiego PEN Clubu),1976 年获得古根海姆奖学金(Guggenheim Fellowship),1977 年荣获密歇根大学安娜堡分校名誉博士学位,1978 年在美国获得由杂志《今日世界文学》(World Literature Today)颁发的纽斯塔特国际文学奖(Neustadt International Prize for Literature)以及加州大学伯克利分校的国际文学名誉博士学位。

由于 20 世纪 50 年代离开波兰,米沃什的作品一度在波兰成为禁书。直到 1980 年获诺贝尔文学奖,来自全世界的认可才使得在波兰出版他的书成为可能。1981年他访问波兰并获卢布林天主教大学名誉博士学位。1989年,米沃什回到波兰,定居克拉科夫,之后一直往返于克拉科夫和伯克利之间。曾于波兰的《大众周刊》、《选举报》、《文学笔记》(Zeszyty Literackie)以及《共和国报》(Rzeczpospolita)上刊发作品,笔耕不辍直至生命尽头。米沃什在晚年出版了不少新的诗集,包括《此》(To, 2000)、《第二空间》(Druga przestrzeń, 2002)、《俄耳甫斯和欧律狄克》(Orfeusz i Eurydyka, 2002)等。2004年8月14日上午,米沃什因患循环系统疾病在波兰克拉科夫的家中逝世,享年九十三岁。

米沃什在七十余年间创作的众多诗作内容丰富,题材多样。他的诗歌兼具感性和理智,既书写生活细节,也充满对历史的反思,更与诗人的个人经历紧密相关。正如米沃什研究专家扬·布翁斯基(Jan Btoński)所言:"米沃什之所以获得诺贝尔文学奖,不仅仅因为他具备诗歌天赋,更在于他的忠诚和坚持。诗人的内在信仰引导他穿越历史的陷阱和个人经历的纠结。米沃什的诗歌字句清晰,但意蕴却阴郁、复杂。米沃什的作品构成了一个诗意的宇宙,讽刺与和谐、浪漫的灵感与理智的严谨神秘地共存其中。"[①]

1980年,米沃什获得诺贝尔文学奖引发了中国读者的强烈关注,米沃什诗歌的译本层出不穷,对其作品的解读涉及哲学、政治和宗教等多个层面。上文提到,易丽君于1981年率先翻译了一组米沃什的诗歌。这些译作在2011年米沃什诞辰100周年之际被选入《诗刊》2011年第15期的《米沃什诗选》。谈到这位诺奖诗人,易丽君认为米沃什作品的特点是中国人最喜欢的"对受害者的同情、和平与爱"。张振辉也是米沃什诗歌的译者之一,翻译了10余首诗歌发表在《诺贝尔奖作品集》中,其中包括《牧歌》(Piosenka pasterska)、《在华沙》(W Warszawie)、《你侮辱了……》

---

① *Czesław Miłosz*, https://culture.pl/pl/tworca/czeslaw-milosz.

（*Który skrzywdziłeś*）、《颂歌》（*Ballada*）、《波别尔王》（*Król Popiel*）、《青春之城》（*Miasto młodości*）、《致诗人塔德乌什·鲁热维奇》（*Do Tadeusza Różewicza*）、《我忠实的母语》（*Moja wierna mowo*）、《那么少》（*Tak mało*）等。

　　杨德友在得知米沃什成为诺贝尔文学奖得主之后，找到了米沃什当时在加州大学伯克利分校任教的地址，用波兰语给米沃什写了信，向他表示祝贺并表达了自己对波兰和波兰文学的兴趣。1981年7月，杨德友收到了米沃什寄给他的《太阳从何方升起，在何处沉落》，倍受感动地回信表示感谢。1984年，米沃什寄给杨德友一封简短的手写信，表示自己还记得译者。与米沃什的直接友好往来，对杨德友着手翻译米沃什诗作是极大的鼓励。杨德友翻译了《立陶宛，五十二年后》（*Litwa, po pięćdziesieciu dwoch latach*）、《面对大河》（*Na brzegu rzeki*），发表在《名作欣赏》上。

　　与小说、散文的翻译不同，诗歌翻译需要译者具有诗歌才华，很多时候诗人本身就是优秀的译者。在中国，就有一个爱好米沃什作品的诗人群体成功翻译了他的作品。中国诗人翻译的第一本米沃什的诗歌集是《拆散的笔记簿》（*Regały i pojemniki*），译者绿原，1989年由漓江出版社出版。这本译作不仅引起了读者兴趣，也引起了其他诗人的关注，在他们的诗作中可以找到相似的诗句。紧跟着绿原的脚步，诗人张曙光于2007年在《文学界》上发表了《米沃什诗选》。著名翻译家和诗人李以亮翻译了米沃什的很多诗歌并发表在文学杂志上，包括《与简妮交谈》（*Rozmowa z Jeanne*）、《一小时》（*Godzina*）、《得克萨斯》（*Texas*）、《窥淫狂》（*Voyeur*）、《在黑色的绝望中》（*W czarnej rozpaczy*）等。此外，诗人西川、北塔和杜国庆也曾翻译米沃什的诗歌。

　　米沃什作为诗歌作品被翻译成中文数量最多的当代外国诗人之一，其散文也受到中国读者关注。由诗人西川和北塔翻译的《米沃什词典：一部20世纪的回忆录》（*Abecadło*）于2004年出版，通过阅读这本书可以一窥米沃什的哲学世界。《米沃什词典：一部20世纪的回忆录》按字母顺序排列，讲述作者的一些回忆、故事，包括一些地方轶事和在诗人记忆中留下痕迹的人物，试图通过类似词典的方式展示本书巧妙的叙事结构。译者高度赞赏作品中所展示的找到内在和谐的可能性，以及与世界"相处"的方式。对文学家而言，这个世界总是开放、多维、充满神秘感的。米沃什既是一位资深文学家，又有着奇特而复杂的冒险经历，他从不同角度评价了20世纪的历史。这本书是一本自传，也是一本日记，但其叙述方式和内容超出了这些类型作品的界限。毫无疑问，读他的文学作品很难，需要具备专业知识。北塔曾解释说，《米沃什词典：一部20世纪的回忆录》中的一些条目是非常专业的研究，米沃什的叙述是客观的，同时又涉及历史主题，书中的某些典故甚至对于欧洲读者来说也很难理解，尤其是关于波兰的内容涉及社会的不同阶层。因此在翻译这本书时译者做了大量的脚注。

3. 维斯瓦娃·希姆博尔斯卡

维斯瓦娃·希姆博尔斯卡，波兰诗人，散文家，1996年诺贝尔文学奖得主。1923年7月2日出生于波兹南市的一座小城布宁（Bunin），2012年2月1日在克拉科夫逝世。希姆博尔斯卡一生创作颇丰，共出版约350首诗作，广受批评家和读者好评。

希姆博尔斯卡早在童年时期就已展露诗歌天赋，当时她写了一首有趣的押韵诗，父亲给了她一枚硬币作为奖励。1945年，她在克拉科夫的《波兰日报》（Dziennik Polski）上发表了第一篇诗作《我追寻文字》（Szukam słowa）。一年后，她考入雅盖隆大学研读波兰语言文学专业，后转而学习社会学，却因经济困窘不得不放弃学业。

诗人于1952年出版了自己的第一部诗集《我们为此而活着》（Dlatego żyjemy），同年成为波兰作家协会会员。她的第一部诗集符合当时的时代精神，而下一部诗集《向自己提问题》（Pytania *zadawane sobie*, 1954）乃至之后的作品，诗人再也没有延续她第一部作品的风格。1953—1966 年，希姆博尔斯卡主持周刊《文学生活》（Zycie Literackie）的诗歌专栏，与弗沃吉米日·玛琼格（Włodzimierz Maciąg, 1925—2012）共同担任"文学信札"（Poczta literacka）专栏的诗歌编辑，并在 1967—1981 年开设专栏"选读札记"（Lektury nadobowiązkowe）。1988 年成为波兰笔会会员，2001 年成为美国文学艺术学院名誉会员。曾在雅盖隆大学文学艺术中心多次组织诗歌工作坊。

诗人最知名的几部诗集是《呼唤雪人》（*Wołanie do Yeti*, 1957）、《一百种乐趣》（*Sto pociech*, 1967）、《可能》（*Wszelki wypadek*, 1972）、《巨大的数目》（*Wielka liczba*, 1976）、《眼镜猴和其他的诗》（*Tarsjusz i inne wiersze*, 1976）、《桥上的人们》（*Ludzie na moście*, 1986）、《选读札记》（*Lektury nadobowiązkowe*, 1992）、《结束与开始》（*Początek i koniec*, 1993）、《一粒沙看世界》（*Widok z ziarnkiem piasku*, 1996）、《植物的沉默》（*Milczenie roslin*, 2001）、《瞬间》（*Chwila*, 2002）、《冒号》（*Dwukropek*, 2005）和《幸福的爱情》（*Miłość szczęsliwa*, 2007）。诗人大多不喜欢交流文学或诗歌创作的秘密，希姆博尔斯卡也认为作者只应在自己的作品中表达出这些东西。希姆博尔斯卡的文字中散发出的一流的幽默感体现在她对日常生活的书写中，她创造出属于自己的建立在嘲笑、讽刺和怪诞之上的新的文学形式。1996 年，希姆博尔斯卡成为波兰第四位诺贝尔文学奖得主，也是第一位获得此奖的波兰女性。诺贝尔奖委员会在颁奖词中称她为"诗人中的莫扎特"，是一位将语言的优雅融入"贝多芬式愤怒"，以幽默来处理严肃话题的女性。

希姆博尔斯卡获得诺贝尔文学奖比米沃什晚了十六年，中国对她作品的译介力度较之米沃什亦略有不及。2000 年出版的由林洪亮翻译的《呼唤雪人》是在中国大陆出版的第一部希姆博尔斯卡诗歌集，引起了广泛关注。之后，张振辉翻译完成了《诗人与世界：维斯瓦娃·希姆博尔斯卡诗文选》，其中收录了代表诗人全部作品精华的诗歌。译者在译序中提到，希姆博尔斯卡对此译本在中国出版非常重视，亲自为此写了赠言："诗歌只有一个职责，把自己和人们沟通起来。我的诗在中国如能遇到细心的读者，我将是很幸福的。"①以上提到的两位译者都是第一批努力向中国读者译介希姆博尔斯卡诗歌的译者。

另一个重要译本是台湾诗人陈黎和译者张芬龄在 1998 年翻译出版的《维斯拉瓦·辛波斯卡诗选》，载有 60 首诗歌，包括《一见钟情》（ *Miłość od pierwszego wejrzenia* ）、《对色情文学的看法》（ *Głos w sprawie pornografii* ）、《结束与开始》等。2012 年，这一译本的第二版由湖南文艺出版社出版，名为《万物静默如谜》，里面包含 60 首修改后的诗歌译文和 15 首新翻译的诗歌。这部译著一经面世即成为出版市场上的畅销书，一个月内售出 5 万册，在深圳最佳图书排行榜中名列第三。除了上述几部诗集，还有一些希姆博尔斯卡的诗歌被翻译并发表在《出版广角》《外国文艺》《名作欣赏》《诗歌月刊》《外国文学》《国际诗坛》和《译林》等文学杂志上，这些译文的作者多为波兰语言文学专家和诗人，有些甚至是希姆博尔斯卡诗歌的普通爱好者。

4. 其他当代诗人

波兰当代诗人兹比格涅夫·赫贝特、塔德乌什·鲁热维奇和亚当·扎加耶夫斯基（Adam Zagajewski，1945—2021）也有作品被翻译成中文出版。尽管他们作品的译本数量不是很多，但从这些诗人在中国出版市场上的译著以及对这些诗人进行文学批评的群体身上可以看出，中国读者对波兰当代诗歌有着浓厚兴趣。据不完全统计，易丽君、张振辉、赵刚、李以亮等在不到二十年的时间内

---

① 希姆博尔斯卡：《诗人与世界：维斯瓦娃·希姆博尔斯卡诗文选》，张振辉译。北京：中央编译出版社，2003，《译者序：在无限的时空里》第 25 页。

翻译了数十首上述作家的诗歌,陆续发表在《世界文学》《诗刊》《扬子江诗刊》《江南》《诗选刊》《诗潮》《西部》等文学杂志上。2006 年,河北教育出版社推出了鲁热维奇的第一本也是唯一一本在中国出版市场上发行的诗集《塔杜施·鲁热维奇诗选(上、下)》(张振辉译)。由于这些波兰诗人的诗歌译本收录在各种报纸、杂志、文集里,而且有些译本后来又重新出版,难以完整统计译介数量信息。

诗人李以亮和波兰语专家赵刚于 2011 年分别翻译了一组兹比格涅夫·赫贝特的诗歌,发表在《江南(诗江南)》和《当代国际诗坛》(第三卷)上。赫贝特是波兰著名诗人、散文家、剧作家,曾获得众多波兰国内和国际文学奖项,20 世纪 60 年代以来一直是诺贝尔文学奖的热门人选。他的作品被翻译成 38 种语言,享誉世界。1950 年,赫贝特以诗人身份崭露头角,1956 年出版第一本诗集《光之弦》(*Struna światła*)。理解赫贝特诗歌的关键词是继承、反讽和忠诚,诗人试图通过诗歌重塑作为个体价值观根基的波兰文学传统。诗人对古代历史、欧洲文化传统,尤其是古希腊、罗马文化传统情有独钟,他经常运用诗体寓言、格言和警句,以古代文化和历史为素材,思考当代文明和人类存在的意义,借助古希腊、罗马神话,古代艺术和《圣经》故事中的人物形象,表现当代文明中的精神和道德冲突。赫贝特被视为波兰最杰出的新古典主义①哲学诗人,他在 1974 年发表的组诗《科吉托先生》(*Pan Cogito*)以及此后的一系列诗作中创作了一个同名的文学形象。Cogito,取自

---

① 新古典主义,又称现代古典主义,西方文化艺术流派,20 世纪诗歌风格之一,其特点是从古代艺术中汲取灵感并进行再创造。在诗歌领域表现为充满知性的抒情诗,多引用古典和哲学典故,坚持纯粹诗歌,即独立于生活内容的诗歌。这一流派也体现在建筑、音乐、绘画等领域。波兰新古典主义文学的代表人物包括切斯瓦夫·米沃什、兹比格涅夫·赫贝特、梅切斯瓦夫·雅斯特伦(Mieczysław Jastrun, 1903—1983)和雅罗斯瓦夫·雷姆凯维奇(Jarosław Rymkiewicz, 1935—2022)等。

笛卡尔的名言"Cogito, ergo sum"（我思故我在）。这一人物体现了对现实的认知和对荣耀的渴望之间的撕裂。"他是一个普通人，一个看报人，一个常常踟蹰于肮脏的郊区的人；另一方面，'他是自己并不愿屈从于的集体意识的反映'，在有关已丧失的人性'遗产'的记忆中寻求支持。"①

扎加耶夫斯基作为波兰当代重要诗人、散文家、随笔作家、评论家、翻译家，曾荣获多项文学奖，包括有"小诺贝尔奖"之称的诺斯达特国际文学奖（Neustadt International Prize for Literature, 2004）和有"中国诺贝尔诗歌奖"之誉的中坤国际诗歌奖（2014），一直以来也是诺贝尔文学奖的热门候选人。他的作品被翻译成多种语言，在中国亦广受关注。2005年，译者孚夫率先在《诗刊》上发表《国际诗歌快递——[波兰]扎加耶夫斯基诗选（十首）》；李以亮、王冬冬紧随其后，于2007—2012年先后在《诗刊》《扬子江诗刊》《西部》《长江文艺》《中国诗歌》《上海文化》上发表扎加耶夫斯基的诗作。扎氏主要创作无韵诗，是自然、朴素、古典式诗歌的代表。诗人生命中最重要的部分皆与克拉科夫紧密相连，他曾在此就读于雅盖隆大学并于1968年获心理学硕士学位，1970年获哲学硕士学位，后在克拉科夫AGH科技大学社会科学学院担任助教至1975年。1967年，扎加耶夫斯基的诗作《音乐》（*Muzyka*）首登在期刊《文学生活》上，1968年起他成为波兰作家协会克拉科夫分会中青年组理事会成员，并在1970—1971年担任主席。其间在《奥得河》（*Odra*）和《作品》等期刊上发表诗歌和时评。1968年他合作创立名为"现在"的诗歌小组，呼吁打破语言僵化模式，恢复语言原本的可信度和真实性，扎根于日常生活，加强文学对周围现实环境的影响。他与朱利安·科恩豪瑟（Julian Kornhauser,

---

① Piotr Matywiecki, *Sylwetka twórczą poety*, https://culture. pl/pl/tworca/zbigniew-herbert.

1946—   ）共同撰写了"新浪潮"文学运动的意识形态及艺术宣言，并在《未被呈现的世界》(*Świat nie przedstawiony*,1974)一书中加以阐述。年轻的诗人群体回顾战后波兰文学，控诉一些作者逃避现实，缺乏正确反映社会现实的能力。他们反对诗歌中的大量隐喻，摒弃从政治性新闻中袭用的封闭、空洞的词汇术语，呼吁回归现实主义。1972年，扎加耶夫斯基的处女作《公报》(*Komunikat*)出版。在诗歌《真理》(*Prawda*)中，作者宣扬"讲真理，为其服务"。"新浪潮"系列作品《肉铺》(*Sklepy mięsne*,1975)出版后，类似风格的小说《温暖，寒冷》(*Ciepło,zimno*,1975)继而问世。20世纪70年代中期，扎加耶夫斯基加入了波兰的民主反对派阵营，1975年12月签署"59信函"①，表达对波兰人民共和国宪法修改计划的抗议。1973—1983年担任波兰作家协会成员，1979年成为波兰笔会理事会成员。1982年12月，扎加耶夫斯基去往国外，长居巴黎，其间在《文化》等期刊上发表作品，是源起于巴黎(现处华沙)的期刊《文学笔记》的联合创始人。

扎加耶夫斯基的《两座城市》(*Dwa miasta*)和《另一种美》(*W cudzym pięknie*)中收录的随笔和散文，记录了扎加耶夫斯基对哲学、阅读和在欧洲旅行的感思。他述写克拉科夫、巴黎、童年生活的城市、中欧教育的传奇之地、布鲁诺·舒尔茨、尼采、荣格尔、E.

---

① "59信函"(Memoriał 59或List 59),1975、1976年之交，波兰知识分子发布了一封公开信，表达对修订《波兰人民共和国宪法》的抗议。修订案中有关确立波兰统一工人党的执政地位，波兰与苏联确立永久、不可侵犯的合作联盟等条款引发波兰知识分子不满，他们提议宪法和国家法律应该保障公民权益和自由。扬·奥尔舍夫斯基(Jan Olszewski,1930—2019,后波兰第三共和国总理)是公开信的发起人，最初参与签署的人数为59人(后实际增加到66人)，故得名"59信函"。公开信提交给众议院后一度被忽视，直到1976年1月被发现后才广为人知，并带动更多知识分子和天主教人士撰写抗议信(如14信函、101信函等)。1976年2月10日，波兰人民共和国众议院通过了波兰人民共和国宪法修正案，这些信件并没有影响当局修改宪法的决定，但使最终的法律语言更为温和。

M. 齐奥朗（E. M. Cioran, 1911—1995）、戈特弗里德·贝恩（Gotfried Benn, 1886—1956），以及现代文明给精神生活带来的威胁、信息泛滥及交流匮乏产生的悖论等。

鲁热维奇是享誉欧洲的波兰当代诗人、剧作家、散文家，在诗歌、戏剧、小说方面均有很高造诣，开创了波兰文学一代新风，曾多次获诺贝尔文学奖提名。鲁热维奇曾在雅盖隆大学学习艺术史，但并未完成学业。1942 年加入波兰地下抵抗组织"国家军"，1943年6月26日至1944年11月3日期间参加地下斗争，同时坚持写作，担任杂志《武装行动》（Czyn Zbrojny）的编辑，1944年同兄弟雅努什一起出版了《森林的回响》（Echa leśne），书中收录有普通诗文、打油诗、诙谐故事、采访以及充满爱国情怀的散文诗。从鲁热维奇年轻时期的作品可以看出他对尤利乌什·斯沃瓦茨基和斯特凡·热罗姆斯基作品的喜爱，也可以看出那一时代的诗人普遍存在的灵魂撕裂。

鲁热维奇在现代诗中为战争时代人们的不安与苦涩发声，而他的剧本里也能够找到知识分子出身的主人公双重身份的影子。他们是内在不统一且灵魂分裂的人物，由于自己对上帝、荣耀和祖国担负有最高义务，在后雅尔塔时代的现实中成为了被质疑和注定失败的人。

这一时期在中国翻译鲁热维奇作品的翻译家有易丽君、张振辉和李以亮。除上文提及张振辉翻译《塔杜施·鲁热维奇诗选（上、下）》，李以亮于2012年在《扬子江》杂志上发表了一组鲁热维奇的诗作。易丽君翻译的则是鲁热维奇的小说作品《我的女儿》（Moja córeczka）、《谈我自己——疑惑》（O sobie samym-zwątpienie）、《在外交代表机构》（Na placówce dyplomatycznej），还因此与鲁热维奇有过一段有趣的互动。中篇小说《我的女儿》1984年在《世界文学》上发表之后引起较大关注。这件事被鲁热维奇得知后，一直对这位中国的翻译家很感兴趣。他在20世纪50年代曾经访问过中国,对中国人民有着深厚感情。鲁一直居住在波兰西南部城市弗罗茨瓦夫,平时深居简出,极少接受采访,人们很难见到他。20世纪80年代,易丽君在华沙大学执教期间,鲁正好到了华沙,得知易丽君也在华沙,就通过秘书主动表示想见一见易丽君。于是,时任我国驻波兰大使馆文化处官员、易丽君的同学梁全炳与易丽君一起前往会见。会见时波兰通讯社的记者还特意为他们拍了照。会见中,易丽君请鲁热维奇为《世界文学》写一篇专稿,他欣然答应。于是就有了《世界文学》1987年第4期上的一篇题为《迷惘》的文章。这篇文章是专门为中国读者所写的,文中作家对波兰文坛的某些方面和某些社会现象坦率地提出看法,"表现了一位严肃的老作家的忧虑和彷徨"①。鲁热维奇开篇即提到易丽君和他的交流:

> 易丽君女士请我为中国读者写一篇谈波兰文学的文章。我对她表示歉意,因为这样的文章只有文学史家、评论家、文学刊物的编辑抑或是出版社的书评家才能写……易丽君女士谅解我的困难,知道我为什么没有写出一篇论述波兰文学现状的文章,便要我写几句关于我自己的话……写自己同样困难,甚至比写波兰现代文学近况还要困难。原因在于,我正在寻找自己,寻找自己在文学园地上的位置……②

2009年易丽君夫妇前往克拉科夫出席第二届波兰文学翻译家大会时,再次见到了鲁热维奇,年近九旬的鲁热维奇依然记得之前的那场会面。后来,弗罗茨瓦夫剧院将鲁氏中篇小说《我的女儿》改编成话剧演出时,剧院特别邀请易丽君出席了鲁氏戏剧节开幕式。这段波兰作家与中国译者间的直接交流,以及作家经由译者与中国读者间的互动,堪称中波文学交流活动中的一

---

① 塔·鲁热维奇、易丽君:《迷惘》,载《世界文学》1987年04期,第257页。

② 塔·鲁热维奇、易丽君:《迷惘》,载《世界文学》1987年04期,第258页。

段佳话。

5. 维托尔德·贡布罗维奇

维托尔德·贡布罗维奇是波兰小说家、剧作家、散文家，出生于波兰东南部城市凯尔采（Kielce）附近的一个小村庄。他从小跟随家庭教师学习，1915 年随父母迁居华沙，1923 年进入华沙大学学习法律，毕业后赴巴黎学习哲学和经济学。1928 年回到华沙，在法院担任见习律师，从此开始写作生涯。

贡布罗维奇仅凭其作品的哲学价值、文本构建方式及文字力量便足以称得上波兰文学史上的一位杰出作家。1933 年发表处女座《未成年时期的记忆》（Pamiętnik z okresu dojrzewania），这是他唯一一部短篇小说集，虽诙谐幽默，但把玩"低级文学"，并未引起评论界关注。后来，作者在这部短篇小说集的基础上增加了五篇新作，于 1957 年重版，命名为《巴卡卡伊大街》（Bakakaj）。巴卡卡伊是作者在阿根廷布宜诺斯艾利斯居住过的一条街道的名字。1937 年，贡布罗维奇发表了第一部长篇小说《费尔迪杜凯》（Ferdydurke），成为其最重要的代表作。这部作品及其之后的作品具有一个同样的主题——不成熟和年轻人的问题。对于这部作品波兰评论界反响强烈，褒贬皆有，读者也两极分化为追捧者和反对者。同时期的另一位著名作家布鲁诺·舒尔茨[1]在书评中写道：

> 很久以来，我们的文学作品中都没有出现过这样令人震惊的现象，没有出现过像维托尔德·贡布罗维奇的小说《费

---

[1] 布鲁诺·舒尔茨：作家、画家、文学评论家，20 世纪最伟大的波兰文学家之一。生于利沃夫附近的犹太家庭，但他的家庭更重视波兰传统和语言。舒尔茨曾学习建筑和美术，担任过美术老师，常年体弱多病、经济困难，因身体和时局等原因始终没有取得学位，几乎自学成才。1942 年，他被盖世太保射杀。舒尔茨生前并没有获得显著的名声，去世后其文学艺术价值才得到承认。代表作包括《肉桂铺子》（Sklepy Cynamonowe）和《沙漏疗养院》（Sanatorium pod Klepsydrą）等，他的文学和绘画作品都展现出创作者错综复杂的心理，是对个人经历和现实的"神话化"，文学语言极富诗意，想象丰富，常被与卡夫卡相比较。

尔迪杜凯》这般的"响雷"。我们可以在小说中看到非凡写作才能的展现,看到全新的、革命性的小说形式和创作方法,最后还有一个根本性的发现,即这是对一个新的、无人问津的精神现象领域的吞并。这个领域直到现在还只是充斥着不负责任的玩笑、俏皮话和胡言乱语。[1]

1938 年,贡布罗维奇 1935 年写就的第一个剧本《勃艮第公主伊沃娜》(*Iwona księżniczka Burgunda*)出版。1939 年,他应邀航海旅行至布宜诺斯艾利斯时第二次世界大战爆发,滞留阿根廷。1950 年与波兰侨民在巴黎创办的文学研究所建立联系,在《文化》刊物上发表作品。在巴黎出版了他的小说《色》(*Pornografia*)、《宇宙》(*Kosmos*)以及三卷本的《日记》(*Dzienniki*)后,逐步获得国际声誉。1963 年获福特基金会全年奖金后回到欧洲,先在柏林生活了一年,后又来到巴黎。1967 年获西班牙福门托尔文学奖(Premio Formentor de las Letras)。1968 年定居法国东南部小城旺斯。1969 年因心脏病发作在旺斯去世。

2000 年前后,译林出版社在法兰克福国际书展上购得长篇小说《费尔迪杜凯》的版权,并邀请易丽君翻译此书。毋庸置疑这是一部具有极高艺术价值的现代怪诞小说,也是中国译者首次接触此类波兰文学作品。译者坦言,这样的作品非常难译,内容晦涩难懂,通过多次与波兰有关专家研讨,认识到《费尔迪杜凯》是一部寓有强烈批判精神和讽刺意味的作品。它深刻地揭示了当时波兰社会存在的各种落后现象。在这个社会上文明、教育、理想、爱情、友谊、道德都被歪曲,现实生活中充满了荒唐、丑陋、残酷、阴暗和疯狂。作家不是以一种现实主义的写实手法去刻画时代的面貌,而是以一种丑角式的幽默、冷漠和戏谑的嘲讽态度去对待他所否定的事物。在语言运用上随心所欲,毫无拘束,任意发挥;在遣词

---

[1] *Witold Gombrowicz*, https://culture.pl/pl/tworca/witold-gombrowicz.

造句上则粗俗多于典雅,时而用双关语、讹音、谐音、近义词、多义词,时而又用些怪话、反话,用些空洞无物、毫无实际意义乃至看似用词不当、不太通顺的词句,以此来表示人的思想空虚和周围世界的混乱。小说从内容到形式都独具一格,使人读后既惊愕或茫然,又不能不承认作家用心之良苦、构思之奇特深邃。显然,这种创作手法与波兰传统小说的写作方法迥然不同,用老一套的思想方法来要求它,理解它,自然会越陷越糊涂,越不好理解。

译稿由译林出版社于 2003 年 10 月出版,时任波兰驻中国大使、资深汉学家孔凡为译著撰写出版序言,称此书的出版"将是中国读者同维托尔德·贡布罗维奇创作的首次接触,同时也是由于杰出的中国波兰学学者、波兰文学不懈的翻译家和爱好者易丽君教授和她的丈夫袁汉镕教授的努力,使又一位波兰作家的作品来到广大中国读者中间"①。2004 年,逢作家诞辰 100 周年、逝世 35 周年,波兰议会将当年定为贡布罗维奇年。波兰驻华大使馆举行了贡布罗维奇作品研讨会和中译本《费尔迪杜凯》出版发布会,《世界文学》出版了《波兰作家贡布罗维奇作品小辑》,收录了《一件臆想杀人案》(*Zbrodnia z premedytacją*)、《斯特凡·恰尔内茨基的回忆》(*Pamiętnik Stefana Czarnieckiego*)、《检察官克雷考斯基的舞伴》(*Tancerz mecenasa Kraykowskiego*)、《日记选》(*Dziennik*)。台北的大块文化出版有限公司 2006 年出版了《费尔迪杜凯》译著的繁体字版。

《费尔迪杜凯》在中国的成功激发译者继续翻译贡布罗维奇的其他作品。2012 年,杨德友、赵刚合作翻译完成小说《色》,由人民文学出版社出版。这部长篇小说讲述了两位年长的知识分子因着魔于青春之美,不惜一切代价,尝试唤醒少年男女,让他们彼此

---

① 贡布罗维奇:《费尔迪杜凯》,易丽君、袁汉镕译。南京:译林出版社,2003,《祝贺〈费尔迪杜凯〉中译本出版》第 2 页。

相爱的故事。很多波兰评论家将此书看作贡布罗维奇最伟大的作品之一，中国读者关注到了书中所体现的作者癫狂超越理性的想象力。这本书的伟大之处并不在于题目所代表的色情和欲望书写，而是作者在外部世界濒临崩溃之时用写作建构的一个属于自我意识的世界。

6. 奥尔加·托卡尔丘克

奥尔加·托卡尔丘克 1962 年在波兰西部绿山城（Zielona Góra）附近的苏莱霍夫（Sulechów）出生，1985 年毕业于华沙大学心理学系。学习心理学的经历对托卡尔丘克的创作产生了影响。她的作品充满了对神秘和未知的探索，善于在作品中构筑神秘世界，通过神话、传说和想象描写各种鬼怪神灵，创造出属于自己的神话。1993 年，三十一岁的托卡尔丘克凭借长篇小说处女作《书中人物旅行记》（*Podróżą ludzi Księgi*）一举获得波兰科西切尔斯基文学奖（Nagroda Fundacji im. Kościelskich），一跃成为波兰文坛备受瞩目的作家。《书中人物旅行记》讲述一对相爱的主人公对"神秘之书"的探寻之旅，故事发生在 17 世纪的法国和西班牙，透过当地风土人情我们可以读出作家对"秘密"的痴迷。1995 年出版的《爱尔娜》（*E. E*）延续了神秘主题，作家将故事发生地置于 20 世纪初的弗洛茨瓦夫，成长于波兰、德国混血家庭的小姑娘埃尔纳发现自己具有通灵天赋，各种不受人类理性思维束缚的神秘思考在书中一一呈现。在这里可以看出作者对神秘且超出人类理智接受范围内的事物的向往。

《太古和其他的时间》（*Prawiek i inne czasy*，1996）是托卡尔丘克神秘主题作品的代表作，被波兰文学界誉为"波兰当今神秘主义小说的巅峰之作"，托卡尔丘克因此斩获 1997 年波兰"政治护照"文学奖。2006 年，托卡尔丘克创作出版了小说《世界陵墓中的安娜·尹》（*Anna In w grobowcach świata*）。作家在小说中借用了苏美尔人的神话，将主人公设置为主宰丰收和战争的女神伊南娜。

伊南娜去看望自己的妹妹——地下和死亡之神,意外发现可以将妹妹带回人间,但条件是必须拿另外一个人去交换。于是,伊南娜将目光瞄准了自己以前的情人……作家将神话中的地下王国塑造成了一座未来城市的地下世界,充满了网络朋克式审美、全息地图技术等等古人无法想象的现代元素。

托卡尔丘克自称是荣格的信徒。她在成为作家之前做过心理医生,因此其作品经常探讨个体梦境或集体潜意识。深邃的哲学思考赋予其作品极强的思辨性,使得阅读成为一场心理探索之旅,2018 年国际布克奖(Man Booker International Prize)的获奖作品《云游派》(*Bieguni*)就是范例。《云游派》2007 年在波兰甫一出版即获好评,托卡尔丘克因此获得安格鲁斯中欧文学奖(Angelus)提名,并一举摘得 2008 年波兰"尼刻"文学奖(Nagroda Literacka Nike)桂冠。"云游派"是东正教一个边缘教派名,该教派认为长期住在一个地方易受邪恶攻击,只有不断奔走、迁徙才能使人的灵魂得到拯救。在世俗层面,"云游"又同追求自由相关。小说的主人公们经历了各种各样的奔走和迁移:一名残疾儿童的母亲受东正教会影响有家不归,一位澳大利亚研究人员多年后回到波兰罹患绝症的朋友身边,一个母亲带着孩子在克罗地亚度假期间离开了自己的丈夫……主人公们在托卡尔丘克塑造出来的看不到尽头和终点、混乱如迷宫的世界里奔走、迷失、找寻通往自我之路。"当我踏上征途,便从地图上消失了。没有人知道我在哪里。是在我出发的地方,还是我将要到达的地方? 二者之间又有没有'中间'存在?"小说叙述者的独白既富有日常性,又满溢哲思。可以说《云游派》包含了各种思想碎片、哲学反思、内心独白,是一部介于远古和现代之间、科学与宗教之间、灵与肉之间的文学作品。托卡尔丘克将其称为"星群小说"——作品就像一台测量投影仪,作家将故事投射在观察幕上,每个读者都可以自主感知并分别形成对故事轨迹的各自认知。托卡尔丘克说过,旅行是用一种现代的方式满足人类对古老、原始的游牧生活方式的渴望。而这场心理之旅更像是一份有关迁徙、行走和旅者不安的文学独白。

托卡尔丘克的创作另一主要特点是碎片化的叙事方式。她喜欢用碎片化的小故事组成一本完整的小说，并且认为这种写作风格不仅更适合自己，也更适应现代读者碎片化的思考方式。1998年，小说《白天的房子，夜晚的房子》(*Dom dzienny, dom nocny*) 面世，这是作家碎片化叙事方式的首次集中体现，作家借此作进入当年国际 IMPAC 都柏林文学奖入围名单。作家把自己生活的苏台德山脉地区（波兰、捷克、德国三国边境）设为小说的故事发生地，以自己听来的各式各样的故事作为创作灵感。叙事者与她先生 R 搬来此处居住，她是一个集梦人，收自己与他人的梦。她发现这个地方藏着许多秘密，并借由与奇特邻居老婆婆玛尔塔的交往，得知许多当地的奇闻轶事、过往历史以及生活见解。托卡尔丘克讲述着一个个短小的故事，每个故事都有其自身的戏剧性，扣人心弦，令读者观之难忘。这部小说更像是一个文本混合体，包括许多不同的情节、相互关联的故事、散文式的笔记和私人日记等等。这些故事看似毫无关联，缺乏整体性和统一性，放进同一部小说中却产生了奇异的效果。文中梦境和现实相互交融，彼此影响，贯穿全书。使小说成为一个有机整体的，是作家对生命、感觉、经验等领域的探索。

2004 年，托卡尔丘克发表了短篇小说集《最后的故事》(*Ostatnie historie*)，由此短篇作品逐渐成为作家较为偏爱的形式，她还倡导举办国际短故事节。托卡尔丘克在接受采访时曾表示："短篇小说这种文学形式对作家的要求很高——需要高度的专注，以及创造'金句妙语'的能力。我总是告诉自己，长篇小说应该引导读者进入一种恍惚状态，而短篇则应该让人体验一次微妙又不可言喻的启蒙之旅，并给予我们洞察力。"上文提到的《云游派》同样由多个相互交错的故事构成，从写作风格上可以说是《白天的房子，夜晚的房子》的延续,并且将对这种写作技巧的运用提升到了一个新的高度。在《云游派》中,作家巧妙地将一个个长短不一的故事组装成一个有机整体。这一个个故事的主题均聚焦于人类在世界上的存在,而这种存在则基于不断的旅行。旅行则意味着接受世界的不连续性,有时甚至是毫无逻辑联系的各种碎片。这种碎片化也体现在小说的文本结构上——书中不断出现看似独立的多个情节,而联结这些分散情节的主轴则是一些共性话题:人类对伤痛和苦难的审视,对生死问题的探究。

有观点认为,托卡尔丘克的文学具有很强的反宗教性。她在作品中暗讽教会对波兰社会的过度干预,直到获得诺奖还有很多教会的拥护者对她提出各种批评。2014 年创作的《雅各布之书》(*Księgi Jakubowe*)就是这样的一部作品,这部作品的法译本获得了 2018 年度的扬·米哈尔斯基文学奖(Jan Michalski Prize for Literature)①。《雅各布之书》讲述 18 世纪中叶,犹太青年才俊雅各布·弗朗克在波尔多传播犹太教的故事。他的出现对当地社会产生极大影响,原本信仰完整统一的社会分化成不同派别。一些人自愿成为雅各布的门徒,将他奉为神明;另一些人将犹太教视为异端,极力抵制。小说详细介绍了当时的社会、建筑、服饰、环境,绘制了一幅天主教、犹太教、伊斯兰教并存的生活图景。托卡尔丘克的拥护者认为,这部作品恰恰证明作者对宗教的敬畏,她向读者展示物质世界之外的人类精神的神秘与深邃,这样的创作理念显然比那些宣扬信仰教义的作品更为深刻。

---

① 扬·米哈尔斯基文学奖,瑞士文学奖,2009 年创立,每年进行一次评选,以表彰全世界范围内以任意语言出版的小说和非虚构作品,评审团由多文化和多语言人士组成,获奖者可获得 5 万瑞士法郎的奖励。该文学奖由扬·米哈尔斯基写作和文学基金会(Jan Michalski Foundation for Writing and Literature)创立,这一基金会则是瑞士商人维拉·米哈尔斯基-霍夫曼(Vera Michalski-Hoffmann)为纪念其丈夫扬·米哈尔斯基建立,以促进文学创作、鼓励阅读为目标,举办了大量与文学、写作有关的文化活动。

托卡尔丘克的小说简明流畅，读来毫无冗繁之感。作家以自己特有的轻松笔调书写历史，毫不费力地解读希望、伤痛与荒谬。《雅各布之书》语言朴素平实、鲜少使用华丽辞藻的特点，凸显作者不注重文字形式却能够完整呈现故事的极高语言功力。普通读者习惯于仰视高雅艺术，托卡尔丘克却以此种巧妙方式玩起文字游戏。作家自陈："写作与我而言是给自己讲故事，然后走向成熟。如同孩子们在睡前的呓语，用自己的语言区分梦幻与真实，描写，同时思考。"

2006年，易丽君、袁汉镕伉俪翻译的《太古和其他的时间》由台北的大块文化出版公司出版后，很快就占领图书市场，第二个月即被列入台湾年度最畅销书目，同年该社又推出该书第二版，湖南文艺出版社出版了该书简体字版。据袁汉镕回忆，这部作品既是完整的现实主义小说，又是富有诗意的童话，或者说，是一部糅合了神秘主义内涵的现实主义小说。文字质朴无华，清新淡雅，没有什么佶屈聱牙或晦涩难懂的句子。作品中渗透着简明而不乏诗意的描述，常把译者和读者带进一个奇妙的世界，字里行间不时显露的俏皮与机智、调侃与幽默，也使译者兴味盎然。许多神话、传说乃至《圣经》故事被糅合到作品中，既丰富了人物形象，也渲染了环境气氛，使整部作品具有浓郁的神话色彩，笼罩着一种耐人寻味的亦虚亦实、亦真亦幻的气氛。细读之后，令人回味无穷。面对这样的作品，只要摸透创作者的思路和主旨，翻译自然也相当得心应手。所以这部作品的翻译不到半年时间就完成了。紧接着，鉴于《太古和其他的时间》出版后社会反响巨大、反映良好，大块文化出版公司又从波兰购得《白天的房子，黑夜的房子》版权，该书于1999年同样获得波兰权威文学大奖"尼刻"奖。该书出版时书名为《收集梦的剪贴簿》。

托卡尔丘克于2008年3月应邀访华，其间访问了易丽君教授任教的北京外国语大学欧洲语言文化学院，为波兰语专业的学生举办了一个有关文学创作的讲座，与师生进行交流。之后还专门至易丽君、袁汉镕家中做客。袁汉镕在个人回忆录中写道：

> 她这个人很随和，没有半点儿大作家的架子，待人热情，也有很大的好奇心。当她得知她跟我们的女儿同岁的时候，她头一个反应是："那你们也可算是我的中国妈妈和爸爸了！"我们也谦虚地说："如果有您这样的女儿，那我们就是全世界为人父母者最受羡慕的人了！"这一次的会见充满了一种家庭的温馨，笑声一直不断。我们也向她请教一些问题，如作品中某些较为难懂的地方，谈我们是如何理解的，理解是否有误？她说："你们的理解完全正确，我就是这么想的。"听到这样的回答，我们自然也就放心了。这一次的聚首，可说是漫无边际的闲聊，聊波兰也聊中国，聊文学也聊人生；她谈了到中国后的见闻，不明白之处也问我们该如何理解。丽君也一一作了解答。临别时还在我们客厅的一个角落里照了一张照片作为留念。

随着一大批波兰著名作家的作品被翻译成中文出版，波兰文学汉译事业走入了真正的繁荣期。除了上述重点介绍的作家作品，1978—2011年的三十余年间，佐菲亚·纳乌科夫斯卡（Zofia Nałkowska，1884—1954）、博赫丹·切什科（Bohdan Czeszko，1923—1988）、沃伊切赫·茹克罗夫斯基（Wojciech Żukrowski，1916—2000）、玛丽亚·科诺普尼茨卡、莱舍克·科瓦科夫斯基（Leszek Kołakowski，1927—2009）、亚历山大·什温托霍夫斯基（Aleksander Świętochowski，1849—1938）、亚历山大·卡明斯基（Aleksander Kamiński，1903—1978）、亚历山大·弗雷德罗（Aleksander Fredro，1793—1876）、亨利克·格林伯格（Henryk Grynberg，1936—　）、塔德乌什·博罗夫斯基、尤利安·杜维姆、斯坦尼斯瓦夫·莱姆、斯瓦沃米尔·姆罗热克（Sławomir Mrożek，1930—

2013）、玛丽亚·东布罗夫斯卡（Maria Dąbrowska，1889—1965）、玛丽亚·昆采维乔瓦、约瑟夫·伊格纳齐·克拉舍夫斯基（Józef Ignacy Kraszewski，1812—1887）、耶日·菲佐夫斯基（Jerzy Ficowski，1924—2006）、雷沙德·卡普钦斯基等40余位波兰作家的作品被译介到中国。尽管上述大部分作家只有一部或几部作品被翻译成中文，但这极大地丰富了中国读者接受波兰文学的内容，也让中国人能够更加全面地了解、认识波兰文学及波兰民族。

二、愈加饱满、立体的波兰文学

1978年中国实行改革开放政策以来，中国的政治、经济、社会及文化发展等各个方面都发生了巨变。三十余年间，中国文学批评界对外国文学的认知方式亦产生很大厘革。纵观中国学界对波兰作家作品的分析和解读不难发现，几乎对所有作家的认知都同时包含了对作品思想意义和艺术形式的分析，特别是对语言风格、哲学思想和叙事方法等方面的深度挖掘，而与之相伴的是，这一时期中国对波兰文学的接受中意识形态问题研究逐渐弱化。

（一）对经典作品魅力的深入挖掘

尽管历史的时钟已经走入20世纪80年代，但中国人对20世纪之初即获得诺贝尔文学奖的两位小说家亨利克·显克维奇、弗瓦迪斯瓦夫·莱蒙特依然保持高度关注。新时期，波兰文学逐渐进入中国高校文学研究者的视野，产出了一批以显克维奇研究为主题的硕士论文。这里值得一提的有两篇硕士论文：《显克微支作品在中国的译介（1906—1949）》①和《亨利克·显克微支历史小说研究》②。第一篇论文结合比较艺术理论和文学批评，详细介绍20世纪上半叶中国对显克维奇作品的译介，并探讨了周作人、

---

① 作者为贵州师范大学孟竹，发表于2014年。
② 作者为山东师范大学孙爽，发表于2009年。

王鲁彦和施蛰存在特定历史时期翻译显克维奇作品的原因和动机。论文还分析了这一时期翻译活动与社会历史背景的紧密联系,揭示了普通读者难以理解的小众文学的真正价值。第二篇论文聚焦显克维奇历史小说研究。作者认为,显氏的历史小说对这种文学体裁的转变和发展产生了重大影响。为了对此话题进行全面、辩证的阐释和评价,作者讨论了欧洲小说创作的历史背景和传统,分析了显克维奇作品的思想渊源、艺术价值以及宗教和道德意义。作者将显克维奇的历史小说分为两类,即以"三部曲"和《十字军骑士》为代表的民族历史小说,以及具有更广阔文化背景的宗教历史小说——《你往何处去》。在评价小说的思想内容和美学形态时,作者概括出历史现实与艺术小说的完美结合、鲜明的人物形象以及对社会、历史和日常生活的丰富描写三个方面。论文强调,显克维奇凭借高超的写作技巧,展现了波兰的历史时代特征,指出了历史发展的必然趋势,发掘了波兰人民复杂的精神世界以及在面对外敌入侵时保家卫国的强大意志。

对显克维奇具体作品的分析主要集中在《灯塔看守人》《小音乐家扬科》《火与剑》《十字军骑士》和《你往何处去》。前文已经提到,《灯塔看守人》是波兰文学汉译的开山之作,1905 年由吴梼首次译成中文。此后数十年陆续有 5 个版本问世。这一短篇小说成稿于显克维奇旅美期间,讲述了波兰移民者的命运。关于《灯塔看守人》的评论多强调显克维奇用细腻笔触创造出的主人公怀旧的爱国者形象。这一形象是悲剧性的,他的内心感受、理性与情感的冲突通过精彩的场景描写得以成功表达。《小音乐家扬科》最早于 1897 年发表在《华沙邮报》(Kurier Warszawski)上,是显克维奇短篇小说代表作。故事的主人公扬科是一个体弱多病的小男孩,生活在波兰被瓜分后的俄占区。他酷爱音乐,却因生活贫困与艺术无缘。有一天,他被一所贵族庄园里传出的悠扬琴声吸引,于是偷偷溜进府邸,想要摸摸小提琴,却被人当成窃贼,被判处鞭刑,最终被活活打死。这部作品揭示了当时波兰社会中天才儿童因出身限制而无法得到应有教育的事实，正符合实证主义文学倡导基层工作、重视教育的基本理念。故事以儿童为主人公，作为外国文学经典作品曾入选小学语文教材，受到许多基础教育研究者的关注，产出了数十篇相关研究文章。文学批评者则认为，扬科的悲剧象征着当时处于内忧外患的波兰。尽管小说情节非常简单，但总体氛围却充满抒情和诗意。作者通过描述扬科耳中美妙的自然之声，展示了他对音乐的热情以及弱者与强者之间、自然之美与当时波兰社会的"丑陋"之间的强烈对比，进而揭示了真相：在一个以剥削制度和丛林法则为主导的社会中，才华会被抹杀。

显克维奇晚期创作的代表作《你往何处去》，是所有波兰文学汉译作品中译本数量最多、再版次数位居前列的重要作品。中国译者对这部作品的兴趣从 20 世纪上半叶一直延续至当代，20 余个版本证明了这部经典之作的传世魅力。中国许多重要的波兰文学批评都涉及这部作品。著名波兰文学翻译家易丽君在学术文章《波兰作家亨利克·显克微支的历史小说：〈你往何处去〉》中评价，显克维奇借用尼禄皇帝对第一批基督徒使用酷刑的形象象征俄罗斯、普鲁士和奥地利对波兰民族的迫害，用基督徒平静的自我牺牲的形象比喻牺牲自己来拯救欧洲的波兰人的崇高思想和英雄气概。莉吉亚是作家心爱的家园的象征，经历了悲惨的民族命运。易丽君肯定作家在描写服装、习俗、室内设计、建筑和菜肴方面的精确性，认为显克维奇在写小说时基于史实，但不仅限于此。他描述了风景如画的古罗马街道、建筑以及皇室的日常生活，并通过这些描写设法向读者传达彼时彼地的社会和文化图景。在创造角色时，他使用了对比手法，例如彼得罗纽斯和尼禄分别代表着正面和负面两个极端。每个人物的表达方式显然是个性化的。显克维奇擅长使用预言和直觉以及俏皮话，将角色的性格转变与历史事实的发展结合在一起。

"在波兰民族起伏跌宕的千年历史长河中,宗教正是以其独特的精神力量,参与了一系列重大历史事件,影响了整个民族精神的塑造,形成了波兰的文化风格。这一点在文学中得到了最充分的反映。"①《你往何处去》书写宗教历史,既体现了显克维奇的宗教观,也生动展示了宗教对波兰社会文化的影响。张振辉曾对《你往何处去》的宗教性作此见解:

> 以彼得为代表的基督徒所宣扬的宗教教义表现了他们对罗马社会现实的不满而又无力改变现实,也反映了罗马社会一部分奴隶和劳动人民对黑暗社会的痛恨和对美好未来的向往,但他们又没有觉悟到必须起来以武装斗争推翻现存的社会制度,才能走向未来。这种教义在罗马当时人民群众反抗尼禄暴政的斗争正在走向高潮的时候,在罗马的一部分被压迫者中,又带有很大的欺骗性,是人民的"精神鸦片",显然起着阻碍革命斗争发展的消极作用。②

可以说,显克维奇的宗教观点不仅建立在唯物主义的基础之上,而且还建立在民主的基础上,主要出发点是受迫害者的利益。

《十字军骑士》作为显克维奇最后一部历史小说,被中国读者认为是作家最成熟的作品。这部作品展现了史诗级的壮观场景、田园诗歌般的色彩、震撼人心的场面,对不同性格的人物进行了生动又个性化的刻画。最早翻译《十字军骑士》的译者陈冠商曾经盛赞作品超高的思想水平:"显克微支用极其高超的艺术手法来再现波兰人民历史上如此伟大的格隆瓦尔德战役,使《十字军骑士》成为一部真正的民族史诗。"③

---

① 赵刚:《波兰文学中的天主教影响》,载《东欧》1997 年 04 期,第 34 页。
② 张振辉:《显克维奇评传》,北京:社会科学文献出版社,1991,第 250—251 页。
③ 陈冠商:《〈十字军骑士〉的思想与艺术》,《上海师范大学学报(哲学社会科学版)》,1984 年 03 期,第 32 页。

《十字军骑士》在中国拥有 10 余个译本,可见其受欢迎程度。译者多较为关注显克维奇在作品中反映出的政治观点。陈冠商强调,作者在小说中着意刻画小贵族阶级,使他们在整个历史事件的发展中成为主要力量,这是符合历史实际的。因为在当时的波兰社会中,小贵族阶级无论在反对大封建主分裂主义的斗争中,还是在反抗外敌入侵的英勇行动中,都是王国中央政权的主要支柱。张振辉认为,显克维奇在塑造英雄人物形象和描绘战争场景的同时发现了真理,即战争的性质决定了它的结果,而迫害者一定会被打败。

显克维奇创作的一大重要贡献是历史小说三部曲,其中尤以《火与剑》受到中国批评家的青睐。高建平在《论显克微支长篇历史小说〈火与剑〉》中提出了一种有趣的对待历史观的看法,这构成了了解这部作品的切入点。高建平并不认同苏联文学、艺术和历史学者对显克维奇作品的观点,因为他们认为这些小说缺乏真实性和客观性,并且认为这会导致鼓噪民族主义的消极趋势。中国评论家在列举历史事实的同时,为显克维奇辩解并反对这些观点,认为显克维奇描述了波兰的真实历史,并激发了波兰人的民族自豪感,鼓励他们为祖国自由而战。高建平借用恩格斯的观点,指出当时的波兰并不是单一民族国家的事实。当俄罗斯受到蒙古入侵时,白俄罗斯和乌克兰成为立陶宛大公国的一部分,并受到其保护。后来大公国与波兰合并,又因为当时的波兰文明发展水平更高,白俄罗斯和乌克兰的贵族大多都被波兰化了。因此,从这个角度来看,博赫丹·赫米尔尼茨基不是英雄,而是叛徒。高建平认为,显克维奇尊重历史,并发现了真正的历史事实。

1995 年,长春出版社推出"全球诺贝尔奖获得者传记大系",内含翻译家张振辉的学术专著《莱蒙特:农民生活的杰出画师》,这标志着新时期中国莱蒙特研究掀开新的篇章。张振辉翻译了莱蒙特的大量作品,是这位诺贝尔文学奖获得者的研究专家。这部专著对莱蒙特的生平及创作进行了全面的介绍和解读,为中国读者了解这位诺贝尔文学奖得主提供了重要资源。2000年,为纪念莱蒙特逝世七十五周年,波兰驻华大使馆、北京外国语大学和中国社会科学院外国文学研究所在京联合举行了学术报告会。会上,北京外国语大学校长陈乃芳教授、中国人民对外友好协会会长陈昊苏先生、中国社会科学院外国文学研究所所长黄宝生研究员和波兰驻华大使馆公使衔参赞诺维茨基先生先后致词,社科院外国文学所研究员张振辉、北京外交人员语言文化中心乌兰和北京外国语大学东欧语系茅银辉等有关专家分别就莱蒙特的生平和创作做了详细介绍。波兰罗兹大学教授博格丹·马赞(Bogdan Mazan)专程从波兰来到北京,在会上做了题为《今天认识的莱蒙特,肖像特写》的学术报告。张振辉在演讲中全面介绍了莱蒙特的创作道路,高度评价其作品的思想和美学价值。张振辉认为,莱蒙特将注意力集中在对资本主义的批判以及对被压迫者的同情和人本主义上,指出了当时社会制度的不合理性,以及与资产阶级和国家政权作斗争的必要性。

新时期中国对莱蒙特作品的研究主要集中在小说《农民》上。研究者多认为这部作品是"波兰农村生活的百科全书"。译者吴岩指出,这本小说描写了19、20世纪之交的波兰乡村,当时农民与封建地主之间的矛盾越来越尖锐。这部作品也是一部长篇叙事诗,其真正的主人公是大地。莱蒙特的笔法可以让读者看到大地的全貌,看到宛如特写镜头下的景象,看到人物肖像、风俗人情、日常生活和乡村风光,还原了被外敌占领的波兰的贫困乡村。吴岩写道:"莱蒙特以他的如椽之笔在长篇小说《农民》里写出了农村的波兰,写出了十九世纪末、二十世纪初波兰农村的阶级关系和土地问题,写出了风景如画的乡村里农民的生活、习俗、苦难和方兴未艾的斗争,写出了原始的农民民主主义情绪,农民的仇恨、渴望和未成熟的幻想。"①

　　译者张振辉认为这部小说既概括了农村社会的风貌,又展现了人物日常生活和心理细节。在他看来,小说《农民》同史诗般的《塔杜施先生》有着相似之处,后者描写波兰和立陶宛贵族的习俗,全面展现他们的日常生活和传统文化,而前者则是描绘农民的风俗习惯和波兰的乡村景观,它们的文化内涵都同历史变迁密切相关。

　　（二）对现代作品价值的全新阐释

　　在显克维奇、莱蒙特两位小说家受到关注的同时,20世纪波兰文学中斯卡曼德尔派代表人物雅罗斯瓦夫·伊瓦什凯维奇和荒诞派大师维托尔德·贡布罗维奇与追求多元化、后现代化的中国文学家、翻译家碰撞出绚丽的思想火花。

　　伊瓦什凯维奇是一位全能型作家,作品包含诗歌、小说和散文。由于译者的偏爱,中国人首先熟知的是他的散文和小说,对其作品的批评主要集中在《草莓》《肖邦故园》《名望与光荣》等几部作品上。

　　由于曾被选入江苏省中学语文教材,《肖邦故园》成为伊瓦什凯维奇最受中国广大读者(主要是学生和教师)关注的作品,其文本结构、蕴含的意义和反映的思想都得到了深入分析。中国读者普遍认为,肖邦是波兰的文化名片,这位伟大的钢琴家所演绎的浪漫主义音乐反映了波兰民族的爱国主义情怀,很容易引起中国人的共鸣。肖邦故园是肖邦的故乡,也是波兰人的精神家园,伊瓦什凯维奇对这位波兰音乐天才以及他的音乐和故园之美的描述,代表着作者对祖国的热爱。肖邦音乐是凝聚波兰民族的最强大的、坚不可摧的纽带。有了这样的纽带,波兰人才得以重新找回民族

――――――――

① 吴岩:《莱蒙特的〈农民〉》,载《上海师范大学学报(哲学社会科学版)》,1980年03期,第68页。

自信和对波兰文化传统的信仰。肖邦音乐作为波兰民族的精神支柱和波兰人身份认同的基石,激发着一代代波兰人的爱国主义情怀和民族自豪感。

许是受到《肖邦故园》的影响,各类教学杂志上出现了不少有关《草莓》的评论文章,多认为《草莓》具有朴实的主题和质朴的叙述风格,风景描写优美,饱含强烈情感,蕴含深刻含义。作者用紧凑、简洁的文字,对生活和周遭世界发生的变化进行哲学思考。

长篇小说《名望与光荣》也引起了读者的关注。这部作品的译者易丽君写道:"《名望与光荣》与十九世纪的史诗体小说有所不同,它不是正面描写历史上的重大事件,而是从侧面来表现、评价这些事件。作家没有着力渲染斗争的主战场,书中看不到气势磅礴、波澜壮阔的大战役和巨幅的群像,而是通过贯穿全书的大斗争的余波、大激战的回响来展示出一幅幅真实生动的时代画卷。"①易丽君认为,伊瓦什凯维奇长于创造特色人物。尽管这个时代有共同的特征,但来自不同社会阶层的人物却与各自生活的世界有着各自的关系。伊瓦什凯维奇笔下的女性形象也非常生动而富有特色。生活的戏剧性作为最高价值的体现,不仅源于战争和消逝的外部灾难,还源于导致人们做出戏剧化选择的内部道德和心理冲突。作品中展现的重大民族灾难不仅是个人灾难,还意味着某种社会知识形态的衰落。

2003 年贡布罗维奇的《费尔迪杜凯》中文译本的面世令中国读者耳目一新,可谓第一次认识到波兰文学此前不为人所熟知的另外一面。波兰荒诞派文学的诞生比欧洲早了几十年,世界文坛认为贡布罗维奇是波兰最伟大的当代作家之一。在中国,他与弗兰兹·卡夫卡(Franz Kafka, 1883—1924)、罗伯特·穆齐尔(Robert Musil,

---

① 易丽君:《雅·伊瓦什凯维奇及其代表作〈名望与光荣〉》,载《国际论坛》1987年 04 期,第 3 页。

1880—1942）、马克斯·布鲁赫（Max Bruch,1838—1920）一起被誉为"中欧四杰"。中国的批评家认为,贡布罗维奇的独创性在于他不断的叛逆和无处不在的讽刺。他一直是形式的反对者,认为笃信于形式象征着绝对的服从,会造成僵化甚至落后。他抨击所有传统的社会观点,"总能准确而敏锐地发现人类的轻率与自大,并把这两点放在一起予以命名并加以讨论"①。

贡布罗维奇独特的写作技巧备受关注。其作品不以精妙的情节和场景描写著称,而是以描述人物的荒唐心理历程而闻名。邱华栋在《维托尔德·贡布罗维奇:发现另一种荒诞》一文中指出,荒谬的线索、讽刺的叙述、夸张的图像和丰富的想象力,以及精致活泼的语言,构成了荒诞世界的绘画本质。《巴卡卡伊大街》的译者赵刚则认为,贡布罗维奇的作品值得推广,他的小说具有鲜明的后现代风格,有着令人难以置信的情节及其背后隐藏着的对波兰民族行为和性格的一针见血的讽刺。

《日记》、《婚礼》（Ślub）、《勃艮第公主伊沃娜》、《横渡大西洋》（Trans-Atlantyk）和《费尔迪杜凯》等贡布罗维奇的重要作品在中国均受到一定关注,其中第一部被翻译的作品《费尔迪杜凯》引起的反响最强烈。有评论家将该小说与中国著名动画片《没头脑和不高兴》进行了比较。"没头脑"代表落后的学校教育,取笑学生并有损他们的智力;"不高兴"代表学生的天真甚至愚蠢的态度,以及对学校和老师的不成熟的叛逆。动画片中的荒谬感、幽默感和夸张效果,类似于《费尔迪杜凯》。小说中所有主人公都是荒唐可笑的,每个人物都处于持续焦虑的状态,并且与周围环境和所处时代关系紧张。贡布罗维奇创作的一系列人物饱受精神焦虑和荒诞故事的折磨,深入分析社会现实中复杂的人际关系,强烈批评自己所处时代的紧张感和对人性的抹杀。

---

① 曾园:《嘲讽大师的日记》,载《21世纪经济报道》2006年4月3日。

（三）对当代诗歌意蕴的多元解读

从某种角度而言，20 世纪 80、90 年代是属于波兰诗歌的时代。切斯瓦夫·米沃什和维斯瓦娃·希姆博尔斯卡先后获得诺贝尔文学奖，为波兰诗歌创作赢得了巨大的国际声誉，也让他们成为在中国最受关注的波兰诗人。中国对这两位诗人作品的接受，很大程度上代表了中国读者对波兰当代诗歌的理解。在中国读者的眼中，与浪漫主义诗人亚当·密茨凯维奇不同，米沃什和希姆博尔斯卡所处的时代赋予了他们的创作广阔的哲学性和世界性，与此同时，波兰当代诗歌强烈的波兰性从未被遮蔽。

米沃什在波兰驻法国大使馆工作的时候，向法国当局申请政治庇护，后移民至美国。他失去了祖国，获得了"被驱逐者的自由"。旅居海外的创作经历使得米沃什成为一位具有强烈波兰性的移民作家。在中国批评界的眼中，米沃什是一位真正的独立诗人和爱国者，他深爱着自己的祖国，坚持用波兰语写作。三十多年间，他在加利福尼亚大学伯克利分校教授波兰文学，推广波兰文化，晚年用波兰语翻译了《圣经》。他称自己为"波兰语忠诚的仆人"。虽然波兰语作为一种小众的语言限制了他作品的知名度，并且用波兰语写作在某种程度上意味着与西方文学界的隔离，但米沃什从来没有犹豫，也从未后悔过。他以波兰人的身份为荣。可以说米沃什是一位有着自由思想和自我尊严的作家，他对于自由的追求与波兰民族的历史有着紧密的关联，他的诗歌赞美自由和民主的波兰，塑造着永不言败的勇敢的波兰人形象。诗人西川这样评价米沃什："我觉得他是一个诚实的人，也是一个深受折磨的人……面对自己内心道德上的焦虑，他不直接判断善恶是非，也不直接给定是非的界线，面对自己的悲惨、不幸、软弱和罪责，他把这些东西以一种非常节制的方式吞吞吐吐地表达出来。有时候承受不住内心的压力，他会写一些自然景色给人安慰，这是他的一个良知的表现。"①著名的批评家兼编辑林贤治也认为："他的写作是一个苦难民族的历史镜面。米沃什的诗里充满哲学的沉思。米沃什作为人类和波兰民族的良心,自由是引导他的看不见的灵魂,而政治是他脚下的道路。"②

米沃什放弃了空洞且浮夸的华丽辞藻,用平实的语言展现了真实的大自然和社会景象。他的诗歌总是围绕严肃的重大议题展开,比如政治、大屠杀、威权主义,但同时又夹杂着许多对大自然的生动描写。广州大学学者龙其林敏锐地捕捉到了米沃什创作中的生态意识,他在《大地乌托邦的记忆者——切·米沃什诗歌的生态意识》一文中提出,尽管米沃什是一位战斗诗人,但他对世界的看法却是温和而充满仁爱的。仁慈并不等于胆怯,相反它意味着旷日持久的反抗。怀揣着对树木、河流、动物、鸟儿的理解和温柔的爱,诗人在自己的诗歌当中表达了自己对自然发自内心的敬意。他注意到当下世界的生态危机,并且一直对人与自然的关系表示担忧。他敏锐的生态意识主要来源于对于人与自然和谐共处的渴望。米沃什在诗歌作品中展现了对大自然以及天地万物的平和态度,并努力为人与自然之间的关系创造一个中立的环境。得益于出色的直觉和感知能力,诗人准确刻画了现代社会人与自然关系的破裂和摇摆不定,点明了生态环境恶化同文明、宗教和哲学之间的紧密关系。可以说,对大自然的关注赋予了诗人宏大的世界维度。

米沃什诗歌的世界性还在于,它跳脱出了传统印象中书写民族大义的波兰诗歌创作范式,以复杂、充满矛盾的思想元素和丰富、多样的宗教意识关爱人类的命运和精神世界。米沃什来自一个天主教家庭,曾是天主教信徒,但是一战、二战和之后的

① 夏榆:《离乡的米沃什》,载《南方周末》2004 年 8 月 26 日。

② 夏榆:《离乡的米沃什》,载《南方周末》2004 年 8 月 26 日。

冷战给他的心理投下了不可磨灭的阴影。作为大屠杀的见证者,他亲历了人性的丑恶和残忍。他痛斥人类,也怀疑全能的上帝是否存在。当然,米沃什并不反对天主教,也不反对上帝本身,但他看不惯那些以真理和正义之名,行害人之实的人。他的家乡维尔纽斯是一座多文化、多宗教的城市,天主教、东正教、新教和伊斯兰教等多个宗教在那里并存。文化宽容的社会环境让米沃什形成了对待除天主教以外的其他宗教较为客观的态度,可以说米沃什认可"被污染的"(被强行人为干预的)、充满基督教原始教义同时又含有人类共有美德的宗教。拥有多宗教并存经验的米沃什将注意力转向佛教——其教义中的包容性成为诗人正经历着的信仰大震荡最好的出路。张昊认为:"主张宽容,具有'普度众生'的强烈普世情怀的佛教,强烈地吸引了在各种排他性宗教中陷入矛盾挣扎的米沃什。这种与自然贴近的包容性宗教也使米沃什找到了一种对抗近代以来以生物学为代表的技术哲学的途径,让他能'用深心'观察世界,与世界对话,最终得到了他的青睐和推崇。"①

　　需要注意的是,米沃什更喜欢保留原始精粹的纯粹佛教,而非崇拜威严寺庙或庄严仪式的佛教。他认可佛教对于科技和以自然筛选为指导思想的达尔文主义的反对,认为达尔文主义作为哲学思想对人们的思维方式和世界观产生了重要的影响。米沃什推崇佛教,因为这个宗教的思想偏爱大自然与安宁,而这与简单粗暴的科技形成了鲜明对比。米沃什觉得佛教能够帮助人类恢复同自然的和谐关系,能够让被科技遮蔽的自然风光重现于人们眼前。这种观点得到了中国诗人的认可,在他们看来,米沃什的诗歌简单有力,包含了人道主义关切和对恐怖主义的谴责。最重要的是,它具

---

① 张昊:《浅析切·米沃什的佛教思想》,载《大庆师范学院学报》2012 年第 32
　　卷第 2 期,第 80 页。

有复杂而深刻的思想,而不仅仅是诗意化的修辞。米沃什的诗触及人类生存和命运的精髓,这是他成功的原因,也是他诗歌的本质特征。

如果说同时拥有波兰性和世界性的米沃什以其深刻的思想在中国读者中间获得了振聋发聩的阅读反响,那么被称作"诗坛莫扎特"的希姆博尔斯卡则以其女性特有的细腻和轻盈,将深邃的哲思举重若轻地排布于精巧的诗句之间,赢得了中国读者的青睐。作为第一位获得诺贝尔文学奖的波兰女诗人,女性身份一直是中国学界对希姆博尔斯卡开展研究的一个重要议题。中国读者认为,希姆博尔斯卡拥有普遍适用的诗学智慧,她的诗歌表现出丰富的想象力和深刻的辩证思想。希姆博尔斯卡喜欢使用对话和提问题的方式,以易于理解的语言和清晰的图像来阐释哲学主题,给读者留下深刻的印象。同时,希姆博尔斯卡不是只站在哲学的象牙塔里,她的诗同样触及现实世界。正如吴萍所说:"她主动放弃了'诗人'的特殊和崇高,好像是街头巷尾那个路人,唯愿从普通事物和日常情绪中寻找诗的风景。"①

爱情作为希姆博尔斯卡诗歌创作中最有趣的主题之一,引起了中国读者的关注。她的诗《一见钟情》启发台湾漫画创作者幾米创作了漫画《向左走,向右走》,之后杜琪峰导演又根据这本漫画制作了同名电影,其中女主人公用波兰语朗诵了这首诗。这部电影大受欢迎,直到今天在中国年轻一代中依然非常流行。在这首诗中,希姆博尔斯卡阐释了"命运"的概念,通过轮回解释人际关系中的因果关系。相信希姆博尔斯卡创作这首诗时一定未曾想到多年以后,中国的一位漫画家会从她的诗歌中得到启发并创作出一本漫画书,继而被翻拍成电影一炮走红。这恰恰说明,希姆博

---

① 吴萍:《日常的,也是迷人的——读辛波斯卡的〈万物静默如谜〉》,载《书城》2012 年 12 期,第 23 页。

尔斯卡的诗歌包含了普世性的人类情感,而人们总是被这些情感所打动,无论他们身在何处,过去了多少年,是否来自不同的文化背景,有关爱、亲情的感受都是相通的。

对于中国读者而言,阅读希姆博尔斯卡的诗就像参观一座世界博物馆,那里陈列着各种各样的古董和人类遗产,在那里可以观察过去、现在和未来。著名翻译家,希姆博尔斯卡作品的译者、研究者张振辉极为全面地概括了这位诺贝尔奖获得者:

> 希姆博尔斯卡的诗的确是包罗万象的,她时而张开灵感的翅膀飞向无垠的宇宙太空;时而又带着某种睿智和幽默进入人们幻想的地狱;时而沿着历史的轨迹,回到猿人生活的时代,或者亿万年前古生物史上的恐龙时代,甚至地球上第四纪曾经存在但现已沉落到大西洋中的大西洲。但她更多的还是密切关注现实生活,她的诗歌创作从世界上的恐怖、战争、酷刑、罪恶到和平生活中的友谊和爱情,从科学技术的突飞猛进和政治争斗到一根树枝、一粒沙子都无不涉猎。像她这样心胸博大,敢于向人类所见、所感、所了解和亲身经历的一切发起挑战的诗人实属罕见。①

新时期,中国的波兰诗歌批评逐渐进入美学层面。米沃什的语言风格受到中国学者高度评价。米沃什的译者之一杨德友在接受采访时曾表示,诗人表现出了创造性的独特性,这有助于塑造一种新的宗教语言形式,即一种避免弥赛亚和诠释学的形式。梅申友在《俄耳甫斯的绝响——评米沃什诗集〈二度空间〉》中指出:"就诗歌的语言而言,他务求明晰,即便在讨论沉重的历史经验和严肃的神学问题时,他也很少使用奇谲的象征或繁杂的隐喻。令人称奇的是,他的语言并没有因此流于平庸板滞,而是在平实与修

---

① 张振辉:《维斯瓦娃·希姆博尔斯卡:用诗歌对生活作出回答》,载《文艺报》2012 年 2 月 17 日第四版。

辞、隐射与陈述间达成了微妙的平衡。"①张曙光也在论文中谈到了米沃什诗歌语言的独特风格："米沃什的语言质朴,精确,他并不刻意雕饰,或过分玩弄技巧。他追求的是真实和深度。他始终是一位严肃的诗人和思想者。"②

希姆博尔斯卡诗歌中所展现出的女性气质成为她与米沃什之间区别最大的标签。在中国批评家看来,希姆博尔斯卡在描述世界时喜欢更平稳的叙事风格。她的诗歌语言简洁、明快、轻盈且易于理解,有些句子甚至与日常对话无异,但同时包含深刻含义。这位女诗人很少在意语言的节奏,更关心所描述世界的种种细节。诗人兼译者胡桑评称,希姆博尔斯卡的诗一直尝试着能够贴近生活,所以她的诗容易读懂。她是喜欢在生活的细节中提炼语言结晶的诗人。③

希姆博尔斯卡的作品在中国引发了关于诗歌翻译技巧和艺术的讨论。一些译者发表了有关翻译经验的文章和评论其诗歌翻译的论文,涉及《博物馆》(*Muzeum*)、《种种可能》(*Możliwości*)和《在一颗小星星底下》(*Pod jedną gwiazdką*)等作品。评论家对不同译文进行了大胆的比较,并准确判断每篇译文的优缺点。由于波兰语和汉语在发音、词汇、语法规则、拼写和文化渊源方面存在很大差异,彼此语言逻辑和思维方式也存在诸多不同,因此,将波兰诗歌翻译成中文对译者提出了较高的要求:从掌握高水平的母语和外语知识,到对本国和外国文化的深入了解,以及要具备艺术再创造的能力。长期以来,中国学界一直认为优秀的翻译的标准是信、达、雅,傅海峰在论文《从辛波丝卡诗〈博物馆〉的翻译看"信达

① 梅申友:《俄耳甫斯的绝响——评米沃什诗集〈二度空间〉》,载《外国文学》2008 年 05 期,第 28 页。
② 张曙光:《翻译米沃什之后》,载《湖南文学》2007 年 08 期,第 29 页。
③ 叶长文:《小回答对大问题:辛波斯卡的诗是委婉的反抗》,http://www.zgsyb.com/news.html?aid=331407,2014 年 11 月 20 日。

雅"》中就从这个角度比较分析了林洪亮、张振辉、易丽君、李以亮和张芬龄的翻译作品,并提出了这样一个观点,"信"是几乎所有翻译者都认可的最重要原则之一。译者的首要任务是尽可能多地进行字面翻译并保持原始的表达形式。优秀的翻译人员应首先忠实地从字面上向读者传达诗歌的内容及其语言美学,同时适当地将诗歌与文化背景相适应,以减少文化障碍的影响并加强跨文化交流。中国著名诗人王家新在其《谈对希姆博尔斯卡两首诗的翻译》一文中,比较了中国大陆和台湾的译本,并指出第一个版本更为生动、日常、口语化,第二个版本更为优美,具有更丰富的文化内涵。王家新更为欣赏作为诗人和希姆博尔斯卡诗歌翻译者的李以亮。根据王家新的说法,李以亮能够用精练的语言,简单而准确地将希姆博尔斯卡的诗翻译出来。有时,译者完全改变了句子的结构,甚至颠倒了句子的顺序,但达到了完美的阅读效果,从而证明了"翻译即背叛"(Traduttore, Traditore)的论断。王家新认为,翻译诗歌不仅意味着要精通外语,而且更重要的是理解诗歌的内在渊源和译者与诗人之间的共鸣。在这方面,诗人之所以能够更好地翻译诗歌,是因为他们更加了解创作路径,更能理解诗歌的本质。

三、波兰文学汉译的中流砥柱

著名翻译理论家勒菲弗尔(André Alphons Lefevere, 1946—1996)的翻译折射理论认为,翻译是一种再生产,经典文本的生命力很大程度上依赖于"折射文本"即译本的滋养。有些文学文本虽然出色,但由于不曾被翻译成英语或其他通用语种,失去了进入世界文学的机会。就这个意义而言,波兰文学译者是波兰文学在中国的共同创作者。可以说,如果没有易丽君、林洪亮、张振辉等老一辈翻译家们的文学天赋、优美译笔和持之以恒的精神,波兰文学就无法在中国取得如此巨大的成功。

（一）易丽君、袁汉镕伉俪

易丽君 1934 年出生于湖北黄冈。虽然彼时中国很少有普通家庭的女孩上学读书，但其父十分开明，支持鼓励女儿就学。新中国成立后，易丽君于 1953 年进入武汉大学中文系学习，并在一年后作为波兰政府奖学金①获得者赴波兰学习波兰语言文学专业。从 1954 年到 1960 年，易丽君就读于华沙大学语言文学系。这六年在波兰的学习生活，为她打下了坚实的波兰语基础，也让她与其波兰文学翻译事业的"幕后英雄"袁汉镕先生相识相知并相伴终身。易丽君回国后，先是在中国国际广播电台俄东语部担任记者、编导，后于 1962 年调入北京外国语学院（现北京外国语大学）东欧语系（现欧洲语言文化学院）任教，1995 年获"北京市模范教师"荣誉称号。她长年从事波兰语教学工作，长期担任北京外国语大学波兰语教研室主任，为国家培养了大量波兰语人才。同时担任过北京外国语大学学术委员会委员、系学术委员会主席、《东欧》季刊副主编等职务。易丽君作为中国最著名的波兰文学翻译家，还曾担任中国作家协会会员、中国翻译工作者协会会员、北京市翻译工作者协会理事。

易丽君对文学的志趣始于童年，而在武汉大学中文系学习的一年尤为重要，不但推动她深入了解中国文学，也大大提高了她的中文表达能力，这些都对她后来从事波兰文学翻译工作大有裨益。据袁汉镕日记，易丽君曾在 1954 年对即将一起赴波兰留学的袁汉镕等同学们说过，到波兰学习波兰语言文学是她的最佳选择，她在中学时期就读过波兰大诗人密茨凯维奇的作品《青春颂》，当时就感叹写得真好。而易丽君执笔翻译的第一部波兰文学作品就是密茨凯维奇的《先人祭》第三部，并且幸运地在 1976 年"文革"结束

---

① 中华人民共和国成立后，波兰很快与我国建立外交关系。从 1950 年起，中国政府开始向波兰派遣公费留学生在不同领域学习。1954 年，袁汉镕与易丽君同赴波兰留学，在波兰学习原子核物理学。

后作为第一部外国文学译著出版,被誉为"一只报春的燕子"。

自那以来,易丽君翻译、合译了数量惊人的波兰文学作品,共计 60 多部,可谓著作等身。译作主要有密茨凯维奇的《先人祭》、《塔杜施先生》(与林洪亮合译),伊瓦什凯维奇的《名望与光荣》(与裴远合译),显克维奇的《十字军骑士》(与张振辉合译)、历史三部曲(与袁汉镕合译),奥尔加·托卡尔丘克的《太古与其他时间》、《白天的房子,夜晚的房子》(均为与袁汉镕合译),贡布罗维奇的《费尔迪杜凯》(与袁汉镕合译)等。另有逾 40 部选集,出版有《波兰文学》和《波兰战后文学史》两部学术专著。易丽君长期与多家杂志社合作,其发表在杂志上的诗歌、短篇小说等译作被多次重印,此外还撰写了大量有关波兰文学的学术文章,为中国学界提供有关波兰文学的详细信息。除此之外,她为《外国文学家大辞典》(1989)、《外国名作家大词典》(1989)、《新编二十世纪外国文学大词典》(1998)和《中国大百科全书》(1982)等多部专业性百科全书撰写词条约 300 个。值得指出的是,所有这些成就都同袁汉镕先生的默默付出密不可分。在易丽君教授一生的翻译工作背后,都有着袁汉镕先生的心血与汗水,他不仅是易丽君教授译本的第一个读者,更是每部译著的校对、润笔和合作者。

易丽君、袁汉镕贤伉俪的努力工作与翻译成就在波兰和中国都获得了高度评价。易丽君在 1984 年和 1997 年两获波兰文化功勋奖章,2000 年波兰总统克瓦希涅夫斯基授予她波兰共和国十字骑士勋章,2004 年波兰教育与体育部授予其波兰国民教育委员会功勋章。2004 年中国翻译工作者协会授予易丽君"资深翻译家"称号,2018 年授予其中国翻译界最高奖——翻译文化终身成就奖。2008 年,为表彰易丽君长年在中国推广波兰语和波兰文学的突出贡献,波兰参议院议长提名她获颁波兰科学院主席团波兰语言委员会授予的"波兰语言大使"称号。2011 年,波兰总统科莫罗夫斯基访华期间,亲自为易丽君教授和袁汉镕先生颁授波兰共和国军官十字勋章和波兰共和国骑士十字勋章。

2007年，波兰格但斯克大学授予易丽君荣誉博士学位，该校学位委员会表示，易丽君"通过长年累月坚持不懈的翻译工作，以独特方式在中国推广波兰文学，培养出众多优秀的波兰语学者，并与波兰学术机构在教育领域举办了一系列意义深远的活动"。学位推荐人约瑟夫·巴霍日（Józef Bachórz, 1934—　）高度评价易丽君在波兰文学翻译领域做出的重大贡献，称她的翻译活动"集中围绕显克维奇和贡布罗维奇的著作，因为正是这种方式能够更好地触及波兰精神的源泉。尽管这两位作家自身处于文化和教育程度的两端，特别是从固化的和意识形态的角度出发考查时。而与此同时，易丽君教授通过自身的翻译经历深刻意识到，人们既要品读显克维奇，也要阅读邮箱中爆炸的垃圾邮件，这是对读者智识和精神健康提出的更高要求。在我们争论该把哪些著作列入学校的必读书目时，她以直觉、学识、敏锐和中国人多次艰难妥协之后获得的智慧为指导所取得的成就，早已被我们不自觉地列入其中。"①

2018年11月19日，由中国外文局指导、中国翻译协会主办的"改革开放40年与语言服务创新发展论坛暨2018中国翻译协会年会"开幕式在北京举行，开幕式上授予了包括易丽君在内共七位德高望重、成就卓著的老翻译家翻译文化终身成就奖。该奖创办于2006年，代表我国翻译界最高荣誉，此前北京大学的季羡林先生、许渊冲先生都曾获得过该奖项。易丽君长期从事波兰文学翻译工作，译作颇丰，翻译作品几乎囊括整个波兰文学史，具有开创性的功绩，受到了中波两国大大小小的褒奖无数，获得此奖是实至名归。

---

① 约瑟夫·巴霍日教授在格但斯克大学荣誉博士学位授予仪式上宣读的颁奖词：《关于易丽君教授》。

2022年2月7日易丽君在京病逝,享年87岁。讣告发布后,中波两国教育、外交、文化、出版等领域的机构和人士纷纷发来唁电,身处世界各地的故交老友、学生后辈哀痛万分,以各种形式寄托哀思。波兰驻华大使馆官方微博发布悼文称:"她为波中两国文化交流做出了杰出的贡献。她的陨落是波中翻译界以及文学界的巨大损失。"中国作家协会原副主席吉狄马加专门撰联送别易丽君:"饮长江水毓秀灵惠纯真豪情怀报家国,唱波兰曲崇德俊逸光明磊落心通世界。"《世界文学》主编高兴用一段话评价易丽君的一生:"以奇丽曼妙的译笔开启了波兰文学在新中国译介的第二个阶段,为改革开放后的国内读者了解瑰丽奇崛、韵味悠长的波兰文学打开了一扇扇难得的窗口。"[1]北京外国语大学副校长赵刚在《文艺报》撰文《天堂有幸添妙笔,人间自此少丽君》,称易丽君译介的作品:"不仅使中国读者可以全景式地了解波兰经典文学的最高成就,也使中国学术界和社会各界得以更加深入地了解波兰乃至整个中东欧地区各民族复杂的历史、文化、宗教、习俗等方面的情况,为推动中波两国人民的相互认知发挥了重要作用。"[2]北京外国语大学波兰语教研室主任李怡楠在波兰主流媒体《论坛报》(Trybuna)上发表文章《追忆恩师易丽君:她一生未放下波兰文学的翻译之笔》,以动人的笔触叙述了这段师生情,称易丽君一生"安贫乐道,不求闻达;诲人不倦,桃李天下;勤奋治学,著作等身;篇篇经典,字字珠玑"[3]。

(二)林洪亮

林洪亮1935年出生于江西省南康县(现为赣州市南康区)一

① 孙磊:《易丽君:在波兰文学译林中传道授业解惑的人》,《羊城晚报》,2022年2月27日。

② 赵刚:《天堂有幸添妙笔,人间自此少丽君——缅怀波兰文学翻译家易丽君教授》,《文艺报》,2022年4月6日。

③ Li Yinan, *Nigdy nie odłożyła pióra-wspomnienie o Pani Profesor Yi Lijun*, https://trybuna.info/swiat/nigdy-nie-odlozyla-piora/, 18 lutego 2022.

个贫苦农民家庭,从小就以能够上学念书为最大乐趣和愿望。高中时期的他偶然在书店读到《钢铁是怎样炼成的》,与书中主角保尔·柯察金的命运产生了强烈共鸣,成为一名作家的理想就此萌芽。新中国成立后,他同易丽君一样于1953年考入武汉大学中文系,并且同易丽君一齐被选派赴波兰留学,入读华沙大学语言文学系,由此他的一生同波兰文学结下不解之缘。还在波兰求学期间,他就一边上课学习,一边挤出时间翻译出了密茨凯维奇的《希维德什》《青年和姑娘》《歌》和《犹疑》等四首诗。1958年暑假和1959年寒假,他又译出了尤利乌什·斯沃瓦茨基的二十多首短诗和三首长诗。这些诗作成为直接从波兰文译成中文的第一批文学作品,林洪亮也由此成为第一位直接由波兰语翻译波兰作家著作的中国人。

在波兰完成学业回国后,林洪亮成为中国社会科学院外国文学研究所的一名研究员。1962—1963年,他应约翻译了一系列有关哲学、人性论、人道主义的资料,被收入商务印书馆编辑出版的内部资料汇编。他还选译了一组波兰文学评论文章,包括密茨凯维奇的《论浪漫主义诗歌》和奥若什科娃、普鲁斯的文章摘选,以"林波"为笔名,刊登在《古典文艺理论》1964年第四辑上。1977年底,林洪亮翻译显克维奇的《音乐迷扬科》,被收入上海文艺出版社出版的一套三卷本《外国短篇小说》,出版后受到广泛欢迎,被多种文集收入出版。应上海《文艺论丛》之约,撰写《鲁迅与密茨凯维奇》《论显克维奇和他的〈十字军骑士〉》,分别发表在《文艺论丛》1978年的第二辑和第五辑上。尤其值得一提的是,林洪亮翻译了显克维奇的《你往何处去》,1982年年底由上海文艺出版社出版,受到各界欢迎和好评,多次再版并加印,总计已出版几十万册,这在中国译介东欧文学领域中是绝无仅有的。这本书也给他带来了荣誉——1984年波兰文化部向林洪亮颁发了波兰文化功勋奖章,继而波兰总统和波兰教会最高领导都分别接见或会见了他。①

多年来,林洪亮笔耕不辍,翻译有密茨凯维奇、显克维奇、米沃什、希姆博尔斯卡、伊瓦什凯维奇等人的作品,撰写专著《波兰戏剧简史》、《肖邦传》(包括其信件译本)。发表数篇有关波兰文学的学术论文,参编多部中东欧文学选集。为表彰林洪亮先生为推介波兰文学做出的卓越贡献,2000 年波兰总统克瓦希涅夫斯基授予他波兰共和国十字骑士勋章。2010 年波兰文化与民族遗产部向他颁发了荣誉艺术波兰文化银质勋章。

作为波兰文学的翻译大家,林洪亮的中文造诣也很高。他认为对于文学译者而言,仅熟练掌握一门外语远远不够,对母语的运用亦格外重要,文学翻译必须具备有别于非文学翻译的文学性和艺术性。他认为文学作品所涉及的知识非常广泛,在翻译的时候需要深入了解原著的文化背景。翻译家曾表示,显克维奇作品的题材丰富多彩,作品形式和艺术风格多种多样。翻译这些小说应注重忠于原著风格。譬如,小说《炭笔素描》就与《一个家庭教师的回忆》不同,虽然它们均具有揭示现实的特征,但前一部是幽默剧情小说,后一部则主要着墨于感受和心理状态。《灯塔看守》与众不同,几乎没有剧情,只有一个人物出场。小说通过回忆主人公的内心独白以及背景环境描写,深深地打动着读者的心。翻译这些小说时,林洪亮一直在努力寻觅、斟酌中文里合适的词句,从而展现原作魅力。

2019 年 11 月 9 日,林洪亮获得了中国翻译文化终身成就奖。这一年对于林洪亮来说亦是收获颇丰的一年,他翻译的两本《希姆博尔斯卡诗集》刚刚出版,但在回顾这一整年时,他未提及这些成绩,反而是心心念念要启动诺贝尔文学奖得主莱蒙特的史诗式

---

① 参见林洪亮:《我的译介生涯》,载《林洪亮译文自选集》,桂林:漓江出版社,2018。

长篇小说《农民》的翻译,翻译莱蒙特的作品一直是盘桓在他心头多年的一个心愿。退休后的林洪亮没有停笔,他说:"我从不认为退休之后的工作就是'发挥余热',我的工作热情依然像一炉熊熊热火在燃烧。"①正是这般对翻译的热情,在退休后的二十二年里,他撰写和翻译的作品甚至超过在职三十六年间所完成的工作成果。

2019年10月26日,林洪亮向广东外语外贸大学图书馆捐赠了近1500册波兰语原版图书,书籍种类丰富,内容涵盖波兰文学、艺术、历史、人文社科、自然科学、哲学宗教等,绝大多数已绝版于当今图书市场,珍藏与科研价值极高。这充分体现了翻译家对年轻后辈的殷切关怀。正是在老一辈翻译家的引领下,波兰文学汉译事业得以薪火相传。

（三）张振辉

张振辉1934年出生在湖南长沙。1953年入南开大学俄文系学习,1954—1960年同易丽君、林洪亮一起在波兰留学,就读于华沙大学波兰语言文学系,获硕士学位。回国后在中国科学院文学研究所苏联东欧组工作,后转入外国文学研究所东欧文学室。中国作家协会会员。1993年起享受政府特殊津贴。

张振辉的波兰文学译介成就硕果累累。译著有《福地》(合译)、《你往何处去》、《十字军骑士》(上下册,合译)、《年轻的一代》、《德国人》、《奥斯维辛近旁的房子》、《玩偶》、《玩偶与珍珠》、《诗人与世界——维斯瓦娃·希姆博尔斯卡诗文选》、《塔杜施·鲁热维奇诗选》(上下册)、《爱尔娜》等。此外,张振辉还翻译了罗曼·维托德·英伽登(Roman Witold Ingarden,1893—1970)的美学著作《论文学作品》(*O dziele literackim*),爱德华·卡伊丹斯基

---

① 中国社会科学院:《林洪亮:小语种做出大文章》,http://laogj. cass. cn/llfc/20200303_5096040. shtml,2020年3月3日。

（Edward Kajdański）的汉学历史著作《中国的使臣卜弥格》（*Michał Boym-Ambasador Państwa Środka*）、《明王朝的最后特使——卜弥格传》（*Michał Boym-ostatni wysłannik dynastii Ming*），译有波兰十多位作家和诗人的小说与诗歌。其译作《你往何处去》获读者和出版社高度认可，人民文学出版社出版的《显克维奇选集》中的《你往何处去》选用的正是张振辉的译本。

张振辉学术专著成果颇丰，专著《20世纪波兰文学史》获中国社会科学院第3届优秀科研成果奖。合著《东欧文学史》《东欧文学简史》，参加北京大学主编的《20世纪欧美文学史》的撰稿工作。2019年1月，上海外语教育出版社出版了由张振辉编写的《波兰文学史》（上下两卷），书中包含了波兰文学从古至今各个时期的历史。在编写过程中，张振辉不仅阅读了大量的波兰文学作品原著，也参考了丰富翔实的文学史、历史资料。继《波兰文学史》后，2019年10月在中国社会科学出版社出版了《比翼双飞在人间——波兰文学和汉学研究文集》，这是一部全面介绍和研究波兰文学和波兰汉学的学术专著，对波兰文学史上各个时期出现的各种文学流派以及与中国文学的比较进行了更为深入的研究，也对中波过去几百年的文化交流做了详细介绍。发表与波兰文学有关的论文《论波兰象征派文学》《波兰20世纪荒诞派戏剧》《波兰现代文学中的存在主题的演变》《论波兰反小说》《波兰20世纪小说形式的演变》等数十篇。写有传记《显克维奇评传》《莱蒙特——农民生活的杰出画师》《密茨凯维奇传》。

鉴于其丰硕的学术研究成果和对中波文化交流做出的突出贡献，1997年获波兰文化部颁发的波兰文化功勋奖章，2000年获波兰总统授予的波兰共和国十字骑士勋章，2006年获波兰文化和民族遗产部颁发的荣耀艺术波兰文化金质奖章，2007年获中国翻译工作者协会授予的"资深翻译家"称号。

四、通过波兰文学构建的波兰民族形象

文学作为文化的重要组成部分,也是国家和民族形象的重要组成部分。回顾波兰文学在中国的翻译史,梳理批评家对波兰文学作品的解读,我们可以大体总结中国人对波兰文学的总体印象以及通过波兰文学作品建立的波兰民族形象。

值得注意的是,在中国读者的理解中,波兰文学属于东欧文学范畴,二者在中国的形象有着许多相似之处。历史上,东欧国家经常遭到攻击,被敌国占领甚至瓜分,曾经从属于社会主义阵营并历经政治、经济转型。在此意义上而言,中国人对东欧文学的反思构成了波兰文学在中国的接受的内核。

(一)读者接受的特点

读者接受基于读者选择,而这些选择会因时因地不断发生变化。从 20 世纪初到 20 世纪 80 年代,读者的选择主要受到社会意识形态影响,在更高层面上体现了更大群体的统一倾向。而在 20 世纪 80 年代之后,译者和读者对作品的选择越来越出于个人喜好,选择也更加多样化。

具体而言,鲁迅及其追随者的态度在 20 世纪下半叶极大地影响了波兰文学在中国的接受。"鲁迅模式"被潜意识地用于国人对波兰文学的选择和阐释。一方面,与鲁迅同时期的知识分子茅盾以及他的后辈孙用等人在当时的中国文学界具有重要地位,他们继承了鲁迅对波兰文学的传统阅读习惯,即更多地在意识形态层面解读文学作品,认为波兰文学满溢爱国热忱和同侵略者、占领者作斗争的坚强决心。另一方面,受当时的政治环境制约,中国知识分子刻意强调波兰文学所展示的波兰民族对独立自由的向往,以及果决地与入侵者开展的艰苦卓绝的斗争。因为波兰是"一个社会制度发达的社会主义新国家",波兰社会内部的各种冲突,包括如苏联文学中显示的官僚主义等问题,并没有机会向中国读者

展示。中国人很少有机会近距离观察波兰人的日常生活。

从20世纪80年代开始,中国读者的文学接受逐步脱离"标准化"范式,呈现出"个体化"的趋势,这在国人对许多东欧国家文学的接受中都有体现。80年代初,易丽君等第一代波兰语言文学专家承继了前一时期的选择倾向,翻译工作更多是直译已被转译为中文的波兰作家的其他作品或修订、重译原译本。直到20世纪末和21世纪初,更多译者开始将注意力集中在波兰当代文学上,而在批评界,对波兰当代诗歌的阐释成为重要主题。越来越多的中国读者想要阅读从原作语言直译而来的更多当代文学作品,希望更加真实地了解波兰,系统全面地认知波兰文化。这种译者和读者"供需关系"的契合,让读者对波兰文学的接受逐步丰满充实。

（二）波兰文学中的波兰民族形象

在中国,无论是翻译家还是批评家,都高度赞赏波兰的文学成就。波兰文学翻译家杨德友曾说过:"小国和弱国可以在文化和文学方面成为伟大的国家,从某种意义上说,波兰就是这样一个国家。"翻译家高兴看到了波兰文学的独特魅力,他认为从东欧身份的角度来看,波兰文学在中国被认为是欧洲文学地图上的一个过渡区域,介于西欧和东欧之间。在西欧,文学专注于独特的形式;在东欧,例如俄罗斯文学,关注灵魂。在它们中间有波兰文学,充满了纯真的童趣。

应当指出的是,中国评论界对获得过诺贝尔文学奖的波兰作家关注度更高。在这些"东欧小国"中,文学往往是国家自豪感和尊严的象征。诺贝尔文学奖无论对作家还是对他们的国家而言都是至高荣誉。甚至从某种程度上可以说,获得诺贝尔文学奖是出版界开展翻译出版工作的重要推动力。人们还注意到,波兰文学有国内文学和移民文学之分,许多著名作家是在去国离家之后声名鹊起的,贡布罗维奇、扎加耶夫斯基和米沃什均如是。移民作家为推广自己祖国的文学付出的努力不遑多让,米沃什旅居美国期间一直大力推介波兰文学,并在获得诺贝尔文学奖后与其他作家合作,将大量波兰诗歌翻译成英文出版。

概而述之,波兰文学家的独特人生经历和对他们文学作品的译介解读,为中国人构建了特征鲜明的波兰民族形象。具体而言,波兰人民有着特别强烈的民族意识和爱国主义精神,突出表现在显克维奇的历史小说、密茨凯维奇的史诗和戏剧以及莱蒙特、奥若什科娃和伊瓦什凯维奇的小说之中。他们有着遭受侵略、被占领和忍受屈辱折磨的苦难历史,但他们不屈不挠,从未放弃与侵略者进行殊死搏斗,并最终取得了胜利。中国读者眼中的波兰浪漫主义和现实主义代表作,使得波兰人的形象在中国人心中成为不妥协、不屈服民族的代表,中国人普遍赞赏为国家谋求独立自由的波兰爱国者形象。

值得指出的是,相关文学人物是波兰文学的重要代表,但对他们的认知也有中国人的想象成分,这种偏向性和好恶取舍自有其真实性和合理性。中国的翻译家和评论家认为,在1949—1999年间,这种文学趋势是主流的,甚至是唯一有价值的,读者的选择往往会排除其他形式和更为多样的文学形象。这种信息的单一化接受,给中国读者带来某种偏见甚至幻觉,即波兰文学只是波兰民族争取自由和独立的工具,波兰人对日常生活或任何艺术潮流都不甚感兴趣。因此相较而言,中国读者熟悉波兰文学"被侮辱和被损害"的形象,却对波兰人的社会生活和复杂情感、个体经历、自我感知等本应在文学中经常出现的主题了解较少。

(三)波兰文学对中国社会的影响

中国同波兰类似的历史境遇,使得波兰文学对中国人有了特殊、重要的价值。波兰处在强敌之间的地缘政治位置,很大程度上桎梏了其自主发展进程。波兰拥有过强大的"黄金时代",后三次被瓜分直至亡国,二战后加入了社会主义阵营,又于20世纪80年代率先开始转型之旅,其近现代史尤其矛盾重重,苦难深重。中国的近现代遭遇、国际环境、社会主义发展史和改革开放进程,多有同波兰"惺惺相惜"之处。但因为国家人口、面积的差别，波兰民族在现代中国社会被视为"小国""弱国"，曾是"社会主义阵营兄弟"，又是"修正主义的叛徒"，最终成为"多元文化的欧洲国家"。所有这些形象均基于那种"似是而非"的相似历史经历的假设，这是波兰文学在中国持续流行和不断产生影响的主要原因。

中国与中东欧的文学关系，集中反映了社会意识形态、政治经济体制的异同和国际关系史上的特殊互动过程。波兰文学在中国社会的接受，不断地同其现代国家形象和民族历史照应，使得意识形态因素在不同历史时期的重要制约作用产生长期影响。尽管当今波兰的民族主义姿态、欧盟成员国身份和资本主义国家制度似乎与社会主义意识形态"恩断义绝"，但不得不说波兰文学的复杂性和模糊性对中国社会有着亟需澄清和完善的部分。

波兰文学在中国的翻译、推广和接受，有着主动策划、推动的清晰印记。在中国面临民族危机、现代民族意识被激发的时代，波兰文学进入了中国读者的期待视野，这意味着进入中国的波兰文学一开始就是带着"使命"的。之后的中波文化和文学交流更加受到意识形态因素和重大政治事件的影响，虽然"使命"有所变化，但这种"使命"感有增无减。中国作家、翻译家、研究者、读者和中国社会都不得不接受这种"使命"的影响，使得密茨凯维奇和显克维奇甚至米沃什在中国受到特别关注，波兰文学的价值亦由此得以彰显。

波兰文学对于中国社会的影响，可以说主要是对包含身份认同和社会群体价值观的文化意识形态的影响。值得关注的是，波兰文学在中国读者眼中的重要性同其在中国的译介与翻译数量并没有密切关系，或者说这种重要性并不仅仅由数量体现。这种不成比例性，使得从事中波文化交流工作、波兰文学译介事业的中国翻译和文学研究人员有着数量上的更大期许和发展空间，进而有机会让中国读者和中国社会更加贴近、直观、全面地认知和接受波兰文学、国家、民族。

五、不断发展的多元传播平台

中国的外国文学翻译事业发展同当代文学史的演进紧密相连。改革开放以来,越来越多的出版社、报纸、杂志参与到促进中国读者更多了解和阅读外国文学的活动中来。三十多年来,中国对波兰文学的翻译和研究不断取得丰富成果,这些成果主要通过图书、报刊及学报学刊发表传播,近 50 家出版社、90 多种期刊、10 余家报纸、近 30 种大学学报出版、刊载过波兰文学翻译和研究的作品。另有许多波兰文学译本和学术文章被收入 20 多种选集、论文集和系列丛书中,这些数字不仅说明了中国的波兰文学译介成果丰硕,也显示出中国推广波兰文学的平台多元宽广。

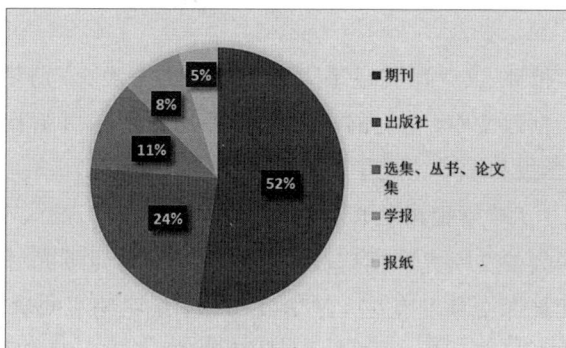

图 4.3:新时期推介波兰文学的平台

(一)总体情况

尽管在某些领域存在重叠,但术业有专攻,推广波兰文学译本和文学研究成果的平台在推介选择方面各有所长。总体而言,文学作品译本通常发表在文学杂志上,或者由出版社独立成册出版。一般来说,短篇小说、故事和诗歌等篇幅较短的作品发表在杂志上或被收入选集和丛书内,而长篇小说、长诗则独立成册出版。从下图可以看出，出版图书和发表在杂志上或选集、丛书内的短篇文学作品的译本在数量上几乎持平。

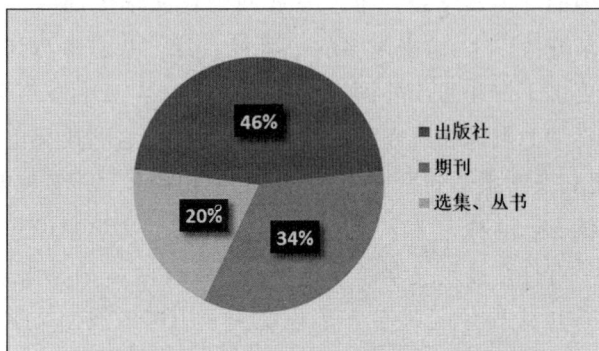

图4.4：新时期波兰文学译本在不同推介平台上的数量占比

文学批评、文学研究成果大致可以分为三类，分别是专著、学术论文和批评文章，它们的主要传播平台分别是出版社、学术期刊、大学学报和学术论文集以及报纸。

（二）大学学报和学术论文集

中国高校在研究和推广波兰文学中扮演着重要角色，很多相关的文学批评文章发表在大学学报和大学组织编写的学术论文集中。这些学报所属大学遍布全国，从北部（《大庆师范学院双月刊》）到南部（《南京师大学报（社会科学版）》），从东部（《复旦大学双月刊》）到西部（《石河子大学双月刊》）。这些大学既有广东外语外贸大学这样的专业外语院校，也有山西大学、河南大学等综合类院校，还有相当一部分师范类大学。从"知网"搜索到的数据观察，参与推广波兰文学的很大一部分高校并非位于北上广等"一线城市"，并且在中国高校排行榜上居于二线梯队。从这个角度看，在更多知名学术期刊上推广波兰文学的未开发空间很大。

有一些学术期刊，其主办单位也是大学，如北京外国语大学主办的《东欧》(后更名为《国际论坛》)、《外国文学》等,下文另述。北京外国语大学作为中国历史最悠久、开设外语语种最多、学科水平高的外语类大学,孕育了全国开设最早、人才培养层次最全、教学科研实力最强的波兰语专业,该专业自 1954 年成立以来,在易丽君教授的引领下,为中国翻译、研究、推广波兰文学的工作做出了巨大贡献。该专业所在的欧洲语言文化学院于 2005 年创办的《欧洲语言文学研究》集刊,主要发表中东欧和北欧等非通用语言文学文化研究的成果,是推广波兰文学文化的重要平台。2005—2011 年,易丽君、林洪亮、张振辉、乌兰、茅银辉、李怡楠、张鹭等在该集刊先后发表了近 10 篇有关波兰文学的学术论文。

新时期,很多选集、译丛收录了波兰文学译作,具体数量较难统计。总体而言,这些作品集收录的译本兼具学术性、艺术性和科普性,在专业受众群体和普通读者中都广受欢迎。

表 4.7:新时期收录波兰文学译作的代表性选集

名称	收录作品数量
《世界反法西斯文学书系 35　波兰卷》	16
《东欧儿童故事选》	12
《世界寓言经典:东欧卷》	2
《流浪者之歌——东欧三诗人集》	10
《世界文学精品大系　第 13 卷　东欧文学》	4
《世界经典戏剧全集　7　东欧卷》	2
《世界诗库　第 5 卷　俄罗斯·东欧》	19
《灵魂的枷锁》(世界著名文学奖获得者文库·东欧卷)	4
《世界短篇小说精品文库　东欧卷》	8
《外国精品散文赏析》	2
《我曾在那个世界里》	2
《东欧文学大花园》	17
《被忘却的歌》	8
《东欧国家经典散文》	11
《东欧短篇小说选》	6
《当代国际诗坛(三)》	1

（三）报纸和期刊

报纸和期刊等纸质媒介属传统大众媒介,对社会生活有较大影响。中国的报刊是新时期推广波兰文学最重要的平台,共发表有240多篇译作或文学批评文章。这些作品的类型、学术水平和受欢迎程度存在较大差异。得益于发行数量多,报纸有着更广泛的受众群体,所刊载有关波兰文学的文章对中国读者的思考方式产生了深刻影响。而期刊不仅是文学作品的物质载体,也为编辑、作家、翻译家和读者构筑了一种公共空间,令他们得以在这里互动交流。

1. 报纸

中国有着世界上最大的报纸媒介市场。"知网"数据显示,20余篇有关波兰文学的文章发表在中国的10家报纸上。除了1985年林洪亮在《文艺报》上发表的《荒诞派戏剧的先驱者——斯·伊·维特凯维奇》,其他文章都是21世纪发表的,主要论及波兰当代文学,涉及的作家包括维托尔德·贡布罗维奇、雷沙德·卡普钦斯基、切斯瓦夫·米沃什等。

表4.8:新时期宣传波兰文学较多的中国报纸

名称	发表数量
《21世纪经济报道》	5
《中华读书报》	5
《光明日报》	2
《南方周末》	2
《文艺报》	2
《中国图书商报》	1
《中国文化报》	1
《文学报》	1
《经济观察报》	1
《财经时报》	1

这10家报纸可分为综合类、经济类和专业类。综合类中,《光明日报》是全国性大报,《南方周末》是中国发行量最大的新闻

周报并覆盖全国各大中城市,这些报纸能够大规模推广波兰文学。有趣的是,相当一部分介绍波兰文学的文章是由经济类报纸发表的,例如《21世纪经济报道》对波兰作家颇感兴趣,所发表的5篇有关波兰文学的文章中有4篇聚焦雷沙德·卡普钦斯基。这4篇文章发表于2007年,时值这位杰出的报告文学家逝世。这种现象有其偶然性,也符合报纸专题报道热点事件的特点。

专业类报纸是传播波兰文学的主导力量,其中《文艺报》《中华读书报》这两家文学类报纸发挥了尤其重要的作用。《文艺报》隶属于中国作家协会,成立于1949年5月4日,主编多为中国著名作家,在中国具有很高的权威性。该报发表最重要、最优秀的中国文学作品,也发表世界各国知名文学作品,在文学和艺术界有重要影响。《中华读书报》由国家新闻出版署、光明日报社和中国出版工作者协会主办,1994年7月创刊以来以其高雅的文化品位、大量的图书出版信息和生动活泼的界面风格,在各界读者中广受好评,文章频繁被各报刊转载,是一家颇具影响的文学类报纸。该报曾发表5篇介绍波兰作家、诗人的文章,其中最重要的文章是王友贵的《波兰文学在中国》,系统介绍了波兰文学汉译的总体情况。

2. 期刊

学术期刊对波兰文学的推广,既包括发表文学译本,也包括刊载相关文学批评文章。"知网"数据显示,新时期共有90余种期刊发表了有关波兰文学的200多篇文章,其中译作约占三分之一,其余三分之二为文学批评。

从期刊的学术地位来看,约四分之一的杂志是核心期刊,一般来说这些杂志发表学术文章有其特定领域,文章被引用、研究和转载的频率较高,在学术界的影响较大。这一时期所有关于波兰文学的学术文章中,约40%发表在核心期刊上,这体现出波兰文学在中国的推广具有较高的学术性。

表 4.9：新时期在中国积极推广波兰文学的期刊

发挥主导作用的期刊		较为活跃的期刊	
期刊名	作品数量	期刊名	作品数量
《国际论坛》	32	《名作欣赏》	11
《东欧》	19	《外国文学》	11
《世界文学》	17	《诗刊》	8
		《诗选刊》	7
		《诗歌月刊》	4
		《世界知识》	3
		《写作》	3
		《外国文学动态》	3
		《外国文学研究》	3
		《读书》	3

　　《东欧》是在中国推广波兰文学最重要的平台之一。该季刊创立于 1982 年，由北京外国语学院东欧语系（现北京外国语大学欧洲语言文化学院）主办，发表东欧文学译文与有关中东欧和巴尔干地区国家的政治、经济、文化和社会的学术文章，展现了这些国家独特的民俗风情。创刊以来刊载有关波兰文学的学术论文共计 19 篇，涉及波兰文学史、文学批评、纪念文章等。1998 年《东欧》停刊，原有相关栏目归入北京外国语大学创办的新杂志《国际论坛》，由该刊继续推广包括波兰文学在内的世界各国文学，特别是非通用语文学。

　　为《东欧》撰写波兰文学相关文章的作者群体大致分为两类，一是易丽君带领的北京外国语大学波兰语专业教师，他们中绝大多数人或曾前往波兰求学，或毕业于波兰语专业，精通波兰语，可以获取第一手资料，所写文章在那个时代常常填补学术空白；二是与《东欧》紧密合作的中国社会科学院外国文学研究所等科研单位的翻译家，尤以林洪亮、张振辉为代表，他们的文章具有很高的学术性。这些作品都对推广波兰文学发挥了重要作用。还有一个重要现象:有的作者在《东欧》上刊发系列文章,如易丽君作《波兰战后文学》,以连载的形式发表,后经整理、扩充,于2002年出版专著《波兰战后文学史》。从这一角度而言,《东欧》在培育波兰文学研究方面亦做出贡献。《东欧》发行的1982—1998年,正是中国经历经济改革、对外开放、社会变迁的时期,文化生活得到很大发展,这本杂志给波兰文学爱好者打开了一扇了解波兰文学的窗户,也为中国的波兰语学者创造了展示自己翻译、研究成果的平台,使他们一步步成长为成熟的翻译家和批评家,成为在中国推广波兰文学的重要力量。

另一份在推广波兰文学方面发挥主导作用的期刊是以译介外国文学见长的《世界文学》。该刊于1953年由中华全国文学工作者协会(中国作家协会前身)创办。当时为了纪念鲁迅先生并继承他在20世纪30年代创办《译文》杂志的传统,刊物定名为《译文》(月刊),并由鲁迅创办《译文》时的战友茅盾担任首任主编。1959年刊物改名为《世界文学》,以一定的篇幅发表中国学者撰写的评论文章。1964年该刊改由中国科学院外国文学研究所(今中国社会科学院外国文学研究所)主办,是"文革"前我国唯一一家介绍外国文学作品与理论的刊物。"文革"期间刊物一度停办,1977年恢复出版,内部发行一年,1978年正式复刊。《世界文学》历任主编都是我国文化界享有盛名的人物,改革开放后在该刊上推广波兰文学的"主帅"则是翻译家易丽君。1978—2011年,易丽君翻译发表了雅罗斯瓦夫·伊瓦什凯维奇、塔德乌什·鲁热维奇、哈利娜·奥德斯卡(Halina Auderska,1904—2000)、亨利克·格林伯格、切斯瓦夫·米沃什、斯沃瓦米尔·姆罗热克、维托尔德·贡布罗维奇等人的作品16篇。此外,张振辉、杨德友也在该刊发表了译作。

《外国文学》和《名作欣赏》对波兰文学的关注旗鼓相当,发表文章的数量和涉及领域颇为一致。这两本杂志均推广外国文学,涉及不同文学流派的主要作家及其作品,还发表重要的文学研究成果。《名作欣赏》是推广和批评世界著名文学作品的专业性杂志,由北京外国语大学主办的《外国文学》杂志与学术界保持紧密联系,发表了很多高水平的学术论文和译作。此外,《诗刊》《诗选刊》《诗歌月刊》主要在推介波兰诗歌方面做出了贡献,具体对象包括米沃什、扎加耶夫斯基和希姆博尔斯卡。

(四)出版社

1978—2011 年,推出波兰文学作品的出版社主要包括社会科学类出版社、儿童文学和青年文学出版社、文学艺术类出版社、大学出版社和教育类出版社。这一时期出版的大部分作品为文学译作,另有部分专著,包括文学史和主要作家的传记。从出版数量来看,人民文学出版社、上海译文出版社、漓江出版社和外语教学与研究出版社成就较为突出。人民文学出版社是这一时期推广波兰文学的最重要的出版平台,几十年里出版了 15 部重要的波兰作家的作品,包括贡布罗维奇、显克维奇、密茨凯维奇、卡普钦斯基、奥热什科娃、普鲁斯和莱蒙特等。

从改革开放起,至 21 世纪 10 年代,波兰文学在中国努力了解世界的进程中以日益丰满的形象呈现于国人面前。随着中国的文化事业迅猛发展,高校、科研院所、出版社、杂志社等文学研究主体着力打造学报、文集、报刊、杂志上的波兰文学译介平台,共同形成了多元、有效的波兰文学传播机制,成为国人了解波兰文学的重要窗口。

第五章　中波文学交流走向新时代

在经济全球化发展和文化多元化的世界,2012 年党的十八大以来,习近平总书记围绕时代文化主题,提出了有关文化的一系列科学论断,发展了当代中国马克思主义文化思想。习近平指出:"我们要坚持道路自信、理论自信、制度自信,最根本的还有一个文化自信。"文化建设被提升到与道路、理论和制度建设相提并论的高度。但不可否认的是,中国目前只是一个文化大国而非文化强国。习近平总书记指出,"提高国家文化软实力,要努力展示中华文化独特魅力",要"把跨越时空、超越国度、富有永恒魅力、具有当代价值的文化精神弘扬起来","把继承传统优秀文化又弘扬时代精神、立足本国又面向世界的当代中国文化创新成果传播出去"①。"要以理服人,以文服人,以德服人,提高对外文化交流水平,完善人文交流机制,创新人文交流方式,综合运用大众传播、群体传播、人际传播等多种方式展示中华文化魅力。"②

波兰是中国"一带一路"倡议的积极支持者,是第一个以创始成员国身份申请加入亚洲基础设施投资银行的中东欧国家。2012年 4 月,在波兰华沙举行了首届"中国与中东欧国家领导人会晤",正式开启了中国—中东欧国家合作进程。2016 年,习近平主席对波兰进行历史性的国事访问,两国关系提升为全面战略伙伴

---

① 《传承和弘扬好中华优秀传统文化》,《人民日报》2021 年 12 月 30 日 05 版。

② 张金尧:《为新时代文化发展指明方向——学习领会习近平总书记关于文化工作重要论述的几点思考》,《光明日报》2022 年 8 月 1 日 06 版。

关系,为新时代中波关系指明了发展方向。2021年3月,国家主席习近平在同波兰总统杜达通电话时指出,波兰是中东欧地区大国和欧盟重要成员国,也是中方在欧洲的全面战略伙伴。综上,"一带一路"倡议及中国—中东欧国家合作为中波合作搭建广阔平台,两国关系发展在新时代面临重要机遇,需要双方不断深化政治互信,全面拓展各领域合作,从而使得人文交往更加有声有色。

新时代,中国走向世界舞台中心,必将吸引波兰各界更多关注。文学交流是人文交流的重要内容,中波两国有着进一步加强译介对方文学作品的积极性和内生动力。时代洪流滚滚向前,人类文化不断进步,中波关系向好发展,这促使两国对对方文学作品的译介活动呈现出一些新特点,文学接受方式出现"后现代化"转向,文学传播形式多样化、现代化发展。可喜的是,中波文学交流的"后浪"汹涌。

第一节　文学译介活动中的新现象

2012年以来,从波兰方面来看,中国文学在波兰的译介无论从译本的数量和质量,还是就译介的内容而言,都发生了一次巨大的飞跃。2012年至今,共计约60部(篇)译作面世。其中《论语》《孙子兵法》等古代典籍、唐诗、宋词、志怪小说等文学经典共有近20部作品出版。在中国现当代文学中,徐志摩、多多、李浩、于坚、吉狄马加等诗人以及莫言、余华、冯骥才、刘慈欣、王安忆、王小波、铁凝、池莉、方方、梁晓声、毕淑敏、刘心武、三毛、萧红、迟子建、阿来、阎连科等作家约40部作品出版。波兰专家孔莉娅发表的专著《镜中石:20—21世纪中国文学选集》(*Kamień w lustrze: antologia literatury chińskiej XX i XXI wieku*),选取中国在国内外获奖或得到较高评价的作家尚未被翻译为波兰语的作品,分为小说、诗歌和戏剧三类结集出版,并为每位中国作家撰写小传,堪称新时代波兰对中国文学最全面的一次译介。

在中国,波兰文学也越来越受到关注,波兰文学汉译事业取得巨大进步。在不到 10 年的时间里,中国共有约 110 部(篇)波兰文学译作面世,切斯瓦夫·米沃什、亚当·扎加耶夫斯基、维斯瓦娃·希姆博尔斯卡、兹比格涅夫·赫贝特等诗人和亨利克·显克维奇、安杰伊·萨普科夫斯基、维托尔德·贡布罗维奇、布鲁诺·舒尔茨、斯瓦沃米尔·姆罗热克等波兰名家作品继续被大量引入中国。同期还有 150余篇(部)有关波兰文学研究、批评的论文、文章和著作出版。

新时代新气象,中波文学互译的对象、内容和方式在继承原有模式的基础上亦发生了一些可喜变化,其中最值得关注的,一是获得诺贝尔文学奖的作家及其作品极大地激发了两国的译介热情,二是两国科幻小说的创作与译介有力地推动了中波文学交流。

一、诺贝尔文学奖效应

2012 年,瑞典文学院宣布授予莫言诺贝尔文学奖,他成为首位获得诺贝尔文学奖的中国籍作家,在波兰引发强烈关注。消息发布当晚,就有波兰电台的记者跨洋致电中国著名波兰文学翻译家赵刚,就此事进行采访。此后,波兰刮起一股翻译、阅读莫言作品的热潮。2019 年,相似的场景在中国出现,波兰著名女作家奥尔加·托卡尔丘克获得诺贝尔文学奖,引发中国译介托卡尔丘克作品的热潮,并进一步激发中国对波兰文学的关注。

表 5.1:2012—2022 年波兰对莫言作品的集中出版

年份	作品	译者	出版机构
2012	《酒国》	卡塔热娜·库帕	W.A.B.出版社
	《丰乳肥臀》	卡塔热娜·库帕	W.A.B.出版社
2013	《四十一炮》	奥金	福克萨出版社
	《红高粱》	卡塔热娜·库帕	W.A.B.出版社
	《变》	奥金	W.A.B.出版社
2014	《蛙》	李周	W.A.B.出版社

2012 年之前，莫言在波兰的知名度并不算高。只有《酒国》和《丰乳肥臀》于 2006、2007 年出版时，出现了为数不多的书评。几年沉寂，直到 2012 年，获得诺奖令莫言在波兰声名大噪，《酒国》和《丰乳肥臀》多次再版。2013 年，奥金（Agnieszka Walulik）翻译了《四十一炮》和《变》，卡塔热娜·库帕又翻译了《红高粱》，接着汉学家李周翻译了《蛙》。奥金和李周的译本均由中文直接译出。相较而言，《红高粱》和《蛙》在波兰更受欢迎，普通读者对《酒国》的评价略低。波兰批评家们称《红高粱》是一本节奏紧凑、残酷但又富有诗意的作品，而莫言是一个超现实主义者，或者可能更接近魔幻现实主义。

波兰评论界常拿莫言同以黑暗阴郁著称的德国荒诞大师君特·格拉斯和波兰作家维托尔德·贡布罗维奇相提并论。评论家彼得·科夫塔（Piotr Kofta）在《法制日报》（Dziennik Gazeta Prawna）上说过，莫言是一位不同寻常的、几乎无法模仿的作家，他结合了西方和东方的文学传统，具有超现实的想象力和深沉的幽默感。[①] 在 2013 年 1 月 24 日华沙大学举办的关于莫言作品的研讨会上，孔莉娅评称：

> 莫言是带有狂欢诗意色彩和怪诞现实主义的作家，但我不敢将他归于任何流派。他书写的后现代文学中出现了碎片化、反英雄、非线性、非稳定的叙述、模仿、怪诞、暗示、寓言和不平衡时空的叙事手法。他的作品属于寻根文学，同时他也是新历史文学——新散文的代表者。[②]

青年学者爱娃·帕希尼克在《历史和翻译理论角度下的中波文

---

① Piotr Kofta, *Mo Yan. Czy Nobel trafił do twórcy wybitnego?* https://kultura. gazetaprawna. pl/ksiazki/artykuly/7982402, mo-yan-czy-nobel-trafil-do-tworcy-wybitnego. html, 2012. 11. 28.

② Lidia Kasarełło, Małgorzata Religa, Zbigniew Słupski, Marcin Jacoby, *KASAREŁŁO, RELIGA, SŁUPSKI, JACOBY: Między polityką a literaturą. Literacki Nobel dla Chińczyków [DEBATA]*, „Kultura Liberalna", 2013 (219).

学翻译》(*Tłumaczenia chińskiego piśmiennictwa na język polski w ujęciu historycznym i w świetle teorii przekładu*)一文中指出："波兰翻译中国文学作品的历史由来已久,且近年来出现了越来越多的译本。出现这种现象主要有两方面原因,一是得益于中国经济快速发展,世界对中国文学和文化的关注度日益增长;二是因为莫言于 2012 年获得了诺贝尔文学奖。"[①]可见,诺奖情结不仅中国有,在有着悠久诺贝尔文学奖得奖史的波兰也同样存在,并且波兰读者的视域长期受此影响。

借莫言摘得诺奖之东风,余华、刘慈欣、阎连科等中国当代作家的作品也纷纷被引入波兰市场。

表 5.2:2012—2022 年波兰出版余华、刘慈欣、阎连科的主要作品

作者	年份	作品	译者	出版机构
余华	2013	《十个词汇里的中国》	倪可贤	学术对话出版社
	2018	《许三观卖血记》	倪可贤	学术对话出版社
		《活着》	倪可贤	学术对话出版社
	2019	《我没有自己的名字》	李周	学术对话出版社
	2020	《在细雨中呼喊》	金佳·库比茨卡	学术对话出版社
刘慈欣	2016	《黑暗森林》	安杰伊·扬科夫斯基	雷比斯出版社
	2017	《三体》	安杰伊·扬科夫斯基	雷比斯出版社
	2019	《球状闪电》	安杰伊·扬科夫斯基	雷比斯出版社
		《超新星纪元》	安杰伊·扬科夫斯基	雷比斯出版社
	2020	《流浪地球》	安杰伊·扬科夫斯基	雷比斯出版社
	2021	《当恐龙遇上蚂蚁》	安杰伊·扬科夫斯基	雷比斯出版社
		《死神永生》	安杰伊·扬科夫斯基	雷比斯出版社
阎连科	2019	《炸裂志》	约安娜·克朗兹	国家出版社
		《丁庄梦》	约安娜·克朗兹	国家出版社
	2020	《四书》	倪可贤	国家出版社
		《受活》	倪可贤	国家出版社
	2022	《日熄》	约安娜·克朗兹	国家出版社

---

① Ewa Paśnik, *Tłumaczenia chińskiego piśmiennictwa na język polski w ujęciu historycznym i w świetle teorii przekładu*, „Azja-Pacyfik", 2013 (16), s. 111.

李周在《我没有自己的名字》的译序中,表达了自己对余华文学创作的喜爱,对其作品思想性和艺术性给予高度评价。李周认为余华的小说基于现实,描述中国人普通生活中"可能发生"的事,好比当代中国的简明快照,有时怀旧、有时同情、有时讽刺,戏剧性地展示了中国社会的多个侧面。余华又是背离了现实主义的,他用一种在中国非常流行、在世界上也越来越受欢迎的幻想,创造了一个不真实的、带有黑暗寓意的世界。①

阎连科的《炸裂志》进一步强化了波兰读者对中国当代文学的兴趣。波兰文学界评称,这部著作以史诗般的手法书写中国令人惊叹的经济发展进程,并讨论与之相伴的社会集体心理变化。书评人帕维乌·别加伊斯基(Paweł Biegajski)认为阎连科通过残酷和颠覆来吸引读者,又以其诗意的描述和想象力引发阅读兴趣,从而构建对于外国读者而言同样通俗易懂的故事。他运用异想天开的讽刺揭露事实的本来面目。当代中国加以隐喻后的模样影射了当今波兰乃至整个世界的面貌。②

在中国,2018 年托卡尔丘克凭借作品《云游派》获得了布克国际文学奖,同一时间即出现了许多有关托卡尔丘克的普及性、学术性文章。李怡楠为《文艺报》撰写了《奥尔加·托卡尔丘克:神秘深邃的文学旅者》一文,在其中勾画了作家及其文学作品的剪影。赵刚为《光明日报》撰写的《生命的意义在于旅行》一文中,重点介绍了获奖小说《云游派》。曾在 2017 年出版了易丽君教授两本译作的后浪出版社,立即开始寻找译者翻译《云游派》,最终由著名英语翻译家于是完成,并在 2020 年初出版,题目定为"云游"。与英文版将标题译为"Flights"(航班)不同,中文版保留了"Bieguni"

① 参见:Yu Hua, *Nie mam własnego imienia*, tłum. Małgorzata Religa, Wydawnictwo Akademickie Dialog, Warszawa, 2019.

② Paweł Biegajski, *Kroniki eksplozji. Yan Lianke-recenzja*, http://kulturacja.pl/2019/12/kroniki-eksplozji-yan-lianke-recenzja/, 2019.12.22.

的原意——云游派。云游派是 18 世纪东正教的一个教派,其信徒相信,只有一直处于移动的状态才能避开恶魔的魔爪。尽管译者从该小说的英文版本转译,但中文译本与原文的忠实度较高,译本水品亦获得批评界肯定,受到了中国读者的欢迎。

2019 年托卡尔丘克获得诺贝尔文学奖后,中国媒体第一时间邀约采访了易丽君、赵刚、李怡楠等波兰语言文学专家,向中国读者深度介绍这位著名女作家。北京外国语大学波兰研究中心在微信公众号上发表了一篇关于托卡尔丘克的文章,梳了她的作品在中国的接受情况。经《世界文学》主编高兴倡议,《世界文学》2020 年第 2 期刊发了《奥尔加·托卡尔丘克小辑》,载有其短篇小说《衣柜》(*Szafa*)、《神降》(*Deus ex*)、《房号》(*Numery*)、《萨宾娜的心愿》(*Życzenie Sabiny*)、《主体》(*Podmiot*)、《作家之夜》(*Wieczór autorski*)和《马》(*Skoczek*)等,这些作品主要由中国年轻一代的波兰语人才——北京外国语大学和广东外语外贸大学的波兰语专业青年师生合作翻译完成。此外,这期《世界文学》还刊登了赵刚撰写的《以柔情和敏锐为静默的世界发声——读托卡尔丘克获奖演说》和李怡楠翻译的托卡尔丘克获诺奖演说词《温柔的讲述者》(*Czuły narrator*)。

2020 年 7 月,托卡尔丘克获奖前的最新一部作品《怪诞故事集》(*Opowiadania bizarne*)由新一代波兰文学译者李怡楠翻译完成,浙江文艺出版社可以文化出版。这是在托卡尔丘克获得诺贝尔文学奖之后,第一部直接从波兰语翻译成中文的作品。出版社举办了《怪诞故事集》新书推介会,并在线上进行同步直播,吸引了近 5.8 万名网民关注。著名作家、茅盾文学奖得主李洱,著名文学批评家、翻译家高兴,波兰文学翻译家、批评家赵刚以及译者李怡楠在推介会上分别就托卡尔丘克的创作风格、哲学思想、艺术手法等进行了深入探讨。中文版《怪诞故事集》推出后好评如潮,荣获"2020 年豆瓣十大最受欢迎的图书""2020 年《文艺报》最佳图书"称号,三联书店将其列入"文学类 32 本畅销书书单"。此外,《光明日报》还发表了本书译者李怡楠的译序《怪诞中的温情关怀,碎片中的宏大想象》。继《怪诞故事集》取得成功后,来自北京外国语大学波兰语专业的硕士研究生赵祯、崔晓静合译了托卡尔丘克的《衣柜》一书。数月后,由北京外国语大学波兰语专业青年教师何娟、孙伟峰共同翻译的小说《糜骨之壤》出版。浙江文艺出版社可以文化购买了托卡尔丘克作品的所有版权,至今已出版《世界上最丑的女人》(2021,茅银辉、方晨译)、《世界坟墓中的安娜·尹》(2021,林歆译)、《玩偶与珍珠》(2021,张振辉译)、《爱尔娜》(2023,张振辉译)、《最后的故事》(2023,李怡楠译)等作品。

值得骄傲的是,中国对波兰两大诺奖诗人的翻译亦结出丰硕成果。2019 年,上海东方出版中心出版《希姆博尔斯卡全集》,包括两卷本《希姆博尔斯卡诗集》、两卷本《选读札记》以及《希姆博尔斯卡信札:写给文学爱好者的信》。这是希姆博尔斯卡诗歌、散文、评论以及其他文学形式作品首次广泛、全景式地展示,让中国读者能够更全面地阅读和了解女诗人的世界观和文学性格,进一步感受波兰文学的魅力和波兰人的个性气质。这套译本译文准确典雅,成功传达了原作的美感和灵动性。当年该系列图书一经出版,便在出版市场引起轰动。人民网和《中国新闻广电出版报》《文学报》《扬子晚报》等都进行了宣传。这也促使东方出版中心进一步加大对希姆博尔斯卡作品的出版推广力度。2021 年初,东方出版中心又出版了四部由林洪亮翻译的希姆博尔斯卡的诗作——《在喧嚣和寂静之间》(*Między łoskotem a ciszą*)、《我是个此地无人等候的人》(*Jak ktoś, kto wie, że nikt go tu nie czeka*)、《我真实的灵魂犹如李子有核》(*Mam oczywistą duszę jak śliwka ma pestkę*)和《我们为此而活着》(*Dlatego żyjemy*)。

米沃什作为波兰诗歌最高水平的代表之一,始终是中国读者关注的焦点。在新时期,中国对米沃什的关注拓展到更多作品。

2017 年，花城出版社推出了"蓝色东欧"系列，即包括其散文集《路边狗》(*Piesek przydrożny*) 和随笔集《乌尔罗地》(*Ziemia Ulro*)。《路边狗》是年轻译者赵玮婷的一次成功尝试，她出色的中文语言能力和精湛的翻译水平受到了评论家一致赞赏。一些读者认为米沃什的散文比他充满哲理的诗歌更容易理解，但这也许是一种错觉。译者在译序中对此表示："他的作品具有向回看、向内看、寓言化和沉思的特征；不可避免的沉重有时发展到沉闷。米沃什的文字总是离不开二十世纪的历史记忆、维尔诺、波兰语、天主教这几个主题，过多的典故、地名、人名也增加了阅读的难度……作者本人一方面渴望共鸣，一方面又保持距离。"①尽管如此，《路边狗》还是受到了读者欢迎。在中国最大的阅读门户网站豆瓣上，该书在满分 10 分的评分系统中得到 8.2 分。

在对米沃什诗歌的翻译中，另一重要事件是 2018 年上海译文出版社推出了四卷本《米沃什诗集》，收录了诗人在 1931—2001 年的 70 年间创作的 336 首诗，分为《冻结时期的诗篇》(*O czasie zastygłym*)、《着魔的古乔》(*Gucio zaczarowany*)、《故土追忆》(*Nieobjęta ziemia*) 和《面对大河》(*Na brzegu rzeki*)。该系列成为米沃什诗歌汉译史上最完整的译本。这四卷本由杨德友、林洪亮和赵刚三位杰出的中国翻译家和波兰语言学家进行翻译，整部译本的语言水平和文学价值获得了中国评论界的高度评价。

二、科幻小说异军突起

在中国，波兰科幻小说家安杰伊·萨普科夫斯基 (Andrzej Sapkowski, 1948—) 因其著作被改编为电子游戏而为人熟知。其实早在 1986 年，收录西方科幻小说和奇幻小说译本的中文期刊

---

① 切斯瓦夫·米沃什：《路边狗》，赵玮婷译。广州：花城出版社，2016，《只言片语，包罗万象》第 1—2 页。

《科幻世界·译文版》就出版过萨普科夫斯基的首部短篇小说。2015—2020年,乌兰、小龙、赵琳和叶祉君几乎翻译了萨普科夫斯基名作《猎魔人》(*Wiedźmin*)系列的所有部分,包括《宿命之剑》(*Miecz Przeznaczenia*)、《火之洗礼》(*Chrzest Ognia*)、《精灵之血》(*Krew Elfów*)、《轻蔑时代》(*Czas Pogardy*)、《雨燕之塔》(*Wieża jaskółki*)、《湖中仙女》(*Pani Jeziora*)和《白狼崛起》(*Ostatnie życzenie*)。

　　吸引大批中国粉丝的不仅是萨普科夫斯基的奇幻文学作品本身,还有由《猎魔人》小说改编而来的游戏《巫师》。2016年夏天,电子游戏《巫师3:狂猎》的创作者波兰CD Projekt RED工作室同中国发展最快的互动娱乐供应商之一盖娅互娱宣布合作,在中国发行《巫师之昆特牌》。上文提到的《科幻世界》杂志配合此次活动,刊发了一期《猎魔人》专辑,封面所用的就是电脑游戏中主人公杰洛特的形象。该期杂志刊载萨普科夫斯基的小说计有110多页,还有10多页内容是有关电脑游戏的。该刊还发表了一篇详细介绍萨普科夫斯基的传记文章,题为《沉醉于英雄悲剧》,其中包括译者对萨普科夫斯基小说的个人评价。

　　在波兰,刘慈欣被誉为全世界科幻文学冉冉升起的新星、中国最重要的科幻文学作家。2016—2019年,安杰伊·扬科夫斯基(Andrzej Jankowski)从英语版翻译了刘慈欣的小说《黑暗森林》《三体》和《球状闪电》,由雷比斯出版社出版。波兰读者将刘慈欣的科幻小说称为"脑力盛宴",认为种种变幻莫测、险象环生的剧情引人入胜,在星际生存游戏中加入了完全出乎读者意料的全新元素,可谓是描写不同的宇宙文明之间交流的里程碑。

　　书评人帕维乌·别加伊斯基将《三体》称为"一本在战争方面包罗万象的小说",认为刘慈欣讲述人类试图以未来的名义去跨越那些本不应触及的界限,思考理论上智慧的思想者的处境,揣酌科学实践中的道德。他以囊括整个宇宙和全部生命却被科学实验在转瞬间摧毁得灰飞烟灭的质子为例,证明人类对宇宙的了解只是沧海一粟。

总体上看,在人类命运共同体理念愈加被普遍接受的新时代,科幻小说的兴起突显了人类对自身命运的宏大关注,这种关注在中波两国文学界几乎同步生发,让我们能够在文学中找到关于宇宙、关于人类的哲学思考。科幻小说中常常提出与社会发展、宇宙探索、星际殖民、超人类主义、生物技术,以及和其他星球居民接触的相关话题,是这种宏大关注的集中体现。兼具奇幻性、科学性和文学性的科幻文学作品,成为中波两国人民共盼的艺术旨归。

第二节　文学接受方式的"后现代化"

无论在波兰还是在中国,人们都常常将莫言和托卡尔丘克进行比较,并把二人视作同加西亚·马尔克斯、米兰·昆德拉类似的魔幻现实主义作家。这一方面或许因为两人都是诺贝尔文学奖得主,另一方面则是因为他们身上的魔幻现实主义标签恰恰吻合了当前社会对人与自然的关系、人类自身反思、人类命运关怀等具有后人文主义特征的思考。这种事关文化价值判断的转向,同时深刻影响着中波两国文学接受方式的选择。

在中国,新一代波兰语言文学专家更多地使用文学理论新工具和文学批评新方法开展文学研究,中国读者阅读文学的方式也发生了巨大变化。传统的文学解读方式,即总结故事内容、分析叙事模式、归纳作品主旨,已经被具有现代性的文学批评方法所取代,常常以西方文学理论为研究切入点的背景。这类研究的一个成功尝试是学术论文《显克维奇晚期创作中关于女性身份的现代言说:女人、女杰、女圣》。该论文运用"社会性别理论"研究方法,从身体、行为和宗教三个层面分析了亨利克·显克维奇晚期作品中的各类女性形象,将其总结为女人、女杰和女圣。尽管在显克维

奇晚期创作中历史叙事占据主导地位,但作者仍在显克维奇的女主人公肖像中看到了她们与女性气质相悖的表现元素。作者指出:

> 显克维奇关于女性的现代文化立场体现在:作家的女性言说既是关于女人身体的言说,也是关于其生理性和社会文化性统一的言说,还是关于女性超越世俗的精神品格和灵魂追求的宗教言说。作家鲜明的现代文化立场表达了其对女性巨大的人文关怀和独特的审美趣味,对波兰文学多元格局的生成和女性话语的凸显具有重要的影响。她们试图克服她们生活的时代所带来的社会和道德限制。这种现代性思维与"性别"理论中所谓的女性"建构"是一致的。描述女性气质不仅涉及女性的身体,还涉及其生理与社会文化的相似性,或世俗之外女性的精神性格以及对灵魂的宗教追求。[1]

长期以来在中国人眼中,波兰文学反映的是强烈的民族意识和爱国主义精神,遭受侵略、占领、羞辱、折磨的历史,以及对抗侵略者的不屈不挠的斗争。这种形象在某种程度上是被"扭曲和破坏"的。新时代的百余篇学术文章,以全新的视角发掘了许多崭新的有关波兰文学的认知和阐释。

第一,对根植于传统和历史的"波兰性"的认知变化。毫无疑问,文学作为一种了解和想象历史的方式具有特殊作用。中国诺贝尔文学奖获得者莫言在他的历史叙事中展现了中国农业文明衰落的历史,体现了作家的民族责任感。他描述历史中人物的性格,表现出农村的丰富生活。由于历史与现实的生动互动,他的小说在世界文学中占有重要地位。波兰诺贝尔文学奖获得者亨利克·显克维奇凭借其历史小说获得了类似甚至更高的地位。上文述及

---

[1] 李怡楠:《显克维奇晚期创作中关于女性身份的现代言说:女人、女杰、女圣》,载《外国文学》2019 年 04 期,第 50 页。

的显克维奇作品中的女性身份言说，作者旗帜鲜明地提出了波兰女性在波兰国家历史发展中的重要作用。在分析《伏沃迪约夫斯基骑士》中巴希卡的性格时，作者注意到显克维奇的历史小说描述了19世纪末波兰国家处于分裂状态时，整个民族对自由、独立和解放的渴望。显克维奇在描写战争期间波兰妇女的苦难和悲剧的同时，也表现了她们在各种苦难面前所坚守的道德准则和具有的生存智慧。他强调女性机智、聪敏的性格特征的同时，不忘宣扬女性作为民族"女英雄"的崇高功绩，也试图在文学和历史叙事中寻找被隐藏、被遮蔽的波兰女性的呼号。

奥尔加·托卡尔丘克的小说《太古和其他的时间》描述了20世纪的历史。曲慧钰在评论这一传奇故事时说："《太古和其他的时间》是一个建立在过去、现在和将来重复循环的象征框架中的现代神话，时间的轮回重复、命运的类似都使小说隐含了无数大大小小的循环怪圈。奥尔加借用"太古"和村落中三代人的生老病死、悲欢离合和神话传说来重述民族性，并以超凡的冷静态度记录了两次世界大战对波兰民族的创伤。"①

中国学者注意到，波兰作家经常从传统民间仪式中汲取灵感来构建文学作品中的世界。金安平在《〈先人祭〉中的波兰反抗精神》中写道："19世纪波兰的伟大诗人、剧作家密茨凯维支直接以《先人祭》为名创作了长篇史诗，把一个古老的民间祭祀形式搬上了舞台，成为了经久不衰的剧目，创造了诗歌和剧作的双重奇迹。"②进行这种仪式的地方是秘密的，通常是一个古老的小教堂或墓地教堂。这种在黑暗中进行的神秘祭祀不会引起人们的恐惧，往往象征着黑暗势力与超自然世界之间的一种神秘的斗争。在波兰，人们始终坚守自己的信仰，相信精神世界可以为他们提供

① 曲慧钰：《历史的记忆，时间的诉说——奥尔加·托卡尔丘克的"百年孤独"》，载《世界文化》2018年12期，第31页。

② 金安平：《〈先人祭〉中的波兰反抗精神》，载《南风窗》2016年01期，第96页。

正确的生活方向。

第二,当代中国批评界认为,尽管波兰文学与民族历史和传统密不可分,但它对现代社会的书写是非常开放的,是具有"现代性"的文学。高兴在《怪诞故事集》的新书推介会上这样评价托卡尔丘克:托卡尔丘克的散文超越了平凡的界限,完美地证明了波兰文学不仅掺杂着爱国主义和民族苦难,而且还打开了宇宙秩序的大门。当中国读者谈到奥尔加·托卡尔丘克时,他们经常将她的作品与中国作家莫言和《百年孤独》的作者加西亚·马尔克斯相提并论,而《太古和其他时间》则被称为波兰版的《百年孤独》。托卡尔丘克的"太古"具有魔幻现实主义的特点,魔幻而又丰富的文字和碎片化的时间叙事,在一个神秘而朦胧的世界里呈现出虚幻与现实的并置。这部小说不仅激发了人们"寻根",努力打造一个人与自然和谐相处的"拱廊",也展现了波兰在 20 世纪的历史变迁。奥尔加·托卡尔丘克不仅将神话、梦境和圣徒传记融为一体,还将小说、散文、回忆录等不同的文体结合在一起,通过这种方式创造了一个既真实又丰富多彩的古老世界。这种梦想之地和令人惊叹的故事情节的原创创作,在欧洲文学中是前所未有的。

瑞典文学院授予托卡尔丘克诺贝尔文学奖,以表彰她"如百科全书般激情的叙事想象力,代表了作为一种跨越边界的生活形式"。现代技术和科学通过她的想象转化为了作品中带有诗意的文字。许多评论家对《怪诞故事集》中的"变形中心"一篇感到赞叹,认为它创造了一个后现代的世界。从孵化器中生产肉类,说明人们在很大程度上战胜了自然,但与此同时,他们被技术打败了。编辑李灿注意到:奥尔加·托卡尔丘克在她的许多故事中从未来创造了世界。作者很少明确说明故事发生在何种特定时间,而是通过故事中高度发达的技术、冷酷的人工智能以及高度有序和风格各异的人类生活来为读者提供指引。中国读者在阅读后问了一个问题:有序、理想的生活方式在本质上会减少人们的生活空间吗？如果未来真正实现这一切，人类生活也许将变得更加严谨、可预测、肤浅和单调，在信息泛滥和先进科学技术的影响下，人们的精神将逐渐消退。

承第一点所述，波兰文学的"现代性"是以"非波兰性"来对抗"波兰性"。"波兰性"是密茨凯维奇、显克维奇和米沃什所书写的家国情怀和爱国主题。他们每个人都以自己的方式介入文学，也从文学中制造出某种武器。他们认为文学应该为国家服务，每个人都想成为民族的发声者，以表达他们的理想并诉说真相。而"非波兰性"的特征我们则可以在贡布罗维奇、舒尔茨或希姆博尔斯卡等作家身上看到。正如高兴评价说："贡布罗维奇是自觉意义上的另类，因此也最为典型。从一开始，他就同传统和模式决裂，就坚决主张要让文学独立自主。他的作品充满了荒诞、怪异和游戏。他独特的贡献也正在于此：将现代性引入波兰文学。舒尔茨，波兰文学中另一位'孤独者'，明显地受到卡夫卡的影响和启发，更多地转向内心，转向幻想天地。"①而希姆博尔斯卡在写作生涯的开端曾"迷失了方向"，写了不少回应彼时政治局势的诗歌。然而随着时间的推移，她开始运用细腻、讽刺而不失幽默的手法来处理严肃话题，这也塑造了她独特的写作风格。希姆博尔斯卡的诗歌创作总量不多，但每一首都是精品。这些作家们都有一种自己的"非波兰性"，而这也成为他们的标志，使他们在世界上享有盛誉。

第三，中国读者敏锐地意识到了波兰作家的宇宙观。从波兰文学的吸引力以及它所承载的品德、态度和价值观上来看，波兰文学同宇宙和人类命运紧密相关。以托卡尔丘克的诺奖演说为例，当谈到进步和现代化所带来的危机时，托卡尔丘克表示："今天，

---

① 高兴：《故事背后，或者溢出的意义——浅谈托卡尔丘克》，载《外国文学动态研究》2020 年 02 期，第 12 页。

我们努力在气候和政治危机中找寻自己的位置,并试图通过拯救世界来与之抗衡……贪婪、不尊重自然、利己主义、缺乏想象力、无休止的竞争、责任感缺失,使世界处于可以被切割、利用和破坏的境地。"①这些话语反映出波兰作家新的态度:他们不会对世界的发展以及不受控制的现代化冷眼旁观。

许多中国评论家注意到了波兰作家心系宇宙命运的思想高度,周思在《怪诞故事集》评论中,写到了"万圣山"之景:修女在印度圣牛墓地里看到了可怕的场景——扭曲的、半腐蚀的塑料袋,依稀可见连锁品牌的商标,绳子、发圈、螺母、杯子。大自然无法降解这些先进的人类化学品。奶牛吃掉了这些垃圾,由于无法消化而留在胃里,奶牛死后尸体被捕食者或昆虫吃掉,而这些垃圾则被永远地留下。"这段插曲看起来只是闲笔,但它其实是组成这篇小说的一个重要侧面。它描摹了我们生存的现代世界,一个被人造垃圾充斥的世界,这样的环境问题最终挑战了人类信仰的底线,成为难以救赎的精神痛苦。"②周思继续强调:

> 圣徒的故事、关于孩子的测试和印度的片段像是三棱镜,构成了过去、未来与现在的镜面。克隆实验的潜在动因植根于现代人类无法摆脱的痛苦,他们渴望从重生的圣徒身上获得拯救。这也就是为何在小说结尾,身患绝症的主人公让孩子把手放在她的心口,并说那是她最需要的地方,这告诉了我们她的病痛到底是什么,也就是现代人类的精神之病。③

波兰文学对生态问题的关注,在吴超平的《希姆博尔斯卡生

---

① 奥尔加·托卡尔丘克、李怡楠:《温柔的讲述者——托卡尔丘克获奖演说》,载《世界文学》2020 年 02 期,第 29 页。
② 周思:《托卡尔丘克说:"我们应该相信碎片"》,载《北京青年报》2020 年 7 月 17 日 B04 版。
③ 周思:《托卡尔丘克说:"我们应该相信碎片"》,载《北京青年报》2020 年 7 月 17 日 B04 版。

态思想论析——以〈呼唤雪人〉为例》一文中更多被提及。他阐释了希姆博尔斯卡在该作品中的生态思想：我们周遭的万物都是平等的，不应该伤害它们。这种博爱的观念迫使我们更深入地思考。[1] 在《呼唤雪人》中希姆博尔斯卡说，一切都是平等的，生存不仅仅与人类相关，其他生物也有生存的理由和权利，它们的存在不依赖于人类的意志，是独立且自给自足的。在希姆博尔斯卡的诗中，每个生命都有自己独立的微观世界。吴超平在文章中指出，希姆博尔斯卡痛恨无情的掠夺，批评人类奴役动物的残酷行径，此外还尖锐地批判了人类自私的天性，鄙视奴役他国的帝国主义，反对统治者的压迫权力，更无法容忍所谓的种族清洗政策。她也反对强权发动战争，担心社会经济形势。然而尽管如此，希姆博尔斯卡还是给了读者希望：一个被爱的光芒所笼罩的世界，每个生物都关照自己，相互爱护，人类将与宇宙中的其他生物和谐共处。诗人还认为，人类的未来蕴含在大自然中，而自然是不受现代文明侵染的，只有生活在这样的自然环境中，人们才能重获新生、收获幸福。

从中国对波兰文学全新的解读中我们可以看出，中波两国读者对文学的接受已经从有关民族大义的思想批评发展到了具体的诗学批评，并且进一步延伸到了科学观、价值观、宇宙观、生态观等层面。

第三节　文学传播形式多样化、现代化

2012 年以来，中波关系进入新的发展阶段，两国文化交流日益密切、形式愈加丰富。这一时期，除了传统的出版业、报刊业继续发力，文学交流的形式愈加多样化，文学推广机构的主动性和影

---

[1]　吴超平：《希姆博尔斯卡生态思想论析——以〈呼唤雪人〉为例》，载《淮北师范大学学报（哲学社会科学版）》2015 年 06 期，第 57—60 页。

响力也日益提高。

一、多样文学转换扩大文学交流影响力

转换是一个极其宽泛、意涵丰富的概念,在文学领域多指将文学作品转换为与初始传播方式不同的形式,例如影视化,或使其适应新受众的需要,例如改写。这种超越了文学翻译基本形式的传播,在新时代的文学交流中发挥了可与文学译本比肩的重要作用。

早在20世纪70年代,《先人祭》第三部的中译本在中国出版时,该作品的一些选段就在中国青年艺术剧院的舞台上被朗诵,并被北京人民广播电台改编为广播剧播出。这一波兰诗剧的中文译本走入中国广播节目,堪称文学转换的一次成功尝试。在新时代,中波文学交流的领域愈加扩展至展览、集体阅读、有声读物、电子游戏等多种形式,构成了新时代文学交流与传播的多元化图景。这类活动越发频繁地出现,各类转换活动的内容也越来越丰富、质量越来越高,极大地丰富了中国读者了解外国文学的途径,同时提高了文学交流的影响力。

(一)作家作品专题展

展览是一种典型的文学推广方式。近年来,随着中国对波兰的兴趣日益浓厚和科技事业的发展,展览作为一种波兰文学在中国的推广形式得以不断发展,发挥更大作用。在中国举办的波兰文学展览不计其数,这些展览可以看作是波兰机构的倡议或中波两国文化部门合作的成果。2011年以米沃什诞辰100周年为契机举办的"切斯瓦夫·米沃什图片展",主要由波方提供展品,包括照片及相关说明。与此同时,波兰驻华大使馆、世界诗人大会中国办事处和中国诗人俱乐部在北京联合举办"纪念切斯瓦夫·米沃什诞辰一百周年研讨会",邀请波兰驻华大使馆文化参赞梅西亚(Maciej Gaca)、著名波兰文学翻译家易丽君、中国诗协副会长屠岸,以及著名诗人、翻译家、批评家和青年波兰语学者参加,易丽

君还与她的学生李怡楠、何娟合作朗诵了米沃什诗歌的中、波文版本。

2016年3月14日，波兰前总统布罗尼斯瓦夫·科莫罗夫斯基在访华期间应邀出席"遇见显克维奇——纪念波兰诺贝尔文学奖获得者显克维奇逝世100周年及其作品在中国被译介110周年专题展"。展览由北京外国语大学波兰研究中心主办，介绍显克维奇的生平和创作，以及这位波兰诺贝尔文学奖获得者作品的中文译介成就。展览开设在大学图书馆中，因此不仅外交官、学者、翻译家和学生参加了开幕式，波兰文化和文学爱好者也能够踊跃参与此次活动，全校的学生也都有机会了解这位波兰诺贝尔奖获得者的作品。展览策划人基于多年来对显克维奇作品在中国译介情况的专业研究，不仅介绍了作者的生平和作品，还清晰梳理了诺贝尔奖获得者作品翻译和研究的发展概况。除了图片展板，还展出了显克维奇作品在中国市场上出版的所有译本，这些书籍涵盖了最早和最新的显克维奇中短篇小说和历史长篇小说的译作。

一个半月以后，波兰外交部部长维托尔德·瓦什奇科夫斯基（Witold Waszczykowski，1957—　）也在正式访华期间参观了此次展览，并获赠人民文学出版社出版的《显克维奇选集》。不难发现，波兰民族引以为傲的文学是增进两国人民友谊的重要工具，而波兰文学展览则成为外交活动中的重要元素，在两国高层互访中具有一席之地并发挥独特作用。正如展览策划人之一、现北京外国语大学副校长、波兰文学翻译家赵刚教授在展览开幕致辞中表示的：

> 2016年是波兰优秀作家亨利克·显克维奇逝世100周年。今年我们同时还要庆祝显克维奇作品在中国被译介110周年。举办"遇见显克维奇——纪念波兰诺贝尔文学奖获得者显克维奇逝世100周年及其作品在中国被译介110周年专题展"旨在纪念这位杰出的作家，通过回顾历史激励青年一

代继续研究显克维奇的作品,加深中波两国友谊。本次展览由北京外国语大学波兰研究中心筹办,在这一历史性时刻举办此次展览意义非凡。

主办方非常重视展览推广,在最有效的文化推广平台之一——北外波兰研究中心的微信公众号上推送相关信息,并取得更广泛的传播效果。该展览在触及更广泛受众群体的同时,也成为在中国推广波兰文化和文学的一次成功尝试。

(二)民众集体阅读活动

2012 年起,为推广民族文学,提高国民的文化素养,培养民众阅读习惯,波兰设立了"国家读书日"。这项每年开展的文学活动,旨在宣传民族文学,呼吁大众在公开场合朗读并在大众媒体上阅读各类作品片段。中国也曾举办过类似活动。2011 年秋,"波兰诗歌:地铁里的诗"活动在北京地铁站和市区展示当代波兰诗人切斯瓦夫·米沃什、兹比格涅夫·赫贝特、维斯瓦娃·希姆博尔斯卡、尤利娅·哈尔特维格(Julia Hartwig)、爱娃·丽普斯卡(Ewa Lipska)、塔德乌什·鲁热维奇、亚当·扎加耶夫斯基、雷沙德·克雷尼茨基(Ryszard Krynicki)、亚采克·德赫耐尔(Jacek Dehnel,1980—)等的作品,引发了中国公众的极大兴趣。与北京活动同时举行的还有波兰诗人见面会、以波兰和华沙为主题的小型赛诗会、诗歌讲座和中波两国诗人出席的 Spoke'N'Word 诗歌表演节。著名波兰当代诗人亚采克·德赫耐尔、耶日·雅尔涅维奇(Jerzy Jarniewicz,1958—)和亚当·兹德罗多夫斯基(Adam Zdrodowski,1979—)出席在波兰驻华使馆举行的活动开幕式。此外,"老书虫"俱乐部还举办了中国诗人表演、口语诗赛以及表演诗和口语诗①工作坊。

---

① 表演诗和口语诗是一种文学活动,期间诗人与观众见面并一起朗诵诗歌。参与者在朗诵结束后讨论他们对诗歌的思考。

2016年春，适逢波兰的"显克维奇年"，一场"显克维奇研讨会"小范围举办，北京外国语大学波兰语专业的学生朗诵了《你往何处去》选段。该作品被选为2016年波兰"国家读书日"阅读作品。中国学生两人一组：一人读波兰语，一人读汉语，让听众能够更全面地了解这两种文本。此外，广东外语外贸大学在2017年举办了以斯坦尼斯瓦夫·维斯皮安斯基的《婚礼》为主题的读书日活动。与会者在活动中介绍了维斯皮安斯基的生平和作品，并朗诵了《婚礼》选段。

诗歌之夜是另一种较为常见的文学阅读形式。2017年是波兰女诗人哈利娜·波希维亚托夫斯卡（Halina Poświatowska，1935—1967）逝世50周年。为推广她的作品，北京外国语大学波兰研究中心和波兰驻华大使馆文化处在北京联合举办了"波希维亚托夫斯卡诗歌之夜暨学术研讨会"。诗人的胞弟、波希维亚托夫斯卡博物馆馆长兹比格涅夫·梅加（Zbigniew Myga）先生专门出席研讨会并向参会者介绍了姐姐的生活和工作情况。中国著名翻译家和波兰语学者参加了研讨会，就哈利娜·波希维亚托夫斯卡的作品展开讨论。当晚，北京外国语大学波兰语专业学生朗诵了诗人的作品以及自己翻译的部分诗歌，进一步丰富了诗歌之夜的活动。为扩大活动效果，波兰语专业学生翻译的《波希维亚托夫斯卡诗歌集》以非正式形式出版传播。

新书推介会也是一种阅读活动。2018年1月，在奥尔加·托卡尔丘克的《白天的房子，夜晚的房子》《太古和其他的时间》中译本在中国大陆出版之际，后浪出版社举办了一场图书推介会。推介会的主题是"梦的夜谈会"，活动嘉宾包括波兰语言文学专家、外国翻译家、小说家等。嘉宾与读者分享了自己对作品的理解，随后活动参与者又分别讲述了自己最有趣的梦。读者由此发现，原来自己的想象与奥尔加·托卡尔丘克小说中创造的世界之间是存在交汇点的。

（三）文学有声读物

在全球化的世界中，互联网无处不在。传统纸质书籍与存储在各种电子设备中的电子书并存，电子阅读越来越受欢迎。在高速发展的社会中，生活节奏不断加快，我们的生活中充斥着所谓的信息噪声。不可否认的是，读书的人越来越少，我们读的书也越来越少。在此等情况下，将文学作品转换成有声读物是便利人们接受文学的最好的解决方案之一。

2011年纪念切斯瓦夫·米沃什诞辰100周年之际，中国出版界邀请著名表演艺术家唐国强朗诵米沃什诗歌的中文版并录制了有声读物，其中包括易丽君翻译的诗歌《礼物》（Dar）、《云朵》（Obłoki）、《那么少》、《世界末日之歌》（Piosenka o końcu świata）和《致诗人塔德乌什·鲁热维奇》等，录制完成的光盘由中国最畅销的诗歌杂志之一《诗歌》随刊发行。

2016年，在波兰庆祝"显克维奇年"之际，著名波兰录音工作室Osorno录制了《十字军骑士》广播剧，并与中国出版集团在中国合作推出了中文版。齐克健、张云龙和吉吉等优秀配音演员参与录制，旁白由经验丰富的配音演员詹泽讲述，中文版导演为郭政建。这部有声读物改编自原作，并被缩短到近七小时。有声作品将听众带入小说所讲述的历史年代，特别制作的战斗声效令听众沉浸在演员讲述的故事之中。这部有声读物的第一集于当年8月24—28日在2016北京国际图书博览会期间首播，中国出版集团、波兰图书协会和波兰驻中国大使馆的代表以及有声读物的中波双方导演参加了有声读物推介会和新闻发布会。波兰作为中东欧16国之一，是该届博览会的主宾国。穿着中世纪服装的骑士在波兰展台欢迎来自世界各地的参观者，现场观众可以与骑士合影，试听有声读物并将其免费下载到手机上。此前一天，在人民大会堂举办的有六百余名中外出版商代表参加的博览会开幕式上，举办了《十字军骑士》音乐会，当晚繁星剧院还举办了一场精彩的"《十字军骑士》LIVE"音乐会,录制有声读物的中国演员以及来自波兰的音乐家和制作人参加活动。在活动的最后,普通听众与专业演员一起朗读作品。同年12月,另一部波兰文学作品——《火与剑》的中文版完成了有声读物的改编,并在北京波兰文化节期间正式首发。

波兰文学作品在中国被改编为有声读物发行,有利于中国民众更好地理解波兰文学和波兰民族。有声读物的联合制作人、联合导演克日什托夫·柴楚特(Krzysztof Czeczot,1979—   )说:

> 中国人对亨利克·显克维奇文学作品的热情非常令人惊讶。已经让我们感到司空见惯的事对他们来说是不同寻常的,显克维奇的叙事让他们赞不绝口。可以肯定地讲,对中国人来说,《十字军骑士》中的故事听起来会与他们之前对作品的理解有所不同。①

(四)戏剧改编

将文学作品改编成戏剧是中国文学接受的一个重要现象。最为人所熟知的例证即莎士比亚的《哈姆雷特》。这部杰作在中国的剧院里被改编过数十次。波兰文学的戏剧改编主要建立在中波双边文化交流与合作的基础之上。2015年夏,首都剧场精品剧目邀请展期间,在弗罗茨瓦夫波兰剧院、北京人民艺术剧院、密茨凯维奇学院和波兰驻华使馆文化处的合作推动下,米哈乌·扎达拉(Michał Zadara)执导的《先人祭》在北京人民艺术剧院上演。这是该剧首次在中国上演,同时也是扎达拉的剧作首次在国外公演。《先人祭》出版近两百年后首次以未缩减版本呈现。导演通过戏剧改编作品证明了波兰诗人的文字并未过时,并且以独有的方式

---

① *Audiobook „Krzyżacy" podbija Chiny. „Spodobał im się wątek Zbyszka i Danusi"*, https://www.tvp.info/26729670/audiobook-krzyzacy-podkuje-chiny-spodobal-im-sie-watek-zbyszka-i-danusi.

讲述与中国相距遥远的波兰的历史故事。演出共有约 2000 名观众观看,包括中国文艺界以及重要剧院和文化机构的代表。中国观众被扎达拉搬上戏剧舞台的密茨凯维奇诗剧深深吸引,每场演出结束后,都对演员和导演报以雷鸣般的掌声。

演出的成功也要归功于同期播放的字幕,这些字幕取自波兰文学翻译家易丽君、张振辉和林洪亮合作完成的中文译本。《先人祭》第三部中文译本出版近四十年后,在波兰驻华使馆文化处的倡议下,由四川文艺出版社推出了《先人祭》的中文全译本。这套译本由易丽君、林洪亮、张振辉先前翻译出版的选段,以及三位专家为满足新的市场需求翻译完成的部分组成。高水平的译文让观众能够更好地理解这部戏剧。

戏剧改编也是青年学生热爱的一种文学接受形式。2005 年,北京外国语大学波兰语专业学生为庆祝易丽君教授七十岁生日,排演了短剧《为什么斯沃瓦茨基是伟大的诗人?》。短剧取材于易丽君翻译的维托尔德·贡布罗维奇的《费尔迪杜凯》。近十年之后,广东外语外贸大学波兰语专业学生改编、表演了斯瓦沃米尔·姆罗热克的戏剧《在茫茫大海上》(*Na pełnym morzu*),在当地引发强烈关注。

(五)文学改编电子游戏

电子游戏在当代文化中扮演着重要角色。在文学文本的艺术性转换中,日益频繁地出现一种被称为改编取代(adaptation displacement)的现象。这种现象指某部作品的改编作品变得比原作更加广为人知的情况,最常见的形式是小说或漫画的影视化改编。受众甚至意识不到自己接受的是改编过的作品,电子游戏《巫师》就是一个这样的例子。

该游戏改编自奇幻小说作家安杰伊·萨普科夫斯基的系列作品《猎魔人》。该作品曾先后被改编为电影、电视剧、漫画、纪念币、电子游戏等。小说最早于 1986 年在月刊《奇幻小说》(Fantastyka）的专栏发表,取材于流传甚广的斯拉夫民间传说以及亚瑟王的传奇故事,并融入了后现代主义元素。该系列丛书先后出版了9部作品。

第一部《巫师》游戏诞生于 2007 年,由波兰游戏工作室 CD Project Red（CDPR）开发。2011 年推出第二部《巫师 2:国王刺客》,获得北美和欧洲玩家一致好评,声名鹊起的《巫师 2》曾被作为波兰的国礼赠送给时任美国总统奥巴马。2015 年,《巫师 3:狂猎》面世,在制作上更超越了前两部游戏,受到全球玩家追捧,并当选 2015 年年度最佳游戏。发行一年后,全球销量超过 1000 万份。而 2020 年,《巫师 3》的全球销量超过了 3000 万份,全套《巫师》三部曲销量超过 5000 万份。《巫师 3》是《巫师》三部曲中影响力最大的一部,先后斩获 250 多个奖项,被认为是一部具有里程碑意义的电子游戏制作。美国电子游戏月刊《游戏快讯》（*Game Informer*）认为,《巫师 3》是一款优秀的角色扮演类游戏,故事情节耐人寻味,动画效果流畅逼真,游戏设置非直线化,注重玩家的代入感和游戏体验,有望引领未来角色扮演类游戏的发展潮流。

2016 年夏,CD Projekt Red 游戏工作室同中国发展最快的互动娱乐提供商盖娅互娱宣布双方达成合作,在中国发行《昆特:巫师》卡牌游戏,该游戏最初是作为《巫师 3》中的内嵌游戏供玩家进行调剂,在昆特牌走红后,2016 年 CD Projekt Red 宣布将其制作成一款独立的线上游戏。根据豆瓣以及 B 站中国玩家的总结,《巫师之昆特牌》的优点可总结为:作为一款卡牌游戏,《巫师之昆特牌》卡面美术设计精美,整体画面动态、配音与卡面相契合,设计尤为精良,有网友称"低随机性之下的控制和计算是昆特牌的魅力"①。《巫师》系列在中国收获了极高口碑,成为中国玩家心中

---

① 活力鲜橙猪:"【杂谈】昆特牌停止更新,游戏太良心也是一种错? ——哔哩哔哩",https://b23.tv/FdDZ5nr。

3A 游戏(指开发成本高、开发周期长、消耗资源多的游戏)的巅峰之一。值得注意的是,《巫师》系列游戏并不是完全照搬原著内容,而是以原著中的世界观为蓝本对内容进行整体改编,只运用了原著中的人物与背景设定,将原本充满黑暗童话色彩的故事设计成了一个个电车难题供玩家进行选择,而每一次选择都决定了故事的不同走向,为游戏带来不同的结局。结合整体故事的背景,在善恶不分的世界中,这样的设定吸引了众多玩家,也成为《巫师》三部曲的特色。中国玩家对《巫师》系列游戏评价极高,在豆瓣的评分均超过 8.5,《巫师 3》甚至获得了高达 9.5 的评分。真正吸引中国玩家的是在不了解原著的基础上游戏出色的剧情与任务设计,与之相对低廉的价格而收获的高性价比。游戏中除了猎魔人的日常工作的主线剧情外,还充斥着不同的 NPC(non-player character,非玩家角色)及其引出的支线任务,还有结合游戏世界观下民间传说的小故事,游戏任务剧情丰富、选择自由度高。同时由于任务常常是人性的抉择,更能引发玩家的思考。怀着对游戏的兴趣,玩家会选择去购买原著,再次重温游戏中的世界。根据 B 站与豆瓣网友的评价,大部分人认为游戏是超出原作的改编。中国与美国是波兰最大的两大游戏出口市场,是波兰的游戏行业最为关注、尤为重视的市场之一。根据波兰官方所发布的《波兰游戏产业报告 2023》,波兰游戏的中国本地化数量已达到 71.57%,高于平均的 66.99%。① 作为波兰游戏出口的最大市场之一,CD-PR 公司高度重视对《巫师》系列游戏的中国本地化,从而提高用户黏性。2022 年,《巫师 3》进行了次时代更新,免费为已购买该游戏的中国玩家提供中文语音配音包。

以电子游戏这种当下最流行的数字艺术形式展现波兰文学作品,有可能是在中国推广波兰文学的最新有效方法之一。

---

① Grupa PFR:"The Game Industry of Poland—report 2023",pp.173.

二、"文化赞助人"作用凸显

多种多样的文学交流与推广形式的产生,首先得益于中波两国之间日益密切的文化交流。近十年来,国际局势风云变幻,世界各国对加强合作、共享和平的呼声越来越高。中波两国都深刻意识到增进了解、民心相通的重要性,而为了实现这种目标,文学交流发挥着不可替代的作用。两国从政府到民间纷纷加大力度,支持文学互译工程,推动文学家相互联系,成为两国公共外交的重要组成部分。两国大使馆的文化处、官方推广机构、开设对象国语言课程的大学和相关研究中心、出版社、剧院等文化机构扮演了重要角色,"文化赞助人"的积极作用日益显著。

在波兰,成立于2004年的图书协会不断加大工作力度,丰富推广手段,在推动波兰文学在世界各国的译介和传播方面做出了积极贡献,为波兰民族文学的域外推广树立了典范。该协会致力于在世界范围内推广波兰文学、推介波兰图书以及培养波兰社会的阅读习惯,鼓励各国译者从事波兰文学译介工作,与国外出版机构合作出版波兰文学译作,与各国文学活动主办方合作举办波兰作家作品的交流活动。图书协会隶属于波兰文化部,作为波兰官方文化机构一直负责管理文化部的相关文学资助项目。2010年起,图书协会作为出版方负责发行波兰历史最悠久的文化期刊《新书》、《作品》、《世界文学》(Literatura na świecie)、《对话》(Dialog)、《奥得河》等。

波兰图书协会在波兰国内推出"图书馆基础建设"项目,推行"国民阅读推广计划",组织图书研讨俱乐部,推出强调家庭阅读的"小书本——大人物"系列活动,营造全社会浓厚的阅读氛围。建立图书协会网站,每日更新最新文学资讯。该网站还是一个有关波兰文学的大型资料库,可以查阅近250位波兰当代作家的简介、近年来出版的超过2200本图书的信息、对作家和译者的采访文章、出版方及文学机构地址等，所有信息均有波兰语和英语网页。

波兰图书协会致力于波兰文学的域外传播，为此设立了近10个资助项目，支持世界各国的译者进行波兰文学翻译和研究工作。例如"波兰译作范本"（Sample Translations © POLAND）项目，针对译者群体推出，旨在推动波兰文学的海外传播，鼓励译者向国外出版商推广波兰文学译作。该项目为达到20页的试译作品提供经费，申请该项目的译者需要阐明选择该作品的原因、翻译计划并提供个人简历。又如"译者学院"（Program Kolegium Tłumaczy）项目，借助波兰图书协会与各国波兰文学译者保持长期的联系，2006年起，协会每年在克拉科夫组织为期一个月的译者访学活动。在此期间，译者们住在由协会提供的创作之家，共同研讨翻译作品、翻阅典籍、与作者及专家学者见面。2019年起该活动同时在华沙举办。至2019年底，图书协会提供了总计138个访学名额，资助了来自37个国家共110位译者开展交流活动，中国的波兰文学翻译家乌兰、赵刚均参与过这一项目。再如"初级译者课程"（Szkoła Nowych Tłumaczy）项目，通过组织翻译工作坊，为各国有志于从事波兰文学翻译的青年译者提供指导，旨在扩大和提高波兰文学译介的数量和水平。项目尤其侧重那些从事波兰语翻译的译者数量较少但对波兰文学有较大兴趣的国家。工作坊项目由两个阶段组成，第一阶段在译者所在国进行，由该国著名译者开设为期三个月的翻译培训。第二阶段在波兰举办，第一阶段优秀学员有机会与他们所翻译作品的作者见面交流，从而更好地理解作者在作品中想要表达的思想，并探讨该用何种方式才能在译作中更好地传达原作原意。迄今为止，该项目已在以色列和俄罗斯举办过两期。

此外，图书协会还针对国内外出版商开设"波兰译介计划"（Program Translatorski © POLAND）项目，每年资助千余部译作在国外出版发行。项目负担作品翻译、版权购买、印刷装帧等部分的经费,具有外文图书译介资质和经验、可将译作制作为纸质书、电子书或有声读物的波兰国内外出版机构均可以参与有关项目竞标。

图书协会还定期发布波兰图书目录(Katalog Books from Poland),这是一份供域外读者阅读的波兰文学概览,介绍近年来在波兰最受欢迎的图书,为读者筛选出每年出版的波兰图书中最有价值的部分。推荐书目中既有介绍波兰辉煌历史成就和当代多元社会以及呈现波兰民族精神的作品,也不乏以展望未来为主题的作品,旨在向读者展示波兰文学的价值所在,推动波兰图书在国外的译介和出版。

为鼓励波兰文学的域外推广,图书协会于 2005 年设立"跨大西洋文学翻译成就奖"(Nagroda Transatlantyk),每年评选一次,其候选人包括翻译家、出版商、文学评论家、文学动画设计师等,旨在表彰世界各国的波兰文学"大使"为推广波兰文学做出的努力,使世界得以领略波兰文学的巨大魅力。该奖评审委员会由文学研究专家、文学动画设计师、翻译家以及图书协会主席组成,图书协会主席担任评审委员会主席。2012 年,我国著名波兰文学翻译家易丽君教授曾获此殊荣。

在中国,被纳入"'十二·五'国家重点出版规划"、2012 年度国家出版基金资助项目的"蓝色东欧",是我国第一套专门引进东欧国家文学作品的系列丛书,由广东花城出版社历时三年重磅打造,邀请东欧文学专家、翻译家、《世界文学》主编高兴先生担任总主编。丛书囊括东欧近百部经典文学作品,其规模之大、覆盖面之广、发掘度之深,均为国内出版界之前所未有,堪称对当代东欧文学的一次整体性巡礼。波兰作为文学大国,自然成为这套丛书中的"大户",自 2012 年立项至今,已有《石头世界》(*Kamienny świat*)、《索拉里斯星》(*Solaris*)、《花园里的野蛮人》(*Barbarzyńca w ogrodzie*)、《带马嚼子的静物画》(*Martwa natura z wędzidłem*)、

《海上迷宫》（*Labirynt nad morzem*）、《乌尔罗地》、《第二空间——米沃什诗选》、《无止境——扎加耶夫斯基诗选》（*Bez końca*）、《捍卫热情》（*Obrona żarliwości*）、《赫贝特诗集》（*Wiersze zebrane Zbigniewa Herberta*）、《三个较长的故事》（*Trzy dłuższe historie*）、《两座城市》、《另一种美》、《简短，但完整的故事》（*Krótkie, ale całe historie*）等译作出版，并受到中国图书市场欢迎。

　　"蓝色东欧"成功的意义在于走出了一条把握政策优势、依托出版平台、借助专业团队、产出译介精品的特色道路，为中国翻译包括波兰文学在内的外国文学事业提供了范式参考。丛书聘请国内一流翻译家为各册译者，如杨德友、张振辉、易丽君、赵刚等，选择的作品以小说为主，适当考虑优秀传记、散文和诗歌，翻译对象为 20 世纪杰出作家的作品，译本尽量从原文译介，也包括从英语和法语等权威版本转译。除正文文本外附加延伸阅读，如高兴为丛书作总序，译者作序介绍作家作品，有的还附有著名评论文章等，以求高质量、全面、清晰、立体化地将原作呈现给读者。

第四节　中波文学交流"后浪"汹涌

　　译者是翻译活动的主体，也是塑造原作所属民族文化形象的重要参与者。尽管在中国的多元文化系统中，译者的主体性曾经被忽视，但近年来其在外国文学传播中的作用不断得到肯定。2018 年和 2019 年，两位杰出的波兰文学翻译家易丽君和林洪亮分别获得了中国翻译界的最高奖——翻译文化终身成就奖。该奖项旨在引发全社会对翻译行业的更多关注和对其成就的尊重，同时鼓励年轻一代译者精进译笔，培养高尚的职业道德、敬业精神和促进社会进步的使命感。中国翻译协会在颁奖词中指出，易丽君教授在翻译推广外国文学和文化交流方面做出了巨大贡献，在该领域取得了突出成就，受到文学评论界的高度评价。

老一辈翻译家取得的历史性功绩一直激励着青年译者接续文学翻译这一艰巨使命。易丽君、林洪亮、张振辉三位资深翻译家一直鼓励青年译者翻译推广波兰文学,他们在各种场合表示,他们将一生都奉献给了波兰文学,无论在过去、现在还是将来,波兰文学都是他们的毕生热爱。他们将翻译事业比喻成舞台,当他们离开这个舞台时,希望把自己的翻译经验和技能教授给年轻一代,薪火相传。中国新闻网专访林洪亮时,他对年轻译者嘱咐了这样几句话:"既要会研究,写出论文和论著,也应该会翻译文学作品。没有文学作品的翻译,广大读者就无法了解该国的文学世界,论著写得再好也相当于在放空炮。"①

前辈翻译家们的拳拳期望不仅体现在他们的谆谆教导上,更化作身体力行的"传帮带"。党的十八大以来,中波关系稳步向好发展,两国民心相通的渴望不断提高,在此背景下,国内出版市场对优秀波兰文学译本的需求日益增加。为尽快推动波兰文学汉译事业的发展,易丽君、林洪亮大力提携后辈,通过资深译者和年轻译者合作翻译的方式完成了大量译本,如斯瓦沃米尔·姆罗热克的《大象》(Słoń)由广东外语外贸大学的波兰语专家茅银辉教授和她的博士生导师易丽君合作完成。翻译家易丽君向中国出版社推荐青年译者李怡楠参与作家奥尔加·托卡尔丘克作品在中国的推广和翻译工作,李怡楠发表的诸多关于托卡尔丘克的文章和译作《怪诞故事集》《最后的故事》充分证明这种承继方式的成功。上海东方出版中心希望翻译家林洪亮在较短时间内翻译完成维斯瓦娃·希姆博尔斯卡的全部作品,林洪亮为了让更多青年译者在文学翻译领域施展才华,推荐了6位年轻译者与他共同完成翻译。在过去的十余年中,先后有14位从事波兰语教学的年轻学者参与

① 刘彬:《为中国读者打开波兰文学之窗——访翻译文化终身成就奖获得者林洪亮》,http://k.sina.com.cn/article_1784473157_6a5ce64502001inu2.html,2019年11月10日。

到波兰文学作品的翻译工作中。

　　上述情况一方面说明波兰文学在出版市场的活跃程度和中国读者对波兰文学的强烈需求,另一方面也反映了波兰语教学在中国的迅猛发展。2009 年以前,北京外国语大学还是全国唯一一所开设波兰语专业的高校。当年,哈尔滨师范大学开设中国第二个波兰语专业,而至 2021 年,中国已有 20 多个波兰语教学点。据估计,中国每年有近 100 名波兰语专业毕业生进入就业市场,他们中的许多人组成了一个全新的、更加充满活力的、在中国推广波兰文化的群体。在老一辈翻译家、波兰文学研究者和波兰语教育者共同努力下,这个群体必将继承前辈们对波兰文学的热爱,在新时代为在中国译介波兰文学发挥主力军作用。

余论 中波文学间的相互影响

数百年前,中波两国开启了相互认知的大幕,如同涓涓溪流汇成汹涌波涛。承启 20 世纪初,中波文学交流渐趋成熟,并在两国人民的共同努力下走向繁荣,迈进新时代。百余年间,两国文学机构紧密合作,中波作家、译者间积极互动,有力推动文学交流活动热络开展,而文学关系走深走实产生的深层次影响是两国文学传播和接受对作家及其创作的陶染。以事实联系为出发点的中波文学关系研究,尝试并致力于从文学主体创造的角度解读他国文化和文学对本国文学创作的影响,这尤其体现在中国现代文学和波兰文学、文化的关系方面。

一、以中国或波兰为想象的文学创作

1903 年,波兰作家瓦茨瓦夫·谢罗舍夫斯基以自己在远东旅行的经历为灵感来源创作了《中国小说》(*Powieści chińskie*)。谢罗舍夫斯基曾被流放西伯利亚,是一位旅行家和学者,研究西伯利亚民俗学,主张波兰民族独立。他创作了多部长、短篇小说,讲述远东生活故事。他著有几部学术著作,研究雅库特人、朝鲜人和阿伊努人等亚洲民族的社会生活。谢罗舍夫斯基在西伯利亚深入生活,结交朋友甚至建立家庭,与当地社会产生密切联系,得以让他从内部认识并研究远东。

《中国小说》包括《起义军》《苦力》和《洋鬼子》三部作品。

《起义军》的主人公是一名来自中国农村的起义者,他深受爱国思想影响,同一群白人开展斗争。这些白人贪婪腐败,打着传播文明的旗号,破坏中华民族传统,剥削中国人民。《洋鬼子》的主题是中国为将国家从欧洲列强的压迫中解救出来进行斗争。年轻的主人公在激荡人心的情节中同命运抗争,愈发坚强。其曲折故事暗示着波兰的命运,此等寓意可以简化为主人公讲过的一句话:"每个民族都有自己的命运和自己的国家,这个国家应该独立自主,让它的每个人民好好生活、享受生命。"①波兰读者很容易从这部作品联想起波兰当时的境遇,而这句话也正是作者想要告诉波兰人的。在作者看来,这种联系进一步引起了波兰人对中国解放运动的同情。但是作者无意掩盖中国积贫积弱的原因,在《苦力》中,谢罗舍夫斯基再现了资本家对中国人的残酷剥削和奴役,让他们沦为社会不公的牺牲品。两个温顺的无产阶级兄弟,离开干旱贫瘠的家乡出外谋生。他们忍饥挨饿,衣不蔽体,走过一个又一个村庄;他们跨越大海,坐了上千英里火车,穿过上百座城市,历经坎坷。他们身边总是有警察、枷锁、栅栏、鞭子和警棍出现,他们遭受歧视并被抽打。种种罪恶和苦难在谢罗舍夫斯基的笔下,表现得异常直接有力。

谢罗舍夫斯基在《中国小说》中描绘的自然环境,充满浓郁而独特的异国色彩,成为其整体文风的有机组成部分。例如在《拳击手》中展现的这幅图景:

> 夕阳普照元莫子山谷,仿若古铜色灯光在开满花朵的山丘上轻盈滑行。粗矮的橘子树、细长的扇形棕榈树和高大摇曳的竹子,都在山坡上的农田里投下影子。正是稻田满水时节,流水四处漫延,阵阵暖风吹拂着这片安静祥和的银色地

---

① Wacław Sieroszewski, *Powieści chińskie*, Oddział Kultury i Prasy 2. Korpusu, Rzym, 1945, s. 325.

带。水流泛着光,滋润着干渴的稻田和深色的甘蔗林。水流过处,照亮了盛开着黄色和深红色杜鹃花的灌木丛,柔软的枝头留下桦树油般的阴影。山坡下的红土地上水流汇集,荡漾起银蓝色波纹。在晴朗天空下交织起来的水波纹路,仿佛给这一大片土地涂上了一层浓郁的、典型的、闪耀的浅祖母绿色的中国漆。[1]

读者还可以在《苦力》里看到中国村庄简朴多彩的样貌:

几个世纪以来,关后溪边深棕色悬崖上的村子里,人们住在崖上的窑洞里。远远望去,居民就像一大群燕子,在这座山里觅食休憩。不管天气如何,他们从窑洞里蜂拥而出,不是在台阶和小径上,而是在峭壁和如同浮在空中的桥上做着买卖。这样的定居点非常易于抵御四处流窜的盗匪,就算是在灾荒年景,最猛烈的洪水都淹不到他们。[2]

《中国小说》出版后大受欢迎,曾于1931和1945年分别在华沙和罗马再版。而在20世纪初的中国,同样出现了以波兰为主题的文学创作。本书第一章提到,1908年李石曾翻译了廖·抗夫的《夜未央》,青年知识分子许啸天读后十分兴奋,开始戏剧创作和演剧改良,他由此成为我国现代话剧运动的开拓者之一。1911年起,许啸天在《小说月报》连续发表八幕剧《多情之英雄》,标注为"波兰情剧"。这部戏剧讲述波兰王国时期青年男女间的爱情故事,体现民族悲惨境遇和个人爱情悲剧的重叠交加。后来他又写了一部《残疾结婚》,同样讲述波兰抗俄青年的爱情故事。丁超指出:"这种直接取材于波兰故事的编剧方式,也是早期中外文学关

---

[1] Wacław Sieroszewski, *Powieści chińskie*, Oddział Kultury i Prasy 2. Korpusu, Rzym, 1945, s. 45.

[2] Wacław Sieroszewski, *Powieści chińskie*, Oddział Kultury i Prasy 2. Korpusu, Rzym, 1945, s. 20.

系中的一个特有现象。"①

二、中国文化对波兰作家的影响

在波兰文学史上,东方一直为波兰作家提供创作灵感,中国的历史、文化元素不断出现在他们的作品之中。1609 年,J. B. 贝内修斯(J. B. Benesius)在《普通的记录》(*Relacje powszechne*)一书中描写了许多有关中国的片段。1804 年,伊格纳齐·克拉西茨基发表了作品《亡者的对话》(*Rozmowy zmarłych*),更是让孔子和柏拉图隔空对话。在这一片段中,克拉西茨基清晰地展现了他对儒家哲学思想的认识,并解释了中国古代家庭与社会结构。浪漫主义时期,波兰出现了东方主义流派。这一流派作家对东方世界产生了丰富幻想,相关文学创作受到阿拉伯、波斯、日本和中国等文化艺术影响较大。虽然波兰学界的传统观点认为,浪漫主义时期的东方元素主要来源于近东文化,而鲜少涉及远东尤其是中国的文化,但事实上波兰浪漫主义作家对中国文化同样兴趣盎然。奇普里安·卡米尔·诺尔维德(Cyprian Kamil Norwid,1821—1883)作品中对孔子思想的接受尤具代表性。②

诺尔维德是波兰杰出的浪漫主义诗人、小说家、剧作家,精通雕塑和绘画。1821 年出生于波兰中部马佐夫舍省的一个小乡村,青少年时代在华沙学习绘画。1842 年起先后旅居德国、意大利,继续艺术学习。1846 年,由于政治原因在柏林被捕入狱,牢狱之

---

① 丁超、宋炳辉:《中外文学交流史:中国—中东欧卷》。济南:山东教育出版社,2014,第 187 页。

② 北京外国语大学 2015 届硕士研究生李嘉欣毕业论文《诺尔维德作品中的孔子思想》介绍了孔子思想在波兰的传播情况,并着重介绍了诺尔维德对中国思想的研究,为笔者深入研究波兰作家与中国古典哲学思想的"互动"提供了有益参考。

灾引发他的健康问题。之后诺尔维德去过布鲁塞尔、罗马和巴黎，与波兰浪漫主义文学家、艺术家齐格蒙特·克拉辛斯基、弗雷德里克·肖邦、亚当·密茨凯维奇、尤利乌什·斯沃瓦茨基、亚当·耶日·查尔托雷斯基（Adam Jerzy Czartoryski，1770—1861）、格奥尔格·赫维格（Georg Herwegh，1817—1875）、亚历山大·黑森（Aleksander Hercen，1812—1870）等联系密切。在巴黎的日子里，诺尔维德一直受到贫穷和耳聋的困扰，境遇艰难。1877年，诺尔维德移居波兰贫困退伍军人和流浪者的避难地——圣卡齐米日庇护所，并在那里度过了余生。诺尔维德一生大部分时间在海外度过，在那里他更多地被认为是一名美术家、艺术家，其文学作品并未被同时代的人们认同。直到20世纪初，"青年波兰"时期的著名诗人和文学批评家泽农·普舍梅茨基（Zenon Przesmycki，1861—1944）和诺贝尔文学奖得主弗瓦迪斯瓦夫·莱蒙特才将诺尔维德文学创作的重要意义挖掘出来。

诺尔维德对中国哲学产生兴趣并非偶然。作为波兰第二代浪漫主义作家中的代表人物，他不仅继承浪漫主义传统，也对其进行批判，对其他国家的文化元素持开放包容态度，曾接触过中国思想和哲学。他通过研究中国古典哲学思想，寻找自己世界观的支柱。诺尔维德在自己的作品中表达出了对中国哲学思想的浓厚兴趣，尤其是经常提到孔子的思想。欧洲17世纪末开始兴起的中国风对诺尔维德的创作亦产生了重大影响。当时对远东文化的追捧在波兰宫廷中盛行，成为当时艺术的重要灵感来源。他对中国艺术的兴趣在《关于波兰人的艺术》（*O sztuce dla Polaków*）一文中有迹可循："如今这种价值的中国画完全是乔托之前的拜占庭式意大利风格的，或者说中国人保留了这种令人难以置信的独特个性……"[1]诺尔维德所画的鸟、植物以及中国人像，也反映出他本

---

① Cyprian Norwid，*Poezye Cypriana Norwida*，F. H. Brockhaus，Lipsk，1863，s. 25.

人在学习中国绘画方面有所尝试。

　　诺尔维德从未去过东方，更未到访过中国，他对中国的知识皆来自书本或其他旅行者的经验之谈。诺尔维德同时掌握几门语言，为他多渠道了解中国提供了方便。除了当时波兰出版的几部有关中国的作品，他还阅读了英国著名汉学家理雅各（James Legge，1815—1897）编撰的《中国经书》（The Chinese classics）。这套包含了《论语》《大学》《中庸》和《孟子》等名篇的典籍，为诺尔维德理解中国经典文化扫清了障碍。此外，诺尔维德的表弟和朋友米哈乌·克莱奇科夫斯基（Michał Kleczkowski）是诺尔维德了解中国的一个重要渠道。通过书信往来，克莱奇科夫斯基的观念对诺尔维德产生了深远影响。在克莱奇科夫斯基的描述中，中国人是充满智慧的民族，中华文化和语言极具魅力。1852年，克莱奇科夫斯基建议诺尔维德和他一起去中国。然而由于经济拮据，疾病缠身，诺尔维德没能实现他的梦想，这趟前往东方的旅程始终没有开启。

　　克莱奇科夫斯基当时在法国驻中国使馆担任临时代办，中文十分流利。他向诺尔维德讲述了许多关于中国的事情。1876年克莱奇科夫斯基撰写了《汉语口语和写作的渐进教程》（Cours graduel et complet de chinois parlé et écrit），成为当时欧洲汉语学习者的主要教科书。他还曾开设有关中国历史、地理和法律的讲座，主张中国和欧洲建立平等外交关系。与当时欧洲人对中国的误解不同，克莱奇科夫斯基不认为中国充满种族主义和悲观主义，他认为中国人并不故步自封，中国是一个富饶的国家，实行法律制度而非专政制度，中国社会的法律观念甚至比欧洲还先进。克莱奇科夫斯基还相信，与中国的交流不应局限于经济和商业往来，还应扩展至文化领域。

　　诺尔维德仰慕中国传统文化，对它进行了深入的研究分析。他的作品中表现出了他对中国哲学思想，特别是孔子思想的深入思考和深刻理解,常常可以看到作家由人性价值引发的道德激辩。诺尔维德与中国思想家在价值观上有一些共鸣,他关于人与社会的关系、道德、音乐的理解与孔子十分接近,孔子思想给诺尔维德文学创作带来了诸多灵感,读者经常会在诺尔维德的《书信集》(*Pisma wszystkie*)中发现中国古代文化的影子。在诺尔维德的作品中,中国元素不只是流于表面的异域象征,更是为作者带来了巨大文学和美学灵感的元素。诺尔维德在诗歌《王国》(*Królestwo*)中描述了个体和社会的自由,强调自由是指以道德准则约束自己的行为,而并非绝对自由。诺尔维德认为,对比"以前"的自由,即波兰亡国之前的自由,以及民族的苦难,个人自由受限的痛苦并不重要。但个体自由也很重要,是对自由的一种衡量,是人的自由意志的结果。此外,诺尔维德认为清晰明确地定义概念很重要,人们被赋予解释自由的同时,不能模糊伦理道德的概念。

诺尔维德对伦理道德的定义和孔子的主张一样清晰明确。在他生活的时代,诺尔维德对于自由的观点深刻而新颖。彼时自由是一个民族概念,而非个人概念。《王国》中有关"自主自制"的一段与孔子的观点非常相似。《论语》中所表达的看法强调,自由只能通过克制欲望和寻求内心安宁来实现。控制欲望是每个人、全社会以及政治制度的道德基础。这种观点在《大学》中亦有介绍。

在诗歌《概论》(*Ogólniki*)中,诺尔维德提出了一个关于人及其对现实理解的重要真理。他认为,年龄和社会地位不同的人,对同一件事情会有不同的表述方式。诺尔维德在诗中强调,只有负责任地表达自己的思想并且措辞恰当的艺术家才能被称为真正的诗人。这种观点和孔子有关正名的主张类似。在另一篇作品《关于艺术》(*O Sztuce*)中,诺尔维德以中国艺术为例,表达了他对民族艺术的看法。诺尔维德强调,艺术和理论发展需要场所和一定的条件。艺术需要被保护和关照。中国古代艺术得以很好保存是因为音乐、文学和诗歌是哲学和社会秩序的载体。无论在过去还是当下,中国民族艺术都拥有自己的体系和完整历史。早在周朝时,中国的皇宫里就有专门负责收集民间歌曲的部门。孔子对记载音乐的方式尤其重视,因为他认为音乐是人最重要的能力之一。相比教育而言,艺术最重要的作用在于其对社会的作用。

诺尔维德从一个遥远的、存在于欧洲版图之外的国度里找寻自身世界观的基础,探索中国道德思想的奥秘。中国文化对这位波兰诗人的影响,或能代表中国文化与波兰文学之间的某种对话。

三、波兰文学对中国现当代作家的影响

新文化运动以来,中国开始积极学习西方的文学和思想。这种对西方的兴趣源于师夷长技以制夷的目的和救亡图存、追赶西方的渴望。这种"西化",或者说是"欧化",给中国带来了一些新气象,中国作家开始对从前未知的文学表达方式以及作家影响社会的新方式产生兴趣。他们努力学习 19 世纪欧洲现实主义作家的写作技巧,探索其世界观,尝试使用自然主义方法写作。与此同时,中国人对浪漫主义、女权主义,以及所有支持个人从父权制家庭中解放并建立新的社会秩序、为自由而斗争的思想,都有着极大热情。

有观点认为,20 世纪上半叶中国文学的大繁荣是包括俄国文学在内的西方文学影响的结果。莫泊桑、左拉、都德以及果戈里、契诃夫对中国小说发展具有显著影响。这种影响随后转化为一种焕发新生的动力,深深植根于中国文学传统的文学体裁、文学演变和写作态度之中。翻译活动和自我创作活动之间的关系是文学对话的又一高度,文学翻译对本国作家的创作以及本国文学产生实质性影响。通过译作,译者常常将一些新元素引入母语,这些元素在母语文学语言中留下印记,这在中国作家借鉴外国文学作品的过程中表现得尤为突出。得益于这些元素,传统汉语形式得到简

化，表达的内容却更加丰富。外国文学潮流成为中国现代文学思想坚实的根基，向中国作家展示了新的文学观点、写作技巧和创作模式，这些元素在新文学体系中都有所体现，中国文学家鲁迅和波兰文学创作的联系是为明证。

鲁迅在《摩罗诗力说》中提出，复仇的主题是波兰浪漫主义文学家的作品最重要的特点之一。这里所说的"复仇"不仅仅指个人之间的冲突，而首先指的是一个民族对于殖民者和侵略者的仇恨。复仇的形式包括起义、革命和爱国主义战争。鲁迅认为密茨凯维奇、斯沃瓦茨基和克拉辛斯基是"复仇文学"的代表人物，谈到斯沃瓦茨基的《科尔迪安》与《拉姆布拉》（Lambro）时鲁迅表示，两部作品都通过主人公的背叛、反抗体现了复仇主题。而密茨凯维奇更被鲁迅视为倡导革命、争取民族解放和国家独立的民族先知。鲁迅最喜欢的作品是《先人祭》和《青春颂》，在鲁迅看来，密茨凯维奇是波兰被占领时期的爱国主义诗人，他提倡复仇，争取解放。已有多位学者研究发现，复仇主题在鲁迅的审美创作中扮演了关键性角色，他的很多作品都包含这样的主题。比如小说《铸剑》讲述的就是一个以复仇为主题的故事。《铸剑》中年轻的主人公出于个人恩怨去找楚王复仇，神秘人晏之敖则表现出普通人对独裁者的报复，而《先人祭》中的主人公也是一位神秘人。鲁迅认为，只有奴隶才会接受痛苦，自由的人必然会反抗压迫。以前的中国屈从精神占主导，人们缺乏报复精神。因此为了激起同胞们的反抗精神，他努力宣传充满了斗争和反叛精神的波兰文学。

除了密茨凯维奇，鲁迅还很喜欢显克维奇，显克维奇的小说对鲁迅的创作也产生了深刻影响。鲁迅多次表示自己在写作中汲取了外国文学的养分，其中就包括波兰文学。通过对比鲁迅和显克维奇一些主要作品，很容易发现他们的作品都具有强烈的讽刺性，很多作品以现实主义的笔法，揭示了统治阶级和劳苦大众之间不可调和的矛盾。

在当代中国,波兰诗歌也常常对中国文学家的创作产生影响。诗人欧阳江河多次表示自己对米沃什的崇敬之情。2018 年 9 月,欧阳江河在《米沃什诗集》新书发布会上谈到,自己阅读米沃什已有三十多年,米沃什已经成为中国诗人包括他本人的诗歌意识、诗歌立场、诗歌定义的一部分。他以一个诗人的立场表示,米沃什的确是少数能够进入中国当代诗人创作的源头式的诗人。在他看来,米沃什的迷人之处在于,他作为大学者、思想家、哲学家、政治家、良心论者,一方面是一个"特别注重伦理的、优雅的老派欧洲人",另一方面却经历了二战、冷战时期的欧洲及全球变化,这让他的生命中有废墟也有建设、有绝望也有希望,"这样一个人物,在二十世纪诗歌史上找不到第二个"。①

米沃什受到中国诗人尊敬,他们认为米沃什的诗歌是复杂、坚定而深刻的。从 1981 年至今,米沃什的诗歌已经深深扎根于中国的文学土壤,对中国诗人们产生了重要影响。王家新在 2011 年纪念米沃什的研讨会上表示:米沃什是 20 世纪全世界最伟大的几个诗人之一,对他本人影响甚巨。北塔指出:"1981 年至今,米沃什的诗歌已在中国诗坛深深扎根,对中国诗人产生着持久的影响。"②诗人同时也是米沃什诗歌的译者西川说,他个人非常喜欢米沃什的诗歌,他认为米沃什与中国诗人之间没有距离,当他读米沃什的诗歌时,他觉得自己正在与诗人一同呼吸。③

2019 年,波兰诗人大流士·托马斯·莱比奥达(Dariusz Tomasz Lebioda,1958—)为中国当代诗人吉狄马加的诗歌撰写评传,实现了一次中波诗人之间的灵魂交流。当年 10 月 7 日,波兰驻华使馆为波兰文版《永不熄灭的火焰:吉狄马加诗歌评传》举办

---

① 张玉瑶:《像米沃什这样的,没有第二个》,载《北京晚报》2018 年 9 月 21 日。
② 北塔:《纪念米沃什诞辰一百周年学术研讨会召开》,载《外国文学动态》2011 年 04 期,第 43 页。
③ 杜京:《诗歌的拯救功能》,载《光明日报》2011 年 7 月 11 日 14 版。

隆重首发式。吉狄马加致辞表示:"作为一个山地民族的诗人,一个用中国文字写作的诗人,应该说诗歌传统对我的影响是来自多方面的。波兰诗歌曾经在精神上给予过我丰厚的滋养,更重要的是它让我坚信在任何时候都不能忘记对人的价值和权利的尊重。人类间深度的文化交流,其历史主义意识和普遍意义仍然被这个地球上的大多数人所认同。"

从鲁迅对密茨凯维奇、显克维奇等波兰作家的"异域盗火",到米沃什对中国一众当代诗人的思想滋养,再到莱比奥达与吉狄马加之间的精神互动,中波文学家们在百余年间实现了相互影响的"三级跳"。在可以想象的未来,这种相互的交流、互动与交融定会不断拓展、深入,实现中波两国从文学走向心灵的融通。

结　语

在中国和波兰交流、沟通与合作的数百年中,文学交流为推动中波关系前行做出了重要贡献。在两国译者和学者互译研究对方文学作品、两国读者阅读接受彼此文学译作、两国政府人民共同推动下,中波文学交流历经了从无到有、从弱到强、从一元到多元的发展过程。同时,这也是一个两国文学相互作用影响的过程,两国人民通过阅读、学习、品味对方国家文学著作译作,了解对方国家历史、文化以及民族精神;两国文学家、研究者经由直接或间接交流互动,碰撞出创作灵感和思想火花。由这两个过程谱写的中波文学关系史,成为两国跨越遥远地理距离相知相识、相亲相爱进程中不可忽视的组成部分,如同一幅生动而富有表现力地展现出双边关系的历史全景图。

对中波文学关系的系统研究以时间轴为序,全面梳理两国彼此文学作品译介和文学批评、传播推广,从作者、译者、作品、译作、研究、互动、读者接受等多个层面"纵横交错"、客观立体地描绘出中波文学关系的整体面貌。这项研究的首要任务,是提出"谁"在"什么时候"翻译了"什么作品"的问题。回答这个问题具有纵、横两个维度:纵向研究关注文学翻译行为的历史发展脉络和不同历史时期译介成果的特色特征,找寻文学翻译与社会历史发展进程的互动规律;横向研究致力于勾勒中波文学互译的基本样貌,探究接受者主体(包括读者和译者)对他国文学的兴趣分布。

通过研究我们发现,波兰对古老东方文明产生兴趣早于中国对波兰的探索。13世纪蒙古西征客观上推动了东西文明交融,有关中国科技的记载早在15世纪就已诉诸波兰编年史家笔端,而中国最早记载有关波兰知识的史料还是西方传教士入华后于17世纪编写的科学著作。但言及狭义的文学交流,我们又发现波兰对真正意义上的中国文学的译介起步晚于中国。在20世纪初,当波兰对中国的关注仍相当大程度上集中于中国的政治、历史和社会研究领域之时,中国知识分子在鲁迅的引领下,已经走上了有意识、成规模译介波兰文学的道路。之后的百余年间,中波两国译介对方国家文学的步调基本一致,成果呈现逐步增加、偶有中断、整体攀升的趋势,并且文学译本的选择体现出鲜明时代特点,在20世纪后半期不约而同地译介进步文学,21世纪开始逐步转向关注具有现代性的当代文学。

需要强调的是,在中波文学互译的过程中,双方对文学经典的译介热情是一以贯之的。中国古代典籍、唐诗宋词、四大名著、明清小说从未离开过波兰译者的视线,而波兰文学从浪漫主义时代起,几乎所有名家名作在中国各历史时期均被翻译过。此外,从中波文学互译的疆域上可以看到,中国人对波兰诺贝尔文学奖得主及其作品的关注度更高。在波兰,虽然莫言小说的译本风靡一时,且时至今日依然是波兰汉学界、文学界热议的内容,但波兰译者对于中国其他当代作家的译介热情几乎同此不相上下。

当我们回答"谁"这个问题时,首先映入脑海的是300余位中波两国翻译者。他们有诗人、作家,有记者、编辑,有教授、学者,也有外交官和文学爱好者。这个多元化群体是中波文学交流的主要推动者,是中国文学波文译本和波兰文学中文译本的共同缔造者。没有他们焚膏继晷、孜孜不倦的耕耘,没有他们以老带新、薪火相传的执着,就没有中国、波兰的文学在对方国家获得的巨大成功。毋庸置疑,精通中文或波兰语的汉学家、波兰语言专家是其中的主力军,但我们无法抹杀任何一位译者的贡献,他们每个人的名字都值得被铭记。

文学交流旨在"讲故事"促进民心相通,"树形象"彰显国家魅力。文学关系研究的着力点之一即在于挖掘文学译本在文学接受者心中构建的他国文学、文化和民族形象。通过对作家及其作品的文学批评文本的研读和分析,我们看到,同一时代对不同类型的作家和不同题材、体裁的作品的关注度存在差异,同一位作家及其作品在不同时代亦存在不同解读。这既是文学译介和接受的共性,也意味着文学译本所塑造的国家民族形象,首先取决于文学作品本身所书写的时代主旋律,其次还受到文学接受者"期待视野"的影响。波兰读者在 20 世纪初波兰国家灭亡之时阅读《道德经》《论语》,看到的中国是一个古老悠远、底蕴深厚、人才辈出的文明源头,而在人民波兰时期阅读赵树理、丁玲等作家的进步文学时看到的中国正在进行翻天覆地、如火如荼的农村土地革命和热情洋溢、积极进取的社会主义建设。当受到"新文化运动"和"五四运动"影响的中国进步青年遇到密茨凯维奇、显克维奇的诗歌、小说时,心中涌起的是对"被侮辱与被损害"民族的惺惺相惜以及对他们反抗精神的由衷敬佩,而 21 世纪新时代中国人读到托卡尔丘克的《怪诞故事集》,会看到充满柔情、心怀大爱、关注万物苍生的波兰民族的形象。

总体而言,无论从中波两国所选择译本的主题特征,还是从两国批评家和普通读者接受解读角度来看,中波文学在对方国家接受过程中所呈现的形象都是正面、积极且多元的。对于波兰而言,中国是一个历史悠久、地大物博、风光秀美的广袤国家,经历过政治混乱、民生凋敝、愚昧落后的苦难岁月;中国劳苦大众遭遇过苦难深重的悲惨境遇,知识分子经历过苦闷和觉醒,勇于自我反思,极具生命张力,开展了抵御外敌、反抗压迫的英勇斗争;中国人民在历史激荡、风云变幻的中华大地上砥砺前行,走出了一条破茧重生的伟大复兴之路。而对于中国而言,波兰更是一个饱经沧桑、历经磨难、几度凋零却从不放弃的国家;那里的人民深爱祖国,眷恋故园,渴望国家独立和民族自由,充满反抗精神,与侵略者开展了长达数百年的不屈不挠的斗争,最终获得了解放;当代波兰的社会生活,波兰人的家庭、情感、个体经历和自我感知等方面形象,亦在21世纪的当代波兰文学接受中得以展现。

在传播学的层面来看,中波文学交流活动所发生的平台之变化与两国文学推广场域的发展基本上保持同步。20世纪初,波兰成立东方学会,聚集热爱中国文化的专家创办《东方概览》,与中国新文化运动进步知识分子创办《新青年》《小说月报》遥相呼应;20世纪晚期,在波兰出版中国文学的主力军马尔沙维克出版社、学术对话出版社纷纷在中国找到合作伙伴,开展了卓有成效的文学译介出版活动;21世纪初,中国的"蓝色东欧"出版项目和波兰图书协会的各种资助项目共同努力,促进了中波文学互译的全面繁荣。百余年间,中波两国数百家出版机构、报纸期刊参与中波文学推广活动,数十个政府或民间组织成为中波文学交流的"文化赞助人"。进入新时代,伴随着科技发展和文明进步,文学推广手段愈发多元,传播效果愈加显著。

若在更宏大的历史背景下看,两千多年前缘起于中国的"丝绸之路"和经由波兰的"琥珀之路",相继开启了东西方文明的交融进程,而迄今百余年间中波两国文学交流仿若丝绸同琥珀缠绕,增进华夏大地和肖邦故国的人民之间的相互了解,并在新时代进一步迸发出勃勃生机。研究中波文学关系引发我们进一步思考,如何在新的历史条件下让丝绸与琥珀之路融会贯通,将灿烂伟大的中国文学成就更多更好地呈现给波兰人民。

文学交流的蓬勃开展,首先得益于国家高层领导的推动和高屋建瓴的顶层设计,以及科学合理的落实举措和实施方案。深入学习领会、坚决贯彻落实习近平新时代中国特色社会主义思想是我们依托顶层设计绘就文化交流传播蓝图的根本遵循,特别是习近平新时代中国特色社会主义思想中文化建设的有关内容,以及中共中央政治局在 2021 年 5 月 31 日就加强我国国际传播能力建设进行第三十次集体学习的重要精神,是我们通过优化文学交流推动人文交流,进而推动构建人类命运共同体的坚实基础和必然路径。

中华文明博大精深,中国文学历史悠久。波兰人热爱读书,珍视文学的独特价值。我们一方面要深刻认识文化是一个国家、一个民族的灵魂,文化自信是更基础、更广泛、更深厚的自信,不断坚定文化自信,向波兰推广彰显中国深厚文化底蕴的文学精品。另一方面要准确把握波兰民众的审美情趣和文化品味,深入调研波兰文学艺术市场,有针对性地传播符合波兰读者接受特点的中国文学产品。

要找准对波文学交流切入点,在政策上、经费上、人员上给予倾斜和支持,进而由点及面,透过文学交流传播窗口延展出各领域交流合作的宽广平台,进一步发挥文学交流促推文化交流的积极作用。在此方面,民间交往长远看是具有战略价值的努力方向。要充分认识民间力量在文学交流合作中的主体地位,充分利用民间语言、民间方式、民间平台积极开展对外文学交往,在容易引发波兰人共鸣的地方"做足文章",传播中国"好声音"。

文化交流工作归根结底需要人来完成,专业人才能保证文学推广项目有效落实。要不拘一格培养在波兰推广中国文学的人才队伍。近年来,中国的波兰语教育事业蓬勃发展,培养了更多精通波兰语言、了解波兰国情又深谙中国文化的优秀人才,要进一步重视波兰语人才在中国文学"走出去"工作中不可或缺的作用。同时,文化生根发芽需要在对象国有肥沃"土壤",波兰汉学家和友华人士是我们需要团结和可以依赖的重要力量,要积极吸引他们投入更多精力来为中国文学在波兰传播作贡献。

新时代信息传播手段日新月异,文学推广必须顺应创意至上的时代潮流,不断拓宽思路、创新理念,力求每一次文学推广活动"性价比更高",让每一个文学产品的生命力更长久、影响更深远。可以在波兰利用当地力量注册建设中国文学网站,利用手机平台推送静态和流媒体等多种形式中国文学"养料"等,提高传播效果。

习近平主席在巴黎联合国教科文组织总部演讲时说,"文明因交流而多彩,文明因互鉴而丰富"。中波文学间的交流与互鉴,在人类文明的长河中不断繁荣,焕发光彩,奏出中波友好乐章中的最强音!

参考文献

一、中文文献

(一) 专著

阿英:《晚清文学丛钞》(小说戏曲研究卷)。北京:中华书局,1960。

艾儒略原著、谢方校释:《职方外纪校释》。北京:中华书局,1996。

丁超:《中罗文学关系史探》。北京:人民文学出版社,2008。

丁超、宋炳辉:《中外文学交流史:中国—中东欧卷》。济南:山东教育出版社,2014。

贡布罗维奇:《费尔迪杜凯》,易丽君、袁汉镕译。南京:译林出版社,2003。

康有为著,姜义华、张荣华编校:《日本变政考:外二卷》,北京:中国人民大学出版社,2011。

莱蒙特:《莱蒙特短篇小说集》,金锡嘏、施子仁译。北京:人民文学出版社,1959。

林洪亮:《林洪亮译文自选集》。桂林:漓江出版社,2018。

林则徐著、张曼评注:《四洲志》。北京:华夏出版社,2002。

鲁迅:《且介亭杂文二集》。北京:人民文学出版社,1973。

鲁迅：《坟》。北京：人民文学出版社，1980。

鲁迅先生纪念委员会编：《鲁迅全集》（第11卷）。北京：人民文学出版社，1973。

茅银辉：《艾丽查·奥热什科娃的女性观与创作中的女性问题研究》。北京：外语教学与研究出版社，2008。

密子吉维支：《塔杜须先生》，孙用译。上海：文化工作社，1950。

潘知常、林玮主编：《传媒批判理论》。北京：新华出版社，2002。

沈永宝编：《钱玄同五四时期言论集》。上海：东方出版中心，1998。

切斯瓦夫·米沃什：《路边狗》，赵玮婷译。广州：花城出版社，2016。

涩江保：《波兰衰亡战史》，薛公侠译。上海：镜今书局，1904。

施蛰存：《北山散文集（二）》。上海：华东师范大学出版社，2001。

书目文献出版社编：《〈小说月报〉索引（1921—1931）》。北京：书目文献出版社，1984。

特里·伊格尔顿：《文学原理引论》，黄源深、陈士龙译。北京：文化艺术出版社，1987。

希姆博尔斯卡：《诗人与世界：维斯瓦娃·希姆博尔斯卡诗文选》，张振辉译。北京：中央编译出版社，2003。

显克微奇：《第三个女人》，林洪亮译。桂林：漓江出版社，1987。

显克微支：《显克微支短篇小说集》，施蛰存、周启明译。北京：作家出版社，1955。

显克维奇：《显克维奇选集》，易丽君、林洪亮、张振辉译。北京：人民文学出版社，2011。

魏源：《海国图志》。长沙：岳麓书社，2011。

徐继畬著、宋大川校注：《瀛寰志略校注》。北京：文物出版社，2007。

亚当·扎莫伊斯基:《波兰史》,郭大成译。北京:中国友谊出版公司,2019。

易丽君:《波兰文学》。北京:外语教学与研究出版社,1999。

张振辉编选:《显克维奇精选集》。济南:山东文艺出版社,1997。

张振辉:《显克维奇评传》。北京:社会科学文献出版社,1991。

赵德馨主编:《张之洞全集》(六、公牍·咨礼)。武汉:武汉出版社,2008。

郑振铎:《插图本中国文学史》。上海:上海世纪出版集团,2005。

周扬:《周扬文集》(第一卷)。北京:人民文学出版社,1984。

周作人:《自己的园地》。北京:人民文学出版社,1998。

(二)论文

奥尔加·托卡尔丘克、李怡楠:《温柔的讲述者——托卡尔丘克获奖演说》,载《世界文学》2020年02期,第9—29+5页。

北塔:《纪念米沃什诞辰一百周年学术研讨会召开》,载《外国文学动态》2011年04期,第43页。

曹科、赵九阳:《从改写理论重看〈域外小说集〉》,载《青年文学家》2009年第13期,第6—7页。

陈冠商:《〈十字军骑士〉的思想与艺术》,载《上海师范大学学报(哲学社会科学版)》1984年03期,第31—35页。

陈立峰:《中国现当代文学在波兰的译介与传播》,载《中国比较文学》2018年第2期(总111期),第118—135页。

杜京:《诗歌的拯救功能》,载《光明日报》2011年7月11日14版。

高涧平、杨桂森:《谈梅汝恺的翻译活动和追求》,载《盐城师专学报(社会科学版)》1992年第1期,第30—31页。

高兴:《故事背后,或者溢出的意义——浅谈托卡尔丘克》,载

《外国文学动态研究》2020年02期,第5—14页。

韩一宇:《〈夜未央〉在中国的翻译与流播》,载《新文学史料》2012年第2期,第127—135页。

江晓原:《论耶稣会士没有阻挠哥白尼学说在华传播——西方天文学早期在华传播之再评价》,载《学术月刊》2004年第12期,第101—110页。

金安平:《〈先人祭〉中的波兰反抗精神》,载《南风窗》2016年01期,第96—97页。

孔祥吉:《从〈波兰分灭记〉看康有为戊戌变法时期的政治主张》,载《人文杂志》1982年05期,第80—84页。

李坚怀:《同声相应,同气相求——论鲁迅对波兰文学的接受》,载《东方丛刊》2008年第4期,第152—162页。

李怡楠:《显克维奇晚期创作中关于女性身份的现代言说:女人、女杰、女圣》,载《外国文学》2019年04期,第50—57页。

龙其林:《大地乌托邦的记忆者——切·米沃什诗歌的生态意识》,载《徐州师范大学学报(哲学社会科学版)》2012年02期,第44—48页。

吕剑:《纪念密茨凯维支》,载《人民文学》1955年5月号第67期,第131—134页。

吕洁:《列·昂·克鲁奇科夫斯基》,载《世界知识》1954年第3期,第34—35页。

马丁、李怡楠:《"漫步在古典中华与当代中国之间"——波兰汉学家、中波文化交流的使者马丁访谈录》,载《国际汉学》2018年第4期,第19—24页。

梅申友:《俄耳甫斯的绝响——评米沃什诗集〈二度空间〉》,载《外国文学》2008年05期,第27—32+126页。

秦顺新:《介绍〈克鲁奇科夫斯基戏剧集〉》,载《世界文学》1959年第8期,第157页。

曲慧钰：《历史的记忆，时间的诉说——奥尔加·托卡尔丘克的"百年孤独"》，载《世界文化》2018年12期，第30—33页。

孙磊：《易丽君：在波兰文学译林中传道授业解惑的人》，《羊城晚报》，2022年2月27日。

孙用：《波兰最伟大的诗人密茨凯维支》，载《文艺报》1955年9、10月号。

塔·鲁热维奇、易丽君：《迷惘》，载《世界文学》1987年04期，第257—266页。

王杰：《跨媒介实践与文学的形式探索——"十七年"小说的电影改编》，载《中国现代文学研究丛刊》2021年第3期，第36—44页。

王娜：《月色与霞光的韵律》，载《中华读书报》2001年11月28日。

王友贵：《波兰文学汉译调查：1949~1999》，载《广东外语外贸大学学报》2007年11月第18卷第6期，第5—9+14页。

吴超平：《希姆博尔斯卡生态思想论析——以〈呼唤雪人〉为例》，载《淮北师范大学学报（哲学社会科学版）》2015年06期，第57—60页。

吴萍：《日常的，也是迷人的——读辛波斯卡的〈万物静默如谜〉》，载《书城》2012年12期，第23—24页。

吴岩：《莱蒙特的〈农民〉》，载《上海师范大学学报（哲学社会科学版）》1980年03期，第62—68页。

夏榆：《离乡的米沃什》，载《南方周末》2004年8月26日。

易丽君：《波兰汉学的源流》，载《国际论坛》1989年第3期，第5—10页。

易丽君：《雅·伊瓦什凯维奇及其代表作〈名望与光荣〉》，载《国际论坛》1987年04期，第34—40页。

曾园：《嘲讽大师的日记》，载《21世纪经济报道》2006年4月

3 日。

张昊:《浅析切·米沃什的佛教思想》,载《大庆师范学院学报》2012 年第 32 卷第 2 期,第 78—80 页。

张曙光:《翻译米沃什之后》,载《湖南文学》2007 年 08 期,第 29 页。

张同胜:《论李行道〈灰阑记〉的世界文学性》,载《江苏海洋大学学报(人文社会科学版)》2020 年第 18 卷第 1 期,第 96—106 页。

张玉瑶:《像米沃什这样的,没有第二个》,载《北京晚报》2018 年 9 月 21 日。

张振辉:《维斯瓦娃·希姆博尔斯卡:用诗歌对生活作出回答》,载《文艺报》2012 年 2 月 17 日第四版。

赵刚:《波兰文学中的天主教影响》,载《东欧》1997 年 04 期,第 34 页。

赵刚:《天堂有幸添妙笔,人间自此少丽君——缅怀波兰文学翻译家易丽君教授》,《文艺报》,2022 年 4 月 6 日。

周思:《托卡尔丘克说:"我们应该相信碎片"》,载《北京青年报》2020 年 7 月 17 日第 B04 版。

周扬:《从〈龙须沟〉学习什么?》,载《人民日报》1953 年 3 月 4 日刊。

邹振环:《晚清波兰亡国史书写的演变系谱》,载《南京政治学院学报》2016 年第 4 期第 32 卷,第 81—91+141 页。

(三)网络资源

刘彬:《为中国读者打开波兰文学之窗——访翻译文化终身成就奖获得者林洪亮》,http://k.sina.com.cn/article_1784473157_6a5ce64502001inu2.html,2019 年 11 月 10 日。

叶长文:《小回答对大问题:辛波斯卡的诗是委婉的反抗》,http://www.zgsyb.com/news.html?aid=331407,2014 年 11 月 20 日。

中国社会科学院:《林洪亮: 小语种做出大文章》, http://
laogj. cass. cn/llfc/202003/t20200303_5096040. shtml, 2020 年 3 月
3 日。

二、波兰语文献

(一)专著

70 wierszy chińskich, tłum. Jarek Zawadzki. Szczecin: My Book, 2004.

Ai, Wu. *Zajazd niewidomych*, tłum. Irena Sławińska, Jerzy Chociłowski, Ryszard Chmielewski. Warszawa: Wydawnictwo Książka i Wiedza, 1967.

Alexandrowicz, Paweł. *Kraj smoka: charakter Chińczyka, jego zwyczaje i obyczaje*. Warszawa: s. n. , 1939.

An, Yushi. *Sprawiedliwe wyroki sędziego Pao-Kunga*, tłum. Tadeusz Żbikowski. Warszawa: Wydawnictwo Iskry, 1960.

Bei, Dao. *Okno na urwisku*, tłum. Izabella Łabędzka. Poznań: Wydawnictwo UAM, 2001.

Cao, Ming. *Źródło siły*, tłum. Wanda Jankowska. Warszawa: Wydawnictwo Czytelnik, 1951.

Chmielewski, Janusz i Aleksy Dębnicki, itd. *Antologia literatury chińskiej*. Warszawa: Wydawnictwo PWN, 1956.

Czao, Szu-li. *Przemiany w Liciaczuangu*, tłum. Tadeusz Żeromski. Warszawa: Wydawnictwo Książka i Wiedza, 1950.

Czeng, Ki-Tong. *Nowelle z życia Chińczyków*. Warszawa: T. H. Nasierowski, 1892.

Czuang-dze. *Prawdziwa księga południowego kwiatu*, tłum. Marcin

Jacoby. Warszawa: Wydawnictwo Iskry, 2009.

Dittmar, Julius. *Nowoczesne Chiny: wrażenia z podróży*, tłum. A. R. Warszawa: Instytut Wydawniczy „Zdrój", 1925.

Dzwoneczki nefrytowe w księżycowej poświacie. Wybór wierszy chińskich, tłum. Dębnicki, Aleksy. Warszawa: Wydawnictwo Akademickie Dialog, 2003.

Fedorovič Timkovskij, Egor. *Podróż do Chin przez Mongoliją w latach 1820 i 1821 / przez Jerzego Tymkowskiego odbyta*, tłum. Tomasz Wilhelm Kochański. Lwów: Druk Piotra Pillera, 1827.

Gu, Hongming. *Duch narodu chińskiego*, tłum. Józef Targowski. Kraków: Krakowska Spółka Wydawnicza, 1928.

Gu, Hua. *Miasteczko Hibiskus*, tłum. Bogdan Góralczyk. Kraków: Wydawnictwo Literackie, 1989.

Jabłoński, Witold. *Z dziejów literatury chińskiej*. Warszawa: Wiedza Powszechna, 1956.

Lao, Sze. *Ryksza i inne opowiadania*, tłum. Olgierd Wojtasiewicz, Bolesław Miga. Warszawa: Wydawnictwo Czytelnik, 1953.

Li, King-Tao. *Kredowe koło*, tłum. Alfred Szczepański. Lwów: 1901.

Liezi. *Prawdziwa Księga Pustki. Przypowieści taoistyczne*, tłum. Marcin Jacoby. Warszawa: Drzewo Babel, 2006.

Lu, Xun. *Opowiadanie*, tłum. Olgierd Wojtasiewicz, Wanda Kindler. Warszawa: Czytelnik, 1953.

Mengzi i Xunzi. *O dobrym władcy, mędrcach i naturze ludzkiej*, tłum. Małgorzata Religa. Warszawa: Wydawnictwo Akademickie Dialog, 1999.

Norwid, Cyprian. *Poezye Cypriana Norwida*. Lipsk: F. H. Brockhaus, 1863.

Régis Huc, Évariste. *Podróże księży misyonarzy Huc i Gabet w Mongolii, w Tybecie i w Chinach*. Cieszyn: Dziedzictwo bł. Jana Sarkandra, 1898.

Religa, Małgorzata. *O dobrym władcy, mędrcach i naturze ludzkiej*. Warszawa: Wydawnictwo Adakemickie Dialog, 1999.

Richter, Bogdan. *Literatura chińska. Literatura japońska*. Warszawa: Nakładem Księgarni Trzaski, Everta i Michalskiego, 1936.

Sieroszewski, Wacław. *Powieści chińskie*. Rzym: Oddział Kultury i Prasy 2. Korpusu, 1945.

Słupski, Zbigniew. *Ju-lin wai-shih. Próba analizy literackiej*. Warszawa: Wydawnictwo Uniwersytetu Warszawskiego, 1979.

Słupski, Zbigniew. *Wczesne piśmiennictwo chińskie*. Warszawa: Wydawnictwo Agade, 2001.

Staff, Leopold. *Fletnia chińska*. Warszawa: Państwowy Instytut Wydawniczy, 1982.

Szujski, Józef. *Rys dziejów piśmiennictwa świata niechrześcijańskiego*. Kraków: Druk. „Czasu" W. Kirchmayera, 1867.

Wesołe przygody leniwego smoka, tłum. A. Frybesowa, B. Kopelówna, Z. Sroczyńska. Warszawa: Państwowy Instytut Wydawniczy, 1960.

Węzły duszy: chrestomatia współczesnych opowiadań chińskich, tłum. Lidia Kasarełło. Warszawa: Wydawnictwo Akademickie Dialog, 2005.

Wu, Cz' eng-en. *Wędrówka na zachód*, tłum. Tadeusz Żbikowski. Warszawa: Czytelnik, 1984.

Wypler, Jan. *Czuang-dze: myśli wybrane*. Katowice: Tygodnik „Kuźnica", 1937.

Yu, Hua. *Nie mam własnego imienia*, tłum. Małgorzata Religa.

Warszawa: Wydawnictwo Akademickie Dialog, 2019.

Żabski, Tadeusz. *Sienkiewicz*. Wrocław: Wydawnictwo Dolnośląskie, 1998.

（二）论文

Cieślik, Krzysztof. *Pożegnanie z przeszłością*, „Polityka", 2011 (51), s. 82.

Cieślik, Krzysztof. *Shanghaj przedwczoraj*, „Polityka" z dnia 04. 11. 2009.

Gawlikowski, Krzysztof. *Nowe publikacje o dawnych Chinach i ich myśli klasyczne wydane w Polsce*, „Azja-Pacyfik", 2001 (4), s. 273 - 288.

Gawlikowski, Krzysztof. *Strategie na konflikt i negocjacje. O sztuce wojny mistrza Sun*, „Azja-Pacyfik", 1998 (1), s. 207-224.

Kasarełło, Lidia i Małgorzata Religa itd. *KASAREŁŁO, RELIGA, SŁUPSKI, JACOBY: Między polityką a literaturą. Literacki Nobel dla Chińczyków [DEBATA]*, „Kultura Liberalna", 2013 (219).

Paśnik, Ewa. *Tłumaczenia chińskiego piśmiennictwa na język polski w ujęciu historycznym i w świetle teorii przekładu*, „Azja-Pacyfik", 2013 (16), s. 111-131.

Włodarski, Józef. Zhao, Gang. *Kontakty Polski z Chinami od XIII do końca XVIII wieku-próba nowego spojrzenia*, „Gdańskie Studia Azji Wschodniej", 2014(5), s. 14-32.

Yi, Lijun. *Recepcja literatury polskiej w Chinach*, w: *Literatura polska w świecie, t. III, Obecności*. Katowice: Wydawnictwo Gnome, 2010.

Zaworska, Helena. *Monstrualne życie*, „Nowe Książki", 2007(8), s. 19.

（三）网络资源

Audiobook „ Krzyżacy " podbija Chiny. „ Spodobał im sią wątek Zbyszka i Danusi ", https://www. tvp. info/26729670/audiobook-krzyzacy-podkuje-chiny-spodobal-im-sie-watek-zbyszka-i-danusi.

Błogi spokój. Wybór wierszy z czasów dynastii Sung, tłum. Jan Wypler. Katowice: 1949. http://wypler. exec. pl/blogi_spokoj_galeria. html.

Cierpki posmak, https://www. biblionetka. pl/art. aspx?id=899213.

http://www. law-lib. com/law/law_view. asp?id=76859

http://www. law-lib. com/law/law_view. asp?id=77986

https://encyklopedia. pwn. pl/haslo/Lao-She; 3930545. html

https://lubimyczytac. pl/ksiazka/23105/marta

https://lubimyczytac. pl/ksiazka/40840/czerwone-maki

https://wuj. pl/ksiazka/ksiega-dao-i-de-z-komentarzami-wang-bi

https://www. biblionetka. pl/art. aspx?id=899213

https://www. chinytech. pl/2019/06/technologia-i-tlumaczenia-wywiad-z-dr-malgorzata-religa/

https://wydawnictwodialog. pl/o-nas, 2, 5. html

Mnich, Czesław. *Jan Wypler*. http://wypler. exec. pl/.

Stachura, Luiza. *Dość inteligentna ekwilibrystyka tematyczna. Albo szachrajstwo. „Szanghajska kochanka" Zhou Weihui*. https://owarinaiyume. wordpress. com/2012/03/06/dosc-inteligentna-ekwilibrystyka-tematyczna-albo-szachrajstwo-szanghajska-kochanka-zhou-weihui/.

Technologia i tłumaczenia – wywiad z dr Małgorzatą Religą, https://www. chinytech. pl/2019/06/technologia-i-tlumaczenia-wywiad-z-dr-malgorzata-religa/.

Witold Gombrowicz, https://culture. pl/pl/tworca/witold-gombrowicz.

附　录

一、外国人名、地名表

(一)外国人名表

A.布朗	A. Braun
A.弗莱贝索娃	A. Frybesowa
B.科佩尔卢弗娜	B. Kopelówna
C.德·布里迪亚	C. de Bridia
E.M.齐奥朗	E. M. Cioran
E.古勒斯卡·季科夫斯卡	E. Górska-Dzikowska
F.C.布伦登	F. C. Blunden
F.贝科夫	F. Bykow
J.B.贝内修斯	J. B. Benesius
J.霍莱温斯基	J. Cholewiński
J.萨瓦尔	J. Sawar
J.谢格拉博夫斯基	J. Sie-Grabowski
M.埃尔文	M. Elvin
M.德莱尼奇	M. Derenicz
M.麦坦诺夫斯基	M. Metanomski
T.E.莫德尔斯基	T. E. Modelski
Z.斯洛琴斯卡	Z. Sroczyńska

阿道夫·斯帕默	Adolf Spamer
阿尔弗雷德·什切潘斯基	Alfred Szczepański
阿格娜·奥尼西莫夫	Agna Onysymow
阿莱克斯·邓布尼茨基	Aleksy Dębnicki
阿图尔·玛丽亚·斯温纳尔斯基	Artur Marya Swinarski
埃德加·基内	Edgar Quinet
埃德蒙德·尼济乌尔斯基	Edmund Niziurski
埃尔弗里德·耶利内克	Elfriede Jelinek
埃特加尔·凯雷特	Etgar Keret
艾尔什别塔·穆塞	Elżbieta Musiał
艾莱诺拉·罗曼诺维奇	Eleonora Romanowicz
艾丽查·奥若什科娃	Eliza Orzeszkowa
艾莉茨娅·姆罗切克	Alicja Mroczek
艾儒略	Giulio Aleni
爱德华·卡伊丹斯基	Edward Kajdański
爱娃·利普斯卡	Ewa Lipska
爱娃·帕希尼克	Ewa Paśnik
爱娃·维特茨卡	Ewa Witecka
安东尼·格拉鲍夫斯基	Antoni Grabowski
安东尼奥·德·安德拉德	António de Andrade
安杰伊·G.帕霍尔赤克	Andrzej G. Pacholczyk
安杰伊·加弗隆斯基	Andrzej Gawroński
安杰伊·萨普科夫斯基	Andrzej Sapkowski
安杰伊·扬科夫斯基	Andrzej Jankowski
安杰伊·佐尔	Andrzej Żor
安娜·阿布科维奇	Anna Abkowicz
安娜·布热奇斯卡	Anna Brzezińska
安娜·米勒斯卡	Anna Milska
安娜·帕热梅斯	Anna Parzymies
安娜·伊沃娜·沃西克	Anna Iwona Wójcik

安娜尼亚什·扎雍奇科夫斯基	Ananiasz Zajączkowski
奥尔加·托卡尔丘克	Olga Tokarczuk
奥尔杰德·沃伊塔谢维奇	Olgierd Wojtasiewicz
奥古斯特二世	August II Mocny
奥金	Agnieszka Walulik
奥柯桑娜·扎布日科	Oksana Zabużko
奥斯卡·索邦斯基	Oskar Sobański
柏郎嘉宾	Giovanni da Pian del Carpine
柏素珍	Zuzanna Burska
柏应理	Philippe Couplet
保罗·伯希和	Paul Pelliot
贝娅塔·斯塔辛斯卡	Beata Stasińska
本尼迪克特	Benedykt Polak
本尼迪克特·福林斯基	Benedykt Fuliński
彼得·科夫塔	Piotr Kofta
彼得·玛德伊	Piotr Madej
波热娜·科瓦尔斯卡	Bożena Kowalska
伯纳德·安托赫维奇	Bernard Antochewicz
博格丹·古拉尔赤克	Bogdan Góralczyk
博格丹·雷赫特尔	Bogdan Richter
博格丹·马赞	Bogdan Mazan
博格丹·斯科瓦达奈克	Bogdan Składanek
博赫丹·德洛兹多夫斯基	Bohdan Drozdowski
博赫丹·赫米尔尼茨基	Bohdan Khmelnytsky
博赫丹·切什科	Bohdan Czeszko
博莱斯瓦夫·贝鲁特	Bolesław Bierut
博莱斯瓦夫·米加	Bolesław Miga
博莱斯瓦夫·纳美斯沃夫斯基	Bolesław Namysłowski
博莱斯瓦夫·普鲁斯	Bolesław Prus
博莱斯瓦夫一世	Bolesław I Chrobry
卜弥格	Michał Boym

布莱希特	Eugen Bertholt Friedrich Brecht
布鲁诺·舒尔茨	Bruno Schulz
布罗尼斯瓦夫·科莫罗夫斯基	Bronisław Komorowski
策普利安·诺尔维德	Cyprian Norwid
达留什·巴卡拉什	Dariusz Bakalarz
达努塔·日比科夫斯卡	Danuta Żbikowska
达努塔·赛卡尔斯卡	Danuta Sękalska
大流士·托马斯·莱比奥达	Dariusz Tomasz Lebioda
戴密微	Paul Demiéville
董文学	S. Joannes Gabriel Perboyre
多丽丝·莱辛	Doris Lessing
多曼·维鲁赫	Doman Wieluch
梵·第根	Paul Van Tieghem
方塞卡	Fonseca
菲利克斯·沃迪奇卡	Felix Vodička
腓特烈三世	Frederich III
弗兰兹·卡夫卡	Franz Kafka
弗朗茨·库恩	Franz Kuhn
弗雷德里克·谢姆贝克	Fryderyk Szembek
弗瓦迪斯瓦夫·多布罗沃尔斯基	Władysław Dobrowolski
弗瓦迪斯瓦夫·哥穆尔卡	Władysław Gomułka
弗瓦迪斯瓦夫·古拉尔斯基	Władysław Góralski
弗瓦迪斯瓦夫·考特维奇	Władysław Kotwicz
弗瓦迪斯瓦夫·莱蒙特	Władysław Reymont
弗瓦迪斯瓦夫·米哈乌·邓比茨基	Władysław Michał Dębicki
弗沃吉米日·莱韦克	Włodzimierz Lewik
弗沃吉米日·玛琼格	Włodzimierz Maciąg
弗沃吉米日·沃夫楚克	Włodzimierz Wowczuk
高本汉	Bernhard Karlgren
戈特弗里德·贝恩	Gotfried Benn

格奥尔格·勃兰兑斯	Gerog Brandes
格奥尔格·赫维格	Georg Herwegh
格热戈什·扎哈列维奇	Grzegorz Zachariewicz
葛兰言	Marcel Granet
古伯察	Évariste Régis Huc
古斯塔夫·莫尔森尼克	Gustav Morcinek
哈利娜·奥德斯卡	Halina Auderska
哈利娜·波希维亚托夫斯卡	Halina Poświatowska
哈利娜·科诺帕茨卡	Halina Konopacka
哈利娜·斯密斯涅维奇－安德热耶夫斯卡	Halina Smisniewicz-Andrzejewska
哈利娜·瓦西莱夫斯卡	Halina Wasilewska
汉娜·柯拉尔	Hanna Krall
汉娜·沙约夫斯卡	Hanna Szajowska
汉斯·罗伯特·姚斯	Hans Robert Jauss
亨利克·格林伯格	Henryk Grynberg
亨利克·显克维奇	Henryk Sienkieiwicz
亨利克·谢米拉茨基	Henryk Siemiradzki
亨利希·库诺夫	Heinrich Cunow
胡佩方	Irena Sławińska
加尔·无名氏	Gall Anonim
杰诺维法·兹顿	Genowefa Zduń
杰塔·鲁兹卡	Zyta Rudzka
金佳·库比茨卡	Kinga Kubicka
金尼阁	Nicolas Trigault
金思德	Mieczysław Jerzy Künstler
卡利马赫	Kallimach
卡罗尔·约瑟夫·沃伊蒂瓦	Karol Józef Wojtyła
卡齐米日·布兰迪斯	Kazimierz Brandys
卡齐米日·布罗津斯基	Kazimierz Brodziński
卡齐米日·鲁西内克	Kazimierz Rusinek

卡齐米日·普热尔瓦·泰特迈耶尔	Kazimierz Przerwa Tetmajer
卡齐米日·斯塔日克	Kazimierz Starzyk
卡齐米日·维任斯基	Kazimierz Wierzyński
卡齐米日三世	Kazimierz III Wielki
卡塔热娜·戈利克	Katarzyna Golik
卡塔热娜·库帕	Katarzyna Kulpa
卡塔热娜·帕合尼亚克	Katarzyna Pachniak
卡塔热娜·佩特茨卡-尤雷克	Katarzyna Petecka-Jurek
卡塔热娜·奇亚热斯卡	Katarzyna Ciążyńska
卡塔热娜·维茨科夫斯卡	Katarzyna Więckowska
凯尔泰斯·伊姆雷	Imre Kertész
康拉德公爵	Konrad I Mazowiecki
康斯坦丁·阿布拉莫维奇·波波夫	Konstantin Abramovič Popov
科莱特	Sidonie-Gabrielle Colette
克莱门蒂娜·霍夫曼诺瓦	Klementyna Hoffmanowa
克莱门斯·雅尼茨基	Klemens Janicki
克劳迪奥·阿奎维瓦	Claudius Aquaviva
克里斯蒂娜·切热夫斯卡-马达耶维奇	Krystyna Czyżewska-Madajewicz
克罗斯诺的帕维乌	Paweł z Krosna
克日什托夫·奥斯塔斯	Krzysztof Ostas
克日什托夫·柴楚特	Krzysztof Czeczot
克日什托夫·马奇科	Krzysztof Maćko
克日什托夫·西弗契克	Krzysztof Siwczyk
孔凡	Ksawery Burski
孔莉娅	Lidia Kasarełło
库萨的尼古拉(库萨努斯)	Mikołaj z Kues, Cusanus
拉法乌·加耶夫斯基	Rafał Gajewski
莱奥波尔德·斯塔夫	Leopold Staff
莱赫·瓦文萨	Lech Wałęsa
莱舍克·科瓦科夫斯基	Leszek Kołakowski
劳伦斯·奥利凡特	Laurence Oliphant

勒克莱齐奥	Jean-Marie Gustave Le Clézio
勒菲弗尔	André Alphons Lefevere
雷沙德·赫梅莱夫斯基	Ryszard Chmielewski
雷沙德·卡普钦斯基	Eyszard Kapuściński
雷沙德·克雷尼茨基	Ryszard Krynicki
李嘉乐	Alexis Rygaloff
李约瑟	Josephe Needham
李周	Małgorzata Religa
里昂·克鲁奇科夫斯基	Leon Kruczkowski
理雅各	James Legge
利玛窦	Matteo Ricci
廖·抗夫	Leopold Kampf
鲁伊扎·斯塔胡拉	Luiza Stachura
陆若汉	João Rodrigues
路德维克	Ludwik Węgierski
罗贝尔·德·于米耶尔	Robert d'Humières
罗伯特·穆齐尔	Robert Musil
罗曼·马尔凯维奇	Roman Markiewicz
罗曼·维托德·英伽登	Roman Witold Ingarden
罗曼·雅各布森	Roman Jakobson
罗明坚	Michele Ruggieri
马伯乐	Henri Maspero
马丁	Marcin Jacoby
马格达莱纳·斯韦什	Magdalena Słysz
马可·奥勒留	Marcus Aurelius
马克斯·布鲁赫	Max Bruch
马莱克·梅耶尔	Marek Mejor
马莱克·瓦夫什凯维奇	Marek Wawrzkiewicz
马里奥·普罗丹	Mario Prodan
马利安·布兰迪斯	Marian Brandys
马利安·格热希查克	Marian Grześczak

马切伊·玛赞	Maciej Mazan
马热娜·施冷克-列娃	Marzenna Szlenk-Iliewa
马乌戈热塔·巴兰凯维奇	Małgorzata Barankiewicz
马乌戈热塔·多布罗沃尔斯卡	Małgorzata Dobrowolska
马乌戈热塔·萨拉莫诺维奇	Małgorzata Saramonowicz
玛丽亚·东布罗夫斯卡	Maria Dąbrowska
玛丽亚·古尔斯卡	Maria Górska
玛丽亚·科诺普尼茨卡	Maria Konopnicka
玛丽亚·库莱克	Maria Kureck
玛丽亚·昆采维乔瓦	Maria Kuncewiczowa
玛丽亚·罗曼诺夫斯卡	Maria Romanowska
玛丽亚·维特温斯卡	Maria Witwińska
曼弗雷德·克里德尔	Manfred Kridl
梅切斯瓦夫·布热津斯基	Mieczysław Brzeziński
梅切斯瓦夫·科兹沃夫斯基	Mieczysław Kozłowski
梅切斯瓦夫·雅斯特伦	Mieczysław Jastrun
梅什科一世	Mieszko I
梅西亚	Maciej Gaca
米哈乌·弗斯托维奇	Michał Fostowicz
米哈乌·克莱奇科夫斯基	Michał Kleczkowski
米哈乌·乌卡什维奇	Michał Łukaszewicz
米哈乌·扎达拉	Michał Zadara
米歇尔·维勒贝克	Michel Houellebeq
闵安琪	Anchee Min
穆尼阁	Jan Mikołaj Smogulecki
娜尔西佳·日米霍夫斯卡	Narcyza Żmichowska
娜塔莉亚·比利	Natalia Billi
娜塔莉亚·乌杰拉	Natalia Udziela
南怀仁	Ferdinand Verbiest
尼古拉斯·阿瓦齐尼	Nicolas Avanzini

倪可贤	Katarzyna Sarek
聂姆庆斯基	Немчинский Яков Осипович
诺伊斯	George Rapall Noyes
欧内斯特·亨利·加尼尔	Ernest Henri Garnier
帕尔·米克洛斯	Pál Miklos
帕维乌·别加伊斯基	Paweł Biegajski
帕维乌·克鲁普卡	Paweł Krupka
帕维乌·马尔钦凯维奇	Paweł Marcinkiewicz
帕维乌·亚力桑德罗维奇	Paweł Alexandrowicz
佩尔·帕特森	Per Petterson
普热梅斯瓦夫·特热恰克	Przemysław Trzeciak
齐格蒙特·克拉辛斯基	Zygmunt Krasiński
齐格蒙特·斯摩格热夫斯基	Zygmunt Smogorzewski
奇普里安·卡米尔·诺尔维德	Cyprian Kamil Norwid
恰尔科夫人扬柯	Janko z Czarnokowa
钱德明	Jean Joseph Marie Amiot
乔尔丹诺·布鲁诺	Giordano Bruno
乔治·莱奥纳德·斯坦顿	George Leonard Staunton
乔治·斯皮罗	György Spiró
切斯瓦夫·米沃什	Czesław Miłosz
切斯瓦夫·皮爱尼昂日克	Czesław Pieniążek
儒勒·米什莱	Jules Michelet
儒莲	Stanislas Julien
萨诺克的格热戈什	Grzegorz z Sanoka
塞巴斯蒂安·穆谢拉克	Sebastian Musielak
塞缪尔·贝克特	Samuel Beckett
沙宁	Jarek Zawadzki
施乐文	Roman Sławiński
石施道	Krzysztof Gawlikowski
史克门	Laurence Sickman
史罗甫	Zbigniew Słupski

斯宾诺莎	Spinoza
斯蒂芬·弗鲁克夫斯基	Stefan Flukowski
斯坦尼斯瓦夫·埃斯特里赫	Stanisław Estreicher
斯塔尼斯瓦夫·卡乌任斯基	Stanisław Kałużyński
斯坦尼斯瓦夫·莱姆	Stanisław Lem
斯坦尼斯瓦夫·帕热梅斯	Stanisław Parzymies
斯坦尼斯瓦夫·帕维尔赤克	Stanisław Pawelczyk
斯坦尼斯瓦夫·皮瓦舍维奇	Stanisław Piłaszewicz
斯坦尼斯瓦夫·普热贝舍夫斯基	Stanisław Przybyszewski
斯坦尼斯瓦夫·斯哈耶尔	Stanisław Schayer
斯塔尼斯瓦夫·塔兹比尔	Stanisław Tazbir
斯坦尼斯瓦夫·维斯皮安斯基	Stanisław Wyspiański
斯坦尼斯瓦夫·谢尼奇	Stanisław Szenic
斯坦尼斯瓦夫·泽林斯基	Stanisław Zieliński
斯坦尼斯瓦夫二世	Stanisław August Poniatowski
斯特凡·巴托里	Stefan Batory
斯特凡·热罗姆斯基	Stefan Żeromski
斯瓦沃米尔·姆罗热克	Sławomir Mrożek
斯瓦沃伊·申凯维奇	Sławoj Szynkiewicz
塔德乌什·博罗夫斯基	Tadeusz Borowski
塔德乌什·查尔尼克	Tadeusz Czarnik
塔德乌什·科瓦尔斯基	Tadeusz Kowalski
塔德乌什·科希丘什科	Tadeusz Kościuszko
塔德乌什·孔维茨基	Tadeusz Konwicki
塔德乌什·库比亚克	Tadeusz Kubiak
塔德乌什·莱维茨基	Tadeusz Lewicki
塔德乌什·鲁热维奇	Tadeusz Różewicz
塔德乌什·马依达	Tadeusz Majda
塔德乌什·热罗姆斯基	Tadeusz Żeromski
塔德乌什·日比科夫斯基	Tadeusz Żbikowski

文岑特·鲁托斯瓦夫斯基	Wincenty Lutosławski
沃尔夫冈·伊瑟尔	Wolfgang Iser
沃伊切赫·库赫	Wojciech Kuhn
沃伊切赫·茹克罗夫斯基	Wojciech Żukrowski
沃伊切赫·希曼诺夫斯基	Wojciech Szymanowski
沃伊切赫·雅鲁泽尔斯基	Wojciech Jaruzelski
沃伊切赫·约希维亚克	Wojciech Jóźwiak
吴倩	Agnieszka Łobacz
西蒙·维索茨基	Szymon Wysocki
夏白龙	Witold Jabłoński
谢和耐	Jacques Gernet
休·慕瑞	Hugh Murray
雅德维嘉	Jadwiga Andegaweńska
雅德维嘉·扬切夫斯卡	Jadwiga Janczewska
雅盖沃	Władysław II Jagiełło
雅罗斯瓦夫·雷姆凯维奇	Jarosław Rymkiewicz
雅罗斯瓦夫·伊瓦什凯维奇	Jarosław Iwaszkiewicz
雅尼娜·希德沃夫斯卡	Janina Szydłowska
雅努什·达奈茨基	Janusz Danecki
雅努什·赫米耶莱夫斯基	Janusz Chmielewski
雅努什·克热沙克	Janusz Kryszak
亚采克·德赫耐尔	Jacek Dehnel
亚采克·古托洛夫	Jacek Gutorow
亚采克·卡依托赫	Jacek Kajtoch
亚采克·克里格	Jacek Kryg
亚采克·玛尼茨基	Jacek Manicki
亚当·阿斯尼克	Adam Asnyk
亚当·拉帕茨基	Adam Rapacki
亚当·马尔沙维克	Adam Marszałek
亚当·密茨凯维奇	Adam Mickiewicz

亚当·维德曼斯基	Adam Widmański
亚当·席曼斯基	Adam Szymański
亚当·肖斯特凯维奇	Adam Szostkiewicz
亚当·谢隆格夫斯基	Adam Szelągowski
亚当·耶日·查尔托雷斯基	Adam Jerzy Czartoryski
亚当·扎加耶夫斯基	Adam Zagajewski
亚当·兹德罗多夫斯基	Adam Zdrodowski
亚德拉·卡罗琳娜·玛勒特丝卡	Adela Karolina Malletska
亚历山大·布鲁克纳	Aleksander Brückner
亚历山大·弗雷德罗	Aleksander Fredro
亚历山大·黑森	Aleksander Hercen
亚历山大·卡明斯基	Aleksander Kamiński
亚历山大·克瓦希涅夫斯基	Aleksander Kwaśniewski
亚历山大·什温托霍夫斯基	Aleksander Świętochowski
亚历山大·索珀	Alexander Soper
亚历山大·瓦特	Aleksander Chwat
亚历山大·韦德拉	Aleksander Widera
亚历山大·维雷哈·达洛夫斯基	Aleksander Weryha Darowski
扬·奥尔舍夫斯基	Jan Olszewski
扬·奥斯特罗鲁格	Jan Ostroróg
扬·波托茨基	Jan Potocki
扬·布翁斯基	Jan Błoński
扬·德乌戈什	Jan Długosz
扬·亨利克·东布罗夫斯基	Jan Henryk Dąbrowski
扬·卡斯普罗维奇	Jan Kasprowicz
扬·科哈诺夫斯基	Jan Kochanowski
扬·雷赫曼	Jan Reychman
扬·米哈尔斯基	Jan Michalski
扬·帕兰朵夫斯基	Jan Parandowski
扬·普日乌斯基	Jan Przyłuski
扬·齐霍茨基	Jan Cichocki

扬·切卡诺夫斯基	Jan Czekanowski
扬·斯泰夫赤克	Jan Stefczyk
扬·索别斯基三世	Jan III Sobieski
扬·韦普莱尔	Jan Wypler
扬·希尼亚德茨基	Jan Śniadecki
扬·雅沃尔斯基	Jan Jaworski
扬·约瑟夫·什切潘斯基	Jan Józef Szczepański
耶日·阿布科维奇	Jerzy Abkowicz
耶日·安德热耶夫斯基	Jerzy Andrzejewski
耶日·博雷沙	Jerzy Borejysza
耶日·菲佐夫斯基	Jerzy Ficowski
耶日·哈拉西莫维奇	Jerzy Harasymowicz
耶日·霍奇沃夫斯基	Jerzy Chociłowski
耶日·普特拉门特	Jerzy Putrament
耶日·雅尔涅维奇	Jerzy Jarniewicz
耶日·雅赞布斯基	Jerzy Jarzębski
伊格纳齐·达申斯基	Ignacy Daszyński
伊格纳齐·赫扎诺夫斯基	Ignacy Chrzanowski
伊格纳齐·克拉西茨基	Ignacy Krasicki
伊格纳齐·玛努杰维奇	Ignacy Manugiewicz
伊雷娜·卡乌任斯卡	Irena Kałużyńska
伊莎贝拉·瓦本兹卡	Izabella Łabędzka
英格丽·费舍尔-施赖伯	Ingrid Fischer-Schreiber
英诺森四世	Innocent IV
尤金·A.奈达	Eugene A. Nida
尤金纽斯·奥巴尔斯基	Eugeniusz Obarski
尤兰塔·考兹沃夫斯卡	Jolanta Kozłowska
尤里·戈洛夫金伯爵	Count Yuri Golovkin
尤利安·阿道夫·希文奇茨基	Julian Adolf Święcicki
尤利安·杜维姆	Julian Tuwim
尤利乌什·克莱纳	Juliusz Kleiner

尤利乌什·斯塔尔凯尔	Juliusz Starkel
尤利乌什·斯沃瓦茨基	Juliusz Słowacki
尤利乌什·维克多	Juliusz Wiktor
尤利乌斯·蒂特马尔	Julius Dittmar
尤利娅·哈尔特维格	Julia Hartwig
尤利娅·舍豪威亚克	Julia Szychowiak
约安娜·贝莱约夫斯卡	Joanna Belejowska
约安娜·东布罗夫斯卡	Joanna Dąbrowska
约安娜·克朗兹	Joanna Krenz
约安娜·马尔凯维奇	Joanna Markiewicz
约翰·哥瑟夫·冯·斯特里特	Johann Gotthelf von Stritter
约兰塔·马赫	Jolanta Mach
约瑟夫·巴霍日	Józef Bachórz
约瑟夫·毕苏斯基	Józef Piłsudski
约瑟夫·别拉夫斯基	Józef Bielawski
约瑟夫·布罗姆斯基	Józef Bromski
约瑟夫·科尼格	Józef Kenig
约瑟夫·帕里茨基	Józef Pawlicki
约瑟夫·恰佩克	Josef Čapek
约瑟夫·舒伊斯基	Józef Szujski
约瑟夫·塔尔戈夫斯基	Józef Targowski
约瑟夫·亚历山大·冯·赫布纳	Joseph Alexander von Hübner
约瑟夫·伊格纳齐·克拉舍夫斯基	Józef Ignacy Kraszewski
泽农·普舍梅茨基	Zenon Przesmycki
詹姆斯·拉弗	James Laver
朱利安·科恩豪瑟	Julian Kornhauser
兹比格涅夫·赫贝特	Zbigniew Herbert
兹比格涅夫·梅加	Zbigniew Myga
兹基斯瓦夫·奥布祖德	Zdzisław Obrzud
兹基斯瓦夫·特乌姆斯基	Zdzisław Tłumski
佐菲亚·赫雷诺夫斯卡-汉娜什	Zofia Uhrynowska-Hanasz

佐菲亚·纳乌科夫斯卡　　　　Zofia Nałkowska

（二）外国地名表

波德拉谢	Podlasie
波兹南	Poznań
布宁	Bunin
俄斯特拉发	Ostrawa
弗罗茨瓦夫	Wrocław
格但斯克	Gdańsk
格涅兹诺	Gniezno
华沙	Warszawa
加里西亚	Galicja
卡利什	Kalisz
卡托维兹	Katowice
凯尔采	Kielce
科夫诺	Kowno
科赫沃维采	Kochłowice
克拉科夫	Kraków
克罗斯诺	Krosno
莱格尼察	Legnica
利沃夫	Lwów
卢布林	Lublin
卢德维诺夫	Ludwinów
罗兹	Łódź
绿山城	Zielona Góra
马佐夫舍	Mazowsze
米尔科什奇兹纳	Milkowszczyzna
诺伏格罗德克	Nowogródek
普沃茨克	Płock
恰尔科夫	Czarnoków

萨诺克	Sanok
桑多梅日	Sandomierz
斯武普察	Słupca
苏莱霍夫	Sulechów
托伦	Toruń
维尔纽斯	Wilno
维希利查	Wiślica
沃姆扎	Łomża
沃希尼亚	Volsini
西里西亚	Śląsk
雅罗斯瓦夫	Jarosław

二、外国出版社、外国期刊名称表

（一）外国出版社名称表

KOS 出版社	Wydawnictwo KOS
W. A. B. 出版社	Wydawnictwo W. A. B.
阿勒西亚出版社	Aletheia
阿罗汉工艺社	Rękodzielnia Arhat
阿歇特波兰出版公司	Hachette Polska
艾略特出版社	Wydawnictwo Elliot
奥秘出版社	Wydawnictwo Arcanum
奥斯卡出版社	Wydawnictwo Oscar
巴别树出版社	Drzewo Babel
波兰出版社	Wydawnictwo Polskie
布赫曼出版社	Wydawnictwo Buchmann
读者出版社	Wydawnictwo Czytelnik
风筝出版社	Wydawnictwo Latawiec
福克萨出版社	Grupa Wydawnicza Foksal

国防部出版社	Wydawnictwo Ministerstwo Obrony Narodowej
国家出版局	Krajowa Agencja Wydawnicza
国家出版社	Państwowy Instytut Wydawniczy
国家科学出版社	Wydawnictwo PWN
海尔西斯出版社	Wydawnictwo Hairesis
赫利恩出版社	Wydawnictwo Helion
华沙大学出版社	Wydawnictwo Uniwersytetu Warszawskiego
火花出版社	Wydawnictwo Iskry
雷比斯出版社	Dom Wydawniczy Rebis
罗兹出版社	Wydawnictwo Łódzkie
马尔沙维克出版社	Wydawnictwo Adam Marszałek
密茨凯维奇大学出版社	Wydawnictwo UAM
缪斯出版社	Wydawnictwo Muza
书籍出版合作社	Spółdzielnia Wydawnicza „Książka"
曙光出版社	Przedświt
水瓶座出版社	Wydawnictwo Wodnika
微·出版社	Wydawnictwo Miniatura
维尔加出版社	Wydawnictwo Wilga
文学出版社	Wydawnictwo Literackie
学术对话出版社	Wydawnictwo Akademickie Dialog
"亚戈拉"文化馆	Dom Kultury „Agora"
雅盖隆大学出版社	Wydawnictwo Uniwersytetu Jagiellońskiego
扬·夏尔芬贝尔格印刷社	Drukarnia Jana Szarffenbergera
艺术出版社	Wydawnictwo Artystyczne
知识出版社	Wydawnictwo „Wiedza"
知识书籍出版社	Wydawnictwo „Książka i Wiedza"

(二)外国期刊名称表

《奥得河》	Odra
《波兰报》	Gazeta Polska

《波兰东方学报》	Polski Biuletyn Orientalistyczny
《波兰日报》	Dziennik Polski
《波兰巡礼者》	Pielgrzym Polski
《插画周刊》	Tygodnik Ilustrowany
《刺痛》	Szpilki
《大众周刊》	Tygodnik Powszechny
《东方观察》	Przegląd Orientalistyczny
《东方年鉴》	Rocznik Orientalistyczny
《东方研究》	Studia Orientalne
《对话》	Dialog
《法制日报》	Dziennik Gazeta Prawna
《弗罗茨瓦夫季刊》	Zeszyty Wrocławskie
《符号学研究》	Studia Semiotyczne
《钢笔》	Pióro
《共和国报》	Rzeczpospolita
《华沙日记》	Pamiętnik Warszawski
《华沙邮报》	Kurier Warszawski
《火炬》	Żagary
《火花》	Iskry
《论坛报》	Trybuna
《逻辑研究》	Studia Logica
《每周概览》	Przegląd Tygodniowy
《喷泉》	Fontanna
《奇幻小说》	Fantastyka
《人民论坛报》	La Tribune des Peuples
《熔炉》	Tygodnik Kuźnica
《世界文学》	Literatura na świecie
《书籍》	Książka
《维尔纽斯母校报》	Alma Mater Vilnensis
《文化》	Kultura

《文化时间》	Czas Kultury
《文学笔记》	Zeszyty Literackie
《文学生活》	Życie Literackie
《文学新闻周刊》	Tygodnik „Wiadomości Literackie"
《武装行动》	Czyn Zbrojny
《西部日记》	Dziennik Zachodni
《戏剧》	Teatr
《新书》	Nowe Książki
《新书刊》	Nowa Książka
《新闻周刊》	Newsweek Polska
《选举报》	Gazeta Wyborcza
《亚太研究》	Azja-Pacyfik
《语言指南》	Poradnik Językowy
《政治周刊》	Polityka
《转变》	Przemiany
《作品》	Twórczości